근대 조선 출판문화의 탄생

신문관 · 최남선과 근대 일본

지은이

다나카 미카 田中美佳, Tanaka Mika
1990년 사가현(佐賀県)에서 태어났다. 규슈대학(九州大学) 대학원 인문과학부 역사공간론(歴史空間論) 전공 박사 과정을 수료했다. 문학박사. 전공은 조선근대사, 미디어사. 현재 가고시마국제대학(鹿児島国際大学) 국제문화학부 강사이다. 주요 업적으로 「식민지기 조선의 민간 독본-1920년대 초의 청년 독본을 중심으로(植民地期朝鮮における民間読本――一九二○年代初頭の青年読本を中心に)」(『韓国朝鮮の文化と社会』 제21호, 2022), 「『중등조선어작문』(1928)의 성립 과정-1920년대 조선출판계의 일단면(『中等朝鮮語作文』(一九二八年)の成立過程――一九二○年代における朝鮮出版界の一断面)」(『年報朝鮮学』 제25호, 2022) 등이 있다. 이 책 『朝鮮出版文化の誕生-新文館・崔南善と近代日本』으로 2022년도 일본출판학회상 장려상을 받았다.

옮긴이

박천홍 朴天洪, Park Cheon-hong
대학에서 역사학을 공부했고 현재 (재)현담문고에서 학예사로 일한다. 『매혹의 질주 근대의 횡단-철도로 돌아 본 근대의 풍경』(산처럼, 2003), 『악령이 출몰하던 조선의 바다-서양과 조선의 만남』(현실문화연구, 2017), 『활자와 근대-1883년, 지식의 질서가 바뀌던 날』(너머북스, 2018) 등을 썼고, 이병헌의 『중화유기-근대 한국인의 첫 중국여행기』(공역, 빈빈책방, 2023)를 옮겼다.

근대 조선 출판문화의 탄생
신문관·최남선과 근대 일본

초판발행 2025년 4월 30일

지은이 다나카 미카
옮긴이 박천홍

펴낸이 박성모
펴낸곳 소명출판
출판등록 제1998-000017호
　　　주소 서울시 서초구 사임당로14길 15 서광빌딩 2층
　　　전화 02-585-7840
　　　팩스 02-585-7848
　　이메일 somyungbooks@daum.net
홈페이지 www.somyong.co.kr

　　ISBN 979-11-5905-853-0 93810
　　정가 40,000원

ⓒ 소명출판, 2025

한국연구원
동아시아
심포지아
14
EAS 014

근대 조선 출판문화의 탄생

신문관·최남선과 근대 잡지

다나카 미카 | **박천홍 옮김**

The Birth of Modern Joseon Publishing Culture
:Sin mun-gwan Choi Nam-seon and Modern Japan

지은이 일러두기

1. 인용문 가운데 현재로는 적절하지 않은 어휘와 표현이 있는데, 역사 용어로 그대로 인용했다. 이해해주기 바란다.

2. 이 책에서는 1948년에 대한민국이 건국되기 이전에 해당하는 조선반도의 국가, 지역, 민족에 관해서 원칙적으로 조선 (인)이란 용어를 사용했다. 1897년 10월부터 1910년 8월까지 조선은 국호를 대한제국으로 사용했는데, 이 책에서는 이 기간에 대해서 대한제국을 한국으로 생략하지 않았고, 그 국민을 한국인이라고 부르지 않고 조선인으로 통일했다.

옮긴이 일러두기

1. 각주는 옮긴이가 달았다.

2. 원저는 직접 인용이나 간접 인용, 기사 제목, 개념어나 역사 용어를「」로 표기했지만, 번역서에서는 직접 인용은 " ", 기사 제목은「」, 간접 인용, 개념어나 역사 용어, 강조어 등은 모두 ' '로 표기했다.

3. 사료를 인용할 때는 조선어 문헌을 포함해서 일본의 신자체(新字體) 한자를 정자(正字) 한자로 고쳤다. 참고문헌 가운데 일본어 문헌과 부록 표의 저본은 일본의 신자체를 그대로 살렸다. 조선어 사료를 직접 인용하는 경우는 원본의 표기를 그대로 따르되 한글 음가를 추가했다. 떼어쓰기는 현대어 표기에 맞게 고쳤다.

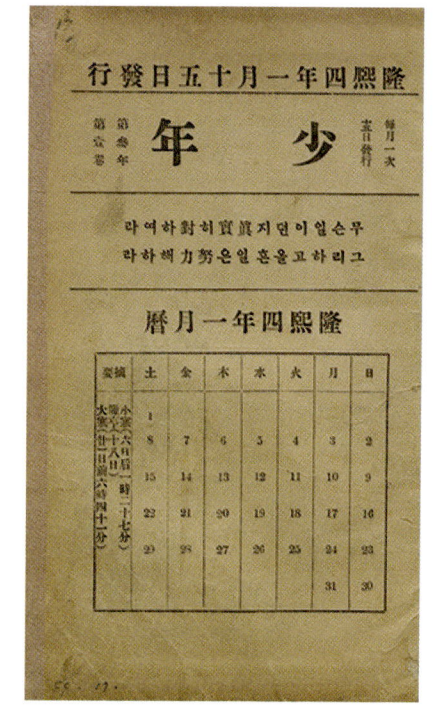

신문관에서 맨 처음 펴낸 잡지로, 조선에서 '최초의 근대 잡지'로 불리는 『소년』. 창간호(1908.11 ▼)와 제3년 제1권(1910.1 ▶), 모두 (재)현담문고 소장. 제1장에서 논한다.

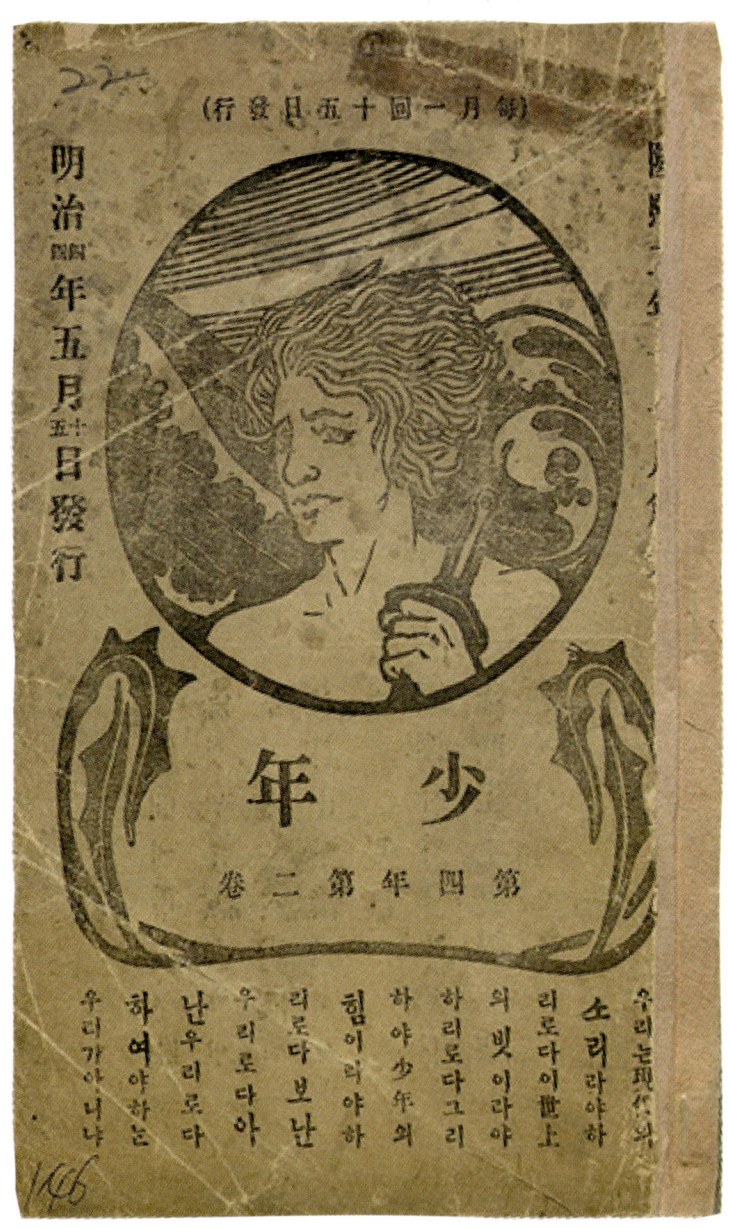

조선 최초의 근대 잡지 『소년』의 마지막 호인 제4년 제2권(1911.5. (재)현담문고 소장).
제1장에서 논한다.

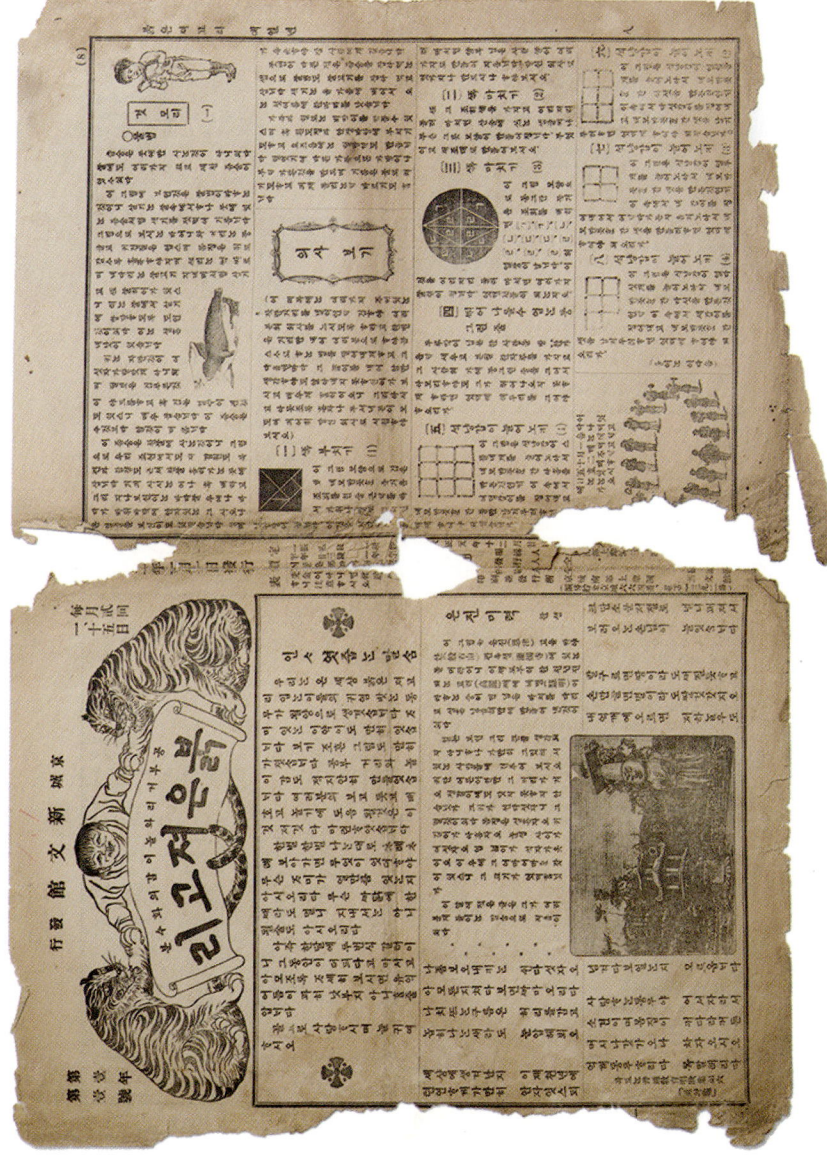

어린이 잡지 『붉은 져고리』 창간호
(1913.1, ㈜지경사 김병준 씨 소장).
제2장에서 논한다.

어린이 잡지 『아이들보이』. 왼쪽부터 창간호(1913.9, (재)현담문고 소장),
제13호(1914.10, 시가현립대학(滋賀縣立大學) 소장). 제2장에서 논한다.

조선에서 나온 최초의
중등학생 대상 잡지 『새별』 제16호
(1915.1, 독립기념관 제공).

'종합교양' 잡지 『청춘』. 왼쪽부터 창간호(1914.10), 제6호(1915.3), 제8호(1917.6).
모두 (재)현담문고 소장. 제3장에서 논한다.

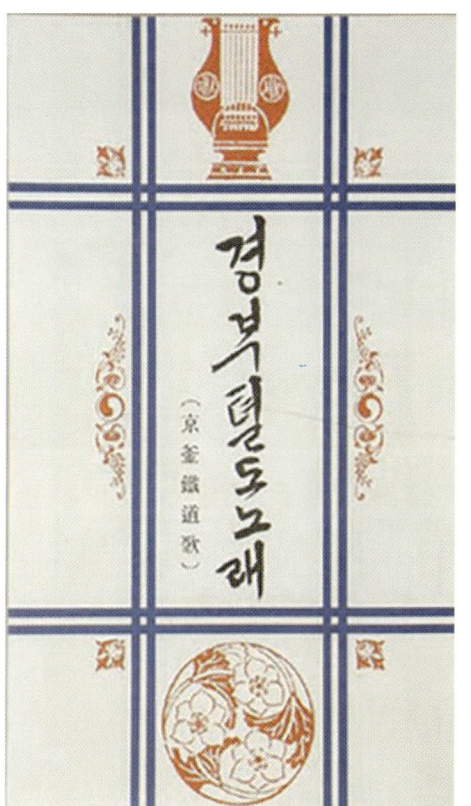
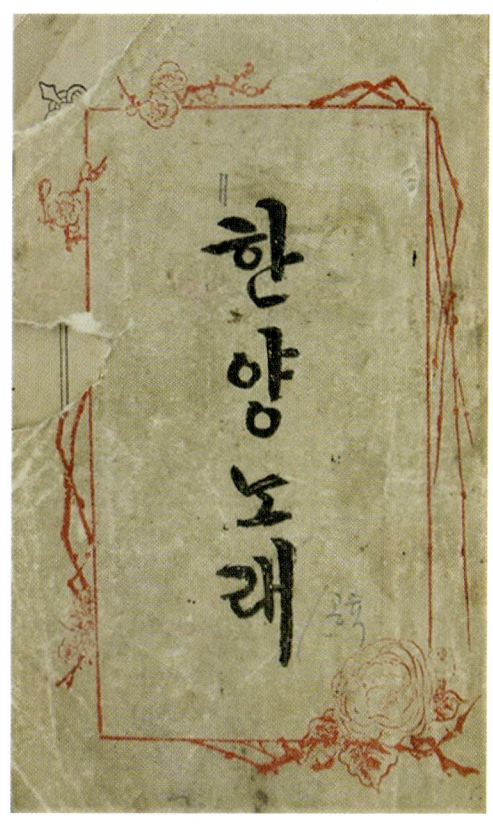

신문관이 처음으로 출판한 단행본 『한양노래』(1908, 연세대학교 소장,
박진영 씨와 소명출판 제공)와 『경부 도노래』(1908, 독립기념관 제공).

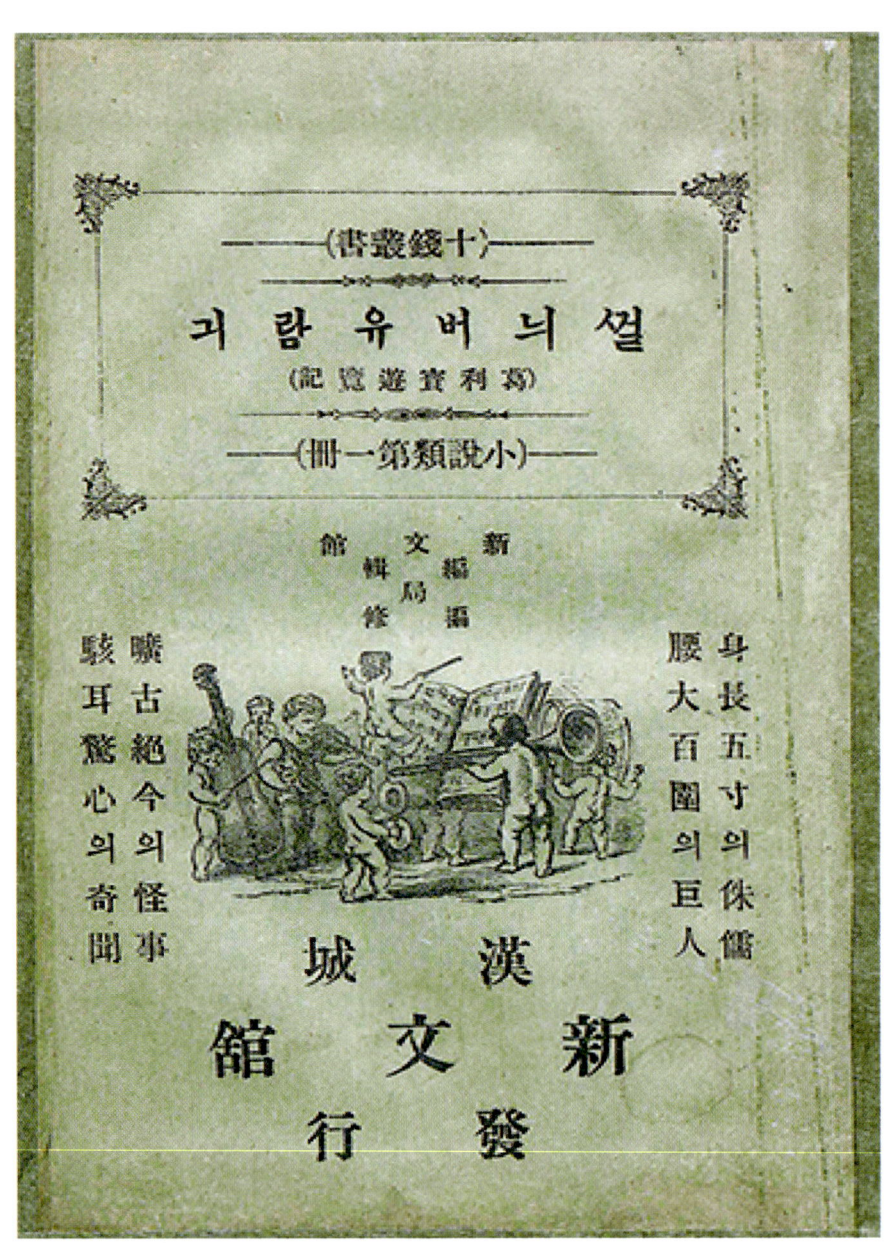

(十錢叢書)

껄늬버유람긔
(꼬利賽遊覽記)

(小說類第一冊)

新編
編局
編修
文
館輯

曠古絶今의怪事 駭耳驚心의奇聞	身長五寸의侏儒 腰大百圍의巨人

漢城
新文館
發行

『걸리버여행기』의 번역서인 『껄늬버유람긔』(1909, (재)현담문고 소장). 제5장에서 논한다.

'육전소설' 가운데 하나인 『흥부전』(1913, 시가현립대학 소장).

『엉클 톰의 오두막』의 번역서인 『검둥의 설음』(1913, (재)현담문고 소장).

추단의랑자

번역소설 『자랑의 단추』(1912, 근대서지학회 오영식 회장 제공).

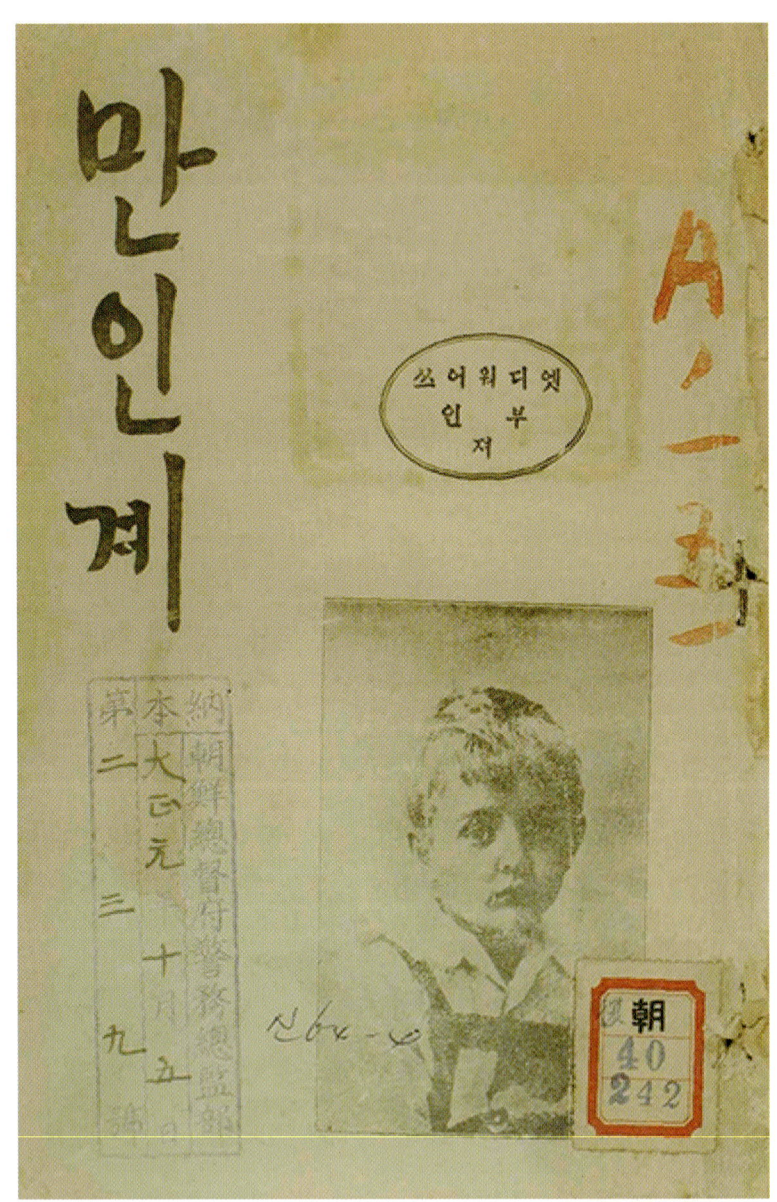

『만인계』(1912, 국립중앙도서관 소장).
제5장에서 논하는 신문관의 번역소설 가운데 초기에 간행된 것이다.

번역소설 『허풍선이 모험긔담』(1913, (재)현담문고 소장).

『카추샤 애화 해당화(賈珠謝哀話 海棠花)』(1918, 도야마대학(富山大學) 부속도서관 소장). 톨스토이의 『부활』에 등장하는 인물 카추샤에 초점을 맞춘 소설이다.

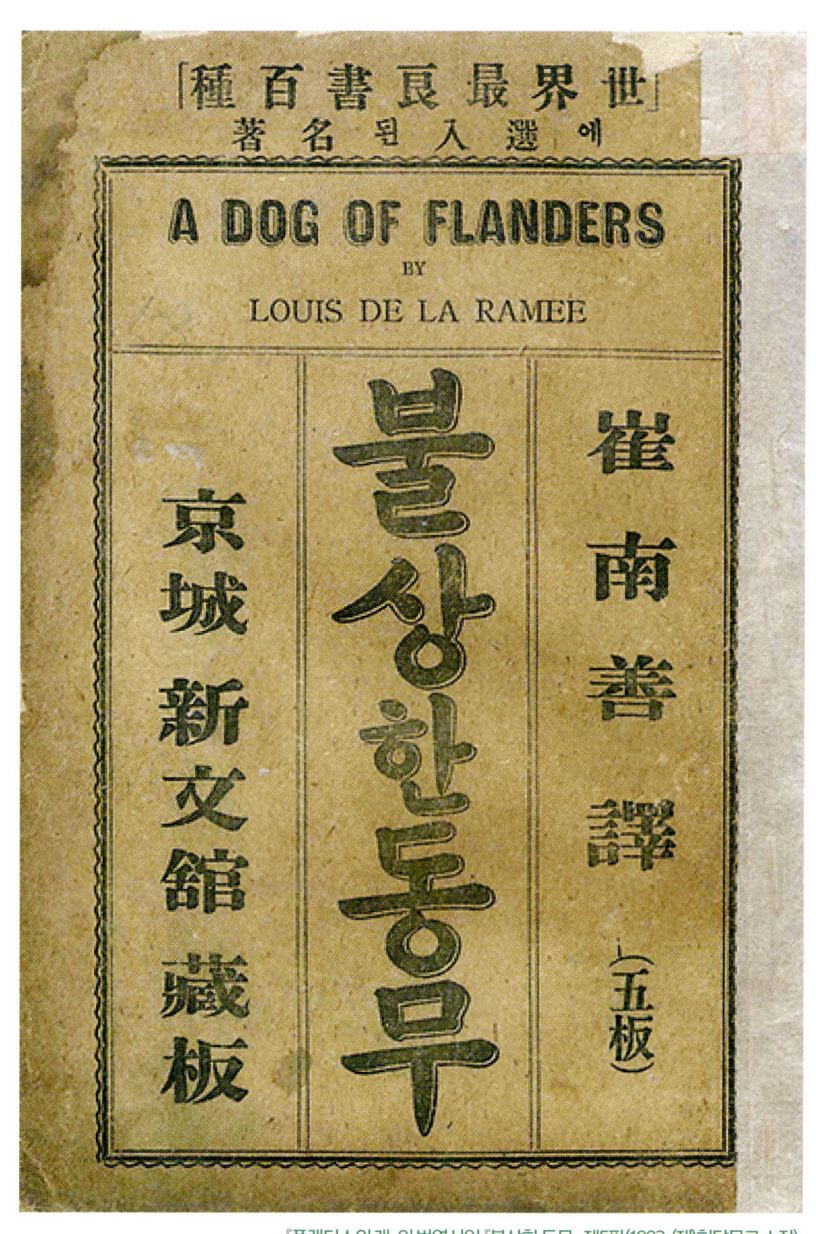

『플랜더스의 개』의 번역서인 『불상한 동무』 제5판(1923, (재)현담문고 소장).
초판은 1912 간행.

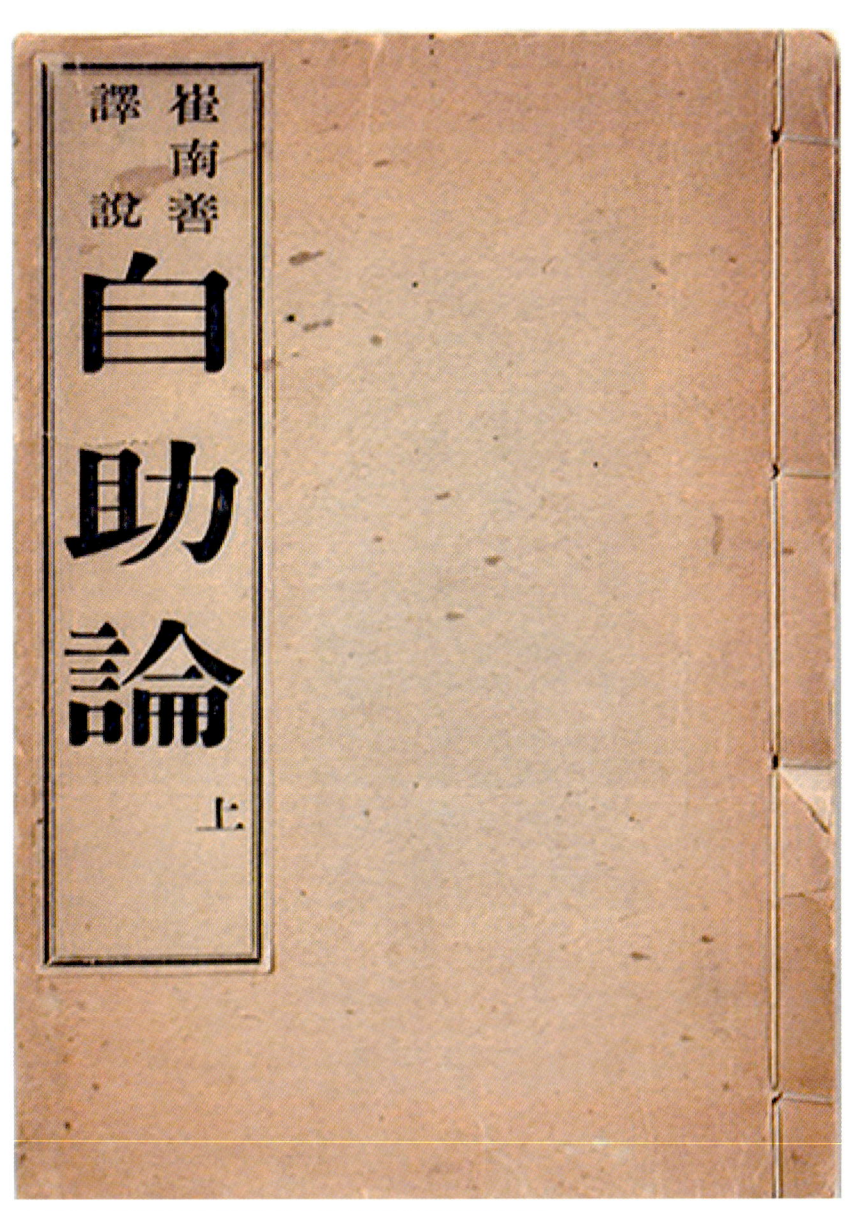

스마일스가 지은 『셀프 헬프』의 번역서 『자조론』 상권(1918, 독립기념관 제공).
제6장에서 논한다.

『시문독본』 초판(1916, 한국학중앙연구원 소장). 제6장에서 논한다.

동명사에서 간행된 『동명』. 동명사는 신문관을 계승한 출판사이다.
왼쪽부터 제1권 제2호(1922.9.10), 제2권 제11호(1923.3.11). 제7장에서 논한다.

동명사에서 간행된 『괴기』 창간호(1929.5, 서울대학교 중앙도서관 소장).

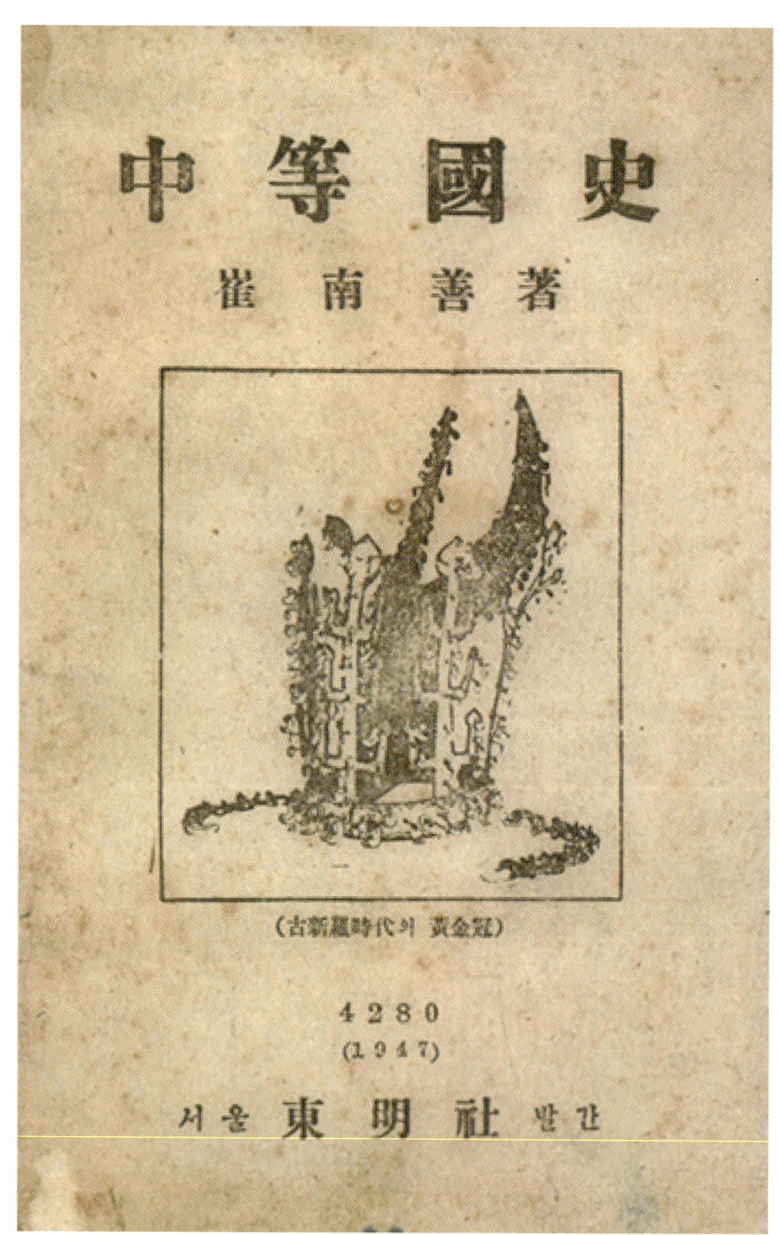

中 等 國 史

崔 南 善 著

(古新羅時代의 黃金冠)

4280
(1947)

서울 東 明 社 발간

최남선이 해방 뒤에 동명사에서 출판한 『중등국사』(1947, 독립기념관 제공).

이 책은 동시대 일본과 조선의 출판계가 어떻게 관계되었는지 살펴봄으로써 '일국사'를 뛰어넘는 틀에서 근대 조선에서 출판문화가 형성되는 과정을 고찰한 것이다.

근대 조선의 '출판'을 다루면서 이 책은 신문관에 주목했다. 신문관은 「3·1독립선언서」의 초안을 쓴 사람으로 알려진 최남선이 1908년에 설립한 출판사이다. 신문관은 '한국 최초의 근대 잡지'가 되는 『소년』과 당시로는 새로웠던 어린이를 위한 출판물 등 조선 출판의 역사에 이름을 남긴 많은 잡지와 단행본을 간행한 곳으로 그 당시에 획기적인 존재였다. 오늘날 한국에서 가장 오래된 출판사로 알려진 동명사의 모체이기도 하다. 조선에서 출판문화는 어떻게 형성되고 발전해왔던 것일까. 이 과제를 해명하기 위해 신문관에 대한 분석은 필요불가결하다. 이렇게 생각하면서 저자는 대학원에 진학한 뒤부터 신문관의 연구에 힘써왔다. 이 책은 그 성과이다.

잘 아는 것처럼, 일본에서 한국의 드라마와 영화, K-팝의 인기가 자리잡은 지 오래되었는데, 최근에는 '출판'이 한국의 새로운 문화 콘텐츠로 주목받고 있다. 예를 들면, 조남주의 『82년생 김지영』^{민음사, 2016}이 2018년에 번역 출판된 것을 계기로 한국의 소설에 흥미를 느낀 사람들이 늘어나면서 'K-문학'이 인기를 끌게 되었다. 또 미래엔아이세움에서 나온 『살아남기』 시리즈의 일본어 번역판인 『과학만화 서바이벌 시리즈^{科學漫畵サバイバルシリーズ}』는 'K-문학' 붐 이전부터 초등학생에게 크게 인기를 모았다. 최근에는 K-팝과 'K-문학' 등을 통해서 한국에 관심을 지니고 한국어를 배우려고 하는 사람도 많다.

실제로 저자가 근무하는 대학에도 입학 전부터 독학으로 한국어를 배웠다는 학생이 적지 않고, 한국어 수업을 이수하는 학생 수도 해마다 늘고 있다. 또 『과학만화 서바이벌 시리즈』를 어릴 때에 읽었다고 하는 대학생도 자주 보인다. 이런 상황을 눈앞에 보면서 젊은 층을 중심으로 한국의 '문화'에 관심이 큰 데에 놀라지만, 다른 한편으로 절실하게 느끼는 것은 '역사'에 대해 관심이 적다는 점이다.

　예를 들면, 이 책의 주인공으로 신문관의 설립자인 최남선의 이름은 사실은 일본에서는 거의 알려지지 않았다. 고등학교의 역사교과서에 나오는 3·1독립운동은 겨우 알아도, 독립선언서의 초안을 쓴 사람이 누구인지 일본인은 대부분 모른다. 그 때문에 최남선이 설립한 신문관에 대해서도 당연히 알지 못한다. 이렇게 관심이 적기 때문에 최남선과 한국·조선의 출판 역사에 대한 연구서도 일본에서는 거의 보이지 않는다. 이런 상황에서 한국 문화에 대한 일본인의 관심을 역사 분야에서도 넓히고 싶고, 식민지시대를 살았던 최남선의 존재와 현대 한국으로 이어지는 근대 조선의 출판 역사에 대해서 일본의 독자에게 조금이라도 관심을 불러일으키고 싶다고 생각한 것이 이 책을 쓴 동기 가운데 하나였다. 따라서 이 책은 어디까지나 일본의 독자를 상정해서 쓴 것이라, 설마 한국 분들이 읽어주실 기회가 있으리라고는 생각조차 하지 않았다.

　한국에서 최남선은 모르는 사람이 없을 만큼 저명한 인물이고, 그에 관한 연구도 해마다 나오고 있다. 또 한국·조선의 출판 역사에 대한 연구도 꽤 많이 쌓였다. 앞서 나온 그런 연구와 이 책의 다른 점이 무엇인가 하면, 그것은 일본과 조선의 출판계가 어떻게 관계되는가에 주목한 점일 것이다. 이 책에서는 최남선이 1900년대에 두 번이나 일본에 유학한 뒤에 신문관을 설립한 점을 고려하고, 조선어 사료뿐만 아니라 동시대의 일본어 사료도 많이 활용하면서 어떤 문헌이 어떻게 조선으로 들어왔는가, 그 일본의 문헌들을 최남선 등의 지식인은 어떻게 수용했는가, 그 양상을 자세히 고찰함으로써 일본과 조선의 출판계가 관계되는 모습에 주목하면서 출판문화의 형성 과정을 거슬러 올라갔다. 이렇게 '일국사'를 뛰어넘는 틀에서 분석하는 방법 자체는 결코 새로운 것은 아니다. 다만 한국·조선의 출판 역사를 연구하는 분야에서는 아직도 '일국사'를 뛰어넘는 시각이 충분히 받아들여졌다고는 말하기 어려운 면도 있고, 특히 신문관과 일본의 출판계가 어떻게 관계되는지 조선어와 일본어 사료를 활용하면서 구체적으로 논한 연구는, 저자가 보기에는 거의 없다.

이 책의 목적은 당시 일본의 출판계가 조선에 미친 영향력을 강조하는 것이 당연히 아니다. 본문에서 자세히 논하는 것처럼, 최남선은 민중계몽의 목적을 이루기 위해 자신의 뜻에 맞는 일본의 문헌을 뽑아서 엮고, 또 번역 과정에서 수정하고 보완하는 등의 작업을 거치면서 독자적으로 재구성해서 정보를 발신했다. 한 예를 들면, 최남선은 『이솝 이야기』 일본어판을 번역해서 어린이 잡지 『붉은 져고리』에 연재했다. 자세한 내용은 이 책의 제2장에서 설명하는데, 최남선은 현재 상황에 만족하라는 교훈을 담은 「토끼와 여우兎と狐」 이야기를 잡지에 실었지만, 자신의 문장을 덧붙임으로써 현재 상황에 만족해서는 안 된다는 정반대의 내용으로 바꾸었다. 이 『붉은 져고리』가 발행된 것은 1913년 곧 일본의 식민지시대였다. 최남선이 이 『이솝 이야기』를 바꾸어 쓴 까닭은 식민지의 상황에 만족해서는 안 된다고 독자를 격려하기 위한 것이었다고 생각되는데, 최남선의 이런 생각은 조선어와 일본어의 두 문헌을 이용해서 잡지의 글과 번역 저본을 비교함으로써 처음으로 밝혀진 사실이다.

이렇게 최남선을 비롯한 조선의 지식인들이 어떻게 일본의 문헌을 활용해서 민중계몽을 의도하고 독자적인 출판문화를 발전시키려 했는가, 그것을 밝히는 것이야말로 이 책의 목적이다. 또 당시 조선의 지식인들이 참고한 일본의 출판계는 서양의 영향을 받으면서 형성된 것이었다. 그런 의미에서 일본과 조선의 관계에 초점을 맞추어 근대 조선에서 출판문화가 형성되는 과정을 분석한 이 책의 시도는 조선의 출판 역사를 세계사의 틀에서 파악하는 작업의 일부이기도 하다. 이 책을 계기로 한국의 독자 여러분이 조금이나 일본의 '출판'에도 관심을 기울이게 되어 한국과 일본 사이의 미디어와 역사, 문학연구자 사이의 교류 활성화로 이어질 수 있기를 바라마지 않는다.

이 책의 한국어판이 나올 수 있게 된 것은 지금까지 신문관 연구의 발전에 크게 공헌하신 박진영 선생님, 옮긴이 박천홍 선생님, 간행을 맡아주신 소명출판의 덕분이다. 진심으로 감사드린다. 박진영 선생님은 일본어판을 읽고 이 책을 한국에서 펴낼 것을 제안하고 출판사에 소개해 주셨다. 박천홍 선생님은 섬세하고 정확한 번역과 아울러 작업 과정에서 조선어 사료의 원문을 모두 다 찾아주었고, 저자가 원서를 집필하면서 수정하지 못한 오류를 바로잡아주셨다. 두 분 선생님께 다시 한 번 감사드린다.

2023년 6월
다나카 미카

차례

'일국사'를 뛰어넘는 조선 출판문화사
연구의 대상과 과제

1. 한국 출판문화의 기원

이 책의 목적은 근대 조선에서 출판문화가 형성되는 과정을 실증적으로 해명하는 것인데, 동시대에 조선과 일본의 출판계가 관계 맺는 양상을 고찰함으로써 '일국사─國史'를 뛰어넘는 관점에서 접근한다.

근대 조선을 고찰할 때 '출판'에 주목하는 데는 극히 중요한 의미가 있다. 1876년의 조일수호조규에 따라 개국한 조선1897년에 국호를 대한제국으로 바꾸었다은 러일전쟁의 결과 1905년에 일본의 보호국이 되었고, 1910년부터 1945년까지 식민지가 되었다. 조선에서는 특히 일본의 침략이 본격화한 1905년 이후 항일운동은 물론 새로운 지식과 새로운 사상이 들어옴에 따라 여러 종류의 민족운동과 문예활동 등 다양한 운동이 전개되었는데, 그 토대에는 책과 잡지, 신문 등의 출판물이 있었다.

예컨대 식민지시대, 특히 1920년대를 대표하는 종합잡지였던 『개벽』에는 니체와 루소를 비롯한 서양의 근대사상과 극작가 입센, 여성교육자 엘렌 케이 등 당시 세계적으로 영향을 주었던 인물이 자주 소개되었다.

또한 이런 잡지에서는 마르크스주의를 비롯한 여러 종류의 사회주의 이론도 다루어 당시 조선의 민족운동에 큰 영향을 미쳤다.

문예면으로 눈길을 돌리면, 현재 한국에서 근대문학의 비조로 평가받는 이광수^{1892~1950?}의 작품 「무정」이 1917년에 『매일신보』에 실린 것을 계기로 많은 조선인이 소설과 만나게 되었다. 그리고 1920년대의 『동아일보』에서 장편연재가 정착했고, 그 과정에서 독자투고와 현상모집에 따라 많은 작가가 탄생해 조선 근대문학이 발전해갔다.[1] 이렇게 당시 조선에서 문화와 사상은 주로 출판물을 매개로 형성되었다.

그런데 위에서 말한 것처럼 서양 근대사상을 소개한 『개벽』의 글은 그 대부분이 나카자와 린센^{中澤臨川}, 이쿠타 조코^{生田長江}가 엮은 『근대사상 십육강^{近代思想十六講}』^{新潮社, 1915}과 이쿠타 조코, 혼마 히사오^{本間久雄}의 『사회개조의 팔대 사상가^{社會改造の八大思想家}』^{東京堂書店, 1920}를 번역한 것이었다.[2] 조선에서 사회주의도 마찬가지로 『해방^{解放}』과 『중앙공론^{中央公論}』 같은 일본의 출판물을 매개로 해서 전파되었다는 사실이 보여주듯이,[3] 조선에 소개된 새로운 사상과 번역소설 등은 일본의 책에서 중역한 것이 많았다. 당시는 서양에서 일본으로, 일본에서 아시아로 이어지는 사상의 유통구조가 형성되어 있었고, 출판물이야말로 국경을 뛰어넘어 그 정보를 전달하는 역할을 맡았다.[4] 곧 '출판'을 분석하는 것은 '일국사'를 뛰어넘어 근대 조선의 문화와 사회, 사상의 형성과정을 파악하기 위해 필수불가결한 작업이고, 나아가 동아시아 근대에서 '지^知'의 존재 방식을 고찰하는 데도 조선사의 입장에서 공헌할 수 있다고 할 수 있다.

더구나 '출판'은 근대 조선뿐만 아니라 오늘날의 한국 사회를 깊이 이해하는 데도 유용한 실마리이다. 한국은 1970년대 말에 한국어의 총출판량이 세계 10위권 안에 들어가는 등 일본의 식민지 지배에서 해방된 뒤에 세계에서 손꼽히는 출판대국의 지위를 구축했고, 1990년대에도 세계 8위에 오르는 등 그 추세를 유지해왔다.[5] 오늘날의 출판 불황에도 IT 강국 한국에서는 가장 빨리 전자화가 진행되었는데, 2017년에는 전자책이 잡지를 제외하고 전체 출판시장의 3분의 1을 차지했고[6] 인터넷 서점의 약진은 눈부실 정도다.

최근에는 한국에서 나온 디지털 코믹의 일종인 '웹툰webtoon'이 국제적으로 널리 인기를 얻고 있다. 웹툰을 담은 코믹comic 등의 만화 앱이 일본에도 진출해서 화제가 된 것처럼, 한국 출판문화의 영향은 일본에도 미치고 있다. 예컨대 최근 일본에서는 학습만화 시리즈『과학만화 서바이벌 시리즈科學漫畵サバイバルシリーズ』朝日新聞出版, 2008~가 인기를 끌고, 「헤이세이 29년도2017 '아침 독서'에서 읽힌 책 순위」에서는 초등학교 부문에서 제2위에 올랐는데,[7] 이것은 한국의 출판사 미래엔 아이세움이 2001년부터 출판하기 시작한 어린이를 위한 학습만화『살아남기』시리즈의 일본어 번역판이다.[8]

또 최근의 미투MeToo운동과 함께 조남주가 짓고 사이토 마리코齋藤眞理子가 옮긴『82년생 김지영八二年生まれ, キム·ジヨン』筑摩書房, 2018이 큰 반향을 일으킨 것은 기억에 새롭다. 신문과 잡지에서 속속 한국의 소설이 다루어지고 한국 문학 붐이 일어나는 등 바야흐로 지금 한국의 출판계가 주목받고 있다.[9]

그런데 이런 한국의 출판문화는 어떻게 형성되어온 것일까. 역사를 살펴보면 조선에서 활판인쇄로 만든 출판물이 등장한 것은 1880년대로 거슬러 올라간다. 조선에서 최초의 신문은 1883년에 창간된『한성순보』〈도판 0-1〉이다.[10] 이것은 조선정부의 기관지로, 조선의 근대화에는 신문을 발행하는 것이 중요하다는 후쿠자와 유키치福澤諭吉의 조언과 후쿠자와가 파견한 이노우에 가쿠고로井上角五郎의 협력에 따라 일본의 활판인쇄 기술로

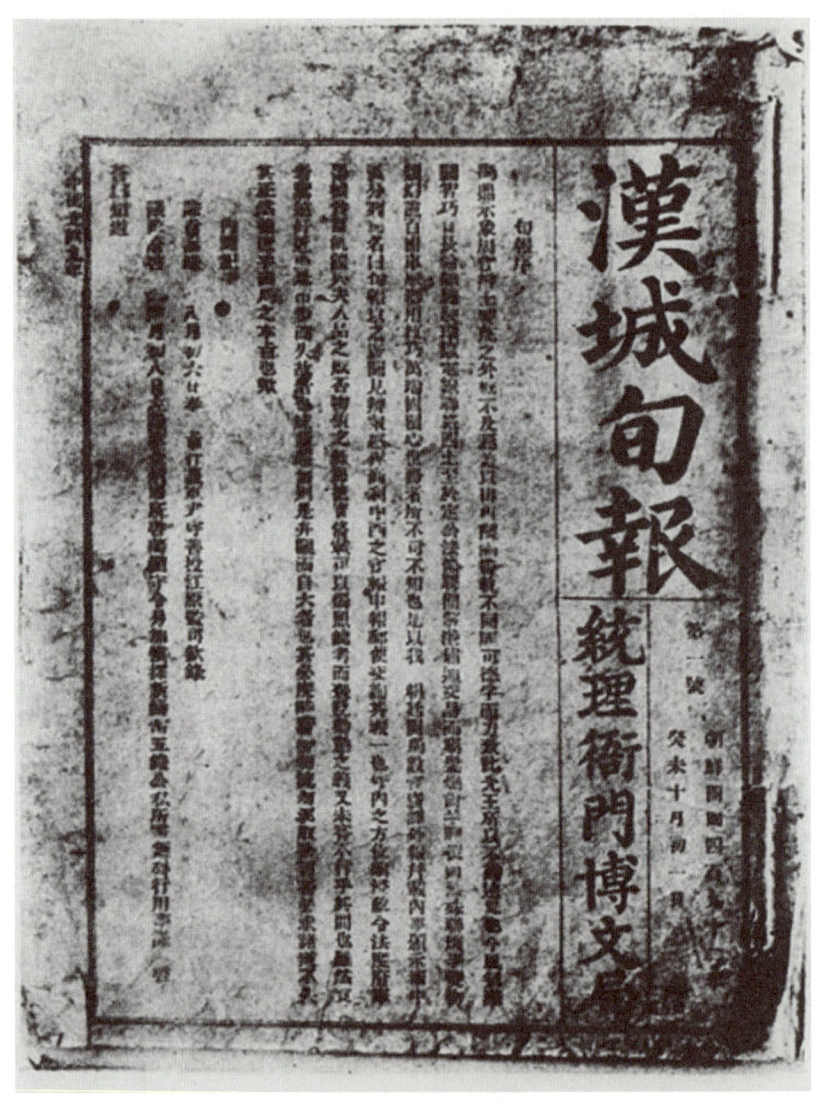

〈도판 0-1〉조선 최초의 신문인 『한성순보』 제1호, 1883.10.
출전: 井上角五郎先生傳記編纂會 編, 『井上角五郎先生傳』, 井上角五郎先生傳記編纂會, 1943.

간행되었다. 다만 모두 한문으로 쓰였고, 서민을 위한 읽을거리는 없었다. 1886년에는 그에 뒤이은 『한성주보』가 발행되었고, 공적 간행물에서는 처음으로 한글이 사용되었다.[11]

한편 민간에서 나온 근대적 출판물의 효시는 1896년에 창간된 『독립신문』^{〈도판 0-2〉}이다. 이 신문은 독립협회의 실질적인 기관지였는데, 독립협회는 미국 유학 경험이 있는 서재필이 민중을 계몽함으로써 조선사회를 개혁할 것을 목표로 조직한 것이었다. 『독립신문』은 조선에서 한글만으로 쓰인 최초의 신문인데, 서재필은 발행에 즈음해서 후쿠자와 유키치의 『시사신보^{時事新報}』를 참고했다고 한다.[12] 이 무렵 『황성신문』과 『제국신문』^{모두 1898년 창간} 등 조선인이 경영하는 신문이 차차 등장하게 되었다.

이어서 잡지를 살펴보자. 먼저 독립협회는 『독립신문』뿐만 아니라 같은 시기에 『대조선독립협회회보』^{1896~1897}도 간행했는데, 조선에서 본격적으로 잡지가 간행되기 시작한 것은 『대한자강회보』와 『서우』^{〈도판 0-3〉} 등이 창간된 1906년 이후부터다. 그 전해인 1905년에 대한제국이 일본의 보호국이 되자 애국계몽운동의 저항운동이 널리 펼쳐졌다. 애국계몽운동은 '학회'라고 불리는 단체가 중심이 되어 민중의 애국심 함양과 지식 보급 등의 계몽을 겨냥한 운동으로, 그것을 위해 각 단체는 기관지를 활용했다. 『대한자강회월보』와 『서우』도 각각 1906년에 설립된 애국계몽운동단체 대한자강회와 서우학회의 기관지다. 이렇게 보호국이 된 것을 계기로 잡지 수는 단숨에 늘어났는데, 결국 애국계몽운동의 성과는 열매를 맺지 못하고 대한제국은 일본의 식민지로 전락하고 말았다.

이상과 같이 1880년대부터 보호국기^{1905.11~1910.8}에 이르는 동안에 조선인 자신이 스스로 근대적인 출판물을 간행하게 되었다. 그러나 이것은 정부의 정책과 각 단체의 이념을 전달하는 데 주안을 둔 것으로, 이른바 관

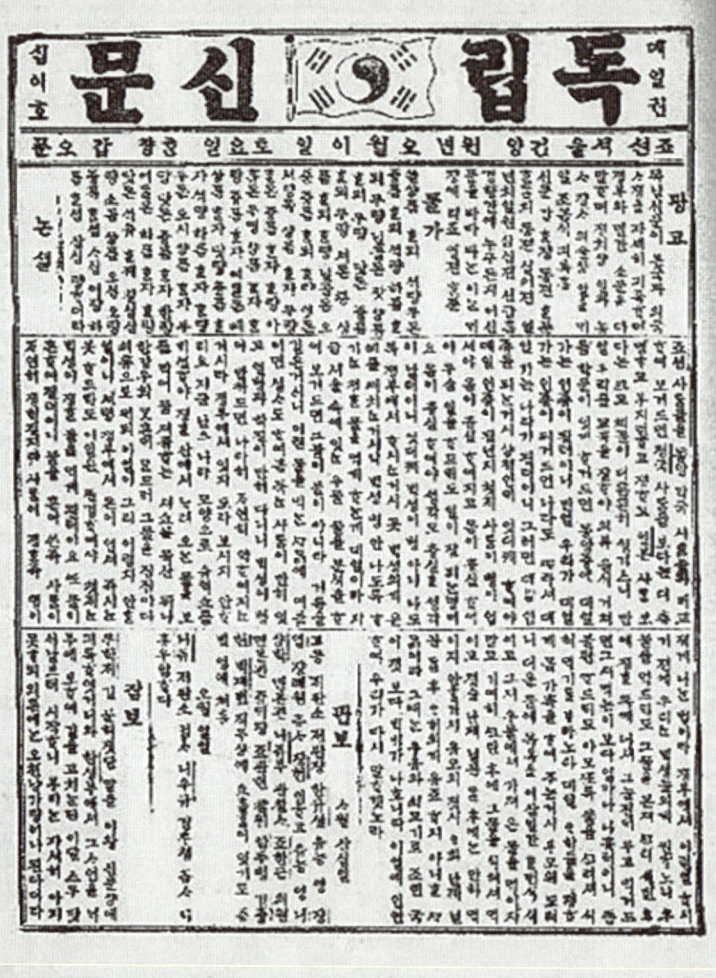

〈도판 0-2〉한글로 쓰인 『독립신문』 제1권 제11호, 1896.5.2.

<도판 0-3> 애국계몽단체의 기관지 『서우』 제1호, 1906.12.

보와 기관지의 역할을 맡은 것이었고, 풍부한 삽화와 만화, 독자투고 기획 등 오락의 요소와 출판물의 판매를 늘리기 위한 전략처럼 상업적인 요소는 거의 보이지 않았기 때문에 이때에 출판문화가 충분히 발전했다고 말하기는 어렵다. 조선에서 이런 문화가 꽃피는 것은 1920년대에 들어서부터다. 조선을 식민지로 지배하던 일본의 통치기관 조선총독부가 정책을 전환한 것이 그 배경이었다.

1910년 8월의 '한국병합'에 따라 대한제국을 식민지화한 일본은 조선총독부를 설치하고 조선에서 무단정치라고 불리는 정책을 추진했다. 이것은 일부의 예외는 있었지만, 조선인에게 언론, 결사, 집회의 자유를 박탈하는 것이었다. 먼저 총독부는 병합과 동시에 강경한 언론 통제를 실시해 보호국 시기에 간행되고 조선인들이 만든 신문과 잡지를 폐간했고, 그 뒤에도 조선인의 출판물 간행을 거의 허가하지 않았다. 1910년대에는 당시 거의 유일한 조선어 신문인『매일신보』가 있었는데, 이 신문은 조선총독부의 어용신문으로 조선인이 주체가 되어 간행한 것은 아니었다.

그러나 이런 무단정치에 대한 불만을 배경으로 1919년 3월에 최대 규모의 민중운동인 3·1독립운동이 일어나자 조선총독부는 무단정치의 한계를 깨닫고 문화정치로 통치 정책을 바꾸어 조선인에게 어느 정도 언론, 결사, 집회의 자유를 승인하게 되었다. 이런 정책 전환을 배경으로 1920년대에 들어서자『개벽』을 비롯한 잡지가 속속 간행되었고, 또 조선인이 경영하는 민간신문인『동아일보』『조선일보』가 창간되었는데, 이들 신문은 오늘날까지 계속해서 발행되고 있다. 이처럼 1920년대 이후에 나온 출판물에는 기관지적인 성격을 띤 것뿐만 아니라, 풍부한 삽화와 독자투고 기획처럼 오락 요소가 충실한 것도 여럿 있었다.

사실 이렇게 1920년대에 꽃피는 출판문화의 기초를 쌓은 존재가 있었

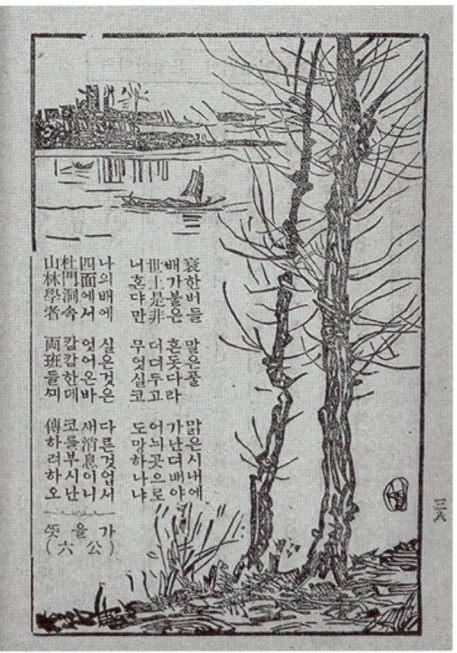

다. 그것이 바로 이 책의 주요 연구대상인 출판사 신문관이다. 신문관은, 일본 통치정책의 전환점이 된 3·1독립운동 때 독립선언서^{이하 「3·1독립선언서」}의 초안을 쓴 인물로 알려진 최남선^{1890~1957}이 대한제국이 일본의 보호국이 된 1908년에 한성^{오늘날 서울, 식민지 시기는 경성}에 설립한 당대를 대표하던 출판사로, 근대문화사에서 획기적인 존재로 그 이름을 남겼다. 예컨대 신문관이 최초로 발행한 잡지 『소년』^{1908.11~1911.5, 통권 23호, 〈도판 0-4〉}은 삽화와 사진 같은 시각 요소가 풍부하고 독자에게 특전을 부여하는 등 당시 애국계몽운동단체에서 펴낸 잡지와는 한 획을 그을 만큼 달랐다. 그 때문에 현대 한국에서는 『소년』 창간일인 11월 1일을 '잡지의 날'로 기념하고, 이 잡지는 한국·조선에서 잡지문화의 기원으로 알려지고 있다.

그밖에 1910년대의 조선에서 인기를 독차지한 '종합교양' 잡지 『청춘』^{1914.10~1918.9, 통권 15호}과 조선 최초의 '문고본' 간행 등 신문관은 근대 조선의 출판문화사에 이름을 남긴 수많은 간행물을 발행했다. 따라서 최남선의 출판활동과 '민족운동의 근원지'로서 식민지 조선의 '아카데미아'라고도 평가받는 신문관의 실태를 해명하는 것은[13] 곧 근대 조선 출판문화의 형성 과정을 해명하는 것과 통한다고 할 수 있다.

또 신문관은 식민지기 조선에서도 특히 언론통제가 삼엄했던 1910년 대의 무단통치 시기에도 출판활동을 계속한 특이한 출판사이지만, 그 원인은 밝혀지지 않았다. 따라서 신문관을 분석한 이 책은 근대 조선에서 출판문화가 형성되는 과정뿐만 아니라, 지금까지 그 실태가 명확하지 않은 무단통치기 더 나아가서는 식민지기의 언론 통제 실태를 해명하는 것과도 통한다.

2. 신문관의 창립자 최남선

신문관의 창립자 최남선(도판 0-5)은 언론인, 문학가, 역사학자, 나아가 일본의 식민지 지배에 협력한 '친일파'로서 여러 가지 얼굴을 지닌 조선의 지식인이고, 특히 「3·1독립선언서」의 초안 작성자로서 널리 알려진 인물이다.

먼저 그의 생애를 개관해 보자. 최남선은 1890년에 한성에서 한약방을 경영하던 최헌규의 둘째 아들로 태어났다. 여섯 살부터 서당에 다니기 시작했고, 그 뒤 『성서』, 『천로역정』 같은 기독교 서적과 상하이의 선교사들이 지은 『태서신사泰西新史』, 『시사신론時事新論』 등 여러 가지 책을 읽었다. 또 1896년에 창간된 『독립신문』과 1898년에 창간되어 1910년의 한국병합까지 간행된 『황성신문』 등의 조선어 신문을 구독함으로써 일찍부터 세계정세를 알기 시작했다. 뒤에『소년』에 실린 문장에서 "최초最初의 신문기고新聞寄稿는 십이세十二歲時"였다고 회고한 것처럼, 이 무렵부터 신문에 논고를 투고했다.[14] 그러나 당시의 신문기사에서 최남선의 이름으로 된 투고문은 보이지 않는데, 최남선이 처음으로 보낸 투고는 실리지 못했다고 한다.[15]

<도판0-5> 최남선.
출전 : 한국민족문화대백과사전(http://encykorea.
aks.ac.kr/Contents/Index?contents_id=E0057237).

그 뒤 1904년과 1906년에 두 번 일본 유학을 경험했는데, 자세한 내용은 제1장에서 밝힌다. 귀국한 뒤 조선의 식민지화가 닥쳐오자 신문관을 설립하고『소년』을 창간했다. 최남선은 잡지를 편집했을 뿐만 아니라, 수많은 문장을 집필하고, 창간호에 현대시의 출발점이 되는 신체시「해에게서 소년에게」를 발표했다. 조선이 식민지로 전락한 1910년에는 일본의 지배로 사라져가는 조선의 고문화를 보존하고 선양하기 위해 문화단체 조선광문회를 발족하고 고전 등 약 50권을 간행했다.

1910년대에는 왕성하게 출판활동을 펼쳤는데,「3·1독립선언서」의 초안을 썼다는 이유로 1919년 3월 3일에 체포되어 1921년 10월에 가출옥하기까지 2년 반 이상이나 복역했다. 그 뒤 출판사 경영을 계속하면서 1920년대 중반부터 조선사, 특히 조선 신화에서 최초의 왕인 단군 연구에 주력하고「단군론」1926.3.3~7.25『동아일보』연재,「불함문화론」1925년 탈고, 1927년『조선급조선민족(朝鮮及朝鮮民族)』제1집에 일본어로 발표 등 계속해서 연구 성과를 발표했다.

조선총독부는 1922년에 조선사편찬위원회를 설치하고, 1925년에는 이것을 조선사편수회로 확대 개편했다. 조선사편수회에는 도쿄제국대학교수인 구로이타 가쓰미黑板勝美와 교토제국대학 교수인 나이토 고난內藤湖南 등의 역사가가 참가해 조선인의 민족주의 사학을 부정하려 했다. 특히 일본의 역사학자는 불교 설화에 의거한 가공의 이야기라고 단군신화를 주장하는 등 조선의 역사에서 단군을 배제하려 했다.

그런 가운데 최남선은 「단군 부인의 망檀君 否認의 妄」 등으로 일본인 학자의 단군부정론에 반론을 제기하고, 많은 저작을 통해서 조선인에 의한 역사를 써가려고 했다. 특히 「불함문화론」은 최남선의 대표작으로, '조선을 통해서 본 동방문화의 연원과 단군을 계기로 한 인류문화의 일면朝鮮을 通して 見たる東方文化の淵源と檀君を契機とする人類文化の一部面'이라는 부제가 붙었다. 최남선은 동방문화의 연원이 중국과 인도가 아니라, 단군신화의 무대인 태백산 곧 백두산에서 생겨난 것이라고 주장했다. 그밖에 같은 시기에 『심춘순례』1928와 『백두산근참기』1927 등의 기행문, 조선의 독자적인 정형시인 시조집 『백팔번뇌』1926, 『시조유취』1928 등도 간행했다.

한편 최남선은 1928년 10월에 조선총독부 조선사편수회의 촉탁이 되고, 그해 12월에는 조선사편수회 위원으로 취임했다. 그 뒤 1938년에 '만주국'에 건너가 건국대학의 교수와 만선일보사의 고문으로 취임했다. 나아가 태평양전쟁이 일어난 이후는 재일조선인유학생에게 학도병 지원을 권유하는 강연을 하는 등 '친일'적 행동을 거듭했다.

이처럼 조선총독부의 기관에서 활동한 이력과 전쟁 시기에 재일조선인유학생에게 학도병지원 권유 강연 등에 따라 최남선은 '친일파'로 판정되어 해방 후인 1948년에 한국에서 제정된 '반민족행위처벌법'에 따라 1949년 2월 7일에 검거되었다. 마포형무소에 수감되지만 병환으로 4월에 보석되었고, 그 뒤 1950년에 한국전쟁이 일어나자 해군전사편찬위원회에서 활동하고, 휴전 뒤에는 서울특별시의 시사편찬위원회 고문에 위촉되었다. 그밖에 육군대학에서 국사 강의를 담당하기도 했는데, 1955년 4월에 뇌일혈로 쓰러져 1957년 10월에 67세로 세상을 떠났다.[16]

이상과 같이 여러 가지 얼굴을 지닌 최남선에 대해서 동시대의 지식인은 어떻게 생각하고 있었을까. 먼저 최남선과 친교가 깊고 신문관에서 서적을 발행하기도 했던 이광수는 조선에 관한 지식을 가장 많이 아는 역사학자로 최남선을 보았고, 동시에 "조선 신문예 운동의 제일인자"라고 문학가로도 높이 평가했다.[17] 또 당시의 저명한 소설가, 평론가였던 양건식은 "문학, 교육, 사회, 종교, 역사의 각 방면에 걸쳐 탁월한 저술"을 남긴 현대문단의 중진이라고 썼다.[18] 근대 조선을 대표하는 작가 염상섭도 최남선이 저명인사이고 특히 시조에서는 "현재 조선의 제일인자"라고 말했다.[19] 최남선이 세상을 떠날 즈음에는 이승만 대통령이 "한국의 「토머스·제퍼슨」"[20]이라고 논평해서 당시부터 문학가, 역사학자, 독립운동가로서 그 업적이 평가받아왔다.

그래서 최남선에 관해서는 현재까지 연구가 상당수 축적되었다. 최초의 연구는 최남선이 세상을 떠난 지 2년 뒤에 발표된 홍일식의 『육당 연구—부[附] 육당문선』일신사, 1959이다. 홍일식은 최남선에게 직접 들은 내용을 바탕으로 그 저작과 사상을 고찰했다. 이것과 함께 초기의 기초적 연구로 꼽을 수 있는 것이 조용만의 『육당 최남선—그의 생애·사상·업적』삼중당, 1964이다. 조용만은 최남선의 경력을 공들여 따라가면서 근대문화 여명기의 선구자이자 개척자로서 시종일관 그의 업적을 높이 평가했다.

이 연구들은 최남선과 서로 잘 알던 인물들이 연구한 것으로 추도의 뜻도 담겼기 때문에 '친일파'의 경력을 깊이 따지고 들지는 않았다. 그러나 특히 최남선의 역사 연구에 대해서는 점차 비판적인 견해가 나타나게 되었다. 예컨대 지명관은 독립운동가이자 역사가이기도 했던 신채호

1880~1936와 비교함으로써 최남선의 민족주의 사학은 최종적으로 "반민족주의적 사학으로 전락"하고 말았다고 지적한다.[21] 또 홍이섭은 최남선이 조선사 인식에서 널리 영향을 미치고 있지만, '반민족적'인 일면이 엿보이고 명확한 역사서술의 이념을 발견해내기는 어렵다고 말했다.[22]

1990년대에 들어서도 최남선의 조선사 연구가 일본에 지배받는 상황에서 민족 정체성을 지켜내기 위한 방법 가운데 하나로 실천한 것이고, 특히 최남선의 단군 연구는 조선민족의 문화 보존을 과제로 삼은 것이었다고 보는 견해가 있지만,[23] 다른 한편으로는 일본의 지배에 저항하기 위한 철저한 역사인식이 모자랐다고 지적받는 등[24] 변함없이 평가가 엇갈렸다.

특히 1990년대에 이르기까지 최남선에 대한 연구는 이처럼 주로 역사학자로서 최남선의 한 측면에 초점을 맞추어 왔다. 그리고 최남선을 민족주의자로서 칭찬하거나 또는 반민족주의자로서 단죄하는 것처럼 '저항 / 협력'의 이원론적인 관점에서 연구가 진행되어 왔다.

오늘날에도 한국을 중심으로 해마다 새로운 연구 성과가 발표되는 등 최남선에 관한 연구는 여전히 활발하다. 또 최남선이 「3·1독립선언서」의 초안 작성자임과 동시에 '친일파'로 지목되는 인물이기도 하다는 점에서 그 평가를 둘러싼 논쟁도 이어진다. 그러나 2000년대 이후의 연구는 시점과 대상이 다양화하고 있다고 말해도 좋을 것이다.[25]

먼저 연구 시점에 대해서 살펴보면, 최근 '저항'과 '협력'이 교차하는 회색지대로서 식민지 사회와 지식인을 파악해야 한다는 사고방식이 제창되어 '친일파'를 재고할 필요성이 논의되었다.[26] 그 결과 '저항 / 협력'의 이원론에 따라 최남선의 친일행위를 단죄할 것이 아니라, 그 경위와 그런 행위를 통해서 그가 무엇을 지향했는지 밝히려는 연구가 나타나게 되었다.[27]

연구 대상에 대해서도 지금까지 주목받아온 역사학자의 측면뿐만 아니라[28] 최남선의 민족 개념에 대한 분석,[29] 기행문과 종교 관련 저작에서 시, 시조에 이르기까지 다양한 작품에 초점을 맞춰 문학가의 측면에 주목한 문학 연구가 활발하고[30] 다양화하고 있다. 최남선의 한 측면으로 출판인에 대해서도 문학 연구 분야에서 연구가 진전되고 있다.

이제까지 보아온 것처럼 최남선은 여러 가지 얼굴을 지닌 인물이다. 이 책은 그 가운데서도 최근 한국문학 연구 분야에서 주목받기 시작한 출판인 최남선의 한 측면과 최남선이 설립한 신문관에 대해서 역사학적 관점에서 고찰을 시도한다.

3. 연구사

근대 조선에서 출판문화의 기점이라고도 할 수 있는 신문관은 이제까지 어떻게 분석되어 왔을까. 사실은 출판사로서 신문관 그 자체에 초점을 맞춘 연구는 최근에 이르기까지 거의 없었다. 다른 한편 개별 간행물에 관한 연구는 방대하게 축적되었다.[31] 그 대부분은 저명한 잡지인 『소년』과 『청춘』 두 잡지에 집중한다. 앞에서 말한 것처럼, 1910년대 이전에는 조선인에게 언론의 자유가 인정되지 않았기 때문에 조선인이 발행한 잡지 자체가 한정되어 있었다. 그 때문에 최남선에게 관심이 있든 없든 관계없이 『소년』과 『청춘』 두 잡지는 널리 주목을 끌어왔다.

먼저 『소년』은 조선 '최초의 근대잡지'라거나 '아동문학의 효시'[32]라고 일컬어져 조선 근대 문화사와 문학사뿐만 아니라 사상사와 민족운동사 등에서도 중요한 지위를 차지하고 오늘날에 이르기까지 활발하게 연구된다. 여기서는 하나씩 들지는 않지만, 크게는 『소년』에 실린 소설 등 서양의 작품을 분석한 것과[33] 지면에서 쓰인 '소년' 등의 용어와 개념을 분석한 것,[34] 그리고 이 잡지가 민중 계몽에 미친 역할을 분석한 것으로 나뉜다.[35]

다음으로 『청춘』은 '종합교양'의 성격을 띠었는데, 과학, 세계지리, 세계사, 그리고 조선의 역사와 지리 등 인문학, 사회과학, 자연과학 등 다양한 분야에 걸친 장르의 기사와 논설을 실었다. 특히 각 민족과 각국의 문물 등을 소개한 것과 해외정보 곧 당시의 언어로 말하자면 '세계적 지식'을 많이 실은 것이 눈길을 끄는 간행물이다. 이 잡지는 주간을 맡은 최남선의 세계인식을 보여주는 대표적인 매체로,[36] 앞선 연구에서는 '세계적 지식'을 다룬 각 기사를 분석하는 데 초점을 맞추어 왔다.[37]

다른 한편, 신문관은 『소년』이 폐간된 뒤 『청춘』을 발간하기까지 사이에 어린이 잡지에 착수했는데, 그에 관한 연구는 부족하다. 신문관은 『소년』 폐간 뒤에 『붉은 져고리』[1913.1~1913.6, 통권 11호], 『아이들보이』[1913.9~1914.10, 통권 13호], 『새별』[1913.9?~1915.1, 통권 16호] 등 어린이를 위한 간행물을 잇달아 출판했다. 제1장에서 논하는 것처럼, 『소년』도 독자 대상에 어린이가 포함되었지만, 이 잡지는 폭넓은 연령층을 대상으로 했다.[38] 그에 비해 이들 어린이 잡지는 명확하게 어린이에 초점을 맞춘 것이었다.

그 때문에 이들 잡지는 조선 아동문학사의 출발점에 위치한다. 그러나 『소년』과 『청춘』이 민족의식의 함양과 근대적 지식의 보급처럼 민중계몽의 면에서 역할이 컸다고 주목받아온 것과 대조적으로 어린이 잡지는 이런 계몽의 요소가 희박하다고 인식되어 왔다.[39] 그 결과 2000년대 이르기까지 한국의 아동문학 연구자는 각 간행물의 내용을 분석하고 아동문학사에서 차지하는 의의를 고찰하는 데 몰두해왔지만,[40] 사료의 제약도 있고[41] 최남선이 어린이 잡지를 간행하는 데 착수한 이유는 물론 간행 시기와 편집에 종사한 인물처럼 기본적인 사실조차 밝혀지지 않은 채 방치된 상태이다.

연구가 그다지 나아가지 않았다는 점에서는 신문관의 단행본도 마찬가지다. 신문관은 사전과 번역물, 소화집笑話集과 고전의 복간 등 다양한 분야에 걸쳐서 단행본 약 60여 책을 간행했는데, 이들은 주력 상품이었던 잡지에 견줘보면 그다지 주목받지 못했다.

특히 신문관은 공통의 제목과 주제를 내걸고 계속적으로 간행되는 작품군이하 '시리즈 서적'을 1910년대 전반까지 중점적으로 간행했는데, '십전총서', 번역소설, '육전소설' 등의 총서가 대표적이다.[42] 이 시리즈 서적의 간행 수는 약 20책에 이르러 단행본 전체의 약 3분의 1을 차지하는 등[43] 잡지와 나란히 신문관이 주력한 것이었다. 그 가운데서도 '십전총서'는 조선에서 '문고본'의 효시로 평가받는데,[44] 그 획기적인 면이 지적되는 데 그쳤다. 번역소설과 '육전소설'에 대해서도 내용과 의의를 논한 논문이 몇 편 발표된 정도이다.[45]

그밖에 신문관의 중요한 단행본으로는 조선에서 '최초의 근대적 모범 문장 입문서'라고 평가받는 『시문독본』1916년과 사뮈엘 스마일스Samuel Smiles, 1812~1904가 지은 *Self Help*1859, 일본에서는 『자조론(自助論)』으로 번역되었는데, 이 책에서는 일본어·조선어로 번역된 여러 가지 '자조론'이 등장하기 때문에 원작인 *Self Help*에 대해서는 이하 『셀프 헬프』로 표기한다－지은이 의 번역본인 『자조론』1918을 들 수 있다. 신문관은 단행본을 '학술서류' '수양서류' '문예서류' '잡종서류'로 분류하는데, 그 가운데서도 『시문독본』과 『자조론』은 각각 '수양서류'와 '문예서류'의 중요 서적으로 꼽아 1910년대 후반에 신문관이 특히 중점을 두었다고 할 수 있다.

『시문독본』은 몇 번이나 판을 거듭하면서 당시 청소년에게 큰 영향을 미친 출판물이기도 하고, "1910년대의 문화적·문체적 변천을 다각적으로 반영한 결과", "당대의 지적 수준과 언어 역량을 동시에 보여 준 종합교과서"로 평가받는 매체인데,[46] 본격적으로 연구된 것은 2000년에 들어서부터이다. 앞선 연구는『시문독본』의 내용과 문체 분석, 그리고 그 역할과 의의를 고찰하는 것이 중심이었다.[47] 한편『자조론』은 원작이 세계적으로 저명하기 때문에 신문관과 최남선에 대한 관심보다는 근대 조선의 번역사와 사상사의 일환으로 살펴본 연구 몇 편을 볼 수 있다.[48]

이상과 같이 지금까지는『소년』과『청춘』을 중심으로 신문관의 특정 간행물에 초점을 맞춘 연구가 대부분이었지만, 다른 한편으로 그 발행소인 신문관에 관심이 미치는 것은 거의 없었다.

신문관은 당시의 조선에서 자주 보이는 것처럼 특정의 잡지와 기관지 발행에 특화된 잡지사와 단체와는 달리, 출판사로서 여러 잡지와 단행본을 동시에 펴냈다. 그 때문에 신문관의 간행물 사이에는 공통의 편집 방침이 나타날 가능성이 있고, 또 회사의 존속과 발전을 꾀하고 판매를 늘려서 이익을 높이기 위한 전략이 지면에 숨어있다고 해도 이상하지는 않다. 곧『소년』과『청춘』등 출판물의 성격에 더 깊이 다가가고, 나아가 근대 조선의 출판문화를 해명하기 위해서는『소년』과『청춘』등의 잡지를 분석하면서도 그 발행소인 출판사의 영업 실태를 해명하는 것이 필요불가결하다. 그러나 지금까지 그 점은 거의 지나쳐왔고, 그 결과 신문관에 관해서는 설립연도와 소재지라는 기본적인 사실조차 오랜 시간 동안 분명하지 않았다.

이런 상황을 크게 바꾼 것이 문학연구자 박진영이다. 박진영은『책의 탄생과 이야기의 운명』소명출판, 2013에서 출판사인 신문관으로 관심을 돌렸다. 그리고 창립할 때의 상황을 분석해서 신문관이 1908년에 설립된 것을 밝히고[49] 아울러 그 운영에 관여한 인물과 협력자에 대해서도 언급하는 등 신문관 설립의 문제에 관해서 처음으로 구체적으로 고찰했다. 또 신문관의 간행물에 관해서도 사료의 현존 상황과 새로운 사료의 존재를 밝히면서 자세히 내용을 분석하는 등 신문관 연구의 발전에 크게 공헌했다.

박진영의 이 책은 신문관에 특화한 것은 아닌데, 이 연구를 바탕으로 연구사에서 처음으로 출판사로서 신문관이 걸어온 길을 체계적으로 정리한 것이 권두연의 『신문관의 출판기획과 문화운동』고려대 민족문화연구원, 2016 이다. 이 책은 주로 운영과 경영의 면에서 출판사 신문관의 모습에 다가가고, 서적의 편집부문뿐만 아니라 인쇄부문과 판매부문을 갖추어놓는 등 당시의 조선 출판계에서 획기적인 면을 밝혔다. 이와 함께 보호국기와 식민지기의 민족운동을 연결시켜 고찰한 점에서도 큰 의의가 있다고 할 수 있다. 또 간행물에 대해서도 잡지뿐만 아니라 단행본도 다루었고 나아가 독자의 문제도 연구하는 등 망라적이고 다각적으로 분석했다.

이 책도 최남선의 출판활동과 출판사로서 신문관의 실태 해명을 목표로 한다. 그런 의미에서 박진영과 권두연의 문제의식을 계승한 연구로 자리 잡을 수 있지만, 이 책이 선택한 분석의 시점과 방법은 지금까지 이루어진 연구와는 크게 다르다. 여기서 앞선 연구의 문제점에 대해서 지적해두자. 저자가 보았을 때, 그것은 주로 네 가지로 나뉠 수 있다.

첫 번째로 언급하고 싶은 것은 '일국사'적인 분석의 한계이다. 이미 지적된 것처럼, 조선이 개국하고 얼마 지나지 않아 일본에서 신문과 활판인쇄 기술이 도입되었는데, 서양에서 기원한 근대적인 '출판' 기술이 어떻게 조선으로 들어왔는가 하는 외적인 요인은 결코 무시될 수 없다. 신문관과 최남선의 출판활동을 고찰하는 데도 여러 원인, 그 가운데서도 최남선이 두 번 유학한 일본의 요인을 검토하는 것은 빼놓을 수 없다. 그러나 신문관과 그 간행물에 관한 방대한 양의 연구는 그 어디에서도 그것이 같은 시기 일본의 출판계와 어떤 관련을 맺었는지에 대한 고찰이 빠졌고, 어떤 과정에서 신문관이 성립했는가, 또 간행물이 어떻게 편집되었는가 하는 기초적인 점이 지금까지 충분히 밝혀지지 않았다.

구체적으로 간행물 몇 개를 예로 들어보자. 먼저 『소년』의 경우, 앞선 연구는 거의 조선어 사료만으로 논의하고, 최남선의 일본 체험과 일본에서 받은 영향관계를 고려하지 않는다는 데 문제점이 있다. 또 『청춘』에 대해서도 내용 분석이 중시되지만, 다른 한편으로 이 잡지의 특색인 '세계적 지식'의 정보원에 대해서는 지나쳐왔다. 자세한 내용은 제3장에서 설명하지만, 『청춘』에 실린 기사에는 사실은 번역된 것이 많이 포함되어 있는데, 앞선 연구는 그 점을 놓친 채로 최남선이 스스로 집필한 것이라고 전제하고 그 세계 인식을 분석한다는 점에서 한계가 있다. 『청춘』에 실린 기사 대부분이 실제는 번역인 이상 최남선이 어떤 기준으로 저본을 선택하고, 또 무엇을 번역하고 무엇을 번역하지 않았는가 하는 관점을 도입하지 않는 한, 그 세계인식에 다다갈 수는 없다.

이런 문제점은 신문관의 어린이 잡지와 단행본에 대한 연구에서도 마찬가지다. 『시문독본』을 예로 들면, 지금까지도 많은 번역물의 출전이 밝혀지지 않았는데, 이 책이 무엇을 원료로 해서 어떻게 만들어졌는가 하는 것처럼 편찬 과정과 관련된 기본적인 사실조차 아직 해명되지 않았다.[50]

이 책에서 자세히 밝혀갈 것처럼, 최남선은 일본의 다종다양한 출판물을 번역해서 실었다. 물론 최남선이 일본의 서적을 번역할 가능성 자체는 기존의 연구에서도 이전부터 지적되어 왔다. 그 최초의 사례는 김병철의 『한국 근대 번역문학사 연구』을유문화사, 1975이다. 김병철은 이 책에서 '『소년』에 실린 번역 작품의 원류와 번역태도'를 고찰한다. 다만 『소년』의 모든 번역기사 가운데 톨스토이 원작소설 등 번역물인 것이 자명한 극히 일부의 저본밖에 들지 않았을 뿐만 아니라, 저본의 오류도 보인다. 『소년』이든 『청춘』이든 출전이 밝혀지지 않고 한눈에 번역이라는 것을 알기 어려운 기사가 여럿 있는데, 그것에 대해서는 고찰하지 않았다.[51] 최근에는 황미정이 일련의 연구를 통해 최남선의 번역에 초점을 맞추었는데, 이미 저본이 밝혀진 기사 몇 편을 다룬 부분적인 분석에 그쳤다.[52] 곧 번역이라는 것이 자명하지 않은 수많은 기사의 저본을 특정하는 것은 여전히 방치된 상태여서 번역에 관한 연구는 거의 발전하지 않은 상황이다.

그밖에 신문관과 일본에 관련된 연구로는 고정일의 『애국작법-신문관 최남선·고단샤 노마 세이지愛國作法-新文館 崔南善·講談社 野間淸治』동서문화사, 2007를 들 수 있는데, 신문관과 일본의 고단샤講談社를 개략적으로 비교한 것으로, 고단샤를 비롯한 일본의 출판사가 신문관에 미친 영향과 같이 양자의 직접적인 관계 등은 분석하지 않았다.[53]

앞선 연구의 두 번째 문제점으로는 잡지와 단행본이 별개로 분석되고, 양자의 상호 관계를 고찰하지 않은 것을 꼽을 수 있다. 이 점에 대해서는 앞에서 말한 권두연의 『신문관의 출판기획과 문화운동』이 단행본과 잡지에서 서로 광고를 싣는 등 판촉을 꾀한 점을 다루기도 하고,[54] 『시문독본』이 잡지 『청춘』의 내용을 일부 실었다는 점을 지적한 연구가 겨우 있을 따름이다.[55] 그러나 출판사로서 신문관의 실태에 다가가기 위해서는 그보다 훨씬 큰 구조, 곧 신문관의 경영전략 가운데 잡지 사업과 단행본 사업을 어떻게 자리매김해야 하는지 먼저 검토할 필요가 있을 것이다. 이 책에서는 출판사로서 잡지 사업과 단행본 사업을 둘러싼 신문관의 방침이 무엇이었는지 큰 틀을 고찰하고 나아가 양자의 관계성을 구체적으로 해명해가려 한다.

출판사 신문관의 실태와 관련해서 앞선 연구의 세 번째 문제점은 기본적으로 각 간행물의 내용 분석이 중심으로, 삽화와 디자인, 레이아웃レイアウト, layout[1*]처럼 형식면에 대한 고찰이 빠진 것이다. 신문관에서 나온 간행물의 특색 가운데 하나는 삽화와 사진처럼 당시 조선에서는 새로운 시각 소재가 적극적으로 활용되고, 레이아웃 면에서도 여러 가지로 노력했다는 점이다. 물론 앞선 연구에서도 그 획기적인 특성에 대해서 설명해왔지만,[56] 다른 한편으로는 획기적이라고 보이는 디자인과 레아아웃의 내력을 밝혀내려 한 연구는 전혀 없었다. 이 책에서 도판을 섞어서 구체적으로 밝혀갈 것처럼, 신문관의 간행물에서 사용된 시각 소재와 레이아웃은 같은 시대 일본에서 나온 서적을 본보기로 삼았다. 곧 각 간행물의 내용뿐만 아니라 형식면에서도 주목하는 것은 출판사 신문관의 실태는 물론 '일국사'를 뛰어넘어 조선에서 출판문화가 형성되는 과정을 해명하는 데 직결된다.

또한 표지와 삽화, 사진 등의 지면 배열, 편집이라는 북 디자인의 개념은 현대 한국에서 출판의 중요한 영역 가운데 하나로 간주되어[57] 사회적인 인식도 높고 가독성을 높이는 주요한 역할을 맡고 있다. 그 원천을 거슬러 올라가는 것은 현대 한국의 출판문화에 대한 이해를 심화하는 데도 연결된다.

그리고 마지막으로 앞선 연구의 네 번째 문제점은 3·1독립운동 뒤에 이루어지는 최남선의 출판활동에 관심이 적고, 신문관이 왜, 어떻게 종언을 맞이했는지 충분히 밝혀지지 않았다는 점이다. 제7장에서 논하는 것

1* 신문, 잡지, 서적 등의 인쇄 원고를 제작할 때와 포스터, 광고, 컴퓨터의 이미지 등을 디자인할 때, 사진, 삽화, 표제, 문자 등을 일정한 공간 안에 미적이고 효과적으로 배치하는 것을 말한다.

처럼, 최남선은 가출옥 뒤인 1922년에 실질적으로 신문관을 해산하고, 새롭게 동명사를 세워『동명』을 창간했다. 이 잡지는 1922년 9월에 창간되었고 '신문 겸 잡지'의 성격을 띤 조선 최초의 '시사주보'이다.[58]

그런데『동명』자체를 본격적으로 연구한 것은 거의 없고, 조선미술과 민족주의처럼 특정의 주제에 토대를 두고 부분적으로 연구한 것이 몇 편 발표된 데 지나지 않는다.[59] 따라서 최남선이 신문관이 아니라 동명사를 설립해서『동명』을 창간한 경위와 목적, 기자 구성과 시사보도의 특징, 번역기사의 저본 등 기본적인 사실조차 잘 알 수 없어 아직까지『동명』의 전체상은 밝혀지지 않았다. 3·1독립운동 뒤에 이루어지는 최남선의 출판활동과 신문관이 종언을 맞이하는 실태에 다가가기 위해서도 이 잡지의 실태 해명은 반드시 필요하다.

이들 앞선 연구의 문제점에 입각해서 이 책에서는 1908년부터 1922년에 이르기까지 출판사로서 신문관의 활동을 잡지와 단행본, 내용면과 형식면이라는 포괄적인 시야에서 같은 시기 일본 출판계에서 받은 영향에 주목하면서 실증적으로 해명한다. 이때 내용면을 분석할 경우에는 특히 번역물에 초점을 맞춘다.『소년』등의 잡지는 약 절반이 번역물로 이루어져 있어[60] 그 분석은 신문관의 간행물을 이해하는 데 불가결하다. 그리고 이상의 작업을 통해서 이 책은 '일국사'를 뛰어넘어 근대 조선에서 출판문화가 형성되는 과정의 발자취를 따라가는 것을 목표로 한다.

4. 연구 방법과 사료

이상과 같은 목적을 위해 고찰할 때, 이 책이 어떤 연구방법으로 어떤 사료를 이용할지 설명해보자.

이 책에서는 조선에서 나온 사료뿐만 아니라 같은 시기 일본의 사료도 이용하면서 조선과 일본의 방대한 일차사료를 비교, 대조하는 문헌사적인 방법을 분석의 중심에 둔다. 근대 조선의 출판문화는 1880년대 이후 다른 나라의 영향을 받으면서 발전해왔기 때문에 국제적인 요인을 많이 포함하는데, 특히 조선이 일본과 어떤 관계를 맺었는지 주목하는 까닭은 메이지기에 일본의 학문과 지식이 동아시아로 퍼져가는 가운데 이제까지 말한 것처럼, 최남선도 일본의 출판물과 일본 유학 등을 통해서 일본에서 영향을 받았다고 생각되기 때문이다.

실제로『소년』이 일본의 메이지기를 대표하는 출판사로 하쿠분칸博文館에서 간행한『소년세계』, 민유샤民友社의『국민지우國民之友』와 유사하고 관계가 있다는 것은 이제까지 부분적이지만 시사되어 왔다.[61] 오규 시게히로荻生茂博도『소년』간행의 배경에는 최남선의 일본 유학이 있었다는 것은 부정될 수 없다고 말했지만, 최남선이 구체적으로 일본의 출판계에서 어떤 영향을 받았는가 하는 점에 대해서는 언급하지 않았다.[62]

신문관의 간행물과 같은 시기에 나온 일본 출판물의 관계를 구체적으로 밝히기 위해서는 지금까지 손댈 수 없었던 양자의 치밀한 비교 대조는 필수적인 작업이다. 그러나 최남선이 일본 유학 때 쓴 기록 등은 거의 남아 있지 않고, 또 신문관의 간행물에 실린 번역기사는 대부분 출전이 밝혀져 있지 않다. 따라서 이 책에서는 먼저 최남선이 당시 보았을 가능성이 있는 문헌을 철저히 조사하면서, 어떤 서적을 참조하고, 어떤 곳을 어떻게 번역했는지 해명한다. 더 나아가 최남선이 번역 저본을 선택한 기준과 경향, 번역의 특징, 또는 번역되지 않은 부분과 그 이유, 시각 소재와 레이아웃의 옮겨 신기轉載 등으로 고찰을 넓혀가면서 신문관에서 나온 각종 간행물의 성립과정을 실증적으로 해명하겠다.

한국의 사료로는 고려대학교의 육당문고와 당시 나온 조선 출판물의 원본을 많이 소장한 연세대학교의 국학자료실을 중심으로 각 대학도서관과 관련 기관 등 각지에 흩어져 있는 신문관 관련 사료를 이용했다. 특히 최남선의 호를 붙인 육당문고에는 최남선이 소장했던 수만 책의 서적이 보관되어 있는데, 그 가운데에는 일본서도 많다. 최남선이 실제로 소유했던 서적 등은 대부분 1950년대에 일어난 한국전쟁 무렵에 불타버린 점에 유의할 필요가 있지만, 육당문고의 소장본에는 최남선의 친필로 보이는 필적도 그대로 남아서 그것이 최남선과 일본의 관계와 번역과정 등을 분석하는 데 귀중한 사료임은 틀림없다.

일본의 사료로는 메이지·다이쇼기의 잡지와 귀중도서를 많이 소장한 일본 근대문학관, 하쿠분칸 관련 사료를 계승한 공익 재단법인 산코三康문화연구소 부속 산코도서관, 또 오사카부립 중앙도서관 국제아동문학관 등 당시의 간행물을 많이 보관한 기관을 중심으로 하고, 각 대학도서관과 관련기관에 흩어져 있는 당시 일본의 출판 관련 사료를 폭넓게 이용했다.

이렇게 이 책에서는 신문관의 실태를 밝히기 위해 메이지·다이쇼기에 만들어진 일본의 출판 관련 사료도 대량으로 다루었다. 그런 의미에서 이 책은 일본의 출판물이 조선에 미친 영향에 주목함으로써 일본의 출판 역사 연구에서 지금까지 깊이 고려되지 않았던 관점을 도입하는 것이기도 하다. 바꾸어 말하면, 이 책은 일본의 출판 역사 연구의 성과를 동아시아

연구의 차원으로 넓히는 데도 공헌할 수 있을 것이다.

이 책에서는 최남선이 지은 저작과 신문관의 간행물이 주된 분석대상이지만, 전집에 의거하지 않고 될 수 있는 한 원전 사료를 참고하려 했다. 최남선의 저작으로는 1973년부터 1975년에 걸쳐 현암사에서 전15권의 『육당최남선전집』이 편찬되어 약 500편에 이르는 작품이 실렸다. 이뿐만 아니라 2003년에는 한국문학 연구의 기초 사료 조사를 위한 작업으로 30년 만에 그 방대한 작품이 다시 수집되어 영인본 『육당최남선전집』전14권, 도서출판 역락이 간행되었다. 다시 2013년부터 2015년에 걸쳐서 『최남선 한국학총서』전24권, 경인문화사가 출판되었다.

그러나 그 어떤 전집도 최남선의 작품을 망라한 것은 아니고,[63] 많은 연구에서 참조되어온 현암사판 「육당 최남선 선생 연보」에도 불충분한 점이 많이 있다.[64] 또 편찬 과정에서 사료 원문이 현대 한국어로 표기되어 한자가 한글로 고쳐져서 읽기 쉽게 수정되었고, 레이아웃까지 반영되지 않은 경우도 많다. 이 책에서는 번역 양상과 간행물의 형식면에도 주목해서 분석하기 위해 될 수 있는 한 전집에 따르지 않고 당시 신문관이 간행한 원본을 이용하려 했다.

5. 내용 구성

이 책은 7장으로 이루어진다. 제1장부터 제3장까지는 신문관의 주요 상품이었던 잡지 전반을 다룬다. 내용 분석에 그치지 않고, 당시의 시대 상황과 국제적인 배경 등 외적 요인도 고려하면서 분석하고, 이들 잡지의 성립 배경을 해명한다.

먼저 제1장「출판사 신문관의 설립과『소년』의 창간」에서는 신문관의 설립과 신문관 초기에 발행한 잡지『소년』의 간행 배경을 밝히는데, 일본 체험이 최남선에게 미친 영향에 주목한다.[65]

일본의 보호국이 되고 천천히 국권을 빼앗겨 한국병합이 다가오는 국가적 위기 속에서 최남선은 일본의 출판계를 참고해 출판사를 세우고, 나라의 장래를 짊어질 굳센 '소년'을 양성하기 위해 잡지를 창간한다. 이 장에서는 먼저 지금까지 충분히 밝혀지지 않았던 번역기사의 저본까지 포함해서 구체적으로 신문관과『소년』에서 일본의 영향이 어떻게 나타나는지 해명한다. 더 나아가 저본의 선택과 번역 양상 등의 분석을 통해서 최남선이 일본의 출판물을 이용하면서 어떻게『소년』의 간행 목적을 이루려고 했는지 풀어간다.

제2장「신문관의 어린이 잡지와 일본의 아동문학계—조선의 식민지화와 무단정치 속에서」에서는 신문관이『소년』폐간 뒤에 착수한 어린이 잡지를 논한다. 앞에서 말했듯이 어린이 잡지는 그다지 주목받지 못했지만, 신문관의 간행 잡지 총 78호 가운데 40호로 약 절반을 차지해서 지나칠 수 없는 존재이다.

이 장에서는 먼저 1910년 8월의 한국병합과 그에 뒤이어 실시되는 무단통치에 따라 조선의 출판 환경이 보호국 시기부터 크게 바뀐 것을 염두에 두면서 최남선이 어린이에 주목하게 된 과정을 고찰함으로써 어린이 잡지를 간행하게 된 배경을 살핀다. 더 나아가 이들 잡지가 어떻게 해서 성립했고, 거기에 실린 기사의 출전, 그리고 아동잡지의 특징이라고 할 수 있는 것으로 삽화를 비롯한 시각 요소의 내력을 밝히고, 같은 시기 일본의 아동문학계에서 받은 영향을 고려하면서 자세히 분석한다. 또한 조선의 옛날이야기와 역사 인물 등의 소개, 한글 표기처럼 '조선적인 것'을 싣는 점도 주목해 분석함으로써 이제까지 밝혀지지 않았던 것으로 1910년대 무단정치기에 신문관에서 발행한 어린이 잡지의 실태에 다가 간다.

제3장 「『청춘』이 지향한 것 – '세계적 지식'의 발신과 민중 계몽」에서는 1914년에 창간되고 신문관의 잡지 가운데 가장 큰 반향을 일으킨 『청춘』 을 분석하는데, 특히 이 잡지에 많이 실린 '세계적 지식'에 초점을 맞춘다.

『청춘』은 최남선이 여성을 포함해 광범위한 민중을 깨우치고 식민지 의 상황을 개선하려 한 매체였다. 이 장에서는 먼저 최남선을 비롯한 주 요 집필가의 세계인식을 분석하고, 『청춘』이 '세계적 지식'을 중시하려 한 경위를 밝힌다. 또 앞에서 말한 것처럼, '세계적 지식'을 다룬 기사와 논설에는 번역물이 상당수 포함되었다. 거기서 그 번역물의 저본을 특정 하고, 저본과 같은 점과 다른 점, 그리고 저본의 선택 경향, 번역의 분석 등을 통해서 『청춘』이 어떻게 '세계적 지식'을 발신하고 민중계몽의 목적 을 이루려고 했는지 해명한다.

제4장 「신문관의 간행물과 여성」에서는 최남선이 『청춘』의 계몽대상 에 여성을 포함했던 점을 바탕으로 지금까지 분석해온 신문관의 잡지를 '여성'의 시점에서 재검토하는데, 이것은 앞선 연구에서는 깊이 고찰하지 않았던 점이다.

앞선 연구에서는 주로 신문관에서 펴낸 간행물의 내용 분석과 동시대 의 의의를 고찰해왔다. 그와 관련해서 신문관의 간행물에서 떠올린 독자 의 문제도 검토되어왔지만, 독자의 연령층과 '소년'과 '청년'의 구분 등에 주목한 것이 거의 대부분으로,[66] 신문관의 간행물에는 어떤 여성관이 나 타나는가, 원래 독자에 여성이 포함되었는가 하는 것처럼 '여성'의 시점 에서 고찰한 것은 거의 없었다. 여성에 대한 인식에 주목한 얼마 되지 않는 연구도 『소년』과 『청춘』밖에 다루지 않았고, 또 이들 간행물의 '남성중심'적인 성격을 지적하지만 상세히 분석하지는 않았다.[67]

따라서 제4장에서는 신문관의 간행물과 여성의 관계성에 초점을 맞추고, 시대배경으로 당시 조선의 여성관과 여자교육을 둘러싼 상황을 고찰하면서 분석한다. 특히 '여성'에 대한 사회의 관심이 높고 여자교육의 필요성이 널리 인식된 대한제국의 보호국 시기부터 한국병합 뒤인 1910년대에 걸쳐 신문관이 여성을 향해서 어떤 의도로 간행물을 펴냈는지 『소년』과 『청춘』뿐만 아니라 어린이 잡지와 단행본을 아울러 검토한다. 신문관이 근대 초기에 조선을 대표하는 출판사였던 점에 비추어보면, 이런 시도는 여성 독자의 관점에서 조선의 출판문화 형성 과정을 검토하는 작업으로 이어진다.

제5장과 제6장에서는 신문관의 설립 때로 시간 축을 되돌려서 이번에는 단행본을 고찰하는데, 그것이 제4장까지 상세하게 분석해온 잡지와 어떻게 연관되는지도 주목하면서 살펴본다.

제5장 「시리즈 서적의 시도 — 한국병합 전후의 단행본」에서는 단행본 가운데 특히 시리즈 서적에 초점을 맞추어 분석한다.

당시 조선에서 시리즈 서적은 새로운 것이었다. 앞에서 말한 것처럼, '십전총서'는 문고본의 효시가 되고, 번역소설도 문고본으로 파악하는 견해도 있지만,[68] '문고본'을 포함해서 시리즈화해서 서적을 간행한다는 발상이 어떻게 받아들여졌는지는 충분히 밝혀지지 않았다. 따라서 먼저 최남선이 잡지를 간행할 때 참고했던 일본 출판계의 상황에 주목하면서 시리즈로 만든다는 발상의 기원을 해명한다. 나아가 시리즈 서적과 잡지의 관련성도 고찰하고, 신문관이 잡지 사업과 단행본 사업을 어떻게 파악했는지 단행본의 위상에 대해서 밝힌다. 이런 분석을 통해서 신문관의 시리즈 서적에는 안정적인 판매를 꾀한 출판사의 전략이 숨어 있었다는 점을 부각한다.

제6장 「신문관의 첫 번째 스테디셀러 『시문독본』의 편집 과정 — 3·1독립운동 전야의 단행본」에서는 1910년대 후반에 간행되고 스테디셀러가 되었던 『시문독본』에 주목한다.

『시문독본』은 신문관에서 간행한 잡지와 관계가 깊고, 잡지 사업을 고찰하는 데도 중요한 존재이다. 또 3·1독립운동 직전에 간행된 것이기도 하고, 최남선의 「3·1독립선언서」에 이어지는 요소가 포함되었을 가능성도 있다. 특히 주목해야 할 것은 『시문독본』이 현대 문장의 교과서 역할을 맡은 출판물이고, 당시 일본의 중등국어교과서와 밀접한 관계가 있다는 점이다. 이 장에서는 일본의 출판계와 신문관의 잡지 사업 사이의 관계에 주목하면서 신문관이 교과서 『시문독본』을 어떻게 편집했는지 밝힌다. 또 『시문독본』 고찰에서 밝힌 것과 아울러 같은 시기에 간행된 단행본으로 『자조론』의 편집에 나타난 특징도 간단히 언급한다.

제7장 「시사주보 『동명』과 신문관의 종언 — 3·1독립운동 뒤 최남선의 출판활동」에서는 이제까지 분명하지 않은 점이 많았던 부분으로, 최남선이 「3·1독립선언서」의 초안을 쓴 이유로 수감된 이후에 신문관의 활동 실태에 대해서 최남선이 감수監修한 『동명』에 주목하면서 고찰한다.

구체적으로는 먼저 신문관의 인쇄소에 주목해서 최남선이 수감된 뒤에 일어난 그 회사의 동향을 분석한다. 그리고 가출옥한 최남선이 신문관이 아니라 동명사에서 『동명』을 창간한 이유와 목적을 분석하는데, 3·1독립운동의 경험과 통치정책을 문화정치로 전환하고 얼마 지나지 않은 조선총독부의 의도에도 주목한다. 더 나아가 최남선이 『동명』에서 지향한 것이 어떻게 지면에서 실현되었는지 고찰한다. 또 『동명』은 폭넓은 층을 독자로 끌어들이기 위해 문예란을 충실히 했다. 이런 지면 만들기의 전략과 최남선이 1908년 이후 쌓은 신문관의 경험이 어떻게 연결되는지도 밝히고 싶다.

이상과 같이 『동명』을 고찰함으로써 3·1독립운동 뒤에 펼친 최남선의 출판활동과 신문관이 종언에 이르는 실태에 다가간다. 이 작업은 1920년대 곧 문화정치시기에 들어서 꽃핀 조선의 출판계를 연구하는 데도 새로운 빛을 비추게 될 것이다.

끝으로 종장에서는 제7장까지 밝힌 것을 정리하고 남겨진 과제와 앞으로의 전망을 이야기한다.

주석

1 조선 근대문학의 전개과정에 대해서는 金榮敏, 三ッ井崇 譯, 『韓國近代小說史-1890~1945』, 東京大學出版會, 2020 참조. 또 이광수의 「무정」에 관해서는 波田野節子, 『李光洙-韓國近代文學の祖と「親日」の烙印』, 中央公論新社, 2015의 제4장과 李光洙, 波田野節子 譯, 『無情』, 平凡社, 2020 등 참조.

2 허수, 「1920년대 초『개벽』주도층의 근대사상 소개 양상-형태적 분석을 중심으로」, 『역사와 현실』제67호, 2008.

3 조선에서 사회주의가 전파된 과정에 대해서는 小野容照, 『朝鮮獨立運動と東アジア-1910~1925』, 思文閣出版, 2013 참조.

4 山室信一, 『思想課題としてのアジア-基軸·連鎖·投企』, 岩波書店, 2001 참조. 야마무로 신이치(山室信一)는 사상 연쇄라는 연구 시각을 제기하고, 출판물을 매개로 국경을 뛰어넘는 사상·지식의 전파에 대해 고찰한다.

5 『유네스코 문화통계연감』(1981년판)에 따르면, 한국 출판 산업은 1979년에 연간 발행점수가 세계 10위, 인구 1만 명당 발행점수가 세계 8위를 차지했고, 특히 1980년대는 출판의 전성기를 맞이했다. 또 1999년의 유네스코 통계에 따르면, 1995년에 전 세계 출판량의 3.9%가 한국어로 출판되었다. 최근에도 프랑스의 출판 전문 잡지 Livres Hebdo가 미국의 출판업계 정보잡지 Publisher's Weekly 등과 공동으로 매상고를 기준으로 한 세계 50대 출판기업을 발표했는데, 한국은 2010년에 처음으로 세 개 회사가 올랐고(李斗暎, 舘野晳 譯, 『韓國出版發展史-1945~2010』, 出版メディアパル, 2015, 449~450면), 2016년에도 50위권 안에 두 개 회사가 이름을 올렸다. Jim Milliot, "The World's 52 Largest Book Publishers, 2016"(https://www.publishersweekly.com/pw/by-topic/international/international-book-news/article/71268-the-world-s-52-largest-book-publishers-2016.html, 2021.3.24 열람).

6 李斗暎, 舘野晳 譯, 앞의 책, 366면.

7 「平成 二九年度 '朝の讀書'の人氣本調査結果發表」(https://www.tohan.jp/news/20180501_1197.html, 2021.3.24 열람). 이 시리즈는 2020년 9월에 누계발행부수 1천만 부를 돌파했다.

8 한국의 학습만화에 대해서는 山中千惠, 「「學習マンガ」のエンターテインメント化-韓國の學習マンガ『サバイバル』シリーズを事例として」, 『仁愛大學研究紀要 人間學部編』제15호, 2016 참조.

9 「(be report) 韓國文學がいまブーム 活躍めざましい女性 作家たち」(『朝日新聞』, 2019.9.21 조간, 4면) 등 각종 미디어에서 한국문학을 다루었다. 한국문학의 안내서인 波田野節子·齋藤眞理子·きむふな 編著, 『韓國文學を旅する六〇章』(明石書店, 2020)도 간행되었다.

10 『한성순보』이전부터 재조일본인(在朝日本人)이 만든 『조선신보(朝鮮新報)』등의 신

문이 간행되었다. 자세한 내용은 李鍊,『朝鮮言論統制史―日本統治下朝鮮の言論統制』, 信山社出版, 2002, 20~21면 참조.

11 『한성순보』와『한성주보』에 대해서는 稻葉繼雄,「井上角五郎と『漢城旬報』『漢城周報』―ハングル採用問題を中心に」,『文藝言語研究 言語篇』제12호, 1987; 김용덕,「一八八〇年代 朝鮮 開化運動의 理念에 대한 檢討―『漢城旬報』·『漢城周報』를 中心으로」, 김용덕·미야지마 히로시 편,『근대교류사와 상호인식』I, 고려대 아세아문제연구소, 2001 등 참조. 又『한성주보』는 원래 순한문, 한자한글 혼용, 순한글의 세 가지 언어로 표기된 기사를 실었다.

12 김욱동,『근대의 세 번역가―서재필·최남선·김억』, 소명출판, 2010, 32면.

13 권두연,『신문관의 출판기획과 문화운동』, 고려대 민족문화연구원, 2016, 21면; 秦學文,「六堂의 業績」, 육당최남선선생기념사업회 편,『六堂이 이 땅에 오신 지 百周年 1890~1957~1990』, 동명사, 1990, 29면; 김윤식,『이광수와 그의 시대』제2권, 한길사, 1986, 471면.

14 「少年時言―『少年』의 既往과 밋 將來」,『소년』제3년 제6권, 1910.6, 12~13면.「少年時言」은 서명이 없지만 최남선이 집필한 글이다.

15 위의 글. 최남선은 상하이의 선교사들이 찬술(撰述)한『태서신사(泰西新史)』,『시사신론(時事新論)』,『중동전기(中東戰記)』등에서 얻은 지식을 바탕으로 초안을 쓴「대한흥국책(大韓興國策)」을『황성신문』에 기고했지만, 채택되지 않았다. 그로부터 3년 뒤에다시 투고했다고 회상했는데, 저자가 보기에는 최남선의 논설이 실린 것은 확인할 수없다.

16 해방 뒤 최남선의 활동에 대해서는 이영화,『최남선의 역사학』, 경인문화사, 2003, 44~48면 참조.

17 이광수,「六堂 崔南善論」,『조선문단』제6호, 1925.3, 81·87면.

18 양건식,「나의 본 崔南善」,『조선문단』제6호, 1925.3, 91면.

19 염상섭,「崔六堂 印象」,『조선문단』제6호, 1925.3, 92·94면. 염상섭에 대해서는 白川豊,『朝鮮近代の知日派作家, 苦鬪の軌跡―廉想涉, 張赫宙とその文學』, 勉誠出版, 2008 참조.

20 「『故人은 韓國의「제퍼슨」李大統領 崔南善氏 逝去에 談」,『조선일보』, 1957.10.14, 3면.

21 池明觀,「申采浩史學と崔南善史學」,『東京女子大學附屬比較文化研究所紀要』제48호, 1987 참조.

22 홍이섭,『한국사의 방법』, 탐구당, 1968 참조.

23 이기백,『한국사상의 재구성』, 일조각, 1991; 이기백,『증보판 한국고대사론』, 일조각, 1995 참조.

24 양문규,「최남선 계몽주의의 역사적 한계」,『역사비평』제12호, 1990 참조.

25 2007년에 조직된 육당연구회에서『최남선 다시 읽기―최남선으로 바라본 근대한국학의 탄생』(현실문화연구, 2009),『최남선과 근대지식의 기획』(현실문화연구, 2015) 등이 간행되는 등 2000년대에 들어서 최남선에 관한 연구는 더욱 활성화된다.

26 尹海東, 藤井たけし 譯, 「植民地認識の「グレーゾーン」－日帝下の「公共性」と規律權力」, 『現代思想』 제30권 제6호, 2002; 洪宗郁, 『戰時期朝鮮の轉向者たち－帝國/植民地の統合と龜裂』, 有志舍, 2011 등.

27 대표적인 것으로 全成坤, 『日帝下文化ナショナリズムの創出と崔南善』(J&C, 2005)을 들 수 있다. 전성곤은 최남선이 만주국의 건국대학에서도 불함문화론을 계속 주장했다면서 그 대학의 교수로 취임한 것을 단순히 반민족주의 행위라고 비난할 수는 없다고 지적하기도 했다.

28 이영화, 앞의 책; 류시현, 『최남선 연구－제국의 '근대'와 식민지의 '문화'』, 역사비평사, 2009; 류시현, 『최남선 평전』, 한겨레출판, 2011 등.

29 윤영실, 『육당 최남선과 식민지의 민족사상』, 아연출판부, 2018.

30 서영채, 『아침의 영웅주의－최남선과 이광수』, 소명출판, 2011, 송기한, 『육당 최남선 문학연구－근대의 길을 내고 민족을 발견하다』, 박문사, 2016; 최현식, 『최남선·근대시가·네이션』, 소명출판, 2016; 표정옥, 『근대 최남선의 신화문화론』, 한국문화사, 2017 등.

31 특히 『소년』에 관해서는 김병철, 『한국 근대 번역문학사 연구』(을유문화사, 1975) 등 1970년대부터 지금에 이르기까지 활발하게 연구되고 있다.

32 이재철, 『한국 현대 아동문학사』, 일지사, 1978, 48면. 이 견해에 대해서 『소년』을 어린이용 잡지로는 볼 수 없고, 개벽사에서 1923년에 창간한 월간 어린이 잡지 『어린이』를 아동문학의 출발점으로 보는 견해도 있다. 『소년』을 어린이 잡지로 파악할 수 없는 까닭에 대해서는 이 책의 제1장 제3절에서 밝힌다.

33 권보드래, 「『소년』과 톨스토이 번역」, 『한국근대문학연구』 제6권 제2호, 2005; 구장률, 「근대초기 지식편제와 교양으로서의 소설－최남선과 『소년』을 중심으로」, 『한국문학연구』 제41집, 2011; 오현숙, 「개화계몽기 『로빈슨 크루소』의 번안과 아동텍스트로의 이행」, 『비평문학』 제46호, 2012 등.

34 소영현, 「청년과 근대－『소년』을 중심으로」, 『한국근대문학연구』 제6권 제1호, 2005; 권희영, 「20세기 초 잡지 《소년》에 나타난 소년의 정체성」, 『정신문화연구』 제31권 제3호, 2008 등.

35 선주원, 「잡지 『소년』의 발행을 통한 신대한 소년의 양성과 신문화 형성」, 『한국아동문학연구』 제22호, 2012; 박슬기, 「계몽의 빈 틈, 근대적 주체성의 장소－『소년』지에 나타난 문체의 혼종성의 의미」, 『한국문화』 제82호, 서울대 규장각한국학연구원, 2018 등.

36 박승희, 「근대 초기 매체의 세계인식과 문학사」, 『한민족어문학』 제53집, 2008, 85면.

37 세계문학을 소개한 「世界文學槪觀」을 분석한 것(전용숙, 「세계문학의 탄생과 『청춘』의 문학적 기획」, 『우리말글』 제59집, 2013)과 「人種」과 「動物奇談」처럼 개별의 수록기사를 분석한 것(이경현, 「『청춘』을 통해 본 최남선의 세계인식과 문학」, 『한국문화』 제43호, 서울대 규장각한국학연구원, 2008) 등을 들 수 있다. 『청춘』에 관한 앞선 연구에는 그밖에 한시에 주목한 것(정기인·채송화, 「『청춘』소재 한시 연구」, 『한국한시연구』 제25호, 2017) 등 특정한 주제로 범위를 좁혀서 내용을 분석한 것을 들 수 있다.

38 『소년』에서 '소년'은 미래의 대한제국을 짊어질 사람을 의미하고 폭넓은 연령층을 가리

컸다. 『소년』의 내용을 보아도 창간 당시는 어린이용 읽을거리가 포함되었지만, 차츰 언뜻 보기에 소년에게는 난해하게 생각될 것 같은 내용이 많은 비중을 차지하게 된다. 이 점에서 대해서는 제1장에서 다룬다.

39 예를 들면 원종찬은 1910년의 한국병합에 따라 신문관의 어린이 잡지에는 '계몽의식의 후퇴'가 분명하게 보인다고 지적했다. 원종찬, 『아동문학과 비평정신』, 창작과비평사, 2001, 145면.

40 전자로는 조은숙, 「1910년대 아동신문 『붉은 져고리』 연구」, 『한국근대문학연구』 제4권 제2호, 2003; 박영기, 「1910년대 잡지 『새별』 연구」, 『한국아동문학연구』 제22호, 2012 등을 들 수 있고, 후자로는 박숙경, 「신문관의 소년용 잡지가 한국근대아동문학에 끼친 영향」, 『아동청소년문학연구』 제1호, 2007; 권혁준, 「『아이들보이』의 아동문학사적 의의에 대한 연구」, 『한국아동문학연구』 제22호, 2012 등을 들 수 있다. 신문관의 어린이 잡지를 최초로 언급한 것은 이재철의 『한국 현대 아동문학사』(일지사, 1978)인데, 그 뒤 연구가 활발해진 것은 2000년대에 들어서부터다. 또 문학연구의 관점에서 다룬 것이 대부분이고, 신문관 또는 최남선에 관한 연구의 일환으로 자리매김할 수 있는 것은 적다.

41 신문관의 아동잡지를 수록한 영인본이 2010년에 간행되었지만(원종찬 편, 『한국아동문학총서』 제1권, 도서출판 역락, 2010), 결호가 많다.

42 그밖에 신문관의 시리즈 서적으로는 「일본어학총서(日本語學叢書)」 등이 있다. 시리즈로 만든 서적에는 총서, 문고, 문고본 등 여러 가지 형태가 있는데, 이런 각 형태에 대해서는 제5장에서 설명한다.

43 『청춘』 제14호(1918.6)의 부록인 「신문관발행서목(新文館發行書目)」을 근거로 하면 전62책 가운데 19책은 시리즈 서적이다.

44 전영표, 「육당 최남선의 출판 행위와 《소년》지 연구」, 『출판잡지연구』 제12권 제1호, 2004, 7면.

45 신문관의 번역소설에 관한 연구로는 권두연, 「신문관 단행본 번역소설 연구」, 『사이間SAI』 제5호, 2008; 박진영, 『번역과 번안의 시대』, 소명출판, 2011; 박진영, 『책의 탄생과 이야기의 운명』, 소명출판, 2013 등이 있다. '육전소설'에 관한 연구로는 이주영, 「新文館刊行 〈六錢小說〉 연구」, 『고전문학연구』 제11호, 1996; 최호석, 「신문관 간행 『육전소설』에 대한 연구」, 『한민족어문학』 제57집, 2010 등을 들 수 있다.

46 임상석, 「『시문독본』의 편찬 과정과 1910년대 최남선의 출판활동」, 『상허학보』 제25호, 2009, 48면; 박진영, 『책의 탄생과 이야기의 운명』, 127면.

47 김지영, 「최남선의 『시문독본』 연구-근대적 글쓰기의 형성 과정을 중심으로」, 『한국현대문학연구』 제23집, 2007; 임상석, 앞의 글; 박진영, 『책의 탄생과 이야기의 운명』의 제4장 등.

48 『자조론』에 관한 앞선 연구로는 황미정, 「최남선 역 『自助論』-中村正直 譯, 畔上賢造 譯과의 關連性에 관해서」, 『언어정보』 제9집, 고려대 언어정보연구소, 2008년; 황미정, 「최남선 역 『自助論』의 번역한자어연구-일본어 역의 수용과 창출」, 『일본어학연

구』제28집, 2010; 류시현, 『최남선 연구-제국의 '근대'와 식민지의 '문화'』제1부 제3
장; 김남이, 「1910년대 최남선의 "自助論" 번역과 그 함의-『자조론(自助論)』(1918)의
변언(弁言)을 중심으로」, 『민족문학사연구』제43호, 2010; 최희정, 「1910년대 최남선
의 『자조론』 번역과 '청년'의 '자조'」, 『한국사상사학』제39집, 2011; 柳忠熙, 『朝鮮の近
代と尹致昊-東アジアの知識人エトスの變容と啓蒙のエクリチュール』, 東京大學出版
會, 2018의 제9장 등을 들 수 있다.

49 신문관의 설립년도는 고려대 아세아문제연구소 육당전집편찬위원회 편, 『육당 최남선
전집』(현암사, 1975)에 실린 연보에서는 1907년으로 되어 있지만, 1906년 가을부터
1908년 여름까지 여러 가지 설이 있다.

50 번역기사의 출전 표기는 모두 없지만, 원작의 작자명이 기록된 것이 몇 편 있는데, 그것
에 관해서는 박상현, 「최남선 편 『시문독본』의 번역 대본 연구-「이상」·「지기난」·「세계
의 사성」·「사와 영생」」(『일본문화연구』제55호, 2015)에서 살펴볼 수 있다. 또 임상석은
『시문독본』에 실린 조선의 한문 고전 작품에 대해서 분석했다(임상석, 「국학의 형성과
고전질서의 해체-『시문독본』의 번역문을 중심으로」, 『비교문학』제59집, 2013). 이렇
게 최근에는 번역 기사의 저본을 분석하는 것이 시도되었지만, 부분적인 고찰에 그쳤다.

51 김병철『한국 근대 번역문학사 연구』(을유문화사, 1975)를 시작으로 『서양문학 번역
논저 연표』(을유문화사, 1978), 『한국 근대 서양문학 이입사 연구』상하권(을유문화사,
1980~1982)과 『세계문학 번역서지 목록 총람(1985~1987)』(국학자료원, 2002), 『세
계문학 논저 서지목록 총람(1895~1985)』(국학자료원, 2002) 등 번역 기사에 관한 여
러 연구를 발표했는데, 신문관의 간행물에 나오는 번역 기사의 저본은 『소년』에 실린
일부를 제외하면 밝히지 않았다.

52 황미정, 「1910년대 최남선의 번역물에 나타난 한자 번역어에 관한 연구-창출과 수용
을 중심으로」, 『일본문화연구』제42집, 2012; 황미정, 「근대 초기 번역소설의 번역어 연
구-「거인국표류기」, 「로빈손무인절도표류기」의 일본어 번역본과의 비교분석」, 『일본
문화연구』제51집, 2014 등. 그밖에 번역가로서 최남선에 주목한 연구로는 김욱동, 앞
의 책을 들 수 있다.

53 고정일, 『愛國作法-新文館 崔南善·講談社 野間淸治』, 동서문화사, 2007.

54 권두연, 앞의 책, 145~146면.

55 임상석, 「『시문독본』의 편찬 과정과 1910년대 최남선의 출판활동」 등. 임상석은 『시문
독본』과 『청춘』의 관계를 포함해서 논하고 있는데, 신문관이 1910년대에 간행한 『붉은
져고리』를 비롯한 어린이 잡지를 포함해 잡지 사업 전체와 어떻게 관계를 맺고 있는가
하는 문제까지는 자세히 고찰하지 않는다.

56 자세한 내용은 권보드래 외, 『『소년』과 『청춘』의 창-잡지를 통해 본 근대 초기의 일상
성』, 이화여대 출판부, 2007 참조.

57 한국의 북 디자인 개념의 전개에 관해서는 李斗暎, 舘野晳 譯, 앞의 책, 326~331면 참조.

58 『동아일보』, 1922.8.24, 1면, '광고'.

59 민희주, 「1920년대 잡지 『동명』(東明)의 성격과 석전(石顚) 박한영(朴漢永)의 「석림한

화」(石林閑話), 『인문논총』 제70집, 서울대 인문학연구원, 2013; 이경돈, 「1920년대 초 민족의식의 전환과 미디어의 역할―『개벽』과 『동명』을 중심으로」, 『사림』 제23호, 2005; 류시현, 「1920년대 초반 조선 지식인의 '조선미술' 규정과 서술―잡지 『동명』을 중심으로」, 『역사학연구』 제73집, 호남사학회, 2019 등. 류시현도 『동명』이 본격적으로 연구되지 않은 점을 지적한다.

60 지은이의 조사에 따르면, 『소년』의 모든 지면을 차지하는 번역 작품의 비율은 제1년 제1권은 20%, 제2년 제9권은 80% 등 권호에 따라 다르지만, 평균 약 60%이다. 그밖에 『청춘』은 약 30%, 어린이 잡지는 약 50%가 번역물로 구성되었다.

61 이재철은 『소년』에는 여러 가지 면에서 『소년세계』의 영향이 보인다고 지적하고(이재철, 「한일 아동문학의 비교 연구(1)」, 『한국아동문학연구』 제1호, 1990, 8면), 오타케 기요미(大竹聖美)도 『소년』에서는 『소년세계』의 영향을 살펴볼 수 있다고 서술한다(大竹聖美, 『植民地朝鮮と兒童文化―近代日韓兒童文化・文學關係史研究』, 社會評論社, 2008, 121~124면). 또 『국민지우』나 도쿠토미 소호(德富蘇峰)와 이루어진 관계에 대해서는 최재목, 「최남선 『少年』誌의 '新大韓의 소년' 기획에 대하여」, 『일본문학연구』 제18집, 2006의 제3장; 고정일, 앞의 책, 103~104면; 荻生茂博, 『近代・アジア・陽明學』, ぺりかん社, 2008, 477면 등 참조. 그러나 이들 연구에서는 구체적인 내용 분석과 비교 고찰은 이루어지지 않는다. 최남선이 『국민지우』를 보았을 가능성은 있지만, 『소년』에는 『국민지우』의 기사를 번역한 글이 보이지 않는다.

62 荻生茂博, 앞의 책 참조.

63 한 사례를 들면, 현암사판 전집에는 최남선이 만주국에서 건국대학교 교수로 취임한 이후에 쓴 것으로 『삼천리』에 실린 여러 논설 등이 빠졌고, 또 大村益夫・布袋敏博 編, 『近代朝鮮文學日本語作品集――九〇一～一九三八』 전5권(綠蔭書房, 2004)과 『近代朝鮮文學日本語作品集――九〇八～一九四五』 전6권(綠蔭書房, 2008)에 실린 최남선의 일본어 작품도 현암사판 전집에는 빠졌다.

64 고려대 아세아문제연구소 육당전집편찬위원회 편, 앞의 책 제15권, 272~284면. 예를 들면, 『매일신보』와 『동아일보』 등 당시의 신문기사를 조사하면, 연보에 실리지 않는 활동 사항이 40건 이상이나 존재하는 것을 알 수 있다. 또 활동 사항이 잘못 표기된 것, 저작이 실린 날과 실린 매체를 잘못 기록한 것 등 미세하게 바로잡아야 할 곳도 많다.

65 1910년의 한국병합에 따라 조선의 출판 환경은 크게 변화하기 때문에 제1장에서는 『소년』 제1년 제1권(1908.11)부터 병합 직전인 제3년 제8권(1910.8.15)까지 다루고, 병합 뒤에 『소년』이 폐간되는 경위는 제2장에서 논한다.

66 소영현, 앞의 글; 권희영, 앞의 글; 윤영실, 「국민국가의 주동력, '청년'과 '소년'의 거리― 최남선의 『소년』지를 중심으로」, 『민족문화연구』 제48호, 2008 등.

67 전은경, 「1910년대 지식인 잡지와 '여성'―『학지광』과 『청춘』을 중심으로」, 『어문학』 제93집, 2006; 한지희, 「최남선의 '소년'의 기획과 '소녀'의 잉여」, 『젠더와 문화』 제6권 제2호, 2013.

68 박진영, 『번역과 번안의 시대』, 236면.

제1장

출판사 신문관의 설립과 『소년』의 창간

1. 최남선의 일본 체험

두 번의 일본 유학

최남선이 1908년에 설립한 신문관에서 첫 번째로 간행한 잡지인 『소년』1908.11~1911.5, 통권 23호은 서장에서 말했듯이 현재 한국에서는 그 창간일이 '잡지의 날'로 정해져 있다. 이렇게 『소년』은 잡지문화의 기원으로 지금도 여전히 기억되고, 근대 조선에서 출판문화사의 출발점으로 자리매김할 수 있다고 해도 지나친 말이 아니다. 한편 발행소인 신문관의 설립과 『소년』의 창간 배경에 대해서는 아직까지도 잘 모른다. 그 배경에 다가가기 위해, 이번 장에서는 최남선의 일본 체험에 대해 살펴보는 데서 시작해보자.

최남선은 만년에 『소년』에 대해서 다음과 같이 회고한다.

그때1890년대 후반부터 1900년대 전반 무렵-지은이 정기간행물이라는 것이 『독립신문』을 비롯해서 『황성신문皇城新聞』과 『대한매일신보大韓每日申報』 등이었는데 (…중략…) 이것들은 새로 자라나고 이 나라의 일꾼이 될 어린 사람들에게 하등何等의 유익有益함이 없을 뿐더러 오히려 해害가 되는 것뿐이라는 것을 통절痛切히 느꼈고 한편 일본日本서 잠간暫間 있을 때 보니까 일본日本엔 아동兒童을 상대相對로 하는 잡지雜誌가 수종數種 있어서 그것을 본뜬다고 할까 해서 시작始作은 했는데…….[1]

최남선이 스스로 "본뜬다"고 말한 것처럼, 『소년』과 같은 시대 일본의 '아동을 상대로 하는 잡지' 사이에 어떤 영향관계가 있다는 것은 상상하기 어렵지 않다. 또 『소년』이 신문관의 초기 간행물이었다는 점을 고려하면 최남선의 일본 체류 경험이 그 설립에 영향을 미쳤을 가능성도 있을 것이다.

먼저 최남선과 일본의 관계라는 측면에서 일본 유학에 이르기까지 그의 경력을 간단히 살펴보자.

최남선은 어릴 적부터 여러 가지 책을 읽으면서 자랐는데, 그가 직접적으로 일본과 관계를 맺은 것은 열두 살1902년 무렵부터다. 최남선은 일본조합기독교회日本組合基督教會[1*]의 목사 와타제 쓰네요시渡瀬常吉, 1867~1944[2*]

[1*]　제2차 세계대전 전에 존재하던 일본의 프로테스탄트 교회 가운데 하나. 북미의 초교파적 외국전도 단체인 American Board of Commissioners for Foreign Mission의 선교사 D. 그린이 1869년에 일본으로 건너와 간사이(關西, 교토·오사카·고베를 중심으로 한 지역)를 중심으로 전도해서 셋쓰(오늘날 오사카와 효고 일대)제1기독공회(攝津第1基督公會)를 세운 것이 처음이다. 1878년 간사이의 9공회가 일본기독전도회사(日本基督傳道會社)를 설립하고, 1886년에 제9회 연례모임(年會)에서 일본조합기독교회가 조직되었다. 자급자족과 독립 전도주의를 바탕으로 경제적 자립을 내세우며 전도했다. 조선과 남양 등에서도 선교했고, 교육과 사회사업에도 기여했다. 1941년 일본 기독교단의 일부로 흡수되었다.

[2*]　일본조합교회의 목사로 일본의 식민지 지배를 받던 조선의 전도를 추진했다. 도쿠토미 소호(德富蘇峰)의 오에의숙(大江義塾)에서 배웠고, 야쓰시로(八代, 구마모토현의 도시)교회에서 크리스트교에 입문했다. 구마모토영학교(熊本英學校) 교사, 고베교회(神戶教會) 목사 등을 지냈다. 1910년 한일합방에 따라 총독부의 원조를 받은 일본

가 경영하던 경성학당京城學堂에서 일본어를 배우기 시작했다. 경성학당은 1896년에 크리스트교계 교육단체인 대일본해외교육회大日本海外敎育會가 개설한 학교로, 일본어뿐만 아니라 수학과 지리학 등도 가르쳤다. 또 같은 시기에 오사카아사히신문사가 경성통신부를 설치했기 때문에 『오사카아사히신문大阪朝日新聞』을 구독할 수 있게 되어 최남선은 본격적으로 일본어를 익혀갔다.

1904년에 조선에서는 법부대신인 이지용에 의해서 황실특파유학생이 건의되어 열여섯 살부터 스물다섯 살에 이르기까지 신체 건강하고 우수한 청소년 가운데 칙임관이나 주임관의 자제를 중심으로 50명이 선발되

조합교회가 조선 전도를 시작하자 그 주임이 되어 조선인의 황민화와 크리스트교 전도를 강력하게 추진했다. 한때는 200여 개 교회와 신도 2만여 명을 헤아렸다. 이 조선 전도는 총독부의 기밀비를 받았기 때문에 가시와기 기엔(柏木義円) 목사 등이 반대하기도 했다.

〈도판 1-2〉 1904에 촬영된 황실특파유학생의 단체 사진.
앞줄 왼쪽에서 두 번째가 당시 열네 살의 최남선. 뒷줄 오른쪽 끝은 뒤에 최남선과 함께
3·1독립운동을 주도한 최린. 왼쪽 끝은 독립운동가로서 이름을 남긴 조소앙.
출전 : 東京府立第一中學校 編,『東京府立第一中學校創立五十年史』, 東京府立第一中學校, 1929;
武井一,『皇室特派留學生－大韓帝國からの50人』, 白帝社, 2005.

었다.[2] 황실특파유학생이란 일본의 선진문화를 배우기 위한 목적으로 대한제국 황실에서 일본에 파견한 유학생을 가리키는데, 최남선도 이때 그 가운데 한 사람으로 뽑혔다. 유학할 곳은 도쿄부립제일중학교^{오늘날 도쿄도립} 히비야(東京都立日比谷)고등학교였다.

당시 일본에 유학하던 조선인 유학생들은 학교에 다닐 뿐만 아니라, 자율적으로 단체를 조직하고 잡지를 발행하는 활동도 했다. 그 단체는 대부분 국권이 상실되어가는 가운데 조국과 국민을 위해 공헌하는 데 도움을 주기 위해 결성된 것이었다. 특히 대한제국의 보호국화를 전후로 한 1904년부터 1905년 사이에는 일본의 침략이 진행되면서 조선에서 계몽운동이 활발하게 일어났고, 일본에서도 유학생단체를 조직할 필요성이 부르짖어졌다. 그 결과 1905년 이후 유학생단체가 여기저기 세워졌는데, 조선의 관서지방^{평안도} 출신자가 중심인 태극학회, 유학생이 새로 들어온 유학생을 위해 만든 일본어학교로 광무학교에서 발전한 광무학회,[3] 조선

의 정치가 민영환이 보호국화에 항의하는 뜻을 보이기 위해 1905년에 스스로 목숨을 끊자 그를 위한 추도회가 열린 것을 계기로 몇몇 유학생 단체가 연합해서 1906년 9월에 성립하고 당시 많은 조선인 유학생이 참가한 대한유학생회 등이 그것이었다.[4]

최남선이 일본에 머물 때의 상황을 알 수 있는 구체적인 기록 등은 거의 남아 있지 않지만, 『소년』에는 "어느 외국의 중학교"에서 수신과 수업을 받았던 때를 부분적으로 회고한 글을 볼 수 있다.[5] 그 수업에서 신입생에게 건네진 말 가운데 쇠퇴하는 나라에 사는 국민의 얼굴을 보면 창백하다면서 조선인이 그 사례로 꼽혔다고 말하고, 그것에 분노를 느꼈지만 다른 한편으로는 인정하지 않을 수 없는 점도 있다는 것을 유감으로 생각했다고 적었다.

최남선은 그 일본어 능력을 인정받아 최연소로 유학생 기숙사의 사감 寮長을 맡았는데, 이때는 겨우 한 달 만에 도쿄부립제일중학교를 퇴학하고 귀국해버린다. 학적부의 기록에는 부모의 건강 문제에 따른 것이라고 되어 있지만,[6] 당시 유학생이 여러 가지 문제를 일으키고, 나라가 망해 가는데도 상류계급의 젊은이가 지각이 없고 믿을 수 없는 상태임을 탄식해서 귀국했다는 견해도 있다.[7] 최남선 자신은 당시를 되돌아보면서 "참 어렸었소, 괜히 밤잠을 못 이루고 그런 일들 때문에 가슴 조리고 낯을 못들 만치 수치감이 드러서 얼굴을 붉히던 생각을 하면 참 웃으운 일이지요"[8]라고 회고하는데, 이것은 유학생의 이런저런 문제에 말려든 것에 대한 발언인지도 모른다.

그 뒤 1906년에 이번에는 자비로 다시 일본에 유학해 와세다대학 고등사범부 역사지리과에 입학했다. 유학지로 와세다대학을 고른 이유는 분명하지 않지만, 아버지의 허가를 받고 "굳은 결심을 하고" 일본으로

요시다와 최남선의 교류는 최남선이 와세다대학을 퇴학한 뒤에도
이어졌다.
출전 : 吉田東伍, 『大日本地名辭書 續編』, 富山房, 1909.

떠났다고 한다.[9] 최남선의 아버지 최헌규는 유학생단체인 태극학회에 찬조금을 보내는 등[10] 그의 일본 유학과 유학생 단체의 활동에 협력적이었고 최남선 자신도 이번 제2차 유학 때부터 유학생운동에 본격적으로 관여했다.

유학 시절의 구체적인 활동에는 분명하지 않은 점도 많지만, 뒤에 최남선이 『매일신보』에 기고한 기사에 따르면, 『대일본지명사서大日本地名辭書』의 편찬자로 알려진 역사 지리학자 요시다 도고吉田東伍의 일본 지리와 메이지 역사 강의를 청강했다고 한다.[11] 또 광무학교에서 역사 교사를 맡는 등 수업을 받았을 뿐만 아니라 가르치는 쪽에도 서 있던 듯하다.[12]

그밖에 『육당 최남선 전집』현암사, 1975에 실린 연보와 당시 신문 기사, 잡지 등에서 확인할 수 있는 활동 사항을 살펴보면, 먼저 연보에는 1906년 3월에 '대학유학생회보'를 편집했다고 기록되어 있다. 이 점에 대해서 최남선은 "십칠十七, 만 연령으로 16세 – 지은이의 째에 일본日本 동경東京"에서 「대한유학생회보大韓留學生會報」를 한두달ㅅ동안 간사看事함이니 그리하난 중中 병病에 걸녀 오래 신음呻吟하다가 필경畢竟 몸이 나라로 도라오고 쏘 그 월보月報도 잉즉仍卽 정폐停廢하얏스며"[13]라고 당시를 돌아보며 썼지만, 『대한유학생회보』의 존재는 확인할 수 없는데, 이것은 『대한유학생회학보』의 잘못일 가능성이 매우 크다.

『대한유학생회학보』란 앞에서 말한 대한유학생회의 기관지이다. 그 간행 취지는 표면상 회원 상호 친목과 학식 교환에 두었다. 그러나 실제는 조선 사회에 세계의 문명을 보급하고 국가의 실력을 증강하는 것이 근본 목적이고, 문화계몽지로서 중요한 역할을 맡았다고 한다.

최남선은 대한유학생회의 설립과 동시에 제1회 총회에서 '편찬원'으로 뽑힌다.[14] 그 뒤 1907년 5월의 폐간에 이르는 사이에 『대한유학생회학보』의 편집인으로 일했는데, 이것이 최남선에게는 최초의 편집활동이었다고 생각된다. 또한 1908년 2월에 새로운 유학생 단체로 대한학회가 결성되자[15] 최남선은 그 제1회 총회에서 평의원으로 뽑히고, 뒤에 말하는 것처럼 기관지인 『대한학생월보』에 여러 편의 시를 기고했다.

그러나 두 번째 유학도 재학기간은 반년 정도로 짧았다. 당시 와세다대학에서는 해마다 학생들이 국회 연습을 위해 모의국회가 열렸고, 1907년 3월에 열린 모의국회에서는 대학부 정치경제학과생인 다부치 도요키치田淵豊吉가 '한국 황제를 (일본—지은이) 화족華族의 반열에 넣는 것이 옳은가 그른가'를 의제로 제안했다. 대한제국이 독립국임을 부정하는 듯한 이 제안에 조선인 유학생이 반발해서 일제히 연명 퇴학함으로써 항의의 뜻을 나타낸 이른바 '모의국회사건'이 일어났다.[16] 이때 조선인 유학생의 대표로서 일제 퇴학을 이끈 것이 최남선으로, 그 자신도 그 뒤 퇴학했다.[17]

이상이 최남선의 일본유학에 대한 개요이다. 그 사이 최남선은 무엇을 보고, 무엇을 배우고, 무엇을 생각했던 것일까. 또 그것은 신문관의 설립과 어떻게 관계했던 것일까. 다음에는 최남선의 두 번째 유학체험에 대해서 살펴보자.

일본에서 한 활동과 출판계의 충격

일본에 머물 때 최남선 자신이 쓴 일기 등은 남아 있지 않지만, 『소년』에는 일본 유학에 대해 이야기한 것을 볼 수 있다. 여기서 몇 개를 들어보자.

십오十五, 만 연령으로 14세 – 지은이의 추秋에 일본日本으로 건너가본즉 놀납다 그 출판계出版界의 우리나라보담 성대盛大함이여 한번 발을 책사冊肆에 드러노흐면 정기간행물·임시간행물定期刊行物·臨時刊行物 할 것 업시 아모 것도 본 것 업고 또 그 등물等物의 내용內容이나 외모外貌에 대對하야 조곰도 비평批評할 만한 지견知見 업난 눈에 다만 다대多大하다, 굉장宏壯하다, 최찬璀璨하다, 분복芬馥하다, 일언一言으로 가리면 엄청나다의 감感이 날 뿐이라.[18]

일본日本에 이르러 보니 문화文化의 발달發達과 서적書籍의 풍부함이 상상 밖이요, 전일前日의 국문國文 예수교 서류書類와 한문漢文 번역 서류書類만을 보던 때에 비比하면 대롱으로 보던 하늘을 두 눈을 크게 뜨고 보는 것과 같은 느낌이었다. 나는 그런 책冊이라는 것은 다 좋아서 보고 보고 또 한 옆으로 번역까지 하는 버릇이 일본日本에 가서 더욱 활발해졌다. 그때는 이런 공부로 밤잠도 자지 않고 여기에 정신精神을 썼었다.[19]

이렇게 조선과는 다른 일본 출판계의 모습을 눈으로 보고 충격을 받았음을 알 수 있다. 특히 신문 잡지에 관해서는 유학 이전에는 "상해上海에 재류在留하난 서인西人들의 한자漢字로 간행刊行하난 「만국공보萬國公報」 「중서교회보中西教會報」 양종兩種과 일본日本에서 간행刊行하난 「대판조일신문大阪朝日新聞」 「만조보萬朝報」와 밋 「태양太陽」 「조도전문학早稻田文學」의 구구지舊舊紙, 아마 지난 호를 가리키는 듯함 – 지은이"[20]밖에는 본 것이 없었다고 한다. 원래 최남선은 '신보 잡지광'이라고 자칭할 만큼 신문과 잡지에 관심이 많았는데, 출판 환경이 정돈되고 다종다양한 출판물이 갖추어진 일본의 상황을 마주치고 그가 받은 충격은 무척 컸을 것이다.

또 여기서 주목하고 싶은 것은 자신이 좋아하는 책을 몇 번이나 읽고는 "번역까지 하는 버릇이 일본日本에 가서 더욱 활발해졌다"[21]고 최남선이 회상하는 부분이다. "밤잠도 자지 않고 여기에 정신情神을 썼었다"고 말할 만큼 유학 당시는 번역에 열중한 듯하다.

〈표 1-1〉 최남선이 일본에 유학할 때 쓴 번역물 일람

제목	저자 명의(名義)	수록 잡지	간행연월
① 「獻身的 精神」	崔南善	『태극학보』 제1호	1906.8
② 「獻身的 精神(前號續)」	崔南善	『태극학보』 제2호	1906.9
③ 「奮起하라 靑年諸子」	大夢生	『태극학보』 제3호	1906.10
④ 「北牕囈語」	大夢生 崔南善	『태극학보』 제7호	1907.2
⑤ 「現時代의 要求하는 人物」	-	『대한유학생회학보』 제1호	1907.3
⑥ 「彗星說」	崔南善		
⑦ 「地球之過去及未來」	學不厭生 譯		
⑧ 「華盛頓傳」	崔生		
⑨ 「郵票起源」	NS生		
⑩ 「國家의 主動力」	崔南善	『대한유학생회학보』 제2호	1907.4
⑪ 「熱心과 熱意」			
⑫ 「地理學雜記」	崔生		
⑬ 「地球之過去及未來(續)」	學不厭生 譯		
⑭ 「人類의 起源及發達」	NS生 譯	『대한유학생회학보』 제3호	1907.5
⑮ 「壬辰倭亂에 關한 古文學 三度」	崔南善	『낙동친목회학보』 제3호	1907.12
⑯ 「壬辰倭亂에 關한 古文書 三度(前號續三)」	崔南善	『낙동친목회학보』 제4호	1908.1
⑰ 「모르네 나는」	大夢崔	『대한학회월보』 제1호	1908.2
⑱ 「댜유의 신에게」	大夢崔	『대한학회월보』 제2호	1908.3
⑲ 「막은 물」			
⑳ 「생각한 대로」			

제목	저자 명의(名義)	수록 잡지	간행연월
㉑「그의 손」			
㉒「백성의 소래」	大夢崔	『대한학회월보』 제3호	1908.4
㉓「나는 가오」			

출전 : 류시현, 『최남선 연구-제국의 '근대'와 식민지의 '문화'』, 역사비평사, 2009, 41면의 표에 가필, 수정.

이것은 최남선이 일본에 머물 때 유학생단체 잡지에 기고한 문장에서도 알 수 있다. 〈표 1-1〉은 최남선이 일본에 유학할 때 쓴 번역물을 정리한 것인데, 유학 이전의 저작물에서 확인할 수 있는 것이 거의 존재하지 않기 때문에 실질적으로 그가 쓴 최초의 문장이다. 주로 지식 소개와 논설, 시로 나뉘지만 지식 소개에 관련된 글은 사실은 번역이다.

예컨대 〈표 1-1〉의 ⑦과 ⑬의 「지구지과거급미래地球之過去及未來」는 요코야마 마타지로橫山又次郎의 『지구의 과거와 미래地球之過去及未來』富山房, 1897를 번역한 것이다.[22] ⑫의 『대한유학생회학보』 제2호1907.4에 실린 「지리학잡기地理學雜記」는 〈도판 1-4〉에서 보이는 것처럼 나카무라 시토쿠中村土德 · 오쿠보 지나미大久保千濤가 쓴 『일본 지리 상설本邦地理詳說』博文館, 1906년의 삽화를 인용하고 또 내용도 참조한 것을 확인할 수 있다. 이와 관련해서 〈도판 1-5〉에서 알 수 있듯이 최남선이 『대한학회월보』 제2호1908.3에 실은 사진 동판 「불란서국 패리쓰경 대첩문佛蘭西國 패리쓰京 大捷門」은 하쿠분칸의 종합잡지 『태양太陽』 제6권 14호1900.11의 「프랑스 파리 대개선문과 샹젤리제佛國巴里大凱旋門とシヤンゼリゼ」를 옮겨 실은 것이다.[23] 또 ⑭의 「인류의 기원급 발달人類의 起源及發達」은 오토리 스테조大鳥居弁三의 『인류계의 현상人類界之現象』光風館書店, 1903 제6장 제1~2절을 번역한 것이다.

이들은 현재 남아 있는 것 가운데 최남선이 번역활동을 한 최초의 사례인데, 이렇게 조선인을 향해서 지식을 전달하면서 일본의 서적을 참조, 번역했던 것이다. 최남선은 귀국한 뒤에 계몽의 수단으로 번역활동에 본

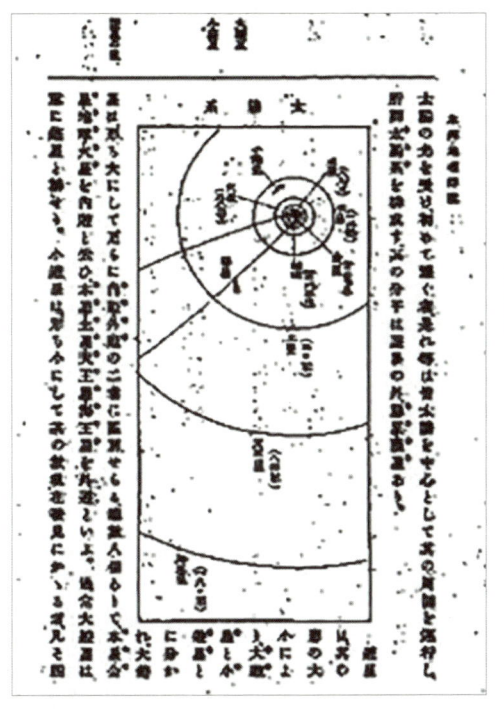

<〈도판 1-4〉>
(왼쪽) 『本邦地理詳說』, 1906.
(오른쪽) 『대한유학생회학보』 제2호, 1907.4.

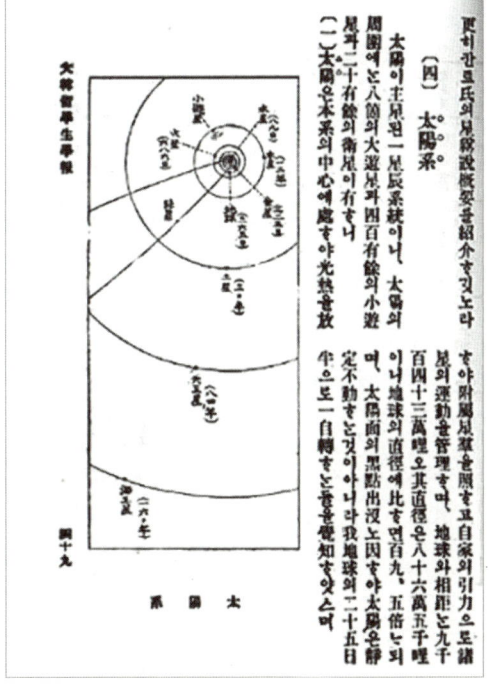

〈도판 1-5〉
(위) 『太陽』 제6권 제14호, 1900.11.
(아래) 『대한학회월보』 제2호, 1908.3.

격적으로 착수하는데, 그 계기가 되었던 것이 두 번의 일본 유학이었다.

그밖에 ⑥과 ⑨는 서양의 신지식을 소개한 것이다. 뒤에서 말하듯이, 최남선은 『소년』에서 서양의 문화와 문학을 적극적으로 소개해 가는데, 이런 문제의식도 일본 유학시대부터 싹텄다고 할 수 있다.[24]

다음으로 〈표 1-1〉에서 보이는 최남선의 논설로 관심을 돌려보면, '청년'을 위한 계몽의 글이 많은 것을 알 수 있다. 그 가운데서도 특히 ⑩의 논설 「국가의 주동력國家의 主動力」에 주목해 보자. 이 가운데 최남선은 다음과 같이 말한다.

> 국가國家의 주동력主動力이 되야能히 국가國家의 운명運命을 좌우左右ᄒᆞᄂᆞ 자者ㅣ 미지未知케라. (…중략…) 오배吾輩 청년靑年이야말노 실實노 국가國家의 중추中樞며 주동력主動力이라. (…중략…) 건전健全한 청년靑年을 유유有ᄒᆞᆫ 국가國家ᄂᆞ 국력國力이 항상恒常 충실充實ᄒᆞ고 부패腐敗ᄒᆞᆫ 청년靑年을 유有ᄒᆞᆫ 국가國家ᄂᆞ 국세國勢가 항상恒常 위미부진萎靡不振ᄒᆞᄂᆞ니 오배吾輩 청년靑年은 실實노 국가國家의 존망存亡에 막대莫大ᄒᆞᆫ 관계關係가 유有ᄒᆞᆫ디라 엇디 분려奮勵티 아니ᄒᆞ며 진작振作티 아니ᄒᆞ깃ᄂᆞᆫ가. (…중략…) 팔만 이천 평방리八萬二千平方哩되ᄂᆞ 해동반도海東半島ᄂᆞ 모든 운명運命을 제자諸子의게 부탁付託ᄒᆞᆫ 자者이라. (…중략…) 제자諸子ᄂᆞ 실實노 일국一國의 중추中樞오 주동력主動力이니 모름딕이 강고强固ᄒᆞᆫ 중추中樞가 되고 건실健實ᄒᆞᆫ 주동력主動力이 될디어다.[25]

여기서 '청년'이 가리키는 연령층은 정확히 알 수 없지만, 이 무렵은 최남선이 본격적으로 유학생 운동에 참가하던 시기이고, 조선의 젊은이를 "실實노 국가國家의 존망存亡에 막대莫大ᄒᆞᆫ 관계關係가 유有ᄒᆞᆫ" 존재라면서 계몽하는 대상 또는 근대적인 국가의 주체로 파악했다. 이 논설이 실린 『대한유학생회학보』는 앞에서 말한 대로 최남선이 편집인을 맡은 유학생 단체 잡지인데, 전체적인 구성에서도 국가의 장래를 짊어질 젊은이를 격려하고 계몽하는 내용이 많았다.

또 〈표 1-1〉에서 『대한학회월보』에 기고한 ⑰ 이하의 글은 모두 시인데, 그 대부분은 '자유'를 주제로 한 내용이다. 예컨대 ⑰의 「모르네 나는」에서는 자유가 없으면 아무 것도 얻을 수 없다면서 그 중요성을 강조하고, ⑲의 「막은 물」과 ⑳의 「생각한 대로」에서는 다양한 표현으로 자유가 없는 몸을 탄식한다. 이들 시는 천천히 일본에 국권을 빼앗겨가는 당시 상황에서 그것이 회복되기를 바라는 마음을 담아서 쓴 것으로 생각된다. 시에서 보이는 이런 경향은 귀국한 뒤에도 이어져 최남선이 1910년대에 발표한 시에는 '자유'라는 단어가 포함된 것이 많아져 간다.

지금까지 살펴본 것처럼, 최남선이 일본에 머물 때 쓴 논설과 시에는 조국이 보호국이 되는 상황에서 국권이 회복되기를 바라고, 청년에게 기대를 걸고 계몽하려는 자세가 강하게 드러났다. 최남선은 유학생운동의 활동 가운데 하나로 유학생 단체의 잡지를 편집하고 문장을 기고했다고 할 수 있다.

머지않아 최남선은 일본에서 잡지를 편집하고 집필활동을 하면서 청년을 계몽하는 것만으로는 만족하지 않고 조선에서 출판활동을 하겠다는 뜻을 세우게 된다. 그 계기가 되었던 것은 일본의 신문명에서 받은 충격이었다. 예컨대 귀국한 뒤 조금 지난 1910년에 최남선은 다음과 같이 유학 당시를 돌아본다.

무엇에 대對하야서던지, 무슨 구경을 할 째에던지 우리나라 사물事物에 비교比較해 보아 무슨 한 생각을 엇은 뒤에야 마난 이 사람이라, 이를 대對할 째에도 그 압헤 한번 머리를 숙엿고, 숙엿다가 한숨 쉬고, 한숨 쉬다가 주목 쥐고, 주목 쥘 새에 「이 다음 기회機會가 잇슬 터이지」 하난 밋지 못할 공망空望을 써안고 스스로 관위寬慰함이 잇섯노라.[26]

내가 처음 일본日本으로 간 째는 일아전쟁日俄戰爭의 초기初期 — 곳 일본日本 신문명新文明이 정正히 과도기過渡期의 한 긋에 올으려 한 째라. (…중략…) 급전직하急轉直下의 세세勢로 향상진보向上進步의 실적實績을 보이니 눈에 보이난 바와 귀에 들니난 바가 남달으게 비상非常히 신경神經을 자극刺戟하야 (…중략…) 이러케 신경神經의 감수感受가 점점漸漸 이상異常하야지난 동시同時에 「나라로 도라가라! 나라로 도라가라」 하난 소리가 무상시無常時로 귀의 고막鼓膜을 싸리난지라.[27]

이런 회고를 통해서 일본의 근대 문명과 만나 자극을 받고, 귀국 뒤에 무언가 행동을 일으키려고 생각하던 모습을 엿볼 수 있다. 또 만년의 회상에서는 유학을 계기로 일본에서 책을 모으고, '국민정신운동'을 일으키려 하고, 특히 역사와 지리를 연구하기 위해 관련 서적을 더욱 더 모으게 되었다고 말해서[28] 지식 습득과 번역으로 일본의 서적을 이용해 조선에서 계몽활동에 활용하려 했음을 알 수 있다.

이 점과 관련해서 최남선은 1916년에 『매일신보』에 보낸 기사에서 일본 유학 당시 서점뿐만 아니라 여러 군데 도서관에도 다녔다고 말했다. 예를 들어 「강호역서기江戸繹書記 (一) 도서관순력圖書館巡歷」이란 기사에서는 제국도서관에 대해서 "일본日本에 유일唯一흔 국립도서관國立圖書館이오 지식智識 저장貯藏의 최대最大흔 중앙기관中央機關이라 장서藏書의 수數ㅣ 오십만五十萬이오 매일每日 열람인閱覽人이 칠팔백七八百"[29]이라고 개관한다. 또 이곳 이상으로 사용하기 쉬운 장소는 없다면서 조선에서 나온 옛날 책의

〈도판1-6〉1906년의 하쿠분칸 사옥.
출전 : 坪谷善四郎, 『博文館五十年史』, 博文館, 1937.

소장 상황에 대해서도 이야기했다.

　그밖에 「강호역서기江戶繹書記 (二) 도서관순력圖書館巡歷」에서는 특색 있는 도서관으로 난키문고南葵文庫를 들면서[30] "특별特別혼 소개紹介나 자격資格이 유有혼 인人에게만 열람閱覽을 허許ᄒᆞᄂᆞᆫ 등等이 총總히 귀족적貴族的"[31]이라고 평가했다. 그리고 사립대학다만 법적으로는 전문학교에도 거의 대부분 부속 도서관이 있다면서 와세다대학과 게이오의숙慶應義塾, 주오대학中央大學 도서관을 간단히 소개하고, 사설 도서관으로 유명한 곳으로는 이와사키 가문岩崎家의 세이카도문고靜嘉堂文庫를,[32] 시립도서관 가운데 최대의 것으로는 히비야도서관日比谷圖書館을 각각 들었다. 이처럼 최남선은 일본에 머물 때 여러 군데 도서관을 방문했는데, 여기서 주목하고 싶은 것이 당시 하쿠분 칸이 경영하던 오하시도서관大橋圖書館이다.

먼저 하쿠분칸을 간단히 설명하겠다. 하쿠분칸은 1887년에 오하시 사 헤이大橋佐平가 도쿄시 혼고구本鄕區 유미초弓町 2가丁目, 1892년에 니혼바시구(日本橋 區) 혼마치(本町) 3가로 옮김에 창업한 출판사이다.〈도판 1-6〉이 출판사는 1887년 6 월에 창간한『일본대가논집日本大家論集』을 비롯해서 메이지기에 잡지 60 여종을 간행했다. 단행본의 발행수는 약 2,500점 이상으로 근대 출판계 에서 한 시대를 풍미했다고 일컬었는데, 특히『소년세계』등 아동을 위한 출판물을 많이 발행한 것으로 알려졌다.

이 하쿠분칸이 소유했던 것이 오하시도서관이다. 최남선은 "통속도서 관通俗圖書館의 사립私立으로는 서사書肆 박문관博文館 주인主人의 경영經營ᄒ 는 대교도서관大橋圖書館이란 것이 국정구麴町區 우리 유학留學 기숙사寄宿舍 에셔 불원不遠ᄒ 처處에 재在ᄒ니 설비設備와 정도程度ㅣ 대략大略 일비곡도 서관日比谷圖書館으로 백중伯仲의 간間에 재在"[33]한다고 언급하는데, 두 번째 유학 중에 이 오하시도서관에 "통관通館하면서 내외문헌內外文獻의 섭렵涉獵 에 힘썼"[34]던 것으로 보인다.

오하시도서관은 하쿠분칸의 창업자 오하시 사헤이가 1902년 6월 15 일에 개관했는데, 당시에도 보기 드문 사립도서관이었다. 이 도서관은 "도서 가격을 저렴하게 하고, 일반 사회에서 독서의 범위를 넓혀가는 일 은 조금이나마 마음에 만족하는 것"[35]이라는 오하시의 뜻에 따라 세워 졌는데, 창업 이듬해인 1903년에 장서수 4만 5천책을 자랑했고 많은 학 생·문사들이 이용했다.[36]

최남선은 이들 일본의 도서관에 대해 "동경東京을 애愛ᄒ 이유理由가 유 有ᄒ다 ᄒ면 이러틋 지성수양智性修養의 기관機關과 기회機會의 다多ᄒ을 선거先擧"한다면서 동시에 "이십세기二十世紀의 지력경쟁시대智力競爭時代에 이십만二千萬의 귀중貴重한 두뇌頭腦에 대對ᄒ야 재능부진才能不振과 성령계발性靈啓發의 공공적公共的 기관機關이 일무一無홈을 사思홀 시時에 심비대척深悲大戚을 스사로 능이能已치 못"한다며 일본과 비교해서 조선의 상황을 탄식했다. 다시 말하면, 최남선은 조선에 "지성 수양의 기회"를 제공하기 위해 일본에서 출판활동을 마치고 신문관을 설립할 것을 목표로 했다고 할 수 있다.

지금까지 이루어진 연구에서는 최남선이 그 무렵 『태양』과 『문예구락부文藝俱樂部』, 『소년세계少年世界』, 『일로전사日露戰史』 등 하쿠분칸에서 발행한 잡지와 서적을 많이 갖춘 오하시도서관에 다녔다는 점을 근거로 하쿠분칸과 신문관의 영향관계를 지적해왔다.[37]

그러나 이 점에 대해서는 아직까지 구체적인 근거를 들어서 논증할 수는 없고, 그 실태는 여전히 분명하지 않다. 따라서 다음 절에서는 이 점을 고려하면서, 이번 절에서 살펴본 것처럼 최남선이 일본에서 체험한 것이 그가 귀국한 뒤에 출판사 설립과 잡지의 편집, 간행 등에 얼마나 영향을 주었는지, 어떤 관련성이 있는지 구체적으로 고찰하고 그 실태에 다가가 보자.

2. 신문관과 『소년』에 나타난 일본의 영향

신문관의 운영 방식

먼저 신문관의 설립 배경을 간단히 말해두겠다. 최남선은 두 번째로 유학한 직후에 신문관을 설립하는데, 두 번째로 일본에 머문 기간은 1906년 4월부터 1908년 6월까지고, 그 가운데 와세다대학에 재학한 것은

〈도판 1-7〉1917년에 찍은 가족사진.
앞줄 왼쪽이 아버지 최헌규. 뒷줄 가운데가 최남선, 오른쪽은 해방 뒤에
한국의 동아일보사 사장이 된 동생 최두선. 왼쪽은 형으로 신문관의 운영을 맡은 최창선.
출전 : 육당최남선선생기념사업회 편, 『六堂이 이 땅에 오신 지 百周年』, 동명사, 1990.

1906년 9월부터 1907년 3월까지 약 반년 동안이었다.[38] 곧 최남선은 와세다대학 퇴학 뒤에 바로 귀국하지 않고 당분간 일본에 머물렀다. 최남선이 오하시도서관에 다녔던 것은 이 무렵인 듯한데, 요컨대 퇴학부터 귀국까지 1년 3개월은 귀국한 뒤에 출판사를 세우기 위한 준비 기간이었다고할 수 있다.[39]

두 번째 유학과 관련해서 또 하나 주목하고 싶은 것은 임규[1866~1948]라는 인물이다. 임규는 조선의 민족운동가로, 뒤에서 말하는 것처럼 1895년에 일본으로 건너와 '게이오의숙중학교 특별과'를 거쳐 '전수학교 경제과'를 졸업하는데,[40] 1906년에는 최남선과 함께 대한유학생회의 제1회

총회에서 '편찬원'으로 뽑혔다.[41] 임규와 최남선의 관계는 그뿐만이 아니다. 그밖에도 대한학회의 평의원과 광무학교의 강사를 맡았고,[42] 10여 년 동안 머문 뒤에 최남선과 함께 귀국하는 등 밀접한 관계가 있었음을 알 수 있다.

과거에는 최남선이 혼자서 신문관을 설립·운영했다고 보았지만, 최근 출판사로서 신문관의 측면이 주목받음에 따라 주위에 협력자가 있던 사실이 밝혀져 왔다. 임규는 신문관의 초기 운영에 종사한 인물로 꼽을 수 있다.[43]

최남선은 두 번째 유학 무렵에 임규와 알게 된 듯한데, 두 사람은 일본어 실력이 뛰어나고 일본에서 잡지 편집에 종사한 경험이 있다는 점에서 공통점이 있었다. 또 역시 일본 유학을 경험하고 식민지 시기에는 변호사로서 이름을 남긴 박승빈도 신문관의 초기 출판활동에 관여했다고 한다.[44] 곧 신문관은 이렇게 일본의 출판계를 살펴본 유학 경험자들에 의해서 운영되었다고도 할 수 있다.[45]

이 점을 고려하면서 신문관의 운영 방식과 아울러 상업적인 전략으로 관심을 돌려보자.

서장에서 말한 것처럼, 1920년대로 접어들면서 조선의 출판문화가 꽃피고 수많은 잡지가 창간되었다. 그 대부분은 예컨대 문예지인 『창조』가 창조사, 종합잡지 『신천지』가 신천지사처럼 잡지 이름에 '사'를 붙인 기관에서 간행되었다. 그러나 이들 기관은 대부분 조선의 정기간행물을 규제하는 '신문지법'^{자세한 내용은 제2장에서 설명한다}의 규정에 따라 편집인과 함께 발행소를 기재할 필요가 있었기 때문에 편의상 잡지를 간행하는 단체의 사무소와 인물의 자택을 잡지 이름이 붙은 발행소로 신고한 데 지나지 않았다.[46] 그 때문에 잡지사라고 이름을 붙여도 실체는 없는 것과 같았고,

잡지가 폐간되면서 함께 사라지는 일이 많았다.

조선에서는 1920년대에도 특정의 잡지 간행을 유지하는 데만 주안을 두어 이름뿐인 발행소가 일반적이었다는 점을 근거로 하면, 1908년에 설립된 이후 폭넓게 서적을 간행하면서도 그 가운데 하나로 잡지를 간행한 신문관이 얼마나 획기적이고 특수한 존재였는지 알 수 있다.

특히 특기할 점으로 들 수 있는 것이 분업체제이다. 신문관은 설립 때에 편집부와 판매부를 '한성 남부 사정동 59통 5호', 인쇄소를 '한성 남부 사정동 59통 8호'로 각기 따로 설치했다. 그 뒤 신문관은 1910년 7월에 '한성 남부 대평방 상리동 32통 4호'로 옮기고,[47] 편집부와 판매부, 인쇄소는 모두 같은 주소로 통합했다일본의 식민지 지배에 따른 행정구획의 명칭 변경에 따라 1914년에 '경성부 황금정 2정목 21번지'로 바뀐다,〈도판 1-8〉. 그러나 옮긴 뒤에도 신문관의 인쇄소는 독립해서 기능할 만큼 규모를 자랑했고, 1922년에 신문관이 출판사 문을 닫은 뒤에도 1929년까지 존속했다.[48] 이 분업화를 배경으로 신문관은 잡지뿐만 아니라 교양, 종교, 어학 등 폭넓은 시리즈 서적을 간행하고, 나아가 다른 출판사의 간행물까지 인쇄했다.

먼저 출판의 측면에서는 이렇게 다양한 간행물을 발행했기 때문에 하나의 간행물에만 의지할 필요가 없었고, 또 인쇄 면에서는 다른 출판사의 간행물까지 손을 뻗어서 예컨대 자기 회사의 간행물이 폐간되어도 사업을 계속할 수 있게 되었다. 신문관이 10년 이상이나 되는 사이에 비교적 안정적으로 운영할 수 있던 배경에는 이런 요소가 있었던 것으로 보인다. 실제로 뒤에는 인쇄소의 존재가 중요한 역할을 맡았는데, 이것은 제7장에서 자세히 논한다.

한편 당시 일본의 출판계로 눈길을 돌려보면, 편집·판매와 인쇄를 분리한 체제는 결코 새로운 것이 아니었다. 예를 들어 창업 때부터 인쇄소

◀〈도판 1-8〉 1915년에 작성된 신문관 주변의 지도.
지도 위의 Ⓐ는 신문관의 사옥이 있던 '경성부 황금정 2정목 21번지',
Ⓑ는 '경성부 삼각정 21번지'로, 최남선의 자택이 있었다(〈도판 1-9〉).
출전 : 財藤勝藏, 『市區改正豫定計畫 京城市街全圖』(財藤勝藏, 1915)에 가필, 수정.

▼〈도판 1-9〉 최남선의 집.
1969년 허물어지기 직전에 촬영된 것으로,
최남선은 신문관을 경영하던 1910년대 이 건물에 살았다.
출전 : 유춘동·엄태웅 편, 『신문관의 육전소설』, 소명출판, 2018.

를 갖추고 여러 출판물을 자가 인쇄한 출
판사로는 교분칸^{敎文館}이 있었다. 1895년
에 미국 선교사가 설립한 교분칸은 자사
의 크리스트교 관련 서적뿐만 아니라 다
른 출판사의 간행물도 인쇄했다.[49] 그 가
운데는 유학생 단체인 태극학회의 기관
지 『태극학보』도 있었다. 〈표 1-1〉을 보
아도 알 수 있듯, 이 잡지에 기고하던 최
남선은 교분칸이 인쇄소를 따로 설치한
사실을 틀림없이 알았을 것이다.

하쿠분칸의 경우, 창업과 동시에는 아
니지만, 10년 뒤인 1897년에 인쇄소^{하쿠분칸 인쇄공장}가 창설되어 하쿠분칸
소속 인쇄소로 출발해 편집·판매와 인쇄의 분업 체제가 확립되었다. 〈표
1-1〉의 ⑫에 보이는 것처럼, 일본 유학 중에 하쿠분칸에서 간행한 서적
을 번역하고, 그것을 갖춘 오하시도서관에도 다니던 최남선은 하쿠분칸
과 그 밖에 다른 출판사의 운영 형태를 보고 거기서 신문관의 분업 체제
를 떠올렸을 가능성이 크다.

또 신문관은 1914년에 '종합교양' 잡지 『청춘』을 발행할 무렵, 경성과
지방에 분매소를 두게 되는데, 하쿠분칸도 기존의 대리점과 지방의 대형
서점을 발매소로 지정하고, 특별 대발매소, 특약 대발매소, 특약 발매소,
발매소로 나누는 등 독자적인 전국판매조직을 구축했는데, 이렇게 창업
초기에 판매망을 확립한 것이 하쿠분칸이 성공한 요인 가운데 하나로 꼽
힌다.[50] 나아가 신문관은 잡지 판매에서 우편 제도를 이용했다. 이 점도
당시 조선에서는 새로운 것으로 보이지만,[51] 같은 시기의 일본에서는 자

주 이용하던 것이었다. 또한 신문관 판매부는 1914년에 『신문관발매서 적총목록』^(도판 1-10)을 간행하고, '수양서류' '신구소설류' 등 자사의 간행물을 20종류로 구분해 구입 방법을 안내했는데,[52] 하쿠분칸도 장르별로 분류한 『하쿠분칸도서잡지총목록』을 정기적으로 펴냈다.

신문관과 하쿠분칸의 공통점은 이밖에도 있다. 예를 들어 신문관의 간행물에는 시리즈 서적 '십전총서'와 '육전소설'이 있었다. 이것은 대량 보급을 목적으로 한 염가의 총서인데, 하쿠분칸도 박리다매주의를 내걸고 전집과 총서 등의 시리즈 서적을 여럿 간행했다.

신문관과 하쿠분칸에서 나온 시리즈 서적의 관계는 제5장에서 고찰하고, 여기서는 최남선이 운영·경영면에서 하쿠분칸을 비롯해 일본의 출판사를 참고했을 가능성이 컸다는 점을 지적해두고 싶다.[53] 또한 아래에서는 하쿠분칸과 신문관의 주요 간행물인 『소년세계』와 『소년』 사이에 분명한 영향 관계가 있었음을 논증해 간다.

『소년』의 지면 구성과 레이아웃

당시 일본에서는 시사신보사^{時事新報社}의 『소년^{少年}』^{1903.10 창간}과 실업지일본사^{實業之日本社}의 『일본소년^{日本少年}』^{1906.1~1938.10} 등 소년 잡지가 여럿 있었는데, 그 가운데서도 『소년세계^{少年世界}』^(도판 1-11)는 메이지기를 대표하는 존재였다. 먼저 그 개요를 살펴보자.

『소년세계』는 1895년 1월부터 1933년 1월까지 하쿠분칸이 간행하고, 이와야 사자나미^{巖谷小波, 1870~1933}가 주필을 맡은 소년 대상 종합잡지이다. 창간호는 '논설, 소설, 사전^{史傳}, 과학, 유희, 문학, 기서^{寄書}, 잡록, 청일전쟁화보^{征清畫談}, 학교 안내, 유람 안내, 도서 안내, 시사'로 구성되었고, 그 발행부수는 1만 부 이상이나 되었다고 한다.

<도판 1-11> 『少年世界』 제1권 제1호, 1895.1.

그러면 『소년』은 『소년세계』에서 구체적으로 어떤 영향을 받았던 것일까. 1908년 11월에 간행된 『소년』과 그 이전에 발행된 『소년세계』제1권 제1호~제14권 제13호를 비교해 보면, 먼저 눈치 챌 수 있는 것은 독자투고란 이름이 일치하는 점이다. 이 기간의 『소년세계』에는 「소년문단少年文壇」을 제목으로 단 독자투고란이 들어 있어 작문을 모집하고 우수작을 실었는데, 그와 마찬가지로 『소년』 제1년 제1권1908.11, 제2년 제1권1909.1에도 「소년문단」 난이 있었다. 그 설명문에는 "감회感懷를 서書함도 가可하고 견문見聞을 기記함도 가可하고 일기日記를 기寄함도 가可하고 과문課文을 투投함도 가可하고 오향吾鄕의 풍토風土를 지誌함도 가可"54하고, "독자讀者의 글을 장려獎勵"하는 것을 목적으로 했고, 마찬가지로 독자투고를 모집해서 지면에 걸작을 싣는다고 명기했다. 지면을 보면 실제로 독자가 보낸 작문이 실려 「소년문단」의 내용이 『소년세계』와 공통된다는 것을 알 수 있다.

또 두 잡지에는 「소년통신」이라고 이름 붙인 독자투고란도 보인다. 『소년세계』에서는 그 취지에 대해서 "소년통신은 각지의 학교, 소년 단체, 가정, 각 개인의 상황 등을 알림과 동시에 생각할 거리를 아우른다"55고 설명한다. 실제로 지면에는 독자가 학교에서 일어난 일과 자신의 근황 등을 쓴 글이 실렸다. 『소년』에서도 제2년 1~4권에 「소년통신」 난이 설치되었는데, "여러분의 거생居生하난 쌍의 명승名勝・고적古蹟・인물人物・특수特殊한 풍습風

〈도판 1-12〉
(위) 『中學世界』 제9권 제11호, 1906.9. 산코도서관 소장.
(아래) 『소년』 제1년 제1권, 1908.11.

〈도판 1-13〉
(왼쪽) 『太陽』 제6권 제14호, 1900.11.
(오른쪽) 『소년』 제1년 제1권, 1908.11.

習 · 방언方言 · 동요童謠 · 전설傳說 등等을 명기明記하야 기송寄送하시면 차례차례次例次例로 내일 것이니 새새로 사례謝禮를 드릴 터"[56]이고, 독자 개인의 상황과 지방의 화제를 말하는 등 실린 내용에는 『소년세계』와 유사한 점이 보인다. 실제 당시 일본의 잡지 가운데 「소년문단」과 「소년통신」이라고 이름 붙인 난이 동시에 들어 있는 것은 저자가 아는 한 『소년세계』뿐이다.

그리고 〈도판 1-12〉가 명확하게 보여주듯이, 「소년문단」의 디자인은 하쿠분칸의 『중학세계中學世界』에 실린 독자투고란 「청년문단靑年文壇」을 참고한 것이다. 또한 〈도판 1-13〉처럼 『소년』은 하쿠분칸의 『태양』에서 적어도 사진 15점을 옮겨 실었다. 최남선과 『중학세계』 그리고 『태양』의 관계는 제3장에서 다시 논하지만, 최남선은 「소년문단」 등의 지면 구성은 『소년세계』, 사진과 디자인 등의 레이아웃은 하쿠분칸의 잡지 『태양』과 『중학세계』를 참고하면서 『소년』을 편집했다.

특히 독자투고란을 설치한 『소년』의 독자 전략은 잡지라고 하면 어떤 단체의 기관지가 대부분이었던 당시 조선에서는 획기적이었다고 평가받을 수 있는데, 같은 시기에 나온 조선의 청소년 잡지 『소년한반도』 1906.11~1907.4에도 이런 독자투고란은 보이지 않는다. 『소년』은 독자와 적극적인 커뮤니케이션을 시도했고, 다양한 방법으로 독자의 흥미를 이끌어 냈는데, 이것은 최남선이 『소년세계』에서 착상을 얻은 것이었다고 할 수 있다. 또 『소년』 제1년 제1권, 제2년 제1, 2, 4, 6~8권에는 각국 위인의 격언을 실은 「소년훈少年訓」 난이 있는데, 이것도 이미 『소년세계』에 보인다.

이상과 같이 최남선은 『소년』의 지면 구성에서 『소년세계』를 본보기로 삼았고, 레이아웃에서도 하쿠분칸 잡지의 영향을 받았다. 첫머리에서 말한 것처럼 최남선은 『소년』을 간행할 때 일본의 "아동을 상대로 하는 잡지"를 "본뜬다"고 말했는데, 그 '본'이란 독자투고란의 설치, 지면의 레이아웃처럼 잡지의 형식적인 면을 가리키는 것이었다.

한편 잡지의 내용을 분석해보면,『소년세계』는 동화와 탐정, 모험물처럼 소년 대상의 읽을거리가 많은 비중을 차지한 데 비해『소년』은 교훈과 계몽적인 내용이 많았다. 곧『소년세계』를 비롯해 일본에서 나온 "아동을 상대로 하는 잡지"의 내용면에서는 거의 영향을 받지 않았다.

그러면 왜 지면 구성의 형식적인 면을 참조한 데 그쳤던 것일까. 다음 절에서는『소년세계』와『소년』의 차이점에 주목하고, 그 이유에 대해서 살펴보자.

3. 계몽의 수단으로 수용한 일본 책

'소년'의 개념과 그것이 지향한 소년상의 차이

『소년세계』는 창간 당시 "The Youth's World"라는 영어 제목이 붙어서 'boy'라는 개념에 그치지 않는 소년상을 제시했다고 한다.[57] 그러나 제9권 제1호[1903.1]부터는 "유치원에서 중학 1, 2학급 정도"를 표준 독자로 상정하고 편집하게 되어 독자층에서 '청년'을 배제하고 투고란에서도 "천진난만 꾸밈없는 실지의 문장"을 지은 것을 독자에게 요청했다.

제9권 1호 이후의 독자투고란을 보면,『소년세계』가 "아이답게" 된 데 대한 비판도 조금 보이지만 모험 이야기와 동화, 그림 등을 더욱 더 늘리면 좋겠다는 바람도 많아『소년세계』의 독자는 원래 나이 어린 사람이 많은 비중을 차지했고 그들의 기호에 맞추려고 한다. 또 당시 일본 문학계는 쓰는 말을 말하는 말에 가까이 하려는 언문일치 운동의 한 가운데 있었는데,[58]『소년세계』는 이런 요인에 따라 노선을 변경한 것으로 보인다.

주필이었던 이와야 사자나미도 독자 사이에 연구회와 문학회, 동지회 등이 조직되는 상황에 대해서 "아이들 가운데 어른답게, 어른을 흉내 내려고 하는 경우가 생기는 것은 그다지 바람직한 이야기는 아닙니다"라고 비판하고, "아이들은 아이답게, 아이의 천진난만함을 드러내고, 그 사심 없는 마음을 지키며 모이는 것이 가장 좋은 일이라고 믿습니다"라고 말하는 등[59] 독자인 '소년'에게 천진난만함을 요구했다. 사자나미는 마찬가지로 잡지 『태양』에서도 "어린이는 역시 어린이답게, 의젓하게 기르는 것이 가장 중요합니다"라면서 "학부형이 얌전하게 키우려는 어린이를 저는 장난꾸러기로 만들고, 학교에서 똑똑하게 키우려는 소년을 저는 바보로 만들기도 합니다"라고 서술하는 등[60] 어른과는 달리 독자적인 세계를 사는 존재로 '소년'을 자리매김했다.

한편 『소년』의 소년관은 『소년세계』와는 달랐다. 거의 모든 『소년』의 권두에는 "우리 대한大韓으로 하야곰 소년少年의 나라로 하라. 그리하랴 하면 능能히 이 책임責任을 감당勘當하도록 그를 교도敎導하여라"[61]라는 글이 있다. 『소년』의 발행 목적에 대해서도 "신대한新大韓의 소년少年으로 깨달은 사람 되고 생각하난 사람 되고 아난 사람 되야 하난 사람이 되야서 혼자 억개에 진 무거운 짐을 감당勘當케 하도록 교도敎導하자 함이라"고 밝히는데, 여기서 '소년'이란 미래의 주체인 '신대한국민'이고, 나이보다도 소양과 문화 경험을 기준으로 한 집단이었다.[62] 이렇게 소년을 계몽하려는 모습은 당시는 '청년'이라는 말을 사용했지만, 이미 일본 유학 때부터 나타났다. 곧 최남선은 무대를 조선반도로 옮겨 『소년』을 통해서 더욱 더 본격적으로 이 목적을 실현하려 했던 것이다.

또 나라의 근간을 맡은 독립한 존재로서 '소년'을 파악하는 견해는 『소년』에 그치지 않고 당시 조선의 지식인에게 공통된 것이었다. 예를 들면 앞에서 말한 『소년한반도』도 고상하고 순결한 애국심을 함양함으로써 "옛 사회의 개혁"을 간행 취지로 삼았는데, 여기에서도 '소년'은 그 개혁의 주체로 여겨졌다.

일본의 보호국이 되어가던 당시 조선에서 '소년'은 민족의 장래를 짊어지도록 계몽해야 할 대상이었지만, 일본의 문학계에서는 동심의 순진무구함에 가치를 둔 점을 고려하면,[63] 『소년세계』와 『소년』이 이상으로 삼은 소년상이 다른 것도 당연했다.[64]

최남선은 『소년』 창간호에서 잡지의 취지에 대해서 "강건剛健하고 견확堅確하고 궁통窮通한 인물人物 되기를 바라난 고故로 연약軟弱 나타懶惰 의시依恃 허위虛僞의 마음을 자극刺戟할 쯧한 문자文字는 됴곰도 내이지 아니할 터이오"라고 말하면서 "경연輕軟한 것을 주장主張하야 아동兒童의 호기심好奇心과 환의歡意를 영합迎合하고 온갖 현상懸賞과 추첨抽籤을 행行하야 백지白紙 갓흔 아심兒心에 허욕虛慾과 요행심僥倖心을 인印케 하난 것은 외국잡지外國雜誌의 통폐通弊"라고 지적했다.[65]

당시 『소년세계』에 대해서는 연약한 것을 줄여야 한다는 독자의 의견이 보내졌고, 또 일본의 많은 소년 잡지는 현상 기획을 도입했다. 따라서 이것은 일본 잡지의 내용을 비판한 것으로 볼 수 있다.

이상과 같이 『소년세계』와 『소년』에서 '소년'의 개념과 지향한 소년상의 차이가 잡지 내용의 차이에 반영되었다고 할 수 있다. 다음 절에서는 『소년』에 실린 번역 기사의 저본과 번역의 특징에 초점을 맞춰 이 점을 더 깊이 고찰해보자.

『소년』에 실린 번역 기사의 저본

최남선은 조선에서는 처음으로 번역 등을 통해서 서양문학을 도입하

〈도판 1-14〉
(왼쪽) 『那破翁』, 1901. (오른쪽) 『소년』 제2년 제1권, 1909.1.

고 문화운동을 일으킨 인물로 평가받는데,[66] 그것이 주로 실린 것이 『소년』이다.

앞선 연구에서는 원전을 확인할 수 있는 20편 정도의 기사와 문학작품에 대해서 그것이 모두 일본어판에서 번역한 것이라고 지적되었다.[67] 이 것은 본문 중에 번역한 것이라고 밝혀져 있고 출전이 분명한 것이 많지만, 서장에서 말한 것처럼 번역임을 알기 어려운 것도 있다. 사실은 오히려 그런 사례 쪽이 압도적으로 많다. 이 책 권말의 〈부록 표 1 − 『소년』에 실린 번역 기사의 저본 일람〉[이하 〈부록 표 1〉]은 『소년』에 실린 번역 기사와 저본을 정리한 것인데, 앞선 연구에서 밝힌 것과는 달리 저자가 확인한 것만으로도 지식 전달과 계몽 관련 기사를 중심으로 합계 157편의 번역물이 존재한다.

또 예컨대 〈도판 1-14〉의 「나폴네온 대제전大帝傳」에 『나폴레옹那破翁』博文館, 1901「제1 소년시대」의 삽화가 쓰이는 등 일본의 서적 가운데에서 부분적으로 참조한 것이라고 생각되는 곳도 많이 보인다.

그러면 최남선은 구체적으로 어떤 일본 서적을 저본으로 선택한 것일까. 또 거기에서는 무엇을 읽어낼 수 있을까.

〈부록 표 1〉을 보면, 『위대한 인물의 소년시대大人物の少年時代』, 『실업지일본實業之日本』, 『자성록自省錄』, 『인생의 실무人生の實務』, 『페스탈로치 언행록ペスタロッチ言行錄』, 『서양의 우스운 이야기西洋笑府』, 『서양 고금 명훈 일화집西洋古今名訓逸話集』 등 서양의 지식을 소개하고 교훈적인 내용이 담긴 것이 큰 비중을 차지함을 알 수 있다. 창간한 지 얼마 지나지 않아서는 『새로 옮긴 이솝 이야기新譯伊蘇普物語』와 하쿠분칸의 『세계의 동화世界お伽噺』 등 나이 어린 독자를 대상으로 한 책도 있지만, 점차 번역의 저본은 일반 대중을 향한 서적으로 옮겨갔다.

『소년』의 내용을 살펴보면, 창간 당시는 동화와 어린이용 읽을거리가 들어 있었고, 그 때문에 처음에는 이와야 사자나미의 작품과 하쿠분칸의 어린이를 위한 출판물이 저본으로 선택되었다고 할 수 있다. 그러나 『소년』은 점차 언뜻 보면 '소년' 독자에게 난해하다고 생각될 것 같은 내용이 많아져서 결과적으로 하쿠분칸 이외의 출판물에 의거하는 비중이 늘어난 것도 읽어낼 수 있다.

이 점에 관해서는 최남선 자신이 당시를 떠올리며 "일본日本과는 처지處地가 달라서 아동兒童을 상대相對로 아기자기 재미있는 흥미지사興味誌事, 원본 그대로 임-옮긴이는 별別로 못넣고 끝말에 가서는 오히려 이름 『소년少年』과는 반대反對로 성인成人을 상대相對로 하는 일반一般 계몽啓蒙 잡지雜誌가 되고 말았는데 이것은 당시當時 실정實情으로선 할 수 없는 일이었오"[68]라고 회상하는 데서도 뒷받침된다. 곧 번역 저본의 이런 변화는 『소년』의 편집 방침 변화에 따른 것이었다고 볼 수 있다. 최남선이 일본과 다른 "당시 실정"이라고 말한 것은 한국병합이 가까워지면서 높아져가던 국가적 위기를 가리킨 것으로 보인다.

특히 지면의 내용이 좀 더 높은 연령층을 향해 바뀌어간 상징 가운데 하나는 한국병합 직전인 제3년 제1권^{1910.1}에 서양의 우스운 이야기를 소개하는 「소천소지^{笑天笑地}」 난의 등장이었다고 생각된다. 이와 관련해서 당시의 『소년세계』에도 비슷한 「소년소화^{少年笑話}」 난이 존재하지만, 그 내용은 독자들이 보낸 우스운 이야기였고 『소년』의 「소천소지」와는 달랐다.

제3년 1권 이후 『소년』에는 「소천소지」뿐만 아니라 「언행의 본^{言行의 본}」과 「각훈일화^{各訓逸話}」, 「태서소부^{泰西笑府}」 등 서양의 우스운 이야기와 교훈 등을 소개하는 난이 거의 매호 보이는데, 이것들은 모두 『서양의 우스운 이야기』^{吉川弘文館, 1904}와 『서양 고금 명훈 일화집』^{警醒社書店, 1907} 두 책에서 번역한 것이었다.

『서양의 우스운 이야기』는 서지학자였던 와다 만키치^{和田万吉}가 서양의 일화와 우스운 이야기를 엮어 번역한 것으로, 모두 217가지 이야기가 실렸다. 서문에는 "어른과 어린이 여러분, 이 책은 여러분이 하루 일을 마치고 막 그 근엄한 얼굴을 풀려고 할 때 읽어주시기 바란다. 그때는 이 작은 책이 다행히 여러분을 치유하거나 또는 여러분을 깨우쳐줄 것이다. (…중략…) 진지하지 않아도 될 때 악의 없는 즐거운 웃음거리를 사람들의 가정에 드리는 것은 이 작은 책의 궁극적인 목적이다"라고 해서 "어른과 어린이"를 대상으로 "깨우침"의 뜻도 담아서 엮은 것임을 알 수 있다. 또 내용에 대해서 엮은이는 서양의 "어학 강습 등의 교육서류에서 채록된 것이 무척 많다"고 서문에 썼는데, 교훈적인 요소가 강한 내용이 많이 들어 있었다.

한편 『서양 고금 명훈 일화집』은 나루세 마사히로成瀬政弘가 엮은 서양 교훈 번역집으로, 모두 194개 이야기가 실렸다. 서문에는 "도덕과 취미를 아울러 갖춘 통속적이고 쉬운 읽을거리로 이 책을 전국의 가정에 바치오니, 만약 사람의 품성을 높이고 지능을 발달시키는 데 도움이 된다면 다행이다"라고 밝혔는데, 일반 대중이 간단히 읽을 수 있는 교훈적인 책이었다.

곧 두 책 모두 대상은 어린이가 아니라 대중이지만, 최남선은 이것을 저본으로 선택해서 「소천소지笑天笑地」 등에 차차 번역해서 실었다. 그 결과 최남선이 "성인成人을 상대相對로 하는 일반一般 계몽잡지啓蒙 雜誌가 되"었다고 회고한 것처럼, 『소년』은 폭넓은 연령층을 독자로 상정하고 계몽하는 잡지가 되었다. 그 배경에는 한국 병합이 눈앞에 닥쳐와 국가적 위기에 빠진 조선의 상황이 놓여 있었고, 그 무렵에 유익하다고 판단된 책이 일반 대중이 쉽게 읽을 수 있고 교훈적인 요소가 강한 『서양의 우스운 이야기』와 『서양 고금 명훈 일화집』이었던 것이다.

또 『서양 고금 명훈 일화집』의 엮은이는 서문에서 "엮은이는 지난해에 서양 고금 명훈 일화집 상권이라고 제목을 단 책을 펴냈는데, 그것과 이 책은 그 이름이 같고 그 성질이 비슷하지만, 그 재료를 선택할 때는 특히 이 책에 더욱 더 주의를 기울였으니, 독자는 두 책을 혼동하지 말기 바란다"고 적었다. 엮은이의 말처럼 그 전해인 1906년에는 『서양 고금 명훈 일화집 상권』이 간행되었는데, 표지에는 "신앙의 벗 수양의 안내"라고 적었고 크리스트교의 "신앙에 도움이 될 일화 훈계"가 많이 실렸다. 최남선이 상권이 아니라 그 이듬해에 간행된 『서양 고금 명훈 일화집』을 선택한 것도 그가 크리스트교도에 그치지 않고 폭넓은 독자를 계몽하려고 했음을 보여준다.

　이상과 같이 최남선은 '소년'의 계몽을 위해 잡지의 내용 면에서는 『소년세계』에 따르지 않고 계몽 요소가 강한 것과 최남선 자신이 '소년'의 계몽에 유익하다고 판단해서 하쿠분칸 이외의 일본 출판사에서 나온 간행물을 선택했다고 생각된다. 또 제3년 제1권부터는 일반 대중까지 독자로 상정하게 되어 그와 함께 저본도 크게 바뀌었다.

　그러면 최남선은 그 일본 서적을 어떻게 번역해서 『소년』에 실은 것일까, 또 거기서는 무엇을 읽어낼 수 있을까. 마지막으로 다음 항목에서 이점을 살펴보자.

번역의 특징

　『소년』에 보이는 최남선 번역의 특징으로 먼저 들 수 있는 것은 설명문을 덧붙인 점과 조선 문화에 맞게 바꾸어 말한 점이다. 〈부록 표 1〉에서 알 수 있는 것처럼, 최남선은 일본어로 번역된 서양의 작품을 다수 저본으로 선택했는데, 원문에 맞게 조선과는 다른 서양의 종교와 정치의 배경을 설명함으로써 알기 쉽게 하려고 힘썼음을 알 수 있다.

　예를 들면, 제2년 제9권1909.10의 「신시대新時代 청년靑年의 신호흡新呼(七) 스마일쓰 선생의 용기론勇氣論」은 스마일스의 『품성론品性論』內外出版協會, 1906 제5장의 「용기勇氣」를 번역한 것인데, 여기에는 장문의 설명문을 볼 수 있다. 구체적으로 예를 들면, 지동설을 제창하고 이단 신자로 찍혀 박해를 받은 사람들에 관한 말 뒤에 "유로파 대륙大陸"에서는 300~400년 전에는 성서에 어긋나는 것을 주장하면 "상제上帝의 죄인罪人"이 되었다고 주석을 붙여 시대 배경을 설명했다. 다른 곳에서는 "도덕적道德的 겁나怯懦"에 관한 설명 중에 "저 백성들은 자신에게 헛됨을 일깨워주는 도덕을 깊이 믿고, 건전한 진리는 불쾌하기 때문에 그것을 말하기 꺼리고, 또 그들의 기분을 망치지 않기 위해 그것이 실행할 수 있는 희망이 전혀 없다는 것을 알면서도 가면을 쓰고 동정을 베푸는 것처럼 꾸민다"[69]는 부분을 삭제하고, 그 부분에 대해서는 국회의원의 권력이 강한 유럽 여러 나라에서는 국회의원 선거 때에 부정이 횡행하는 폐습이 있다고 전하는 이야기라고 설명한다.

『소년』에는 그밖에도 '알렉산더' '쎄이콘' '스피노싸'처럼 역사상의 위인과 성서의 등장인물, '공생애公生涯, 예수 크리스트의 생애 – 지은이' '순교자' '사도' '목사' '유물주의' '지질학' '달러'처럼 서양의 사물과 풍습 등을 나타내는 용어에 간단한 설명을 덧붙였다. 또 예를 들어 '훌륭한 분立派な方'과 '귀하貴方' 등을 '냥반', '산타로三太郎'를 '용득이조선인의 어릴 적 이름 – 지은이', '파리パリ'를 '서울'로 표현하는 등 조선의 문화에 맞게 말을 바꾸기도 했다. 이런 노력은 넓은 독자층을 계몽하려는 의식의 표현으로 볼 수 있고, 또 계몽의 수단으로 서양의 신지식을 적극적으로 제공하려 한 것도 여기에서 읽어낼 수 있다.

두 번째 특징으로는 '소년'에게 기대를 드러내는 형태로 가필, 수정한 것을 들 수 있다. 예를 들면 제2년 제2권1909.2에 실린 「전기왕電氣王 애듸손의 소년시절少年時節」에는 끝에 "우리 신대한新大韓에는 읏더한 발명發明의 나무가 자라가고 알이 새여가난가를 알고자 하오"라는 글을 덧붙여 '소년'에게 기대감을 나타냈다.

제2년 제3권1909.3의 「신시대新時代 청년靑年의 신호흡新呼吸(二) 와싱톤의 좌우명座右銘」에서는 조지 워싱턴의 모두 57가지 좌우명 가운데 양심에 관한 것을 큰 글자로 강조하고, 또 "범사凡事를 다 양심良心에 붓그럽지 안케 하여라"는 글을 덧붙였다. 또 제2년 제7권1909.8의 「신시대新時代 청년靑年의 신호흡新呼吸(五) 페쓰탈노씨 선생先生 처세훈處世訓」에서는 '만개滿開'라는 제목을 '청년靑年아'로 옮기고 청년이 소중히 여겨야 할 "정실正實한 가치價値"라는 부분에 "고상高尚한 품격品格과 순미純美한 덕행德行"이라고 보충 설명을 덧붙이기도 했다.

또 앞에서 소개한 제2년 제9권의 「신시대新時代 청년靑年의 신호흡新呼吸(七) 스마일쓰 선생의 용기론勇氣論」에서 루터에 관한 부분에서는 유럽 여러 국민이 신봉하던 구교를 비판한다는 것이 당시에 얼마나 곤란했는지 시대 배경을 설명하면서 루터가 목숨을 걸고 바로잡음으로써 신교가 일어나서 박해를 받았지만, "진리眞理를 직히고 정의正義를 가져 죽어가면서도 굽히지 아니한" 결과 오늘날의 성대함을 이루었다고 설명을 붙였다. 여기에서 루터 같은 정신으로 구시대를 깨부수고 새로운 나라를 건설하고 싶다는, '소년'에 대한 최남선의 생각을 읽어낼 수 있는 것은 아닐까.

이렇게 "신대한新大韓의 소년少年으로 쌔달은 사람 되고 생각하난 사람 되고 아난 사람 되야 하난 사람이 되야서 혼자 억개에 진 무거운 짐을 감당勘當케 하도록 교도敎導하자 함"이라는 『소년』의 간행 목적에 어울리는 형태로 바꿔 쓰기를 했다고 할 수 있다. 이처럼 원문에 없는 부분에는 계몽 대상으로 '소년'을 향한 최남선의 기대가 담겼고, 또 최남선이 이상으로 여기는 소년상이 엿보인다.

번역의 특징으로 마지막으로 들 수 있는 것은 '신대한' 곧 최남선이 이상으로 여기는 국가의 비전을 나타내는 형식으로 가필·수정한 점이다. 예를 들면 제2년 제10권1909.11의 「이솝의 이약第二次(一) 승냥이와 양羊」을 저본인 『새로 옮긴 이솝 이야기』와 비교해보면, "또 이 이야기는 앞 시대의 지식인이 국가 사회를 지키기 위해 이미 만들어 둔 법률과 보호는 될 수록 소중하게 여겨서 그대로 두는 것이 좋다고 하는 의미가 됩니다"[70]라는 원문의 끝 부분이 삭제되었다. 그 밖의 부분은 충실하게 번역되었기 때문에 이곳은 최남선이 의도적으로 삭제한 것으로 생각되는데, 국가가 옛날의 제도에 따르는 것을 꺼리는 모습을 읽어낼 수 있다.

그밖에 후쿠자와 유키치福澤諭吉의 『수신요령修身要領』을 번역한 제2년 제2권의 「신시대新時代 청년靑年의 신호흡新呼吸(一) 수신요령修身要領」에는 여러 곳에 주석을 덧붙였는데, 여기서도 최남선이 이상으로 삼는 국가상을 읽어낼 수 있다.

구체적으로 살펴보면, 먼저 '정부'에 관해서 "인민人民이 정부政府의 것이 아니라 정부政府가 인민人民의 것이라. 그럼으로 서철西哲의 말에 인민人民 아래에 매인 정부政府는 잇서도 정부政府 밋헤 달닌 인민人民은 업다 하니라"고 설명을 덧붙였다. 또 군사에 복무하는 국가 비용을 국민이 부담하는 의무에 관해서 설명한 곳에는 "우리의 온갖 것을 보호保護하야 주난 고가雇價로 조세租稅란 것을 주어 동아凍餓의 환患이 업게 함이니 그러키나 하야 인민人民이 국비國費를 담당擔當하난 것인즉 만一 그러치 못한 경우境遇에는 세렴稅斂을 상납上納함이 무의미無意味한 일이니라"라고 덧붙였다. 또 "일본日本 국민國民은 남녀간男女間에 나라의 독립獨立 자존自尊을 유지維持하기 위爲하야서는 생명生命·재산財産을 걸어놋코 (내여놋코서) 적국敵國으로 더부러 싸홀 의무義務가 잇슴을 잇지 말지니라"라는 부분에 관해서는 "하독何獨 일본日本이리오. 무장적武裝的 평화平和가 계속繼續할 동안에는 웃더한 나라 웃더한 인민人民이던지 다 그러할지니라"라고 의견을 덧붙였다.

이것들을 통해서 최남선이 구습을 따르는 것이 아니라 인민이 주체가 되어 권리를 행사하고 독립자존을 유지하기 위해서라면 싸움도 마다하지 않는 국가를 이상으로 삼았음을 알 수 있다. 이렇게 번역에 나타난 특징에서도 최남선이 인격을 갖추고 굳세게 독립한 소년을 기르도록 계몽하고, 또 그런 '소년'을 주체로 한 '신대한'의 건설을 바랐음을 읽어낼 수 있다.

그리고 '소년'의 양성과 함께 '신대한'의 건설을 목표로 한 것에 맞추어 『소년』은 내용 면에서는 『소년세계』를 모범으로 삼은 것으로는 충분하지 않았기 때문에 형식면만 참고한 데 그쳤다고 할 수 있다. 결국 모두 '소년'을 이름 붙인 잡지였지만, 비슷하면서도 다른 것이 되었다.

지금까지 살펴본 것처럼 최남선은 독립자존 곧 다른 나라의 지배에서 해방되고, 또 다른 나라에 의존하는 것이 아니라 인민이 주체가 되는 국가를 이상으로 삼고, 그런 국가를 짊어질 굳센 '소년'의 양성을 꾀했다. 따라서 『소년』에서 최남선이 목표로 한 노선은 보호국 시기에 펼쳐진 애국계몽운동과 통하는 점이 있다. 애국계몽운동이란 민족의식이 희박한 민중의 애국심을 함양해서 단결시킴과 동시에 민중에게 여러 가지 근대적 지식을 계몽함으로써 일본과 맞서 싸우기 위한 조선인 전체의 실력을 길러 최종적으로는 국권의 회복을 목표로 한 저항운동이다. 그 때문에 국권회복운동이라고도 부를 수 있다. 서장에서 간단히 말한 것처럼, '애국'과 '계몽'을 기둥으로 하는 이런 애국계몽운동은 '학회'라고 불리는 정치 단체가 중심이 되었고, 기관지의 발행과 사립학교의 운동 등을 통해서 전개되었다.[71]

최남선은 정치 단체인 학회활동에 깊이 관여한 것은 아니고,[72] 『소년』에서도 "우리 신대한新大韓 소년少年의 애국愛國"은 "배일排日"이 아니라고 밝히는 등[73] 국권 침탈이라는 정치적 문제에 개입하는 데는 신중한 태도를 보였다. 그래서 최남선이 의식적으로 애국계몽운동에 참여했다고 생각하기는 어렵다. 그러나 굳센 '소년'의 양성을 꾀하고, 다양한 근대의 지식을 전달해서 계몽하려 한 『소년』은 실질적으로 애국계몽운동과 같은 노선에 있었던 것도 사실이라 최남선은 적어도 일본에서 국권을 회복하려고 한 점에 대해서 애국계몽운동의 지도자와 생각을 공유했다고 할 수 있다.

이상 이번 장에서는 최남선에게 출판활동의 원점이자 조선에서 출판 문화가 형성되는 기점이기도 한 신문관의 설립과 신문관의 초기 간행 잡지인 『소년』에 대해서 살펴보았다. 최남선에게 유학 때 본 일본 출판계의 충격은 컸고, 그것이 조선에서 신문관을 세운 계기가 되었다.

최남선은 대한제국이 보호국이 되는 상황에서 굳세고 독립심을 가진 '소년'을 양성하기 위해 『소년』을 통해서 계몽을 시도했다. 그것을 가능하게 한 것은 최남선이 지면 구성과 레이아웃 등의 형식면에서 참조한 것으로 『소년세계』를 비롯한 하쿠분칸의 잡지와 많은 일본 서적이었다.

이렇게 일본의 서적을 활용한 것은 최남선 출판활동의 특징으로 그 뒤에도 계속된다. 한편 최남선은 『소년』의 창간호에서 "아동兒童의 호기심好奇心과 환의歡意를 영합迎合"하는 "경연輕軟한 것"을 배제하는 모습을 보였지만, 이것에 대해서는 크게 방향을 전환해 가게 된다. 『소년』 제3년 8권이 간행된 1910년 8월에 조선이 일본의 식민지로 전락한 것이 그 배경이 된다.

최남선은 조선이 식민지가 되는 상황에 대해 어떻게 대응하고, 『소년』은 어떤 말로를 걸었으며, 그리고 최남선은 왜 "경연한 것"을 도입하게 되었던 것일까. 다음 장에서는 신문관이 한국병합 뒤에 착수한 어린이 잡지를 실마리 삼아, 계속해서 일본과 어떤 관계를 맺었는지 주목하면서 1910년대 전반에 이루어진 최남선의 출판활동을 논한다.

주석

1   홍일식, 『육당 연구』, 일신사, 1959년, 27면.

2   武井一, 『皇室特派留學生－大韓帝國からの五〇人』, 白帝社, 2005, 18면.

3   광무학교에 관한 기록은 별로 남아 있지 않은데, 『대한매일신보』에 따르면, 이한경과 임규 등이 1905년 11월에 개교했다고 한다(김기주, 『한말 재일 한국유학생의 민족 운동』, 도서출판 느티나무, 1993, 118~119면). 1906년 무렵부터 급증한 사비 유학생의 일본어 학습을 위해 먼저 일본에 온 유학생들의 손으로 1905년 말 무렵부터 학교가 만들어지게 되었다. 武井一, 앞의 책, 105~106면.

4   김기주, 앞의 책, 14~15면.

5   「少年時言－國民의 外形과 國勢의 盛衰」, 『소년』 제3년 제3권, 1910.3, 18~19면.

6   武井一, 앞의 책, 200면.

7   조용만, 『육당 최남선－그의 생애·사상·업적』, 삼중당, 1964, 57~58면. 그밖에 제1차 유학 때 최남선이 귀국한 것은 제1차 한일협약의 체결과 관련이 있다는 설도 있다. 권두연, 『신문관의 출판기획과 문화운동』, 고려대 민족문화연구원, 2016, 177~179면.

8   홍일식, 앞의 책, 13면.

9   조용만, 앞의 책, 59면.

10 「雜報－太極學會第七回義捐人氏名」, 『태극학보』 제11호, 1907.7, 59면.

11 육당생(六堂生, 崔南善), 「故吉田東伍博士(四)」, 『매일신보』 1918.2.1, 1면. 요시다 도고와 최남선의 관계에 대해서는 波田野節子·田中美佳, 「崔南善と吉田東伍の知られざる交友 付 崔南善の追悼文「故吉田東伍博士」の翻譯」, 『國際地域研究論集』 제12호, 2021 참조.

12 「賀光武學校盛況」, 『황성신문』 1906.11.6, 2면.

13 「少年時言－『少年』의 既往과 밋 將來」, 『소년』 제3년 제6권, 1910.6.14.

14 「會錄」, 『대한유학생회학보』 제1호, 1907.3, 91면.

15 대한학회란 대한유학생회, 낙동친목회, 호남학회가 해체된 뒤에 설립된 유학생 단체이다. 김기주, 앞의 책, 65면.

16 早稻田大學大學史編集所 編, 『早稻田大學百年史』 제2권, 早稻田大學出版部, 1981, 198~199면.

17 위의 책, 200면. 최남선은 이형우와 함께 '총대(總代)'로서 학감인 다카타 사나에(高田早苗)와 담판했다. 「咄々怪事(早稻田大學在學生一齊退學)」, 『대한유학생회학보』 제2호, 1907.4, 94~95면.

18 「少年時言－『少年』의 既往과 밋 將來」, 앞의 책, 13면.

19 최남선, 「서재한담」, 『새벽』 송년호, 1954.12, 40면.

20 「少年時言－『少年』의 既往과 밋 將來」, 앞의 책, 13면.

21 최남선, 「서재한담」, 앞의 책, 40면.

22 "日本理學博士 橫山又次郎氏"의 저작을 번역한 것이라고 첫머리에서 밝혔다(「地球之過去及未來」,『대한유학생회학보』제1호, 1907.3, 46면). 요코야마 마타지로(1860~1942)는 메이지·다이쇼 시기의 지질학·고생물학자이고, 1889년부터 1924년까지 도쿄제국대학 이과대학 교수를 맡은 인물이다. 宮地正人·佐藤能丸·櫻井良樹 編,『明治時代史大辭典』제3권, 吉川弘文館, 2013, 790면.

23 『대한학회월보』제2호(1908.3)에 최남선이 실은 「北米合衆國 늬유욕港 自由神像」이란 사진 동판도 마찬가지로 『태양』제6권 제14호(1900.11)에서 옮겨 실은 것이다.

24 이 점과 관련해서 『소년』은 최남선이 유학 중에 집필한 논설 등의 경향을 이어받은 것일 뿐만 아니라, 유학생단체 잡지에서 직접 인용하고 참조한 것도 확인할 수 있다. 예를 들면, 『소년』제2년 제10권에 실린 「알아둘 만한 일 經典字數儒家書·그리스도敎書」는 『대한유학생회학보』제2호에 '一閑人'이 쓴 「閑人閑誌」가운데 「英文聖書에 關한 統計」를 그대로 인용한 것이다. 또 『소년』제2년 제4권 권두의 「挿入寫眞版 프랑쓰國 파리府 개선門」,『소년』제3년 제1권 권두의 「挿入寫眞版 自由女神像」은 각각 『대한학회월보』제2호에 최남선이 실은 「北米合衆國 늬유욕港 自由神像」과 「佛蘭西 패리쓰京 大捷門」과 동일한 것임을 확인할 수 있다. 또 〈표 1-1〉의 ⑲의 시를 『소년』제2년 제6권에서 작자명을 '公六'으로 바꾸어 싣는 등 『소년』은 내용면에서 일본의 조선인 유학생단체 잡지와도 관련이 있다는 것을 알 수 있다.

25 최남선, 「國家의 主動力」,『대한유학생회학보』제2호, 1907.4, 4~7면.

26 「少年時言―『少年』의 既往과 밋 將來」, 앞의 책, 13면.

27 위의 글, 14~15면.

28 최남선, 「서재한담」, 앞의 책, 40면.

29 육당학인(六堂學人, 최남선), 「江戶繹書記(一) 圖書館巡歷」,『매일신보』1916.10.24, 1면.

30 난키문고는 기슈(紀州) 도쿠가와 가문(德川家)의 주인 도쿠가와 요리미치(德川賴倫)가 도쿄 아자부 이이구라마치(麻布飯倉町, 현 도쿄도 미나토구港區)의 집에 개설한 공개도서관이다. 1902년 4월에 개관식이 열렸는데, 이 단계에서는 가직(家職, 무가·화족·부호의 집 등에서 집의 사무를 맡은 사람―옮긴이주)의 자제와 독지(篤志) 연구자의 열람을 위한 시설로 극히 내밀했지만, 그 뒤 장서수도 늘어나고 신관도 증축되어 1908년 11월부터는 일반인에게 공개되었다. 宮地正人·佐藤能丸·櫻井良樹 編,『明治時代史大辭典』제2권, 2012, 990면.

31 육당학인, 「江戶繹書記(二) 圖書館巡歷」,『매일신보』1916.10.25, 1면.

32 세이카도문고는 1892년에 이와사키 야노스케(岩崎彌之助, 이와사키 야타로彌太郎의 동생, 미쓰비시 재벌의 제2대 총수)가 설립하고, 시게노 야스쓰구(重野安繹)가 관장한 문고이다. 당초는 스루가다이(駿河台)의 이와사키 저택 안에 설립되었다. 宮地正人·佐藤能丸·櫻井良樹 編,『明治時代史大辭典』제2권, 2012, 402~403면.

33 육당학인, 「江戶繹書記(二) 圖書館巡歷」,『매일신보』.

34 진학문, 「육당이 걸어간 길」,『사상계』제58호, 1958.5, 154면. 진학문은 최남선이 오하시도서관에 다니면서 영향을 받았고 민중계몽의 뜻을 품었다고 지적한다. 진학문에 대

해서는 제3장과 제7장에서 다룬다.

35 大橋圖書館 編,『財團法人大橋圖書館 第一年報－自明治三五年六月~至明治三六年六月』, 大橋圖書館, 1903, 1면.

36 田村哲三,『近代出版文化を切り開いた出版王國の光と影－博文館興亡六十年』, 法學書院, 2007, 86면.

37 이재철,「한일 아동문학의 비교연구(1)」,『한국아동문학연구』제1호, 1990; 오다케 기요미(大竹聖美),「이와야 사자나미(巖谷小波)와 근대 한국」,『한국아동문학연구』제15호, 2008 등. 최남선의『장서목록』에 보이는 일본 서적의 출판사에 주목하면, 이와나미서점(岩波書店)에 이어서 하쿠분칸에서 발행한 서적이 많다. 고려대 아세아문제연구소 편,『장서목록III·육당문고』, 고려대 출판부, 1974.

38 최남선의 제2차 유학 시기에 관해서는 이진호,「최남선의 2차 유학기에 관한 재고찰－연보 재정립을 위한 제언」,『새국어교육』제42호, 1986 참조.

39 박진영,『책의 탄생과 이야기의 운명』, 소명출판, 2013, 34~35면.

40 一九一九年五月九日林圭地方法院豫審訊問調書(市川正明 編,『三·一獨立運動』제3권, 原書房, 1984, 71면). 임규는 "게이오의숙 중학교 특별과(慶應義塾中學校特別科)"에 4년 동안 다니고, "보통학을 배웠다"고 진술했다. 그러나 '게이오의숙 중학교 특별과'는 존재하지 않고, 중학교에 해당하는 교육기관인 게이오의숙 보통부의 보통과에 다녔을 가능성이 있다. 또 임규가 게이오의숙을 거쳐 진학했다고 말한 "전수학교(專修學校, 현재의 센슈대학(專修大學)"의 '경제과'는 1905년에 러일전쟁이 끝나기 이전에는 '이재과(理財科)'라는 이름이었다. 專修大學 編,『專修大學百年史』상권, 專修大學出版局, 1981, 812~813면.

41 「會錄」, 앞의 책, 91면.

42 최남선과 임규는 1908년 2월에 열린 대한학회 제1회 총회에서 동시에 평의원으로 뽑혔다(「大韓學會發起會々錄」,『大韓學會月報』제1호, 1908.2, 59면). 임규는 광무학교에서 일본어 교사를 맡았다(「賀光武學校盛況」,『황성신문』1906.11.6, 2면). 귀국에 관해서는「彙報」,『대한학회월보』제5호, 1908.6, 64면에 기록이 있다.

43 박진영, 앞의 책, 37~38면; 권두연, 앞의 책, 447~448면.

44 권두연, 앞의 책, 48~449면. 박승빈은 신문관에서 1908년에 간행된『言文一致 日本國六法全書』의 번역 등을 담당했다. 자세한 내용은 앞선 연구와 함께 시정곤,『훈민정음을 사랑한 변호사 박승빈』, 도서출판 박이정, 2015의 제2부 제1장 제2절 참조.

45 그밖에 신문관의 관계자로는 최남선의 가족인 형과 아버지를 들 수 있다. 두 살 위의 형인 최창선은 20세 이상의 남성만 출판 관련 사업이 허가된다는 당시의 법적 문제에 따라 사주로서 주로 경영을 담당했다고 한다(권두연, 앞의 책, 51~58면). 또 명확한 사료는 찾아볼 수 없지만, 최남선의 손자인 최학주의 회고록에 따르면, 아버지 최헌규는 원래 부유한 집안에서 태어났고, 최남선이 활판 인쇄에 필요한 기계와 설비를 구입할 무렵에 거액의 자금을 제공했고, 20년 가까운 기간에 계속해서 신문관 사업에 자금을 댔다고 한다. 최학주,『나의 할아버지 육당 최남선－근대의 터를 닦고 길을 내다』, 나남,

2011, 43·139면.

46 小野容照, 「植民地朝鮮における竹内錄之助の出版活動－武斷政治と朝鮮語雜誌」, 『史淵』 제157집, 2020, 30면.

47 「移徙廣告」, 『소년』 제3년 제7권, 1910.7, '권두 광고'.

48 지금까지 이루어진 연구에서는 신문관의 인쇄소가 1928년까지 존속했다고 나오지만 (권두연, 앞의 책, 71면), 1929년 4월에 발행된 『조선시단』 제5호 특대호의 인쇄도 담당한 것을 확인할 수 있다.

49 小野容照, 『朝鮮獨立運動と東アジア－一九一〇～一九二五』, 思文閣出版, 2013, 56~58면. 교분칸은 도쿄에 있던 조선유학생친목회의 기관지 『학계보』(1912.4)의 인쇄도 맡았다.

50 田村哲三, 앞의 책, 59~60면.

51 권두연, 앞의 책, 76~77면.

52 신문관에서는 조선총독부의 교과서와 외국 서적 등 『신문관발매서적총목록』(1914)에 실리지 않은 서적까지 취급했고, 대량으로 도서를 판매한 흔적이 보이는 등 판매부의 규모도 컸던 것으로 보인다. 권두연, 앞의 책, 73~76면.

53 그밖에 자사의 잡지와 단행본에 서로 광고를 실은 홍보 전략 등도 신문관의 특이한 점으로 보이는데(권두연, 앞의 책, 145~147면), 이것도 일본의 출판사에서 영향을 받았을 가능성이 있다. 특히 최남선은 일본에 머물 때 일본의 신문에 실린 서적 광고를 보고 감명을 받았고(六堂學人, 「東都繹書記－書籍廣告文(一)」, 『매일신보』 1916.11.12, 1면), 신문관에서 다양하고 적극적으로 홍보 전략을 쓴 배경에는 일본 출판계의 영향이 있었음을 알 수 있다.

54 「少年文壇」, 『소년』 제1년 제1권, 1908.11, 78면.

55 「明治卅三年少年世界投稿規則」, 『少年世界』 제5권 제25호, 1899.12, 98면.

56 「編輯室通寄」, 『소년』 제1년 제1권, 1908.11, 84면.

57 岩田一正, 「明治後期における少年の書字文化の展開－『少年世界』の投稿文を中心に」, 『教育學研究』 제64권 제4호, 1997, 418면.

58 『소년세계』에서 언문일치 문체를 채용한 상황에 대해서는 위의 글, 419~421면 참조.

59 「記者通信 小波より」, 『소년세계』 제9권 제10호, 1903.8, 117면.

60 漣山人(嚴谷小波), 「メルヘンに就て」, 『태양』 제4권 제10호, 1898.5, 44면.

61 「少年時言－『少年』의 旣往과 밋 將來」, 앞의 책, 18면.

62 윤영실, 「국민국가의 주동력, '청년'과 '소년'의 거리－최남선의 『소년』지를 중심으로」, 『민족문화연구』 제48호, 2008, 99~100면.

63 『소년세계』는 메이지기의 강한 국가주의와 함께 창간되었고, 원래는 '소년'을 "훗날에 일본 제국을 담당하고, 위대한 국민이 되어야 할" 존재로 보았다. 한편 이와야 사자나미는 일찍부터 어린이다움을 중시하고 『소년세계』에 '동화'를 싣는 등 어린이의 때 묻지 않음에서 가치를 발견했다(河原和枝, 『子ども觀の近代－『赤い鳥』と「童心」의 理想』, 中央公論社, 1998년, 제1장 참조). 러일전쟁 이후가 되자 『소년세계』는 '소년'과 전쟁을

분리하게 되고, 어린이를 순진무구한 존재로 보는 다이쇼시대의 동심주의로 방향을 전환하게 되었다고 한다. 久米依子, 「〈子ども〉という領域－明治少年文學の行方」, 『日本文學』 제43권 제11호, 1994, 53~54면.

64 '소년'의 개념은 근대 교육제도의 보급과도 관계되었다고 생각된다. 일본에서는 1900년 앞뒤로 국민교육이 제도적으로 정비되어 확립되고, 초등학교 교육을 받는 것이 사회적인 관행이 되었고(岩田一正, 「『少年世界』が提示した少年像－國語讀本との比較を中心に」, 『大阪國際兒童文學振興財團研究紀要』 제29호, 2016, 47면), '소년'은 학교 제도와 깊이 관련된 존재로서 사회에서 인식되었다(田嶋一, 「〈少年〉と〈靑年〉の近代日本－人間形成と教育の社會史」, 東京大學出版會, 2016, 370면). 1900년 무렵에 『소년세계』의 독자층으로는 주로 초등학교 중간 학년부터 고학년, 그리고 고등소학교(10세 전후부터 12~13세)의 어린이가 상정된 것도 그 한 예가 된다. 한편 당시 조선에서 교육제도는 충실하지 않았고, 1905년의 시점에서도 관공립 보통학교는 50개 학교 정도밖에 없었다(吳天錫, 渡部學·阿部洋 譯, 『韓國近代教育史』, 高麗書林, 1979, 129면). 그 때문에 '소년'은 학교를 다니는 어린이가 아니라, 나라의 근간을 책임질 젊은 층을 가리키는 말로 사용되었던 것으로도 볼 수 있다.

65 「編輯室通奇」, 앞의 책, 83면. 다만 『소년』에서는 3개월분 이상을 먼저 지불한 독자에게 신문관에서 펴낸 책을 무료로 주는 등 잡지를 구입하는 데 특전을 부여했다. 『소년』 제1년 제2권, 1908.12, '권두 광고'.

66 김욱동, 『근대의 세 번역가－서재필·최남선·김억』, 소명출판, 2010, 163면.

67 김병철, 『한국 근대 번역문학사 연구』, 을유문화사, 1975, 301~302면. 김병철은 『소년』에 실린 번역물의 수를 25편이라고 했지만, 저자는 그 이상의 번역 기사가 있다는 것을 확인했다. 또 이 책에서는 『소년』 제1년 제1권과 제2년 제10권에 실린 「이솝의 이약」의 번역 저본이 稻葉翠浪 編, 『新式イソップものがたり』(稻葉隣作, 1911)라고 되어 있지만, 이것은 上田萬年 解說, 『新譯伊蘇普物語』(鍾美堂書店, 1907)의 잘못이다.

68 홍일식, 앞의 책, 27면.

69 サミュエル スマイルス, 竹村修 譯述, 『品性論』 중권, 內外出版協會, 1906, 194면.

70 上田萬年 解說, 앞의 책, 30~31면.

71 애국계몽운동에 대해서는 小野容照, 『韓國「建國」の起源を探る－三·一獨立運動とナショナリズムの變遷』, 慶應義塾大學出版會, 2021, 41~42면 참조.

72 또 최남선은 청년학우회의 발기인으로 이름을 올렸고(「잡보－청년학우회조직」, 『대한매일신보』 1909.8.17, 1면), '총무원'으로도 임명되었다. 이것은 1909년에 결성된 청년을 대상으로 한 수양 단체였고(「靑年學友會報」, 『소년』 제3년 제3권, 1910.3, 70면), 국권 탈취처럼 정치적 목표를 내걸지 않았다. 최남선이 청년학우회에 관여한 것은 틀림없지만, 사료가 그다지 남아 있지 않아서 구체적인 활동에는 분명하지 않은 점도 많다. 또 『소년』이 1909년부터 청년학우회의 기관지가 되었다는 견해도 있지만, 『소년』에는 청년학우회의 취지 설명문과 활동 소개 등이 실린 정도이고, 이런 회보가 실린 앞뒤로 지면에 큰 변화가 보이지 않아서, 명확하게 기있을지 의문이다. 청년학우회에 대해서

는 권두연, 「청년학우회의 활동과 참여 인물」, 『현대문학의 연구』 제48호, 2012 참조.

73 「이런 말삼을 드러보게(스마일쓰書節譯)」, 『소년』 제2년 제3권, 1909.3, 53면.

제2장

신문관의 어린이 잡지와 일본의 아동문학계
조선의 식민지화와 무단정치 속에서

1. 어린이 잡지 간행의 배경과 최남선의 어린이관

한국병합의 여파 – '소년'에서 어린이로

1910년 8월 22일에 「한국병합에 관한 조약」이 조인되고, 그 일주일 뒤인 29일에 발효함으로써 대한제국은 사라지고 일본의 식민지 조선이 되었다. 최남선이 『소년』에서 목표로 한 것으로 굳세고 독립한 소년을 주체로 한 '신대한'의 건설은 이루어질 수 없었다.

한국병합 뒤, 일본은 경성에 조선총독부를 설치하고, 1910년대를 통해서 조선인의 언론, 결사, 집회의 자유를 크게 제한하는 것을 골자로 한 무단정치를 실시한다. 출판을 둘러싼 조선인의 상황이 크게 바뀌는 가운데 신문관이 식민지기에 잡지 사업에서 먼저 착수한 것이 『붉은 져고리』 1913.1~1913.6, 통권 11호, 『아이들보이』 1913.9~1914.10, 통권 13호, 『새별』 1913.9?~1915.1, 통권 16호 등의 어린이 잡지였다.

일찍이 최남선은 "아동兒童의 호기심好奇心과 환의歡意를 영합迎合"하는 잡지를 부정했는데, 왜 입장을 바꾸어 어린이 잡지를 간행한 것일까. 그 배경에 다가가기 전에 먼저 『붉은 져고리』와 『아이들보이』의 개요를 설명해보자. 또 『새별』은 사료의 보존 상황이 극히 나쁘고, 또 『붉은 져고리』나 『아이들보이』와는 성격이 좀 달라서 일괄적으로 어린이를 위한 잡지라고 말하기 어려운 점이 있다. 따라서 이번 장의 제3절까지는 『붉은 져고리』와 『아이들보이』를 밝히고, 그것을 바탕으로 제4절에서 『새별』에 대해 설명하겠다.

신문관이 어린이를 위한 정기간행물로 처음 출판한 것은 1913년 1월에 창간된 『붉은 져고리』이다. 타블로이드판 신문형식으로 8면, 각 면 4단으로 구성되고, 매월 1일과 15일에 발행되었다.[1] 시인인 김여제가 편집했다는 설도 있지만,[2] 원고 집필은 거의 최남선이 맡았다고 생각된다.[3]

"붉은 져고리 입는 이들"을 독자대상으로 하고,[4] 잡지에 실린 내용은 「시가詩歌」, 「고담古談」, 「동화童話」, 「우어寓語」, 「훈화訓話」, 「사담史談」, 「학예學藝」, 「의사보기」, 「물류화설物類畵說」, 「소화笑話」, 「희화戱畵」, 「삽화揷畵」 등이었다.[5] 『붉은 져고리』는 조선 최초의 어린이를 위한 정기간행물로 일컫는다.[6] 최남선 자신의 회상에 따르면, 『소년』과 『청춘』 이상의 발행부수를 기록했다고 한다.[7] 그러나 조선총독부에서 정간 처분을 받고 실질적으로 제1년 제11호1913.6.1가 마지막 호가 되었다.[8]

그 3개월 뒤인 1913년 9월에 창간된 것이 『아이들보이』이다. 거의 국판菊判 크기이고 매호 40면 정도의 월간지였다. 여기에 실린 글에는 거의 필자 이름이 없지만, 대부분은 최남선이 쓴 것으로 보인다.[9]

"죠션 빅만의 아이들"을 대상으로 하고,[10] 「소설小說」, 「고담古談」, 「교훈敎訓」, 「학예學藝」, 「전기傳記」, 「유희遊戱」 등으로 이루어졌다.[11] 제목과 본문은 거의 모두 한글로 표기된 점이 특징이고, 모음과 자음으로 이루어진 한글을 로마자처럼 분해하고 오른쪽을 향해 나란히 쓴 '한글풀이'도 시도되었다.

『아이들보이』는『붉은 져고리』와 구성이 비슷한데, 창간호[1913.9]에서 "이번에 새 얼골로 다시 여러분을 뵈옵는 긔틀이 생기오니"라고 쓴 것처럼[12]『붉은 져고리』를 이어받은 것이라고 할 수 있다. 두 잡지 모두 그림을 많이 사용해서 한국에서는 조선 그림책의 기원으로 평가받는다.[13]

이렇게『붉은 져고리』와『아이들보이』는 조선에서 근대 어린이문학의 효시라고 평가받는다.[14] 실제로 당시 조선에서는 어린이문학 장르는커녕 '어린이'라는 말 자체가 쓰이게 된 날이 그리 오래지 않았다.[15] 그런 상황에서 어린이를 대상으로 출판물을 낸다는 신문관의 발상 자체가 무척 새롭고 획기적인 것이었다고 할 수 있다.

이것은 최남선 자신도 스스로 깨닫고 있던 듯하다. 예컨대『붉은 져고리』광고에는 "아동문학兒童文學의 선구先驅"[16]라고 밝히고, 간행사에서는 "문명ᄒᆞᆫ 나라"에는 일정한 수준에 이른 신문이 여러 개 있고 공부에 큰 도움이 되지만, "오즉 우리 세상에ᄂᆞᆫ 거긔 덕당ᄒᆞᆫ 긔관이 오늘날까지 업"[17]다고 썼다. 또 "아즉 죠션 아희들이 이런 것 보ᄂᆞᆫ 버릇이 아직 아니ᄒᆞᆫ앗슴으로 처음에ᄂᆞᆫ 어려워도 ᄒᆞ고 맛업서도 ᄒᆞᆯ 듯ᄒᆞ나"[18]라며 조선에서 얼마나 새로운 시도인지 스스로 이야기했다.

그런데 신문관은 왜 전례 없는 어린이를 위한 간행물에 착수하게 된 것일까. 그 이유로 가장 먼저 주목해야 할 것은 조선총독부의 언론 통제이다. 식민지기에 조선인이 발행하는 정기간행물의 통제는 대한제국 보호국 시기인 1907년 7월에 제정된 신문지법에 기초해서 시행되었다. 자세히 설명하면, 조선을 보호국화한 일본은 통치기관으로 통감부조선총독부의 전신를 설치하고 통감부가 대한제국 정부에 압력을 행사하는 형식으로 1907년에 신문지법을, 1909년에는 정기간행물 이외 모든 출판물을 대상으로 하는 출판법을 제정하게 했다. 곧 일본은 보호국기의 시점에서 검열 등 조선인에 대한 언론 통제 제도를 정비하고, 식민지기에 들어서도 이들 법령을 계속해서 조선인에게 적용하게 했던 것이다.

그렇지만 조선인에 대한 언론 통제는 식민지화를 경계로 격변했다고 해도 지나친 말이 아니다. 『소년』은 이것을 잘 보여주는데, 한국병합 직전에 간행된 『소년』 제3년 제8권[1910.8.15]은 병합조약 조인 직후에 "치안을 방해하는 것"이라는 이유로 「신문지법 제21조」에 따라 정간 처분을 받는 등[19] 신문지법의 운용은 병합에 따라 더욱 더 엄격해졌다. 그 때문에 1910년대의 무단정치 속에서 발행된 잡지는 "치안을 방해"할 우려가 없는 순수한 학술 또는 종교와 관련된 것이 대다수였다.[20]

앞장에서 살펴본 것처럼, 최남선은 잡지 『소년』에서 조선이 보호국화되고 한국병합이 눈앞에 닥친 가운데 이러한 국가적 위기를 견디고 나라의 장래를 떠맡을 굳센 인물을 기르려고 했다. 최남선은 "혼자 억개에 진 무거운 짐을 감당勘當케 하도록 교도敎導하자 함"을 『소년』의 간행 목적으로 내걸고, 폭넓은 연령층을 독자로 상정하고 여러 가지 면에서 계몽을 시도했는데, 특히 굳센 마음을 함양하는 정신수양을 중시했다. 이와 관련해서 앞 장에서는 자세히 다루지 못했는데, 『소년』에서는 애국심을 북돋우려는 내용의 글도 실렸지만, 병합 이전에는 검열을 통과했다.

예를 들면 제3년 제7권[1910.7]에는 *Les Misérables*[이하 『레미제라블』] 가운데 혁명에 초점을 맞춘 부분이 번역되어 실렸는데, 그것이 실린 이유로 "혁신시대革新時代 청년靑年의 심리心理"를 묘사하고, "우리들노 보고 알 만한 일이 만히 잇슴"이라고 설명했다.[21] 실제로 그 내용을 보면, 혁명을 위해 목숨 걸고 싸운 '청년 학생'의 모습이 그려졌다. 또 앞에서 말한 것처럼, 한국병합 무렵에 나온 제3년 제8권에는 항일운동가 신채호가 1909년에 발표한 「독사신론讀史新論」이 옮겨 실렸는데,[22] "조국祖國의 역사歷史에 대對하야 가장 걱정하난 마음을 가지고 그 참과 올흠을 구求하야 그 오래 파뭇쳣던 빗과 오래 막혓던 소리를 다시 들어내려고 왼 정성精誠을 다하난 한 소년少年, 아마도 신채호를 가리키는 듯하다—지은이의 속마음의 불의지짐"[23]으로 싣는다고 말했다.

곧 한국병합 이전에는 민족의식과 현상을 변혁하려는 의식의 고양과 관련된 듯한 내용이 보였지만, 한국병합 조약 조인 직후에 나온 『소년』 제3년 제8권이 정간 처분을 받은 것처럼 이런 내용은 "치안을 방해하는" 것으로 통제받게 되었던 것이다.

또 『소년』의 정간 처분은 3개월 뒤인 1910년 12월 7일에 풀렸다. 그로부터 약 1주일 뒤인 12월 15일에 간행된 제3년 제9권의 내용을 살펴보면, 톨스토이의 소개와 그 작품의 일본어 번역본을 저본으로 한 순수한 번역을 중심으로 구성되어 민족의식을 북돋으려는 내용은 들어 있지 않았다. 곧 최남선은 검열을 의식해서 그때까지 정신수양을 목적으로 한 내용을 의도적으로 피했던 것으로 보인다. 그 결과 『소년』의 내용은 "치안을 방해하는 것"이 없다고 조선총독부의 사전 검열에 의해서 확인되어[24] 발매 금지가 풀렸을 가능성이 높다고 할 수 있다.

그 무렵 최남선은 아이바 기요시相場淸, 1886~1970의 조언을 참고했을 가능성이 있다.[25] 아이바는 1910년 7월에 통감부의 경찰관서 소속이 되고 한국병합 뒤에는 부산경찰서와 조선총독부경무국 등에서 근무했는데, 주로 검열을 담당했다. 아이바는 『소년』의 검열도 맡았는데, 뒷날 최남선과 말다툼을 주고받은 일을 다음과 같이 회고했다.

(『소년』에는—지은이) 어쨌든 반항 기사가 많아서 원고 검열에 걸려 허가받지

못한 경우가 많았습니다. (…중략…) 어느 날 최군이 (나와-옮긴이) 의논하고 싶다고 해서 (그의 집을 찾아가니 그가-옮긴이) 온돌에 누워서 말했습니다. '일본으로서도 무기력한 조선인을 만드는 것은 손해일 테고, 조선으로서도 일본의 골칫거리가 아니라 일본을 도와줄 만한 청소년을 만들면 좋을 것이다. 그래서 소년들에게 격려가 될 기사를 허가해주도록 상사에게 말씀드려 달라.'

나는 법을 지켜야 하는 입장이라 대답이 좀 곤란했지만, 오랫동안 고민하다가 '최군, 좋은 방법이 있다. 일본 책에서 이런 (문제가 되지 않을 만한 내용의-옮긴이) 것을 번역해서 실으면 좋을 것이다. 만일 뒷말이 나오면, 그것은 옮겨 실은 것이니 잘못된 것이라면 원래 것을 빼버리겠다고 하면 좋다'고 지혜를 빌려주었습니다.[26]

최남선은 『소년』 창간 때부터 수많은 일본 책을 번역했는데, 여러 번역 기사를 짜맞추는 등 고심함으로써 정신 함양의 목표를 이루려고 했다. 바꾸어 말하면, 결코 일본 책을 그대로 "옮겨 실은" 것은 없었는데, 제3년 제9권은 그전까지 나온 『소년』과는 달리 톨스토이의 문학 작품을 특화해서 한눈에 보아도 번역물이라는 것이 자명한 만듦새가 되었다. 『소년』은 갑자기 문학 작품의 번역을 중심으로 한 잡지로 바뀌었는데, 그 작품은 일본 책에서 "옮겨 실은" 것이 명백했다. 그렇게 바뀐 배경에는 아이바 기요시의 조언이 있었을 가능성이 있다. 어쨌든 최남선이 검열 대책을 세운 것은 틀림없고, 그런 의미에서 제3년 제9권은 무단정치 속에서 잡지를 간행하기 위한 실험적 요소가 담겼다고 할 수 있다.

한편 마지막 호가 된 제4년 제2권[1911.5]은 독립운동가 박은식[1859~1925]의 「왕양명선생실기王陽明先生實記」가 거의 모든 지면을 차지했다. 이것은 양명학의 실천적 운동이 민족운동에도 유용하다는 것을 시사해주는 것이었다.[27] 그러나 아마 이 점 때문에 신문지법의 치안 조항에 위반되어 『소년』은 그 호로 폐간 처분을 받았던 것 같고[28] 그 뒤 다시 살아나지는 못했다. 요컨대 제3년 제9권으로 발매 금지 처분이 풀린 『소년』은 제4년 제2권에서 다시 이전과 같이 정신 수양을 꾀하는 노선으로 돌아갔고, 그 결과 그 호로 폐간을 맞이했다고 할 수 있다.

또 최남선이 정신 수양을 꾀하려고 한 것과 아울러 이 무렵부터 조선총독부의 치안 인식이 바뀐 것도 『소년』이 폐간당한 배경으로 생각될 수 있다. 조선총독부의 초대 총독인 데라우치 마사타케寺内正毅는 큰 무력 저항을 불러일으키지 않고 한국병합을 실현했으므로 병합 초에는 치안의 장래를 일단 안심했던 듯하지만, 안악사건1910.12과 105인사건1911.9 검거 개시 같은 비밀 결사 검거 사건 등이 일어남에 따라 조선인의 민족운동에 대해 경계를 강화했다고 한다.[29] 통치자 측에서 나타난 이런 치안 인식의 변화도 『소년』 폐간의 요인 가운데 하나로 꼽을 수 있다.

이상과 같이 당시 조선총독부의 언론 통제 상황과 그것에 대해 최남선이 어느 정도의 대책을 마련한 것을 감안해보면, 신문관은 검열에 따른 발매 금지 처분을 피하기 위해 한눈에 보아도 "치안을 방해하는 것"과는 거의 거리가 먼 어린이를 위한 출판물에 착수하게 되었던 점을 먼저 고려해볼 수 있다. 실제로 『붉은 져고리』는 "여러분의 보고 듯고 배호고 놀기에 도음 될 것"[30]을 간행 취지로 내걸고, 창간호1913.1의 표지에 "공부거리와 놀이감의 화수분"이라고 밝히는 등 어디까지나 어린이를 위한 읽을거리임을 강조했다.

그리고 또 하나 주목해야 할 것은 당시 조선에서 출판업을 둘러싼 경제적인 문제이다. 예컨대 『소년』 제3년 제8권에서 최남선은 독자에게 당시 상황에서 "착실着實한 출판사업出板事業"이 얼마나 곤란한지 호소하고,

"지금至今ㅅ 세상世上은 대부분大部分이 돈ㅅ 세상世上"이고, "할 수 잇난 일도, 능能히 하지 못하고 지냄으로 유한幽恨이 참 무한無限하얏사외다"면서 "진실眞實한 구람자購覽者"의 소개에 주의를 기울여달라고 독자에게 부탁했다.[31] 『소년』은 창간부터 1년 정도 지나 겨우 수백 부가 발행되기에 이르렀지만, 잡지 판매만으로 간행을 유지하기에는 경제적으로 힘겨운 상황이었을 것으로 추측할 수 있다.

이와 관련해서 당시의 교육제도로 관심을 돌려보자. 『붉은 져고리』가 창간된 1911년, 조선에서는 조선총독부에 의해서 조선교육령과 관련 법규가 잇따라 공표되었고, 특히 보통교육의 보급이 추진되었다. 아홉 살에서 열두 살의 어린이가 다니는 공립의 보통학교일본의 심상소학교(尋常小學校)[1*]교육에 해당하는데, 수업 연한은 심상소학교보다 2년 짧게 설정되었다는 1912년에 330개 정도가 있었고, 입학자 수는 1만 7천 명에 이르렀다.[32] 그 뒤 계속해서 입학 지원자 수가 입학자 수를 웃도는 상황이 되고,[33] 근대적인 학제가 갖추어지면서 어린이를 위한 교육의 수요가 높아졌다고 생각된다.

이런 상황 속에서 경제적인 문제를 안고 있던 신문관은 수요를 내다보고 어린이를 대상으로 새로운 사업을 시작했다고 볼 수 있다. 실제로 『붉은 져고리』와 『아이들보이』에는 보통학교 어린이들을 위한 기사가 많이 실렸다.

신문관이 지향한 어린이 교육

그러면 신문관은 구체적으로 어떤 독자를 대상으로 하고, 또 어떤 뜻을

1*   일본에서 옛날 제도의 초등학교로, 만 여섯 살 이상의 어린이에게 초등 보통 교육을 실
      시한 의무교육 학교이다. 메이지 19년(1886)의 소학교령에 따라 설치되었고, 수업 연
      한은 처음에는 4년, 메이지 40년(1907)부터는 6년이었다.

내걸고 어린이 잡지를 간행했던 것일까.

『붉은 져고리』와 『아이들보이』가 어떤 연령층을 대상으로 했는지는 명확하게 밝혀지지 않았지만, 먼저 『붉은 져고리』에는 "여러분이 드시면 사랑으로 길러주시는 부모게서 계시고 나시면 애로 잇글어주시는 션싱님"이 있고, 노는 친구도 있다는 말이 보이고,[34] 또 기사에는 "보통학교"에 다니는 어린이가 자주 등장한다.[35] 마찬가지로 『아이들보이』에도 "아홉 살의 어린이"와 "보통학교 4년생"이 등장하고, "보통학교 3년의 수신 시간"을 든 곳도 보이기 때문에[36] 둘 다 '보통학교'에 다니는 아홉 살부터 열두 살 정도의 어린이를 대상으로 했음을 알 수 있다. 특히 『붉은 져고리』는 "어렷슬 새로부터 바른 길과 아름다운 법으로 인도ᄒ야 다른 날 완전한 사람을 만들어" 줄 것을 목표로 삼아 "ᄌ미잇고 교훈되는 이약이"와 "행실 배홈에 유죠ᄒ 말슴", "맛잇고 ᄯᅳᆺ잇는 시와 노래" 등을 싣는다고 강조했다.[37]

그 일환으로 최남선이 매호 연재한 「깨우쳐 들일 말슴」에는 시간을 아끼는 것과 성실함의 중요성, 또 남과 맺은 신뢰 관계에 대해서 설명한 것 등 어린이를 위한 다양한 도덕 교육이 이루어졌다. 그 가운데서도 특히 '날냄용기를 의미하는 최남선의 조어-지은이'[38]의 중요성을 강조하고, "이 셰상 모든 것이 다 날냄잇는 이의 차지외다"면서 이것을 "기르고 싸코 그리ᄒ야 부립시다"라고 권장한다.[39] 『아이들보이』에서도 제목에 '날냄'이라는 말이 담긴 기사도 여럿 실렸고,[40] 김덕령과 조막종, 안경무, 김여물 등 '날냄'을 지닌 힘센 인물이 많이 등장하는 것 등을 통해 '날냄'은 최남선이 어린이에게 몸에 지니게 하고 싶은 정신으로 특히 중시되었다고 생각된다.

이것을 통해서 최남선이 어린이에게 무엇을 바랐는지 짐작할 수 있지만, 특히 인상적인 것은 『아이들보이』의 「아이들신문」 난에서 독자를 위해 쓴 최남선의 문장이다. 여기서 최남선은 "젊엇슬제"는 "왼 누리 일홀

터젼을 잡는" 때이니 "몸도 튼튼ᄒ여야 ᄒ는 것이오 마음도 구더야 ᄒ는 것이오 슬기도 넉넉ᄒ여야 하는 것"이라서 겸허하고 열심히 배워 큰 열매를 맺는 사람이 되어야 한다고 말한다.[41] 또한 "조만히 몸과 마음을 단련ᄒ야 어려움 ᄯᅩ 어려움을 견듸고 ᄯᅩ 견듸"는 일의 중요성을 지적하고, "우리들은 썰치고 애쓸 것이로다. 닥그라 단련鍛鍊ᄒ라 아모 어려움이라도 다 견딀 만큼 견듸라"[42]고 독자에게 전했다.

이렇게 심신의 단련을 중시하고 완전한 인물의 양성을 목표로 삼은 자세는 한국병합 이전에 굳센 '소년'의 양성을 목표로 했던『소년』의 시도를, 대상 연령을 끌어내리면서 이어받은 것이었다고 할 수 있다. 미래의 대한제국을 짊어질 사람으로서 '소년'의 양성은 나라가 멸망함에 따라 좌절했지만, 식민지 속에서 '어린이'가 새로운 교육 대상으로 발견된 것이다. 굳센 인물의 양성을 목표로 정신 수양을 꾀하는 자세 자체는『소년』무렵부터 일관했다고 할 수 있다.

한편『소년』과 이들 어린이 잡지에서는 어린이에 대한 최남선의 접근 방식에 명확한 차이가 보인다. 지금까지 되풀이해서 지적해온 것처럼, 『소년』창간호에는 "아동兒童의 호기심好奇心과 환의歡意를 영합迎合하고 온갖 현상懸賞과 추첨抽籤을 행行하야 백지白紙 갓흔 아심兒心에 허욕虛慾과 요행심僥倖心을 인印케 하난" 것은 "외국잡지外國雜誌의 통폐通弊"라고 지적하고,[43] 내용도 어린이를 위한 것은 거의 보이지 않는 데 비해서,『아이들보이』에는 현상 모집이 자주 보인다.[44]『붉은 져고리』도 "이 신문은 아희들 보이기 위ᄒ야 내는 것임으로 어른이 보시면 넘어 맛 업시 생각되실 것도 만흘지오 ᄯᅩ 어른이 보시기에 허탄ᄒ고 쓸듸업는 것 갓치 생각되실 것도 업지 아니 ᄒᆯ"[45] 것이라고 설명한 것처럼, 지면에는 그림자 그림과 숫자 놀이, 단번에 그린 그림과 미로 등이 여럿 실렸다.

이런 요소는 어린이에게 읽기 쉽고 또 흥미를 끌기 위해 집어넣었다고 생각된다. 그렇지만 앞에서 말한 것처럼, "아동교육兒童敎育에 대對ㅎ야 심대深大흔 기대期待"[46]를 품고 어린이 잡지를 냈던 신문관은 어디까지나 어린이가 군센 정신을 지닌 "완전한 사람"이 되도록 기르는 것을 중시했고, 그림자 그림과 숫자 놀이 같은 요소는 어린이에게 다가가기 위한 수단으로 쓰인 것이었다고 할 수 있다.

이런 어린이 교육의 수단으로 신문관이 특히 중시한 것이 동화였다. 최남선은 1925년에 『동아일보』에 보낸 기사에서 동화를 "실實로 지식증장智識增長 정조함양情操涵養 의지고려意志鼓勵의 효능效能을 가지는" 것으로 아동교육의 "핵심核心 내지乃至 전부全部"라고 지적하고, '안더센'과 '그림' 등을 "차대주인次代主人"에게 제공해야 한다고 썼다.[47] 자세한 내용은 다른 절에서 이야기하지만, 최남선이 동화를 중시한 모습은 1910년대에도 뚜렷이 볼 수 있다.

이상과 같이 신문관은 무단정치 속에서 검열을 의식하고, 또 출판 불황 속에서 수요를 내다보고 새롭게 어린이를 위한 간행물에 착수하게 되었다고 생각된다. 한국병합 전의 '소년'을 대신해서 합병 뒤의 '어린이'가 새로운 교육 대상으로서 발견되었지만, 군센 인물을 양성하려는 정신 수양의 방향성은 『소년』 때부터 일관된 것이었다.

그러면 신문관이 어린이 교육을 위해 시도한 것은 어떻게 실현되었던 것일까. 다음 절에서는 당시 일본의 아동문학계에서 받은 영향 관계를 고려하면서 잡지의 내용을 분석한다.

2. 어린이에게 다가갈 수단으로 선택한 일본의 책

최남선의 일본 체류와 당시의 아동문학계

신문관의 어린이 잡지를 분석하면서 일본의 아동문학계에 주목하는 까닭은 최남선이 유학했던 때가 일본에서 어린이를 위한 출판물이 발전한 때와 겹치고, 또 최남선이 식민지기에 들어서도 일본을 오가는 등 일본에서 나온 최신 출판물과 계속해서 마주칠 기회가 있었기 때문이다.

최남선은 1904년과 1906년에 두 번 일본에 유학한 데 이어 다시 1913년 6월에『붉은 져고리』가 폐간된 뒤에도 도쿄로 건너가 '도요문고東洋文庫'2*를 방문했던 것 같다.[48] 또『아이들보이』제10호1914.6에는 최남선 자신이 "나는 지금 동경東京에 잇습니다"고 말하는 것 등에서[49] 어린이 잡지를 간행했던 1910년대에도 일본에 발길을 옮긴 것을 알 수 있다.

당시 일본의 아동문학계로 시선을 돌려보면, 1890년 전후로 아동잡지가 본격적으로 간행되기 시작했고, 1900년대에 걸쳐서 동화와 동화집, 아동잡지 등이 여럿 출판되었다. 이 무렵 일본에 머물던 최남선이 이들 출판물을 보았을 가능성이 크다.[50]

이때 일본 아동문학의 특징으로는 아동교육의 보조로 출판물이 나왔다는 점을 들 수 있다. 예컨대『소년원少年園』1888.11~1895.4은 일본에서 '소년 잡지의 효시', 어린이를 위한 읽을거리의 선구로 알려졌다. 주필인 야마가타 데이자부로山縣悌三郎, 1859~1940는 "오늘날의 소년 여러분 초중등학교

2* 일본의 동양학 전문 연구도서관. 중화민국 총통부 고문을 맡았던 모리슨(George Ernest Morrison)이 중국을 중심으로 수집한 도서 2만 4천여 점을 이와사키 히사야(岩崎久彌)가 1917년에 구입, 1924년에 재단법인 도요문고로 개관했다. 1948년에 국립국회도서관의 지부 도서관이 되었다가 2013년에 공익재단법인으로 이행했다.

학생 여러분"에게 큰 기대를 걸고 "소년을 위한 책, 가르침을 주는 서적"이 부족한 "교육 세계의 큰 결점"을 돕기 위해 『소년원』을 간행하게 되었다고 한다.[51] 실제로 이 잡지의 간행 취지에도 "교육은 오직 직접적인 학교 교육의 힘에만 의지할 수 없다. 가정교육도 큰 힘이고, 사회 교육도 큰 힘이다. 따라서 참으로 간행 서적이 교육에 미치는 힘도 무척 크다"[52]면서 출판물이 교육에 미치는 영향력이 큰 점이 강조되었다.

마찬가지로 신문관도 아동 교육을 보완하는 것으로 간행물을 자리매김했던 것 같다. 『붉은 져고리』의 취지 설명문에 "공부란 것은 집안에셔 식히는 것 쭌 아니오 학교에셔 식히는 것 쭌 아니라 이 두 군 뒤 밧게도 매우 요긴ᄒᆞ고 즁대ᄒᆞᆫ 것이 잇스니 곳 신문이나 잡지 갓흔 것이외다"는 말이 있는 것처럼, '신문과 잡지'의 중요성을 일깨우고, 또 신문을 "집안에셔와 학교에셔 미쳐 손 가지 못ᄒᆞᄂᆞᆫ" 부분을 보완해서 공부에 도움을 주는 것으로 정의했다.[53]

『붉은 져고리』 광고에 "아동교육兒童敎育에 적당適當ᄒᆞᆫ 보조기관補助機關이 무無ᄒᆞᆷ을 개慨ᄒᆞ야 신문관新文館으로셔 발행發行"[54]한다는 글에서 볼 수 있는 것처럼, 신문관은 조선에서 어린이를 위한 간행물과 아동 교육의 보조 기관이 없는 것을 한탄하고, 자신의 출판사가 아동 교육을 담당할 제3의 기관이라고 자부했다. 이렇게 아동 교육의 보조로 간행물을 발행한다는 발상은 일본에서 영향을 받았을 가능성이 있다고 할 수 있다.

그러나 최남선과 당시 일본의 아동문학가 사이에는 아동관이 달랐다. 예컨대 최남선이 『소년』을 간행하는 데 참고했던 『소년세계』의 편집자 이와야 사자나미(도판 2-1)는 메이지기를 대표하는 아동문학가였다. 사자나미는 즐거움 속에 교육적인 효과를 기대하고, 놀이를 통해서 어린이가 풍부하게 성장할 수 있도록 한다는 발상을 지니고 있었고,[55] 그래서 "어린이

〈도판 2-1〉 이와야 사자나미.
출전 : 巖谷季雄, 『小波お伽全集』 제4권,
　　　 小波お伽全集刊行會, 1929.

의 천성"을 중시하고, "아이 때는 아이답게, 아이의 천진함을 유감없이 발휘시킬"[56] 것을 주장하는 등 '아이다움'을 중시했다. 곧 최남선은 이런 이와야 사자나미의 아동관을 잘 알면서도 『소년』에서는 그런 "아동兒童의 호기심好奇心과 환의歡意를 영합迎合"하는 것을 "경연輕軟한 것"으로 부정했다.

『붉은 져고리』와 『아이들보이』에서는 방향을 바꾸어 미로 등의 '아이다운' 요소가 들어가게 되지만, 최남선의 목적은 "완전한 사람"으로 어린이를 교육하는 것이었고, 이와야 사자나미가 말한 "아이다운 천진함" 같은 것은 중시되지 않았다. 그러므로 앞에서 말한 것처럼, 어린이에게 다다가는 수단으로 '아이다움'을 받아들였던 것이라고 생각된다. 요컨대 두 사람의 아동관은 달랐지만, 최남선이 새롭게 어린이를 위한 일에 힘쓰면서 사자나미와 비슷하게 어린이에게 다가가는 방법으로 '아이다움'을 사용하게 되었던 것이다.

이상을 통해서 1910년대에 신문관이 어린이를 위한 간행물에 착수한 것은 앞 절에서 보았듯이 당시 조선의 상황이라는 내적 조건과 일본 아동문학계의 영향이라는 외적 조건이 만난 결과로 볼 수 있다.

이런 일본 아동문학계의 영향은 간행물 자체에도 반영되었다. 이 점을 고려하면서 잡지의 구성 요소를 하나씩 들어서 자세히 살펴보자.

교훈의 요소를 담은 동화

신문관의 어린이 잡지에는 안데르센과 그림의 동화가 실렸다. 특히 조선에서 처음으로 안데르센 동화를 소개한 것은 이들 신문관의 어린이 잡지였다고 일컫고, 조선에서 외국 아동문학이 어떻게 수용되었는지 고려하는 데도 중요하다. 그러나 이들 동화가 무엇을 원작으로 삼았는지, 곧 번역의 저본이 무엇이었는지는 특정하기가 곤란해서 오랫동안 해명되지 못했다.[57]

저자가 당시 일본의 아동을 위한 출판물과 신문관의 어린이 잡지를 비교 검토한 결과, 〈부록 표 2 — 어린이 잡지에 실린 번역 기사의 저본 일람〉이하 〈부록 표 2〉과 같이 많은 일본 출판물에서 번역한 것이 밝혀졌다.[58] 수록된 동화도 그 대부분이 일본의 서적과 잡지에 실린 것을 번역한 것이고, 『가정 동화家庭お伽噺』 『세계의 동화』 『새로 옮긴 이솝 이야기』 등 그 종류는 여러 곳에 걸쳐 있었다.

동화의 저본을 자세히 살펴보자. 먼저 『붉은 져고리』에 실린 그림 동화의 저본은 『가정 동화』小川尙榮堂, 1909이다. 이 책은 "어린이의 머리에 어떤 도덕의 인상을 남긴다"는 점에 '동화'의 가치를 발견하고, "소년 자녀에게 유익한 것"을 제공하는 것을 목적으로 했다. 특히 "무척 온건하면서 그 속에 유익한 사상을 함축한다"면서 그림 동화에 주목하고, 그 가운데서도 "가장 흥미롭고 유익한 종류를 뽑았다"고 하는데,[59] 『붉은 져고리』는 여기에서 「공주의 행방姬の行方」과 「네 형제四人兄弟」 두 편을 완역해서 실었다.

또 『붉은 져고리』에는 이솝 우화가 모두 18편이 실렸는데, 이것들은 모두 『새로 옮긴 이솝 이야기』鍾美堂書店, 1907에서 번역한 것이다. 이솝 우화가 "가장 명확하게 삶의 지혜와 판단력을 알려주고 통쾌한 것"이라고 평가하면서 각각의 우화와 아울러 교훈을 깨우쳐주는 점이 특징적인데, 앞 장에서 보여준 것처럼『소년』에서도 같은 책에서 여러 편이 번역되어 실려서 신문관에서는 이솝 우화를 다룰 때 이 책을 계속해서 저본으로 사용했음을 알 수 있다.

다음으로『아이들보이』는 매호마다 세계의 동화로 권두를 꾸몄고, 특히 서양의 동화가 많은 것이 특징인데, 이것은 이와야 사자나미의『세계의 동화』博文館, 1899~1908에서 가려 뽑았다. 모두 100편에 이르는 이야기가 담긴『세계의 동화』에는 "그것에 의해 독자의 정신을 돋보이게 하고, 그것에 의해 소년들의 천성을 북돋우려고 한다"[60]는 사자나미의 의도에 따라 세계의 민화가 수집, 편집되었다.『아이들보이』는 사자나미의 작품을 통해서 조선의 어린이에게 서양의 동화를 처음으로 소개했다고 할 수 있다.[61]

또 같은 잡지에 실린 안데르센 동화의 저본은『빨간 구두 이야기赤靴物語』内外出版協會, 1908이다. 이 책은 저자인 모모시마 레이센百島冷泉, 百島操, 1880~1965이 "안데르센의 뛰어난 동화 몇 편"을 모은 것인데, "그 가운데에 들어 있는 깊은 교훈을 뽑아내는 것이 나 자신의 간절한 바람이다"[62]라고 독자에게 말하는 것처럼, 교훈을 가르쳐주는 것이 중시되었다.

또『아이들보이』에는 동양의 동화도 보이는데, 예컨대 몇 편이 실린 인도의 동화는 모두『학교와 가정의 교훈 동화―동양 편學校家庭教訓お伽噺―東洋之部』博文館, 1912에서 가려 뽑아 번역한 것이다. 이 책에는 "교훈의 뜻"을 담은 "일본, 중국, 인도"의 동화 등이 100편 수록되었는데, 특히 「인도 편印度の部」에는 "대단히 교훈이 깊다"[63]고 한다. 그밖에 중국의 이야기도 보이는데, 이것도 마찬가지로 하쿠분칸에서 간행한 시모다 우타코下田歌子의『외국 소녀의 본보기外國少女鑑』1902에서 번역한 것이다.

이상을 통해서 신문관의 어린이 잡지에서 세계 각국의 동화를 소개한 것은 일본의 출판물을 매개로 해서 이루어진 것이었다고 결론지을 수 있다. 당시 일본에서는 동화 관련 서적 등이 많이 출판되었는데, 그 가운데 서도 특히 '유익함'을 중시한 것, 도덕적인 '교훈'의 요소를 담은 것이 저 본으로서 뽑혔다고 할 수 있다. 이런 저본의 선택 경향은 굳센 정신의 수 양을 중시하는 최남선의 아동관과 관련되어 있었다.

이런 최남선의 아동관은 번역 과정에서도 확인할 수 있다. 구체적인 사례를 들어보면, 앞에서 말한 『새로 옮긴 이솝 이야기』에는 「여우와 토 끼狐と兎」가 실렸는데, 이 이야기는 "현재에 만족하라"는 가르침으로 끝맺 었다. 그에 비해 같은 동화를 번역한 『붉은 져고리』를 보면, 몇 행에 걸쳐 "더 낫고 조흔 것을 찾는 정성이 업스면 언제까지던지 더럽고 냄새남을 버서나지 못흘지니 (…중략…) 더욱 더 좋은 것을 찾는 정신이 없으면 언 제까지나 더러운 상태에서 벗어날 수 없고 늘 더 나흔 것 엇기를 힘써 저 를 노피 갈 것이구다"[3*]는 문장이 몇 행에 걸쳐서 덧붙여져서 원문의 가 르침과는 모순되는 결과가 되었다.

이것은 굳센 정신의 수양이라는 관점에서 어린이를 교육하기 위해 굳이 가필한 것이라고 생각되는데, 식민지의 현상에 만족해서는 안 된다는 의 미가 담겼다고도 읽어낼 수 있다. 그밖에도 번역 방법에서는 다른 나라의 속담을 삭제 또는 조선의 속담으로 바꾸고,[64] 인물의 이름 등을 조선식으 로 바꾸는 등[65] 어린이에게 읽히기 위해 이리저리 고심한 흔적이 보인다. 이렇게 일본의 것을 재구성해서 조선의 독자에게 제공했다고 할 수 있다.

'어린이다움'을 나타내는 구성물

다음으로 '어린이다움'을 나타내는 점에 초점을 맞추어 하나씩 들어서

3* 「여호와 토끼」, 『붉은 져고리』 제10호, 1913.5.15, 5면.

작품명	저본
「다음 엇지 담배 먹는 소」, 『붉은 져고리』 제1년 제6호, 1913.3, 5면	「牛の煙草」,『幼年畫報』 제8권 제3호, 博文館, 1913.2, 8면
「다음 엇지 닭 못살게 군 갑흠」, 『붉은 져고리』 제1년 제7호, 1913.4, 4면	「鷄の卵」,『幼年畫報』 제8권 제4호, 1913.3, 8면
「다음 엇지 토끼 산양의 싹싹흔 맛」, 『붉은 져고리』 제1년 제8호, 1913.4, 4면	「兎の穴」,『幼年畫報』 제8권 제5호, 1913.4, 8면
「다음 엇지 건져내니 에비」, 『붉은 져고리』 제1년 제11호, 1913.6, 6면	「ポンチ」,『幼年畫報』 제8권 제7호, 1913.5, 8면
「다음 엇지 뜻밧겟 산양」,『아이들보이』 제1호, 1913.9, 22면	『幼年の友』 제5권 제8호, 實業之日本社, 1913.8, 9면
「다음 엇지 개가 속앗나 사람이 속앗나」, 『아이들보이』 제2호, 1913.10, 34~35면	「犬のとりあひ」,『幼年世界』 제3권 제6호, 博文館, 1913.6, 12~13면
「다음 엇지 뜻밧게 그믈」,『아이들보이』 제3호, 1913.11, 11면	『幼年の友』 제5권 제9호, 1913.9, 28면
「다음 엇지 요리로 살작」,『아이들보이』 제4호, 1913.12, 25면	『幼年の友』 제5권 제11호, 1913.11, 11면
「다음 엇지 마츰 고맙다」,『아이들보이』 제5호, 1914.1, 29면	「ヨクトブマリ」,『幼年の友』 제5권 제11호, 1913.11, 32면
「다음 엇지 자고 깨서 에그머니」, 『아이들보이』 제6호, 1914.2, 25면	「ステッキ」,『幼年畫報』 제8권 제14호, 1913.11, 8면
「다음 엇지 그림이살아」,『아이들보이』 제7호, 1914.3, 13면	『幼年畫報』 제9권 제3호, 1914.2, 8면
「다음 엇지 사람 닭」,『아이들보이』 제8호, 1914.4, 33면	위와 같음
「다음 엇지 쥐 꾀에 빠진 괴」,『아이들보이』 제9호, 1914.5, 30면	『幼年の友』 제6권 제1호, 1914.1, 20면
「다음 엇지」,『아이들보이』 제10호, 1914.6, 24면	「口畫ポンチ」,『幼年畫報』 제8권 제15호, 1913.11, 8면
「다음 엇지」,『아이들보이』 제11호, 1914.7, 20면	『幼年畫報』 제9권 제4호, 1914.3, 8면
「다음 엇지」,『아이들보이』 제12호, 1914.8, 26면	『幼年畫報』 제9권 제10호, 1914.8, 8면
「다음 엇지」,『아이들보이』 제13호, 1914.10, 31면	『幼年の友』 제6권 제3호, 1914.3, 20면

이 표는 이번에 저자가 확인한 것에 한정되고, 위에 적은 것 외에도 실물이 남아 있지 않은
일본의 아동 잡지나 소년 잡지 등에 실린 것을 옮겨 싣거나 참조했을 가능성이 있다.

자세히 살펴보자.

먼저 언급하고 싶은 것은 『붉은 져고리』와 『아이들보이』의 거의 모든 호에 실린 만화 「다음 엇지」이다. "이것은 츠례츠례 보아가는 우숨거리 그림이니 첫재 그림을 즈세히 보아 의취를 량량하고 그 다음을 보시면 설명이 업시도 즈미잇게 일이 보시리다"[66]라고 설명한 것처럼, 현재의 네 컷 만화와 비슷한 형식의 것으로, 조선의 정기간행물에서 최초로 실린 연재만화가 된다.[67] 한편 당시 일본의 아동잡지에는 펀치 그림이라는 이름으로 익살맞은 그림이 자주 보이는데, 실제로 두 개를 비교 대조해보면, 「다음 엇지」의 대부분은 그것을 옮겨 싣거나 또는 참고한 것이 분명하다.

예를 들면, 〈도판 2-2〉는 『붉은 져고리』에 실린 「다음 엇지」인데, 하쿠분칸의 『유년화보幼年畵報』1906.1~1935.12[68]의 펀치 그림을 참조했음을 알 수 있다. 〈표 2-1〉에서 보이는 것처럼, 저자가 확인한 경우 대부분은 『유년화보』 또는 실업지일본사實業之日本社의 『유년의 벗幼年の友』1909.1 창간[69]에서 옮겨 실은 것이다.

다만 『붉은 져고리』와 『아이들보이』에서는 옮겨 싣는 방법이 크게 다르다. 예를 들면, 『붉은 져고리』에서는 〈도판 2-3〉에 뚜렷한 것처럼, 둥근 테두리를 사각으로 바꾸고 펀치 그림의 대사를 삭제해 그림을 보기 쉽게 하고 (一) (二) (三)의 숫자를 다는 등 만화에 익숙하지 않은 독자에게 "차례차례 보"는 방법을 알려주는 장치가 마련되어 있었다. 〈도판 2-3〉에 한정되지 않고, 『붉은 져고리』에는 이렇게 저본을 바꾼 사례가 여럿 보인다.[70]

한편 『붉은 져고리』보다 약 1년 뒤에 간행된 『아이들보이』에는 〈도판 2-4〉와 같이 펀치 그림의 대사를 조선어로 바꾸고 저본을 그대로 사용했다. 이것은 독자가 만화에 익숙해진 점을 고려했기 때문일 것이다. 〈도판 2-3〉과 〈도판 2-4〉에는 각각 매체 간행일과 같은 달 또는 앞 달의 『유년화

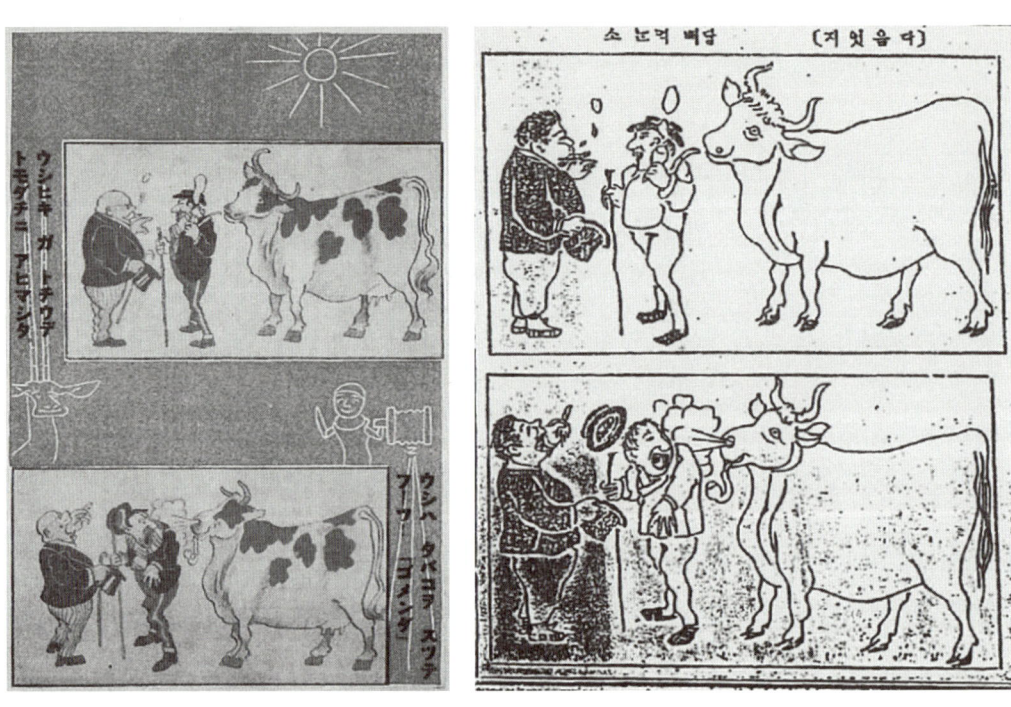

〈도판 2-2〉
(왼쪽) 『幼年畫報』 제8권 제3호, 1913.2. 大阪國際兒童文學館 소장.
(오른쪽) 『붉은 져고리』 제1년 제6호, 1913.3.

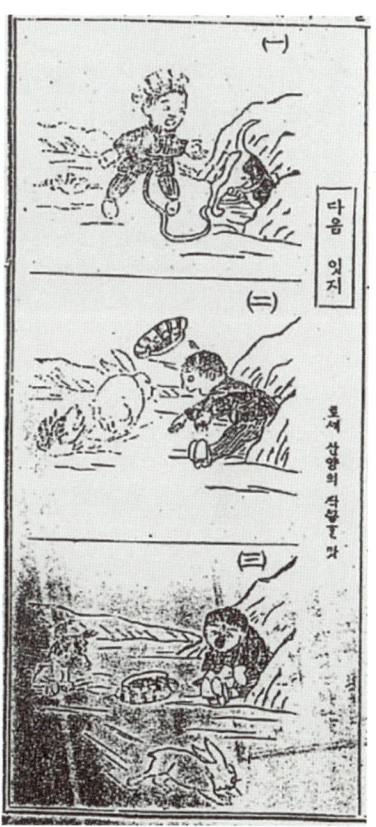

<도판 2-3>
(왼쪽) 『幼年畫報』 제8권 제5호, 1913.4.
　　大阪國際兒童文學館 소장.
(오른쪽) 『붉은 져고리』 제1년 제8호, 1913.4.

<図판2-4>
(왼쪽) 『幼年畵報』 제9권 제3호, 1914.2.
　　　大阪國際兒童文學館 소장.
(오른쪽) 『아이들보이』 제7호, 1914.3.

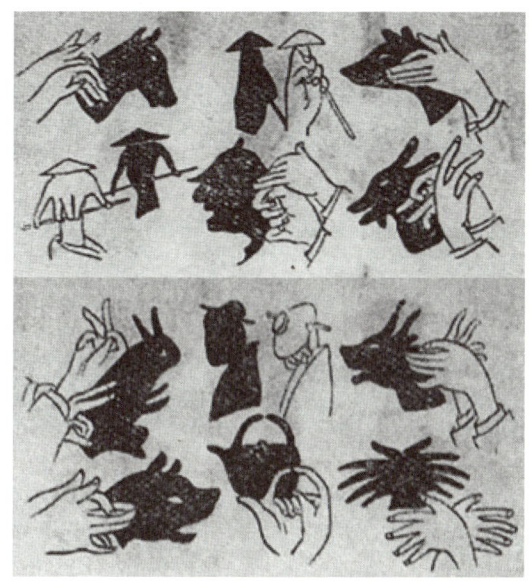

〈도판 2-5〉
(왼쪽) 『新撰日本少年寶鑑』, 1911.
(오른쪽) 『붉은 져고리』 제1년 제2호, 1913.1.

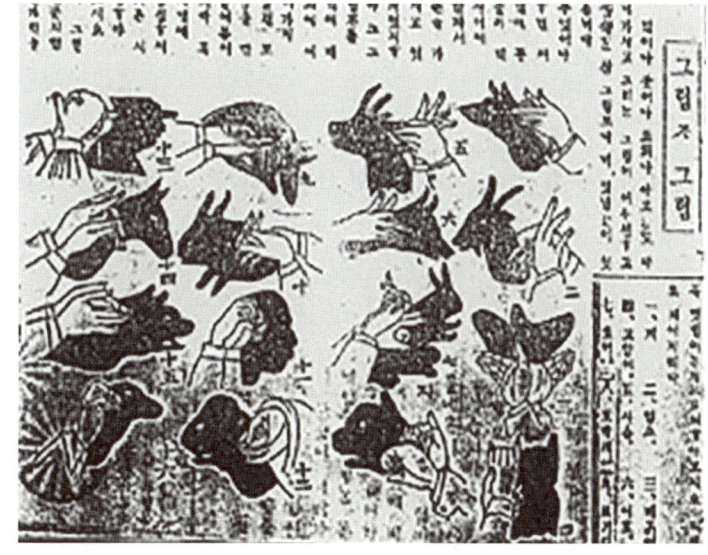

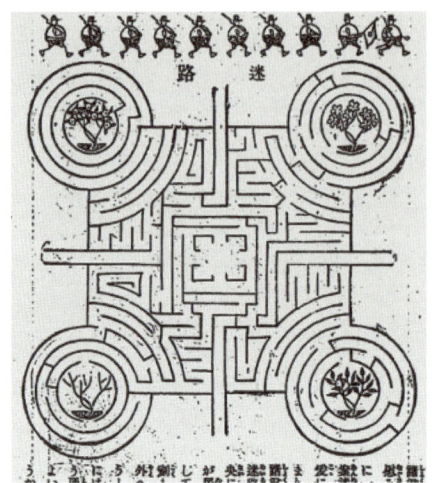 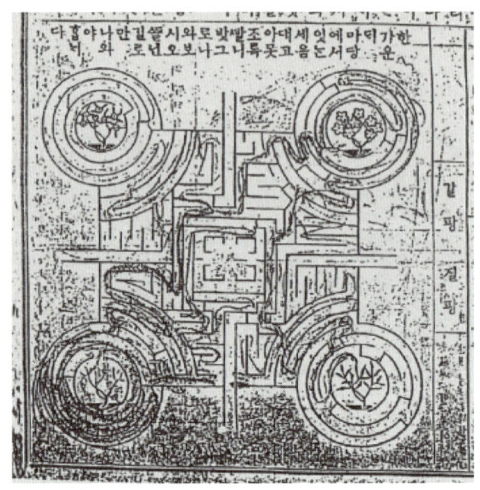

〈도판 2-6〉
(왼쪽) 『少年世界』 제14권 제2호, 1908.2. (오른쪽) 『붉은 져고리』 제1년 제4호, 1913.2.

보』에 실린 것이 쓰였는데, 이렇게 일본의 최신 호가 반영된 것도 있었다.

신문관의 어린이 잡지에는 「다음 엇지」뿐만 아니라 다양한 삽화가 실렸다. 그 가운데서도 예컨대 〈도판 2-5〉의 『붉은 져고리』 제1년 제2호 1913.1에 수록된 「그림자 그림」은 옮겨 실은 것이 아니라, 이와야 사자나미의 『신찬 일본소년보감新撰日本少年寶鑑』文王閣, 1911에 실린 「그림자 그림影繪」을 참고해서 만들어진 것임에 틀림없다. 한편 〈도판 2-6〉과 같이 『붉은 져고리』 제1년 제4호1913.2의 「갈팡질팡」은 『소년세계』 제14권 제2호1908.2의 「미로 재미있는 수수께끼迷路面白い考物」를 옮겨 실은 것이라고 해도 좋다. 이밖에도 『새로 옮긴 이솝 이야기』와 『세계의 동화』의 삽화가 그대로 사용되는 등 일본의 것이 여럿 사용되었다.

삽화에 이어서 다음에는 우스운 이야기를 들어보자. 「다음 엇지」와 마찬가지로 『붉은 져고리』와 『아이들보이』 두 잡지의 거의 모든 호에 보이는 것이 우스운 이야기 칸인 「우슴거리」이다. 모두 다 짧은 이야기이고, 등장인물도 어린 나이로 설정되었다. 펀치 그림과 함께 우스운 이야기도 당시 일본의 아동잡지에서는 자주 보이는 것이었는데, 이 점을 고려해서 자세히 살펴보면, 『붉은 져고리』는 『일본소년』實業之日本社, 1906.1~1938.10[71]에서 독자가 투고한 우스운 이야기를 소개한 「이야기의 씨話の種」에서, 『아이들보이』는 일본의 『소년』時事新報社, 1903.10 창간[72]의 「소년 우스운 이야기少年笑話」에서 각각 몇 편을 뽑아서 번역한 것을 확인할 수 있다.[73]

마지막으로 『아이들보이』의 「아이들 신문新聞」에 주목해보자. 이것은 세계의 문화를 비롯한 다양한 정보를 신문 형식으로 싣는 난인데, 잡지 속의 신문 기획도 『유년호幼年號』와 『일요세계日曜世界』 등 일본의 아동잡지에서 자주 실시된 것이다. 그 가운데서도 「아이들 신문新聞」은 『소학생小學生』同文館, 1911.3 창간[74]의 「소학 신문小學新聞」을 참조했다고 생각된다. 「아이들 신문新聞」에는 「소학 신문」의 기사가 번역되어 실렸고,[75] 또 같은 호의 『소학생』에 실린 다른 기사도 『아이들보이』에 보인다.[76]

이렇게 어린이 잡지에서 '어린이다움'을 나타내는 구성물은 그 대부분이 일본의 아동잡지 등에서 가려 뽑은 것이었다고 지적할 수 있다. 최남선은 이와야 사자나미와 하쿠분칸의 출판물을 중심으로, 일찍이 자신이 비판했던 "경연輕軟한 것"도 받아들였음을 알 수 있다.[77] 이상에서 보았듯이 신문관의 어린이 잡지는 많은 일본 출판물을 참조, 번역해서 내용을 구성했고, 나아가 어린이에게 다가가기 위한 방법의 측면에서도 참고했다.

그러나 애초 일본의 출판물에서 번역한 것은 『소년』 시대부터 볼 수 있어서 어린이 잡지에만 특유한 것은 아니다. 여기서 더 언급해야 할 것은 『붉은 져고리』와 『아이들보이』는 번역물뿐만 아니라 조선의 옛날이야기와 인물의 소개, 한글표기처럼 이른바 '조선적인 것'을 싣는 데도 많은 비중을 차지했다는 점이다. '조선적인 것'이란 최남선이 탐구한 역사와 문화, 종교에서 조선 독자의 것, 전통적인 것의 총칭이다.[78] 최남선은 특히 1920년대에 들어서면서부터 본격적으로 '조선적인 것'을 탐구하게 되는데, 그 싹은 어린이 잡지에서 보인다.

다음 절에서는 신문관에서 펴낸 어린이 잡지의 특징적인 점이라고 할 수 있는 '조선적인 것'에 초점을 맞추고 또 그 내용을 깊이 분석한다.

3. '조선적인 것'을 통한 민족적 자부심의 함양

조선의 옛날이야기와 역사 속 인물

신문관의 어린이 잡지에는 '조선적인 것'이 어떻게 그려져 있을까. 먼저 특징적인 점으로 들 수 있는 것은 조선의 역사 인물에 관한 언급이다. 『붉은 져고리』와 『아이들보이』의 기사에는 고려시대부터 조선시대에 이르기까지 폭넓은 시대의 여러 조선 인물이 등장한다. 예컨대 세계의 위인 소개란에는 조선의 역사 인물로서 고려 말기의 문신 정몽주와 조선시대의 문신 김시습이 들어 있었다.[79]

또 조선의 옛날이야기와 고대소설을 재구성한 것도 많이 실렸다. 예를 들면, 『붉은 져고리』에는 고구려시대의 이야기인 「바보 온달이」와 신라 화가 솔거가 주인공인 「세 가지 시험」 등 조선의 이야기가 여럿 실렸고, 또 『아이들보이』에도 조선의 전래 이야기 「흥부 놀부」와 「심청」이 재구성되었다.

특히 『아이들보이』는 조선에서 처음으로 옛날이야기 수집 운동을 일으킨 어린이 잡지라고 일컫고,[80] 조선 전래의 옛날이야기를 중시했다. 최남선은 옛날 사람들이 남긴 "여러 가지 죠흔 이약이"가 있지만, "아즉도 온갖 이약이를 한듸 모하 학문샹으로 연구흔 것이 업스니 참 애달은 일 이외다"며 독자에게 "널니 죠션안에 젼ᄒ야 오ᄂᆞᆫ 이약이"를 모집했는데,[81] "이약이ᄂᆞᆫ 반드시 죠션에서 녯날부터 나려오ᄂᆞᆫ 것이라야 ᄒ나니 남의 나라 칙이나 말로 젼ᄒᄂᆞᆫ 것을 번역ᄒ거나 옴겨오면 못쓸니다"[82]라고 밝히는 등 '조선'의 이야기를 강조했다.

이런『아이들보이』의 옛날이야기 수집 운동, 나아가서는 '조선적인 것' 을 중시한 배경에도 일본 아동문학계가 존재할 가능성이 있다. 같은 시기에 이와야 사자나미의 활동으로 눈길을 돌리면, 사자나미는 1894년부터 1915년에 걸쳐서 모두 200편 이상의 이야기를 간행했는데, 그 가운데서도 특히『일본의 전래동화日本昔噺』博文館, 1894~1896 와『일본의 동화日本お伽噺』博文館, 1896~1899 등은 일본의 민화와 영웅담을 집대성하고, 대규모로 다시 편집한 것이었다. 최남선이 일본에 유학하거나 머물 때 이것을 보고 조선의 옛날이야기 수집을 떠올렸을 가능성도 생각해볼 수 있다.

그러나 더욱 더 중요한 것은 1910년의 한국병합 이후 최남선이 '조선적인 것'을 의식한 것이라고 할 수 있다.[83] 예를 들면, 서장에서 간단히 말한 것처럼, 최남선은 1910년 10월에 조선광문회를 조직한다.[84] 이 단체는 "시세時勢가 급전화急轉化"해서 "한일병합韓日倂合이 실현實現"되고, "사토斯土의 진면목眞面目과 오인吾人의 진재지眞才智가 영원永遠히 은장隱葬하고 매몰埋没"되려 하는 가운데, "조선구래朝鮮舊來의 문헌文獻, 도서圖書 중中 중대重大ᄒ고 긴요緊要ᄒ 자者를 수집收集, 편찬編纂, 개간開刊ᄒ야 귀중貴重ᄒ 문서文書를 보존전포保存傳布"하는 것을 목적으로 내걸고, 실제로 5년 동안에『택리지』등 고전을 중심으로 약 50책을 간행했다.[85]

이와 관련해서 고전의 경우, 제5장에서 논할 것처럼 1913년부터 1914년까지 신문관이 간행한 정가 6전 총서인 '육전소설' 시리즈도 전8종 10

책 가운데 실로 7종 9책은 「홍길동전」과 「흥부전」 등 활자본 고전소설이었다. 간행의 말에는 고전의 이름과 내용을 바꾸어 "쥬옥을 변ᄒᆞ야 와록을 만들어 턱 업ᄂᆞᆫ 리를 탐ᄒᆞᄂᆞᆫ" 사례가 많고, 그런 "이 폐단을 고칠 쇠"[86]가 있다고 했는데, 조선에서 옛날부터 전해오는 것을 중시하고, 고전 그대로의 모습을 남기려는 자세를 엿볼 수 있다.

곧 조선광문회의 설립과 '육전소설'의 시도는 한국병합에 따라 조선의 전통이 상실될 것을 우려하고 잃어버린 '조선적인 것'을 보존할 목적으로 한 것이었다고 할 수 있다. 최남선이 1910년대에 조선의 전통에 대해 보였던 의식이 어린이 잡지에서 '조선적인 것'을 중시하는 태도로 이어졌다고 할 수 있다. 또 어린이 잡지에는 단순히 '조선적인 것'이 나열된 것이 아니라, '조선'에 대해 자부심을 느낄 수 있도록 힘쓴 내용이 담겼다.

이 점을 살펴보기 전에 먼저 최남선이 조선의 문물에 대해서 설명한 곳을 언급하고 싶다. 최남선은 『아이들보이』 제10호의 「동경에서」에서 도쿄에서 열린 '박람회'와 '공과대학전람회工科大學展覽會'에 갔다고 한다.[87] 그리고 전시품인 '활자'가 "세계에 죠션이 시죠"라는 설명, "고구려 나라의 찬란ᄒᆞᆫ 예술품藝術品"이 "동양에 가장 오래된 그림이오 세계에 자랑홀 만한 재조"라는 설명을 듣고 무척 자랑스러웠다고 썼다. 이 글을 통해서 최남선 자신이 '조선적인 것'에 대해 자부심을 지녔고, 또 독자인 어린이에게도 '조선'에 대해 자부심을 지니도록 촉구하는 모습이 있었음을 알 수 있다.

그러면 실제로 어린이 잡지에서는 어떤 노력을 기울였던 것일까. 특히 지면구성과 기사의 배치에 관심을 돌려보면, 예컨대 『붉은 져고리』의 창간호에는 그림 동화의 「아가씨의 행방」과 조선의 이야기 「바보 온달이」가 나란히 실렸다. 마찬가지로 『아이들보이』에도 창간호에 아프리카 동

화 「남생이 줄다리기」와 조선의 옛날이야기 「범의 뒤다리 붓들고 六十
리」가 함께 실리는 등 세계의 이야기와 조선의 이야기를 나란히 실은 사
례가 여럿 보인다. 그밖에 『붉은 져고리』의 위인 소개란에서도 뉴턴과 나
폴레옹, 링컨 같은 각국의 위인과 앞에서 말한 정몽주와 김시습 등이 나
란히 들어가 있었다.

또한 두 잡지의 기사에서도 예컨대 조선 중기의 한호^{한석봉}와 당나라의
이백의 사례를 들어 노력의 중요성을 논했고,[88] 조선 중기의 정평구^{鄭平九}
와 뉴턴, 나폴레옹, 셰익스피어를 예로 들어 실천의 중요성을 설명하는
등[89] 각국의 위인에 맞추어 고려시대와 조선시대의 인물을 들었다.

이렇게 조선의 이야기와 역사 인물을 세계 각국의 이야기와 위인과 나
란히 세우는 방식으로 배치함으로써 조선에서도 세계에 어깨를 견줄 만
한 이야기와 인물이 있음을 보여주고 민족의 자부심을 심어주려 했다. 신
문관의 어린이 잡지에는 한국병합에 따라 조선의 전통과 문화가 상실될
것을 우려해 '조선적인 것'을 보존하려 시도하고, '조선'에 대한 자부심을
지니게 한 최남선의 태도가 드러났다고 할 수 있다.[90]

한글 표기와 고유어의 창조

다음으로 『붉은 져고리』와 『아이들보이』의 한글 표기 문제에 초점을
맞추어 보자. 『아이들보이』뿐만 아니라 『붉은 져고리』도 대부분 한글로
표기된 점이 특징인데, 이것은 무엇보다 독자인 어린이가 읽기 쉽게 배려
한 것이라고 생각할 수 있다. 그러나 그뿐만 아니라, 그 배경에는 문자와
언어의 보존, 그리고 발전의 시도가 숨어 있다고 생각된다.

먼저 문자의 보존과 발전의 관점에서 살펴보자. 앞에서 말한 것처럼
『아이들보이』에서는 한글을 로마자처럼 분해해서 쓰는 '한글풀이'^(도판 2-7)

가 시도되었는데, 그 취지 설명 가운데에는 "우리 글씨는 글씨 가온대에 가장 쉬어난 것"으로 "다른 것은 다 완전"하지만, 쓰는 법에 고칠 점이 있고, 개선해서 널리 퍼뜨려야 한다고 주장한 것을 볼 수 있다.[91] '한글풀이' 는 『아이들보이』 제6호 이후 제12호를 제외하고 모든 호마다 실렸는데, 이렇게 노력한 것은 '뛰어난' 민족의 문자인 한글 문자에 대해 자부심을 불어넣고, 더욱 더 발전시키기 위한 시도였다고 볼 수 있지 않을까.

다음으로 언어의 관점에서 고유어의 창조 문제를 들고 싶다. 조선어는 한자어와 한자에 의존하지 않는 고유어로 성립되었다. 『아이들보이』에서는 표지를 '책 거죽', 삽화를 '그림본', 목판을 '나무새김', 작품 현상을 '글꼬느기' 등과 같이 한자어가 고유어로 표현되었는데, 이 점은 앞선 연구에서도 주목받아왔다.[92]

여기서는 다시 『붉은 져고리』와 『아이들보이』에서 일본의 저본이 번역된 양상을 주목하고 싶다. 저본과 서로 비교해서 자세히 보면, '비행기'를 '나르는 틀', '자동차'를 '절로 가는 수레', '견절鰹節[4*]'을 '물치 말닌 것', '어치주御馳走[5*]'를 '조흔 머이', '지자智者'를 '슬긔 잇는 이' 등 최대한 한자어를 사용하지 않고 원문을 고유어로 말하고 표현했음을 알 수 있다.[93]

이런 경향은 어린이 잡지에 특유한 것이다. 예컨대 『소년』과 『붉은 져고리』에는 『새로 옮긴 이솝 이야기』의 같은 곳을 번역한 부분이 있는데, 『소년』에서는 저본에 충실하게 한자어를 그대로 번역한 데 비해서[94] 『붉은 져고리』에서는 '매일'을 '날마다', '신용'을 '미듬성' 등 제각기 고유어로 바꾸었다.[95]

한편 최남선은 『아이들보이』의 독자 투고에 관해서 "아모조록 죠션말

4*   가쓰오부시, 건조 가다랑어.
5*   맛있는 요리.

로 지으며 이미 죠션말 된 한문 말은 얼마 석거도 관계치 안습니다"[96]라고 호소한다. 실제의 독자 투고는 거의가 한자어를 섞어 쓴 것이지만, 최남선 자신이 번역 과정에서 한자어를 고유어로 고치는 데 불편함을 느꼈기 때문에 독자에게는 이렇게 호소했다고 해석할 수도 있다. 바꾸어 말하면 한자어를 쓰지 않고 문장을 쓰는 불편함을 잘 알면서도 고유어를 고집했던 것이다. 곧 어린이 잡지에서 보이는 고유어의 창조는 한자에 의존하지 않는

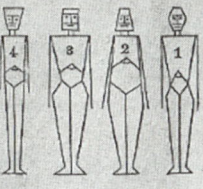

〈도판 2-7〉 『아이들보이』에 실린 '한글풀이' 면(제8호, 1914.4).

순수한 조선어를 보존하려는 시도의 일환으로 파악할 수 있다.

이상과 같이 한글 표기와 고유어의 창조는 단순히 읽기 쉽게 하려는 것뿐만 아니라, 조선의 독자적인 문자와 언어를 보존하고 발전시키려는 의지에 따른 것이었다고도 할 수 있다. '한글풀이'와 고유어의 창조는 그것을 위한 실험적인 시도로 자리매김할 수 있다.

이렇게 신문관의 어린이 잡지는 단순히 번역물을 실었을 뿐만 아니라, '조선적인 것'을 수록함으로써 민족의 자부심을 길러주고 그 보존과 발전을 꾀했다고 할 수 있다.

4. 어린이 잡지에서 '종합교양' 잡지 『청춘』으로

신문관의 방향 전환 – 『아이들보이』 제13호

지금까지 『붉은 져고리』와 『아이들보이』에 대해서 분석해 왔다. 여기서 그 요점을 정리해보자.

먼저 신문관이 이들 어린이 잡지에 주목한 배경에는 당시 조선의 상황이 자리 잡고 있었다. 곧 한국병합 뒤인 1910년대의 무단통치 속에서 검열을 피하기 위해, 또 출판 불황 속에서 새로운 수요를 내다보고 어린이에게 눈을 돌리게 되었다고 생각된다.

최남선이 어린이 잡지를 통해서 지향한 것은 굳센 정신의 수양이고, 일본의 출판물을 활용하면서 그것을 실현하려 했다. 나아가 『붉은 져고리』와 『아이들보이』에는 번역물뿐만 아니라 이른바 '조선적인 것'도 여럿 실렸는데, 한국병합에 따라 조선의 전통과 문화가 상실될 것을 우려해서 그것을 보존함과 동시에 독자에게 '조선'에 대한 자부심을 심어주기 위해 여러 가지로 힘썼다고 할 수 있다.

이렇게 신문관의 어린이 잡지는 조선의 상황이라는 내적인 조건과 일본의 영향이라는 외적인 조건이 겹쳐서 탄생한 것이었다고 결론지을 수 있다.

그러나 『아이들보이』는 제13호[1914.10]를 최후로 그 이후의 간행 여부는 확인되지 않는다. 이 잡지가 언제까지 이어졌는지는 분명하지 않지만, 이 장에서는 『아이들보이』가 어떻게 해서 쇠퇴했는지, 같은 시기의 다른 잡지와 관련된 면을 포함해서 고찰해보자.

먼저 『아이들보이』 제13호는 거의 동화와 독자 투고만으로 짜였고, 제12호까지와는 분명히 다른 내용으로 채워졌다. 또한 자세히 분석해보면,

여기에 수록된 동화는 모두『가정 동화 어머니의 선물家庭童話 母のみやげ』同文館, 1905이라는 책 한권에서 가려 뽑은 것임을 알 수 있다. 이 책은 동화 23편과 「이솝 이야기いそっぷの話」10편으로 이루어진 동화집인데, 서문은 없지만 권두에 "사랑하는 아이들에게 선물이 될 만한 이야기를 바탕으로 한 이 책을 어머니들에게 바칩니다. 저자"라는 글이 들어 있다.

또 제13호는 표지도 제12호까지와는 다른데, 〈도판 2-8〉에서 알 수 있듯이, 이『가정 동화 어머니의 선물』의 권두 삽화가 그대로 표지에 사용되었다.[97] 또한 예컨대 〈도판 2-9〉와 같이 제13호는 거의 이 책 한 권을 바탕으로 이루어졌다고 할 수 있고, 여러 저본을 짜맞추어 구성된 제12호까지와 비교하면 만듦새가 소박하다.

또 제13호의 권두에는『아이들보이』의 창간부터 1년을 돌아보며 "여러분의 바라시는 바를 만분의 한아도 느것ㅎ게 ㅎ야 들이지 못ㅎ오니 (…중략…) 압흐로 정셩을 다ㅎ기만 긔약하옵나이다"[98]라고 지난 시절을 회고한 소감을 밝혔다. 또한 곧 신문관은 "「청춘」이란 새 잡지를 내일 터"라며『청춘』에 관해서 "큰 정셩을 다ㅎ야 내는 것"이고, "반드시 한 셰상의 귀와 눈을 쓰이게 ㅎ 것"이 되리라고 광고한다.

이런 설명을 통해서 신문관이『아이들보이』제13호를 계기로 어린이 잡지에 일단락을 맺으려고 했음을 알 수 있다. 자세한 내용은 다음 장에서 논하는데, 그 배경으로 생각되는『청춘』은 "소년少年에서 노년老年에 이르기까지 각계各界 각층各層의 누구나 흥미興味 있게 읽도록 편집編輯"[99]되어 인문학, 사회과학, 자연과학 등 여러 분야에 걸친 기사와 논설이 실린 이른바 '종합잡지'이고, 특히 중등학교 학생을 독자 대상으로 1914년 10월에 창간되었다.

곧 신문관은 이때 어린이 잡지에서 중등학교 학생으로 연령층을 올리

〈도판 2-8〉
(왼쪽) 『家庭童話 母のみやげ』, 1905.
(오른쪽) 『아이들보이』 제13호, 1914.10, 滋賀縣立大學 소장.

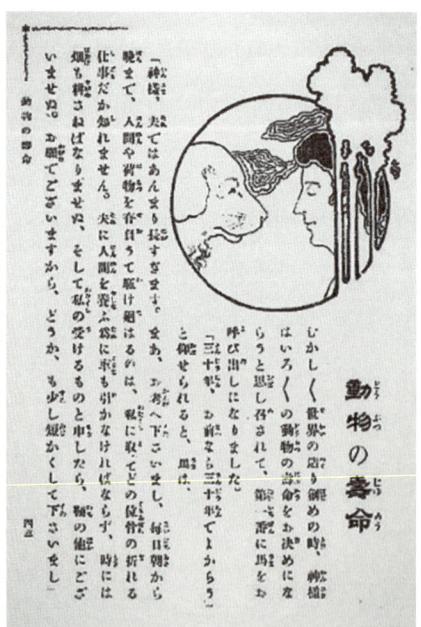
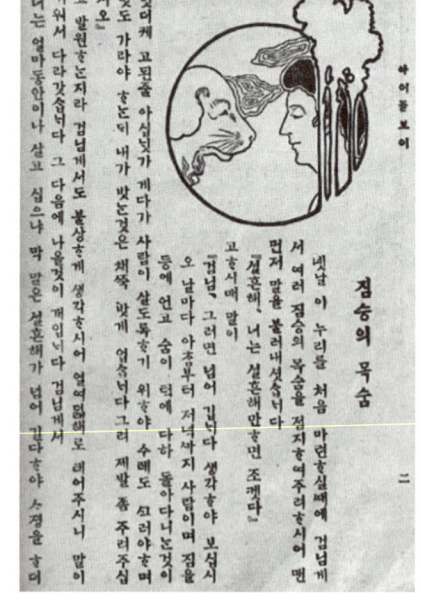

〈도판 2-9〉
(왼쪽) 『家庭童話 母のみやげ』, 1905.
(오른쪽) 『아이들보이』 제13호, 1914.10, (재)현담문고 소장.

는 것으로 방향전환을 했다고 할 수 있다. 그 때문에 『아이들보이』 제13
호가 간략화하고 그 이후에 간행된 것을 찾아볼 수 없는 것이 아니었을
까. 마지막으로 이렇게 대상 연령을 끌어올린 점에 관해서 『아이들보이』
와 같은 시기에 나온 잡지 『새별』을 바탕으로 분석해보자.

어린이 잡지의 역할과 『새별』

『새별』은 1913년 9월에 『아이들보이』와 동시에 신문관에서 간행되
었던 것으로 알려진 잡지이다.[100] 이광수가 편집을 맡았던 것으로 보이
는 이 잡지는[101] 내용면에서는 문예란이 중시되었고, 또 『붉은 져고리』와
『아이들보이』와는 달리 한글과 한자를 섞어 썼다.

제15호[1914.12]와 제16호[1915.1]밖에 남지 않아서 아직도 많은 점이 수수께
끼에 싸여 있지만, 『청춘』 제3호[1914.12]에 보이는 『새별』 광고에 "본지本誌에
연재連載하는 「읽어리」"는 이미 경성의 각 사립 고등 정도 학교조선인을 위한 중
등학교인 고등보통학교를 가리킨다 – 지은이에서 필수 참고서로 채용되었다고[102] 한 데
서 조선 최초의 중등학교 학생을 위한 잡지로 알려졌다.[103]

동시에 창간된 『아이들보이』와 비교해도 『새별』에는 좀 더 수준 높은
과학 지식에 관한 기사가 실렸고, 또 「다음 엇지」와 우스운 이야기는 볼
수 있지만, 『아이들보이』에 들어 있는 수자놀이와 미로 같은 요소는 찾아
볼 수 없다. 또한 두 잡지는 저본의 선택 경향에서도 차이가 보인다. 예컨
대 『새별』 제16호에는 「서국명화집西國名話集」이란 이름으로 서양의 명작
이 6편 실렸는데, 이 글의 저본은 『가정 이야기家庭物語』婦人之友社, 1913라는
책이다.

이 책은 "다이쇼시대의 어린 남녀가 훌륭한 품성을 기르고 씩씩하고
슬기롭게 자라나서 앞날에 세계를 위해, 국가를 위해 유익한 일을 할 수

있기를 진심으로 바랍니다"라는 엮은이 마쓰모토 셋슈松本雪舟의 뜻에 따라 간행되었다. 마쓰모토는 중학교 시절에 배운 「영어독본英語讀本」에서 이야기를 뽑아 실었는데, '보통의 동화'와는 달리 "엉뚱하고 공상적인 점은 없고, 재미 속에도 건전한 교훈이 담겼다"[104]고 한다. 세상에서 유행하던 '동화'를 비판하고, 교훈을 가르치고 품성을 높이는 것을 중시한 점이 이 책의 특징이다.

이렇게 중등학생을 대상으로 한 『새별』에는 초등학생을 대상으로 한 『아이들보이』에 비해 좀 더 교훈의 요소가 강한 책이 저본으로 뽑혔다고 할 수 있다. 이를 통해서 두 잡지가 대상으로 삼은 연령의 차이가 내용 구성과 저본 선택에서 나타난다고 판단할 수 있다.

다만 지금까지 『새별』 분석은 현재 남아 있는 제15호와 제16호에 바탕을 둔 데 지나지 않는다. 여기서 하나 더 말하고 싶은 것은 『새별』이 본디 어린이를 대상으로 했을 가능성이 있다는 점이다.

앞에서 말한 『새별』 광고를 자세히 살펴보면, 처음에 "본지本誌는 구舊 「붉은 져고리」 이래以來로 소년문학少年文學의 선구先驅가 되어 강호江湖의 환영歡迎을 구몽久蒙"[105]했다고 한다. 또 무엇보다 최남선 자신이 나중에 "『소년』에서 『청춘』이 나오기까지, 아동잡지兒童雜誌로 『샛별』 『붉은 저고리』 등等이 나왔고"[106]라고 회상해서 『새별』과 『아이들보이』를 모두 '아동잡지'로 보았다.

이 점을 고려하면, 신문관은 『붉은 져고리』가 정간 처분을 받고 검열에 따라 잡지를 간행할 수 없을 경우에 대비해서 『아이들보이』와 『새별』 두 잡지를 동시에 간행했을 가능성이 있다고 하나의 가설로 생각해볼 수 있다.

또 몇 번이나 말한 『청춘』 제3호의 『새별』 광고에는 "십일월十一月로부터 내용외형內容外形에 일대혁신一大革新을 가加하고 정도程度를 초고稍高하야 진학익지상^{進學益智上} 무등^{無等}한 양사양우^{良師良友}를 작^作케 하얏"고고 한다. 이것을 통해서 『새별』이 1914년 11월부터 내용의 "정도^{程度}를 초고^{稍高}하야" 곧 대상 연령을 끌어올렸음을 알 수 있다.

또한 "일대혁신^{一大革新}을 가^加"한 뒤에 나온 『새별』 제15호의 『청춘』 광고 가운데 "본지^{本誌}의 형제^{兄弟} 『청춘^{青春}』"[107]이라는 표현에 비추어보면, 신문관은 『새별』의 자리를 "붉은 져고리" 이래^{以來}로 소년문학^{少年文學}의 선구^{先驅}"에서 『청춘』의 "형제"로 바꾸었다고 할 수 있다. 요컨대 『새별』은 본디 어린이를 대상으로 했지만, 1914년 11월부터는 대상 독자의 연령을 높였던 것으로 보인다. 같은 해 10월에 창간된 『청춘』과 『새별』의 사례에서 알 수 있듯이, 신문관은 잡지 사업에서 대상 연령을 끌어올렸다.

이렇게 어린이 잡지 『아이들보이』가 1914년 10월에 발행된 제13호에서 지면을 단순하게 구성함과 거의 동시에 신문관은 주로 중등학생을 대상으로 한 『청춘』에 주력하게 되고, 또 『아이들보이』와 같은 시기에 간행되었던 『새별』도 대상 연령을 끌어올리게 된다. 곧 어린이 잡지가 언제 종언을 맞이했는지는 확실하지 않지만, 대상 연령을 끌어올리면서 스스로 종간했을 가능성이 높은 것으로 보인다.[108]

이렇게 생각해보면 어린이 잡지는 신문관에서 간행한 잡지의 대상 연령이 높아짐에 따라 그 역할을 다했다고 할 수 있다. 그러나 한국병합 뒤의 무단정치에 따라 조선인에 대한 언론 통제가 단숨에 엄격해지는 가운데서도 계속해서 간행되었을 뿐만 아니라 『소년』 이후 계몽의 시도를 멈추지 않았던 신문관의 어린이 잡지 『붉은 져고리』와 『아이들보이』는 조선의 출판 문화사뿐만 아니라 조선 근대사의 관점으로 볼 때도 그 역할이 결코 적지 않았다고 할 수 있다.

특히 신문관의 어린이 잡지가 민족운동에서 맡은 역할을 지적해 두고 싶다. 서장과 제1장에서 말한 것처럼, 보호국 시기의 조선에서는 저항운동으로 애국계몽운동이 펼쳐졌는데, 1910년대의 한국병합에 따라 애국계몽단체는 해산되고 각 단체의 기관지도 폐간되면서 이 운동은 사라졌다. 애국계몽운동의 이론은 식민지기에 들어서면 민중에게 조선민족 의식을 길러줌과 동시에 근대적 지식을 깨우쳐주어 교육과 사상을 발전시킴으로써 우선은 미래의 독립에 필요한 실력을 기를 것을 목표로 한 실력양성론으로 모습이 바뀌고, 이 사고방식에 토대를 둔 운동이 민족운동의 주류를 이루게 된다.[109] 그러나 언론 통제가 엄격하게 시행되던 당시 조선에서는 이런 운동조차 충분히 전개하기 어려웠고, 박은식과 이광수 같은 독립운동가와 지식인이 해외에서 민족의식을 북돋우는 간행물을 내는 등으로 활동하던 상황이었다.

최남선이 민족운동에 종사한다고 스스로 의식했는지는 확실하지 않다. 그러나 최남선이 어린이 잡지를 통해서 독자인 어린이를 계몽하고, 민족의 문자와 언어를 보존하고 발전시키려 시도한 것 등을 통해 조선민족의 자부심을 길러주려고 했던 것은 틀림없다. 민족운동이 거의 불가능했던 무단정치기의 조선에서 이렇게 출판물을 통해서 실질적으로 실력양성론에 입각해서 민족운동과 같은 역할을 맡았다는 것은 의미가 컸다고 할 수 있다.

한편 신문관이 "반드시 한 셰상의 귀와 눈을 쓰이게 홀 것"이라고 자신하면서 1914년 10월에 창간한 『청춘』은 독자의 정신 수양을 꾀한 『소년』이 1911년 5월에 폐간된 뒤에 실로 3년 반 만에 폭넓은 독자를 대상으로 나온 잡지였다. 무단정치기에 폭넓은 독자를 계몽하는 잡지를 간행하는 것이 얼마나 어려운 일인지는 『소년』의 폐간을 통해 최남선 자신이 몸소 통감하고 있었다.

그러면 최남선은 식민지 지배가 이어지는 상황에서 『청춘』을 통해서 구체적으로 무엇을 하려고 했던 것일까. 또 이를 위해 일본 출판계를 어떻게 활용했던 것일까. 다음 장에서는 1910년대에 조선을 대표하던 종합 잡지 『청춘』에 대해서 자세히 논한다.

1 최남선은 『붉은 져고리』를 '신문'이라고 했는데, 이번 장에서는 형편에 따라 잡지로 다루었다. 앞선 연구, 예를 들면 조용만은 『붉은 져고리』를 '잡지'로 분류했고(조용만, 『육당 최남선―그의 생애·사상·업적』, 삼중당, 1964, 116면), 또 홍일식에 따르면, 최남선 자신이 '월간 아동 잡지'라고 증언했다고 한다. 홍일식, 『육당 연구』, 일신사, 1959, 34~35면.

2 김여제는 이광수가 오산학교에서 가르친 학생 가운데 가장 뛰어났다고 한다. 『소년』이 1911년 폐간된 이듬해에 이광수의 소개로 김여제가 상경해서 신문관에서 생활하게 되었고, 최남선은 성실한 김여제에게 『붉은 져고리』를 발행하게 했다고 한다. 조용만, 앞의 책, 116면.

3 조은숙, 「1910년대 아동신문 『붉은 져고리』 연구」, 『한국근대문학연구』 제4권 제2호, 2003, 115면. 『붉은 져고리』에 실린 기사는 거의 대부분 서명이 없고, 기자 이름을 확인할 수 있는 것은 매호 연재된 「깨우쳐 들일 말슴」을 담당한 '한샘(최남선의 필명)'뿐이다. 이와 함께 당시 신문관에서 나온 간행물을 실질적으로 담당한 것은 최남선이었기 때문에 이 책에서도 『붉은 져고리』에 실린 기사는 거의 모두 최남선이 쓴 것으로 본다.

4 「인사 엿줍는 말슴」, 『붉은 져고리』 제1년 제1호, 1913.1, 1면. "붉은 져고리 입는 이들"은 어린이를 가리키는 표현이라고 생각되는데, 지면에서 설명한 것 등은 없다.

5 『아이들보이』 제12호, 1914.8, '권두 광고'. 『붉은 져고리』는 제12호(1913.6)에 정간 처분을 받았는데, "餘存흔 幾百部를 一冊에 合裝ᄒ야 廉價로 提供"한다는 광고가 실렸다.

6 조은숙, 앞의 글, 128면.

7 최남선, 「한국문단의 초창기를 말함」(『현대문학』 제1호, 1955.1, 38면)에 따르면, 『소년』과 『청춘』의 발행부수는 2천부였던 데 비해서 『붉은 져고리』는 3천부를 기록했다고 한다.

8 『아이들보이』 창간호에 "『붉은 져고리』는 지난 六月 十五日치(데12호)부터 못가게 되어 섭섭ᄒ고 무안ᄒ기 그지 업습더니"라 하고(「엿줍는 말슴」, 『아이들보이』 제1호, 1913.9, 40면), 또 "第拾貳號에 至ᄒ야 官令으로 停廢"(『아이들보이』 제12호, 1914.8, '권두 광고')되었다는 기록도 보인다.

9 권혁준, 「『아이들보이』의 아동문학사적 의의에 대한 연구」, 『한국아동문학연구』 제22호, 2012, 55면. 최남선이 혼자서 기획, 편집했다는 견해도 있다. 박진영, 『책의 탄생과 이야기의 운명』, 소명출판, 2013, 82면.

10 『아이들보이』 제1호, 1913.9, 1면. 또 『아이들보이』 광고에는 "天下의 父兄은 다 援護ᄒ시오. 百萬의 子弟는 다 愛讀ᄒ시오"라고 쓰여 있다. 『신문관발매서적총목록』 제1호, 신문관판매부, 1914, 4면.

11 『신문관발매서적총목록』 제1호, 4면.

12 「엿줍는 말슴」, 『아이들보이』 제1호, 1913.9, 40면.

13 정진헌·박혜숙, 「한국의 그림책 인식과 형성과정」, 『동화와 번역』 제26집, 2013, 291~292면.

14 최남선은 조선에서 최초로 동화를 썼고 '아이'를 뜻하는 고유어 '어린이'를 처음으로 쓴 인물이라는 평가도 보인다. 김창현, 「소년, 혹은 아동문학의 기원에 대한 일고찰-이덕무와 최남선의 '아동' 개념을 중심으로」, 『어문논집』 제66집, 2016, 89면.

15 '아동'이라는 말이 조선의 신문과 잡지에서 널리 쓰이게 된 것은 1905년 무렵부터이다. 이한섭, 『일본어에서 온 우리말 사전』, 고려대 출판부, 2014, 527~528면.

16 『아이들보이』 제12호, 1914.8, '권두 광고'.

17 「이 신문 내는 의사」, 『붉은 져고리』 제1년 제4호, 1913.2의 1면, '부록'.

18 위의 글, 2면, '부록'.

19 「愛讀列位에게 謹告함」, 『소년』 제3년 제9권, 1910.12, '권두'. 『황성신문』 1910.8.30, 3면의 광고란에도 "當局의 忌諱"를 건드려 "冊子押收發賣禁止"와 함께 "發行停止"를 받았다고 알렸다. 또 신문지법 제21조에는 "新聞紙가 安寧秩序를 妨害ㅎ거나 風俗을 壞亂ㅎ는 者로 認ㅎ는 時"에 당국은 발매금지와 압수, 발행 정지를 할 수 있다고 규정되어 있다(『관보』 제3829호, 1907.7.27). 신문지법에 대해서는 김창록, 「일제강점기 언론·출판 법제」, 『한국문학연구』 제30집, 2006 참조.

20 김근수, 「무단정치시대의 잡지개관」, 『한국잡지개관 및 호별목차집』, 영신아카데미한국학연구소, 1973, 111~113면 참조. 조선경찰협회(朝鮮警察協會)에서 간행한 『경무휘보(警務彙報)』를 보면, 이 시기에 발행 허가를 받은 조선인 잡지는 『동서의학보(東西醫學報)』와 『조선불교총보(朝鮮佛教叢報)』 등 그 대부분이 순수한 학술과 상업 또는 종교와 관련된 것임을 확인할 수 있다.

21 「ABC契」, 『소년』 제3년 제7권, 1910.7, 32면.

22 최남선은 신채호의 「독사신론(讀史新論)」을 「국사사론(國史私論)」이라는 제목으로 실었다. 자세한 내용은 이영화, 『최남선의 역사학』, 경인문화사, 2003, 119~120면 참조.

23 공육(公六, 崔南善), 「轉載하면서」, 『소년』 제3년 제8권, 1910.8, 2면, '부록'.

24 조선인이 발행한 출판물은 한국병합 이전부터 사전 검열이 실시되었다. 朝鮮總督府 編, 『施政二十五史』, 1935, 36~37면.

25 아이바 기요시는 최남선과 교우 관계가 있던 인물로, 최남선의 『조선상식문답』(동명사, 1946)을 일본어로 번역하기도 했다.

26 「夏の松原町-相場先生訪問記」, 『親和』 제117호, 1963.8, 41면.

27 「王陽明先生實記」에 대해서는 김용구, 「백암 박은식 『왕양명선생실기』의 내용과 특징 분석」, 『양명학』 제50호, 2018; 김민재, 「백암 박은식 사상의 양명학적 특징과 도덕교육적 함의-『왕양명실기』를 중심으로」, 『퇴계학논집』 제22호, 2018 참조.

28 荻生茂博, 『近代·アジア·陽明學』, ぺりかん社, 2008, 447면.

29 자세한 내용은 松田利彦, 『日本の朝鮮植民地支配と警察-一九〇五~一九四五年』, 校倉書房, 2009, 151~154면 참조.

30 「인ᄉ 엿줍는 말솜」, 『붉은 져고리』 제1년 제1호, 1913.1, 1면.

31 최남선, 「學藝增刊에 對하야 諸君의 協贊을 厚望함」, 『소년』 제3년 제8권, 1910.8, 61면.

32 金富子, 『植民地期朝鮮の敎育とジェンダー─就學·不就學をめぐる權力關係』, 世織書房, 2005, 369~370면.

33 古川宣子, 「朝鮮における普通學校の定着過程─一九一〇年代を中心に」, 『日本の敎育史學』 제38호, 1995, 182면.

34 「엿줍는 말슴」, 『붉은 져고리』 제1년 제2호, 1913.1, 1면.

35 지면에는 그림 수업을 받는 보통학교 1학년생과 보통학교에서 '산술' 공부에 힘쓰는 학생 등이 등장한다. 「우슴거리」, 『붉은 져고리』 제1년 제4호, 1913.2, 6면; 「도음 될 이약이」, 『붉은 져고리』 제1년 제7호, 1913.4, 6면.

36 「아이들의 본」, 『아이들보이』 제9호, 1914.5, 32~34면.

37 「이 신문 내는 의사」, 『붉은 져고리』 제1년 제4호, 1913.2, 2면, '부록'.

38 '날냄'은 '단련하다'는 뜻의 '벼리다'와 같은 말인데, '용기' 대신에 최남선이 새롭게 만들어낸 말이라는 지적이 보인다(구인서, 「1910년대 미성년 독서물의 한글 글쓰기 양상 연구─신문관 발행 정기간행물을 중심으로」, 『우리문학연구』 제33집, 2011, 267면). 실제로 최남선은 『아이들보이』에 실린 기사에서 저본의 '度胸(담력, 배짱─옮긴이 주)'을 '날냄'으로 옮긴 것을 확인할 수 있다(「남생이 줄다리기」, 『아이들보이』 제1호, 1913.9, 3면). 따라서 이 책에서는 '날냄'을 '용기'나 '배짱'의 의미로 해석한다.

39 『붉은 져고리』 제1년 제4호, 1913.2, 5면.

40 예를 들면, 「범도 벌벌 써는 쒸어난 날냄」, 『아이들보이』 제5호, 1914.1; 「올흔 일홈 압헤 날냄을 바림」, 『아이들보이』 제11호, 1914.7 등을 들 수 있다.

41 「아이들신문─말슴」, 『아이들보이』 제8호, 1914.4, 38면.

42 「아이들신문─말슴」, 『아이들보이』 제9호, 1914.5, 28면.

43 「編輯室通寄」, 『소년』 제1년 제1권, 1908.11, 83면.

44 『아이들보이』의 광고에도 매호 현상 모집을 실시한다고 실렸다. 『신문관발매서적총목록』 제1호, 4면.

45 「이 신문 내는 의사」, 『붉은 져고리』 제1년 제4호, 1913.2, 2면, '부록'.

46 『신문관발매서적총목록』 제1호, 4면.

47 최남선, 「童話와 文化─『안더센』을 懷함」, 『동아일보』, 1925.8.12, 1면.

48 「육당 최남선 선생 연보」, 고려대 아세아문제연구소 육당전집편찬위원회 편, 『육당 최남선 전집』 제5권, 현암사, 1975, 274면. 연보의 이 기록은 『붉은 져고리』 폐간 뒤에 최남선이 도쿄로 가서 "일본에서 옛날 책을 제일 많이 가진 동양문고(東洋文庫)에 들러서 옛날 책의 초본(抄本)을 얻는 것"이었다고 조용만이 기술한 데 따른 것이라고 생각된다(조용만, 앞의 책, 117면 참조). 그러나 도요문고가 설립된 것은 1924년이므로 다른 기관을 가리키는 것인지도 모르고, 아니면 연대가 잘못될 가능성도 없지 않다.

49 한샘(최남선), 「아이들신문─귀별」, 『아이들보이』 제10호, 1914.6, 33면.

50 제1장에서 말한 것처럼, 최남선은 두 번째 유학 시절에 하쿠분칸이 소유한 오하시도서관에 다녔는데, 당시 하쿠분칸은 어린이를 위한 출판물을 여럿 발행했고, 그 무렵에 최

남선이 하쿠분칸에서 나온 여러 아동잡지 등을 보았을 것으로 짐작할 수 있다.

51　山縣悌三郎, 『兒孫の爲めに余の生涯を語る－山縣悌三郎自傳』, 弘隆社, 1987, 120면.

52　위의 책, 119면.

53　「이 신문 내는 의사」, 『붉은 져고리』 제1년 제4호, 1913.2, 1면, '부록'.

54　『아이들보이』 제12호, 1914.8, '권두 광고'.

55　松山鮎子, 「巖谷小波の「お伽噺」論にみる明治後期の家庭教育と〈お話〉」, 『早稲田教育評論』 제26권 제1호, 2012, 207면.

56　巖谷季雄(小波), 『桃太郎主義の教育』, 東亞堂書房, 1915, 116면.

57　앞선 연구에서는 원작은 특정되지 않지만 추측한 것도 있다. 예를 들면, 정혜원, 「1910년대 아동매체에 구현된 아동상 연구－번안 동화를 중심으로」(『한국아동문학연구』 제15호, 2008)에서는 『아이들보이』 제5호에 실린 「프레드의 깡깡이」가 그림 동화인 「세 가지 소원」을 일부 차용한 것이라고 지적하는데, 〈부록 표 2〉에 실린 저본 『세계의 동화(世界お伽噺)』에 따르면, 이것은 "세계구비집(世界口碑集)"의 「스웨덴 부」에 실린 「어린 프레드와 그 깡깡이(小さきフレッドと其の胡弓)」가 원작이다. 또 같은 논문에서는 제7호의 「짓걸이 아씨」는 안데르센의 「바보 한스」, 제8호의 「거짓 아드님 참 아드님」은 「왕자와 거지」가 원작이고, 또 제11호의 「병 부쟈」는 그림 동화인 「행복한 한스」를 일부 차용한 것이라고 하는데, 실제는 각각 "세계구비집"의 「노르웨이 부」에 실린 「누구도 입 다물게 할 수 없는 왕녀(誰も黙らせ得ぬ王女)」, "오토 씨의 동화집(オットウ氏のメルヘン集)"에 실린 「이반 왕자와 용맹한 시종 브라토에 대하여(イワン王子と勇猛なる郎黨プラアトに就て)」, "칼 크놀츠 씨가 엮은 『아일랜드 동화』(カル, クノルツ氏の編纂した『愛蘭土お伽噺』)"에 실린 「술병으로 쌓은 산(德利の山)」이 그 원작이다.

58　최남선이 일본에 머물던 1904년부터 신문관의 어린이 잡지가 간행되었던 1910년대 전반기 사이에 일본에서 나온 아동용 잡지와 서적 등을 중심으로 분석했다. 또 번역의 저본에는 1904년 이전에 간행된 것도 들어 있다.

59　「緖言」, グリム 原著, 和田垣謙三・星野久成 譯述, 『家庭お伽噺』, 小川尙榮堂, 1909, 1~2면(원저 : The Brothers Grimm).

60　大江(巖谷)小波 編, 『世界お伽噺』 제1편, 博文館, 1899, 6면.

61　오타케 기요미(大竹聖美)는 방정환의 『사랑의 선물』(개벽사, 1922)에 수록된 「요술왕 아아」의 원작이 이와야 사자나미의 『세계의 동화』에 실린 이탈리아의 민화 「마왕 아아(魔王アア)」이고, "사자나미의 문장을 통해서 조선의 어린이들에게 서양의 동화를 처음으로 소개한 것이 소파 방정환이었다"고 지적한다(大竹聖美, 『植民地朝鮮と兒童文化－近代日韓兒童文化・文學關係史研究』, 社會評論社, 2008, 106면). 그러나 이 책에서 말한 것처럼 최남선은 이미 1910년대에 이와야 사자나미의 『세계의 동화』를 번역했다.

62　「序」, 百島操(冷泉) 譯編, 『赤靴物語』, 內外出版協會, 1908, '첫머리'.

63　「凡例」, 巖谷小波 編, 『學校家庭教訓お伽噺－東洋之部』, 博文館, 1912, '첫머리'.

64　구체적인 사례 몇 가지를 들어보면, 『새로 옮긴 이솝 이야기』의 "스페인의 속담에도 '머리 수건으로 얼굴을 가리기보다 풀과 엉겅퀴를 먹는 편이 낫다'고 말하는데, 아무리 궁

핍해도 도덕이 없는 부귀에 비하면 얼마나 훌륭한지 모른다"는 부분이 삭제되었고, 또 "서양의 속담에도 '농부의 신발에 묻은 흙은 밭에서도 가장 기름진 흙'이라고 말한다"는 곳이 "내 일에 남의 손을 빌녀 하야 반드시 내 뜻 가치 되란 법이 없느니"라고 번역되었다. 그밖에 조선의 상황에 맞게 말을 바꾼 것은 『가정 동화』에 실린 「네 형제」의 「해설」에서 "한 집안에서 형제가 일치하면 그 집안은 번영하고, 한 나라에 백성이 서로 일치하면 그 나라는 번영합니다"는 부분이 "무슨 일이든지 여러 사람이 각기 재조를 모아 한결가튼 마음으로 하면 반드시 아름다운 뒤끗이 잇슴내다"로 번역된 것 등을 들 수 있다.

65 저본의 '다로씨(太郎さん)'가 '친수', '1738년(一千七百三十八年)'이 '우리 四〇七一年', '大名(유력한 무사)'가 '량반' 등으로 표현되었다.

66 「다음 엇지」, 『붉은 져고리』 제1년 제1호, 1913.1, 5면.

67 조은숙, 앞의 글, 116면.

68 어린이를 대상으로 그림과 읽을거리를 아우른 컬러판 그림 잡지로, 창간 초기에는 이와야 사자나미가 감수하고 기무라 쇼슈(木村小舟)가 편집을 담당했다. 이 잡지에서는 점점 펀치 그림이 등장하게 되었다. 大阪國際兒童文學館 編, 『日本兒童文學大事典』, 제2권, 大日本圖書, 1993, 624면.

69 유치원부터 초등학교 저학년을 대상으로 한 월간 그림 잡지로, 쇼유칸(尙友館)에서 발행한 『가정 교육 그림 이야기(家庭敎育繪ばなし)』(1905년 창간)를 1907년 4월부터 실업지일본사가 이어받아 1909년 1월부터 『유년의 벗』으로 제목을 바꾸었다. 내용은 그림 이야기, 동화, 시, 만화 등이었다. 위의 책, 625~626면.

70 『붉은 져고리』의 「다음 엇지」는 〈표 2-1〉의 제1년 제6호를 빼면 모두 번호가 달렸다.

71 초중등 학생과 일하는 소년의 '좋은 스승과 벗'이 될 것을 목표로 창간되었다. 하쿠분칸의 『소년세계』와 시사신보사(時事新報社)의 『소년』 등 앞선 소년 잡지와 패권을 다투었고, 세 잡지가 정립하는 형태가 되었다. 大阪國際兒童文學館 編, 앞의 책, 602면.

72 교육적인 편집 방침을 특징으로 하는 소년 잡지로, 통권 255호까지 확인할 수 있다. 전체적으로는 다른 잡지와 비교해서 특별히 참신한 것은 그다지 없고, 품위 있는 잡지라고 일컬었지만, 크게 비약하는 데까지는 미치지 못했다고 평가받는다. 위의 책, 566면.

73 그밖에 『소년세계』의 「소년 우스운 이야기(少年笑話)」에서 몇 편이 번역된 것도 확인할 수 있다. 자세한 것은 〈부록 표 3〉 참조.

74 메이지 말기의 아동잡지로, '국정교과서 연습 잡지'를 내걸고 창간되었는데, 점차 문예 색채가 강해졌다. 주된 필자는 고다 로한(幸田露伴), 쿠즈하라 시게루(葛原䔥), 사사키 쿠니(佐々木邦), 다케히사 유메지(竹久夢二) 등이었다. 大阪國際兒童文學館 編, 앞의 책, 557면.

75 「소학 신문」의 「호랑이와 참새(虎と雀)」라는 동화가 『아이들보이』 제6호(1914.2)와 제7호(1914.3)의 「아이들신문」에 실렸다. 자세한 내용은 〈부록 표 3〉 참조.

76 〈부록 표 3〉에서 보이는 것처럼, 『소학생』 제4권 제3호(1914.2)의 「액체 공기와 액체 산소(液體空氣と液體酸素)」라는 기사가 『아이들보이』 제7호(1914.3)에 번역되어 실렸다.

77 예를 들면, 제1장에서 밝힌 것처럼, 『소년』은 하쿠분칸의 『소년세계』를 형식면만 참고 했지만, 『붉은 져고리』에서는 실린 기사를 번역해서 실었다.

78 '조선적인 것'에 대한 자세한 내용은 류시현, 『최남선 연구-제국의 '근대'와 식민지의 '문화'』, 역사비평사, 2009; 柳忠熙, 「〈朝鮮的なもの〉の特殊化と普遍化-崔南善の不咸 文化論・神山巡り・時調創作」, 『年報朝鮮學』 제23호, 2020 참조.

79 최남선은 정몽주를 어릴 적부터 부모의 선량한 교육을 받고 "올코 굿건"하게 성장한 인 물로(「일홈난이」, 『붉은 져고리』 제1년 제4호, 1913.2, 7면), 김시습을 타고 태어난 재 능을 갈고 닦아서 꽃피운 인물로 소개한다(「일홈난이」, 『붉은 져고리』 제1년 제5호, 1913.3, 7~8면). 최남선은 정몽주를 소개할 때 초명인 '정몽란'으로 썼다.

80 장정희, 「조선동화의 근대적 채록과정 연구-1913~23년 근대 매체의 옛이야기 수집 활동」, 『한국학연구』 제57호, 고려대 한국학연구소, 2016, 307면.

81 「상급주는 이약이 모음」, 『아이들보이』 제2호, 1913.10, 17면.

82 「상급주는 이약이 모음」, 『아이들보이』 제3호, 1913.11, 34면.

83 한국병합 이전의 『소년』에는 「太白山詩集」과 「初等大韓地理稿本」 등 조선의 지리를 다 룬 작품 등이 실렸다. 또 조선의 전설적인 시조인 단군에 대한 인식이 『소년』에서부터 볼 수 있게 된다고 지적되는 등(이영화, 앞의 책, 133면) '조선적인 것'에 대한 인식은 이전부터 있었다고 생각되지만, 그것이 조금 더 두드러지게 나타나게 된 것은 병합 뒤 부터다.

84 조선광문회에 대한 자세한 내용은 류시현, 앞의 책, 제1부 제2장 제1절 참조.

85 최남선, 「서재한담」, 『새벽』 송년호, 1954.12, 41면; 「朝鮮光文會廣告」, 『소년』 제3년 제 9권, 1910.12, '권말'.

86 『홍길동전』, 신문관, 1913, '권두 광고'.

87 한샘, 「아이들신문-긔별 동경에서」, 『아이들보이』 제10호, 1914.6, 33면. 여기서 말한 '박람회'는 1914년 3월 20일부터 7월 31일까지 도쿄시의 우에노 공원에서 개최된 '도 쿄 다이쇼 박람회'를 가리키는 것으로 보인다. 도쿄 다이쇼 박람회는, "첫 번째로 다이 쇼 즉위식을 기념하고, 아울러 우리 제국이 개원(改元)함에 따라 모든 진보와 발전을 도모해서 조금이나마 이 다이쇼의 치세에 보답하려는 간절한 마음으로 기획되었다"고 한다. 東京大正博覧會協贊社 編, 『東京大正博覧會遊覧案内』, 東京大正博覧會協贊社出 版部, 1913, 60~61면.

88 한샘, 「애씀」, 『아이들보이』 제2호, 1913.10, 20~21면.

89 「아이들신문-말슴」, 『아이들보이』 제10호, 1914.6, 32면.

90 이렇게 어린이 잡지에서 조선의 옛날이야기를 수집하고 위인을 소개한 것은 고대사와 조선 문화의 독자성을 강조하는 최남선의 태도로 이어졌다고 할 수 있는데, 이는 1915 년 이후 두드러지게 나타난다. 최남선은 『청춘』 제6호(1915.3)의 「古朝鮮人의 支那沿 海植民地」를 계기로 고대사에 관한 논설을 다수 발표하게 된다. 또 『청춘』에 실린 논설 에서는 조선 고유의 문화를 평가하는 경향이 보이고, 1916년에 『매일신보』에 실린 여 러 논설에서도 고대의 조선 문화가 일본에 미친 영향을 지적한다.

91 「한글풀이 ─ 한글 새로 쓰는 까닭」,『아이들보이』제10호, 1914.6, 43면.

92 조용만, 앞의 책, 119면 참조.

93 한 예로『세계의 동화』제73편에 실린 동화「줄다리기 힘(綱引の力)」이『아이들보이』에서 번역된 방식을 분석해보면, 저본에서 나오는 단어의 거의 대부분을 고유어로 말하고 표현한 것을 알 수 있다.「남생이 줄다리기」,『아이들보이』제1호, 1913.9, 2~11면.

94 「이솝의 이약(제1차)」,『소년』제1년 제1권, 1908.11, 26~27면;「이솝의 이약(제2차)」,『소년』제2년 제10권, 1909.11, 24~25면.

95 「양의 가죽을 쓴 이리」,『붉은 져고리』제1년 제5호, 1913.3, 6면;「한머니와 종 아희」,『붉은 져고리』제1년 제10호, 1913.5, 4면.

96 「샹급잇는 글꼬느기」,『아이들보이』제1호, 1913.9, 39면.

97 박진영은『청춘』의 표지를 맡은 고희동이『아이들보이』제13호 표지를 그렸을 가능성이 높다고 말한다. 박진영, 앞의 책, 82면.

98 「이번이 한 돌」,『아이들보이』제13호, 1914.10, 1면.

99 김근수, 앞의 책, 119면.

100 『새별』창간호의 간행 연월은 분명하지 않지만,『아이들보이』와『새별』의 '제3종 우편물 인가' 날짜가 모두 1913년 9월 5일이고,『아이들보이』창간호의 발행일도 같기 때문에 '1913년 9월 5일'일 가능성이 높다고 한다(박진영,『책의 탄생과 이야기의 운명』, 65면). 덧붙여서『소년』의 경우도 '제3종 우편물 인가' 날짜와 창간일이 같다. 또 조용만에 따르면, 최남선 자신이『새별』에 관해서는 기억이 분명하지 않고, 몇 호까지 나왔는지 기억하지 못했다고 하고(조용만, 앞의 책, 121면), 언제 폐간되었는지도 분명하지 않다. 제16호에는「허생전(上)」이 실려 있고, 제17호 이후에「허생전(下)」이 실렸을 가능성이 있는 것 등으로 볼 때 적어도 제16호 발행 때에 폐간을 예정했던 것은 아니라고 생각된다. 박영기, 앞의 글, 91면 참조.

101 조용만에 따르면, 최남선이 이광수에게『새별』을 발행하게 했다고 한다(조용만, 앞의 책, 120면). 다만 이 점을 의문시한 견해도 있는데, 예컨대 박진영은 이광수가 편집을 맡았다는 점에 관해서 실태 파악이 곤란하다며『새별』은 최남선이 혼자서 기획, 편집한 것으로 보았다(박진영, 앞의 책, 65, 82면). 또 이광수는 어린이문학 초창기의 중요 인물로 꼽히고(이재철, 앞의 책, 58~61면), 1910년대에 발표한 논설에는 이상적인 주체로 '어린이'에 주목했다고 한다. 김성연,「이광수의 아동문학 연구」,『동화와 번역』제8집, 2004, 2면.

102 『청춘』제3호, 1914.12, '권말광고'.

103 박영기, 앞의 글, 116면.

104 「序」, 松本赳(雪舟) 編,『家庭物語』, 婦人之友社, 1913, 2면.

105 『청춘』제3호, 1914.12, '권말 광고'.

106 최남선,「韓國文壇의 草創期를 말함」,『현대문학』제1호, 1955.1, 38면.

107 「今月의 靑春」,『새별』제15호, 1914.12, 17면.

108 『아이들보이』제13호에서 최남선은「글꼬느기」와「이약이 모음」의 독자투고를 이번 달

부터 당분간 쉰다고 말했는데(「이번이 한돌」, 『아이들보이』 제13호, 1914.10, 1면), 적어도 제13호 이후에는 그때까지 했던 것처럼 다양한 내용의 잡지를 낼 의도가 없었던 것으로 보인다.

109 실력양성운동에 관한 자세한 내용은 박찬승, 『한국근대정치사상사연구－민족주의우파의 실력양성운동론』, 역사비평사, 1992; 小野容照, 『韓國「建國」の起源を探る－三·一獨立運動とナショナリズムの變遷』, 慶應義塾大學出版會, 2021 참조.

제3장

『청춘』이 지향한 것
'세계적 지식'의 발신과 민중 계몽

1. '종합교양' 잡지 『청춘』의 세계성

신문관이 1910년대에 주력한 『청춘』1914.10~1918.9, 통권 15호은 종합잡지와 교양잡지의 요소를 모두 갖춘 '종합교양' 잡지로 평가받는다. 특히 조선어로 쓰인 종합잡지로는 무단정치 속의 조선에서는 유일한 존재였다.[1]

그 내용은 논설부터 시, 시조, 한시, 조선과 서양의 소설 문예, 현상모집, 오락에 이르기까지 다종다양한 장르로 이루어졌다. 그 가운데서도 특히 지식 전달에 중점을 둔 교양 관련 기사가 큰 비중을 차지해서 그야말로 교양지의 성격을 띤 종합지라고 할 수 있다.

실질적인 창간사에 해당하는 창간호의 서문에는 다음과 같은 글이 있다.

아모라도 배화야 합내다. 그런데 우리는 더욱 배화야 하며 더 배화야 합내다. (…중략…) 빈 말 맙시다. 헛 노릇 맙시다. 배호기만 합시다. (…중략…) 온 힘을 배홈에 들입시다.[2]

이렇게 '배움'의 중요성이 강조되어 교양에 역점을 두었음을 알 수 있다. 실제로 지면에는 조선에서 "이제 가장 큰 쯧이 잇고 가장 큰 기대期待를 밧는 이는 교육사회教育社會오 교육가教育家"[3]라는 글이 보이는 등 '교육'과 '배움'을 중시하는 모습이 곳곳에서 드러나 있다.

독자의 '배움의 벗'을 자인하는『청춘』이 특히 많은 정보를 제공한 것이 당시 말로 하면 '세계적 지식'이다. '세계적 지식'이란 조선이 세계의 흐름에 뒤처지지 않기 위해 알아야 할 세계 각국에 관한 정보로,『청춘』에는「만리장성万里長城」과「터어키인人의 기습奇習」,「오흥국墺匈國, 오스트리아 헝가리」,「백이의국白耳義國, 벨기에」, 또「쩨임쓰 와트」와「독일황제獨逸皇帝 윌헬름 이세二世」처럼 각국의 역사와 문화, 풍습, 세계의 위인 등의 기사가 실렸다. 그러면『청춘』은 이들 지식을 구체적으로 어떤 연령층을 향해서 발신했던 것일까.

『청춘』은 주로 '중학생'을 대상으로 한 잡지로 보아왔다.[4] 당시 조선에는 조선인이 다니는 중등교육 기관으로 고등보통학교, 여자고등보통학교, 실업학교가 있었는데, 그 가운데 앞의 두 곳은 일본의 중학교와 고등여학교에 해당했다. 곧 이들 학교에 다니는 조선인은 중등학교 학생이지만, 중학생은 아니었다. 그러나『청춘』에는 의도적으로 '중학생'이라는 말이 쓰였다. 또 지면에는 실제로「중학교방문기中學校訪問記」와「학교방문기學校訪問記」라는 학교 소개 기사가 몇 개호에 실렸고,「시험試驗과 뇌腦 쓰는 법」과「미국美國의 학생學生은 범사凡事가 다 실제적實際的」,「육교학생 총합 대토론회 기사六校學生 總合 大討論會 記事」등 당시 일본의 중학생에 해당하는 연령층 대상으로 생각되는 기사가 많았다.

앞 장에서 말한 것처럼, 신문관의『새별』도 중등학교 학생을 위한 잡지로 보아왔다.『청춘』은 이것을 "애제愛弟"라고 부르고 홍보했는데,[5]『새별』

에 보이는 만화 「다음 엇지」 등은 『청춘』에는 실리지 않았다. 『청춘』에는 전문용어를 사용해 역사, 종교, 사회를 다룬 장편의 논설과 난해한 과학 지식에 관한 기사도 많았는데, 주로 '중학생'을 중심에 두면서도 더욱 더 폭넓은 연령층을 독자 대상으로 했다고 할 수 있다.[6]

그런데 『청춘』은 최남선이 주간을 맡은 잡지였는데, 실질적으로 최남 선의 개인잡지에 가까웠던 『소년』과 이미 논한 어린이 잡지와는 달리 많 은 인물이 문장을 기고했다. 예컨대 이광수는 시와 논설 등을 여러 호에 실었고, 또 식민지기에 교육가로 활약한 현상윤도 마찬가지로 시와 소설 등을 여러 편 기고했다. 그 밖의 기고자로는 신문관의 창립 때부터 최남 선과 협력한 임규, 최남선의 동생인 최두선과 함께 당시를 대표하는 지식 인인 윤치호, 기독교 지도자 유영모, 천도교 간부인 최린 등 저명한 인물 의 이름도 찾아볼 수 있다. 본명을 알 수 없는 필명까지 포함하면 『청춘』 에 관계한 인물은 50명 정도 존재한다.

이렇게 다양한 집필자가 있지만, 여기서 들고 싶은 것은 진학문[1894~1974] 이다. 진학문은 식민지기에 러시아소설 등의 번역으로 선구적인 역할을 맡은 번역가, 문학가, 언론인이고, 해방 후에는 실업가로도 활약한 인물 이다.[7] 1906년에 일본에 유학할 무렵에 대한유학생회에 들어갔는데, 이 때 이 단체의 기관지 '편찬원'이었던 최남선과 서로 알았고,[8] 이후 진학문 은 해방 후까지 최남선과 "적지 않은 교섭"을 이어갔고[9] 제7장에서 말하 는 것처럼 최남선의 출판활동에도 깊이 관여하게 된다.

그러나 여기서 진학문을 언급하는 가장 큰 이유는 『청춘』에서 진학문 이 맡은 역할이 독자에게 '세계적 지식'을 제공할 것을 중시한 이 잡지의 특징을 잘 보여준다고 생각되기 때문이다.

『청춘』 제11호[1917.11]에는 1912년에 아시아인으로는 처음으로 노벨 문

〈도판 3-1〉
기념사진과 함께 타고르와 면회한 모습을 소개한 『청춘』제11호(1917.11).
사진 가운데가 타고르, 뒷줄 왼쪽에서 여섯 번째가 진학문.

학상을 수상한 인도의 시인 라빈드라나트 타고르^{Rabindranath Tagore}의 방문 기사 「타선생 송영기^{타先生 送迎記}」가 실렸다.〈도판 3-1〉[10] 이 기사를 맡은 것이 진학문이다. 1916년 7월에 타고르가 일본에 왔을 즈음에 극작가이자 시인인 아키타 우자쿠^{秋田雨雀} 등이 조직한 '붉은 모자 모임^{赤い帽子の會}'은 타고르가 머물던 요코하마의 산케이엔^{三溪園}을 방문한다. 그 무렵 당시 일본에 유학하면서 그 모임의 회원이었던 진학문도 자리를 함께 했다. 이렇게 해서 타고르와 면회할 기회를 얻은 진학문은 최남선과 의논하고 『청춘』의 '임시 특파원'으로서 그 방문 기사를 『청춘』에 기고한 것이다.[11]

그 결과 『청춘』은 조선에서는 처음으로 조선어로 타고르를 소개한 매체가 되었는데, 진학문이 쓴 「타선생 송영기」는 조선이 아니라 일본에서 일어난 일을 쓴 것이었다. 요컨대 이 기사는 일본을 거친 '세계적 지식'이라고도 할 수 있다. 앞으로 이 장에서는 『청춘』의 '세계적 지식'과 일본의 관련성에 대해서 자세히 고찰한다. 먼저 다음 절에서는 그 배경을 알아보기 위해 『청춘』에 깊이 관여한 인물들이 세계와 조선의 관계를 어떻게 파악했는지 살펴보자.

2. 집필자들의 세계 인식과 일본 경험

주요 집필자들의 세계 인식

앞에서 말한 대로 『청춘』은 '세계적 지식'에 관한 기사가 많은 비중을 차지하는데, 그것은 왜일까. 이 점을 생각해보기 위해서는 주간인 최남선뿐만 아니라 이광수와 현상윤의 세계 인식도 분석할 필요가 있다. 왜냐하면 『청춘』에는 한번밖에 기고하지 않은 집필자도 많지만, 이광수와 진학문은 '고정 필자'로서 계속해서 이 잡지에 관여하기 때문이다.[12] 따라서 먼저 그들이 『청춘』의 발행 전후에 어떻게 세계를 인식했는지 살펴보고, 이 잡지가 '세계적 지식'을 중시한 배경에 다가가 보자.

제1장에서 살펴본 것처럼, 서양의 문학작품을 번역해서 싣는 등 최남 선은 『소년』 때부터 이미 '세계적 지식'의 습득을 중시하는 태도를 보였 다. 특히 『소년』 제2년 제5권1909.5에 실린 「세계적 지식의 필요世界的 智識의 必要」에서는 세계 각국이 서로 밀접하게 영향을 미치고 있어, 생활하면서 이미 다른 나라의 영향을 전혀 받지 않는 순수한 '한생한산韓生韓産, 대한에서 자 라고 대한에서 만든 것 — 옮긴이'만으로는 살아갈 수 없게 된 현상을 언급한 뒤에 '세계 적 지식'을 익히는 것은 곧 세계의 일원인 '대한大韓'을 아는 것이라며 이것 을 하루빨리 익혀야 한다고 호소한다.

한국병합이 닥쳐올 때에 간행된 『소년』 제3년 제4권1910.4에서도 "금일 今日의 대한大韓은 대한일국大韓一國의 대한大韓이 아니라 세계世界의 대한大 韓"[13]이라는 취지의 논설을 싣는 등 곳곳마다 '대한'을 세계 속에 자리매 김해서 이해해야 한다고 주장했다.

그리고 병합 뒤인 1910년대에 들어서면 논조가 바뀌어간다. 1917년 1 월의 『매일신보』에 실린 「문명상文明上 식복植福」에서는 "오인吾人의 세계적 世界的 지위地位를 문명상文明上으로 간평看評ㅎ면 고아孤兒"[14]라고 말하고, 이 듬해 1월에 기고한 「민덕론民德論」에서도 조선인에게 지식이 결핍함을 탄 식하고 "세계상世界上의 최대빈인最大貧人"[15]이라고 표현하는 등 조선에 대 한 비관적인 견해가 나타나게 된다.

곧 최남선은 『소년』을 창간한 1908년부터 한결같이 '세계' 속의 조선 을 의식하고 있었고, 나아가 1910년대에 들어서면 조선이 세계의 문명에 서 뒤처진 현상을 한탄하는 논설이 늘어나면서 '세계적 지식'의 보급에

〈도판 3-2〉 1918년에 촬영된 이광수(왼쪽 위)와 진학문(오른쪽 위).
출전 : 최승만 편, 『瞬星秦學文追慕文集』, 瞬星追慕文集發刊委員會, 1975.

더욱 더 무게를 두게 되었다고 할 수 있다.

최남선의 논조가 이렇게 바뀐 배경에는 한국병합과 그에 뒤이은 무단정치 속의 식민지 상황이 있었다는 데 의심의 여지가 없을 것이다. 예컨대 앞에서 말한 「문명상 식복」의 첫 부분에서는 조선에서 "구업舊業"이 사라지고 "가성家聲"이 땅에 떨어지고 "맹포猛暴흔 풍조風潮에 자가自家의 생영권生榮權(을―옮긴이) 보保"하는 것이 곤란한 상황이라고 썼다. 그러나 조선 사람들은 자신이 놓인 상황에 대한 자각이 없고, "시하時下의 세정世情을 부지不知"하고 "자가자신自家自身에 대對흐야 하등何等 성찰省察과 하등何等 이회

理會가 도무都無"하다면서 사람들의 "불민不敏과 무지無智"를 비판하고, 그 때문에 조선은 문명의 고아가 되었다고 한 언급이 보인다. 이 시기에 최남선이 한국병합과 식민지에 관해 직접 언급한 것은 찾아볼 수 없지만, '구업'이 사라짐에 따라 '가성'이 실추하고 '맹포한 풍조'라고 표현한 것은 대한제국의 멸망에 따른 식민지 사회의 혹독한 상황을 암시한다고 할 수 있지 않을까.

한국병합 뒤 조선인들의 상황을 비관하는 경향이 더욱 더 뚜렷하게 보이는 것이 현상윤이다. 현상윤은 1913년에 도쿄에서 설립되고 식민지기를 대표하는 유학생 단체인 재일본도쿄조선유학생학우회이하 학우회의 기관지 『학지광』1914.4~1930.12 제3호1914.12에서 '조선 청년'에게 세계의 추세와 사조에 대한 인식이 빠져 있는 것을 우려하고 '시대적 자각'을 가지고 세계의 대세를 돌아볼 필요가 있다고 주장한다.[16] 또 같은 잡지 제8호1916.3에 실린 논설에서도 조선인의 '결점' 가운데 하나로 지식 부족을 들고, 특히 '세계 사조'에 무지한 것을 개탄하며 "오늘날 조선인朝鮮人의게 이서서 가장 긴절緊切"하다며 지식을 얻는 것이 중요함을 강조한다.[17]

이광수도 최남선과 현상윤과 동일한 세계 인식을 지녔던 것으로 보인다. 이광수는 1916년에 『매일신보』에 "조선인사朝鮮人士는 지금只今 신문명新文明을 이해理解ᄒ여야 홀 급急ᄒ 시기時機에 재在ᄒ도다"라고 지적하는 등 "문화文化가 불개不開ᄒ고 교육敎育이 불완不完"한 조선 사람들이 세계의 대세에 어두운 것을 우려했다.[18] 특히 "조선인사"에게 지식욕이 없고 독서습관이 없음을 비관하고, "최대급무最大急務는 독서讀書"라고 주장하는 등 조선인들에게 지식을 습득하라고 재촉했다.[19]

나아가 이광수는 세계의 문명을 언급하면서 "조선인朝鮮人은 맛당히 구의舊衣를 탈脫ᄒ고 구구舊垢를 세洗한 후后에 차신문명중此新文明中에 전신全身을 목욕沐浴ᄒ고 자유自由롭게 된 정신精神으로 신정신적新精神的 문명文明의 창작創作에 착수着手홀지어다"[20]라고 쓰는 등 비관적일 뿐만 아니라 현상을 개선하려는 의지도 동시에 지니고 있었다. 그밖에 조선이 어떻게 해서 세계문화사의 지위를 얻고 '세계' 속에 생존 가치를 발휘할 것인가 하는 점에 대해 검토한 논설을 『학지광』에 발표했다.[21] 이런 현상을 개선하려는 생각은 최남선도 현상윤도 가지고 있었을 것이다.

어쨌든 최남선과 현상윤, 이광수는 조선을 '세계' 속에 자리매김해서 이해하고 세계의 일부인 조선을 아는 데 필수불가결한 '세계적 지식'을 중시했다. 그러나 식민지가 된 상황을 맞이해서도 조선인들은 세계정세에 어두웠다. 그 때문에 하루빨리 지식을 습득하도록 재촉했던 것이다.

『청춘』이 '세계적 지식'을 발신하는 매체였던 것은 주간인 최남선뿐만 아니라 현상윤과 이광수 같은 주요 집필진들도 이런 세계인식을 공유했기 때문이었다.

주요 집필자들의 일본 경험

최남선, 현상윤, 이광수 세 사람이 이상과 같은 세계 인식을 공유한 배경으로 주목할 만한 것은 그들이 모두 당시 일본에 자주 오갔던 점이다. 특히 현상윤과 이광수는 『청춘』의 창간을 전후한 시기에 일본에 유학했다.

예를 들면 현상윤은 1914년 3월에 와세다대학 고등예과에 입학하고 이듬해 7월에 졸업했다. 1915년 9월에는 와세다대학 문학과文學科의 사학·사회학과史學及社會學科에 입학하고 1918년 7월에 졸업했다.[22] 그 사이 현상윤은 앞서 말한 『학지광』 제11~13호에 편집 겸 발행인을 맡았다.

『학지광』에는 논설, 소설, 평론, 기행문, 수필, 시 등이 실렸다. 이 잡지는 해외의 사상과 소설을 소개하는 등 서양문화를 조선에 전달하는 역할을 했다고 평가받고,[23] 세계의 동향을 의식하면서 조선의 독자성을 모색한 내용이 여럿 보인다. 이광수의 논설도 여러 편 실렸는데, 이광수도 『학지광』 제8호에 편집 겸 발행인을 맡았다.[24]

이광수의 일본유학 경력을 살펴보면, 먼저 1905년에 동학東學의 유학생으로 일본에 건너가 이듬해 4월에 다이세이중학교大成中學校에 입학하고, 1907년 9월에는 메이지학원 보통과에 편입한다. 1910년 3월에 졸업하고 귀국하는데, 한국병합 뒤인 1915년 9월에 와세다대학 고등예과 문학과에 편입학해 이듬해 7월에 졸업하고, 두 달 뒤인 9월에는 와세다대학 대학부 문학과 철학과에 입학했다. 그러나 1918년에는 베이징으로 건너간 등의 일 때문에 그 뒤 1919년 2월에 제적되었다.

최남선도 1904년과 1906년에 두 번 일본 유학을 경험하고, 그 뒤 조선에 돌아와 1908년에 『소년』을 창간했다. 현상윤과 이광수와 달리 그가 한국병합 뒤에 일본에 유학한 적은 없었는데, 1913년에 어린이 잡지의 간행에 착수한 이후에도 일본을 오간 것은 제2장에서 말한 그대로이다. 최남선이 『매일신보』에 보낸 몇 편의 기사를 보면, 1916년에도 도쿄를 방문한 듯한데, 그때 일본 유학 시절 강의를 들은 요시다 도고吉田東伍와 "기연機緣이 우주宇宙 遇湊 ᄒ야 구의舊誼를 중정重訂ᄒ며 신회新誨를 포승飽承ᄒ게 되"[25]었다고 한다. 또 도쿄에서는 료고쿠의 가와비라키兩國川開き[1*]에 가기도 했던 듯하다.[26]

세 사람의 일본 체험에서 공통되는 것은 일본의 출판물과 도서관을 높이 평가했다는 점이다. 제1장에서 말한 것처럼, 최남선은 1916년에 『매일신보』에 보낸 기사 가운데 몇 군데의 일본 도서관을 소개하면서 "동경東京을 애愛 홀 이유理由"로 "지성수양智性修養의 기관機關과 기회機會의 다多 홈"을 들고, 조선에 "이천만二千萬의 귀중貴重 혼 뇌수腦髓에 (…중략…) 계발啓發의 공공적公共的 기관機關이 일무一無 홈"을 탄식했다.[27]

현상윤도 『청춘』 제2호1914.11에 실린 「동경유학생東京留學生 생활生活」에서 일본은 서적과 신문, 잡지가 충실하고 개인에게 필요한 지식을 공급하는 길이 충분히 갖추어졌다면서, 그 점에 대해서 동경의 마음을 품었다고 고백한다. 그에 비해서 『청춘』 제11호의 「경성소감京城小感」에서는 도서관 하나 없는 경성의 현상을 탄식했다.

마찬가지로 이광수도 일본의 잡지에 대해서 "수백여 종數百餘種 수십만부數十萬部의 잡지雜誌는 매월每月 신지식新知識을 만재滿載"[28]한다고 평가했다. 또 "동경東京 칠팔처七八處 대도서관大圖書館"에는 매일 밤낮으로 "수만數萬의 인사人士"가 방문한다면서, 식후와 취침 전, "기차汽車 전차電車 인력거상人力車上"에서도 서적과 잡지 등에서 탐욕스럽게 지식을 얻으려는 일본인의 자세에 대해서도 평가했다.

이렇게 세 사람은 제각기 1910년대에 유학 등으로 일본을 방문하고, 또 일본의 출판물에 접한 것을 알 수 있다. 곧 『청춘』은 일본의 출판계와

1* 여름에 냇가에서 펼쳐지는 납량 축제. 도쿄 료고쿠의 스미다가와(隅田川)에서 벌이는 가아비라키가 가장 유명하다. 지붕이 있는 놀잇배와 짐 나르는 거룻배를 강에 묻고 양안에는 사람들이 빙 둘러서서 화려하게 불꽃놀이를 쏘아 올렸다. 최남선은 『매일신보』 기사에서 가와비라키를 설명하면서 "今年의 「川開」는 七月 二十二日에 設行ᄒᆞᄂᆞᄃᆡ 特別히 盛大ᄒᆞ기도 ᄒᆞ고 兼ᄒᆞ야 好個觀席으로 썩 誘ᄒᆞᄂᆞ 人이 有ᄒᆞ기로 夕食을 毋罷ᄒᆞ고 六時頃에 電車로 往"(『매일신보』, 1916.12.5, 1면)했다고 한다.

서적 등을 만난 인물들에 의해서 집필, 편집되었다고 볼 수 있다. 이번 장의 제1절에서 말한 것처럼, 타고르를 소개한 것과 함께 이것도 『청춘』에 실린 '세계적 지식'의 정보원이 일본이었을 가능성을 보여주는 것이다. 다음 절에서는 이 점을 구체적으로 검증한다.

3. '세계적 지식'의 발신 방법

『청춘』에 나타난 일본 출판물의 영향

『청춘』이 논설, 소설, 오락, 현상 모집, 해외 토픽 등 다채롭게 지면을 구성함과 아울러 『소년』과 마찬가지로 사진과 삽화 등의 시각 요소가 풍부해서 당시 조선에서는 획기적이었다고 한 점은 앞선 연구에서도 주목받았다.[29]

이렇게 『청춘』은 종합잡지와 교양잡지의 요소를 아울러 지니고 시각 요소가 풍부한 점이 특징이지만, 최남선 등이 (조선에서—옮긴이) 서적이 충실하지 않은 현상을 탄식한 것처럼 당시 조선에는 잡지 발행을 위한 참고 자료가 없다고 인식되어 왔다. 그 때문에 『청춘』은 일본의 잡지와 서적을 많이 번역했다. 〈부록 표 3 —『청춘』에 실린 번역 기사 저본 일람〉^{이하} 〈부록 표 3〉은 『청춘』에 실린 번역 기사의 저본을 정리한 것인데, 그 수는 약 200편에 이른다. 이것은 『청춘』에 실린 모든 기사 수의 약 40퍼센트를 차지한다.[30]

먼저 일본 잡지의 영향부터 살펴보자. 〈부록 표 3〉을 보면, 『태양』 1895.1~1928.2, 〈도판 3·4〉의 과학 관련 기사와 논설이 여럿 번역된 것을 알 수 있는데, 이 잡지는 '종합잡지'로서 『청춘』의 성격에 영향을 미쳤다고 생각된다. 『태양』은 당시를 대표하는 종합잡지로 하쿠분칸이 발행했는데, 논설, 문학, 과학, 미술, 농업, 해외 사상, 해외 휘보, 영문 등 백과전서적으로 구성된 점이 특징이다.[31] 앞에서 말한 것처럼 『청춘』도 다양한 장르의 기사를 실어서 번역의 저본뿐만 아니라 지면 구성면에서도 『태양』을 참고했을 가능성이 있다고 지적할 수 있다.

<도판 3-4> 하쿠분칸의 종합잡지 『太陽』, 제1권 제1호, 1895.1.

물론 당시 일본에는 종합잡지가 『태양』만 있었던 것은 아니었다. 그러나 『태양』은 최남선이 『청춘』을 간행하기 이전부터 익숙하고 친한 잡지였다. 최남선은 일본 유학 이전에 『태양』을 보았다고 회고해서[32] 1904년의 일본 유학 이전부터 이미 그 잡지를 보았다고 짐작할 수 있다. 실제로 제1장에서 지적한 것처럼, 『태양』 제6권 제14호[1900.11]에 실린 개선문과 자유의 여신상 사진을 유학생 단체인 대한유학생회의 기관지 『대한학회월보』에 옮겨 실었다. 또 『소년』에도 『태양』에 실린 사진 15점이 쓰였다.

사실 『태양』이 출전인 이 15점의 사진 가운데 13점은 『청춘』에도 옮겨 실렸다. 특히 『청춘』의 경우는 예컨대 창간호[1914.10]의 부록 「세계일주가世界一週歌」에 실린 삽화와 사진 합계 56점 가운데 <도판 3-5>처럼 절반 이상인 33점은 『태양』 제6권 제14호의 「세계일주世界一周」에 실린 것과 같다. 이것으로 볼 때 『청춘』에 실린 사진은 대부분 『태양』에서 옮겨 실은 것으로 보인다.

<도판 3-5>
(왼쪽) 『太陽』 제6권 제14호, 1900.11. (오른쪽) 『청춘』 제1호, 1914.10.

이렇게 최남선은 일본 유학 때부터 한결같이 『태양』의 사진을 활용했고, 『청춘』에서는 기사와 논설의 번역도 싣는 등 『태양』에 대한 의존도는 해마다 늘어갔다. '종합잡지'의 요소를 지닌 『청춘』을 간행할 무렵에 『태양』의 지면 구성이 실마리가 되었던 것은 틀림없을 것 같다.

다음으로 주목해야 할 것은 『태양』과 마찬가지로 최남선이 『소년』 창간 때에 삽화와 디자인 등 레이아웃 면에서 참고했던 『중학세계』 1898.9~1930.5이다. 예를 들면 〈부록 표 3〉의 「신식수자기억법新式數字記憶法」은 문자 그대로 수자를 기억하는 방법을 가르쳐주는 것인데, 이것은 『중학세계』 제14권 제3호1911.3에 실린 같은 이름의 「신식 수자 기억법新式數字記憶法」을 번역한 것이다. 그뿐만 아니라 「시험과 두뇌 사용법試驗と腦の使い方」 「미국의 학생은 무슨 일에서나 실제적美國の學生は何事にも實際的」, 「근세 로빈슨 이야기近世ロビンソン物語」 등의 『중학세계』 기사가 여럿 번역되어 『청춘』에 실렸다.

『중학세계』에서 번역한 이들 기사는 『청춘』이 '교양잡지'의 성격을 지닌 요인 가운데 하나가 된다. 또한 『중학세계』도 『태양』과 마찬가지로 기

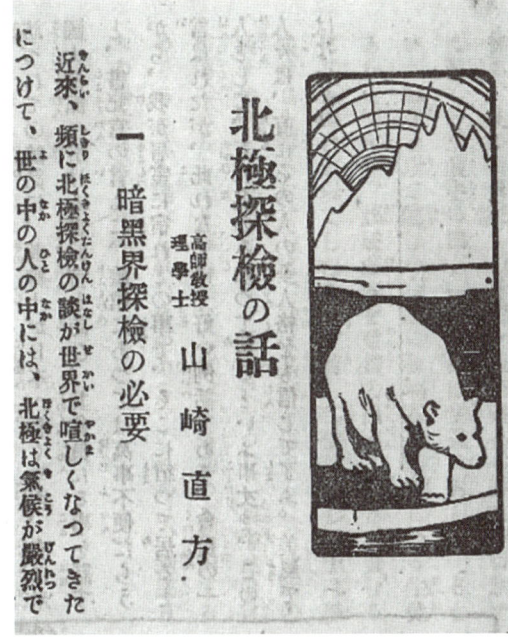

〈도판3-6〉
(왼쪽) 『中學世界』 제13권 제1호, 1910.1.
　　　三康圖書館 소장.
(오른쪽) 『청춘』 제1호, 1914.10.

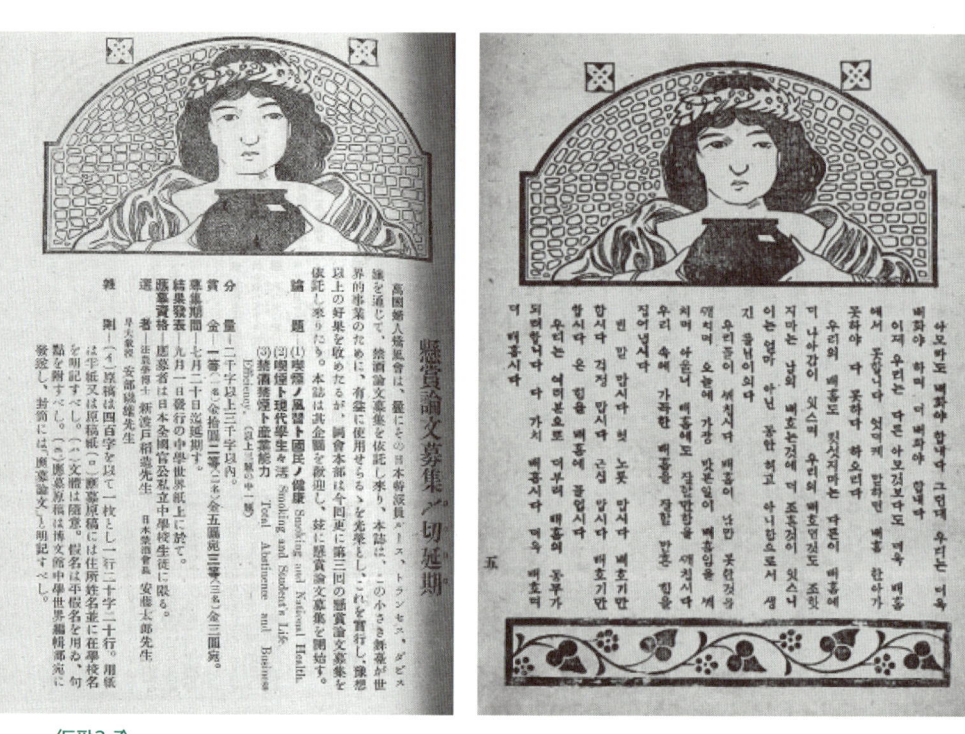

〈도판 3-7〉
(왼쪽) 『中學世界』 제16권 제9호, 1913.7. 三康圖書館 소장.
(오른쪽) 『청춘』 제1호, 1914.10.

사의 내용에 그치지 않고 지면 구성, 특히 삽화와 디자인의 레이아웃 면에서도 영향을 미쳤다.

예컨대 〈도판 3-6〉과 같이 『중학세계』 제13권 제1호^{1910.1}에 실린 「북극탐험 이야기^{北極探驗の話}」 기사에는 흰 곰의 삽화가 덧붙여졌는데, 이것은 『청춘』 창간호에 수록한 「신식수자기억법^{新式數字記憶法}」의 삽화로도 쓰였다. 이렇게 기사 자체는 번역하지 않고 삽화와 디자인만 참고한 사례는 이밖에도 여럿 있다.

그밖에 〈도판 3-7〉과 같이 『청춘』 창간호 권두 기사의 삽화와 도판 3-8처럼 『청춘』에서 매호 시가 실린 앞면의 디자인은 『중학세계』의 것과 동일한 점 등 여기서 보이는 것 밖에도 『청춘』에 실린 기사의 삽화 등에는 『중학세계』에서 그대로 옮겨 실은 것이 여럿 들어 있다. 한편 『태양』에는 삽화가 거의 실리지 않아 『중학세계』의 레이아웃을 참고로 한 사실을 통해서도 『청춘』이 '중학생'에 해당하는 연령을 대상으로 한 '종합교양' 잡지를 지향했음을 알 수 있다.

이와 관련해서 〈부록 표 3〉을 보면 『중학세계』뿐만 아니라, 후잔보^{冨山房}에서 간행한 『학생』^{1910.5~1918.5}에서도 교양 관련 기사가 여럿 뽑힌 것을 알 수 있다.[33] 『학생』은 시인, 평론가였던 오마치 게이게쓰^{大町桂月}가 주재한 월간 잡지로, 각국의 문물 소개와 아울러 각 과목의 공부법 등 중학생을 위한 기사가 여럿 실렸는데, 『청춘』은 이 잡지에서 세계 각국의 위인과 문물 등에 관한 기사 합계 5편을 번역해서 실었다.

이상과 같이 『태양』과 『중학세계』, 『학생』의 영향이 엿보이는데, 많은 일본 잡지 가운데서 이 세 잡지가 특히 참조된 것은 우연이 아닐 것이다. 여기서 이들 잡지의 간행 취지에 주목해보자.

먼저 『태양』은 "세계의 일본"임을 자각하고, 세계에서 지식을 찾아야

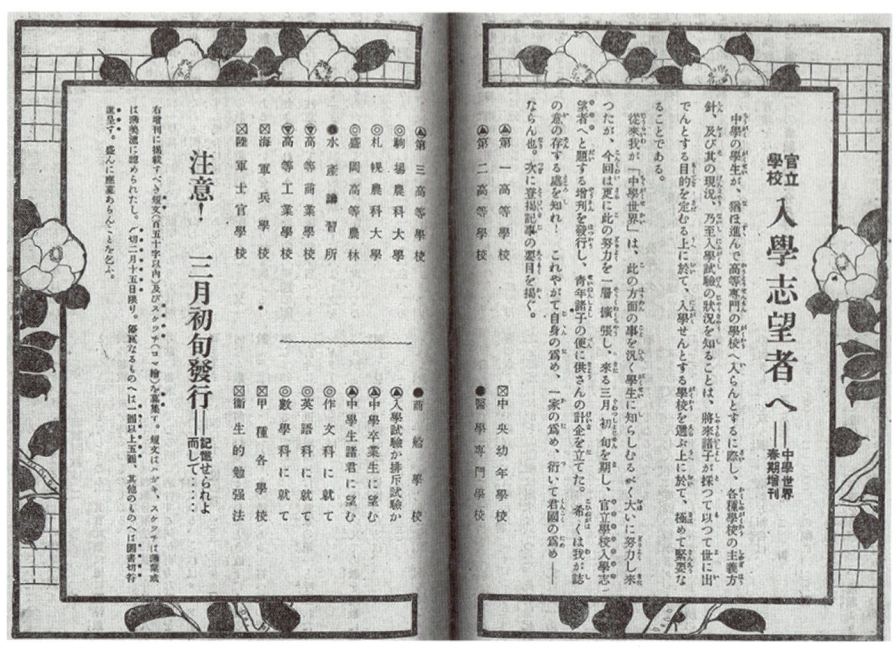

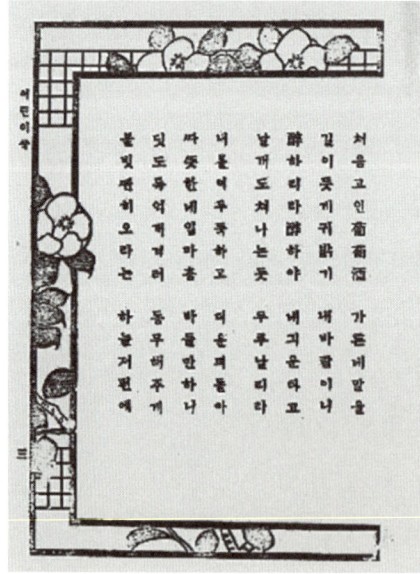
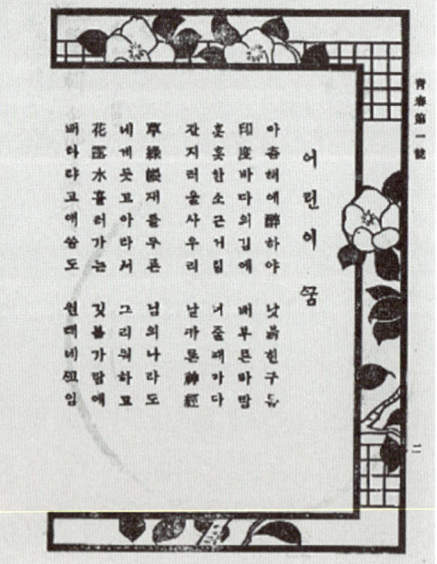

〈도판 3-8〉
(위) 『中學世界』제17권 제2호, 1914.2. 三康圖書館 소장.
(아래) 『청춘』제1호, 1914.10.

한다는 "커다란 뜻"으로 발행되었다.[34] 마찬가지로 『학생』도 "세계적 지식의 양성은 오늘날의 가장 급한 요구이다"[35]는 인식으로 '세계의 일본'을 의식하고 "과학을 기초로 해서 그 지식을 기르고, 세상에서 그릇된 판단을 내리지 않도록 하는"[36]데 힘을 기울였다. 한편 『중학세계』는 "중등교육 정도에 맞추어 학교 바깥의 스승으로서 소년 학생에게 취미, 위로, 즐거움, 실익이 있는 여러 가지 지식을 제공하고, 또 절차탁마의 지조를 장려하는 좋은 동반자가 되겠다"[37]는 간행 취지를 내걸었는데, 『태양』과 『학생』처럼 '세계'를 강조한 것은 아니지만, 역시 지식의 중요성을 강조한다.

이렇게 세 잡지의 간행 취지와 편집 경향을 보면 '세계적 지식'을 중시한 최남선 등의 태도와 가까운 것을 알 수 있다. 바꾸어 말하면, 『청춘』이 목표로 하는 방향성과 서로 일치하기 때문에 이들 잡지를 선택했다고 생각된다.

이들 일본 잡지에서 주로 기사를 번역하고 실은 것은 주간인 최남선이었다고 짐작되지만, 흥미롭게도 이광수도 일본의 잡지에 관해서 "동경東京에서 매삭每朔 발행發行ㅎ는 대잡지大雜誌만 열거列擧ㅎ더라도 태양太陽, 신일본新日本, 일본급일본인日本及日本人, 중앙공론中央公論, 실업지세계實業之世界, 부인세계婦人世界 등等 보통잡지普通雜誌와 학생學生, 중학세계中學世界, 모험세계冒險世界 등等 중학생정도中學生程度의 잡지雜誌와 소년세계少年世界, 유년세계幼年世界, 소녀세계少女世界, 유년화보幼年畵報 등等 소년잡지少年雜誌"방점은 지은이[38]가 있다고 1916년에 『매일신보』에 기고한 기사에서 말한다. 이광수가 이들 잡지를 꼽은 것도 자신의 뜻과 같았기 때문이었다. 곧 이들 잡지는 『청춘』 주요 필자들의 인식과 일치하는 것이라고 할 수 있다.

이상을 통해서 『청춘』은 종합잡지로서 『태양』의 편집 방침을 참고하면

<도판 3-9>
(왼쪽) 『世界動物奇談』, 博文館, 1912. 三康圖書館 소장, 博文館新社 제공.
(오른쪽) 『청춘』 제4호, 1915.1.

서 일본의 중학생 대상 잡지 『중학세계』와 『학생』의 내용을 받아들임으로써 '종합교양' 잡지의 성격을 띠게 되었다고 지적할 수 있다.

지금까지 살펴본 것처럼 『청춘』과 같은 시기에 나온 일본 잡지를 비교 대조해왔는데, 〈부록 표 3〉에서 알 수 있듯이 『청춘』에는 일본의 서적에서 번역한 기사도 대량으로 들어 있다. 그 수는 앞선 연구의 지적과는 달리 저자가 확인한 것만으로도 150편 가까이에 이른다.

특히 『청춘』에는 서양의 근대과학과 자연과학 등에 관한 내용의 기사가 많이 보이는데, 그것은 지금까지 최남선이 스스로 지은 것으로 보았고, 따라서 최남선 자신의 인식을 보여주는 것으로 여겨져 왔다. 그러나 사실 그 대부분은 일본 책에서 번역한 것이었다.

예를 들면 『청춘』 창간호에 실린 「인종人種」은 최남선의 인종 분류 기준을 보여주는 것으로 여겨져 왔는데,[39] 이것은 쓰보이 쇼고로坪井正五郎의 『인류학총화人類學叢話』博文館, 1907에 실린 「인종人種」을 번역한 것이다. 또 창간호부터 종간호에 이르기까지 거의 연속해서 실린 「동물기담動物奇談」은

조선에서 근대 자연과학이 어떻게 수용
되었는지 보여주는 한 사례로 꼽았는
데,[40] 모두 『세계동식물기담世界動植物奇談』
博文館, 1912에서 번역한 것이고, 해당하
는 곳의 삽화 16점 가운데 14점을 저본
에서 그대로 사용한 것도 확인할 수 있
다.〈도판 3-9〉

〈도판 3-10〉 요코야마 마타지로.
출전 : 小川一眞 編, 『Imperial University of Tōkyō
= 東京帝國大學』, 小川寫眞製版所, 1900.

그 밖에 기사를 번역한 저본으로는
『동물학총화動物學叢話』博文館, 1907, 『벨기
에와 벨기에인白耳義及白耳義人』富山房, 1914,
『사과가 떨어지는 소리林檎の落つる音』大成堂, 1915 등의 서적이 있고 지은이도
다양한데, 그 가운데서도 지질학, 고생물학자였던 요코야마 마타지로横山
又次郎, 1860~1943의 기사가 모두 6편으로 많이 번역된 것이 눈길을 끈다.

제1장에서 보여준 것처럼, 최남선은 대한유학생회의 기관지 『대한유
학생회학보』 제1호1907.3에 요코야마 마타지로의 『지구와 혜성의 충돌地球
と彗星との衝突』金港堂書籍, 1898과 『지구의 과거와 미래地球之過去及未來』富山房, 1897를
번역해서 각각 「혜성설彗星說」과 「지구지과거급미래地球之過去及未來」라는 제
목으로 발표하고, 또 『소년』에서도 요코야마의 기사를 실었다. 이렇게 최
남선은 1900년대부터 한결같이 요코야마 마타지로의 기사 또는 지질학
에 관심이 있었고, 그것이 『청춘』에도 반영된 것으로 보인다. 따라서 『청
춘』에서 요코야마의 기사를 번역한 집필자 '광축실주인廣蓄室主人'은 아마
최남선일 것이다.[41]

다음으로 주목하고 싶은 것은 『청춘』에 실린 서양의 우스운 이야기 소
개란이다. 창간호부터 종간호까지 거의 대부분의 호에 「태서소림泰西笑林」

이란 이름으로 우스운 이야기 난이 만들어져 있는데, 이것은 주로 와다 만지和田卍子, 萬吉의 『새로운 서양의 우스운 이야기新西洋笑府』有樂社, 1907와 『서양일소일화西洋一笑一話』文會堂書店, 1910, 그리고 아라키 고손荒木江村이 엮은 『서양의 우스꽝스러운 이야기西洋一口噺』呑洋堂, 1906를 번역한 것이다. 『새로운 서양의 우스운 이야기』는 와다 만키치和田萬吉가 엮은 『서양의 우스운 이야기西洋笑府』吉川弘文館, 1904의 속편에 해당하는데, 제1장에서 본 것처럼 『서양의 우스운 이야기』는 『소년』에 여럿 번역되었다. 이 점을 통해서도 최남선이 이전부터 품었던 관심이 『청춘』에도 이어진 모습을 볼 수 있다.

그밖에 중세 고전소설 『돈키호테ドン・キホーテ』와 『캔터베리 이야기カンタベリー物語』를 소개한 「세계문학개관世界文學槪觀」과 위인을 소개한 기사인 「십대분투적위인十大奮鬪的偉人」도 같은 시기에 출판된 일본의 서적을 번역한 것이다.[42]

이상을 통해서 『청춘』에서 서양의 근대과학과 우스운 이야기, 세계문학이라는 '세계적 지식'의 발신은 그 대부분이 일본 서적의 번역을 거친 것이었다고 결론지을 수 있다. 특히 앞에서 말한 「동물기담」과 「태서소림」은 연재 기사였기 때문에 번역의 편수도 많아서 서적은 잡지보다도 내용면에서 의존도가 높았다고 할 수 있다.

한편 〈부록 표 3〉에서는 단행본 『가정 동화』와 『빨간 구두 이야기』, 잡지 『유년세계』를 비롯해 최남선이 어린이 잡지를 간행할 무렵에 활용한 저본이 그 모습을 감추었다. 『청춘』에서도 사용된 저본이 있지만, 예컨대 어린이 잡지에서 『소년세계』의 우스운 이야기와 미로를 번역, 옮겨 실은 데 비해서 『청춘』에서는 『소년세계』의 동물의 생태에 관한 기사를 번역하는 등 저본을 사용하는 방법이 전혀 다르다. 뒤에서 말하는 것처럼, 어린이 잡지에서 시도한 것이 『청춘』에 반영되지 않은 것은 아니다. 그러나 이런 번역의 저본을 통해서 최남선이 어린이 잡지보다는『소년』의 편집 방침을 모범으로 삼고『청춘』을 편집했음을 알 수 있다. 그러면『소년』과『청춘』의 차이는 무엇이었을까. 다음에는 저본의 활용이라는 관점에서 고찰해보자.

저본의 선택과 사용 방법의 변화 –『소년』에서『청춘』으로

『소년』과『청춘』에는 지식의 중요성에 대한 공통적인 인식이 보이는데, 신문관이 한국병합 뒤에도 지식을 발신할 무렵에 일본의 서적에 의지하지 않을 수 없던 배경에는 조선 출판계를 둘러싸고 "청년의 호반려好伴侶가 되어만원문 표기 그대로이다－옮긴이 서적書籍으로는 조선어朝鮮語로 된 것이 없고 (…중략…) 조선문朝鮮文으로 된 서적書籍이 잇다 하더라도 일별一瞥의 가치價値가 잇는 것이 업"43는 당시의 상황이 놓여 있었다.

그러나『소년』과『청춘』에서는 저본을 사용하는 방법이 크게 달랐다. 예컨대『태양』에서 사진뿐만 아니라 기사까지 번역해서 싣게 된 것은『청춘』부터이고, 또『소년』에서는 세계 각국의 지리와 문화 등을 소개한 하쿠분칸의『소년세계독본少年世界讀本』에서 가려 옮긴 것이었지만,44『청춘』에서는 완역되었다. 독자에게 '세계'에 대한 지식을 전한다는 의식은『소년』에서도 보이는데,『청춘』에서는 좀 더 정밀하고 전문적인 '세계적 지식'이 제공되었기 때문에『소년』과 마찬가지로『태양』과 하쿠분칸의 출판물을 참조하면서도 그것을 다루는 방식에는 변화가 나타나게 되었다고 할 수 있다.

그 때문에 저본의 선택 경향에도 변화가 보이게 된다.『소년』에서는『위인의 소년시대大人物の少年時代』有樂社, 1907,『인생의 실무人生の實務』内外出版協會, 1907 등 위인전과 서양의 교훈 등을 실은 책이 여럿 뽑혔는데,『청춘』에

서는『세계동물기담』과『사과 떨어지는 소리』등 전문적인 과학지식을
다룬 서적이 번역의 저본으로 많이 선택되었다.

이처럼『소년』과『청춘』사이에 저본의 사용 방법과 선택 경향에서 변
화가 나타난 배경에는 한국병합이 있었다고 생각된다. 바로 앞의 보호국
시기에 최남선이『소년』에서 목표로 했던 것은, 제1장에서 논한 것처럼,
미래의 대한제국인 '신대한'을 짊어질 '소년'을 양성하는 것이었다. 최남
선은 "신대한新大韓의 소년少年으로 깨달은 사람 되고 생각하난 사람 되고
아난 사람 되야 하난 사람이 되야서 혼자 억개에 진 무거운 짐을 감당勘當
케 하도록 교도敎導"[45]하기 위해 특히 정신의 수양을 중시했다. 그 때문에
서 내용면에서는 과학과 세계의 문물을 소개하는 기사도 있었고, 앞에서
말한 것처럼 '세계적 지식' 중에서도 위인전과 서양의 교훈 등이 중심이
었다.

그러나 한국병합에 따라 나라가 사라졌기 때문에 일찍이 최남선이 기
르려 했던 '소년'은 나라를 짊어질 방법이 없어졌고 식민지의 현실을 살
아가는 존재가 되었다.[46] 따라서 최남선은 나라를 짊어질 사람의 양성과
이어지는 정신 수양 이상으로 '세계적 지식' 가운데서도 전문적인 과학지
식 등의 교양을 중시하게 되었다고 생각된다.

실제로 이 점은『소년』과『청춘』의 간행 취지를 비교해보면 선명해진
다.『소년』은 거의 모든 호의 권두에 "우리 대한大韓으로 하야곰 소년少年의
나라로 하라. 그리하랴 하면 능能히 이 책임責任을 감당勘當하도록 그를 교
도敎導하여라"는 글이 나온다. 한편『청춘』에서는 이번 장의 제1절에서 소
개한 것처럼, "아모라도 배화야 합내다"라며 배움의 중요성이 강조되었다.

이렇게 정신 수양에서 교양 중시로 변화한 데는 한국병합에 따른 최남
선의 변화와 더불어 조선 사람들에게 지식이 결핍한 것을 한탄한 이광수

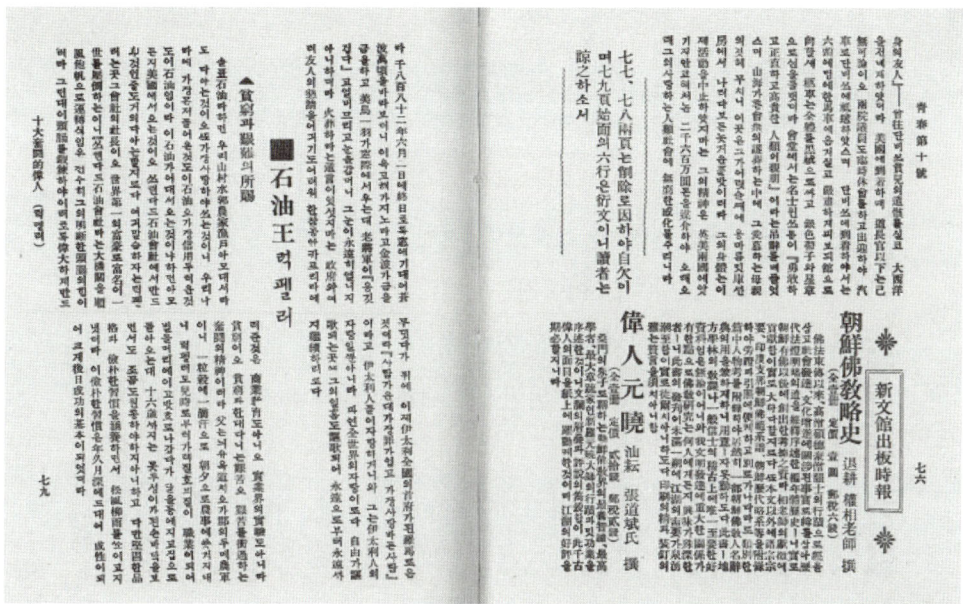

〈도판 3-11〉 검열에 따라 2면 분량이 삭제된 『청춘』 제10호(1917.9).
76면의 다음 면이 79면이 되었다.

와 현상윤의 의향도 작용했을지 모른다. 그러나 그와 동시에 검열의 영
향도 지나칠 수 없다. 제2장에서 말한 것처럼, 무단정치 속의 조선에서는
조선인에 대한 강경한 언론 통제가 시행되었다. 특히 『소년』은 한국병합
이전에는 민족의식과 현상 변혁 의식의 고양으로 이어질 수 있는 내용이
들어 있어도 검열을 통과했다. 그러나 병합 뒤에는 "치안을 방해"한다는
이유로 통제 대상이 되어 폐간당하지 않을 수 없었다. 무단정치 속에서
정신 수양을 꾀하는 잡지 발행의 어려움을 최남선은 누구보다도 잘 이해
하고 있었다고 해도 좋을 것이다.

　　그러나 교양을 중시하는 『청춘』조차 제6호[1915.3] 발행 뒤에 한 번 정간
처분을 받았다. 또 〈도판 3-11〉과 같이 제1호[1917.9]의 「십대분투적위인十
大奮鬪的偉人」도 검열에 따라 약 2면이 삭제되었다. 이 기사는 마쓰우라 마
사야스松浦政泰의 『분투하는 위인奮鬪の偉人』北文館, 1910을 번역한 것인데, 저본

가운데 「열정적인 열사 가리발디熱誠の烈士ガリバルヂー」를 번역한 곳만이 끝의 몇 행을 남기고 대폭 삭제되었음을 알 수 있다. 주세페 가리발디는 이탈리아 통일운동의 지도자로, 저본에서는 애국자, 군사지도자로서 국가를 위해 용감히 싸운 모습이 그려졌다. 이런 점이 조선인의 민족의식과 현상 변혁 의식의 고양으로 이어지는 것이 불안해서 "치안을 방해"한다는 이유로 검열에 따라 삭제되었을 것이다.

이렇게 가리발디라는 세계의 위인, 곧 '세계적 지식'을 소개하기 위한 번역물이었다고 해도 조금이라도 치안의 방해를 떠올리게 하는 것은 삭제될 만큼 무단정치의 검열은 엄격했다. 따라서 『소년』 이래 폭넓은 연령층을 대상으로 한 잡지 『청춘』을 간행할 때에는 교양을 목적으로 하는 노선 이외에는 현실적으로는 혹독했다고 생각된다.[47]

이상과 같이 『소년』과 『청춘』은 모두 일본의 출판물을 활용해서 '세계적 지식'을 발신하지만, 두 잡지가 목표로 삼은 방향성의 차이와 한국병합 뒤에 일어난 시대상황의 변화가 저본의 사용 방법과 선택 방식에 반영되었다고 할 수 있다.

또 두 잡지에서는 번역 방식에도 차이가 보이는데,[48] 거기에 조선을 세계화하려는 『청춘』의 시도가 숨어 있다고 할 수 있다. 다음으로 『청춘』이 일본의 출판물을 사용해서 어떻게 '세계적 지식'을 발신했는지 실제로 각각의 사례를 들어서 이 점에 대해서 살펴보자.

조선의 세계화 시도와 그 저본

앞에서 말한 것처럼 『청춘』에는 세계의 문명 속에 조선을 자리매김하고 논한 기사가 여기저기 보인다. 예컨대 『청춘』 제8호1917.6에 실린 「널리 인류人類를 보라」는 세계의 민족과 조선인들의 신체적 특징 등을 비교한

것으로, 인류의 보편성에 관한 최남선의 인식과 인류를 구성하는 원리에 대한 이해가 드러난 것으로 여겨졌다.[49] 그러나 이것은 실제로는 『태양』 제9권 제1호[1903.1]에 실린 쓰보이 쇼고로坪井正五郎의 기사 「널리 인류를 보라廣く人類を見よ」를 번역한 것이다.[50]

또한 여기서 주목하고 싶은 것은 번역 양상이다. 이 기사에서는 원문의 "일본인은 키가 작다日本人は丈が低い"는 곳을 "우리네는 키가 적다"라고 옮겨지고, "일본의 사실日本に於ての事實"이라는 곳이 "우리네의 사실事實"이라고 표현되는 등 '일본'과 '일본인'을 모두 '우리네'라고 바꾸어 말했다.

다른 사례를 들어보면, 『청춘』 창간호에 실린 「인종人種」은 세계의 인종을 소개하고 그 가운데 조선인을 자리매김해서 논한 것인데, 이것은 앞에서 말한 대로 『인류학총화』의 「인종人種」을 번역한 것이다.

그 번역의 특징으로 눈길을 돌리면, 원문의 "아시아 인종 가운데 일본인종과 중국인종이 있는 것입니다亞細亞人種の中に, 日本人種と支那人種が在る譯であります"는 부분을 "아시아 인종人種 가운대 조선인종朝鮮人種과 지나인종支那人種이 든 셈이로다"로 옮기는 등 '일본인종'이 '조선인종'으로 바뀌었다. 다른 곳에서도 "인종이란 것을 일본인종 중국인종 등이라고 하는 것처럼 좁게 보면人種と云うものを日本人種支那人種抔と云う様に狹く見れば"을 "인종人種이란 것을 조선인종朝鮮인種 지나인종支那人種이란 것처럼 좁게 보면"으로 옮겨서 저본의 '일본인종'과 '일본인'을 모두 '조선인종'과 '조선인'으로 바꾸어 말했다.

이들 두 기사의 저본은 세계의 인종을 소개하고, 그 가운데 '일본인종' 또는 '일본인'을 자리매김한 것이었다. 곧 먼저 세계의 문명 속에 일본을 자리매김한 기사를 저본으로 해서 뽑고, 나아가 '일본'을 '조선'으로 바꾸어 말해 주체를 바꿈으로써 '세계' 속에 조선을 자리매김한다는 시도가 『청춘』에서 이루어졌다고 볼 수 있다.[51]

한편『청춘』에는 세계의 문명 속에 조선을 자리매김한 것뿐만 아니라, 세계 각국의 문물 등을 소개하는 것 자체에 주안을 둔 기사도 많이 보인다. 그 가운데서도 제2호에 실린 「독일국獨逸國」은 실로 31면에 걸쳐서 독일의 역사와 문화 등을 다루었는데, 독일이 다른 나라와 어떻게 관계되는지 자세히 설명했다.

앞선 연구에서 이 기사는 독일, 오스트리아를 중심으로 한 중앙동맹국과 영국, 프랑스, 러시아, 일본 등을 중심으로 한 연합국 사이에서 벌어진 인류 역사상 최초의 세계전쟁으로 제1차 세계대전에 대해서 조선인이 어떻게 인식했는지 보여주는 사례로 꼽혔다.[52] 그러나 이것도 실제는『소년세계독본少年世界讀本』제3권博文館, 1907에 실린 「독일獨逸」을 충실하게 번역한 것이다.『청춘』이 세계대전에 촉발되어 독일을 소개한 것은 틀림없지만, 그 저본 자체는 대전이 일어나기 전에 일본에서 간행된 문헌이었다.

번역된 방식을 분석해보면, 예를 들어 "맥주는 일본에서라면 차에 맞먹을 정도로麥酒は日本でいうと茶にあたる位で"란 대목을 "맥주麥酒는 우리네 물 먹는 것이나 마찬가지로"로 바꾸었고, 또 저본에서 베를린의 "프리드리히 거리フリードリヒ街"를 "도쿄라면 긴자나 니혼바시에 해당하는 곳東京でなら銀座か日本橋に當るところ"이라고 설명한 곳은 "종로鐘路나 남대문南大門 거리 가튼 대"로 옮겼다. 또한 "도쿄에서는 꽃필 때가 가장 붐비지만東京では花時が一番雜踏するが"이란 부분은 "경성京城에서는 봄새가 제일第一 잡답雜遝하지마는"으로 바꾸어 썼다.

이런 경향은 각국 사이의 관계 가운데 오스트리아를 소개한『청춘』제3호1914.12의 「오흉국墺匈國」에서도 마찬가지로, 예컨대 "결국 빈은 일본으로 말하면 교토일 것이다必竟維納(ウィーン)は、日本で云ったら京都でしょう"는 곳은 "필경畢竟 유야납維也納, 빈의 중국어 표기이다-지은이은 조선朝鮮으로 말하면 평양平壤 가튼 데라"로 번역되었다.

또 세계 각국의 동물을 소개한 「동물기담^{動物奇談}」은 앞에서 말한 대로 하쿠분칸에서 간행한 『세계동식물기담』을 번역한 것인데, 전과 같이 저본의 '일본'과 일본에 관한 곳을 모두 '조선'을 중심으로 바꾸어 말한 것을 알 수 있다. 여러 가지 사례를 들 수 있지만, 예컨대 제비의 생태를 소개한 「제비는 청우계^{晴雨計}의 대리^{代理}를 보나니라」에서는 "이 새는 일본을 떠나 먼저 중국해를 가로질러^{此の鳥は日本を去って, まず支那海を横ぎって}"라는 곳이 "제비의 노정기^{路程記}를 들으면 조선^{朝鮮}을 하직하고 황해^{黃海}를 가로질러"로 번역되었다. 또 코끼리에 관한 「놀라운 코길이의 식량^{食量}」에서는 "우에노의 동물원에 사는 코끼리는 태국 국왕에게 받은 것인데^{上野の動物園に居る象は, 暹羅國王から贈られたものだが}"라는 대목을 "우리 동물원^{動物園}에 잇는 코길이는 인도^{印度}에서 온 것인대"로 바꾸어 썼다.

그밖에 「동물기담」은 아니지만, 사자의 형태와 종류 등을 설명한 「사자^{獅子}」에서도 "오늘날은 도쿄 우에노 동물원에 가서 보면 바로 알 수 있지만^{今日は東京上野の動物園に行って見れば直に分ることであれども}"이란 곳을 "요사이는 창덕궁^{昌德宮} 동물원^{動物園}에만 가보면 곳 알 수 잇는 일이어니와"로 바꾸어 썼다.

이상의 사례는 유럽의 나라들과 각국의 동물을 소개할 때 독자의 이해를 돕기 위해 '일본'을 사례로 들어서 논한 저본에서 그 '일본'에 관한 곳을 '조선'을 중심으로 대체한 것이다. 이런 경향은 『청춘』의 번역 기사에 공통적으로 보이는데, 한편으로 '일본'에 관한 부분 이외는 바꾸어 말하기 등은 거의 보이지 않고 원문에 충실하게 번역되었다.

이렇게 번역 과정에서 '일본'을 '조선'으로 바꾸어 말한 까닭으로 먼저 생각할 수 있는 것은 '세계 속의 조선'을 표현하기 쉽게 하려는 것이었다고 할 수 있다. 세계 속에 일본을 자리매김한 것을 저본에서 먼저 선택하고, 거기서 주체를 '조선'으로 바꿈으로써 '세계 속의 조선'을 쉽게 표현할 수 있게 되었다고 생각된다. 또 '우에노 동물원'을 '창덕궁 동물원'으로 바꾸어 쓴 것처럼 조선의 사례로 바꾸어 설명한 쪽이 독자에게 실감나고 '세계적 지식'을 더욱 더 쉽게 이해할 수 있다는 것도 그 이유 가운데 하나다.

이렇게 『청춘』이 중시한 '세계적 지식'은 『태양』과 『중학세계』『학생』 등 일본 중학생을 위한 잡지와 여러 일본 서적의 번역을 통해서 발신되었다. 번역의 과정에는 '조선'을 주체화하는 등의 특징이 보이고, 거기에 조선을 세계화하려는 시도가 숨어 있다고 할 수 있다. 요컨대 『청춘』은 일본어의 저본을 바탕으로 하면서도 '조선'의 관점에서 그것을 재구성했던 것이다. 그리고 이런 번역의 노력을 통해서 조선어로 된 서적이 충실하지 않고, 지식을 발신할 때 다른 언어로 된 출판물에 기대지 않을 수 없던 상황에서도 사람들이 여전히 세계정세에 어둡다는, 한국병합 뒤의 조선에 대해서 비관할 만한 상황을 개선하도록 힘썼다고 할 수 있다.

그런데 앞에서 말한 것처럼, 『청춘』에서는 가리발디의 소개 기사가 대폭 삭제되었다. 이것은 『분투하는 위인』에 실린 「열정적인 열사 가리발디」를 번역한 것인데, 이 책은 세계의 위인들이 "역경에 맞서서 고군분투하는 과정을 자세히 설명하고, 오늘날을 살아가는 우리나라의 청년 여러분에게 조금이나마 수양하는 데 도움을 주"[53]려고 출판된 것이었다. 『청춘』 제10호는 여기에서 「목숨을 바친 대통령 링컨殉國の大統領リンコルン(リンカーン)」 등 10편을 「십대분투적위인十大奮鬪的偉人」으로 번역해서 싣고, 제8호와 제9호1917.7에서도 각각 1편씩 그 책에서 번역한 것을 확인할 수 있다. 그것들은 확실히 모두 다 '역경'에 맞선 위인의 모습을 그린 것이다. 곧

최남선은 '세계적 지식'의 단순한 전달뿐만 아니라, 정신 수양의 의미도 담아서 『분투하는 위인』을 저본으로 세계 위인을 소개한 것으로 보인다.

실제로 『청춘』에는 『분투하는 위인』을 번역해서 싣기 시작한 1917년 무렵부터 정신 수양을 꾀한 내용이 많이 보인다. 마지막으로 독자를 향한 계몽의 요소에 주목하면서 『청춘』의 종언에 대해서 살펴보자.

4. 『청춘』의 종언

『청춘』은 제15호[1918.9]를 마지막으로 그 이후에도 간행되었는지는 확인할 수 없다. 제15호에는 "래십륙호來拾六號"부터 "정가定價 개정改正"을 한다는 광고가 실렸고,[54] 또 "래호來號"부터 "지수紙數를 증가增加하고 내용內容을 풍부豊富하게 하기에 배구倍舊의 노력努力"을 하겠다고 독자에게 선언하는데,[55] 결국 제16호는 간행될 수 없었다. 『청춘』이 폐간된 이유는 명확히 알 수는 없지만,[56] 민중을 계몽하려는 내용이 점차 늘어난 점을 당국이 위험하게 여긴 것이 한 가지 가능성으로 보인다.

『청춘』은 창간 초기에는 각국의 문화와 풍습, 종교, 유적 소개 등 순수하게 '세계적 지식'을 전달하는 데 주안점을 두었고, 제3호[1914.12]까지는 독자를 향한 메시지가 담긴 기사 등은 거의 찾아볼 수 없다. 다만 같은 호에서는 "신년이강新年以降으로는 내용외화內容外華에 주의注意를 익가益加하야 제군자諸君子에게는 더욱 긴절緊切한 반려伴侶가 되기를 노력努力"[57]하겠다고 예고했는데, 실제로 제4호[1915.1]부터 독자를 계몽하는 기사와 논설이 점차 보인다.

예컨대 제4호의 「비행기飛行機의 창작자創作者는 조선인朝鮮人이라」는 비행기에 관한 세계 각지의 역사를 개관하면서 "이제까지 지득知得한 사실만도 일대경탄一大驚嘆에 치値할 것이 잇도다"라며 조선의 "비행사飛空史]"가 얼마나 뛰어난지 이야기하고, "유래由來 조선朝鮮의 문명文明은 독창獨創"이고 "세계世界의 선달先達"이라고 결론짓는다. 그 의도에 대해 글 끝에서는 이런 사실을 알지 못하고 "잠자는 이"에게 "새 자극刺激을 주자는 미의微意"를 담았다고 했는데, 조선의 문명이 우수함을 보임으로써 조선 사람들을 북돋울 목적으로 쓰인 논설이라고 할 수 있다.

이렇게 제4호 이후 실린 것을 확인할 수 있는 기사와 논설은 어린이 잡지에서도 볼 수 있는 것처럼 독자에게 '조선'에 대한 자부심을 심어주고 북돋아주려는 내용이 대부분을 차지한다. 어린이 잡지와 관련해서 말하면, 『청춘』은 창간호부터 조선의 역사와 문화 등을 소개한 기사를 여럿 실었고, 조선의 고전과 세계의 고전문학을 함께 수록함으로써 지면 배치를 고심한 점이 보인다.[58] 이렇게 '조선적인 것'을 싣고 '조선'에 대해 자부심을 심어주려고 노력한 점은 『붉은 져고리』와 『아이들보이』의 시도를 이어받은 것이라고 할 수 있다.

그러나 『청춘』의 이런 경향은 1917년 무렵부터 바뀌게 된다. 제6호 간행 뒤에 정간처분을 받은 다음 2년여 만에 나온 제7호[1917.5]의 권두에는 "그 동안 양축養蓄한 정예精銳와 연마練磨한 수완手腕"으로 "우리의 하고져 하는 바를 전前보담 더 날내고 전前보담 더 굿세게" 하겠다고 선언되었다.[59] 『청춘』이 "하고져 하는 바"가 무엇을 가리키고, 또 이전에 비해서 어떤 변화가 나타나는지 구체적으로 살펴보자.

먼저 '세계적 지식'에 주목하면, 제7호에는 "사죄死罪의 환患을 당當할는지도 모르는 경우境遇"에도 "조금도 두려워하지 안이하고" 종교개혁을 일으킨 루터에 대해 소개하는 기사가 실렸고,[60] 제8호에는 "청춘인靑春人, 아마『청춘』의 독자를 가리키는 듯하다-지은이의 감정情感을 함양涵養"할 것을 목적으로 한 「나폴레온 격언집格言集」이 실렸다. 또 제10호에는 앞에서 말한 것처럼 "역경逆境에 처處하는" 정신의 수양을 위해『분투하는 위인』을 저본으로 위인을 소개하는 등 순수한 지식 소개가 아니라 정신 수양의 의미를 담은 기사가 실리게 된다.『청춘』은 한결같이 교양을 중시했는데, 그 근본 목적은 배움으로써 "마장魔障, 악마의 장애-옮긴이"과 "구적寇賊"을 물리치고 "인격人格으로 감화感化"해 "완인完人"을 양성하는 것이었다.[61]

또 기사와 논설의 내용도 변한다. 예컨대 1917년 11월에 간행된 제11호의「예술藝術과 근면勤勉」에는 다음과 같은 글이 보인다.

고유固有한 대예술大藝術을 잔망殘亡한 벌罰로 오인吾人이 최대오욕最大汚辱의 낙인烙印을 자가액상自家額上에 착착할밧게 업스며 이금而今에 예술상藝術上 하등何等 특색特色과 장처長處를 유有치 못한 죄罪로 오인吾人이 차此 최대수치最大羞恥의 선고宣告를 세계世界 공평公評에 수수受할 밧게 업스며 예술藝術과 공共히 제타문화諸他文化로도 인人과 병견幷肩하며 세世와 제진齊進하지 못한 보응報應으로 오인吾人에게 쾌활快活이 무無하며 복락福樂이 무無하며 창조력創造力이 위축委縮된 만큼 선존권生存權도 각상剝喪되엇스니[62]

구품연화대九品蓮花臺, 극락정토의 아홉 가지 품위-지은이에 상上하는 예술계藝術界에서 오즉 나태懶怠로써 무저나락無底奈落에 추墜한 활모범活模範은 과연 조선인朝鮮人 — 오인吾人이로다. (…중략…) 금일今日은 과업過業을 통회痛悔할 시時오 현고現苦를 맹성猛省할 시時오 비상非常한 공덕功德으로 기왕旣往의 죄장罪障을 소제消除할 시時오 정당正當한 노력努力을 위爲할 시時니[63]

이것은 예술에 초점을 맞춘 논설인데, 창간 당시 조선 문명의 "독창獨創"성을 극구 칭찬했던 논조와는 대조적으로 조선의 예술이 "나태懶怠"에 의해 날로 퇴보하고, "무저나락無底奈落에 추墜"해버렸다고 지적하고, "최대수치最大羞恥의 선고宣告를 세계世界 공평公評에 수受"한다며 조선인이 놓인 상황을 엄중하게 되묻는다. 그 가운데 조선의 예술이 "부활復活"하고 다시 "세계예술世界藝術의 대무대大舞臺"에 서기 위해 조선의 개개인이 현상을 자각하고, "근면勤勉"하게 일하는 것밖에는 달리 길이 없다며 민중이 떨쳐 일어날 것을 촉구한다.

그밖에 제9호[1917.7]에 실린 것으로 개인의 노력이 거듭해서 쌓이면 사회 전체가 발전한다는 것을 논한 「노력론努力論」에서도 조선 사람들이 "현대現代를 알지 못하고", "고문화古文化"를 계승해서 "신문명新文明"에 적응하려고 노력하지 않음을 탄식한다. 이렇게 조선인의 나태와 "불근면不勤勉"을 엄중한 표현으로 훈계함으로써 민중의 정신을 수양하려는 논설이 1917년 이후 증가해간다.[64]

『청춘』은 한국병합에 따라 식민지로 전락한 상황에서 조선인들이 여전히 세계의 정세에 어둡고 사회가 "부패腐敗"한 상황에서 문명의 지위가 "사활死活의 위기危機"에 처한 비관할 만한 상황을 개선하려고 모색한 매체였다.[65] 최남선은 그것을 위한 수단으로 이번 장의 제2절과 3절에서 논한 것처럼 『청춘』을 통해서 '세계적 지식'을 발신할 것을 중시했다. 그와 동시에 최남선은 여러 장편 논설을 통해서 조선 문화의 고유성과 우수성을 강조하는 등 독자에게 '조선'에 대한 긍지를 심어주고 분발하게 했다. 다른 한편 '세계의 조류'에 뒤쳐진 현상을 지적하고 경계함으로써 조선인들을 계몽하고 비관할 만한 상황을 개선하려 했다.

창간 당시는 전자처럼 온건한 방법으로 계몽하려 했지만, 1917년 무렵을 경계로 후자처럼 엄중하고 직접적인 표현으로 민중을 질책하는 노선이 뚜렷해졌다고 할 수 있다. 『청춘』에는 정치와 시사를 다룬 기사는 찾아볼 수 없지만, 이렇게 민중을 깨우치고 식민지 상황을 개선하려는 내용의 기사 등이 조선총독부에 경계심을 일으켜 폐간의 원인이 되었을 가능성이 있다고 할 수 있다.

어쨌든 최남선 자신이 뒤에 『청춘』에 관해서 "청년이 좋아하는 강건주의強健主義를 고취한다"[66]고 진술한 것처럼, 이 잡지는 겉으로는 교양을 중시하는 모습을 보이면서, 다양한 노력을 기울여 '청년'의 정신 수양을 꾀한 잡지였다고 할 수 있다.[67]

이와 관련해서 최남선이 이렇게 발언한 것은 1919년 5월, 장소는 경성지방법원이다. 최남선은 『청춘』이 폐간되고 약 4개월 뒤인 1919년 2월 말에 「3·1독립선언서」의 초안을 썼고 그 때문에 체포되었다. 여기서 3·1독립선언서의 마지막 부분을 언급하고 싶다.

오등吾等이 자茲에 분기奮起하도다 양심良心이 아我와 동존同存하며 진리眞理가 아我와 병진竝進하는도다 남녀노소男女老少 업시 음울陰鬱한 고소古巢로서 활발活潑히 기래起來하야 만휘군상萬彙群象으로 더부러 흔쾌欣快한 부활復活을 성수成遂하게 되도다 천백세千百世 조령祖靈이 오등吾等을 음우陰佑하며 전세계全世界 기운氣運이 오등吾等을 외호外護하나니 착수着手가 곳 성공成功이라 다만 전두前頭의 광명光明으로 맥진驀進할 싸름인뎌

이렇게 "음울陰鬱한 고소古巢"에서 "흔쾌欣快한 부활復活을 성수成遂"해갈 조선 사람들이 "분기奮起"할 것을 기대하면서 「3·1독립선언서」는 끝맺는다. 최남선이 『청춘』에서 1917년 이후로 민중을 계몽하려던 내용과 통하

는 면이 있는데, 주목할 만한 것은 「3·1독립선언서」에 "남녀노소男女老少"
가 쓰인 점이다. 이것은 최남선이 계몽하려 한 대상에 어린이와 여성도
포함되었음을 시사한다.

　실제로『청춘』의 현상 기획 난에는 여성의 이름도 확인할 수 있어 여성
도 이 잡지의 독자 대상에 포함된 것을 알 수 있다. 어린이를 계몽하려는
시도에 대해서는 제3장에서 말했는데, 그러면 그 어린이에 '여자'는 들어
있던 것일까. 들어 있다면 최남선은 어떤 여성관을 지녔고, 또 그것이 어
떻게 지면에 반영되었던 것일까. 다음 장에서는『청춘』을 포함한 신문관
의 간행물을 '여성'이라는 관점에서 분석해간다.

주석

1 『청춘』은 제5호만 현존이 확인되지 않는다. 또 당시 조선에는 조선에 사는 일본인이 발행한 일본어 종합잡지 『朝鮮』(1908년 창간, 1912년에 『朝鮮及滿洲』로 제호를 바꿈)과 『朝鮮公論』(1913년 창간) 등이 있었다.

2 「아모라도 배화야」, 『청춘』 제1호, 1914.10, 5면.

3 「我觀―스스로 裁決하라」, 『청춘』 제4호, 1915.1, 19면.

4 『청춘』의 대상 독자가 '중학생'이라는 점에 대해서는 권보드래, 「'소년'·'청춘'의 힘과 일상의 재편」, 권보드래 외, 『『소년』과 『청춘』의 창―잡지를 통해 본 근대 초기의 일상성』, 이화여대 출판부, 2007 참조.

5 「今月의 「새별」」, 『청춘』 제4호, 1915.1, 96면.

6 현상 모집의 당선자에는 초등학교에 다니는 학생이 있던 것도 확인할 수 있어서 '중학생'보다 낮은 연령층도 독자에 들어 있었다고 생각된다.

7 진학문은 1906년에 일본에 유학하고 1909년에 조선으로 돌아왔는데, 1913년에 다시 일본으로 건너갔다. 그 뒤 1918년 무렵 『오사카아사히신문(大阪朝日新聞)』의 경성 지국 기자로 조선에 돌아와 『동아일보』의 논설위원 등을 경험했다. 진학문에 관해서는 최태원, 「어느 식민지 문학 청년의 행방 (1)―'몽몽' 시절 진학문의 일본 유학과 문학 수용」, 『상허학보』 제50집, 2017 참조.

8 「會告」, 『대한유학생회학보』 제1호, 1907.3, 96면.

9 진학문, 「육당이 걸어간 길」, 『사상계』 제58호, 1958.5, 153면. 진학문은 최남선이 사망하기까지 실로 형제와 같은 사이였다고 회고한다. 진학문, 「호형호제 육당 최남선씨」, 최승만 편, 『瞬星秦學文追慕文集』, 瞬星追慕文集發刊委員會, 1975, 83면.

10 진순성(秦瞬星, 진학문), 「타先生 送迎記」, 『청춘』 제11호, 1917.11, 101~107면.

11 타고르의 일본 방문과 '붉은 모자 모임', 그리고 진학문의 관계에 대해서는 최태원, 앞의 글; 小野容照, 「中村屋の林圭―朝鮮獨立運動の國際化と三・一獨立宣言書」, 『初期社會主義研究』 제29호, 2021 참조. 『청춘』 제11호(1917.11)에는 방문 기사 외에 진학문이 쓴 타고르 해설기사 「印度의 世界的 大詩人 라빈드라나드. 타쿠르」와 타고르의 시 "The Song of the Defeated"도 실렸다.

12 이광수와 현상윤은 『청춘』에서 논설과 소설 등을 담당했다고 한다. 권두연은 최남선을 포함한 세 사람을 '고정 필자', 그 밖의 인물을 '참여 필자'로 분류한다. 권두연, 『신문관의 출판기획과 문화운동』, 고려대 민족문화연구원, 2016, 464~466면.

13 「初等大韓地理稿本」, 『소년』 제3년 제4권, 1910.4, 8면.

14 육당생(六堂生, 최남선), 「文明上 植福」, 『매일신보』, 1917.1.1, 1면.

15 최남선, 「民德論」, 『매일신보』, 1918.1.1, 1면.

16 현상윤, 「求하는 바 靑年이 그 누구냐?―留學生 여러분 兄弟의게」, 『학지광』 제3호, 1914년.12, 4~5면.

17 현상윤, 「朝鮮人의 三大缺點」, 『학지광』 제8호, 1916.3, 11~12면.

18 춘원생(春園生, 이광수), 「東京雜信―一般人士의 必讀홀 書籍數種(一)」, 『매일신보』 1916.11.7, 1면.

19 춘원생, 「東京雜信―一般人士의 必讀홀 書籍數種(二)」, 『매일신보』 1916.11.8, 1면.

20 춘원생, 「文學이란 何오(四)」, 『매일신보』 1916.11.15, 1면.

21 이광수, 「우리의 理想」, 『학지광』 제14호, 1917.12, 1~9면.

22 현상윤의 경력에 대해서는 幾堂玄相允全集刊行委員會 編, 『幾堂玄相允全集』 제1권, 나남, 2008, 29~32면 참조.

23 조선인유학생은 조선사회의 실력을 양성하기 위해 『학지광』을 통해서 근대 사상 등을 적극적으로 계몽했는데, 이 잡지는 조선에서도 읽혔다. 小野容照, 『朝鮮獨立運動と東アジア―一九一〇―一九二五』, 思文閣出版, 2013, 70·82면.

24 波田野節子, 「李光洙の第二次留學時代―『無情』の再讀(上)」, 『朝鮮學報』 제217집, 2020, 5~6면 참조. 이하 이광수의 경력은 이 논문과 波田野節子, 『李光洙―韓国近代文學の祖と『親日』の烙印』(中央公論新社, 2015)에 따른다.

25 육당생, 「故吉田東伍博士(四)」, 『매일신보』 19182.1, 1면.

26 육당학인(六堂學人, 최남선), 「東都繹書記―兩國川花火(一)」, 『매일신보』 1916.12.5, 1면, 「東都繹書記―兩國川花火(二)」, 『매일신보』 1916.12.6, 1면.

27 육당학인, 「江戸繹書記(二) 圖書館巡歴」, 『매일신보』 1916.10.25, 1면.

28 춘원생, 「東京雜信―一般人士의 必讀홀 書籍數種(二)」.

29 특히 사진 수록은 『소년』 이전의 잡지류에는 거의 보이지 않았다(권용선, 「국토지리의 발견과 철도여행의 일상성」, 권보드래 외, 앞의 글, 83면). 권보드래 외, 『『소년』과 『청춘』의 창』에서는 『청춘』의 시각 요소를 세밀하게 정리, 해석하는데, 이것들이 당시 일본의 잡지와 서적에서 뽑아낸 것이었다는 점이 시사되면서도 이 점이 자세히 분석되지 않는다.

30 『청춘』에 실린 기사 수는 전체 약 500편이다(독자 투고는 제외). 그 가운데 번역 기사는 약 200편을 차지하기 때문에 얼추 계산해도 전체의 약 40퍼센트가 된다.

31 『태양』의 독자는 자신이 관심 있는 기사만을 읽기도 하고 바라보기도 하는 수용 태도를 지녔다고 생각되고, 이것은 당시 잡지 읽기의 새로운 방식이었다고 한다. 大和田茂, 「『太陽』創刊號の反響」, 鈴木貞美 編, 『雜誌『太陽』と國民文化の形成』, 思文閣出版, 2001, 45면.

32 「少年時言―『少年』의 既往과 밋 將來」, 『소년』 제3년 제6권, 1910.6, 13면.

33 그밖에 『청춘』은 하쿠분칸에서 발행하고 모험소설과 스포츠 기사가 중심인 잡지 『모험세계(冒險世界)』(1908.1~1919.12)에서도 「지구상에서 가장 무서운 악마(地球上最も恐怖すべき大魔物)」와 「세계 삼대 기인(世界三大奇人)」을 번역해서 실을 것을 확인할 수 있다.

34 「太陽發刊ノ主意」, 『日本大家論集』 제6권 제12호, 1894.12, '권두광고'.

35 一記者, 「編輯室より」, 『學生』 제2권 제7호, 1911.6, 124면.

36 一記者, 「編輯室より」, 『學生』 제5권 제12호, 1914.11, 99면.

37 高山林次郎, 「發刊の辭」, 『中學世界』 제1권 제1호, 1898.9, 3면.

38 춘원생, 「東京雜信 一般人士의 必讀홀 書籍數種(二)」.

39 이경현, 「『청춘』을 통해 본 최남선의 세계인식과 문학」, 『한국문화』 제43호, 서울대 규장각한국학연구원, 2008, 329면.

40 한영주, 「계몽·경이·효용-『소년』과 『청춘』에 나타난 근대자연과학의 삼면상(三面相)」, 권보드래 외, 앞의 책, 147~148면.

41 『청춘』에서는 최남선을 비롯해서 여러 집필자들이 여러 필명을 썼는데, 요코야마 마타지로가 쓴 기사의 번역을 맡았다고 생각되는 '廣蓄室主人'은 '미확인필자'로 분류된다. 권두연, 앞의 책, 466면.

42 「世界文學槪觀」은 마쓰우라 마사야스(松浦政泰)의 『대표적인 세계문학 이야기(代表的世界文學物語)』(北文館, 1913)에서 번역한 것이고, 「十大奮鬪的偉人」도 마찬가지로 마쓰우라의 『분투하는 위인(奮鬪の偉人)』(北文館, 1910)을 번역한 것이다. 김준현, 「『청춘』의 '세계문학개관' 저본에 대한 검토(1)-최남선과 마쓰우라 마사야스(松浦政泰)」, 『사이間SAI』 제24호, 2018, 13·35면.

43 「高尙한 快樂」, 『청춘』 제6권, 1915.3, 62면.

44 『소년』 제1년 제2권(1908.12)에 실린 「러시아는 읏더한 나라인가」는 『소년세계독본(少年世界讀本)』 제8권(博文館, 1908)의 1~3면을 가려 옮긴 것이다.

45 「少年時言-『少年』의 旣往과 밋 將來」, 앞의 책, 18면.

46 『소년』의 독자였던 '소년'과 『청춘』의 독자였던 학생이 놓인 상황에 관해서는 권보드래, 앞의 글 참조. 저본을 살펴볼 때에는 『소년』과 『청춘』의 독자층 문제도 고려해야 하지만, 『소년』의 독자층은 분명하지 않고 앞선 연구에서도 견해가 나뉜다. 제1장에서 논한 것처럼 『소년』은 '소년'에게는 어렵다고 생각될 듯한 내용의 기사가 큰 비중을 차지해서 폭넓은 연령층을 대상으로 했던 것으로 보인다. 그 때문에 『소년』과 『청춘』이 대상으로 삼은 독자의 차이가 저본의 변화에 미친 영향은 분명하게 밝히기 어려운 면이 있다.

47 그밖에 『청춘』에 관한 사례를 들면, 먼저 제10호(1917.9)와 제15호(1918.9)에서 독자 투고가 일부 삭제되어 검열의 대상이 되었던 것으로 보인다. 또 제15호에는 "當局의 削除와 其他 時節 不合等으로 內容의 若干을 割愛"했다며 몇 면이 준 것에 대해서 독자에게 사죄하는 글이 실렸다.

48 다만 두 잡지의 번역 양상에는 공통점도 있다. 예를 들면 『소년』에서 나타난 번역의 특징으로는 독자의 이해를 돕기 위해 설명을 붙이는 것과 조선의 문화에 맞게 용어로 바꾸는 것은 『청춘』에도 보인다. 구체적인 예를 들면, 『청춘』 제13호(1918.4)에 실린 「動物奇談-배노리 하는 낙지」에서는 '낙지베(蛸船)'에 관한 설명 부분에서 이순신의 거북선을 언급하는 글이 덧붙여졌다. 『청춘』 제9호(1917.7)에 실린 「近世 로빈손 奇談」에서는 저본의 '메이지 41년부터 42년까지(明治四十一年から二年にかけて)'를 '隆熙二三年'으로, 『청춘』 제10호(1917.9)의 「十大奮鬪的偉人-人道에 殉한 大統領 린컨」에서는 '知事'를 '道觀察使'로, 또 『청춘』 제11호(1917.11)의 「光의 文明」에서는 '貴族'

을 '兩班'으로 바꾼 것 등이다.

49 박승희, 「근대초기 매체의 세계인식과 문학사」, 『한민족어문학』 제53호, 2008, 86면.

50 제3장에서 든 기사와 저본에 대해서는 〈부록 표 3〉에 서지 정보를 적었기 때문에 이하 본문에서 열거하는 원문과 번역의 주는 생략한다.

51 그밖에 두 나라를 비교한 것도 있다. 예컨대 미국과 조선의 학생과 학교 교육을 비교한 것으로 『청춘』 제2호(1914.11)에 실린 「美國의 學生은 凡事가 다 實際的」이란 글이 있다. 이것은 『중학세계』 제17권 제1호(1914.1)에 실린 「미국의 학생은 무슨 일이든지 실제적(美國の學生は何事にも實際的)」이란 글을 번역한 것인데, 일본의 학생과 학교 교육에 관한 곳이 모두 조선의 학생과 학교 교육 이야기로 바뀌었다. 구체적으로는 일본의 학교 제도에 관해 "학생들에게 많은 것을 가르치기 때문에 모두 이렇게 중간에 흐지부지되어버린다(徒らに多くを教授するが爲めに, すべてがこう云う中途半端になってしまう)"는 문제를 "만혼 科目을 만히 가르치고 學生도 엇지갓든지 한거번에 만히 배기 째문에 생긴 弊端"이라고 표현해서 구체적인 사례도 모두 고쳐서 대폭 바꾸어 쓰는 등 조선의 학교 교육 이야기로 전환했다.

52 이태훈, 「1910년대~20년대 초 제1차 세계대전의 소개양상과 논의지형」, 『사학연구』 제105호, 한국사학회, 2012, 207~208면.

53 松浦政泰, 『奮鬪の偉人』, 1면.

54 『청춘』 15호, 1918.9, '광고'. 1책 20전이 25전으로 오른다고 한다.

55 「讀者의 謝告」, 『청춘』 제15호, 1918.9, 76면.

56 권두연은 조선총독부가 『청춘』의 인기를 위험하게 보고, 『청춘』을 통한 불순한 사상의 형성, 유통이 걱정되어 폐간에 이르렀다고 추측한다(권두연, 앞의 책, 87~88면). 또 한기형은 『청춘』의 현상문예는 정치적 의미를 띠었다고 하면서 『청춘』의 폐간 배경에 "현상문예의 정치적 위험성에 대한 조선총독부의 우려"가 있을 가능성을 지적한다. 한기형, 「최남선의 잡지 발간과 초기 근대문학의 재편－『소년』, 『청춘』의 문학사적 역할과 위상」, 한기형 외, 『근대어·근대매체·근대문학－근대 매체와 근대 언어질서의 상관성』, 성균관대, 2006, 340~341면.

57 『청춘』 제3호, 1914.12, '권말 광고'.

58 예를 들면, 창간호에는 『레미제라블』이 번역되어 실렸는데(「世界文學槪觀 너 참 불상타」, 『청춘』 제1호, 1914년 10의 특별 부록 1~36면), 박지원의 『연암외전』이라는 조선의 고대소설도 함께 실렸다. 「涉獵小抄」, 『청춘』 제1호, 1914.10, 136~143면.

59 「繼刊辭」, 『청춘』 제7호, 1917.5, 1면.

60 「威武가 何有오 信念이 自固한 마르틴, 루데르－全歐洲를 震駭한 獅子의 第一聲」, 『청춘』 제7호, 1917.5, 45~51면.

61 「我觀－우리의 挑戰에 應하라」, 『청춘』 제6호, 1915.3, 9~10호.

62 「藝術과 勤勉」, 『청춘』 제11호, 1917.11, 46면.

63 위의 글, 47면.

64 예컨대 『청춘』 제8호(1917.6)와 제9호(1917.7)의 「我觀」에서는 정신 수양과 단련 방

법을 논하고, 그밖에 제14호(1918.6)에는 수양의 가치를 설명한 기고문도 실렸다(최린, 「靑年의 修養과 其價値」, 『청춘』 제14호, 1918.6, 41~43면). 또 「文藝復興과 宗教改革의 史的 價値를 論하야 朝鮮當面의 風氣問題에 及함」(『청춘』 제12호, 1918.3월, 33~47면) 등 문예와 종교 등 각 방면의 부흥과 개혁을 논한 것도 보인다.

최남선이 조선의 현상 문제를 지적할 때에 '나태'란 말을 쓴 것과 관련해서 일본에서는 1894년에 청일전쟁이 일어날 무렵부터 '나태懶惰'한 조선의 후진성을 강조하는 내용이 『소년세계』 등의 잡지에서 여기저기 보인다(大竹聖美, 『植民地朝鮮과 兒童文化－近代日韓兒童文化·文學關係史研究』, 社會評論社, 2008, 40, 50~52면). 이렇게 조선과 '나태'를 연결해서 조선의 사회와 문화가 후진적이라고 본 인식은 식민지기에 들어서면 일본인 학자들에 의해서 "조선의 정치·경제·문화 등의 모든 것이 외래 세력의 압도적 영향 아래 형성되고 조선 독자의 것은 없다"며 조선인에게는 여러 민족의 지배가 불가결하다는 타율성론과 조선인에게는 자국의 사회와 경제를 내재적으로 발전시킬 능력이 결여되었다는 정체성론 등의 식민지사관이 이론화된다(旗田巍, 『日本人의 朝鮮觀』, 勁草書房, 1969 참조). 이런 이론은 일본의 조선침략과 식민지지배의 정당화에 이용되었다. 조선인의 태만함을 지적한 점에서는 일본인 학자도 최남선도 마찬가지라고 할 수 있다. 그러나 '나태'하므로 후진사회인 조선을 일본이 식민지로 지배하는 것은 당연하다며 지배를 정당화하려 한 일본인 학자에 비해서, 조선고유의 문화와 민족성을 평가했던 최남선은 그것을 개선하려 하고 '나태'라는 말로 문제점을 지적한 것은 조선인의 능력에 대한 평가와 기대의 반전이라고 볼 수 있다.

65 「我觀－스스로 삶히라」, 『청춘』 제7호, 1917.5, 6면; 「財物論」, 『청춘』 제8호, 1917.6, 26면.

66 一九一九年五月一九日崔南善地方法院豫審訊問調書(市川正明 編, 『三·一獨立運動』, 제3권, 原書房, 1984, 85면).

67 『청춘』을 "現朝鮮의 精神上의 發展"의 큰 부분을 짊어진 "時代 改化의 先驅"로 평가한 기고문도 있다. 최순정(崔順貞), 「靑春에」, 『청춘』 제14호, 1918.6, 119면.

제4장

신문관의 간행물과 여성

1. 근대 조선의 여성을 위한 간행물과 신문관

이번 장의 과제는 신문관의 간행물과 '여성'의 관계성에 초점을 맞추어 분석하는 것이다. 그에 앞서서 먼저 근대 조선의 여성사 연구 상황에 대해서 간단히 이야기하겠다. 왜냐하면 신문관의 간행물을 여성이라는 관점에서 파악하는 작업은 조선 여성사 연구의 전개와도 밀접하게 관련되기 때문이다.

근대 조선의 여성사에 관한 연구는 처음에는 조선 여성이 독립운동에 공헌한 사실을 강조하는 것이 중심이었다. 그러나 점차 연구가 다양화하고 조선 여성의 행동을 규정한 '현모양처' 개념과 조선 안과 외국에서 근대적 교육을 받은 여성을 가리키는 말로 '신여성'을 중심으로 한 여성의 주체성 등이 주목을 끌게 되었다.[1] 동시에 여성에 관한 담론과 여성을 대상으로 한 간행물도 분석되었다. 그러나 여성을 위한 간행물의 연구는 '신여성'이 본격적으로 대두한 1920년대 이후가 중심이고, 1910년대 이전의 분석은 충분하지 않은 것이 현실이다.[2]

그 원인 가운데 하나는 1910년대에 조선의 출판계를 이끌었던 신문관의 간행물을 여성사적 관점에서 파악한 연구가 드물었기 때문이다. 서문에서 말한 것처럼, 여성의 관점에서 분석한 연구가 전혀 없는 것은 아니지만, 그것은 『소년』과 『청춘』의 '남성중심'적인 성격을 지적하는 데 지나지 않는다.[3] 그러나 앞 장에서 말한 것처럼 『청춘』의 독자에는 여성도 들어 있고, 『소년』에도 여성이 등장하는 기사는 존재한다. 만약 『소년』과 『청춘』이 '남성중심'적이었다고 해도, 여성이 독자에 들어 있을 가능성이 있는 이상 신문관과 최남선의 여성인식을 살펴볼 필요가 있을 것이다.

또 신문관은 『소년』 뒤에 『청춘』을 간행하기까지 사이에 어린이 잡지 『붉은 져고리』와 『아이들보이』를 펴냈다. 또 이 책에서는 여기까지 자세히 논하지 않았지만, 잡지와 동시에 번역소설 등의 단행본도 간행했다. 이들 간행물도 아울러 분석하지 않는 한, 신문관과 '여성'의 관계성에 다가갈 수는 없다.

이상을 바탕으로 해서 이번 장에서는 여성의 관점에서 신문관이 설립된 1908년부터 『청춘』에 이르기까지 신문관에서 나온 간행물을 검토하는데, 어린이 잡지와 단행본도 포함한다. 이때 다음의 두 가지 점에 주목하고 싶다.

첫째는 시대 배경으로, 당시 조선의 여성관과 여자 교육을 둘러싼 상황이다. 특히 『소년』이 창간된 때는 대한제국의 보호국 시기에 해당하고, 여자 교육의 필요성이 널리 인식된 시기와 겹친다. 따라서 신문관의 간행물뿐만 아니라, 보호국 시기에 여성을 둘러싼 담론과 출판 상황도 아울러 고찰함으로써 당시 상황에서 신문관이 여성에 대해 어떤 의도로 간행물을 펴냈던 것인지 부각해보려 한다.

또 하나는 일본의 출판계와 어떻게 관련되는가 하는 것이다. 제1장부터 제3장까지는 최남선이 『소년』과 『청춘』, 어린이 잡지 등을 간행할 무렵 같은 시기에 나온 일본의 출판물을 여럿 참조했다는 점을 분명히 밝혔는데, 당시 일본에서는 여성을 대상으로 한 잡지가 많이 간행되었다. 이것을 고려하면 일본 출판계의 동향에 밝았던 최남선이 여기에서 무엇을 받아들이고 무엇을 버렸는가 하는 관점에 서서 여성 독자의 문제에 더 깊이 다가갈 수 있을 것이다.

이번 장에서는 이렇게 당시 조선의 시대상황뿐만 아니라 외적인 요인으로 일본의 영향도 고려해 논함으로써 지금까지 밝혀지지 않았던 신문관의 간행물과 여성의 관계성에 대해서 그 실태에 다가간다. 신문관이 근대 초기에 해당하는 1920년대 이전에 조선을 대표하는 출판사였다는 점에 비추어보면, 이 시도는 조선 출판문화의 형성 과정을 여성 독자의 관점에서 검토하는 작업으로도 이어지고, 마찬가지로 1920년대 이후에 연구가 집중한 여성사 연구에 대해서도 새로운 견해를 보여주게 될 것이다.

2. 보호국기의 여성관과 『소년』

보호국기의 신문 기사와 잡지 등의 여성관

1905년에 대한제국이 일본의 보호국이 되자 저항운동으로 애국계몽운동이 널리 전개되었다. 제1장에서 말한 것처럼, 최남선은 애국계몽운동에 의식적으로 참여했다고는 생각하기 어렵지만, 다른 한편으로 최남선과 애국계몽운동을 주도한 '학회'는 간행물을 통해서 민중에게 각종 지식을 계몽함으로써 조선 사회의 문명화를 목표로 했다는 점은 일치한다. 그때 이런 학회의 기관지와 애국계몽운동을 지탱한 주요 미디어였던 당시의 신문에서는 여성의 역할에 대해서도 활발하게 의논되었다.

예를 들면, 『대한매일신보』에는 "여자女子는 국민國民된 자者의 어머니될 사름"이고 가정교육에서 중요한 존재라는 논설이 실렸고, 『황성신문』에도 여성에게 "기其 양인良人을 내조內助"할 것을 촉구하는 글이 보이는 등[4] 모두 '어머니'와 '아내'가 여성의 역할로 간주되었다는 것을 알 수 있다.[5] 곧 여성은 "국민된 자의 어머니"로서 가정에서 교육하는 존재로 인식되었다고 할 수 있다. 그리고 '장래의 국민'이 될 아이들의 성장은 어머니의 능력에 달렸기 때문에 앞으로 어머니가 될 여자를 교육할 필요가 있다는 발상에서 여자 교육의 중요성도 인식되었다.[6]

특히 이 시기의 여자교육에 관한 논설에는 여자교육을 가정과 사회와 연결시킨 것이 많다. 한 예를 들면, 『제국신문』에는 "여자의 학문이 없고는 집안이 망"한다는 글이 보이고,[7] 유학생단체인 태극학회의 기관지 『태극학보』에서는 "녀亽들을 교휵식이지 아니ᄒ면 이는 쟝릭의 나라샤회를 멸망식히는 것과 다름이 업슬지라"는 지적과 "일소아一小兒의 장래운명將來運命"뿐만 아니라 국민의 부강도 "모일신母一身"에 달렸다는 주장도 전개되었다.[8] 마찬가지로 당시를 대표하는 학회 가운데 하나인 서우학회의 기관지 『서우』에도 "사회社會의 일반一半을 구성構成"하는 여성 교육이 한 집안에 그치지 않고 한 나라의 성쇠도 좌우한다는 지적이 보인다.[9]

이렇게 여성은 '장래 문명의 기초'를 쌓을 존재이고, 충실하게 여자의 역할을 맡기기 위해 여성을 교육하는 것이 한 나라의 융성과 사회의 발전으로 이어진다고 인식되었다.[10] 조선에서는 1905년에 일본의 보호국이 된 것을 계기로 국권회복과 근대국가 건설을 위한 여자교육의 중요성이 부르짖어졌고,[11] 미래의 국민 양성에 필요한 '우수한 어머니'를 양성한다는 측면에서 여자교육이 주목받게 되었다.[12]

이처럼 신문·잡지에서 여성에 대한 관심이 높아진 것을 계기로 남녀 평등과 여자교육의 충실을 호소하는 연설회 등이 자주 열리고, 1906년에 여자교육의 보급, 발전을 위해 여자교육회가 조직되는 등[13] 여러 가지 움직임이 일어났다. 그런 가운데 1908년에 대한제국 정부가 고등여학교령을 발포하고,[14] 같은 해에 조선 최초의 관립고등여학교인 한성고등여학교오늘날 경기여자고등학교가 설치되었다. 한성고등여학교에서는 '슬기로운 아내와 어진 어머니'의 본분을 충실하게 하는 여자의 훈육을 목표로 삼았고, 교장인 어윤적은 "인재양성은 슬기로운 어머니의 손으로"라는 신념 아래 여러 번 신사임당을 교육 목표로 내걸었다고 한다.[15]

이와 관련해서 당시의 신문과 기관지 등에서도 "총명양재聰明良材"한 자손을 얻기 위해 여자교육을 일으켜서 "현모양처賢母良妻"의 자질을 갖추게 해야 한다는 주장과[16] 가정교육을 완전히 한 뒤에 여자교육을 발달시켜 "현모양처를 조성"해야 한다는 견해가 많이 보인다.[17] 곧 당시 조선에서 여자교육이란 특히 가정교육을 일으켜 '총명하고 훌륭한' 아이를 기르는 현모양처의 양성을 목표로 삼았다.[18]

보호국 시기에 여자교육의 중요성이 널리 인식되면서 새롭게 여성 잡지도 탄생했다. 조선 최초의 여성 잡지로 일컫는 것은 『가뎡잡지』1906.6~1908.8, 〈도판 4-1〉로, 상동청년회가 중심이 되어 설립한 가정잡지사에서 창간했다. "전국 동포의 가뎡의 묵은 습관을 고쳐 문명흔 풍긔를 바다드리기로 직분을 삼ᄉ오니"[19]라는 간행 목적을 내건 잡지로, "ᄌ녀"를 교육하지 않으면 가정도 나라도 망한다면서 구국의 목적을 위해 여성에게 가사와 육아에 관한 지식을 제공하는 것이었다.[20] 여기서도 어머니로서 여성의 역할이 강조되었다.

이밖에 이 시기에 간행된 여성 잡지로는 『녀ᄌ지남』1908.5~종간 시기 불명을

〈도판4-1〉『가뎡잡지』제2년 제7호, 1908.8. (재)현담문고 소장.

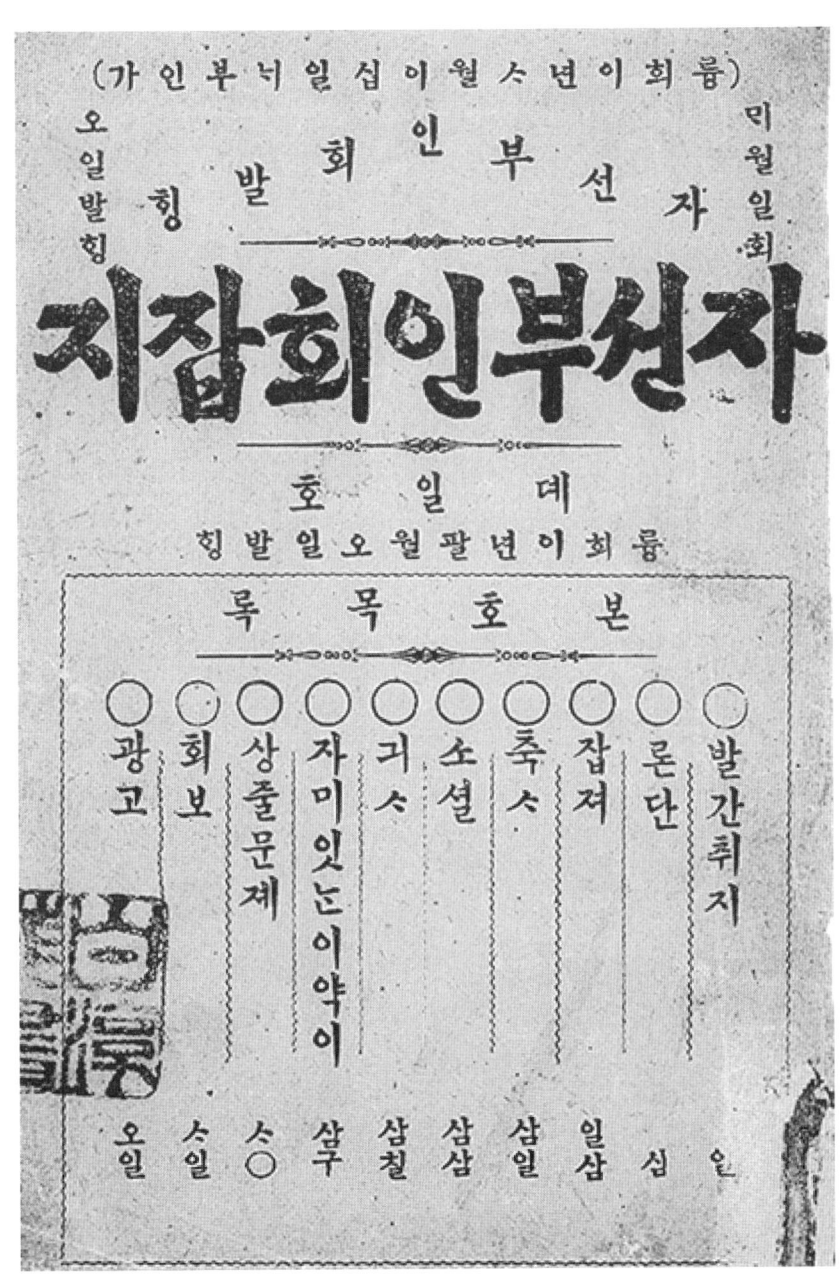

들 수 있다.[21] 이것은 1907년에 여자교육회가 설립한 여자보학원女子普學院의 월보로, 경영난에 빠진 여자교육회에서 이 학교의 운영을 이어받은 서북학회 회원 출신 인사들이 중심이 되어 발행한 것이다.[22] 조선에서 여성단체의 회보와 여학교 잡지의 효시가 되는 이 잡지는 "년고흔 녀즈의 학식 도덕을 발달ᄒ기 위ᄒ야"를 목적으로 하고, "부인婦人이 학문學問이 무無ᄒ면 가정교육家庭教育을 부지不知ᄒ야 자녀子女의 덕성德性을 배양培養치 못ᄒ나니"라면서 한 가정, 나아가서는 국가의 문명화를 위해 여성에게도 학식과 도덕을 가르쳐야 한다는 관점에서 여자교육의 필요성을 주장한다.[23] 내용은 현모양처를 지향하는 것이 많고,[24] 또 국권회복에 관한 내용과 「애국가」의 수록 등 애국계몽운동의 일환이라는 성격을 띤 것도 많이 보인다.

마지막으로 1907년에 김석자가 자선단체로 설립한 자선부인회의 기관지 『자선부인회잡지』〈도판 4-2〉에 대해서 살펴보자.[25] 1908년 8월에 창간된 이 잡지는 "자선심이 유난히 감발"함과 "하늘이 쥬신 착흔 성품 근본"의 회복을 목적으로 삼은 것으로,[26] 모든 기사를 여성이 쓴 점이 특징적이다. 지면에는 자선활동을 촉구하는 문장이 여럿 보이는데, 그것은 "즈선심이 발달될소록 문명정도가 놉하가고 문명정도가 놉하갈소록 나라가 부강"하고,[27] "문명흔 렬국"에서는 "남즈보다 녀자가 자선심을 발ᄒ야" 각종 자선사업을 펴기 때문이었다.[28] 요컨대 자선활동은 나라가 문명화하는 조건이고 여성이야말로 그 담장자라는 것이다. 이런 인식을 바탕에 두고 『자선부인회잡지』는 여성에게 "우리도 아뭇조록 즈선을 실힝ᄒ야 문명국 인민이 되야 봅시다"고 외치고 "어진 ᄉ업에 종사"할 것을 촉구했다.[29]

보호국 시기의 여성 잡지는 이상과 같지만, 『가뎡잡지』와 『녀즈지남』이 구국을 위해 양처현모에 의한 나라의 문명화를 목표로 삼았던 데서 보이는 것처럼, 이 시기 조선의 신문과 잡지에서 여성에 관한 담론은 일본의 지배가 강해져가는 국가적인 위기 속에 널리 애국주의와 연결되었다. 『자선부인회잡지』는 예외적으로 구국의 요소가 희박하지만, "이천만 동포"의 절반을 차지하는 부인을 계몽함으로써 나라의 문명화를 목적으로 삼았고[30] 기본적인 노선은 같았다. 또 이들 여성 잡지는 모두 부인과 "이미 성인이 되어 학교에 입학할 수 없는 여자"인 "장년의 여자"를 주된 대상으로 하고, 여학생만을 대상으로 한 전문지와 같은 것은 당시 조선에는 존재하지 않았다고 할 수 있다.[31]

나중에 자세히 설명하지만, 그에 비해 같은 시기 일본에서는 소녀 잡지 등 분명하게 '소녀'를 위한 읽을거리가 여럿 간행되었다. 이렇게 당시 상황에서 일본의 출판계에도 밝았던 최남선이 간행한 잡지 『소년』에서는 어떤 여성관을 볼 수 있을까.

『소년』의 '여자'

『소년』에는 명백히 여성을 대상으로 한 것으로 보이는 기사는 확인할 수 없지만, 여성과 깊이 관련된 것으로는 유일하게 「수양修養의 거울─헬넨 켈너 여사女史의 『나의 장래將來』」를 들 수 있다. 시각과 청각의 중복 장애를 안고 있으면서도 장애인 복지에 힘을 쏟았던 헬렌 켈러의 약력 등을 소개한 서문과 그 저서 『나의 장래』의 일부로 구성된 기사인데, 그 가운데는 다음과 같은 글이 보인다.

> 부인婦人의 사업事業에 나는 다대多大한 흥미興味를 가젓습니다. (…중략…) 문화文化가 어느 고도高度에 올나갓다가는 다시 퇴보退步하니, 이 퇴보退步는 남자男子의 진보進步에 부인婦人의 향상向上이 쌀아가지 못하난 까닭이외다. 그런즉 일

국 문명―國文明의 정도程度는 그 부인婦人의 개명 여하開明如何를 가지고 단정斷定할 수 잇슬 줄 생각하노이다. 그럼으로 나는 부인婦人에 관關한 경제문제經濟問題를 연구研究하고, 부인婦人의 발전發展에 전력全力을 드리고자 하노이다.[32]

이것은 『나의 생애わが生涯』内外出版協會, 1907의 끝에 실린 「보유補遺」의 일부를 충실하게 번역한 것인데, 이 책은 헬렌 켈러의 원작을 미나카와 마사키皆川正禧가 옮겼다. 「보유」에는 헬렌 켈러가 대학을 졸업한 뒤의 여러 가지 전망이 쓰여 있는데, 어디까지나 그 중심은 "맹인과 농아에 관한 일"이고, "부인의 사업"에 관한 언급은 이곳에만 있다.

최남선이 쓴 서문을 보아도 특히 여성을 위한 글 등은 확인할 수 없다. 최남선은 유난히 헬렌 켈러의 노력을 칭찬하고, "우리에게 크나큰 교훈敎訓을 주기를 바라노라"[33]는 문장으로 끝맺었다. 따라서 이 기사는 여자 교육에 대한 관심이라기보다는 '고통과 암흑'과 맞서 싸워 이긴 헬렌 켈러의 정신을 독자가 배웠으면 좋겠다는 생각에서 최남선이 '소년'에게 교훈을 주기 위해 실은 것으로 보인다.

실제로 『소년』에는 여성이 등장하는 곳 자체는 거의 없다. 저자가 확인한 한, 헬렌 켈러 외에 여성이 등장하는 기사는 겨우 둘 뿐이다. 하나는 최남선의 기행문으로 남대문에서 대구로 가는 철도에서 우연히 만난 '일본 부인'을 언급한 것이다.[34] 최남선은 그 일본 부인이 조선으로 건너온 가없은 경우를 이리저리 상상하며 "섬약纖弱한 여자女子 몸으로 한토이식민韓土移植民의 한 분자分子가 되야 일본제국日本帝國의 발전發展을 위爲하야 몸을 바치고 나선 모양이 되얏스니"라면서 『레미제라블』의 불우한 환경에서 자란 소녀 코제트와 겹쳐서 보았다.[35]

또 하나는 『소년』에 여러 편을 기고한 이광수의 글이다. 이광수는 제

3년 8권^{1910.8}의 「권두^{卷頭}의 액자^{額字}」에 관해서 "금년^{今年} 십삼세^{十三歲} 되 난 여자^{女子}의 쓴 것이라, 이만큼 쓰면 남자^{男子}의 필^筆이라도 오히려 놀나 웁거든 하물며 여자^{女子}리오"라고 말한다.[36] 이들 기사를 보면 『소년』에서 '여자'는 연약한 존재로 파악되었다고 할 수 있다.

『소년』에 실린 기사의 등장인물은 거의 모두 남성이고, 그 내용도 "소 년^{少年}의 해사사상^{海事思想}을 고취^{鼓吹}"한 것과 탐험기 등 번역이든 아니든 남학생을 대상으로 한 것으로 보이는 것이 대부분을 차지한다. 따라서 『소년』은 확실히 '남성중심'적이었다고 할 수 있는데, 이런 경향이 뚜렷 하게 나타나는 것이 제2년 제9호^{1909.10}의 「신시대 청년의 신호흡^{新時代 青年} ^{의 新呼吸}(七) 스마일쓰 선생^{先生}의 용기론^{勇氣論}」이다.

이것은 스마일스가 쓴 『품성론』[37]의 제5장 「용기」를 옮긴 것인데, 번 역 과정에서 여자 교육에 관한 원문의 글이 모두 삭제되었다. 삭제된 것 을 확인할 수 있는 부분은 "용기의 수양은 여자교육의 범위 밖에 둔다고 하더라도 실제는 음악과 프랑스어와 지리학보다도 더욱 더 필요한 것이 고"[38]라는 글 아래에 여자교육에서 '용기의 수양'의 중요성과 여성과 '용 기'의 관계에 대해 말한 곳으로, 실로 11면에 이른다.

삭제된 부분을 자세히 보면, "여자가 개인적이고 가정적인 삶의 범위를 벗어나서 공공적이고 사회적인 자선사업의 제일 선두에 서는 일은 곧 그 도덕적 용기를 드러내는 것이라고 할 수 있다"는 글과 "부인"이 "가정의 영역 바깥에 한 걸음을 내디뎌 이용후생의 큰 무대를 살피는" 것을 바람 직하게 보는 내용 등 여성의 사회진출을 긍정하는 내용이 포함되었음을 알 수 있다.

또한 주목할 만한 것은 "나는 여자에게 결단력과 용기를 가르쳐야 한 다고 주장한다. 이것은 여자를 유능하게 하고, 자신감을 강하게 하고, 유익하고 행복하게 만드는 한 수단이 된다"는 글과 "정신에 그치지 않고, 신체에 그치지 않고 박약하다고 하는 것은 결국 불구와 같고 (…중략…) 순조로운 경우를 만나든 역경을 만나든 태연하게 동요하지 않는 것이 운명을 만드는 유일한 방법이다"라고 한 것처럼 여자에게 군센 정신 수양을 촉구하는 내용도 삭제된 점이다.

최남선은 『소년』의 간행 목적으로 "신대한新大韓의 소년少年으로 깨달은 사람 되고 생각하난 사람 되고 아난 사람 되야 하난 사람이 되야서 혼자 억개에 진 무거운 짐을 감당勘當케 하도록 교도教導하쟈 함"[39]을 내걸었는데, 여기서 삭제된 내용은 바로 최남선이 기르려고 한 군센 "신대한의 소년"에게 통하는 것이다. 요컨대 『품성론』을 번역하면서 삭제된 사례는 새로운 대한제국을 짊어질 "신대한의 소년"에서 '가냘픈' 이미지로 파악된 '여자'가 배제되었다는 것을 보여준다.

이렇게 『소년』은 주로 남학생을 대상으로 한 잡지였다고 할 수 있는데, 같은 시기에 나온 조선의 청소년 잡지 『소년한반도』1906.11~1907.4에도 여자를 위한 기사 등은 특히 보이지 않아 당시 조선에서는 '소년'에 '소녀'가 포함되지 않았다고 할 수 있다.

그러면 이런 경향은 조선에 특유한 것이었을까. 제1장에서 본 것처럼, 최남선은 『소년』을 간행하면서 하쿠분칸의 『소년세계』 등 일본의 소년 잡지를 참조했기 때문에 여기서 당시 일본의 상황을 확인해보자.

일본 소년 잡지의 '소녀'

같은 시기에 일본 문학계의 '소녀'에 주목해보면, 먼저 소년 잡지의 선구라 할 수 있는 『소년원』에는 여자들을 위한 기사와 여자 교육에 관한 논설 등이 여럿 실렸다. 또 독자투고 난에도 자주 여성의 이름이 등장하고, 제2권 제21호[1889.9]에 실린 「여자 현상 작문 과제女子懸賞文題」 모집에 '318편'이 응모한 것 등에서[40] 일정한 수의 여성독자가 존재했음을 알 수 있다.

〈도판 4-3〉 『少女世界』 제1권 제1호, 1906.9.

마찬가지로 『소년세계』에도 「소녀 동화少女お伽噺」와 「여학생 소풍 노래女生徒遠足の歌」 등 여성을 위한 기사와 작품을 여럿 확인할 수 있다. 독자투고 난의 「소년문단少年文壇」과 지, 덕, 체 가운데 어느 하나에 뛰어난 인물을 칭찬하는 「으뜸으로 모범이 될 만한 소년 열전少年龜鑑得牌者列傳」에도 여성의 이름이 몇몇 보인다.[41] 『소년세계』의 주필을 맡았던 이와야 사자나미도 소녀를 위한 작품을 싣지 말아달라는 투서에 대해서 "소년세계이므로 소녀 이야기를 실어서는 안 된다는 것은 무슨 뜻인가, 소녀는 소년이 아니라는 말인가"[42]라고 되묻는 등 '소녀'를 '소년'에 넣었다. 시사신보사時事新報社의 『소년』에도 "소년소녀에게 공통적으로 유익하고 재미있는 잡지를 제공"하는 것을 목적으로 하고 "그 안에 남녀의 구별은 조금도 없다"고 한다.[43] 이렇게 당시 일본의 소년잡지에서 '소년'에는 '소녀'도 포함되었다.[44]

그 뒤 일본에서는 1902년 4월에 『소녀계少女界』金港堂書籍 창간을 계기로 『소녀세계少女世界』博文館, 1906.9~1931.10, 〈도판 4-3〉, 『소녀지우少女之友』實業之日本社, 1908.2~1955.6 등 '소녀'를 대상으로 한 잡지가 차차 간행되었다.[45]

이렇게 소녀를 위한 전문 잡지가 탄생한 배경은 1899년에 공포된 고등여학교령에 따라 여학생이 독자층으로 뚜렷하게 등장한 것이었다.[46] 고등여학교령과 함께 여자를 위한 중등교육기관이 갖추어지고,[47] "학교에 들어가는 여자의 수는 해마다 늘어나고, 여학교도 전국 모든 곳에 생기"[48]는 가운데 '소녀'를 위한 읽을거리를 찾게 되었다. 특히 고등여학교령에는 "여자에게 필수적인 고등보통교육"이 고등여학교의 목적으로 정해져 집안일과 바느질에 많은 비중을 두는 등 가사 처리 능력을 중심으로 한 교양을 몸에 익히게 해 양처현모를 기르는 것을 목표로 했다.[49] 이렇게 여자의 학문은 "남편을 돕는" 것과 "아이의 교육"에서 필요하고,[50] 고등여학교는 "앞으로 좋은 아내가 되고 슬기로운 어머니가 되기 위한" 배움터가 되었다.[51]

소녀 잡지는 이런 양처현모 교육의 보조로 자리 잡게 되었다고 할 수 있다. 예를 들면 『소녀계』에 실린 기사에는 "아이 기르기, 음식 만들기, 바느질, 빨래, 청소 등"이 "가장 중요"한 일이라면서 소녀에게 "음식 만들기, 빨래, 청소 등"을 배울 것을 촉구했다.[52] 또 『소녀세계』의 광고문에는 "뒷날 양처현모가 될 소녀 여러분의 좋은 짝이 됩니다"[53]라고 하고, 시사신보사에서 나온 『소녀』 창간사에 해당하는 문장에도 "부디 여러분은 늘 문명의 양처현모임을 마음에 새기기 바랍니다"[54]라는 글이 보인다. 각 소녀 잡지의 내용을 살펴보아도 요리와 바느질 등 집안일에 관한 기사가 많이 실렸음을 확인할 수 있다.

한편 예컨대 『소녀세계』의 주필도 맡았던 이와야 사자나미는 '소녀'에 대해서 여성이라는 '본분'을 뛰어넘지 않기를 바라면서도 "편협한 양처현모설"에 대해서는 비판적이었고, 의지의 강함과 "굳센 기질과 용감한 정신을 기르는" 것을 요구하는 등[55] 소녀 잡지에는 양처현모 교육의 보조에

그치지 않는 내용이 들어 있기도 했다.[56]

이상에서 본 것처럼, 양처현모주의는 이 시기의 일본과 조선 양쪽에서 볼 수 있었다. 여성에게 가사와 육아를 통해 국가에 공헌할 것을 기대하고, 나라의 발전을 짊어질 지아비를 떠받들어 가정을 다스리는 '양처', 미래의 국민인 아이들을 훌륭하게 기르는 '현모'가 되기를 바라는 것은 공통적이었지만, 특히 조선에서는 보호국화를 계기로 국권회복, 구국의 관점에서 여성이 맡은 역할의 중요성과 여자 교육의 필요성을 부르짖었다.

조선에서 양처현모의 대상은 주로 주부이고, 여학생 전용 읽을거리가 없던 데 비해서 일본에서는 교육 기관의 정비와 함께 '소녀' 전문지가 간행되는 환경의 차이는 있어도 당시 일본과 조선에서는 공통적으로 '여성'에 대한 관심이 높았다고 할 수 있다.

이런 가운데 일본의 출판물을 참고하면서 잡지를 간행하는 등 일본의 상황에도 밝았던 최남선이 간행한 『소년』에는 여자교육을 중시하는 모습은 보이지 않고, 또 여성에게 어머니와 아내의 역할을 바라는 듯한 내용조차 확인할 수 없다. 이렇게 『소년』에는 일본은 물론 조선의 일반적인 경향과도 크게 달라서 '여성'이라는 관점 자체가 빠져 있었다.

3. 1910년대의 여성 담론과 신문관의 어린이 잡지

1910년대의 신문 기사와 잡지 등의 여성관

지금까지 되풀이해서 논한 것처럼, 1910년 8월의 한국병합 뒤에 무단정치가 펼쳐지는 1910년대의 조선에서는 조선총독부의 강경한 언론 통제에 따라 순수한 학술 또는 종교 관련 이외의 잡지는 거의 간행되지 않았다. 조선어 신문으로는 조선총독부의 어용신문인 『매일신보』가 거의 유일했다. 그 때문에 1910년대는 출판물 수 자체가 적어서 필연적으로 여성에 관한 논설의 수도 보호국 시기에 비하면 줄어든다.

당시 신문 기사와 잡지 등에서 확인할 수 있는 여성 관련 담론으로는 먼저 『매일신보』에서 조선총독부의 여자교육 지침에 관한 기사가 몇 개 보인다. 그에 따르면, 조선총독부는 "조선인朝鮮人이 일본인日本人과 동화同和ᄒ기는 제일第一 첩경捷徑이 여자교육女子教育의 진보발전進步發達ᄒ는디 재在"하고, 민족의 "동화同化"에 "심대甚大ᄒ 이익利益이 유有ᄒ리라"면서 여자교육에 착수했다.[57] 특히 조선총독부는 장래의 "무수無數 국민國民"을 양성하는 어머니가 "불초不肖"하면 현명한 아이를 기를 수 없다면서 충성스러운 국민을 만들기 위해서 양처현모를 중시하고, "순량ᄒ 부인"과 "현숙ᄒ 모친"의 양성을 목표로 했다.[58]

실제로 조선총독부가 주도한 여자고등보통교육은 "부인의 덕목을 길러 국민의 인격을 갈고닦아 그 생활에 필수적인 지식과 기술을 전해주는 것을 본래의 뜻"으로 해서 "여자의 천분과 생활의 실제에 비추어 수신제가에 적절하게 하는"[59] 것을 목표로 "바느질과 수공예 등"의 교과를 추가하고 국어와 이과에도 수신과 가사에 관한 항목을 넣었다.[60]

다른 한편 『매일신보』에는 조선민족의 문명화라는 관점에서 양처현모를 주장하는 조선인의 논설도 실렸다. 예컨대 민영대라는 인물은 「여자교육女子教育에 취就ᄒ야」라는 일련의 논설에서 조선이 "퇴보退步에 퇴보退步를 가加ᄒ고 타락墮落에 타락墮落을 가加ᄒ" 원인으로 여자 교육의 부진이 있다면서 조선 민족이 "동서문명東西文明"에 어깨를 나란히 하기 위해 교육이 중요하다고 논한다.[61] 민영대는 "당국當局의 시설施設ᄒ 기관機關"에 의한 교육을 활용해야 한다고 하면서도 "조선여자朝鮮女子는 어디까지

던지 조선여자^{朝鮮女子}"이고 교
육을 받았다고 해서 다른 나라
의 여자가 되는 것은 아니라면
서 "당국^{當局}" 곧 조선총독부의
동화 교육에는 찬성하지 않고
"조선^{朝鮮}"을 염두에 두어야 한
다고 주장한다.[62] 그리고 여자
의 교육은 "양처현모^{良妻賢母}로
하는 것이 최대^{最大}의 목적^{目的}"
이고 부모도 교육을 받은 여자
자신도 "양처현모^{良妻賢母}가 되
는"것을 잊어버려서는 안 된다
고 강조한다.[63] 이 인물 이외에
도 『매일신보』에는 교육자인

〈도판 4-4〉 『우리의 가명』 제1호, 1913.12
(재)현담문고 소장.

조동식이 "여자^{女子}의 교육기관^{教育機關}"이 조선 사회를 발전시킬 것이라면
서 "장래^{將來} 민족^{民族}의 행복^{幸福}"이라고 파악하고, "여학생^{女學生}"이 가정과
사회에 도움이 되길 기대하는 논설을 발표했다.[64]

이렇게 조선총독부가 민족의 동화를 위해 양처현모를 중시한 데 비해
이들 논설은 '타락'한 조선 사회의 현상 타파와 가정·민족의 문명화를 위
해 양처현모를 지향하고 여자교육을 중시했다고 할 수 있다.

그러면 이 시기의 여성 잡지에는 어떤 여성관이 담겼을까. 1910년대
에 조선에서 유일한 여성 잡지는 신문사^{新文社}에서 창간한 『우리의 가뎡』
1913.12~1914.11, 〈도판 4-4〉이다.[65] 이 잡지는 가정교육과 위생에 관한 지식의 보
급을 위해 펴낸 여자 교육 전문지이고, 편집 겸 발행인은 신문사의 설립

자인 일본인 다케우치 로쿠노스케^{竹内錄之助}인데, 거의 모든 기사에는 이름이 없고 '주편^{主編}'은 배재학당의 강매가 맡았다고 한다.[66]

이 잡지는 "가뎡의 왕"인 주부의 정다운 친구가 되고, 가정을 개량하는 데 도움이 될 것을 발행 목적으로 내걸고, "됴흔 가뎡 우에 됴흔 사회가 잇고 됴흔 사회 우에 됴흔 국가가 잇슬 것"이라며 "이십세기^{二十世紀} 시로온 가뎡"을 만들 것을 장려하기도 하고, 부인에게 "남편을 도와 집을 다사림"의 존재로 보고,[67] 가정주부를 대상으로 한 기사를 많이 실었다.[68] 여기서도 어머니와 아내가 여성이 맡아야 할 역할로 자리매김되었음 알 수 있는데, 이렇게 1910년대의 조선에서는 입장에 따라 목적은 여러 가지지만, 여전히 양처현모를 중시했음을 알 수 있다.

한편 이 시기에는 새로운 논조도 전개된다. 예를 들면 『우리의 가뎡』에는 여성의 사회 진출을 부정하지 않고 자신이 바라는 직업에 나아가기 위해 필요한 지식을 몸에 익힐 것을 장려하는 기사와[69] 조선의 여성에게도 사회의 직분과 권리가 있고, 사회에서 다양한 활약을 할 수 있게 교육해야 한다는 주장도 보인다.[70] 그밖에도 『우리의 가뎡』에는 '보통학교 교사'와 '여의사^{女醫}', '전화 교환수' 같은 여성의 직업을 소개한 기사와[71] "일반 샤회에 교졔홈을 허락지 아니" 하는 조선 "녀ᄌ계"의 실정을 언급하면서 그 풍속을 개량할 "녀호걸"의 출현을 기다린다는 기사 등도 찾아볼 수 있고,[72] 조선의 "녀ᄌ계"를 둘러싼 문제에 대한 언급도 보이는 등 여성을 주체적으로 바라보는 시각이 나타났다.

그 배경으로는 일본의 진보적인 여성상이 영향을 주었을 가능성이 있다. 당시 일본에서는 남녀불평등을 깨닫고 인습을 타파해서 새로운 지위를 획득하기 위해 '새로운 여성'이라고 불리는 여성들이 등장하고,[73] 여성의 "근대적 자아의 확립"을 목표로 한 움직임이 활발했는데, 이것은 부인

해방 운동을 추진한 여류 문학 집단인 세이토샤靑鞜社[1*]의 기관지 『세이토靑鞜』1911.9~1916.2로 대표되었다.[74]

『우리의 가뎡』에는 히로시마廣島 고등여학교에 유학한 경험이 있는 백경애의 기사와[75] 일본 부인의 이야기 등이 실렸고, 또한 가정에 관한 일본의 서적을 번역한 기사도 보인다.[76] 이렇게 일본과 관련성이 있음을 확인할 수 있는 데서 어떤 형태로든 일본의 새로운

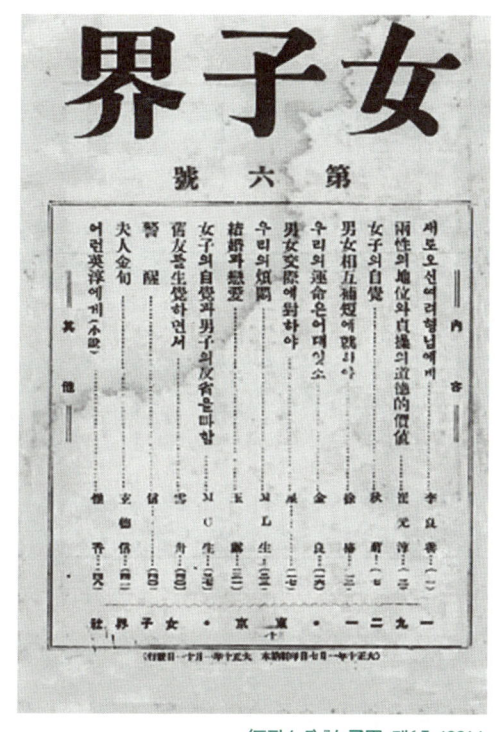

〈도판 4-5〉『女子界』 제6호, 1921.1.

여성관이 반영되었음을 추측할 수 있다.

이런 새로운 논조가 더욱 더 두드러지게 나타나는 것이 학우회의 기관지 『학지광』1914.4~1930.12과 조선에 있는 여자의 계몽을 목표로 삼고 1915년에 창립된 동경여자유학생친목회의 기관지 『여자계』1917.7?~종간 불명, 〈도판 4-5〉[77]로, 일본에 건너간 조선인유학생이 만든 잡지이다. 이들 잡지에는 여성의 자립과 여성이 주체적인 의식을 가질 것을 촉구하는 글이 많이 보인다.

1* 메이지 말기에서 다이쇼 초기에 활동한 진보적인 여성 그룹. '세이토'는 18세기 영국 런던의 살롱인 'Blue Stocking'의 번역어이다. 1911년 히라쓰카 라이초(平塚らいてう), 오카모토 가노코(岡本かの子), 가미치카 이치코(神近市子) 등이 중심이 되어 결성했다. '여성의 손으로 낸 여성의 문예잡지'로서 기관지 『세이토』를 발행하고, 여권 확장, 여성해방을 주장하며 '새로운 여성'으로서 세상의 주목을 받았다. 1916년 경영난으로 『세이토』는 52호로 휴간하고, 세이토샤도 해산했다.

〈도판 4-6〉 나혜석.
출전 : 나혜석, 이상경 편, 『나혜석 전집』, 태학사, 2000.

여성 집필자의 논설에는 "완전完全이 각성覺醒ᄒ야 지식智識도 수양修養ᄒ고 이상理想도 진흥振興식히고 의지意志도 확립確立"하며 여성이 "퇴패頹敗 한 여자계女子界"를 다시 세워서 그 여성의 "권위權威도 발현發顯"하게 하자는 주장이 보이는 등[78] 자립한 여성으로 각성하기를 바랐음을 읽어낼 수 있다.

특히 1913년에 도쿄의 사립여자미술학교私立女子美術學校, 오늘날의 여자미술대학(女子美術大學)에 유학하고 '신여성'의 대표적인 인물이 된 나혜석1896~1948은 "양부현부良夫賢父의 교육법敎育法은 아즉도 듯지 못하얏스니, 다만 여자女子에 한限하야 부속물附屬物된 교육주의敎育主義"이고 "여자女子를 노예奴隷 만들기" 하는 것이라면서 '양처현모'주의를 극복해야 한다고 지적했다.[79] 또 조선의 여성에게 "자기개성自己個性을 발휘發揮코저 허는 자각自覺"을 가지고 "시대時代의 선학자先覺者"가 될 것을 장려하고, "이십세기二十世紀(는—옮긴이) 여자女子의 무대舞臺"라면서 "조선여자朝鮮女子"도 이 무대에 올라가려고 욕심을 내야 한다고 말하는 등[80] 자아의 각성을 호소했다.

마찬가지로 일본에 유학한 현덕신은 졸업한 여자 유학생을 "반도여자계半島女子界의 광명光明의 효성曉星"이라고 표현하고 스스로 깨달아 활동함으로써 "불완전不完全한 사회社會를 완전完全하게" 하고, "유치幼稚한 사상思想을 계발啓發"해야 한다고 장려했다.[81]

이렇게 일본 유학을 경험한 조선의 여자 유학생들은 조선의 여성이 각성하고 필요한 능력을 갖추어 사회에서 폭넓게 활동하기를 바랐다.

한편 남성 집필자가 여성의 자각을 촉구하는 문장으로는 "우수優秀한 자손子孫"을 남겨놓으려는 "현모양처賢母良妻"의 필요성에서 "부인婦人의 각성覺醒"을 주장하는 것과[82] "현모양처賢母良妻라는 기계器械를 만들랴고 하지 말고 독립獨立흔 일개一個 사람이 되도록 인격人格을 양성養成"해야 한다면서 "여자女子의 가쟝 큰 의무義務는 자녀생산子女生産하는 거시오 가정家庭을 가지고 자녀子女를 교육教育하는 거시니"라면서 "가사교육요리재봉家事教育料理裁縫"에 역점을 두지 않는 것은 큰 문제라고 지적한 것 등이 보인다.[83] 곧 남성 집필자의 경우 나혜석이 주장하는 것 같은 자립한 여성에 대해 일정한 이해를 보이면서도 "국가에 동량을 만들어 스희에 공헌ᄒ고 민족을 살녀 가뎡에 영광을 스는 것이 녀ᄌ에 칙임"[84]이라는 지적에서도 볼 수 있는 것처럼, 어디까지나 민족의 발전과 문명화를 위해 여성에게 양처현모의 역할을 바랐다고 할 수 있다.

이상에서 살펴본 것처럼, 1910년대의 조선에서는 여전히 양처현모를 중시하는 태도가 뿌리 깊게 남아 있었지만, 일본으로 건너간 조선의 여자 유학생과 유학 경험자를 중심으로 그런 풍조에 대한 비판과 여성의 자립을 주장하는 논조가 조금씩 전개되기 시작했다고 할 수 있다.

이런 상황에서 신문관이 『소년』 폐간 뒤에 착수한 『붉은 져고리』와 『아이들보이』 『새별』 등 1910년대의 어린이 잡지에는 어떤 여성관이 담겼을까.

신문관 어린이 잡지의 여자상

신문관에서 나온 어린이 잡지의 지면을 자세히 보면, 예컨대『붉은 져고리』에는 〈도판 4-7〉과 같이 여기저기에 '소년'과 아울러 '소녀'의 삽화도 그려져 있고, 또『아이들보이』도 거의 모든 호마다 실려 있는「우슴거리」가운데 '누이'와 '누이동생'이 등장하는 이야기가 몇 개나 들어 있고, 독자 투고란에도 여성 이름을 확인할 수 있는 등 여성이 독자에 포함되었음을 알 수 있다.

특히『아이들보이』제13호^{1914.10}는 표지에 여성과 여러 아이의 모습이 그려져 있어 언뜻 보면 여성 잡지와 가정 잡지처럼 보인다. 제2장에서 말한 것처럼, 이것은 어머니가 어린 남녀 아이들에게 읽어주기 위한 동화집『가정 동화 어머니의 선물家庭童話母のみやげ』同文館, 1905의 삽화를 그대로 쓴 것이다.

그밖에『새별』에도 '다이쇼시대의 어린 남녀'를 대상으로 한『가정 이야기家庭物語』婦人之友社, 1913의「성냥팔이 소녀 이야기マッチ賣の少女の話」를 번역한 기사를 확인할 수 있는 것 등⁸⁵ 어린이 잡지의 간행과 동시에 여자도 독자로 상정했다고 생각되는 내용이 보인다.

사실은 앞에서 말한 신문사의『우리의 가뎡』에도 여자를 위한 기사가 보이는데, 이 잡지는 창간 동기 가운데 하나로『아이들보이』가 남녀노소를 가리지 않고 어린

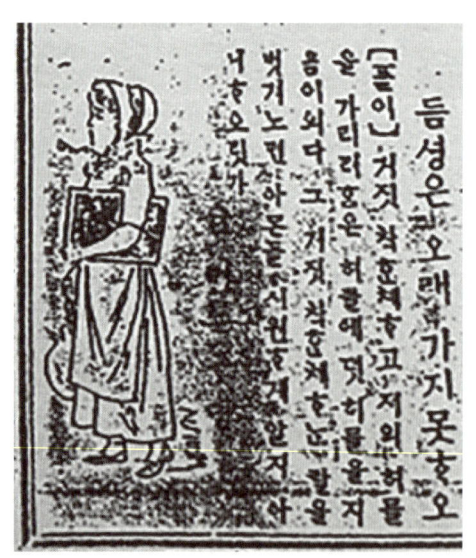

〈도판4-7〉『붉은 져고리』의 '소녀' 삽화. 제1년제5호, 1913.3.

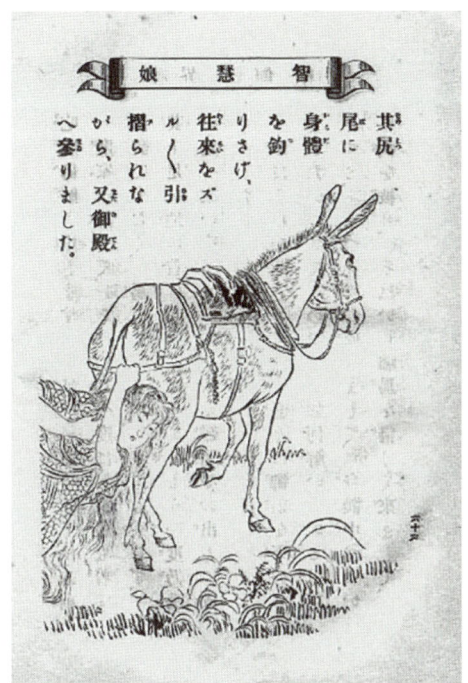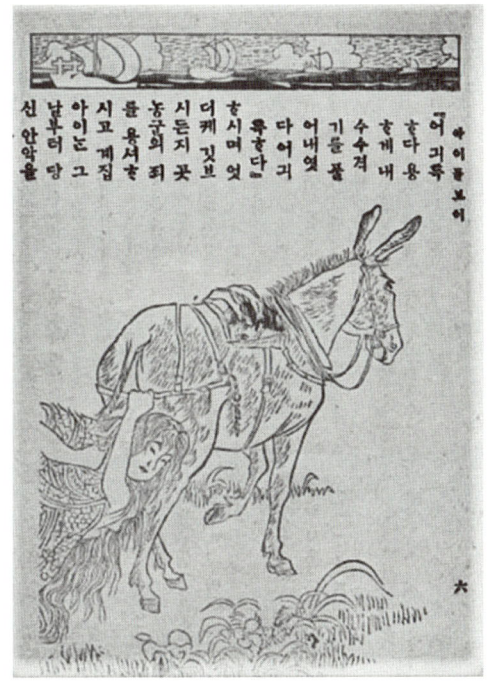

〈도판 4-8〉
(왼쪽)『世界お伽噺』제7편, 1899. (오른쪽)『아이들보이』제2호, 1913.10.

이들에게도 "보통지식을 소개"한 데 감명 받았다는 점을 들었다.[86] 신문 관의 어린이 잡지가 여자를 독자 대상으로 포함한 영향이 얼마나 컸는지 보여주는 좋은 예일 것이다.

그러면 이들 신문관의 어린이 잡지에는 구체적으로 어떤 여자상이 그 려져 있는 것일까. 주요 특징으로는 두 가지를 꼽을 수 있다.

첫 번째는 배움에 뛰어난 여자의 모습이다. 예컨대『아이들보이』창 간호[1913.9]의 「조흔 사람 안 된 사람」이라는 기사 가운데 "조흔 사람"으로 "보통학교 2학년 학생 시험"에서 우수한 성적을 거둔 아홉 살 소녀 "김덕 슌"이 등장한다. 한편 "안 된 사람"의 예로는 공부 시간에 게으른 남학생 의 이야기를 들었다. 그밖에『아이들보이』제9호[1914.5]에도 남자로 보이는

"박딱불"이란 어린이가 학교에 가는 여학생을 괴롭혀서 혼나는 이야기가 보인다.[87]

이렇게 어린이 잡지에는 학교에 다니는 여자가 몇 사람이나 등장하는데, 보통학교의 여자 진학률은 1914년에 1.4퍼센트에 지나지 않아서[88] 이시기에 학교에 다니고 초등교육을 받은 여자는 일반적이지 않았다. 당시는 수가 적었던 여학생을 굳이 다룬 점에서도 여자가 학교에 다니는 것을 중시했음을 알 수 있다.

또 어린이 잡지에는 지혜롭고 현명한 외국의 여성 주인공도 그려져 있다. 예컨대 『아이들보이』가 거의 매호 앞에 실은 세계의 동화에는 「계집아이 슬기」와 「짓걸이 아씨」라는 이야기가 들어 있다. 이것들은 이와야 사자나미가 편집한 『세계의 동화』의 「지혜로운 아가씨智慧娘」와 「수다쟁이 공주喋ベり姫」를 각각 번역했음을 확인할 수 있다.〈도판 4-8〉

「지혜로운 아가씨」는 그림 동화를 바탕으로 한 것으로, 시골의 가난한 백성의 딸이 무척 지혜로워서 '영주의 부인'이 된다는 이야기다. 「수다쟁이 아가씨」는 어느 나라의 '타고난 말 잘하는 공주' 이야기로, 원작은 노르웨이의 「누구도 침묵하게 할 수 없는 공주」라는 동화인데, 모두 여성 주인공의 현명함에 초점을 맞춘 점이 특징이다.[89] 이렇게 어린이 잡지에는 배움에 뛰어나고 지혜로운 소녀가 등장하는데, 이에 비해서 일본의 소녀 잡지에 자주 보이는 것으로 요리와 바느질 등 집안일에 관한 기사는 찾아볼 수 없다.

두 번째 특징은 양처현모에 따르지 않은 여자의 모습이다. 예컨대 앞에서 말한 「계집아이 슬기」의 여성 주인공은 스스로 생각해서 주체적으로 행동해서 '영주'를 감동시킨다. 또 「짓걸이 아씨」의 주인공인 '수다쟁이 아씨'는 "수다에서는 누구에게도 지지 않는 대단한 여자"라고 표현되고,

'수다 겨루기 대회'에서 누구를 상대해도 지지 않는 모습이 그려져 있다.

또 『아이들보이』에는 바느질을 싫어하는 소녀가 약속을 지킨 일로 훌륭한 인물이 된다는 이야기도 실려 있는데, 정확한 출전은 알 수 없지만 그림 동화의 「실 잣는 세 여인」으로 생각된다.

이렇게 신문관의 어린이 잡지에 등장하고 배움에 뛰어나서 반드시 양처현모에 따르지는 않는 소녀상을 상징하는 것이 『아이들보이』 제9호 1914.5의 「시골 계집애로 나라에 어진 어미 된 혹불이 색시」이다. 이것은 '머리에 큰 혹'이 있는 제나라고대 중국의 국가 소녀가 슬기로 왕후가 되고, '이치에 맞는' 말과 행동으로 사람을 움직여 왕과 함께 나라를 다스린다는 이야기로, 여성 주인공은 주위의 말에 흔들리지 않고 자신의 생각으로 행동하는 '현명한 여인'으로 그려진다. 주목할 만한 것은 이 이야기가 시모다 우타코下田歌子, 1854~1936의 『외국 소녀의 본보기外國少女鑑』博文館, 1902에서 번역되었다는 점이다.

『외국 소녀의 본보기』는 「소녀문고少女文庫」 제4편으로 간행된 것인데, 「서문」에서 "우리나라 바깥, 동서양 여러 나라에서 들을 수 있는 것으로 옛날부터 지금에 이르기까지 소녀의 뛰어난 업적을 찾아서 지은 것"[90]이라고 한 것처럼, 여러 나라 소녀의 "모범이 되거나 또는 반드시 참고해야 할" 이야기가 모두 36편 실려 있다. 「시골 계집애로 나라에 어진 어미 된 혹불이 색시」의 원작은 「목에 혹이 난 제나라 여인宿瘤女, 支那」으로, 저본에서는 "말재주가 뛰어난 소녀"의 범주로 분류되었다.

지은이 시모다 우타코는 일본에서 여자 교육의 선구자가 된 인물로, "여자의 본분은 먼저 보통 좋은 주부가 되고, 훌륭한 아내가 되고, 현명한 어머니가 되어 남자를 안에서 도와야 하지 남자처럼 법학을 배웠기 때문에 판사가 되거나 변호사가 되거나 (…중략…) 하는 것이 아닙니다"[91]라고 말하는 등 양처현모에 토대를 둔 여자 교육 이념을 제창했다. 그 때문에 저서도 『가정학家政學』博文館, 1893을 비롯해 『가사요결家事要訣』博文館, 1899과 『양처와 현모良妻と賢母』冨山房, 1912 등 양처현모에 관련된 것이 많은 부분을 차지한다. 보호국 시기의 조선에서도 『가정학』이 번역되기도 했는데,[92] 신문관의 어린이 잡지에는 그 저서에서 번역된 것을 찾아볼 수 없고, 어디까지나 현명한 여성을 그린 내용만 사용되었다.

이처럼 1910년대에 간행된 신문관의 어린이 잡지에는 여성을 위한 읽을거리가 많이 실렸고, 여자도 독자 대상에 포함되었음을 알 수 있다. 또 어린이 잡지에 있는 여자를 위한 읽을거리의 내용을 살펴보면, 지혜와 말재주에 뛰어나고 주체적으로 행동하는 선진적인 여성상에 가까운 모습이 그려져 있는데, 이런 여성상은 조선의 전통적인 여성상과는 반대되는 것이었다고 할 수 있다. 예컨대 나혜석은 '얌전'하고 말수가 적은 여성이 '칭찬'받고, '활발'하게 말수가 많은 여성이 '욕'을 먹는 경향을 비판적으로 파악하는데,[93] "수다에서 누구에게도 지지 않는"다는 여성 주인공의 이야기를 굳이 다룬 것처럼 신문관 어린이 잡지의 여성상은 나혜석이 이상으로 삼는 여성의 모습에 가까웠다고 할 수 있다.

그러면 신문관은 『소년』에서는 제외했던 여성을 왜 어린이 잡지에서는 독자 대상으로 포함하게 되었던 것일까. 또 거기서 양처현모와는 다른 여성상이 제시된 까닭은 무엇일까.

최남선과 여성 독자

먼저 어린이 잡지에서 여성이 독자에 포함된 배경으로는 1910년 8월의 한국병합에 따라 신문관이 노선을 변경한 영향을 들 수 있다. 제2장에서 말한 것처럼, 신문관이 어린이 잡지에 착수한 이유로는 두 가지를 꼽을 수 있다. 첫째는 검열 대책으로, 최남선은『소년』이 "치안을 방해하는 것"으로 폐간된 경험을 통해서 조선총독부의 혐의를 피하기 위해 어린이를 위한 간행물로 방향을 전환한 것으로 추측된다.

또 하나는 경제적인 문제이다. 당시 조선에서 출판업은 경제적으로 힘겨운 상황이었고, 조선교육령과 관련 법규가 잇따라 공포됨에 따라 보통교육이 보급되면서 신문관은 수요를 기대하고 어린이를 대상으로 한 새로운 사업에 뛰어든 듯하고, 그 무렵에 '소녀'도 독자 대상에 포함시켰을 가능성도 있다.

사실 신문관은 어린이 잡지에 앞서서 단행본으로 번역소설의 간행에 착수한다. 저본 등의 상세한 내용은 다음 장에서 말하지만, 영국의 여성 작가 위다Ouida, 본명은 Marie Louise de la Ramée의 *A Dog of Flanders*이하『플랜더스의 개』가 원작인『불상흔 동무』1912와 미국의 여성작가 해리엇 비쳐 스토Harriet Elizabeth Beecher Stowe의 *Uncle Tom's Cabin*이하『엉클 톰의 오두막』을 바탕으로 한『검둥의 셜음』1913[94] 등 전6책 가운데 5책은 여성 작가의 것 또는 여성 주인공의 이야기이다.

이들 번역소설은 모두 한글로 쓰였고,『불상흔 동무』의 번역자인 최남선이 해설한 글에는 "이 세상 젊은 친구"에게 바친다는 말이 보이고,[95] 또 영국의 여성 작가 에이미 르 페브르Amy Le Feuvre의 *Teddy's Button*이하『테디스 버튼』이 원작인『자랑의 단추』1912에는 문학작품에서는 처음으로 어린 아이를 뜻하는 '어린이'란 조선어가 쓰인 것 등에서[96] 이들 번역소설이 주로 어린이를 대상으로 했음에 틀림없다.

또한 번역소설의 광고로 눈길을 돌리면, '남녀'를 대상으로 한 것임을 나타내는 말이 여럿 보이고,[97] 또 원작이 '여자의 손'으로 쓰였다고 말한 광고도 확인할 수 있다.[98] 이렇게 이들 번역소설이 어린이를 대상으로 간행되었고 또 '남녀'를 대상으로 했던 데서 독자 대상에 '소녀'도 들어 있었음을 알 수 있다. 신문관은 한국병합 이후 새롭게 여성, 특히 '소녀'를 대상으로 한 간행물을 출판하게 되었다고 할 수 있다.

그러면 신문관은 왜 어린이 잡지에서 양처현모의 틀에 얽매이지 않는 선진적인 여성관을 제시했던 것일까. 최남선의 여성관을 실마리 삼아 이 점을 고찰해보자.

최남선은 『청춘』 제10호^{1917.9}에서 '조선의 여자'에 대해서 언급하는데, 여기서 최남선은 동경여자유학생친목회의 『여자계』를 "우리의 안악네가 입 잇는 표를 담대膽大하게 드러낸 효시嚆矢"라고 평가하고, "경험經驗 업는 생生무지 군인軍人들이 일편一片 의기義氣만 가지고 적진敵陣을 향向하야 돌진突進함"과 같다면서 『여자계』의 간행에 참여한 "제자諸姉"에게 "금일今日 조선朝鮮의 여자문제女子問題를 정면正面으로서 쏘 착실着實히 연구研究"할 것을 장려한다. 또 "조선의 여자"에게 "자각自覺과 자임自任"을 가지고 "자신상自身上 수양修養과 사회적社會的 공헌貢獻"을 할 것을 촉구한다.⁹⁹

최남선이 이 시기에 조선의 여성에 대해서 언급한 것은 다른 곳에서는 찾아볼 수 없지만, 적어도 『청춘』에 실린 이 문장에서는 양처현모를 중시하는 주장은 보이지 않는다. 오히려 『여자계』의 간행을 평가하고 '여자문제'의 개선을 촉구하는 등 자신의 주장을 펼치며 사회적으로 폭넓게 활동하는 선진적인 여성상에 가까운 모습을 이상으로 했음을 읽어낼 수 있다.

또 신문관은 앞에서 말한 스토 같은 여성 작가의 작품뿐만 아니라, 1918년에는 『가주사애화 해당화賈珠謝哀話 海棠花』〈도판 4·9〉도 번역소설로 간행했는데, 이것은 톨스토이의 『부활』에 등장하는 카추사에 초점을 맞춘 작품이다. 같은 시기의 일본에서도 '스토 부인'은 "장군보다도 이름이 높

은"[100] 인물, "널리 사회에 접촉"한 "재능 있는 부인",[101] "천부의 재능을 발휘"한 여성으로 소개되었다.[102] 또 카추샤도 "근대적인 여성성을 상징하는 이름"으로 알려지는 등[103] 이들 인물은 개성을 발휘하고 자유의사에 따라 주체적으로 행동하는 선진적인 여성으로 인식되었던 듯하다. 나혜석도 『학지광』에 보낸 「이상적 부인理想的 婦人」에서 『인형의 집』의 '노라 부인'과 함께 '스토 부인'과 카추샤를 이상적인 여성으로 꼽았다.[104]

이렇게 최남선은 일본에서 배운 여자 유학생에 가까운 여성관과 문제의식을 지녔다고 추측할 수 있다. 그러면 왜 이런 여성관을 지니게 되었던 것일까. 조금 전에 최남선이 『청춘』에서 '조선 여자'에 대해서 언급한 문장을 다루었는데, 사실은 같은 글이 『여자계』 제2호[1918.3]에도 실렸다.[105] 곧 최남선은 『여자계』의 간행에 참여한 인물과도 접점이 있었고, 이들 인물을 통해서 선진적인 여성상에 관한 지식과 서적 등을 입수했을 가능성이 있다.

특히 최남선은 '여자 친목회 졸업생 축하회'에서 '축사와 권면'을 맡은 현상윤,[106] 그리고 도쿄 여자유학생친목회의 찬조원이고 『여자계』에도 기고한 이광수와 함께 '종합교양' 잡지 『청춘』을 발행했다.[107] 요컨대 『청춘』은 일본에 건너간 조선의 여자 유학생과 접촉한 인물들과 함께 최남선이 간행한 잡지였다고도 할 수 있다. 현상윤과 이광수를 통해서 새로운 여성관을 접했을 가능성도 있을 것이다.

『청춘』의 지면을 살펴보면, 어린이 잡지에 비하면 여성을 위한 기사 등은 적었다. 그러나 여기서도 카추샤의 이야기에 초점을 맞춘 톨스토이의 『부활』이 번역되어 실렸고, 또 '허난설헌 부인許蘭雪軒夫人'과 '금원여사錦園女史' 등 여성 작가의 작품도 실렸다. 독자 투고란에도 도쿄여자전문학교를 졸업하고 초기의 '신여성'으로 알려진 김명순의 소설이 보이는 등 여성

<도판 4-10> 1917년 시마무라 호게쓰(島村抱月)와
마쓰이 스마코(松井須磨子)가 조선을 찾았을 때의 기념 사진.
가운데 줄 오른쪽에서 세 번째 사람이 시마무라,
그 왼쪽 옆사람이 마쓰이, 왼쪽 끝이 진학문, 뒷줄 왼쪽 끝이 최남선.
출전 : ㈜나카무라야(中村屋) 제공.

독자의 존재도 확인할 수 있다.[108] 『청춘』은 『소년』이 폐간된 이후 폭넓은
독자층을 대상으로 한 잡지였는데, 『소년』처럼 '여성'의 관점이 완전히
빠져 있는 것은 아니다. 여성을 독자 대상에 넣은 어린이 잡지의 문제의
식은 『청춘』에도 분명히 계승되었다.

　그밖에 최남선 여성관의 배경으로는 선진적인 여성관을 가진 일본인
과 접촉한 점도 생각할 수 있다. 예를 들면 문예비평가인 시마무라 호게
쓰島村抱月, 1871~1918[2*]는 『인형의 집』 등 입센의 작품을 번역, 연출하는 등

2*　메이지~다이쇼시대의 극작가, 연출가. 영국과 독일에 유학한 뒤 1905년 와세다대 교
　　수가 되었다. 『와세다문학(早稻田文學)』을 복간하고 자연주의 문학 이론을 발표했다.
　　쓰보우치 쇼요(坪內逍遙)의 문예협회 창립에 참여했다. 1913년 여배우 마쓰이 스마코

'페미니스트'의 일면도 지적되는데,[109] 최남선은 시마무라와 『인형의 집』 무대에서 주인공 노라를 연기한 신극 여배우 마쓰이 스마코[1886~1919]가 조선을 찾았을 때 그들을 접대하고 예술에 대한 의견을 나누었는데〈도판 4-10〉,[110] 이들 인물과 사귀고 작품 등을 통해서 선진적인 여성상과 접촉했을 가능성도 충분히 생각해볼 수 있다.

이상과 같이 1910년대에 최남선이 쓴 논설 등에는 명확한 양처현모주의는 보이지 않고 오히려 여성에게 지혜를 중시하고 "자각自覺과 자임自任"을 가지고 "사회적社會的 공헌貢獻"을 하는 것이 중요하다고 주장하는 등 선진적인 여성상에 가까운 여성관을 가지고 있었다고 볼 수 있고, 그 배경으로는 최남선의 인맥 등이 영향을 미쳤던 것으로 보인다. 이런 최남선의 여성관이 신문관의 어린이 잡지에 반영되었다고 할 수 있다.

4. 근대 조선의 출판 역사에 나타난 획기적 특성

지금까지 신문관의 간행물과 여성의 관계성에 대해서 당시 조선의 여성관과 같은 시기 일본 출판계와 관련된 점을 고려하면서 고찰해왔다.

일본에서 소녀를 대상으로 한 출판물이 늘어나고, 조선에서도 어머니와 아내로서 '여성'의 역할에 대한 관심이 높아졌지만, 최남선이 간행한 『소년』에서는 번역 과정에서 여자교육에 관한 글이 삭제되는 등 여성은 독자에서 배제되었다. 그러나 한일병합 뒤 일본으로 건너간 조선의 여자 유학생을 중심으로 여성의 사회 진출과 자립을 이야기하는 새로운 논조

와 예술좌를 만들고 신극운동에 전념했다. 1918년에 사망했다.

少年少女雜誌

이린어

全鮮少年指導者大會紀念號

第一卷 第八號 特別號

<도판4-11> 『어린이』 제1권 제8호, 1923.9.

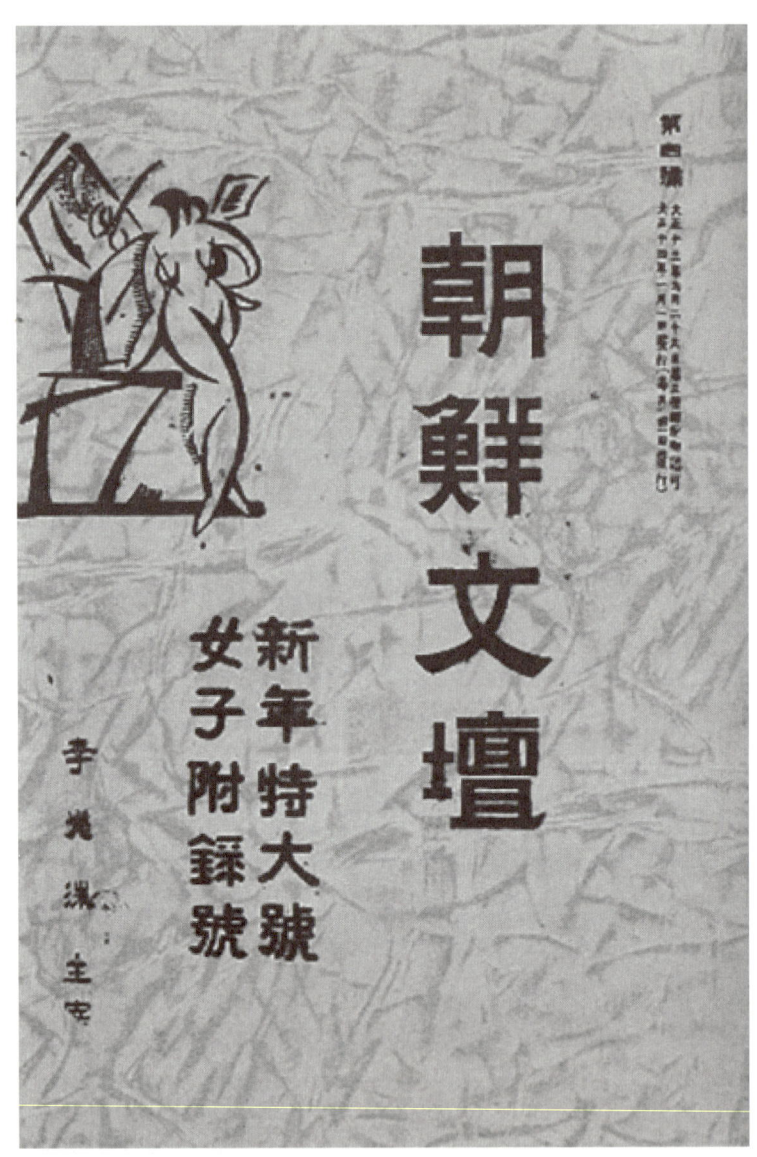

〈도판 4-12〉 『조선문단』, 제4호, 1925.1.

가 나타나면서 1910년대의 어린이 잡지에는 방향이 바뀌어 여성을 위한 기사가 보이게 된다. 나아가 그 가운데는 당시 주류였던 양처현모의 이상적인 모습과는 달리 주체적으로 행동하는 선진적인 여성상에 가까운 모습이 그려져 있었다. 이렇게 신문관에서 나온 어린이 잡지의 '어린이'에는 '여자'도 포함되었고, 독자에 여성을 포함한다는 문제의식은 『청춘』에도 이어졌다.

앞 장에서 말한 것처럼, 최남선이 『청춘』 폐간 뒤에 초안을 쓴 「3·1독립선언서」는 '남녀노소'를 대상으로 한 것이었다. 이번 장에서 밝힌 것을 근거로 하면, 최남선이 계몽의 대상에 여성도 포함시킨 것은 그가 한국병합 뒤에 출판활동을 전개하면서 싹텄고, 그것이 「3·1독립선언서」에 반영되었다고 할 수 있다.

그러면 '여성'의 시점에서 근대 조선의 출판 역사를 비춰보면 신문관의 간행물을 어떻게 자리매김할 수 있을까. 여기서는 1920년대의 조선에서 그것이 여성 독자와 어떻게 관련되는가 하는 측면에서 고찰해보자.

3·1독립운동을 목격한 조선총독부는 무단정치의 한계를 깨닫고 통치 정책을 문화정치로 바꾸면서 언론의 자유를 어느 정도 용인한다. 그 결과 1920년대에 들어서면 조선에서는 수많은 잡지가 간행되는데, 그 가운데 『어린이』^{개벽사, 1923.3~1934.7, 〈도판 4-11〉}가 있다.

『어린이』는 1920년대뿐만 아니라 식민지기를 대표하는 어린이 잡지로 평가받을 만큼 성공을 거두었는데, 제1권 제8호^{1923.9} 이후 매호 표지에 '소년소녀 잡지'라는 이름을 내걸고 간행한 것을 확인할 수 있다. 실제로 지면에는 '소녀'를 위한 읽을거리가 많이 들어 있고, '현상당선발표'난에 여성의 이름도 여럿 볼 수 있는 등 명확하게 '소녀'를 독자로 포함했음을 알 수 있다.

또한 이런 경향은 어린이 잡지에 그치지 않는다. 1924년에 창간된 문예잡지 『조선문단』^{1924.10~1935.12, 〈도판 4-12〉}도 "매호每號에 남녀男女를 물론勿論하고 투고모집投稿募集"했고,[111] 특히 제4호^{1925.1}는 '여자부록호女子附錄號'라는 제목으로 간행되었다. 1920년대에 들어서면 일반 잡지에서도 여성을 위한 특집이 마련되고 여성이 폭넓게 독자로 포함되었다.

이상에서 본 것처럼, 신문관은 근대 조선의 출판 역사에서 1920년대 이후로 본격화하는 것으로 '소녀'를 포함해 남녀를 대상으로 한 읽을거리에 가장 먼저 착수했다는 점에서 획기적이었고, 그 뒤에 조선의 잡지에서 나타난 경향의 토대를 쌓았다고 볼 수 있다.

그렇지만 한국병합 이전에 간행된 『소년』에는 '여성'의 관점 자체가 빠져 있었다. 그러면 신문관이 여성 독자에게 주목하게 된 기점이 언제인지 생각해보면, 어린이 잡지에 앞서서 1912년부터 단행본 시리즈로 간행되기 시작한 번역소설부터다. 곧 번역소설을 포함한 단행본의 분석은 신문관의 실태 해명뿐만 아니라 조선의 출판문화를 고찰하는 데도 필요불가결하다고 할 수 있다.

다음 장에서는 한국병합 전후로 시간축을 다시 되돌려 단행본에 초점을 맞추어 출판사 신문관의 실태에 다가가 보자.

주석

1   朴宣美, 『朝鮮女性の知の回遊-植民地文化支配と日本留學』, 山川出版社, 2005; 井上和枝, 『植民地朝鮮の新女性-「民族的賢母良妻」と「自己」のはざまで』, 明石書店, 2013; 이성례, 『담론과 이미지로 본 현모양처의 탄생』, 도서출판 역락, 2018 등.

2   조선인 유학생이 펴낸 여성용 간행물에 대해서는 연구되지만(井上和枝, 앞의 책; 김영민, 『1910년대 일본 유학생 잡지 연구』, 소명출판, 2019 등), 조선 안의 간행물에 대해서는 충분히 고찰되지는 않았다.

3   전은경, 「1910년대 지식인 잡지와 '여성'-『학지광』과 『청춘』을 중심으로」, 『어문학』 제93집, 2006; 한지희, 「최남선의 '소년'의 기획과 '소녀'의 잉여」, 『젠더와 문화』 제6권 제2호, 2013.

4   여사(女士) 장경주(張敬宙), 「女子敎育論」, 『대한매일신보』, 1908.8.11, 1면; 「漢城女學院開設趣旨」, 『황성신문』, 1906.7.9, 3면.

5   여성을 '어머니'로서 자리매김하는 견해는 이미 개화사상가인 유길준의 여자 교육 사상에서 확인된다. 朴宣美, 앞의 책, 138면.

6   여사 장경주, 앞의 글; 「女子의 敎育」, 『황성신문』, 1908.2.6, 2면 등.

7   「관립녀학교를 셜치 안이치 못홀 일(속)」, 『제국신문』, 1906.4.11, 2면; 김영민, 「한국 근대 초기 여성담론의 생성과 변모-근대 초기 신문을 중심으로」, 『대동문화연구』 제95집, 2016, 237~238면.

8   김낙영, 「녀자교휵」, 『태극학보』 제1호, 1906.8, 41면; 장계택, 「家庭敎育」, 『태극학보』 제2호, 1906.9, 11면. 그밖에 『대한학회월보』에 실린 논설에서도 "一般婦人의 智識을 開發"하는 것이 "國民的 精神이 奮發"하는 것으로 이어진다는 지적이 보인다. 김갑순, 「大聲疾呼我國民의 精神」, 『대한학회월보』 제3호, 1908.4, 19면.

9   유동작, 「女子敎育」, 『서우』 제2호, 1907.1, 12면.

10 그밖에 『대한자강회월보』(1906.7~1907.7) 등의 여성 관련 논설도 여자교육을 사회의 발전과 연결한다. 또 이 시기에 조선의 신문과 잡지에 보이는 것으로 여자교육이 나라의 문명화로 이어진다는 사고방식은 같은 시기의 일본에서도 널리 나타난다.

11 이성례, 앞의 책, 54면.

12 여자교육과 여성에 관한 논설은 1890년대부터 『독립신문』 등을 중심으로 보이는데, 더욱 더 본격화하는 것은 보호국 시기에 들어서부터다.

13 여자교육회란 1906년 5월부터 1908년 말에 걸쳐서 활동한 단체이다. 발기인은 진학신 등이고 "女子敎育을 爲ㅎ야 我韓의 有志者가 組織ㅎ야 成き 者"라고 한다(「女子敎育會趣旨書」, 『황성신문』, 1906.11.1, 3면). 이 단체는 1906년에 "賢母良妻에 姿質을 養成完備"할 것을 목표로 한 양규의숙(養閨義塾)의 후원 조직이고(「養閨趣旨」, 『황성신문』, 1906.5.8, 3면), 여자교육회의 교육목표는 '현모양처'의 자질을 양성하는 것이었다. 井上和枝, 앞의 책, 41면.

14 고등여학교령에 대해서는 강명숙,『사립학교의 기원 – 일제 초기 학교 설립과 지역 사회』, 학이시습, 2015, 17~18면 참조.

15 瀬地山角,『東アジアの家父長制 – ジェンダーの比較社會學』, 勁草書房, 1996, 139면. 신사임당은 조선 중기의 화가, 문인이다. 주자학자 이이의 어머니이기도 하고, 한국에서는 현모양처의 모범으로 일컬어진다.

16 「女子敎育會演說(續)」,『만세보』, 1906.8.2, 3면.

17 장계택, 앞의 글, 12면.

18 예를 들면 1908년에 개교한 명신고등여학교(이듬해 숙명여학교로 이름을 바꿈)도 "將來 家庭의 賢母良妻를 養成코져 ᄒᆞᄂᆞᆫ 外에는 他意이 無ᄒᆞ지라"라면서 "현모양처"를 교육목표로 내걸었다(「私立淑明女學校沿革」,『매일신보』, 1911.4.9, 3면). 이 시기의 일본과 조선에서는 '현모양처'와 '양처현모'가 혼용된 것을 확인할 수 있다. 현재의 한국에서는 '현모양처'가 일반적이지만, 이 책에서는 사료를 인용하는 경우를 제외하고 양처현모로 표기한다. '양처현모'라는 말은 1891년에 창간된 일본의 여성 잡지『여감(女鑑)』의 창간사에서 처음 보이고, 그 이후 의식적으로 사용되었다고 한다. '양처현모'와 '현모양처'는 혼용되었지만, 1901년에 여학교 교육의 목적이 '양처현모주의'로 규정되고, 점차 '양처현모'로 통일되었다(이성례,『담론과 이미지로 본 현모양처의 탄생』, 50~51면). 고야마 시즈코(小山靜子)는 양처현모 사상을 "메이지 계몽기의 현모론(賢母論)에 그 실마리가 나타나고, 청일전쟁 뒤에 여자교육론의 융성, 고등여학교령의 공포라는 상황 속에 국가에서 공인한 여자교육의 이념으로 그 지위를 확립한 여성관"이라고 정의하고, "'남자는 일, 여자는 가정'이라는 성별 역할 분업에 의거한 형식으로 기대된 여성상이 성립됨과 동시에 여성이 가사와 육아를 통해서 국가로 동원되어가는 여성에 대한 국민통합의 모습을 보여주는 것이기도 했다"고 말한다(小山靜子,『良妻賢母という規範』, 勁草書房, 1991, 50~52・93면). 이 개념은 1900년대 초에 일본에서 조선으로 흘러들어오게 된다. 식민지기의 조선에서는 이것이 이상적인 여성상이 되지만, 성별과 연대, 계급, 사회적 지위, 이념 등에 따라 그 이해와 해석에서는 차이가 있었다. 이성례, 앞의 책, 55~56면.

19 「우리, 잡지를, 이어, 발간ᄒᆞᄂᆞᆫ, 일로, 보시는, 이에게, 고ᄒᆞᄂᆞᆫ 말ᄉᆞᆷ」,『가정잡지』제2년 제1호, 1908.1, 2~3면; 김영민, 「한국근대초기여성담론의 생성과 변모(2) – 근대 초기 잡지를 중심으로」,『현대문학의 연구』제60호, 2016, 132~133면.

20 변일, 「ᄌᆞ녀의, 그른 것은, 부모의, 죄」,『가정잡지』제2년 제7호, 1908.8, 1면.『가정잡지』의 간행목적은 여성의 삶 자체에 대한 관심보다도 오히려 가정의 문명화에 있었다는 지적도 보인다. 김영민, 앞의 책, 181면.

21 『녀ᄌᆞ지남』은 창간호만 남아 있고, 정확히 언제까지 간행되었는지는 알 수 없다(신혜수・오영식, 「여성잡지 영인본 해제」,『아단문고 미공개 자료 총서』제1권, 소명출판, 2014, 11~12면).『녀ᄌᆞ지남』에 관해서『대한매일신보』, 1909.8.22, 2면에는 "다시 발간ᄒᆞ기로 결뎡하엿다더라"는 기사가 있어 1909년 8월 무렵까지 간행되었을 가능성이 있다.

22 신혜수·오영식, 앞의 글, 10~11면. 여자보학원은 '신학원'이라는 이름으로 설립되었는 데, 1907년 6월에 학교명이 바뀌었다. 또 『녀ᄌ지남』은 실제로는 남성 필자가 중심이 된 잡지라고 한다. 김영민, 앞의 책, 182면.

23 윤치오, 「녀ᄌ지남월보취지셔」, 『녀ᄌ지남』 제1호, 1908. 5, 2면; 박은식, 「女子普學院維持會趣旨書」, 『녀ᄌ지남』 제1호, 1908. 5, 1면.

24 김영민, 앞의 책, 182~183면.

25 자선부인회는 고아원과 병원을 대상으로 자선을 베푸는 것을 목적으로 하고, 기아(棄兒) 수양소의 설립과 여학교 운동회의 지원 외에 여공 권업소 설립을 추진했다. 신혜수·오영식, 앞의 글, 33~34면.

26 「발간취지」, 『자선부인회잡지』 제1호, 1908. 8, 1~2면.

27 김홍경, 「자선부인의 연설」, 『자선부인회잡지』 제1호, 1908. 8, 14면.

28 「본회취지서」, 『자선부인회잡지』 제1호, 1908. 8, 41면.

29 김홍경, 앞의 글, 14면; 김셕ᄌ, 「귀신의게 기도해서 복 빌지 말고 불상한 사람의게 자선을 베풀 일」, 『자선부인회잡지』 제1호, 1908. 8, 4면.

30 오소파, 「축사」, 『자선부인회잡지』 제1호, 1908. 8, 32면.

31 1908년에 장지연이 "여자의 지식개발"을 위해 『여자독본』이라는 단행본을 간행했지만, 소녀 잡지는 존재하지 않았다고 할 수 있다. 예를 들면 1946년에 창간된 일월사의 『신소녀』 창간호에는 "朝鮮에서 純少女雜誌로는 아마 이 「新少女」가 처음인 든함니다"(K生, 「編輯後記」, 『신소녀』 제1호, 1946. 2, '권말')라고 쓰여 있고, '소녀'나 '여학생'을 주요 독자로 하는 잡지가 본격적으로 등장한 것은 1950년대 이후라고 한다. 김소원, 「소녀잡지의 등장과 순정만화의 장르확립─한국과 일본의 순정만화를 중심으로」, 『대중서사연구』 제22권 제3호, 2016, 255면.

32 「修養의 거울─헬넨 켈너 女史의 『나의 將來』」, 『소년』 제3년 제5권, 1910. 5, 24면.

33 위의 글, 21면.

34 공육(公六, 최남선), 「嶠南鴻爪」, 『소년』 제2년 제8권, 1909. 9, 59~61면.

35 위의 글, 60면.

36 고주(孤舟, 이광수), 「舂頭額子」, 『소년』 제3년 제8권, 1910. 8, 61면.

37 이것은 새뮤얼 스마일스가 『셀프 헬프』의 보유로 간행한 것으로, "품성은 성실, 절의(節義), 자애와 같이 지대지고한 성질의 훈련을 요구하는 것이고, 또한 그것과 아울러 청렴결백, 용기, 도덕, 그리고 모든 상태에서 선량한 훈련을 요구하는 것"에 대해서 말한다. サミュエルスマイルス, 「原序」, 竹村修 譯述, 『品性論』 상권, 内外出版協會, 1906, 2면.

38 サミュエル スマイルス, 竹村修 譯述, 『品性論』 중권, 内外出版協會, 1906, 210~211면.

39 「少年時言─『少年』의 既往과 밋 將來」, 『소년』 제3년 제6호, 1910. 6, 18면.

40 「少年園 第三回 懸賞文 小言」, 『少年園』 제2권 제24호, 1889. 10, 1면, '부록'.

41 다만 당시에는 남성이 여성의 이름으로 투고한 것도 많아서(「談話室」, 『少女世界』 제2권 제4호, 1907. 3, 108면), 모두가 여성이라고 할 수는 없다.

42 「少年演壇」, 『少女世界』 제4권 제14호, 1898. 6, 90면.

43　「編集局より」,『少女』제1호, 1913.1, 200면. 또 끝에 실린 「少女通信」에도 시사신보사의『소년』을 '애독'한다며 여성 이름으로 보낸 몇 편의 투고가 보인다.

44　당시 일본에서는 "학교에서도, 책에서도, 잡지에서도, 모임에서도 소녀만의 것은 무척 드물고, 대부분은 소년과 함께"였다고 한다(記者,「少女の力」,『少女世界』제4권 제2호, 1909.1, 100면). 실제로 예컨대『소녀세계』에 실린 기무라 쇼슈(木村小舟)의『少年訓』(博文館, 1907) 광고문에는 "소년의 좋은 읽을거리일 뿐만 아니라 소녀 여러분도 반드시 읽어야 할 좋은 책이라고 말하지 않을 수 없다"고 쓰여 있다.『少女世界』제2권 제9호, 1907.7, 75면.

45　소년 잡지를 내던 주요 출판사는 속속 그 자매지로 소녀 잡지를 간행하게 되고, "지금은『소년세계』와 나란히『소녀세계』가 있고 (…중략…) 또 이밖에 소녀의 잡지, 부인의 잡지가 십 몇 종을 헤아릴 만큼 나오지 않았습니까. 이것을 보아도 일본에서 소녀의 학문이 이렇게 진보했는가 하는 것을 알 수 있습니다" 등(記者,「少女の世界」,『少女世界』제3권 제2호, 1908.1, 40면) 소녀 잡지의 수가 많은 것을 보여주는 기사는 많이 보인다.

46　下村壽子,「明治·大正期の少女雜誌による敎育の意味するもの」,『共立女子大學文藝學部紀要』제60호, 2014, 47면.

47　1900년에 고등여학교의 학생 수는 약 1만 2천명에 이르렀다고 한다. 成川生,「女子敎育の將來」,『中央公論』제19권 제9호, 1904.10, 80면.

48　「少女世界出づ!」,『少年世界』제12권 제10호, 1906.8, 81면.

49　田嶋一,『〈少年〉と〈靑年〉の近代日本－人間形成と敎育の社會史』, 東京大學出版會, 2016, 420~421면.

50　跡見花溪,「女子の修養」,『少女世界』제1권 제1호, 1906.9, 49~51면.

51　記者,「少女の世界」, 앞의 책, 44면.

52　岡本三山,「少女の務め」,『少女界』제2권 제6호, 1903.6, 4면.

53　「少女世界出づ!」, 앞의 책, 81면.

54　石河幹明,「文明の良妻賢母」,『少女』제1호, 1913.1, 68면.

55　目黒強,『〈兒童文學〉の成立と課外讀み物の時代』, 和泉書院, 2019, 189~191면.

56　위의 책, 216~217면.

57　「女子敎育의 方針」,『매일신보』, 1910.9.16, 2면.

58　「女子敎育」,『매일신보』, 1912.3.3, 1면. 總督府 秋山視學官 談;「女子에게 敎育을 施호라－계집ㅇ희의게 학교 공부를 식혀라」,『매일신보』, 1915.2.5, 3면.

59　朝鮮總督府 編,『朝鮮敎育要覽』, 1919, 55면.

60　洪金子,「『基督新報』にみる植民地朝鮮の非公式的女性敎育」, 早川紀代·李榮娘·江上幸子·加藤千香子 編,『東アジアの國民國家形成とジェンダー女性像をめぐって』, 靑木書店, 2007, 142면.

61　민영대,「女子敎育에 就호야(一)」,『매일신보』, 1918.7.13, 1면;「女子敎育에 就호야(三)」,『매일신보』, 1918.7.16, 1면. 민영대는 대한제국의 관료로 이밖에도『매일신보』에 조선의 가정 문제를 논하는 「如是我觀」(『매일신보』, 1920.8.29~9.4, 1면)을 기고했다.

62 민영대, 위의 글, 1918.7.16.

63 민영대, 「女子敎育에 就ᄒ야(二)」, 『매일신보』, 1918.7.14, 1면.

64 죠동식, 「女學生에게」, 『매일신보』, 1915.1.1, 1면. 조동식은 같은 시기에 『청춘』에 "文明的 家庭을 造成"하기 위해 여자 교육을 실시하고 "賢母良妻"를 길러야 한다는 논설을 기고했다. 조동식, 「女子敎育의 急務」, 『청춘』 제14호, 1918.6, 94면.

65 신문사(新文社)는 다케우치 로쿠노스케(竹內錄之助)가 1913년에 조선에서 설립한 출판사이고, 『우리의 가뎡』 외에 『신문계(新文界)』(1913.4~1917.3)와 『반도시론(半島時論)』(1917.4~1919.4)이란 조선어 잡지를 간행한다. 신문사와 다케우치 로쿠노스케에 대해서는 小野容照, 「植民地朝鮮における竹內錄之助の出版活動－武斷政治と朝鮮語雜誌」, 『史淵』 제157집, 2020 참조.

66 『신문계』 제2권 제9호, 1914.9, '권두 광고'.

67 「「우리의 가뎡(家庭)」 권두(卷頭)에 쓴 말」, 『우리의 가뎡』 제1호, 1913.12, 1~2면; 「가뎡의 본」, 『우리의 가뎡』 제2호, 1914.1, 17면.

68 「ᄋ희 ᄀ르치ᄂ 법」, 『우리의 가뎡』 제2호, 1914.1, 10~15면; 「ᄋ희 기르ᄂ 데 쥬의ᄒᆯ 일」, 『우리의 가뎡』 제5호, 1914.4, 10~14면 등.

69 「부인의 직업」, 『우리의 가뎡』 제6호, 1914.5, 3~5면.

70 S양(孃), 「녀ᄌ의 진보와 시ᄃᆡ의 요구ᄒᄂ 칙임」, 『우리의 가뎡』 제9호, 1914.8, 16~19면.

71 벽종거사(碧鍾居士), 「녀ᄌ의 상당ᄒ 즉업」, 『우리의 가뎡』 제12호, 1914.11, 37~42면.

72 「녀영웅의 츌현(出現)ᄒ기를 바름」, 『우리의 가뎡』 제7호, 1914.6, 2~4면.

73 일본에서 '새로운 여성'이라는 말이 처음 쓰인 것은 1910년에 쓰보우치 쇼요(坪內逍遙)가 강연한 「근대극에 보이는 새로운 여성(近世劇に見えたる新しき女)」이었다고 한다(金子幸子, 「「新しい女」の出現とその軌跡－神近市子を中心に」, 早川紀代・李熒娘・江上幸子・加藤千香子 編, 앞의 책, 88면). '새로운 여성'에 관해서 당시 문헌에서는 "옛날부터 여성은 압제받았고, 집에 갇힌 부자유, 불평불만과 싸워온 결과 이들의 반동으로 나타난 것"이고, "일정한 목적을 정해서 뜻있게 자신의 개성을 발휘해 나가는 진정한 자각의 부인" 등의 정의가 보인다. 西川文子・木村駒子・宮崎光子, 『新らしき女の行く可き道』, 洛陽堂, 1913, 15·21면.

74 이와 관련해서 일본에서는 1900년에 '직업부인'의 육성을 목표로 한 여학교가 출현했다. 예를 들면 여자영학숙(女子英學塾, 오늘날의 쓰다주쿠대학(津田塾大學))을 창립한 쓰다 우메코(津田梅子)는 자주적으로 행동하는 여성의 육성을 목표로 '직업부인'의 육성에 힘을 쏟았다고 한다. ママトクロヴァ ニルファル, 「女子英學塾における教育實踐の成果に關する一考察－津田梅子のねらいと初期卒業生の進路」, 『早稻田敎育評論』 제25권 제1호, 2011, 109~110면.

75 백경애는 여성을 둘러싼 문제를 언급하며 "녀ᄌ샤회를 기량ᄒ야 죠션녀ᄌ로 외국 녀ᄌ샤회와 한 반렬에 참예케 ᄒᄂ 오직 ᄒ가지 길은 녀ᄌ교육을 쟝려홈에 잇다"는 것 등을 주장한다. 백경애, 「죠션의 쇼녀」, 『우리의 가뎡』 제9호, 1914.8, 16면.

76 『우리의 가뎡』 제6호(1914.5)의 「미국이야기」는 오코노기 다케코(小此木武子), 『신가

정 강화(新家庭講話)』(大日本雄辯會, 1914)의 「미국의 선물 이야기(米國みやげ話)」 가운데 몇 편을 번역한 것임을 확인할 수 있고, 또 제7호(1914.6)에 실린 리미자 녀사, 「서양남녀의 교제하는 모양」도 대부분 같은 책의 「서양의 남녀 교제 모습(西洋の男女交際ぶり)」에서 번역한 것으로 보인다. 그밖에 제11호(1914.10)의 「英國少年少女의 國旗 敬禮式」은 시사신보사에서 간행한 『소년』 제132호(1914.9)의 「영국 소년소녀군의 애국 경례식(英國少年少女軍の國旗敬禮式)」에 실린 사진과 소개문과 같다.

77 1917년에 등사판 형태로 발행되고 제2호부터 동경여자유학생친목회의 기관지가 되었다. 창간 시기에 관해서는 『학지광』 제13호(1917.7)의 '소식'란에는 "지난 春期에 謄寫版으로 第一號를 發刊하얏던 雜誌 女子界"라는 글이 있고, 내무성이 작성한 「조선인 개황(2) 1918년(朝鮮人槪況(第二) 大正七年)」과 「조선인 개황(3) 1920년(朝鮮人槪況(第三) 大正九年)」 등에는 "다이쇼 6년[1917년 — 옮긴이] 7월"에 "초호[창간호 — 옮긴이] 발간"이라는 기술이 보인다(朴慶植, 『在日朝鮮人關係資料集成』 제1권, 三一書房, 1975, 70·97면). 『여자계』에 관해서는 김영민, 앞의 책, 제2부 제2장 참조.

78 박순애, 「大門을 나신 兄弟들의게」, 『여자계』 제2호, 1918.3, 25면.

79 나혜석(羅蕙錫) 양(孃), 「理想的 婦人」, 『학지광』 제3호, 1914.12, 13면.

80 위의 글, 13~14면; CW(나혜석), 「雜感(K언니에게 與홈)」, 『학지광』 제13호, 1917.7, 68면.

81 현덕신, 「卒業生諸兄의게 들이는 말슴」, 『여자계』 제3호, 1918.9, 4면.

82 제월(霽月, 염상섭), 「婦人의 覺醒이 男子보다 緊急한 所以」, 『여자계』 제2호, 1918.3, 39면.

83 기자, 「女子敎育論」, 『여자계』 제3호, 1918.9, 9~10·15면. '기자'는 '전영택'이라고 한다. 김영민, 앞의 책, 222면.

84 김넙, 「신구충돌의 비극」, 『여자계』 제2호, 1918.3, 31면.

85 「西國名話集 二, 성냥팔이 處女」, 『새별』 제16호, 1915.1, 6~9면. 제2장과 〈부록 표 2〉에서 보이듯이, 「西國名話集」에 실린 이야기는 모두 『가정 이야기』에서 번역한 것이다.

86 「『우리가뎡』을 발간하는 동긔(動機)」, 『우리의 가뎡』 제1호, 1913.12, 5~6면.

87 「아이들의 본」, 『아이들보이』 제9호, 1914.5, 31~32면.

88 金富子, 『植民地期朝鮮の敎育とジェンダー就學·不就學をめぐる權力關係』, 世織書房, 2005, 372면.

89 大江(巖谷)小波 編, 『世界お伽噺』 제7편, 博文館, 1899; 『世界お伽噺』 제37편, 博文館, 1902.

90 下田歌子, 「緖言」, 『外國少女鑑』, 博文館, 1902, '첫머리'.

91 下田歌子, 「卒業の後」, 『日本の少女』 제2권 제5호, 1906.5, 2면.

92 朴宣美, 앞의 책, 140면.

93 CW, 앞의 글, 66면.

94 이 책에 대해서는 波田野節子, 「李光洙と「翻訳」 — 『검둥의 설움』(一九一三年)を中心に」, 『韓國朝鮮文化研究』 제13호, 2014 참조.

95 최남선 역, 『불상흔 동무』, 신문관, 1912, 1면.

96 박진영, 『번역과 번안의 시대』, 소명출판, 2011, 256면.

97 『아이들보이』 제1호(1913.9)와 『아이들보이』 제2호(1913.10)의 광고.

98 『아이들보이』 제1호, 1913.9, '권말 광고'.

99 「我觀-「女子界」」, 『청춘』 제10호, 1917.9, 11~12면. 이 글은 서명이 없지만, 최남선이 쓴 것이다.

100 鈴屋花子, 「將軍よりもえらい米國の小說家スタウ夫人」, 『少女の友』 제5권 제12호, 1912.10, 43면.

101 安部磯雄, 「今の世はどんな婦人を求むるか」, 『女學世界』 제7권 제16호, 1907.12, 6면.

102 西川文子·木村駒子·宮崎光子, 앞의 책, 29면.

103 井内美由起, 「『カチューシャ』のリボン-島村抱月脚色『復活』受容の一側面」, 『早稻田大學大學院文學硏究科紀要』 제54집, 2009, 201면.

104 나혜석 양, 앞의 글, 13면.

105 육당선생(六堂先生), 「靑春에서 女子界의게」, 『여자계』 제2호, 1918.3, 44~45면. 최남선이 『여자계』에 대해서 "稱言"과 충고, 훈계를 준 것에 "本誌同人은 고맙기 그저 업서 이에 그 本文을 謄載"했다고 한다.

106 「消息」, 『여자계』 제3호, 1918.9, 62면.

107 「1917년 5월 31일 조선인 개황 조사 제1(大正六年五月三十一日調 朝鮮人槪況 第一)」에는 이광수가 나혜석 등과 함께 『여자계』의 '발기자'에 들어 있다. 荻野富士夫 編, 『特高警察關係資料集成』 제32권, 不二出版, 2004, 57면.

108 「特別懸賞文藝」, 『청춘』 제11호, 1917.11, 63~67면.

109 內藤壽子, 「翻案小說『其の女』論-島村抱月の一側面」, 『國文學硏究』 제128호, 早稻田大學國文學會, 1999, 75면.

110 「島村氏一行을 太華亭에 招待 최남선 등 제씨가」, 『每日申報』 1917.6.16, 3면.

111 「男女投稿募集規定」, 『조선문단』 제1호, 1924.10, 72면.

제5장

시리즈 서적의 시도
한국병합 전후의 단행본

1. 신문관의 다종다양한 단행본

신문관이라고 하면 『소년』과 『청춘』이란 잡지가 유명하지만, 사실은 1908년에 설립한 뒤에 최초로 간행한 것은 단행본 『경부텰도노래京釜鐵道歌』이하 『경부철도노래』 와 『한양노래』 두 책이었다. 그 뒤에도 신문관은 1910년대 말까지 약 60책에 이르는 다종다양한 서적을 간행했다. 먼저 시계열에 따라서 그 전체상을 개관해보자.

판권장에 따르면 『경부철도노래』는 1908년 3월에 간행되었다. 이 책은 1905년에 개통하고 한성과 부산을 잇는 경부선에 관한 창가집으로 69번까지로 구성되었고, 최남선이 "아해들노 하여곰 시맛詩趣과 댜미를 맛보게 하고 아울너 우리나라 남반편南半區, 한성에서 부산까지 – 지은이의 디리ㅅ디식地理的知識을 듀기 위하야"[1] 지은 것이다. 이 책에 실린 노래는 7·5조로 된 조선 근대 창가의 효시라고도 일컬어져 조선 시가의 역사를 살펴보는 데도 중요하다.

다음으로 같은 해 10월에 간행된 『한양노래』도 창가집으로, "제도帝都, 한성(漢城)-지은이의 광영榮光을 찬미讚美"한 것이라고 설명된다. 이상의 두 책은 이해의 11월에 창간된 『소년』보다 앞서 간행되었는데, 그 경위에 대해서는 분명하지 않은 점이 많고, 신문관 이외의 장소에서 인쇄되었을 가능성도 있다.[2]

그리고 이듬해인 1909년에는 조나단 스위프트의 *Gulliver's Travels*이하 『걸리버 여행기』가 원작인 『썰늬버 유람긔葛利寶遊覽記』이하 『썰늬버 유람긔』와 16세기의 조선을 대표하는 주자학자 이이의 수신서를 바탕으로 한 『산수 격몽요결刪修擊蒙要訣, 栗谷李珥先生 原本』이하 『산수 격몽요결』이 간행된다. 자세한 내용은 제2절에서 말하는데, 이 두 책은 조선에서 '문고본'의 효시로 평가받는 「십전총서十錢叢書」로 간행되었는데, 신문관은 설립과 거의 동시에 시리즈 서적에 착수하게 된다. 또 같은 해에는 대한제국의 보호국화에 따라 일본어의 필요성이 높아진 상황에서 "밖에서 정화精華를 따와서 우리의 문명을 계발"하는 데 무엇보다 "문자의 번역법"을 익힐 필요가 있다면서 일본어의 문법과 문장, '번역법' 등에 대해서 해설한 『일문역법日文譯法』도 간행하는 등 시세에 따른 서적도 간행했다.[3]

한국병합 뒤인 1910년대에는 서양 명작의 번역소설 『플랜더스의 개』와 『엉클 톰의 오두막』, 조선의 고전소설을 중심으로 한 '육전소설六錢小說' 등의 시리즈 서적뿐만 아니라, 수양서와 소화집笑話集, 위인전, 종교 관련서, 요리책, 조선광문회의 고전 복각과 사전 등 폭넓은 종류의 단행본을 출판했다.

특히 신문관이 1916년에 간행한 것으로 조선에서 '최초의 근대적 모범 문장 입문서'로 평가받는 『시문독본時文讀本』은 몇 번이나 판을 거듭하는 등 인기를 모았고, 그밖에 1918년에는 당시 세계적으로 큰 반향을 불러일으킨 스마일스의 『셀프 헬프』를 번역한 책인 『자조론』을 펴내는 등

1910년대 후반에는 새로운 장르에도 착수했다.

이번 장에서는 1908년의 설립부터 1910년대 전반에 걸쳐서 신문관의 단행본을 분석한다. 이때 특히 주목할 것은 시리즈 서적이다. 지금까지 개관해온 것처럼, 신문관은 이 시기에 '십전총서', 번역소설, '육전소설' 등의 시리즈 서적을 중점적으로 간행했다. 그 수량은 20책 이상이나 되어 단행본 전체의 약 3분의 1을 차지하는 등 잡지와 나란히 신문관이 힘을 쏟은 출판물이었다고 할 수 있다.

그런데 최남선은 『경부철도노래』에 대해서 "일본 유학 때, 일본에서 기차의 개통에 대한 노래가 크게 유행한 것을 본" 것이 간행의 계기가 되었다고 회고했다.[4] 당시 일본에서는 메이지기의 창가를 대표하는 작사가 오와다 다케키大和田建樹의 철도창가가 유행했는데, 최남선은 그것에 자극을 받고 일본의 군가 멜로디를 그대로 써서 조선의 철도 창가를 만든 것 같다.[5] 이렇게 잡지뿐만 아니라 단행본에도 최남선이 일본에 유학한 영향이 보인다.

제1장에서 간단히 말한 것처럼, 신문관의 시리즈 서적과 일본 하쿠분칸의 전집과 총서 사이에는 관련성이 있을 가능성이 있다. 그 때문에 신문관과 일본 출판계 사이의 관련성을 생각할 때 단행본, 특히 시리즈 서적에 대해서도 일본의 영향이라는 관점에서 고찰할 필요가 있을 것이다.

특히 앞에서 말한 것처럼 '십전총서'는 문고본의 효시가 되고, 번역소설도 문고본으로 파악하는 견해가 있는데,[6] 당시에는 현재의 '문고본'이라는 개념이 존재하지 않았다. 오히려 당시 조선에서는 시리즈 서적이라는 출판 형태 자체가 신기한 것이었음을 염두에 두고 최남선이 잡지 간행에서 참고한 일본 출판계의 '문고'와 '총서'의 개념과 위상에도 주목하면서 분석해 보자.

시리즈 서적을 분석해야 하는 이유는 그뿐만이 아니다. 앞 장에서 보여준 것처럼, 신문관의 간행물을 '여성'이라는 관점에서 볼 경우, 신문관이 여성 독자에 주목하게 된 기점은 번역소설이고, 그 의식은 그 뒤의 어린이 잡지에도 계승되었다. 신문관의 단행본과 잡지의 위상과 양자의 관련성을 생각할 때도 시리즈 서적은 하나의 관건이 된다고 할 수 있다.

이상을 바탕으로 해서 이번 장에서는 1908년부터 1910년대 전반에 걸친 신문관의 시리즈 서적에 관해서 신문관의 잡지 사업과 일본의 출판계 사이의 관계에 주목해서 분석함으로써 출판사 신문관의 실태에 다가가 보고 싶다.

2. 총서 기획과 그 배경

조선 최초의 시리즈 서적 '십전총서'

먼저 신문관이 착수한 최초의 총서 '십전총서'를 들어보자. '십전총서'란 그 이름대로 한 책 '십전'의 서적인데, 어떤 성격의 것이었을까. 그 발행 취지는 다음과 같다.

① 가장 적은 돈과 힘으로 가장 요긴要緊한 지식智識과 고상高尙한 취미趣味와 강건剛健한 교훈教訓을 엇으려 하난 우리 소년제자少年諸子의 욕망欲望을 만족滿足케 하려 하야,

② 문명文明의 이기利器를 자藉하야 백주白晝에 공연公然히 기인편재欺人騙財하난 기다서적幾多書賊을 초멸勦滅하려 하야, 백과百科의 학學과 사부四部의 서書에서 막긴막요莫緊莫要한 자者를 정선精選하야 평이간명平易簡明한 문자文字로

이렇게 싼 값으로 "소년제자"에게 "가장 요긴한 지식"과 "강건한 교훈", 정신적인 양식을 제공하는 것이 '십전총서'의 목적이었다.

'십전총서'로 처음 간행된 것이 『썰늬버 유람긔』[1909.2]이다. 앞에서 말한 것처럼 스위프트의 『걸리버 여행기』를 바탕으로 한 것으로, 「알사람 나라 구경썰늬버 遊覽記 下卷 小人國 漂着 觀光錄」과 「왕사람 나라 구경썰늬버 遊覽記 下卷 巨人國 漂流 觀光錄」의 2부로 구성되었다. 전4편으로 이루어진 원작 『걸리버 유람기』 가운데 소인국과 거인국의 나라 모습을 그린 제1편과 제2편에 해당하는 부분이 실렸다.

최남선은 권두의 「예언例言」에서 "그 소설적小說的 취미趣味로만 보아도 쏘한 절대絶大한 묘미妙味가 잇난지라"라고 설명한다. 또 당시 조선에서는 "아직 그 명자名字도 입문入聞됨을 보지 못한" 상황이었음에도 불구하고 최남선이 제재題材로 삼아 『걸리버 여행기』를 뽑은 이유로는 이렇게 "절대絶大한 묘미妙味"를 담았을 뿐만 아니라, "부허浮虛한 허문자戲文字가 소년少年의 기독물嗜讀物"이 되고 있는 "신흥新興의 문단文壇"의 문제점을 "교구矯救"하려는 목적도 있었던 듯하다.

다음으로 간행된 '십전총서'는 『산수 격몽요결』[1909.3]이다. 광고문에 따르면, 이것은 조선 중기의 대표적인 주자학자인 "율곡栗谷 이이李珥"의 수신서 『격몽요결』을 "엄정嚴正히 산수刪修"하고 또 "태서명인泰西名人의 의의암합意義暗合하는 격언格言을 대조對照"하고, 또한 부록으로 "일본교육대가日本教育大家 후쿠자와 유키치 씨福澤諭吉氏의 『처세요령處世要領』"을 실은 것이라고 한다.[8] 실제로 이 책은 2단 조판의 레이아웃인데, 『격몽요결』의 내용은 하단에 배치되고, 상단에는 「서철격언대조팔십일조^{西哲格言對照八十一條}」가 하단의 내용에 맞추어 실리며, 부록으로 후쿠자와 유키치의 『수신요령』도 수록한 특이한 구성으로 이루어졌다.

이 책의 간행 목적은 "아못조록 신시대^{新時代} 소년^{少年}의 덕육상^{德育上} 보감^{寶鑑}을 작^作"하려 한 것이고,[9] "신대한^{新大韓} 소년^{少年}의 정심^{正心} 공부상^{工夫上}에 대^大한 공헌^{貢獻}이 있고," "신문개척^{新文開拓}의 유지^{有志}한 소년^{少年}은 반다시 좌우^{座右}의 보잠^{寶箴}을 작^作하라"[10]고 광고한 것처럼, 새로운 시대를 짊어질 소년에게 정신적인 양식을 제공하는 것이라고 할 수 있다. 그뿐만 아니라 『논어』, 『맹자』와 『시경』, 『서경』을 가볍게 여기고 "무식^{無識}한 배^輩의 무식^{無識}한 견^見에 기다^{幾多}의 박옥^{璞玉}은 오지^{汚地}에 투입^{投入}하난 욕^辱"을 벗어나지 못하는 현상에서 마찬가지로 "시대^{時代} 희생^{犠牲}"이 된 『격몽요결』에 "다소산수^{多少刪修}"를 더해서 간행하려는 의도도 있었다고 한다.[11]

'십전총서'로 간행된 것을 확인할 수 있는 것은 이상의 두 책이다. 『썰늬버 유람긔』의 끝에 있는 「십전총서^{十錢叢書} 속간목차^{續刊目次}」에는 "교훈류^{教訓類}—이런 말삼을 드러보게, 교훈류^{教訓類}—산수^{刪修} 격몽요결^{擊蒙要訣}, 付印中, 격언류^{格言類}—격언연벽^{格言聯璧}, 우화류^{寓語類}—인도우화집^{印度寓語集}, 수학류^{數學類}—정수분수사칙합제해법^{整數分數四則合題解法}, 전화류^{傳話類}—횐소리^{付印中}, 지리류^{地理類}—자연지리^{自然地理}"의 목록이 실렸다. 여기서 알 수 있듯이 원래는 소설, 교훈, 격언, 우화, 전해오는 이야기, 수학, 지리 등 다양한 분야를 '십전총서'로 출판할 것을 기획했던 듯한데, 실제로는 '소설류 제1책'으로 분류된 『썰늬버 유람긔』와 '교양류 제1책'의 『산수 격몽요결』만 간행되었다.

결과적으로 두 책밖에 나오지 않아 '십전총서' 시리즈 서적의 시도는 충분히 성공을 거두었다고 말하기 어렵다. 그러나 이런 시리즈 서적은 당시의 조선에서는 새롭고 획기적인 것이었다. 그러면 최남선은 왜 이 새로운 시도에 착수하게 되었던 것일까. 또 '십전총서'는 『소년』과 거의 같은 시기에 간행되었는데, 둘의 사이에는 어떤 관계가 있는 것일까.

'십전총서'와 『소년』의 관계

먼저 '십전총서'와 『소년』의 관계부터 살펴보자. 『소년』의 창간호^{1908.11}와 그 다음 호인 제1권 제2호^{1908.12}에는 「거인국표류기巨人國漂流記」[12]라는 제목으로 『썰늬버 유람긔』 제2편 거인국에 해당하는 부분이 실렸다. 한편 제1편 소인국에 대해서는 『소년』 창간호의 광고에서 『소인국표류기小人國漂流記』라는 이름의 단행본으로 "금월今月, 11월 – 지은이 말末"까지 간행할 것을 예고했다.[13] 결과적으로 『소인국표류기』의 간행 여부는 확인할 수 없는데, 신문관은 『썰늬버 유람긔』의 제1편을 단행본으로, 제2편을 『소년』에 발표할 방침이었던 것이다. 따라서 신문관은 설립 당시부터 잡지 사업과 단행본 사업을 서로 관계있는 것으로 파악했다고 할 수 있다.

『소년』에 실린 「거인국표류기巨人國漂流記」와 『썰늬버 유람긔』 후반의 「왕사람 나라 구경」을 비교해보면, 내용이 일치하는 것을 알 수 있다. 곧 간행 예정이었던 『소인국표류기』와 『소년』의 「거인국표류기」를 아우른 것이 『썰늬버 유람긔』였다고 할 수 있다. 이것은 『소년』에 실린 『썰늬버 유람긔』의 광고에 "이 화본話本은 본지本誌 一・二 양권兩卷에 게재揭載하던 『거인국표류기巨人國漂流記』와 밋 예고豫告하야 오던 『소인국표류기小人島漂遊記』를 합편合編한 것"이라고 한 데서도 뒷받침된다.[14]

그러면 최남선은 왜 제1편인 소인국이 아니라 제2편인 거인국 부분을 잡지에 실었던 것일까. 또 왜 단행본과 잡지에 두 번이나 실은 것일까. 번역 저본을 실마리 삼아 이 점을 생각해보자.

『썰늬버 유람긔』는 스위프트의 『걸리버 여행기』에 비교해 내용이 크게 압축되었을 뿐만 아니라, 1인칭에서 3인칭으로 시점이 바뀌어 원작과 완전히 달라졌다. 이것은 최남선이 1인칭 서술에 익숙하지 않은 독자를 배려했기 때문이라고 생각되는데,[15] 그 무렵 이와야 사자나미의 『세계의 동화』를 참고한 것이 앞선 연구에서 밝혀졌다.[16] 앞의 절반 부분인 「알사람 나라 구경」은 대부분 『세계의 동화』 제9편博文館, 1899의 「소인도小人島」를 바탕으로 한 것으로 생각되고,[17] 뒷부분인 「왕사람 나라 구경」에 이르러서는 앞부분을 빼고 『세계의 동화』 제12편1899 「대인국大人國」의 완역임을 확인할 수 있다.[18] 요컨대 『썰늬버 유람긔』가 원작과 다르게 된 것은 사자나미가 '번안'한 『걸리버 여행기』를 모범으로 삼았기 때문이라고 할 수 있다.

이와야 사자나미는 「소인도」의 앞에서 "정치적인 우의寓意가 있지만, 그것은 소년에게는 쓸모없는 일입니다"라고 썼는데, 실제로 내용을 보면 이웃나라와 벌인 전쟁이 그려지는 등 소인국 이야기에는 본디부터 정치적 함의가 있었음을 읽어낼 수 있다. 최남선도 『썰늬버 유람긔』의 서문에서 "정치적政治的 우의寓意는 고사姑捨"한다고 쓰는 등 그것을 인식했던 듯하다.

한편 이와야 사자나미의 「소인국」은 주인공이 "마치 5중탑五重塔처럼 겁나게 큰 인간"들 가운데 처음부터 마지막까지 여러 번 "위험한 일"을 만나게 되어 모험 요소가 더욱 더 강한 작품이 되었다. 「대인국」도 모험 요소가 없는 것은 아니지만, 전쟁과 걸리버를 둘러싼 '정부'의 논의 등 정치적인 주제가 그려진 곳이 많다.

자기 자신을 '해광海狂'이라고 부를 만큼 바다를 좋아하고, 바다를 다룬 이야기가 강인한 정신을 기르는 데 중요한 역할을 한다고 인식했던 최남선은 『소년』에서도 "소년少年의 해사사상海事思想을 고발鼓發"하기 위해 「로빈손무인절도표류기^{로빈손無人絶島漂流記}」를 비롯해 모험색이 강한 내용을 여럿 실었다. 따라서 최남선은 「대인국」을 "해사사상"의 "고발"이라는 점에서 「소인도」보다도 유효하다고 판단하고,[19] 『소년』에서 먼저 발표한 뒤에 단행본에도 실었다고 생각할 수는 있지 않을까.

어쨌든 최남선이 「소인도」보다 「대인국」을 중시한 것은 분명하다. 그러나 「대인국」의 앞부분에서는 「소인도」 이야기가 등장하기 때문에 「소인도」도 소개할 필요가 있다. 그래서 단행본으로 간행함으로써 보완하려고 했던 것이라고 생각된다. 그런 의미에서 확실히 신문관은 잡지 사업과 단행본 사업을 서로 관련된 것으로 파악했는데, 어디까지나 잡지가 주가 되고 단행본은 그 보완으로 자리매김했다고 할 수 있다.

단행본과 『소년』의 이런 관련성은 『산수 격몽요결』에서도 확인할 수 있다. 제1장에서 말한 것처럼, 『소년』은 보호국화라는 국가적 위기 속에 미래의 대한제국을 짊어질 사람이 되어야 할 "신대한^{新大韓}의 소년^{少年}"이 "혼자 억개에 진 무거운 짐을 감당^{勘當}케 하도록 교도^{敎導}하자 함"[20]을 간행 목적으로 내걸었다. 앞에서 말한 것처럼 『산수 격몽요결』도 시대를 짊어질 '소년'의 정신적인 양식이 됨을 간행 목적으로 하고, 광고문에서도 "신대한소년^{新大韓少年}"이라는 용어를 사용했다. 곧 이 책은 나라의 장래를 등에 짊어질 굳센 "신대한의 소년"의 양성을 목표로 삼은 『소년』과 콘셉트^{concept}[1]*가 일치했던 것이다.

실제로 콘셉트뿐만 아니라 내용 면에서도 공통성이 보인다. 예컨대 『산수 격몽요결』 간행 앞뒤의 『소년』에는 "이이선생^{李珥先生} 『격몽요결^{擊蒙要訣}』 일절^{一節}"과 "율곡^{栗谷} 이이^{李珥} 선생^{先生}의 자경문십칠칙^{自警文十七則}" 등

1* 창조된 작품 전체에 걸쳐서 골격이 되는 발상과 관점.

이이에 대한 언급이 자주 보이고, 그 가운데는 "더 구체적具體的으로 율곡선생栗谷先生의 교훈教訓을 밧고자 하면 신문관新文館에서 발행發行한 『산수격몽요결刪修擊蒙要訣』정가 십 전(定價十錢)을 닑으라. 제군諸君을 보익補益함이 실實노 선소尠少치 아니하리라"[21]라고 『산수 격몽요결』을 홍보하기도 한다. 또 이 책의 부록에 있는 후쿠자와 유키치의 『수신요령』은 서문까지 포함해서 『소년』 제2년 제2권1909.2의 「현대소년現代少年의 신호흡新呼吸(一) 수신요령修身要領」과 같은 것이다. 또한 상단에 배치된 「서철격언대조팔십일조西哲格言對照八十一條」 가운데 안데르센과 나폴레옹 등이 노력과 만전을 기할 것의 중요성에 대해 말한 여덟 편의 격언은 『소년』에 실린 「소년훈少年訓」과 같다는 것도 확인할 수 있다.

서양 위인의 격언을 모은 「서철격언대조팔십일조西哲格言對照八十一條」는 출전이 밝혀져 있지 않지만, 예컨대 그 가운데 '베르치에'의 격언은 실업지일본사實業之日本社의 『실업지일본實業之日本』 제9권 제10호1906.5에 실린 베르티에François Berthier의 「인생의 의무人生の義務」 제2절 「효도의 의무孝道の義務」 가운데 일부를 번역한 것이다. 실은 이 『실업지일본』 제9권 제10호는 〈부록 표 1〉에서 보이는 것처럼 『소년』 제2년 제3권1909.3에 실린 「신시대 청년의 신호흡新時代 靑年의 新呼吸(二) 와싱톤의 좌우명座右銘」의 저본이다. 이렇게 『산수 격몽요결』에는 『소년』과 같은 저본이 일부 쓰였다.

최남선은 '소년'의 정신 수양을 위해 잡지와 단행본 두 곳에 위인의 격언을 실었다. 『산수 격몽요결』에 실린 격언에는 『소년』에 보이지 않는 것도 여럿 있고, 또 같은 저본을 사용하면서도 『소년』에는 실리지 않은 것을 수록하기도 했다. 이런 점에서도 단행본은 잡지의 보완 역할을 했음을 알 수 있다.

또 '십전총서'로 간행이 예정되었지만 미완에 그친 것으로 「교훈류教訓

類–이런 말삼을 드러보게」가 있는데, 『소년』에는 같은 제목의 논설이 세 편 실렸다.[22] 〈부록 표 1〉에서 알 수 있듯이 이 가운데 「스마일쓰 서절록書節錄」과 「스마일쓰 서절역書節譯」이 덧붙여진 두 편은 각각 다케무라 오사무竹村修가 옮기고 쓴 『품성론』 제1장 「품성의 세력品性の勢力」 가운데 일부를 번역한 것이다. 『소년』에는 『품성론』 제5장 「용기」도 번역해서 실렸는데, 신문관은 『소년』에 일부밖에 실리지 않은 『품성론』을 완역해 '십전총서'의 한 책으로 출판하려 했을지도 모른다. 이렇게 '십전총서'는 대체로 『소년』에 실린 기사와 연동했음을 알 수 있다.

이상에서 본 것처럼, '신대한 소년'의 계몽을 꾀한 '십전총서'는 '해사사상'을 고취하고 위인의 격언을 소개함으로써 굳센 '신대한의 소년'을 기를 것을 목표로 한 『소년』과 콘셉트가 공통되었다. 또 『소년』과 '십전총서'는 같은 저본을 썼는데, 『썰늬버 유람긔』보다도 앞서서 『소년』에 「대인국」이 번역되어 실린 것처럼, 최남선은 '소년'의 계몽을 위해 특히 중요하다고 판단한 것을 먼저 『소년』에 실었다. 요컨대 '십전총서'는 『소년』을 보완하고 나아가 그 내용을 충실하게 하는 역할을 맡았다고 할 수 있다. 신문관이 중시했던 것은 어디까지나 잡지이고, 단행본은 그것을 보완하는 것으로 자리매김했다고 지적할 수 있을 듯하다.

또 '십전총서'에는 신문관이 『소년』 폐간 뒤에 착수한 『붉은 져고리』와 『아이들보이』 『새별』 등의 어린이 잡지로 이어지는 요소가 보인다. 신문관의 어린이 잡지는 거의 전부 한글로 표기되었다는 점이 특징인데, 『썰늬버 유람긔』도 마찬가지로 거의 모두 한글로 쓰였다. 앞에서 말한 것처럼 후반의 「왕사람 나라 구경」은 『소년』에 실린 것과 같은 내용인데, 『소년』에서는 한자 혼합 표기로 된 데 비해 『썰늬버 유람긔』에는 「거인국 표류기巨人國漂流記」를 「왕사람 나라 구경」이라고 표기하는 등 한글로 바꾸었다. 이것은 다음 절에서 고찰하고, 다음으로 신문관이 총서를 기획한 배경을 살펴보자.

총서 기획의 유래

최남선은 왜 내용이 완전히 다른데 앞에서 말한 두 책을 같은 총서로 간행하려 했던 것일까. 그것을 논하기 전에 먼저 총서가 일본의 출판계에서 어떻게 자리매김했는지 살펴보자.

일본에서는 1900년대 전후로 많은 출판사가 '문고'와 '총서'를 간행했다. 총서는 일정한 편집 방침 아래서 공통의 표제로 계속해서 출판된 시리즈의 이름으로 사용되어 왔다. 문고는 본래의 의미는 서적과 문집을 거두어 간직한 창고인데, 이 시기에는 총서와 같은 의미로 쓰여서 총서와 문고 사이에 명확한 구분은 없었다.[23] 한편 시리즈 서적 가운데도 소형 책은 "소매 안과 품속에 넣어 가지고 다니기에 편리"한 것으로 '수진본袖珍本'이라고 불렸는데,[24] 1927년에 이와나미문고가 창간된 이후 A6판, 종이 표지를 간단하게 포장한 것, 염가판 시리즈를 '문고본'이라고 불렀다.[25] 시리즈 서적은 메이지기에 출판업계가 성장함에 따라 발전했고,[26] 그 가운데서도 총서는 잡지보다 고가의 서적을 정기적으로 판매하기 위한 출판 방법으로 엮여 나왔다.[27] 그 때문에 특히 러일전쟁 뒤부터 각 출판사는 총서류를 속속 간행하게 되었다.[28]

최남선은 마침 러일전쟁 뒤에 일본에 유학해서 당시 왕성하게 간행되던 총서를 마주쳤음에 틀림없다. 실제로 최남선의 장서를 보관한 고려대학교의 육당문고에는 일본의 출판사에서 1910년대까지 펴낸 출판물이 소장되어 있는데, 그 가운데는 다수의 총서가 포함되었다.[29] 특히 하쿠분칸의 「학예총서學藝叢書」와 내외출판협회内外出版協會의 「위인 연구」 등은 신문관의 잡지에서 번역의 저본으로 사용되어[30] 실제로 손에 넣은 것을 확인할 수 있다.

주목해야 할 것은 그 가운데 하쿠분칸의 총서가 16종으로 가장 많은 점이다. 당시 일본에서는 대형 출판사 슌요도春陽堂와 후잔보가 여러 총서를 간행했는데, 특히 총서에 힘을 쏟은 것이 하쿠분칸이었다. 하쿠분칸의 모든 간행물 가운데 잡지 82종에 비해 총서는 183종에 이르고, 그 책 수는 약 3천 권으로 약 2천6백 책의 단행본보다도 많다.[31] 하쿠분칸은 "단행본 서적을 발행하는 데 비해서 1부 24책, 또는 48책, 또는 50책 등 대형 총서류의 연속 출판은 모든 점에 대해서 극히 유리하다"[32]며 안정적인 경영을 위해서 잡지와 함께 총서를 중시했다.[33]

최남선은 『소년』과 『청춘』 등의 잡지에서 하쿠분칸의 출판물 『소년세계』와 『태양』을 참고하기도 하고 번역하기도 했는데, 이렇게 총서도 많이 소유해서 '십전총서'도 하쿠분칸에서 착상을 얻었을 가능성이 있을 것이다.

하쿠분칸의 총서를 자세히 살펴보면, '십전총서'와 마찬가지로 한 책에 '십전'인 「소년총서」 시리즈가 1897년에 간행된 것을 알 수 있다. 이것은 그 광고에 "소년을 고취하고 지식, 용기, 학문, 도덕을 함양하기 위해 소년총서가 나온다. (…중략…) 대체로 소년의 좋은 벗이 될 귀한 책은 모두 이 안에 있고"[34]라고 한 것처럼 '소년'의 계몽을 목적으로 한 염가의 총서였다. 『무용에 뛰어난 인물 일화집英武蒙求』, 『소년시화少年詩話』, 『과학잡담科學雜談』, 『대만 원주민 탐험기臺灣生蕃探險記』, 『가토 기요마사加藤清正』, 『소년입지편少年立志篇』, 『서양학의 대가 열전洋學大家列傳』, 『육해군인의 생활陸海軍人生活』, 『세상의 모든 탐험 소년 원정萬有探險少年遠征』, 『소년의 노래 이야기少年歌話』로 구성되고, "인물전, 모험담, 작문서, 이과理科 이야기, 역사 이야기, 기행류"로 다방면의 장르가 모여 있었다.

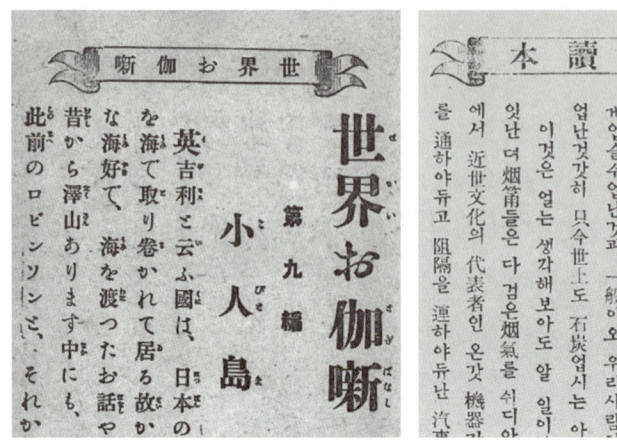

<도판 5-1>
(왼쪽) 『世界お伽噺』 제9편, 1899. (오른쪽) 『소년』 제1년 제1권, 1908.11.

하쿠분칸의 사원이었던 기마라 쇼슈木村小舟가 『소년세계』에 실린 장편의 기사를 한 책에 실었다고 회상한 것처럼,[35] 「소년총서」는 『소년세계』에 이미 실렸고, "상당한 호평을 얻은" 기사를 집대성한 것이었다. 예를 들면 「소년총서」 제3편인 『과학잡담』은 『소년세계』에 연재된 「일본어-한문-네덜란드어和漢蘭文」를 '하나의 작은 책'에 모은 것처럼,[36] 이미 잡지에 발표된 것이 그 대부분을 차지했다. 또 디자인 면에서는 표지는 소박하게 동일한 장정이고, 권두화를 넣지 않는 점에서 통일되었다.[37]

「소년총서」와 '십전총서'를 비교해보면, 한 책에 10전의 염가로 가격이 정해져 있을 뿐만 아니라, 모두 소년 잡지를 간행한 이후에 나온 소년 대상 총서라는 것이 공통점이다. 또한 내용도 잡지에 발표된 것이 대부분을 차지하고, 권두화가 없고 표지는 총서로서 통일적이고 간소한 디자인이라는 점까지 공통된다. '십전총서'에는 「소년총서」에서 번역된 것은 확인되지 않고, 또 「소년총서」에는 고전의 복간은 포함되지 않지만, 하쿠분칸을 비롯한 일본의 출판사는 이 시기에 고전 복간 총서를 여럿 간행했고, 최남선도 그 일부를 소유했다. 최남선은 한 책 10전이라는 염가의 총서 기획의 구상과 디자인 등의 구성 면에서 하쿠분칸 등 일본의 출판사를 참고했을 가능성이 있다.

실제로 〈도판 5-1〉과 제1장의 〈도판 1-12〉, 〈도판 1-13〉처럼 『소년』에는 하쿠분칸의 『중학세계』와 『세계의 동화』 『태양』 등의 삽화와 디자인이 자주 쓰여서 신문관은 적어도 잡지를 간행하면서 형식면에서 하쿠분칸의 출판물을 참고했던 것이다. 그 영향은 단행본에도 미쳤다고 생각된다.

이상에서 본 것처럼, '십전총서'는 잡지 『소년』과 같은 콘셉트에서 간행되어 『소년』을 보완한 것으로 자리매김되었다. 또 이런 총서 기획은 최남선이 하쿠분칸 등 일본의 출판사에서 구상했을 가능성이 크다.

'십전총서'는 겨우 두 책으로 끝나서 총서 기획으로는 성공하지 못했을지 모른다. 그러나 이후 신문관의 시리즈 서적은 발전해간다.

3. 번역소설 시리즈와 일본의 출판사

번역소설에 대하여

한국병합 뒤인 1911년에 『소년』이 폐간되고, 그 이듬해부터 신문관에서 착수한 것이 제4장에서 말한 서양의 번역소설 시리즈이다.[38] 먼저 그 개요를 살펴보자.

번역소설로 처음 간행된 것은 위다의 『플랜더스의 개』가 원작인 『불상흔 동무』[1912.6, 〈도판 5-2〉]이다. 이것은 히다카 시켄[日高柿軒, 日高善一, 1897~1956]이 번역하고 많은 독자를 얻어서 40쇄를 거듭한 『플랜더스의 개[フランダースの犬』[內外出版協會, 1908, 〈도판 5-3〉]에서 중역한 것인데, 『불상흔 동무』도 인기를 얻

은 듯 제5판[1923]까지 간행되었다. 최남선은 "그리 길지도 아니하고 어수선하지도 아니한 이것에서 그러토록 깁흔 느낌과 굿센 박힘을 어덧슴"이라고 말하는 등 이 책을 높이 평가하고, "우리말로 옴겨노치 아니 못할지라"는 생각에서 스스로 번역했다.[39]

신문관은 『불상흔 동무』 간행 뒤에 마리아 에지워스[Maria Edgeworth]의 『제비뽑기[The Lottery]』와 페브르의 『테디스 버튼』을 각각 원작으로 한 『만인계』[1912.9]와 『자랑의 단추』[1912.10]를 간행하고,[40] 또한 이듬해에는 스토의 『엉클 톰의 오두막』을 바탕으로 한 『검둥의 셜음』[1913.2], 뮌히하우젠 남작[Baron Münchhausen]의 모험담 『허풍선이 남작의 모험ほら吹き男爵の冒険』을 원작으로 한 『허풍선이 모험긔담』[1913.5] 등 1910년대 전반에 합계 5책의 번역소설을 간행했다. 이 가운데 3책은 1913년 1월에 어린이 잡지 『붉은 져고리』가 창간되기 전에 간행되었다.

이렇게 본격적인 서양문학의 번역소설은 당시 조선에서는 새로운 기획이었다고 할 수 있는데, 이들 소설의 특징 가운데 하나는 교훈을 담은 수양의 요소가 강하다는 점을 들 수 있다. 예컨대 『만인계』와 『자랑의 단추』는 각각 서문에 "우리를 씌우쳐줌이 큰 거시 잇는지라", "이 칰에셔 유익을 엇을 이가 어린이만도 아니오 그리스도인만도 아니라 (…중략…) 온갖 가ᄅ침 가운듸 가장 큰 것과 온갖 유익 가운듸 가장 만흔 것을 엇을 줄 밋노이다"라고 말한 것처럼[41] 모두 교훈적이고 계몽적인 내용으로 크리스트교를 바탕으로 한 이야기이다. 또 『검둥의 셜음』은 흑인 노예 철폐를 목적으로 한 계몽서이기도 하고, 최남선도 "쌔와 셰샹이 달은 우리도 (…중략…) 그쌔 그 셰샹 사람의 엇더ᄒ얏슬 것을 짐작ᄒ건댄 이 칰이 그 만흔 공적을 세우고"[42]라고 평가했다.

그리고 또 하나의 특징은 5책 가운데 4책과 그 대부분의 번역 저본이

내외출판협회의 단행본이었다는 점이다. 앞에서 말한 것처럼『불상흔 동무』의 저본은 내외출판협회의『플랜더스의 개』인데,『자랑의 단추』와『검둥의 셜음』도 내외출판협회에서 나오고 모모시마 레이센百島冷泉이 옮긴『유품의 단추形見のボタン』1912와『노예 톰奴隷トム』1909의 두 책을 번역한 것이다.[43] 또한『허풍선이 모험긔담』은 사사키 구니佐々木邦가 옮긴『허풍선이 남작의 여행 선물法螺男爵旅土産』内外出版協會, 1909에서 번역한 것이다.[44]

제4장에서는 이들 번역소설이 주로 여자를 포함해 어린이를 대상으로 한 것이었다고 말했는데, 이 점은 번역 저본에서도 뒷받침된다. 예컨대『불상흔 동무』의 저본인『플랜더스의 개』광고에서는 "대여섯 살 소년소녀에게 읽게 할 때 한 사람도 눈물 흘리지 않을 수 없고"와 "소년소녀의 건전한 가정 독본"이라고 말했다.[45] 또『허풍선이 모험긔담』의 저본인『허풍선이 남작의 여행 선물』의 번역자이고 아동문학 작가로도 알려진 사사키 구니1883~1964는 이 책에 대해서 "아이들의 읽을거리로 상상력을 기르는 데 도움이 된다"[46]고 말한다.

이상의 점을 바탕으로 해서 다음에는 일본의 출판계와 신문관의 잡지 사업을 관련지어서 번역소설을 포함해 1910년대 전반에 나온 신문관의 시리즈 서적을 더욱 더 깊이 고찰해보자.

신문관의 번역소설과 일본 출판계의 관계

앞에서 말한 것처럼, 번역소설의 저본은 그 대부분이 내외출판협회의 책이었는데, 신문관과 내외출판협회의 관계는 이미『소년』간행 때부터 보인다. 예컨대『소년』에 실린 톨스토이의 작품은 내외출판협회에서 간행한『톨스토이 언행록トルストイ言行錄』1906,『톨스토이 단편집トルストイ短篇集』1907,『톨스토이 소설집トルストイ小說集』1909을 번역한 것이다.[47] 그밖에도〈부

록 표 1〉에서 알 수 있듯이 『소년』
에서는 『인생의 실무人生の實務』1907와
『나의 생애わが生涯』1907, 『링컨의 인물
과 그 사업リンコンの人物及び其の事業』1907,
「위인 연구偉人硏究」 시리즈의 『프랭
클린 언행록フランクリン言行錄』1907과
『페스탈로치 언행록ペスタロッチ言行錄』
1908 등 내외출판협회에서 간행한 단
행본이 여럿 번역되었다.

　또 제2장에서 말한 것처럼, 『아이
들보이』에도 안데르센 동화집 『빨
간 구두 이야기赤靴物語』1908에서 번

〈도판5-4〉 야마가타 데이자부로
출전 : 山縣悌三郞, 『兒孫の爲めに余の生涯を語る
―山縣悌三郞自傳』, 弘隆社, 1987.

역된 것을 확인할 수 있는 것 등 신문관의 잡지는 한결같이 내외출판협
회의 출판물을 참고했음을 알 수 있다. 신문관의 간행물에 이렇게 큰 영
향을 준 내외출판협회는 어떤 출판사였을까.

　내외출판협회는 일본에서 소년 잡지의 효시가 되는 『소년원』1888.11~1895.4
의 발행소로 알려졌다. 설립자인 야마가타 데이자부로山縣悌三郞는 1895년
에 『소년원』의 발행소였던 '소년원영업부'를 '내외출판협회'로 이름을 바
꾸었다.[48]

　사실 야마가타 데이자부로는 조선과도 관계가 있는 인물이다. 예컨대
1884년에 개화파가 일으킨 쿠데타인 갑신정변이 실패로 끝난 뒤 일본에
있던 유학생들은 조선정부에서 보낸 학자금이 끊겨 곤궁했는데, 야마가
타는 "사재를 털어" 그들을 원조하고, "한국 유학생 학자 보조"를 위해 "유
지의 의연금"을 모집하는 등 "지난 날 한국 유학생에 대한 동정과 마찬가

지의 태도로 그들을 보호하고, 힘이 닿는 한 그들을 편안하게 했다"[49]고 한다. 또 그의 동생인 야마가타 이소오山縣五十雄는 조선총독부의 영문 기관지 *Seoul Press*의 사장을 맡은 인물이고, 야마가타 데이자부로도 조선에 건너와 1917년에는 연희전문학교오늘날 연세대학교의 강사가 되기도 했다. 이렇게 야마가타는 조선과 관계가 깊었는데, 최남선과 접촉했는지는 확인할 수 없다.

야마가타 데이자부로와 최남선이 아는 사이였는지는 분명하지 않지만, 출판물의 면에서는 공통점이 보인다. 먼저 내외출판협회는 수양서에 힘을 쏟은 출판사였다. 이 회사의 출판목록인 「내외출판협회 발행 목록內外出版協會發兌書目」에도 「1. 수양서류修養書類」, 「2. 성공서류成功書類」, 「3. 전기서류傳記書類」, 「4. 위인 연구 언행록偉人研究言行錄」의 순서로 출판물이 소개되어 수양 관련 서적이 최초로 나온 것처럼,[50] 개인의 도덕적 수양을 중시한 야마가타의 방침 아래[51] 전체 80편에 이르는 「위인 연구」와 「수양전서修養全書」 시리즈 등 '교훈'과 '정신 교육'을 중시한 내용이 다수를 차지했다. 신문관도 간행물을 「학술서류」 「수양서류」 「문예서류」 「잡종서류」로 분류하고, 특히 「수양서류」에 비중을 두었는데, 이렇게 내외출판협회의 방향성은 인격과 정신의 수양을 중시한 최남선의 자세와 일치함을 알 수 있다.

또 내외출판협회는 『성서 이야기聖書物語』와 『크리스트를 본받아基督の模倣』 『크리스트교의 연구基督教の研究』 등 크리스트교 관련 서적을 많이 간행했다. 그 배경에는 야마가타 데이자부로가 크리스트교에 심취한 데 있다고 생각된다. 야마가타는 내외출판협회가 파산한 1914년에 일본프로테스탄트의 여명기를 대표하는 존재인 우에무라 마사히사植村正久에게 후지미초교회富士見町教會에서 세례를 받는데,[52] 1900년대 전후로 우에무라와

나란히 일본의 대표적인 크리스트교 사상가인 우치무라 간조內村鑑三와 함께 『도쿄독립잡지東京獨立雜誌』와 『위인과 독서-독서에 관한 고금 위인의 격언偉人と讀書-讀書に關する古今偉人の格言』이란 간행물을 출판하는 등 그 이전부터 크리스트교의 영향을 받았음을 알 수 있다.

이와 관련해서 내외출판협회에 관련된 인물로는 크리스트교 관계자가 여럿 존재한다. 예를 들면 앞에서 말한 『유품의 단추』와 『노예 톰』『빨간 구두 이야기』 등 신문관이 번역한 내외출판협회의 출판물에는 모모시마 레이센이 편집을 담당한 것이 많이 포함되어 있는데, 모모시마도 오사카 히가시교회大阪東教會의 목사를 맡은 크리스트교인이고, 와세다대학에 다닐 때 성서연구회에 참가해 우에무라 마사히사의 영향을 받았다.[53] 모모시마는 우에무라가 주재한 크리스트교 주간 신문 『복음신보福音新報』에 어린이를 위한 읽을거리를 기고했기에 "일본 최초의 기독교 아동문학가로 평가받는 인물이다.[54]

『불상흔 동무』의 저본으로 『플랜더스의 개』의 번역자인 히다카 시켄도 교토의 무로마치교회室町教會 등의 목사를 맡은 성서학자이고, 우에무라 마사히사의 후지미초교회의 신자였다.[55] 또 히다카는 메이지학원 고등학교 영문과에 들어간 뒤 동급생으로 『허풍쟁이 남작의 여행 선물』의 번역자인 사사키 구니에게 문학의 감화를 받았다고 한다. 이렇게 모모시마 레이센과 히다카는 크리스트교와 맺어져 내외출판협회에 관계했을 가능성이 있고, 또 야마가타 데이자부로를 포함해서 모두 우에무라 마사히사와 관련된 인물이라는 점에서 공통점이 있다.[56]

이상과 같이 내외출판협회는 '자기의 수양'을 중시한 수양서와 크리스트교 관련서에 힘을 쏟은 출판사였다. 신문관이 내외출판협회의 간행물을 많이 번역한 것은 수양을 중시하는 방향성이 일치했기 때문이라고 할 수 있다. 신문관의 번역소설에 교훈색이 강한 것도 이처럼 수양을 중시한 내외출판협회의 간행물을 사용했기 때문이었다. 그러나 신문관의 번역소설은 단순히 내외출판협회의 단행본을 번역한 것이 아니라, 일본의 출판물을 참고하면서 독자적으로 재구성된 것이기도 하다. 먼저 시리즈로 발행한다는 발상에 대해서 살펴보자.

신문관의 번역소설에 대해서는 내외출판협회의 「통속문고通俗文庫」 1907.11~1910.9를 참고했을 가능성이 지적되었다.[57] 「통속문고」란 『천로역정天路歷程』, 『노예 톰』, 『성서 이야기』, 『빨간 구두 이야기』, 『이인 순례二人巡禮』, 『로빈슨 표류기ロビンソン漂流記』, 『이솝 이야기イソップ物語』, 『셰익스피어 이야기シェークスピーア物語』, 『그림 동화グリム御伽噺』, 『소공자小公子』의 10책으로 구성되었고, 모두 모모시마 레이센이 번역을 맡은 시리즈 서적이다. "이 총서를 읽는 아버지, 어머니, 형제자매, 그리고 어린이 여러분"[58]이라고 말한 것처럼 폭넓은 연령층을 대상으로 한 듯하다.

실제로 시리즈 제2편인 『노예 톰』의 일부는 신문관에서 나온 『검둥의 설움』의 저본으로 쓰였고, 제6편 『로빈슨 표류기』도 『소년』에 번역되어 실렸다.[59] 그러나 폭넓은 연령층을 대상으로 이야기뿐만 아니라 옛날이야기와 동화도 포함된 「통속문고」에 비해, 신문관의 번역소설은 주로 어린이를 대상으로 "셔양의 유명흔 쇼셜"을 소개한 기획이었다.[60] 또 내외출판협회의 총서와 문고는 그 수 자체가 적고, 번역소설 시리즈는 존재하지 않는다.[61]

한편 다른 회사의 경우, 예컨대 하쿠분칸은 1893년부터 이듬해에 걸쳐서 「세계문고世界文庫」라는 이름으로 서양 문예의 번역 총서를 간행했을 뿐만 아니라, 「명가소설문고名家小說文庫」 등 문학 총서를 다수 거느렸다. 최남선은 그 일부를 소유해서[62] 하쿠분칸의 번역과 문학 총서에 흥미를 보였

음은 틀림없을 것이다. 따라서 신문관
의 번역소설은 내용은 대부분 내외출
판협회에서 나온 단행본의 번역이지
만, 그것을 시리즈로 만든다는 착상 자
체는 하쿠분칸 등 다른 회사의 문학 총
서에서 얻었을 가능성이 있을 것이다.

이 점과 관련해서 신문관에서 번역소
설과 같은 시기에 간행한 '육전소설'1913.3
~1914.7에도 주목할 필요가 있다. '육전
소설'이란 그 광고에 "우리 녯날 이약이
칙 가운대 ᄌᆞ미잇는 것을 교졍ᄒᆞ야 내
는 것"[63]이라고 한 것처럼 한 책 6전의

<도판 5-5> 『흥부젼』, 1913. 滋賀縣立大學 소장.
'육전소설'의 표지 디자인은 모두 통일되었다.

염가로 펴낸 조선의 고전 복각 시리즈이다. 『남훈태평가』, 『삼셜긔』상하권,
『심쳥젼』, 『홍길동젼』, 『흥부젼』<도판 5-5>, 『져마무젼』, 『뎐우치젼』, 『샤시남
졍긔』상하권 등 모두 8종 10책으로 이루어졌고, 그 가운데 7종 9책은 활자
본 고전소설이었다. 고전의 이름과 내용을 바꾸어 "쥬옥을 변ᄒᆞ야 와륵
을 만들어 턱 업는 리를 탐ᄒᆞ는" 사례가 많은 가운데, 그런 "폐단을 고칠
쇠"로 간행되었는데,[64] 당시 조선에서 활자본 고전소설의 평균 가격은 30
전으로,[65] 이렇게 염가의 고전 복간 총서도 당시 조선에서는 다른 곳에서
는 볼 수 없는 것이었다.[66]

한편 당시 일본에서는 이미 여러 출판사에서 고전 복각 총서가 간행되
었는데, 특히 고전문학의 복각에 힘을 쏟은 것이 하쿠분칸이었다. 이 회
사에서 복각한 고전은 정가가 싸서 지식계급뿐만 아니라 폭넓은 독자층
에게 고전문학을 보급하는 계기를 만들었다고 한다.[67]

하쿠분칸은 특히 1890년대에 고전 복각 사업에 중점적으로 몰두했는데, 이 시기에 간행된 것으로는 예컨대『가정교육역사독본家庭教育歷史讀本』1891~1892, 전12편을 꼽을 수 있다. 이것은 "한 책이 정가 18전의 염가"로 "상고시대부터 에도시대에 이르기까지 국사상國史上의 저명한" 고문학을 집대성한 것이다.[68] 또한 같은 시기에는 에도시대의 수필을 모은『근고문예 온지총서近古文藝 溫知叢書』전12편도 간행했다. '육전소설'과 마찬가지로 모든 책이 같은 꽃무늬의 표지로 통일된 점이 특징적이다.

하쿠분칸 이외의 출판사도 고전 복간 총서를 간행했다. 예컨대 육당문고에 소장된 것으로 핫카쇼보百華書房의 '십전문고十錢文庫'1911가 있다. '십전문고'에서는 "동서고금의 저작을 널리 천하에 이르게 한다. 바라건대 그것으로 집집의 문고를 가득 채우고, 그것으로 사람들의 즐거움을 더한다"[69]는 간행 취지로『헤이케 모노가타리平家物語』와『도카이도추 히자쿠리게東海道中膝栗毛』라는 고전이 복간되었다. 그러나 내외출판협회에서는 이런 고전의 복간 사업은 이루어지지 않은 것 같다.

이상에서 본 것처럼, 당시 조선에서는 새로운 시도였던 고전 복간 총서 기획도 일본의 출판사, 특히 하쿠분칸에서 구상을 얻었을 가능성이 있다. 번역소설이든 '육전소설'이든 신문관은 시리즈로 만든다는 기획 면에서는 내외출판협회가 아니라 하쿠분칸 등 다른 회사의 출판물에서 실마리를 얻었음에 틀림없을 것이다.

이런 기획의 측면 이상으로 하쿠분칸의 영향이 뚜렷하게 나타난 것은 디자인 면이다. 예를 들면 〈도판 5-6〉과 같이 '육전소설'의 제목 부분에 쓰인 삽화는『세계의 동화』의 판권장에 사용된 것과 같고, 또 총서에서는 아니지만 신문관의 소화집『절도백화絶倒百話』1912와『개권희희開卷嬉嬉』1912에서도 하쿠분칸의 디자인이 사용되었다.[70] 또한 〈도판 5-7〉에서 볼 수 있듯

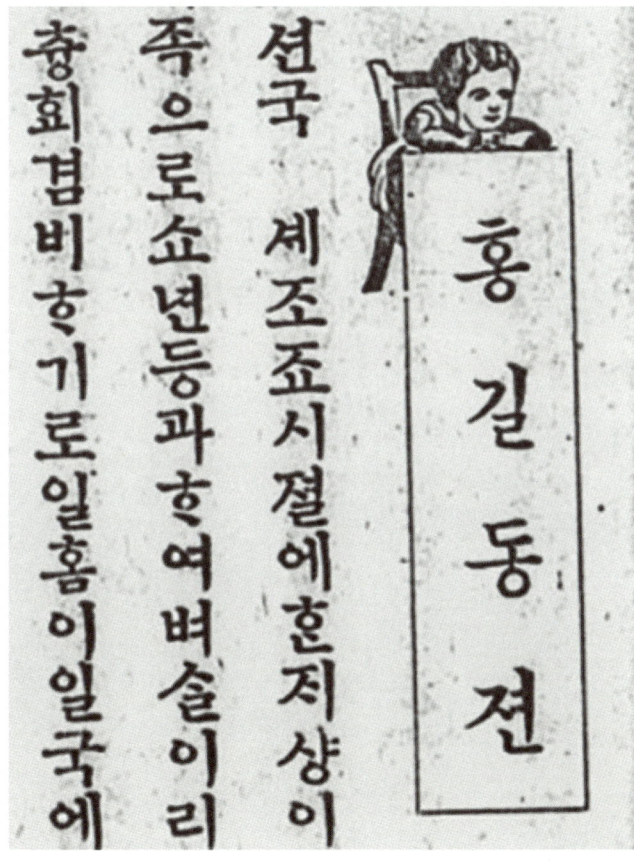

像銅の伯畫ンベール前ルラドセカ大ブルヲトンア

안트뤞大敎堂

〈도판 5-7〉
(위) 『太陽』 제15권 제5호, 1909.4.
(아래) 『불상한 동무』 제5판, 1923. (재)현담문고 소장.

이, 『불상흔 동무』에 실린 '안투웝대교당大教堂'의 사진은 하쿠분칸의 『태양』에 실린 사진을 옮겨온 것이다. 번역 저본인 내외출판협회의 『플랜더스의 개』에는 첫머리에 삽화가 한 매밖에 없지만, 『불상흔 동무』에서는 하쿠분칸의 출판물을 사용하고, 내용에 따라 삽화를 보탰다고 할 수 있다.[71]

이상과 같이 신문관은 번역소설을 비롯해 내용 면에서 내외출판협회에 많이 의거했는데, 그것은 수양을 중시하는 방향성이 일치했기 때문이었다. 그러나 내외출판협회는 번역소설 시리즈는 간행하지 않았고 고전의 복각도 보이지 않는다. 한편 하쿠분칸을 중심으로 한 다른 출판사는 번역소설 시리즈를 간행하고 고전을 복각했는데, 최남선도 그것을 알고 있었기 때문에 거기에서 착상을 얻었을 가능성이 있다고 할 수 있다. 실제로 신문관의 많은 간행물에서 하쿠분칸의 삽화와 디자인 등이 쓰였다.

바꾸어 말하면, 신문관은 내용면에서 내외출판협회에 많이 의거하면서 하쿠분칸의 삽화와 디자인을 받아들임으로써 독자적인 총서를 만들어냈다고 할 수 있다.[72] 내외출판협회는 하쿠분칸과 같은 대형 출판사가 아니었고,[73] 1914년에는 종언을 맞이한다. 최남선은 자신의 지향과 맞아떨어진 내외출판협회의 출판물을 다수 사용하면서도, 기획과 형식면에서는 경영 규모가 큰 하쿠분칸의 요소를 받아들임으로써 출판사의 발전을 꾀했던 것인지도 모른다.

이렇게 1910년대 전반에 나온 신문관의 시리즈 서적은 형식면에서 당시 일본의 대형 출판사에서 나온 출판물을 참조하는 등의 노력이 보이고, 또 '십전총서'를 간행하던 무렵에 비해 간행물 수량도 늘어나 총서로 성공하게 되었다고 볼 수 있다. 그러면 이런 신문관의 시리즈 서적과 잡지 사이에는 어떤 관계가 있었던 것일까. 특히 번역에 초점을 맞춰 이 점을 더 고찰해 보자.

번역으로 본 시리즈 서적과 잡지 사업의 관련성

신문관의 번역소설은 번역자가 분명하지 않는 것도 많아서, 여기서는 최남선이 번역한 것이 분명한『불상흔 동무』를 중심으로 고찰한다. 먼저 저본인『플랜더스의 개』와 비교해서『불상흔 동무』의 번역 방법을 분석해보면,『소년』의 특징이 이어진다는 것을 알 수 있다.

예를 들면 제1장에서 고찰한 것처럼,『소년』에서는 '훌륭한 분立派な方'을 '냥반', '산타로三太郎'를 '용득이' 등 조선의 문화에 맞게 바꾸었는데,『불상흔 동무』에서도 이런 사례가 여럿 보인다. 먼저 저본인『플랜더스의 개』에서는 주인공 네로가 '기요시淸', 파트라슈가 '부치斑'라는 일본식 이름인데,『불상흔 동무』에서는 '기요시'는 '호월이조선의 어린이 이름 – 지은이',[74] '부치'는 '바둑이'라는 조선식 이름으로 바뀌었다. 그밖에 '도쿠 할아버지德爺さん'는 '조선달', '아야코綾子'는 '애경이', '오고오리의 남편小郡の旦那'은 '오생원' 등 모든 등장인물의 이름이 조선에서 사용하는 애칭 등으로 바뀌었다.[75] 또 '식탁食卓'은 '상ㅅ바닥', '배船'은 '대동선조선시대에 대동미를 운반하던 배 – 지은이'로 표기되고, "나막신을 바로 신고木の靴を直に穿いて"는 "버선도 업시 나막신을 신고"로 옮기는 등 조선의 문화로 바꾸어 표현하려는 노력의 흔적이 곳곳에 보인다.[76]

또『소년』에서는 서양의 사정과 풍습 등을 보여주는 용어에 간단한 설명을 붙였는데,『불상흔 동무』에서도 "크리스마스クリスマス"라는 용어를 "예수탄일(예수탄일은 서양에 제일 큰 명절이라)"이라고 표기하고 있다.

이렇게『불상흔 동무』에는『소년』과 같은 번역의 특징이 보이는데,『소년』이 한자 혼용 표기인 데 비해 번역소설은 거의 한글로 표기되었다는 데 차이가 있다. 그리고 한글 표기는 이번 장의 제2절에서 말한 것처럼, 1909년에 나온『썰늬버 유람긔』에서 이미 시도되었다.

『소년』창간호에 실린『소인국표류기』광고에 "이 책冊은 순국문으로 「썰니버 여행기旅行記」의 상권上卷을 번역한 것"[77]이라고 한 것처럼, 신문관은 일찍부터 단행본에서 한글 표기를 시도했다. 한편『썰늬버 유람긔』는 한글로 표기되었지만, '유람긔'가 한자어인 것처럼 번역소설과 비교하면 그만큼 고유어에 구애받은 것은 아니다.『불상흔 동무』에서 '비밀秘密'이 '숨은 일', '제조소製造所'가 '맨드는 집', '심사審査'가 '꼰흐는 것'으로 번역되는 등 번역소설에서는 고유어 표기가 시도되었다.

제3장에서 본 것처럼, 한글 표기, 특히 고유어는 1913년 1월에 창간된『붉은 져고리』와 같은 해 9월부터 간행되기 시작한『아이들보이』등 신문관에서 나온 어린이 잡지의 큰 특징이다. 예를 들면,『붉은 져고리』에서는 '교훈教訓'을 '가르침', '특수特殊'를 '남다른',『아이들보이』에서는 '발명자發明者'를 '낸 이', '호신護身'을 '무서움 막음' 등 번역 과정에서 원문의 한자어를 되도록 고유어로 고침으로써 식민지의 상황에서 조선어를 보존, 발전시키려 했다.[78]

번역소설과 어린이 잡지에서 고유어로 번역하는 방식을 비교해보면, 예컨대 저본의 '친구友達'라는 단어는『불상흔 동무』에서는 고유어인 '동무'와 함께 한자어인 '친구親舊'로 표기되는 경우가 있는 데 비해,『붉은 져고리』에서는 '벗'이라는 고유어로 표기되었다. 저본의 '맛있는 요리御馳走'도『불상흔 동무』에서는 '조흔 음식'으로 나오지만,『아이들보이』에서는 '조은 머이'라는 고유어로 옮겨졌다. 또『불상흔 동무』에서는 고유어로 바꿀 수 없는 단어 등은 괄호 안에 한자를 적어놓았는데, '미술美術'과 '화가畫家'는『아이들보이』에서는 각각 '그림재조' '환쟁이'로 표현되었다. 이렇게 번역소설에서 시도된 고유어 표기는 어린이 잡지에서 더욱 더 철저해졌다고 할 수 있다. 요컨대 번역소설은 어린이 잡지에서 쓰인 고유어 표기를 향한 전 단계였고 그렇기 때문에 불완전한 것이었다.

고유어 표기 이외에도 『불상흔 동무』의 번역에는 불완전한 면이 있다. 예를 들면, 원문의 '초가집^{芽舍}'은 '초가', '외딴 집', '게딱지 가튼 집', '좁은 집'으로 다양하게 표현된다. 마찬가지로 '우유^{牛乳}'를 '우유'와 '젓', '소나무 판지^{松の板}'를 '송판^{松板}'과 '널판지'로 쓰는 등 표기가 통일되지 않았다.[79] 번역을 빠뜨린 것과 오역도 몇 군데 보여[80] 모두 불완전한 번역이라고 할 수 있다. 어린이 잡지에서는 이런 미흡한 점이 꽤 해소되었다.

이렇게 『불상흔 동무』에 나타난 번역의 특징은 최남선 이외의 인물이 번역했다고 생각되는 다른 번역소설에서도 확인할 수 있다. 예를 들면, 『검둥의 셜음』을 번역한 이광수는 '선^善'을 '올흔 일'로 표현하고, 또 『허풍선이 모험긔담』에서는 '기마여행^{騎馬旅行}'을 '말 타고 길 다니는 일', '오리무중^{五里霧中}'을 '조곰도 몰낫다가', '식도락^{食道樂}'을 '먹기 조하하는 사람', '음료^{飮料}'를 '마시는 거'로 옮기는 등 여기서도 한자어를 고유어로 바꾸었다. 또 같은 책에서는 '지사^{知事}'를 '관찰사^{조선시대의 지방관—지은이}', '알프스 산맥^{アルプス山脈}'을 '백두산^{조선반도의 최고봉—지은이}', '귀족^{高貴の者}'을 '량반', '평민^{平民}'을 '샹인^{조선시대의 평민—지은이}'으로 쓰는 등 조선의 상황에 맞춰 바꾼 표현도 여럿 보인다. 되도록 원문에 충실한 최남선의 번역에 비교하면, 외국의 도시 이름과 인명 등을 삭제하는 등 간략화한 부분도 있는데, 고유어를 많이 쓴다는 점 등은 일치한다. 곧 『불상흔 동무』에 보이는 번역의 특징은 다른 번역소설에도 공통되어 신문관 전체의 경향이었음을 읽어낼 수 있다.

이렇게 번역 양상을 분석하면, 번역소설은 어린이 잡지에서 되도록 한글을 고유어로 고쳐서 표기하기 위한 전 단계였음을 알 수 있고, 여러 가지 시행착오의 흔적이 드러난다. 바꾸어 말하면, 신문관의 단행본은 주력 상품인 잡지의 실험적인 장이라는 성격을 지녔던 것이다.『붉은 저고리』로 시작한 신문관의 어린이 잡지는 발행 부수의 면에서는『소년』이상의 성공을 거두었는데, 그 배경에는 이처럼 단행본에서 시도한 모색이 자리잡고 있었다고 할 수 있다.

이상과 같이 신문관의 시리즈 서적은 주력 상품이었던 잡지를 보완하는 것으로 자리매김할 수 있고, 한글 표기와 고유어의 창출이 실험되는 등 잡지 간행을 위한 시행착오의 장이었다. 또 그 내용면에서는 일본의 출판사에서 펴낸 간행물이 번역되고, 기획과 형식면에서 영향을 받은 점도 엿볼 수 있는 등 잡지뿐만 아니라 단행본에서도 같은 시기 일본의 출판계와 관련된 점을 볼 수 있다.

그리고 이런 분석 결과를 통해 최남선이 출판사로서 발전을 꾀하려 한 모습을 엿볼 수 있다. 신문관은 잡지뿐만 아니라 시리즈 서적에도 힘을 쏟았는데, 그때 내용면에서는 정신 수양을 중시함으로써 방향성이 일치했던 내외출판협회의 출판물을 많이 사용하면서도, 형식면에서는 당시 일본을 대표하는 출판사였던 하쿠분칸을 참조하는 등 노력을 거듭했다. 대형 출판사였던 하쿠분칸이 안정적으로 이익을 만들어내기 위해 총서를 중시했던 점에 비추어보면, 최남선은 독자에게 전하고 싶은 내용을 단순히 서적으로 간행했을 뿐만 아니라, 총서를 비롯한 하쿠분칸의 출판 방법을 받아들임으로써 신문관의 경영 안정화를 꾀했던 것으로 보인다.

이번 장에서는 주로 시리즈 서적에 초점을 맞추었는데, 그밖에 신문관의 저명한 단행본으로는 1910년대 후반의『시문독본』과『자조론』을 꼽을 수 있다. 전자는 신문관이 처음으로 착수한 본격적인 '교과서'이고, 후자는 스마일스의 세계적인 명저『셀프 헬프』의 번역본이다. 이들은 언뜻 보면 시리즈 서적과는 다르고 잡지와 관련된 점도 드문 독립적인 존재처럼 보이는데, 실제는 어땠을까. 또 이들도 일본의 출판계와 관련되었던 것일까. 다음 장에서는 이 두 책을 중심으로 잡지 사업 그리고 일본과 어떻게 관계되는가 하는 관점에서 계속해서 신문관의 단행본을 고찰한다.

주석

1 공육(公六, 최남선), 「뎐례말」, 『경부텰도노래(京釜鐵道歌)』, 신문관, 1908, '권말'.
2 『경부철도노래』와 『한양노래』에 관해서는 박진영, 『책의 탄생과 이야기의 운명』, 소명
  출판, 2013, 42~48면 참조. 두 책은 간행의 경위뿐만 아니라 간행일에 대해서도 수수
  께끼가 많은데, 박진영은 『경부철도노래』가 적어도 1908년 10월 15일 이전에 출판되
  었다고 지적한다(위의 책, 45~46면). 이 장에서도 그 견해에 토대를 둔다. 또 1908년
  에는 박승빈의 번역본 『언문일치 일본국 육법전서』(전6책)도 신문관에서 간행된다.
  이 책의 인쇄소는 경성일보사이고, 「분책 제1 상법(分冊第一 商法)」과 「분책 제3 상법
  (分冊第三 商法)」만 남아 있다. 전자에는 「일본국 헌법」 외에 「일본국 황실전범」, 「일본
  국 국적법」, 「일본국 법령」, 「일본국 재판소 구성법」, 후자에는 「일본국 상법」의 번역문
  이 각기 실려 있다. 자세한 내용은 장경준, 「학범 박승빈의 언문일치 일본국 육법전서
  (1908)에 대하여」, 『한국어학』 제89호, 2020 참조.
3 이 책의 '문전'은 屋代熊太郎·杉田勝太郎의 『近世國語文典』(明治書院, 1905)을 바탕
  으로 하고, 편집은 거의 임규가 맡았다고 한다. 「凡例」, 신문관 편집국 편, 『일문역법』,
  신문관, 1909, 1·4면.
4 한용희, 『한국의 동요─동요 70년사』, 세광음악출판사, 1994, 32면; 大竹聖美, 『植民地
  朝鮮と兒童文化─近代日韓兒童文化·文學關係史研究』, 社會評論社, 2008, 73면.
5 다만 『경부철도노래』는 오와다 다케키의 『滿韓鐵道唱歌』(金港堂書籍, 1906)와는 내용
  이 완전히 다르다. 조선반도를 무대로 한 오와다의 철도창가에서는 도요토미 히데요시
  (豊臣秀吉)와 가토 기요마사(加藤清正)를 역사적인 영웅으로 그리고, 청일전쟁과 러일
  전쟁의 승리를 찬양한 데 비해서 최남선은 『경부철도노래』에서 "삼백년 전에 피해를 입
  은 임진왜란"이라고 쓰고, 나아가 온양온천이 일본인에게 점령당했다고 분노하며, 거
  의 일본인이 부산을 장악하고 마을 전체가 일본과 다르지 않게 된 것을 탄식하기도 한
  다. 오와다와 최남선의 철도창가의 관계성에 대해서는 大竹聖美, 앞의 책 제2장 참고.
6 박진영, 『번역과 번안의 시대』, 소명출판, 2011, 236면.
7 「十錢叢書 發行趣旨」, 新文館編輯局 編, 『껄늬버 유람긔』, 신문관, 1909, '권두'.
8 『소년』 제2년 제3권, 1909.3, '권두 광고'.
9 위의 책.
10 『소년』 제3년 제6권, 1910.6, '권두 광고'.
11 위의 책. 다만 원문의 삭제와 내용의 추가 등에 따라 원본과 유사한 점은 보이지 않는
   다는 견해도 있다. 송수진, 「최남선의 『산수격몽요결』 검토─입지(立志)가 아닌 입지전
   (立志傳)을 위한 공부」, 『한국교육사학』 제38권 제3호, 2016, 116~117면.
12 실제는 「巨人國漂流記(一)」, 「巨人國漂遊記(二)」라는 제목으로 실렸는데, 이번 장에서
   는 「巨人國漂流記」로 통일한다.
13 『소년』 제1년 제1권, 1908.11, '권두 광고'. 제2년 제1권(1909.1)과 제2년 제2호

(1909.2)에도 같은 광고가 실렸고 '근간(近刊)'이라고 했다.

14 『소년』 제2년 제2권, 1909.2, 27면. 『小人島漂遊記』는 『小人國漂流記』를 가리킨다.

15 당시는 번역자뿐만 아니라 독자도 1인칭 서술에 익숙하지 않아서 번역자가 원작의 1인칭 시점을 미리 3인칭으로 뒤바꾸어 번역하는 경우가 많았다(이지훈, 「1910년대 모험서사의 번역과 일인칭 서술자의 탄생」, 『구보학보』 제20호, 2018, 246면). 당시의 번역, 번안에 관해서는 박진영, 『번역과 번안의 시대』 참조. 당시 일본에서도, 특히 소설의 경우, 3인칭으로 된 것이 대부분이고, 1인칭의 서술은 주류가 아니었다. 魯惠卿, 「一人稱による語りの可能性-泉鏡花「黒壁」「聾の一心」を中心に」, 『日本語と日本文學』 제47호, 筑波大學日本語日本文學會, 2008, 10면.

16 김병철, 『한국 근대 번역문화사 연구』, 을유문화사, 1975, 277~278면.

17 이것은 「小人島」뿐만 아니라, 당시 일본에서 斯維弗的 著, 片山平三郎 口譯, 九岐岼 筆記, 『繪本鷲瑯幡兒回島記』(薔薇樓, 1880)라는 이름으로 간행된 『걸리버 여행기』의 번역본을 조합한 것이라고 생각된다.

18 황미정, 「근대초기 번역소설의 번역어연구-「거인국표류기」, 「로빈손무인절도표류기」의 일본어 번역본과의 비교분석」, 『일본문화연구』 제51집, 2014, 432면. 또 제2장에서 말한 것처럼 신문관이 『소년』 폐간 뒤에 간행한 어린이 잡지 『아이들보이』에서도 『세계의 동화』에서 여러 편이 번역되어 실렸다.

19 최남선은 『소년』에서 바다에 관한 기사를 통해 "少年諸子"의 "海事智識慾"과 "海上冒險心"의 고양을 꾀했다. 「海上大韓史」, 『소년』 제1년 제1권, 1908.11, 33면.

20 「少年時言-「少年」의 既往과 밋 將來」, 『소년』 제3년 제6권, 1910.6, 18면.

21 「新時代 青年의 新呼吸 (六)栗谷 李珥 先生의 自警文 十七則」, 『소년』 제2년 제8권, 1909.9, 10면.

22 「이런 말삼을 드러보게(스마일쓰 書節錄)」, 『소년』 제2년 제2권, 1909.2, 39~42면; 「이런 말삼을 드러보게(스마일쓰 書節譯)」, 『소년』 제2년 제3권, 1909.3, 50~53면; 「이런 말삼을 드러두게」, 『소년』 제2년 제7권, 1909.8, 18면.

23 出版事典編集委員會 編, 『出版事典』, 出版ニュース社, 1971, 221면; 清水英夫·小林一博, 『出版業界』, 教育社, 1982, 219면.

24 岡野他家夫, 『日本出版文化史』, 春歩堂, 1959, 188면.

25 清水英夫·小林一博, 앞의 책, 219면. 일본 문고본의 기원에 대해서는 여러 설이 있는데, 1903년에 후잔보가 간행하기 시작한 수진명저문고(袖珍名著文庫)가 최초라고 한다.

26 鈴木德三, 「明治期における文庫本考(二)-民友社·國民叢書を中心に」, 『大妻女子大學文學部紀要』 제13호, 1981, 54~55면.

27 福田清人, 『改訂新版 硯友社の文學運動』, 博文館新社, 1985, 107~108면.

28 岡野他家夫, 앞의 책, 279~280면. '총서, 전집, 대형 출판'의 간행은 간토대지진이 일어난 1923년 무렵까지 여전히 왕성했다고 한다(위의 책, 297면). 메이지기에 나온 '문고본'의 일람에 대해서는 鈴木德三, 앞의 글, 48~52면 참조.

29 육당문고의 장서목록에는 하쿠분칸의 「조규전집(樗牛全集)」, 「고요전집(紅葉全集)」,

「돗포전집(獨步全集)」, 「중국문학전집(支那文學全集)」, 「학예총서(學藝叢書)」, 「교주
국문총서(校註國文叢書)」, 「영어세계총서(英語世界叢書)」, 「소년독본(少年讀本)」, 「국
민문고(國民文庫)」, 「제국문고(帝國文庫)」, 「일용백과전서(日用百科全書)」, 「제국백과
전서(帝國百科全書)」, 「단편십종(短篇十種)」, 「세계모험담(世界冒險譚)」, 「러일전쟁실
기(日露戰爭實記)」, 「세계역사담(世界歷史譚)」, 내외출판협회의 「인생문제총서(人生
問題叢書)」, 「위인연구(偉人硏究)」, 민유샤(民友社)의 「십이문호(十二文豪)」, 도분칸
(同文館)의 「일본교육문고(日本敎育文庫)」, 국서간행회(國書刊行會)의 「연석십종(燕
石十種)」, 「선박항해일람(通航一覽)」, 후잔보의 「플라톤 전집(プラトーン全集)」, 「세계
대관(世界大觀)」, 문학보급회(文學普及會)의 「와세다 문학사 문학보급회 강화 총서(早
稻田文學社文學普及會講話叢書)」, 아키타서원(秋田書院)의 「모범문고(模範文庫)」, 공
동출판주식회사(共同出版株式會社)의 「공민문고(公民文庫)」, 돗포샤(獨步社)의 「법
정총서(法廷叢書)」, 햣카쇼보(百華書房)의 「십전문고(十錢文庫)」, 와세다대학 출판부
(早稻田大學出版部)의 「와세다총서(早稻田叢書)」, 「대일본시대사(大日本時代史)」, 대
일본문명협회(大日本文明協會)의 「대일본문명협회 간행 총서(大日本文明協會刊行叢
書)」, 「근세서양영웅전(近世泰西英傑傳)」, 닛신도서점(日進堂書店)의 「초등어학문고
(初等語學文庫)」, 신시대사 출판부(新時代社出版部)의 「근대세계의 위인(近代世界之
人傑)」, 쇼유칸(尙友館)의 「플루타르크 영웅전(ブリュータ―ク英雄傳)」 등이 실렸다.

30 하쿠분칸의 「소년백과총서(少年百科叢書)」와 「소녀문고」처럼 육당문고의 장서목록에
   는 실려 있지 않지만, 최남선이 신문관의 잡지에서 저본으로 쓴 것도 있다.

31 「博文館出版年表」, 坪谷善四郎, 『博文館五十年史』, 博文館, 1937, '권말' 참조. 창업부
   터 1912년까지 25년간에는 단행본 1,746책에 비해 전집물 2,295책으로 약 30퍼센
   트를 웃돈다. 田村哲三, 『近代出版文化를 切り開いた出版王國의 光と影―博文館興亡
   六十年』, 法學書院, 2007, 54~55면.

32 木村小舟, 『少年文學史 明治篇』 상권, 童話春秋社, 1942, 414면.

33 田村哲三, 앞의 책, 26~27면.

34 『太陽』 제3권 제1호, 1897.1, '광고'.

35 木村小舟, 앞의 책, 414면.

36 芳菲山人, 「自文自贊」, 大橋新太郎, 『科學雜談』, 博文館, 1897, 4면.

37 木村小舟, 앞의 책, 415면.

38 번역소설은 처음부터 시리즈로 기획된 것은 아니고, 뒤에 재구성되었을 가능성이 높
   다. 『삼설긔』(신문관, 1913)를 비롯한 단행본과 『아이들보이』 등의 잡지에 실린 광고를
   통해서 「新文館發刊新小說」 시리즈로 된 것이다. 권두연, 『신문관의 출판기획과 문화
   운동』, 고려대 민족문화연구원, 2016, 130면; 「신문관 단행본 번역 소설 연구」, 『사이間
   SAI』 제5호, 2008, 117면 참조.

39 최남선 역, 『불상흔 동무』, 신문관, 1912, 1~2면.

40 『만인계』와 『자랑의 단추』는 모두 초창기의 아동문학이자 크리스트교 동화로 들 수 있
   다. 박진영, 『책의 탄생과 이야기의 운명』, 103면.

41 『자랑의 단추』는 박진영 편, 『신문관 번역 소설 전집』, 소명출판, 2010년에 수록되었고, 박진영, 『책의 탄생과 이야기의 운명』, 제1부 제3장에 자세하다.

42 「셔문」, 이광수 역, 『검둥의 셜음』, 신문관, 1912, 2면.

43 번역소설의 저본에 대해서는 박진영, 『번역과 번안의 시대』 제3장 제2절 참고. 『검둥의 셜음』은 『노예 톰』과 堺枯川 編 『인자박애의 이야기(仁慈博愛の話)』(內外出版協會, 1903)를 한데 모은 것이다. 波田野節子, 「李光洙と「翻譯」-『검둥의 셜음』(一九一三年)を中心に」, 『韓國朝鮮文化研究』 제13호, 2014, 4~9면 참조.

44 『허풍선이 모험긔담』에는 「오리 산양ᄒ든 이약이」 등 저본에 없는 이야기가 몇 개 추가되었다.

45 佐々木邦 譯述, 『法螺男爵旅土産』, 內外出版協會, 1909, '권말 광고'.

46 「はしがき」, 佐々木邦 譯, 『ほら物語』, 京文社, 1926, '첫머리'.

47 권보드래, 「『소년』과 톨스토이 번역」, 『한국근대문학연구』 제6권 제2호, 2005 참조.

48 山縣悌三郎, 『兒孫の爲めに余の生涯を語る-山縣悌三郎自傳』, 弘隆社, 1987, 136면.

49 위의 책, 135 · 140 · 145면.

50 佐々木邦 譯述, 『法螺男爵旅土産』, '권말'. 이하 「5. 가정서류 부록 부녀와 소년소녀서류(家庭書類 附婦女及少年少女書類)」, 「6. 하이카이서류 부록 센류교카서류(俳諧書類 附川柳狂歌書類)」, 「7. 어학서류(語學書類)」, 「8. 문학서류 부록 작시작문서류(文學書類 附作詩作文書類)」, 「9. 중등교과서류(문부성 검정 완료)(中等教科書類)(文部省檢定濟)」, 「10. 잡서(雜書)」로 이어진다.

51 荻野富士夫, 「山縣悌三郎小論」, 山縣悌三郎, 앞의 책, 207~208면.

52 山縣悌三郎, 앞의 책, 1987, 164면.

53 日本アナキズム運動人名事典編集委員會 編, 『日本アナキズム運動人名事典』, ぱる出版, 2004, 641면.

54 關口安義, 「反骨の教育家-評傳長崎太郎 Ⅰ」, 『都留文科大學研究紀要』 제63집, 2006, 85면.

55 히다카 시켄은 1903년에 상경해서 우에무라 마사히사의 이치반초(후지미초) 신자가 되고, 그 뒤 우에무라가 이치가야교회에서 시작한 신학교 도쿄신학사(東京神學社)의 2학년으로 1905년에 편입학하고 1907년에 신학사의 제1회 졸업생이 되었다. 우에무라가 주필을 맡은 『복음신보(福音新報)』에 학생 시절부터 관계해서 많은 기사와 논문을 기고하고, 우에무라가 세상을 떠난 뒤에는 주필이 되었다. 日本キリスト教歷史大事典編集委員會 編, 『日本キリスト教歷史大事典』, 教文館, 1988, 1160면.

56 우에무라 마사히사는 최남선과도 만났을 가능성이 있다. 육당문고에 소장된 讚美歌委員 編, 『讚美歌 第一第二合本』(警醒社書店, 1915)의 면지에는 직필로 "故郷に歸らんと旅の支度の日に植村先生を記念して一九一八, 六, 十五東京神學社の一室にて(고향에 돌아가려고 여행 채비하는 날에 우에무라 선생을 기념해서 1918.6.15 도쿄신학사의 한 방에서)"라고 적혀 있다. 또 이 책에는 "聖書講義(每水曜日)六月十九日午前七時(植村正久氏)(성서 강의(매주 수요일) 6월 19일 오전 7시(우에무라 마사히사 씨))"라고

기록된 『후지미초교회 회보(富士見町敎會會報)』 1918년 제24호가 동봉되어 있다.

57　박진영, 『번역과 번안의 시대』, 236~237면.

58　百島操 譯編, 『赤靴物語』, 內外出版協會, 1908, '권두'.

59　黃美靜, 「근대초기 번역소설의 번역어연구－「거인국표류기」, 「로빈손무인절도표류기」, 432~434면. 다만 완역이 아니기 때문에 다른 저본도 참고했을 가능성이 있다.

60　『아이들보이』 제11호, 1914.7, '광고'.

61　「내외출판협회발행서목」에는 번역소설 시리즈는 보이지 않는다. 외국소설을 모은 「영문학연구(英文學硏究)」란 총서는 있지만, 「어학서류」로 분류되었고, 『영미시가집(英米詩歌集)』 등도 포함되었다. 따라서 명확하게 서양의 번역소설 시리즈는 존재하지 않았다고 할 수 있다.

62　고려대 아세아문제연구소 편, 『장서목록III·육당문고』, 고려대 출판부, 1974, 305·314면.

63　「아이들신문－광고」, 『아이들보이』 제5호, 1914.1, 31면.

64　최창선, 『홍길동전』, 신문관, 1913, '권두 광고'.

65　최호석, 「신문관 간행 「육전소설」에 대한 연구」, 『한민족어문학』 제57집, 2010, 150~151면.

66　조선의 고전 간행 단체로 1910년에 최남선 등이 설립한 조선광문회에서도 다수의 고전이 복간되었는데, 염가의 총서는 보이지 않는다. 조선광문회의 간행목록에 대해서는 권두연, 앞의 책, 264~266면 참조.

67　田村哲三, 앞의 책, 31~32면. 하쿠분칸의 창업시대부터 편집자, 집필자로 활동한 쓰보야 젠시로(坪谷善四郎)는 앞의 『博文館五十年史』에서 하쿠분칸의 공적 가운데 하나로 "일본 고전문학의 텍스트를 값싸게 공급하려 노력한 것"을 꼽았다.

68　木村小舟, 앞의 책, 173~175면.

69　湯淺元禎 輯錄, 『常山紀談』, 百華書房, 1911년, '권말'.

70　『개권희희』의 표지 디자인은 내외출판협회가 1910년에 간행한 夢野浮橋 編, 『웃음의 창고(笑のくら)』를 참고한 것으로 보인다.

71　저자가 확인한 것은 제5판(1922.3)이다. 〈도판 5-7〉의 사진은 초판에는 실리지 않고, 뒤에 덧붙여진 것으로 보인다.

72　예를 들면, 『소년』에 실린 「로빈손無人絶島漂流記」의 경우, 삽화는 이와야 사자나미의 「無人島大王 ロビンソン漂流記」(『世界お伽噺』 제5편, 博文館, 1899)에서 옮겨 실은 것을 확인할 수 있는데, 앞에서 말한 것처럼 그 내용은 모모시마 레이센의 『로빈슨 표류기(ロビンソン漂流記)』(內外出版協會, 1908)를 번역한 것이다.

73　내외출판협회와 야마가타 데이자부로에 관한 내용은 岡野他家夫, 앞의 책, 小林善八, 『日本出版文化史』(日本出版文化史刊行會, 1938), 橋本求, 『日本出版販賣史』(講談社, 1964) 등에는 특히 보이지 않는다.

74　제5판에서는 '긔남이'라는 이름이 된다.

75　그밖에 저본의 '오나쓰 아주머니(お夏小母さん)'는 '순이집한어머니', '야헤에 노인(彌兵衛翁さん)'은 '리선달', '구둣방 할아버지(靴屋の爺)'는 '갓바치', '기쓰타 스테지로(木

蔦捨次郎)'는 '김사량', '귀군(貴君)'은 '도령님', '저분(あの方)'은 '량반'이 되었다.

76 이야기의 무대를 조선으로 바꾼 것은 『쎌늬버 유람긔』에서도 보인다. 예컨대 '학자(學者)'를 '대뎨학(大提學)', '대장성 장관(大藏大臣)'을 '탁지대신(度支大臣)', '사브르(サアベル, 유럽의 기병이 사용하던 검)'를 '환도(軍刀)', '오쓰효에씨(乙兵衛さん)'를 '리동지(李同知)', '문지기(木戶番)'를 '문딕(門直)' 등 일본 고유의 것과 외래어가 조선식으로 바뀌었다.

77 『소년』 제1년 제1권, 1908.11, '권두 광고'.

78 그밖에 어린이 잡지에서는 '장점(長所)'을 '잘하는 일', '단점(短所)'을 '못하는 일', '세속(世俗)'을 '밧갓 더러움', '적도부근(赤道近傍)'을 '땅이 흔들니는 곳' 등으로 표현했다.

79 그밖에 번역의 특징으로는 말 바꾸기와 가필 부분에 시대 상황이 반영된 점을 들 수 있다. 예를 들면, "열심히 벌었다(懸命に稼いだ)"는 "죽도록 복역하는데", "열심히 해서(懸命になって)"는 "죽을힘을 다하니"로 표현되었다. 또한 기요시가 방화범의 혐의를 받은 장면에서는 "기요시는 혼자서 소문을 부정할 수 없는 것은 물론이다(淸は一人ぼっちで評判を打ち消すことは勿論出來ない)"는 글 뒤에 "어언간 청천백일알에 실상 업시 죄인의 되고 말러라"라는 글이 덧붙여 있다. 이렇게 등장인물이 곤경에 처한 부분에서 말 바꾸기와 가필이 많이 보인다. 이런 번역의 특징은 식민지 지배에 따른 곤경을 반영한 것인지도 모른다. 실제로 『청춘』 제12호(1918.3)에 실린 『불상호 동무』의 광고문에는 "此書의 主人公과 밋 그 境遇"는 "醇正하고 高尙한 現代靑年"과 그들이 직면한 "奇險"을 상징하는 것이라고 쓰여 있다.

80 예를 들면, 원문의 "언젠가 이렇게 일러준 적이 있다(或る時斯う言って聞かせたことがある)"를 "항상 가르치기를"이라고 옮겼다.

신문관의 첫 번째 스테디셀러
『시문독본』의 편집 과정
3 · 1독립운동 전야의 단행본

1. 조선 최초의 현대문 교과서 『시문독본』

신문관이 일찍부터 주력해온 시리즈 서적은 잡지를 보완하는 것이고, 신문관의 주력 상품은 어디까지나 잡지였다. 그러나 1910년대 후반에 이르면, 잡지에 뒤지지 않을 만큼 큰 반향을 불러일으킨 단행본이 간행되었다. 이것이 조선에서 '최초의 근대적 모범 문장 입문서'라고 평가받는『시문독본』^{〈도판 6-1〉}이다.[1]

최남선이 편집한『시문독본』은 먼저 1916년 1월에 전2권^{제1, 2권}의 초판이 출판되고, 1918년 4월에 제1, 2권을 고치고 바로잡았고, 또 제3, 4권을 더해 4권으로 이루어진 '정정합편^{訂正合篇'이하 정정판}으로 새로이 간행되었다.[2] 이 책은『청춘』제15호^{1918.9}에 실린 광고에 "호평리^{好評裏}에 초판^{初版} 전부^{全部}가 업이^{業已} 매진^{賣盡}되고 금금^{今今}에 재판^{再板} 인쇄^{印刷}에 착수^{着手}"[3]라고 한 것처럼, 간행과 동시에 큰 반향을 일으켰다.

『시문독본』의 인기는 1920년대에 들어서도 식지 않았는데, 예를 들면

『동아일보』에는 "청년 필독靑年必讀의 요서要書로 강호江湖의 추장推獎이 일익자심日益滋甚한 차서此書", "오천 부五千部도 불원不遠 매진賣盡"이라며 순조롭게 판매된다는 점을 보여주는 광고문이 여럿 보인다.[4] 이런 광고 이외에도 『동아일보』와 『조선일보』에는 실제로 '조선 청년'에게 『시문독본』을 권하는 기사와 이 책을 들고 걷는 청년의 모습을 묘사한 기사도 실렸다.[5] 또 1941년에 이태준이 신문에 연재한 자전적 소설 「사상의 월야」에도 『시문독본』을 애독하는 학생의 모습이 그려졌다.[6] 이렇게 『시문독본』은 특히 청년층부터 오랜 세월에 걸쳐서 일정한 지지를 받았고, 1926년에 이르기까지 합계 8판을 거듭하는 등[7] 신문관의 스테디셀러가 되었다.

서장에서 말한 것처럼, 앞선 연구에서는 『시문독본』의 문체와 이 책이 맡은 역할과 의의를 고찰의 중심에 두었다. 그러나 『시문독본』에는 번역물도 여럿 실렸는데, 그들의 대부분은 출전이 분명하지 않아서 이 책이 무엇을 바탕으로 했고 어떻게 만들어졌는가 하는 편집 과정에 대한 기본적인 사실조차 여전히 밝혀지지 않은 것이 현실이다. 그래서 이번 장에서는 지금까지와 마찬가지로 일본의 출판계와 관련된 점에 주목하면서 『시문독본』의 편집 과정을 분석한다.

또 앞에서 말한 것처럼 『청춘』은 『시문독본』 광고를 실었는데, 사실은 『시문독본』도 『청춘』의 기사를 사용해서 두 책 사이에는 분명한 상호 관계가 보인다. 따라서 『청춘』을 포함해 신문관의 잡지와 어떤 관계가 있었는지 고찰하는 것도 『시문독본』의 실태를 해명하는 데 필요불가결할 것이다.

이상을 바탕으로 해서 이번 장에서는 일본의 출판계와 신문관의 잡지 사업 사이의 관련성에 주목하면서 『시문독본』의 편집 과정과 특징을 해명한다.

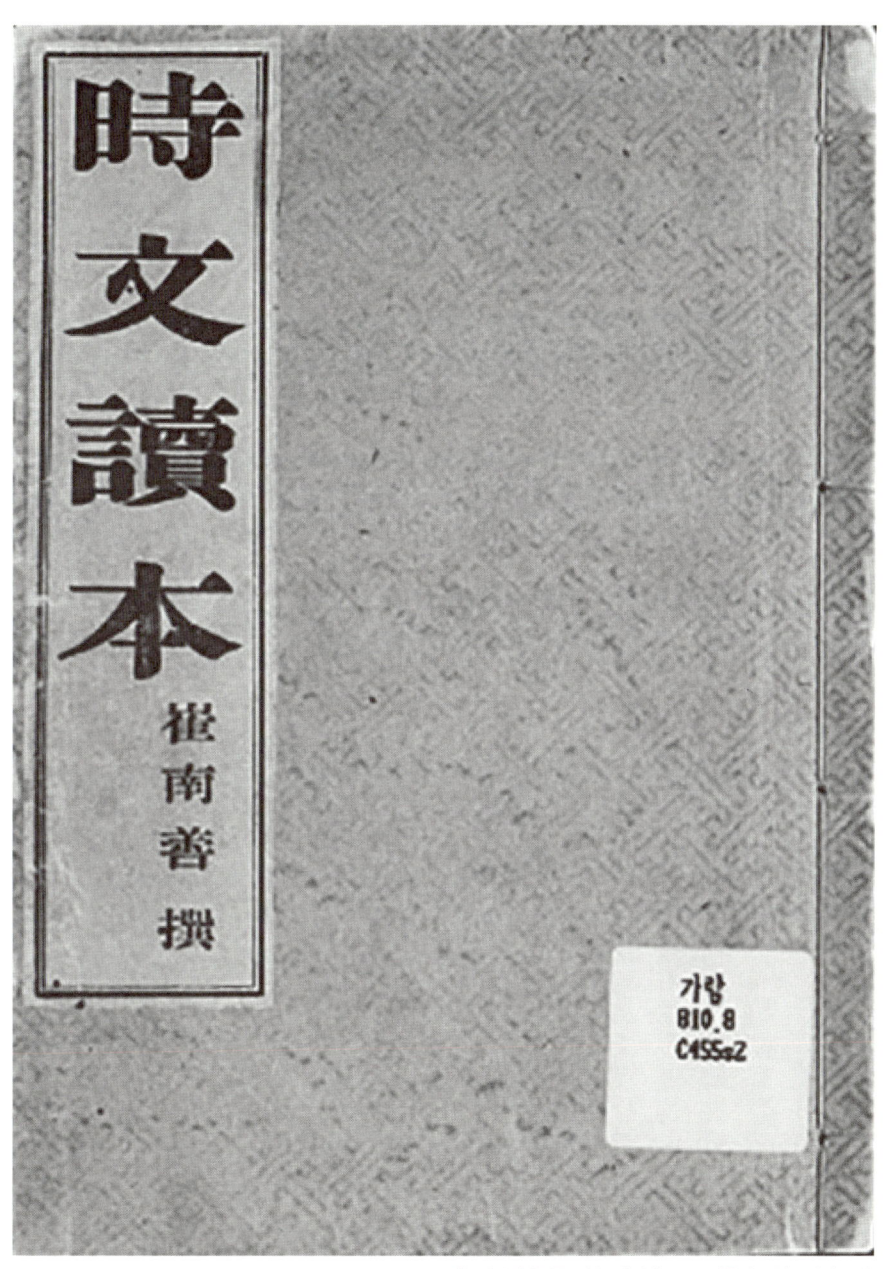

〈도판6-1〉『시문독본』정정판, 1918. 서울대 중앙도서관 소장.

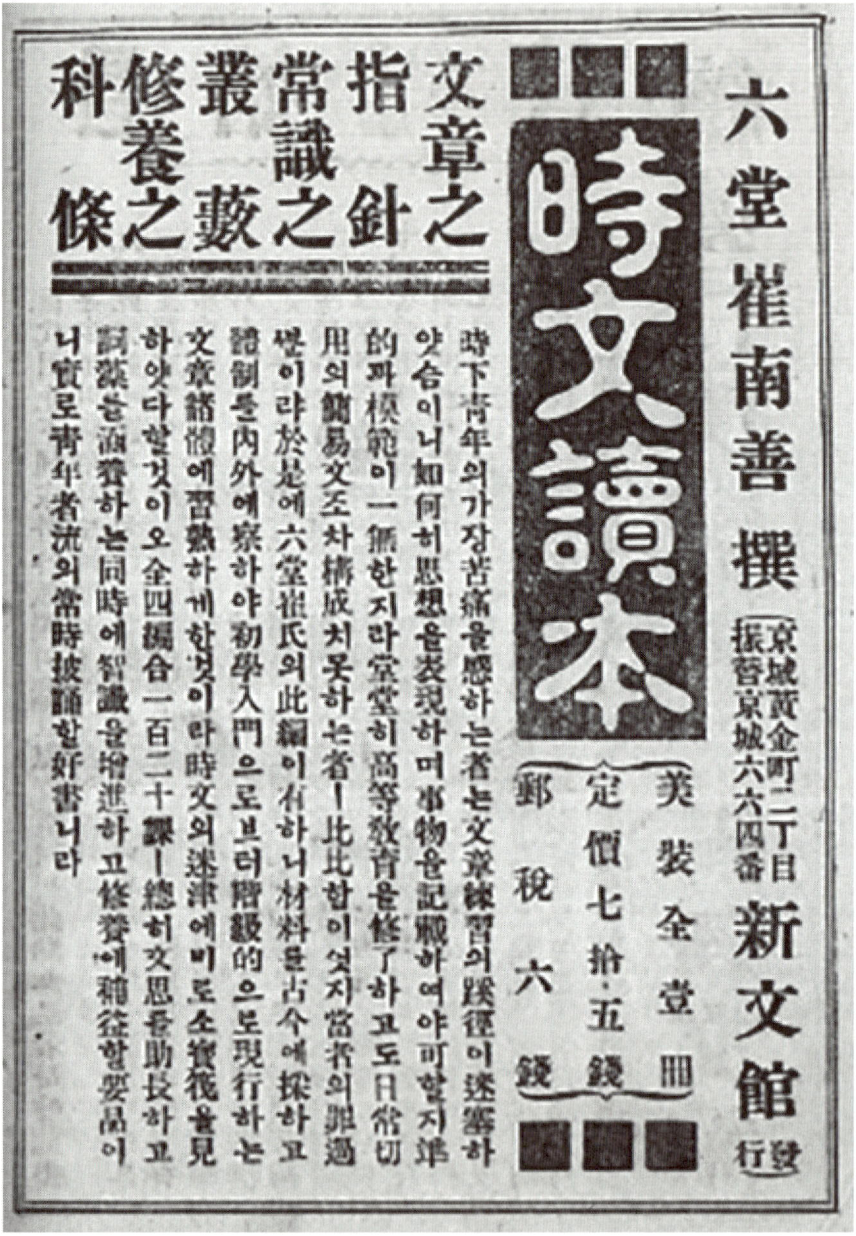

六堂 崔南善 撰

時文讀本

文章之
指針之
常識之
叢之藪
科修養條之

時下靑年의가장苦痛을感하는者는文章練習의蹊徑이迷甞하
야合이니如何히思想을表現하며事物을記載하여야可할지準
的模範이一無한지라堂堂히高等敎育을修了하고도日常切
用의簡易文조차構成치못하는者ㅣ比比함이엇지當者의躇躇
뿐이랴於是에六堂崔氏의此編이有하니材料는古今에採하고
體制는內外에察하야初學入門으로브터膽級的으로現行하는
文章諸體에習熟하게한것이라時文의迷津에서소實筏을見
하얏다할것이오全四揖合一百二十課ㅣ總히文思를助長하고
詞藻를涵養하는同時에智識을增進하고修養에裨益할要點이
니實로靑年者流의常時披誦할好書니라

〈도판 6-2〉 『청춘』에 실린 『시문독본』 광고(제13호, 1918.4).

또 신문관은 1918년 4월에 『시문독본』의 정정판을 간행함과 동시에 지금까지 설명한 것처럼 스마일스가 지은 『셀프 헬프』의 번역서 『자조론』도 출판했다. 『자조론』은 『시문독본』처럼 스테디셀러가 된 자취는 보이지 않지만, 원작이 세계적으로 저명하기 때문에 근대 조선의 사상사와 번역사 연구 분야에서 주목받아왔다. 이번 장에서는 『시문독본』을 고찰한 데서 밝혀진 점을 토대로 『자조론』에 관해서도 간단히 분석하겠다.[8]

먼저 『시문독본』의 개요를 확인해보자. 엮은이 최남선은 『시문독본』 서문에서 "이 책은 시문時文을 배호는 이의 계제階梯 되게 하려 하야 옛 것 새 것을 모기도 하고 짓기도 하야 적당適當한 줄 생각하는 방식方式으로 편차編次함"[9]이라고 말한다. 이 책의 광고문<도판 6-2>에 따르면, 당시 조선에는 "문장연습文章練習"의 수단과 "사상思想을 표현表現하며 사물事物을 기재記載"하는 데 모범이 되는 것이 전혀 없었다. 그래서 조선의 청년은 "고등교육高等教育을 수료修了"하고도 일상에서 사용하는 평이한 문장조차 쓰고 표현하지 못하는 상황이고, 이런 "시하時下 청년青年의 가장 (큰-옮긴이) 고통苦痛"을 가볍게 하는 것이 이 책의 간행 목적이었다.[10] 또 다음 절에서 말하는 것처럼, '시문'은 현대문, '독본'은 교과서를 의미한다고 생각된다.

또 이런 '문장연습'의 '입문서'가 지닌 측면뿐만 아니라, "습문習文"의 소재는 "상식증진常識增進과 정신수양상精神修養上의 긴절緊切한 자者를 선택選擇"했다고 홍보한 것처럼,[11] 지식의 증진과 수양도 시도되었다. 곧 "시하時下 청년青年"의 기초적인 문장력을 강화할 것을 목표로 수양의 의도를 담아 간행된 것이 『시문독본』이었다고 할 수 있다.

앞에서 말한 것처럼 『시문독본』의 정정판은 전4권인데, "초학입문初學入門으로브터 계제적階級的"으로 구성,[12] 곧 권수가 올라갈수록 대상 연령이 높아가는 짜임새로 이루어진 점이 특징이다. 예를 들면, 제1, 2권에는

「제비」「지렁이蚯蚓」 등 생물의 간단한 생태를 소개한 것과 「말코니마르코니」 「정몽란鄭夢蘭, 정몽주」 같은 위인전, 반쪽이 금 또 다른 반쪽이 은인 방패 이야기를 통해서 모든 사물의 관점을 설명한 「방패의 반면防牌의 半面」 등의 우화처럼 비교적 짧고 평이한 문장이 여럿 실렸다.[13] 그에 비해서 제3, 4권에는 조선시대의 『열하일기』와 『택리지』 같은 고전, 또한 문명의 발달과 재물을 모으는 방법 등에 대해 논한 글 등 장편의 논설이 여럿 실렸다.

이 책의 독자에 대해 광고에서는 "학생필독學生必讀의 중등독본中等讀本"이라는 홍보 문구가 붙어 있어,[14] 청년 가운데서도 특히 중등학교 학생을 주된 대상으로 했다고 생각된다. 실제로 뒤에서 말하는 것처럼, 제1, 2권은 당시의 보통학교부터 고등보통학교, 여자고등보통학교의 저학년, 제3, 4권은 고등보통학교, 여자고등보통학교의 고학년 수준에 어울리는 것이었다.

수록 내용을 자세히 살펴보자. 『시문독본』에는 논설, 기사, 기행문, 위인전, 일화 소개, 운문, 우화, 이야기, 격언 등 다양한 내용이 각권 30편씩 합계 120편이 실렸다. 〈표 6-1〉에서 알 수 있듯이, 모든 장르 가운데 기사와 논설이 가장 많은데, 그 내용은 수양의 요소를 포함한 것과 지식 전달에 관한 것이 중심이다.

먼저 수양의 요소를 포함한 것으로는 예컨대 제1권의 앞에 실린 「입지立志」는 뜻을 세워 "분투奮鬪와 노력努力"에 따라 "일대사업一大事業을 성취成就"할 것을 "청년青年"에게 장려하는 내용이다. 또 제3권의 「독서讀書」는 "신조선新朝鮮의 중추中樞가 되는 청년제군青年諸君"에게 "정신적精神的 양식糧食"인 독서를 하라고 촉구하고, 마찬가지로 제3권의 「확립적確立的 청년青年」은 청년에게 자기를 확립하라고 주장하는 등 『시문독본』에 실린, 수양의 요소가 담긴 논설과 기사는 청년을 위한 것이 많았다.

다음으로 지식 전달에 관한 것으로는 사자의 생태를 소개한 제2권의 「사자獅子」처럼 저학년 대상의 것부터 조선의 삼국시대4~7세기에 교통 상황은 어땠든지 다루는 제4권의 「고대동서의 교통古代東西의 交通」 등 어느 정도 역사를 이해할 것을 전제로 한 고등학년 대상의 것까지 종류가 다양하다.

<표6-1> 『시문독본』의 권별 구성

① 제1권

제목	내용	출전 표기	출전 보충	번역 저본
1. 立志	논설			–
2. 공부의 바다	운문			
3~5. 千里春色	조선의 기행문			
6. 常用하는 格言	격언			
7. 제비	기사	「청춘」	「動物奇談 (三)二, 제비는 晴雨計의 代理를 보나니라」, 『청춘』 제3호, 1914.12.	「上篇 ─ ─ 燕은 晴雨時의 代理를 勤める」, 河崎醉雨, 『世界動植物奇談』, 博文館, 1912.
8. 時調 二首	시조	「歌曲選」	『歌曲選』, 新文館, 1913.	–
9. 廉潔	조선의 인물전			–
10. 구름이 가나 달이 가나	서양의 인물전			
11. 生活	논설			福澤諭吉, 「四 生活」, 落合直文 編, 萩野由之·森林太郎 補修, 『修訂中等國語讀本』 권1, 明治書院, 1912.
12. 社會의 組織	논설			芳賀矢一, 「五 社會의 組織」, 『修訂中等國語讀本』 권1.
13. 徐孤青	조선의 인물전	「國朝名臣言行錄」에 근거함		

14. 歸省	기사			「二〇 歸省」, 藤岡作太郎 編, 『修訂中等國語讀本』 권1, 開成館, 1908.
15. 防牌의 半面	우화			「一〇 楯の半面」, 『新體國語教本』 권1.
16. 萬物草	조선의 기행문	楊蓬萊, 「萬物草記」		-
17. 水浴	기사			「一六 水浴」, 『新體國語教本』 권1.
18. 俗談	속담	「朝鮮俚諺」	崔瑗植 編, 『朝鮮俚諺』, 新文館, 1913.	-
19. 勇氣	기사	「붉은 져고리」	「깨우쳐 들일 말슴」, 『붉은 져고리』 제1년 제4호, 1913.2.	-
20. 콜롬보	서양의 인물전			坪内雄藏(逍遙), 「八 コロンブス その一」「九 コロンブス その二」, 『新體國語教本』 권1.
21. 舊習을 革去하라	기사		※「革舊習章」, 『刪修擊蒙要訣』, 新文館, 1909.	
22. 斬馬巷	조선의 인물전			
23. 蚯蚓	기사			「二二 蚯蚓」, 『新體國語教本』 권1.
24. 朴淵	조선의 기행문	李月沙, 「遊朴淵記」	※「遊朴淵記」, 『月沙集』	
25. 콜롬보의 알	서양의 인물전			「第二十三 コロンブスの卵」, 畠山健 選輯, 『新定中學國文讀本』 권1, 吉川弘文館, 1905.
26. 時間의 嚴守	서양의 인물전			

제목	내용	출전 표기	출전 보충	번역 저본
27. 鄭夢蘭	조선의 인물전	「붉은 져고리」	「일홈난이」, 『붉은 져고리』 제1년 제4호, 1913.2.	-
28. 이약이 세마대	소화 (笑話)	「이약이주머니」	『이약이주머니』, 신문관, 간행년도 미상	-
29. 검도령	조선의 인물전	洪萬宗, 「旬五志」에 근거함		
30. 日本에서 弟에게	편지	李虞裳, 「松穆館集」	※「寄弟殷美」, 『松穆館燼餘稿』	-

② 제2권

제목	내용	출전 표기	출전 보충	번역 저본
1. 첫봄	운문	「붉은 져고리」	「첫봄」, 『붉은 져고리』 제1년 제7호, 1913.4.	-
2. 白頭山登陟	조선의 기행문	徐命膺, 「白頭山記」	※「遊白頭山記」, 『保晚齋集』.	
3. 힘을 오로지함	조선의 인물전	「붉은 져고리」	「깨우쳐 들일 말슘」, 『붉은 져고리』 제1년 제5호, 1913.3.	-
4. 李義立	조선의 인물전	李求忠堂, 「三寶創造日記」에 근거함	※「三寶創造日記」, 『求忠堂集』.	-
5. 개미나라	기사		「읽어리 ㄱ재주비 개미나라」, 『새별』 제15호, 1914.12.	「第十二. 蟻の王國」, 『新定中學國文讀本』 권1.
6. 善한 習慣	기사		「읽어리 ㄱ재주비 習慣」, 『새별』 제15호, 1914.12.	中村正直, 「第二十七 習慣」, 弘文館 編纂, 『訂正中學國文讀本』 권1, 吉川弘文館, 1904.
7. 잔듸밧	운문	「붉은 져고리」	「잔듸밧」, 『붉은 져고리』 제1년 제11호, 1913.6.	-

제목	내용	출전 표기	출전 보충	번역 저본
8. 남의 長短	조선의 인물전	「國朝名臣言行錄」		-
9. 萬瀑洞	조선의 기행문	李景奭, 「楓嶽錄」	※「楓嶽錄」, 『白軒先生集』.	-
10. 德量	조선의 인물전	「國朝名臣言行錄」		-
11. 尙震	조선의 인물전	「大東名臣傳」		-
12~13. 내 소와 개	동화	李光洙	李光洙, 「읽어리ㄱ재주비 내 소와 개」, 『새별』 제16호, 1915.1.	-
14. 活潑	격언	柳永模	※ 顧广(柳永模), 「活潑」, 『청춘』 제6호, 1915.3.	-
15. 徐敬德	조선의 인물전	「花潭集」에 근거함		-
16. 上海서	편지	李光洙	※ 滬上夢人(李光洙), 「上海서」, 『청춘』 제3호, 1914.12.	-
17. 時調 二首	시조	「少年」	公六(崔南善), 「鴨綠江」, 『소년』 제3년 제7권, 1910.7.	-
18. 파라데이	서양의 인물전			「一七 ファラデイ」, 『新體國語教本』 권1.
19. 獅子	기사			「二三 獅子」, 落合直文 編, 『訂正中等國語讀本』 권2, 明治書院, 1903.

제목	내용	출전 표기	출전 보충	번역 저본
20. 가을뫼	운문			-
21. 華溪에서 해 떠오름을 봄	조선의 기행문			-
22. 金檀園	조선의 인물전			-
23~24. 五臺山登陟	조선의 기행문	金三淵, 「五臺山記」	※「五臺山記」, 『三淵集』	-
25. 때를 앗김	기사	「붉은 져고리」	「깨우쳐 들일 말슴」, 『붉은 져고리』 제1년 제10호, 1913.5.	
26. 딱지버레의 힘을 입음	우화			-
27. 말코니	서양의 인물전	「읽어리ㄴ 재주비 말코니」, 『새별』 제16호, 1915.1.		「二八 マルコニー」, 『新體國語敎本』 권4.
28. 寓語五則	우화	「읽어리ㄴ재주비 寓語五則」, 『새별』 제16호, 1915.1.		那珂通高, 「二三 諭言五則」, 『修訂中等國語讀本』 권2.
29. 물의 가는 바	기사	「읽어리ㄴ재주비 물의 가는 바」, 『새별』 제15호, 1914.12.		「六 水のゆくへ」, 『新體國語敎本』 권4.
30. 江南德의 母	조선의 인물전	柳於于, 「於于野談」	※「江南德의 母」, 『靑春』 제12호, 1918.3.	-

③ 제3권

제목	내용	출전 표기	출전 보충	번역 저본
1. 文明과 努力	논설	「靑春」	「努力論」, 『청춘』 제9호, 1917.7.	-
2. 살아지다	운문	李光洙		-

제목	내용	출전 표기	출전 보충	번역 저본
3~4. 瀋陽까지	조선의 기행문	朴燕巖, 「熱河日記」	※ 朴趾源, 「渡江錄」, 「盛京雜識」, 崔南善 編, 『熱河日記』, 朝鮮 光文會, 1911.	-
5~6. 許生	소설	朴燕巖, 「熱河日記」	※ 「玉匣夜話」, 「熱河日記」	
7. 견델성 내기	서양의 인물전			-
8. 讀書	논설		※ 외배(李光洙), 「讀書 를 勸함」, 『청춘』 제4 호, 1915.1.	-
9. 滑稽	조선의 인물전	洪萬宗, 「旬五志」		-
10~11. 堅忍論	논설	「自助論」 弁言	「第四章 弁言」, 『自助 論』, 新文館, 1918.	-
12. 西哲名訓	격언			
13~15. 알 프 山넘어	서양의 인물전			「一五 アルプ山越 上」, 「一六 アルプ山越 中」, 「一七 アルプ山越 下」, 佐 々政一 編, 『新撰國語讀 本』 권4, 明治書院, 1912.
16. 森林의 功用	기사			「二四 森林の功用」, 『新撰 國語讀本』 권4.
17~19. 朝鮮의 飛行機	논설	「青春」	「飛行機의 創作者는 朝鮮人이라」, 『청춘』 제4호, 1915.1.	-
20. 모내기	운문			-
21. 成吉思汗	동양의 인물전			坪内雄藏(逍遙), 「一五 成 吉思汗」, 『修訂中等國語讀 本』 권6.
22. 물이 바위를 만듬	기사			丘淺次郎, 「二三 水, 岩を作 る」, 『新撰國語讀本』 권4.
23. 確立的青年	논설			
24. 急人錢	조선의 인물전		※ 「急人錢」, 『청춘』 제 12호, 1918.3.	-

제목	내용	출전 표기	출전 보충	번역 저본
25. 情景	동양의 격언	陸紹珩,『醉古堂劍掃』		-
26~27. 運命	소설			森田文藏(思軒),「一七 運命 その一」,「一八 運命 その二」,『修訂中等國語讀本』권4.
28. 理想	논설	坪内逍遙		※ 坪内雄藏(逍遙),「一五 理想」,『修訂中等國語讀本』권9.
29. 知己難	논설	德富蘇峰		※ 德富猪一郎(蘇峰),「二三 知己難」,『修訂中等國語讀本』권6.
30. 하세 또 하세	운문		※「하세 또 합세」,『청춘』제12호, 1918.3.	-

④ 제4권

제목	내용	출전 표기	출전 보충	번역 저본
1. 님	운문	撰者, 李光洙, 失名	※「님」,『청춘』제1호, 1914.10.	-
2~4. 我等의 財産	논설		※「我等은 世界의 甲富」,『청춘』제7호, 1917.5.	-
5. 李東武	조선의 인물전		※「四象醫術의 發明者 李東武」,『청춘』제12호, 1918.3.	-
6. 格言	격언	陸紹珩,「醉古堂劍掃」		-
7~8. 大西洋上의 悲劇	기사			和田垣謙三,「大西洋上の悲劇－西遊スケッチ(四)」,『學生』제5권 제4호, 冨山房, 1914.4.
9~10. 呈才飛行	기사		※「勇氣論」,『청춘』제11호, 1917.11.	-

제목	내용	출전 표기	출전 보충	번역 저본
11~12. 嶺東의 山水	조선의 문물	李重煥, 「擇里誌」	李重煥 撰, 崔南善 編, 『擇里誌』, 朝鮮 光文會, 1912.	-
13. 苦蚊說	우화	金雲養, 「雲養集」	※「苦蚊說」, 『雲養集』	
14. 天分	우화			
15~16. 幻戲記	조선의 기행문	朴燕巖, 「熱河日記」	※「幻戲記」, 『熱河 日記』	-
17. 周時經 先生을 哭함	운문		※ 한샘(崔南善), 「한샘 스승을 울 음」, 『청춘』 제2호, 1914.11.	
18. 財物의 三難	논설		※「財物論」, 『청춘』 제8호, 1917.6.	
19. 富人은 福을 植하라	논설			
20. 海雲臺에서	조선의 기행문	李光洙, 「五道踏破記」	春園生(李光洙), 「五 道踏破旅行－海雲 臺에서」, 『매일신 보』1917.8.10, 1면	-
21. 史前의 人類	기사			山路愛山, 「史前の人 類」, 『東西六千年』, 春 陽堂, 1916.
22~23. 世界의 四聖	논설	高山樗牛	※ 三一學人, 「世界 의 四聖」, 『청춘』 제 12호, 1918.3.	※ 高山樗牛, 「二一 世界の四聖 その一」 「二二 世界の四聖 そ の二」, 『修訂中等國語 讀本』 권9
24. 死와 永生	논설	高山樗牛		※ 高山樗牛, 「一五 死 と永生」, 『修訂中等國 語讀本』 권8
25. 서울의 겨을 달	기사	李光洙		-
26. 古代東西의 交通 (三國時代)	기사			

제목	내용	출전 표기	출전 보충	번역 저본
27. 自己表彰과 文明	논설	玄相允	※ 小星(玄相允), 「自己表彰과 文明」, 『학지광』 제14호, 1917.12.	-
28. 우리의 세 가지 자랑	논설			-
29. 六堂自警	격언			-
30. 古今時調選	時調		※「古今時調選」, 『청춘』 제12호, 1918.3.	-

출전 표기는 『시문독본』의 표기에 따름.
※은 임상석, 「『시문독본』의 편찬 과정과 1910년대 최남선의 출판활동」, 『상허학보』 제25호, 2009;
박상현, 「최남선 편 『시문독본』의 번역 대본 연구—「이상」·「지기난」·「세계의 사성」·「사와 영세」」,
『일본문화연구』 제55집, 2015 등의 앞선 연구를 참조해서 작성한 것이다.
또 번역 저본은 이번에 저자가 확인한 것에 한정하고,
『시문독본』에 실린 번역물의 저본을 모두 망라한 것은 아니다.
'-'은 번역이 아님을 나타낸다. 또 당시의 중등국어교과서는 내용이 중복되는 경우도 많아
이번에 제시한 것 이외의 것이 저본으로 쓰였을 가능성도 있다.

이상에서 살펴본 것처럼, 『시문독본』은 권수가 올라갈 때마다 대상 연령이 단계적으로 높아가도록 구성된 '문장연습'의 '독본'이고, 동시에 주된 독자 대상으로 중등학교에 다니는 청년의 지식을 증진하고 수양하게 하는 것도 목표가 되었다. 그리고 이 책에 실린 글에는 『시문독본』의 간행 목적을 반영해서 수양의 요소를 담은 것과 지식 전달에 관한 것이 여럿 포함되어 전체적으로 메시지 전달의 성격을 띤 '독본'이라고 할 수 있다.

그러면 이런 특성을 지닌 『시문독본』은 무엇을 참고로 해서 어떻게 만들어진 것일까.

2. 『시문독본』과 일본 중등국어교과서의 관계

『중등국어독본』에 대하여

『시문독본』에는 외국의 위인전과 우화 등 번역문으로 보이는 글이 약 40편 실렸다. 그 편수는 실로 전체의 3분의 1을 차지하는데, 출전이 하나도 표기되지 않아 그 저본은 오랫동안 밝혀지지 않았다.[15] 저자가 조사한 결과, 〈표 6-1〉에 보여준 것처럼 그 대부분은 당시 일본의 중등국어교과서와 일본의 출판사에서 나온 잡지, 단행본에서 번역된 것임을 밝혔다. 그 가운데서도 가장 많이 번역된 것은 메이지기의 대표적인 국어교과서였던 『중등국어독본』〈도판 6-3〉이다.

메이지 때부터 태평양전쟁 전까지 일본에서 '독본'이란 주로 초등학교 수업에서 사용하는 교과서, 또는 널리 교과서 일반을 가리켰다. 일본 최초의 교과서는 다나카 요시카도田中義廉가 엮은 『소학독본小學讀本』1873으로, 미국의 *Wilson's Reader*를 번역한 것이다. 이 시기는 구미의 책을 번역 또는 초역抄譯한 것이 널리 보급되었는데,[16] 그 무렵에 교과서는 '독본'으로 번역되었다.

교과서의 역사를 개관해보면, 학제1872 아래의 교과서 행정은 자유 발행, 자유 채택 제도를 택했는데, 1881년에 자유 채택 제도가 폐지되고 신고제로 되었고, 1883년에는 인가제로 바뀌었다.[17] 1886년부터 1902년까지는 검정교과서기로 불리고[18] '충군忠君' '애국'의 국가적인 윤리가 교과서의 중심을 차지하게 되었다.[19] 그 뒤 1903년부터 1945년에 걸쳐서는 초등학교 교과서의 국정교과서기로 일컬어져 국가주의적, 군국주의적 경향이 강화되었다.[20] 한편 중학교의 교과서는 여전히 검정제도를 따랐기 때문에[21] 이 시기에는 엄청난 수의 교과서가 발행되었다.[22]

중등국어교육의 경우, 1890년대 중반까지 중등보통교육의 언어과목에서 '국어'과는 확립되지 않았고,[23] 1901년 3월의 중학교령 시행규칙과 1902년 2월의 중학교 교수요목教授要目에 따라서 국어와 한문과의 목적과 내용이 처음으로 명시되는 등[24] 좀처럼 정비되지 않았다.

<도판6-3> 『修訂 中等國語讀本』, 明治書院, 1912. 國立教育政策研究所 教育圖書館 소장.

이런 상황에서 간행되어 근대적인 국어교과서의 '전형'이라고 평가받는 것이 메이지서원明治書院의 『중등국어독본』이다.[25] 1897년에 『중등국문독본中等國文讀本』이란 이름으로 간행되고, 1902년에는 『중등국어독본』으로 책 이름이 바뀌었다.[26] 그 뒤 1903년에 『정정 중등국어독본訂正中等國語讀本』, 1906년에 『재정再訂 중등국어독본』, 1909년에 『신정新訂 중등국어독본』, 1912년에 『수정修訂 중등국어독본』이 간행되었다.

『중등국어독본』은 이렇게 메이지시기부터 다이쇼시기에 걸쳐서 몇 번이나 개정을 거듭하면서 오랫동안 기본 교과서로 이어진,[27] 당시의 선구적이고 대표적인 교과서라고 할 수 있다. 전10권으로 이루어졌고, 제1, 2권은 중학교 제1학년, 제3, 4권은 제2학년, 제5, 6권은 제3학년, 제7, 8권은 제4학년, 그리고 제9, 10권은 제5학년을 각기 대상으로 했다.[28]

메이지기의 국문학자이고 근대 단카短歌의 선구자로도 알려진 엮은이 오치아이 나오부미落合直文는[29] 그 편찬 목적으로 "지식의 계발" "덕성의 함양 "독서력의 양성" "작문의 연습"의 네 가지를 꼽았다.[30] "나는 참으로 시대문時代文에 대해 적잖이 실망했다"며 당시 일본에서 "독본에 담겨야 할 정도"의 "명문장"이 존재하지 않음을 개탄한 오치아이는 작문의 모범 역할을 맡을 뿐만 아니라, "지금까지의 독본에서 빠진 하나의 중요한 요건"으로 "덕성의 함양"의 뜻도 담아 새로운 교과서를 만들려고 했다.

그때까지의 중등국어교과서는 고문에 편중된 경향이 있었는데, "지식의 계발이라는 점보다도, 또 작문의 모범이라는 점보다도, 되도록 시대문이라고 손꼽을 만한"[31] 것이라고 한 설명문이 보여주는 것처럼, "시대문'時文'으로 생략되는 경우도 있다"으로 쓰인 작품을 많이 수록한 점도 특징적이었다. 여기서 "시대문"은 "금문今文"이라고도 표기되는데, 요컨대 현대문을 가리킨다. 그 내용을 보면, 수신, 역사, 지리, 이과理科, 실업 등 다양한 교재가 실려서 종합과목의 성격을 띠었다. 또 이 책에 실린 글은 권수가 높아질수록 짧고 쉬운 것이 줄고 긴 문장이 늘어나는 등 단계적으로 배열되었다.

이렇게 『중등국어독본』은 특히 '시대문'을 중시하고 학생에게 '모범'이 되는 다양한 내용을 실음으로써 '덕성의 함양'을 꾀했다고 할 수 있다.

번역물의 저본과 그 재구성

『시문독본』은 『중등국어독본』뿐만 아니라, 『신찬 국어독본新撰國語讀本』明治書院, 1912, 전10권과 『신체 국어교본新體國語教本』開成館, 1908, 전10권, 『신정 중학국문독본新定中學國文讀本』吉川弘文館, 1905, 전10권 등 일본의 다른 중등국어교과서에서도 번역했다. 최남선의 장서를 보관하고 있는 고려대학교의 육당문고에는 실제로 저본으로 쓰인 『정정 중등국어독본』 권2와 『수정 중등국어독본』 권6, 9, 그리고 『신찬 국어독본』과 『신체 국어교본』 『신정 중학국문독본』 일부가 소장되어 있고, 또 그 밖에 일본의 중등국어교과서도 여럿

확인할 수 있다.[32]

이렇게 최남선은 조선인을 위한 '중등독본'을 만들 때 일본의 중등국어교과서를 폭넓게 수집했다. 〈표 6-1〉에서 알 수 있듯이, 최남선은 그런 일본의 중등국어교과서 가운데서 「칭기즈칸成吉思汗」과 「콜럼버스コロンブス」를 비롯한 외국의 인물전과 「사자獅子」, 「지렁이蚯蚓」 등 생물을 제재題材로 한 것, 또 목욕의 효과에 대해 설명한 「목욕水浴」 등 지식 전달에 관한 여러 가지 문장을 번역했다.

주목해야 할 것은 이렇게 『시문독본』에서 번역된 글 가운데 일본의 중등국어교과서에서 나오고 지식 전달을 다룬 문장에는 수양의 요소를 포함한 내용이 많았다는 점이다. 예를 들면, 제1권 「콜롬보」의 저본으로 『신체 국어독본』 권1에 나오는 쓰보우치 쇼요의 「콜럼버스コロンブス」에서는 "굳센 정신"의 중요성이 지적되었다. 또 "천하의 사람"에게 "스스로 독립의 뜻을 세울" 것을 주장한 후쿠자와 유키치의 저작이 저본인 제1권 「생활生活」, 그리고 마찬가지로 제1권에 실린 것으로 어릴 적부터 "착한 습관"을 몸에 지니는 것이 중요함을 설파한 나카무라 마사나오中村正直의 「습관習慣」처럼, 수양에 특화한 것도 보인다.

곧 『시문독본』에는 일본의 중등국어교과서 가운데 지식 전달과 수양의 요소를 포함한 글이 실렸다. 앞에서 말한 것처럼, 최남선은 『시문독본』에서 '문장연습'뿐만 아니라 지식의 증진과 수양도 꾀해서[33] 그런 콘셉트에 일치하는 것을 선택했다고 할 수 있다. 그 가운데서도 『중등국어독본』에 많이 의거한 것은 '덕성의 함양'을 중시한 것과 더불어 당시의 대표적인 교과서였기 때문이라고도 생각된다.

사실 『시문독본』에 실린 번역물의 저본에는 중등국어교과서 이외의 것도 들어 있다. 먼저 제1권에서 제비의 생태를 소개한 「제비」의 저본은 하쿠분칸의 『세계동식물기담』[1912]이다. 그밖에 타이타닉 호 침몰 사건을 다룬 제4권의 「대서양상의 비극大西洋上의 悲劇」과 석기시대부터 청동기시대에 걸쳐 인류의 진보를 개괄적으로 설명한 「사전의 인류史前의 人類」는 각각 후잔보의 중학생 대상 잡지 『학생』[34]과 야마지 아이잔山路愛山의 『동서육천년東西六千年』[春陽堂, 1916]이 저본이라고 생각된다.[35] 이렇게 『시문독본』에서는 중등국어교과서뿐만 아니라, 일본의 다른 단행본과 잡지에서도 지식의 증진에 관련된 것을 번역해서 실었다.

지금까지 『시문독본』에 실린 번역물의 저본을 살펴보았는데, 나아가 그 배치의 방식에 주목해보면, 단계적으로 난이도가 올라가는 『중등국어독본』의 구성에 맞춘 것임을 읽어낼 수 있다.

구체적으로는 『시문독본』 제1권에 『수정 중등국어독본』 『신체 국어교본』 『신정 중학국문독본』의 권1의 문장 등이 실렸고, 제2권에는 『신정 중학국문독본』과 『정정 중학국문독본』의 권1, 『정정 중등국어독본』과 『수정 중등국어독본』의 권2, 그리고 『신체 국어교본』 권1, 4에 수록된 문장이 배치되었다. 그리고 제3권에는 『수정 중등국어독본』 권4, 6, 9, 그리고 『신찬 국어독본』 권4의 문장이, 제4권에는 『수정 중등국어독본』 권8, 9의 문장 등이 배열되었다. 곧 주로 제1, 2권에는 저학년 대상의 문장, 제3, 4권에는 고학년 대상의 문장이 실려서 권이 올라갈수록 대상 연령이 높아지는 『중등국어독본』의 구성에 따라 각권이 구성된 것이다.

또 『시문독본』은 구성뿐만 아니라 번역이 아닌 문장의 장르와 주제 면에서도 『중등국어독본』을 참고한 부분이 있다. 두 책에는 독서와 비행기를 다룬 글, 시간의 중요성에 관한 이야기 등 공통의 주제도 많다.[36] 그밖에 예컨대 『중등국어독본』에는 「후쿠자와 선생님을 애도함福澤先生을 悼む」 등 자기 나라의 인물전, 「분투奮鬪」에 관한 세계 위인의 격언 등이 실렸는

데, 『시문독본』에도 마찬가지로 「정몽란鄭夢蘭」, 「주시경 선생을 곡함周時經先生을 哭함」, 「서철명훈西哲名訓」 등 조선의 인물전과 서양 위인의 격언 등이 실려서 다루는 소재가 비슷하다.

또 『중등국어독본』은 저학년 대상을 중심으로 「알렉산더 대왕의 일화アレクサンドル大王の逸事」, 「크루프 철강 공장クルップ鐵工場」 등 외국의 현상과 인물, 풍습을 소재로 한 문장이 채택된 점이 특징인데,[37] 『시문독본』 제1, 2권에도 「파라데이」라는 서양의 인물전과 조지 워싱턴, 존 애덤스라는 인물의 일화를 통해서 약속을 지키는 일의 중요성을 강조하는 「시간의 엄수時間의 嚴守」 등 외국의 제재를 다룬 문장이 여럿 보인다.

이상의 분석을 통해서 『시문독본』에는 당시 일본의 중등국어교과서에서 번역된 글이 다수 포함되었음을 밝혔다. 특히 '상식 증진'과 '정신 수양'을 꾀한 최남선의 방침에 어울리는 내용이 뽑혔고, 그 가운데서도 번역 저본으로 당시를 대표하는 중등국어교과서였던 『중등국어독본』에 많이 의거했다. 『시문독본』에서는 권수가 올라갈수록 단계적으로 대상 연령을 높였던 『중등국어독본』의 구성에 맞추어 글이 배치되었고, 자기 나라의 인물전과 외국의 상황 등 『중등국어독본』과 공통적인 주제를 다룬 문장도 여럿 확인할 수 있는 것 등 내용과 구성의 두 가지 면에서 참고했다고 할 수 있다.

그러나 다른 한편으로 『시문독본』은 보통학교의 어린이를 독자 대상에 포함하는 등 중등학생을 주된 독자 대상으로 했던 『중등국어독본』과는 다른 점도 있다. 이 점을 포함해서 다음 절에서는 『시문독본』의 독자성을 고찰해보고 싶다.

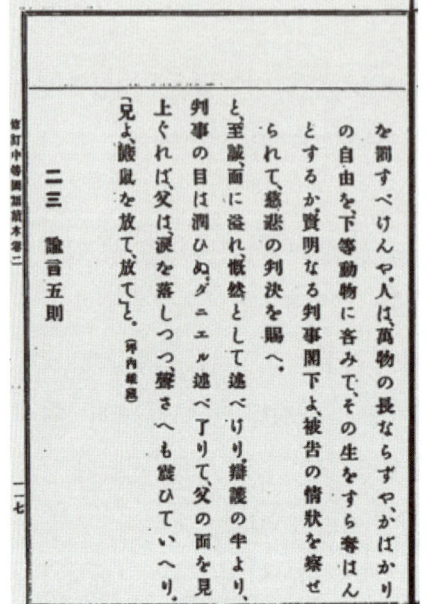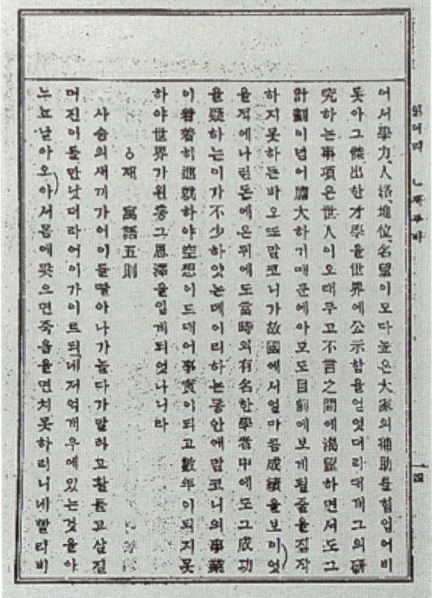

〈도판 6-4〉
(왼쪽)「諭言五則」, 『修訂中等國語讀本』 권2, 1912. (오른쪽)「읽어리 寓語五則」, 「새별」 제16호, 1915.1.

3.『시문독본』의 독자성

번역의 고심과 자사 간행물의 재활용

『시문독본』은 『중등국어독본』을 비롯한 일본의 중등국어교과서를 참고로 해서 만들어졌다. 그러나 단지 참고했을 뿐만 아니라 독자적으로 재구성하기도 했다.

그것은 먼저 번역의 방식에서 드러난다. 『시문독본』에서는 제1권의 「방패의 반면防牌의 半面」에 등장하는 '승僧'을 '선비'로 표현하는 등 번역의 과정에서 일본에 관한 사실을 조선의 문화에 어울리게 바꾸었다. 다른 예를 들어보면, 칭기즈칸을 제재로 한 제3권의 「성길사한成吉思汗」에서는 원문의 "우리 니조 천황의 오호 2년わが二條天皇の應保二年"을 조선 신화에서 최초의 왕으로 단군의 즉위년기원전 2333년을 원년으로 한 기년법인 단기檀紀를 써서 "3495년"으로 표기했다. 또 앞에서 말한 제1권의 「목욕^{水浴}」에서 "우리나라에서도 멀리 상고시대에 도고온천이 발견되었을지도 모른다^{わが國}^{にても, 道後溫泉の 發見が, 遠く, 上代にありしにても知られなん}"라는 온천에 관한 글을 "우리게서도 온양온천^{溫陽溫泉}의 이용^{利用}이 삼국^{三國} 초^初부터 잇섯슴으로 짐작할 것이오"라고 원문의 '도후온천^{道後溫泉}'을 조선에서 가장 오래된 온천인 '온양온천'으로 바꾸어 썼다.

이렇게 조선의 문화와 상황에 맞춘 바꾸어 쓰기는 독자의 이해를 돕기 위한 것이라고 생각되는데, 신문관의 어린이 잡지 『붉은 져고리』와 『아이들보이』, 그리고 『청춘』 등에서도 공통적으로 보이는 번역의 특징으로, 잡지 사업에 의해 길러진 번역의 기술이 계승되었다고 할 수 있다. 『시문독본』에는 그밖에도 번역을 위해 여러 가지로 고심한 흔적이 보인다.[38]

이렇게 번역의 측면에서 독자성을 엿볼 수 있는데, 더욱 더 중요한 것은 자사의 간행물을 재활용한 점이다. 이것을 자세히 살펴보기 전에 신문관의 『새별』에 실린 「읽어리」 난을 언급하고 싶다. 제2장에서 말한 것처럼, 『새별』은 1913년 9월에 『아이들보이』와 동시에 창간되었고, 원래는 어린이를 대상으로 한 듯한데, 1914년 11월부터는 예상 독자의 연령을 끌어올려 조선 최초의 중등학생 잡지로 알려졌다.

「읽어리」는 『새별』 제15호^{1914.12}와 제16호^{1915.1}의 권말에 부록으로 실린 것으로, "사립고등정도학교^{私立高等程度學校, 고등보통학교와 여자고등보통학교를 가리키}^{고, 실질적으로는 중등학교를 의미한다-지은이} 조어문과^{朝語文科}의 필수참고^{必須參考}",[39] "경성각사립고등정도학교^{京城各私立高等程度學校}의 필수참고서^{必須參考書}"[40]라는 이름을 내걸고 쓴 짧은 이야기 난이다. 〈표 6-1〉에서 알 수 있듯이 그 대부분이 사실은 『시문독본』 제2권에 다시 실렸다.[41] 이와 관련해서 「읽어리」는 대부분 『수정 중등국어독본』 등 일본의 중등국어교과서에서 번역한 것으로 이루어졌고,[42] 〈도판 6-4〉에서 한 사례를 보인 것처럼 레이아웃도 일본의 것과 비슷하다.

요컨대 최남선은 『새별』의 대상 연령을 끌어올릴 때 일본의 서적을 참고해서 교과서를 만든다는 것을 의식하고 있었다고 생각되고, 그런 의미에서 「읽어리」는 『시문독본』의 전단계로 자리매김할 수 있다. 실제로 『시문독본』 초판의 제1권에는 본문의 난외에 "읽어리 제일권第一卷"이라고 표기되었다.[43]

어쨌든 자사의 간행물을 재활용한 것은 당시 일본의 중등국어교과서에는 보이지 않는 요소 가운데 하나이다. 신문관의 잡지와 단행본에서 나온 글을 『시문독본』에 다시 실은 것은 120편 가운데 약 40편으로 전체의 3분의 1을 차지한다.

그 배열에 주목해보면, 잡지로는 제1권에 『붉은 져고리』, 제2권에 『붉은 져고리』와 『새별』의 기사, 제3, 4권에 『청춘』의 논설이 다시 실렸다. 곧 권수가 올라갈수록 대상 연령이 높아진다고 하는, 『중등국어독본』을 따른 『시문독본』의 구성에 맞게 자사의 잡지가 배치된 것이다.[44]

『시문독본』은 『중등국어독본』 등 일본의 중등국어교과서를 참고로 해서 만들어진 것이지만, 두 책 사이에는 다른 점도 있었다. 『시문독본』의 제1, 2권에는 보통학교의 어린이를 대상으로 한 『붉은 져고리』의 기사가 다시 실리는 등 『중등국어독본』보다도 낮은 연령층까지 독자 대상으로 하고, 무엇보다도 자사의 간행물을 재활용한 점에서 『시문독본』의 독자성이 있다고 할 수 있다.

그러면 『시문독본』에는 구체적으로 어떤 것이 다시 실렸던 것일까. 다음으로 다시 실린 것임을 확인할 수 있는 글의 내용을 자세히 살펴보면서 『시문독본』과 잡지 사업의 관련성을 고찰해보자.

『시문독본』과 잡지 사업

먼저 제1, 2권에는 「깨우쳐 들일 말씀」 가운데 몇 편이 실렸는데, 이것은 『붉은 져고리』에서 최남선이 독자를 향해서 쓴 것이다. 예를 들면, 제1권의 「용기勇氣」는 최남선이 '용기'의 뜻으로 만든 '날램'의 중요성을 강조한 문장으로, 이것을 "기르고 싸코 그리하야 부립시다"라고 권장한다. 또 제2권의 「힘을 오로지 함」과 「째를 아낌」은 "완전完全한 사람"이 되기 위해 모든 일에 전념할 것과 시간을 쓰는 방법이 얼마나 중요한지 가르쳐 주는 내용이다. 제2장에서 고찰한 것처럼, 최남선은 어린이 잡지에서 '날램'을 중시하고, 독자인 어린이가 식민지의 상황에서 굳센 정신으로 살아가는 인물이 되도록 깨우치는 것을 목표로 했는데, 이런 잡지의 콘셉트를 뚜렷하게 보여주고 메시지가 강한 것을 중심으로 다시 실었다고 할 수 있다.

그밖에 제1, 2권에는 『붉은 져고리』와 『새별』에 실린 자국과 타국의 위인전도 여러 편 재수록되었다. 먼저 제1권의 「정몽란鄭夢蘭」은 정몽주가 부모 아래서 "오즉 부질언이 오즉 정성으로 심신身心을 단련鍛鍊하고 학덕學德을 수양修養"해서 고려 말기에 문신으로 출세한 인물로 묘사한다. 그리고 제2권의 「파라데이」에서는 패러데이가 "오로지 학문에 종사"하고 "한 눈도 파지 아니하고 학사學事에 면려勉勵"해서 대발명을 하고 이름을 떨쳤다는 점에 초점을 맞추었고, 「말코니」에서도 시행착오를 거듭해서 "걸출傑出한 재학才學을 세계世界에 공시公示"한 인물로 마르코니를 소개했다.

이렇게 다시 실린 위인전은 모두 수양의 요소를 담은 것이고, 또 자신이 노력함으로써 성공하고 출세한 인물이라는 데 공통점이 있다. 또한 『시문독본』에서는 제1권에 「콜롬보」와 「정몽란鄭夢蘭」, 제2권에 「서경덕徐敬德」과 「말코니」 등 외국과 조선의 역사 인물에 대한 짧은 전기가 함께 실렸다. 제2장에서 언급한 것처럼, 『붉은 져고리』와 『아이들보이』 등에서도 세계 각국의 위인과 나란히 조선의 역사 인물을 소개함으로써 조선에서도 세계의 위인과 어깨를 겨룰 만한 인물이 있음을 보여주어 민족의 자부심을 함양하게 했다. 이런 어린이 잡지의 시도가 『시문독본』에서도 받아들여졌다고 할 수 있다.

곧 제1, 2권에는 신문관에서 나온 어린이 잡지의 콘셉트를 뚜렷하게 보여주는 것으로 개인의 인격과 정신 수양에 관한 기사를 주로 다시 실었다. 또 조선의 역사 인물전을 각국의 위인전과 나란히 배치함으로써 '조선'에 대한 긍지를 심어준다는 어린이 잡지의 시도도 계승되었다.

한편 제3, 4권에는 어린이 잡지에 실린 기사는 보이지 않고, 그 대신에 『청춘』에 있는 최남선의 논설 등이 다시 실렸다. 그것들은 사회와 문명의 발전이라는 관점에서 수양에 대해 설명한 것과 조선의 독자성과 우수성을 강조한 것으로 크게 나뉜다. 구체적으로 그 내용을 살펴보자.

먼저 전자로는 제3권 앞에 실린 「문명과 노력文明과 努力」을 들 수 있다. 여기서는 사회의 문화이든 '개인의 공적'이든 노력에 따라 '성쇠존망'과 '우승열패'가 결정된다며 그 중요성을 강조한 뒤에 "제시대제국민諸時代諸國民의 역사歷史"는 노력의 정도를 정확히 드러낸다고 지적했다. 또 제4권의 「재물의 삼난財物의 三難」은 사회와 문명의 발전과 관련해 재물을 논하고, 사람이 그 재물을 어떻게 대해야 하는지 깨우쳐주는 내용이다. 이렇게 수양의 요소를 담은 『청춘』의 논설은 첫 부분 또는 내용의 일부를 가려 뽑는 형태로 다시 실렸다.

그에 비해 조선의 자주성과 우수성을 강조한 후자의 논설은 모두 가려 뽑은 것이 아니라 거의 그대로 다시 실어서 전자보다 역점을 두었다고 할 수 있다. 먼저 제3권의 「조선의 비행기朝鮮의 飛行機」는 『청춘』 제4호1915.4

의 「비행기의 창작자는 조선인이라飛行機의 創作者는 朝鮮人이라」를 제목만 바꾼 것이다. 제3장 제4절에서 논한 것처럼, 『청춘』은 제4호부터 독자를 계몽 하는 기사와 논설을 실었고 '조선'에 대한 긍지를 심어주는 내용이 많았 는데, 「조선의 비행기朝鮮의 飛行機」는 '조선에서 비롯한 문명'의 독창성을 강조하는 등 그 경향을 뚜렷하게 보여주는 논설이었다.

조선의 문화에 대해서 더욱 더 구체적으로 언급하는 것이 제4권의 「아 등의 재산我等의 財産」이다. 여기서 최남선은 '조선 고미술'과 '고려판대장경 高麗板大藏經' 등을 들어 한결같이 조선인의 "절대적絶對的인 독창력獨創力"을 강조했다. 나아가 조선 사람들에게 '발명재發明才, 독창력'이 갖추어진 것 을 스스로 깨달아 '세계문명의 대조류'에서 '독창력'을 발휘할 것을 촉구 했다. 또 논설뿐만 아니라, 『청춘』에 수록된 운문 「하세 또 하세」도 제3권 끝에 다시 실렸는데, 이것은 조선의 '독창력'을 강조하고 그것이 세계에 서 발휘되기를 바라는 내용이다.

이렇게 『시문독본』에는 『청춘』에 실린 기사와 논설 가운데서 근면함과 노력의 중요성을 강조한 것 등 수양에 관한 것과 아울러 조선 문화의 독 창성을 말한 논설 등 '조선'에 대해 자부심을 심어주는 내용을 중심으로 다시 실렸다. 이런 논조는 『청춘』의 콘셉트를 뚜렷하게 보여주는 것이라 고 할 수 있다.

『청춘』은 식민지로 전락한 조선의 우려할 만한 상황을 개선하려고 모 색한 매체였다. 앞에서 말한 것처럼, 최남선은 『청춘』 제4호 이후 '조선' 에 대한 긍지를 심어주고 분발하게 한 논설 등을 통해서 민중을 계몽하 려 했다. 나아가 제7호1917.5부터는 '세계의 조류'에 뒤처진 조선의 현상을 혹독한 표현으로 경계하는 논설을 싣는 등 민중의 정신 수양을 시도하기 시작했다. 『청춘』 제4호부터 나타난 것으로 '조선'의 독창성을 과시함으로써 민중을 북돋운다는 태도가 『시문독본』에 반영되었다고 할 수 있다.

이상에서 본 것처럼, 『시문독본』에는 엮은이의 사상이 많이 포함되었는데, 이 점이야말로 일본의 중등국어교과서와 가장 크게 다른 점이라고 할 수 있다. 『중등국어독본』을 비롯한 일본의 중등국어교과서에는 엮은이가 쓴 논설 등의 문장은 거의 보이지 않고 여러 가지 문헌을 집대성한 데 비해, 『시문독본』은 메시지성이 강한 내용을 중심으로 자사의 간행물을 적극적으로 재활용했다.

또 책에 담긴 메시지성은 권수가 올라갈수록 강해지는 짜임새가 되었다. 최남선은 제1, 2권에서는 개인의 수양에 대해 말한 어린이 잡지의 쉽고 짧은 문장을 다시 싣는 동시에 '조선'과 세계를 대등하게 느끼게 하려고 글의 배열을 고심함으로써 완곡하게 '조선'에 대한 자부심을 불어넣었다. 그에 비해 제3, 4권에서는 사회와 문화의 발전이라는 관점에서 개인의 수양이 중요하다고 말한 논설과 더불어 『청춘』에서 조선의 독자성을 강조한 장편의 논설을 다시 실음으로써 직접적으로 조선에 대한 자부심을 표현하는 등 연령층에 맞추어 메시지를 전달했다.

이상과 같은 이번 장의 분석을 통해 먼저 『시문독본』이 당시 일본의 출판계와 밀접한 관계가 있었음이 밝혀졌다. 저본이 분명하지 않은 번역물의 대부분은 일본의 중등국어교과서와 일본 출판사에서 펴낸 간행물에서 가려 뽑은 것이고, 특히 당시의 대표적인 중등국어교과서였던 『중등국어독본』에 많이 의거하고, 구성 면에서도 참고했음을 알 수 있다.

한편 『시문독본』에는 자사의 간행물을 재활용한다는 측면에서 일본의 교과서에는 볼 수 없는 특징이 있어 '문장연습'뿐만 아니라, 엮은이의 메시지를 전달하는 매체로도 기능했다. 곧 『시문독본』은 일본의 중등국어교과서를 모형으로 하면서도 엮은이인 최남선의 사상을 반영함으로써 독자적인 '독본'으로 재구성한 것이라고 할 수 있다.

또 『시문독본』에는 편집 방법과 메시지의 전달 내용 면에서 이 책의 정정판과 같은 시기에 간행된 『자조론』과 공통점이 보인다. 『자조론』에서도 일본의 출판물을 바탕으로 거기에 자신의 문장 등을 추가함으로써 독자적인 내용으로 재구성하는 수법이 쓰였고, 또 개인의 수양이 사회와 문명의 발전으로 이어진다는 『시문독본』의 논조는 『자조론』에서도 확인할 수 있다. 마지막으로 『자조론』을 들어서 이 점들을 분석해보자.

4. 『자조론』의 재구성과 계몽의 수법

『자조론』 간행의 배경과 그 개요

『자조론』은 이 책의 광고에서 "원서原書가 청년훈화靑年訓話의 세계불후世界不朽의 대저大著"[45]라고 했듯이, 스마일스의 세계적인 명저 『셀프 헬프』를 조선어로 옮긴 것이다. 1918년 4월에 간행된 『자조론』에는 '상권'이라고 붙어 있어서 신문관은 원작을 상하권으로 나누어 출판할 예정이었던 듯한데, 하권이 세상에 나온 흔적은 보이지 않는다.[46] 상권에는 「제1장 자조第一章 自助」, 「제2장 공예의 대가第二章 工藝의 大家」, 「제3장 도공삼대가第三章 陶工三大家」, 「제4장 전심과 견인第四章 專心과 堅忍」, 「제5장 방조와 기회第五章 幇助와 機會」, 「제6장 예술계의 노작자第六章 藝術界의 勞作者」가 실렸는데, 이것은 모두 13장이나 되는 원작의 거의 절반에 해당한다.

광고〈도판 6-5〉에 따르면, 신문관의 『자조론』은 조선이 "현대現代의 타락적墮落的 경향傾向"에서 빠져나와 세계 속의 지위를 향상시키고, "세계적世界的 존립存立"을 보장하는 데 "진정眞正한 활로活路"가 될 것을 기대하고 간행된 것이다.[47] 이 책은 특히 "소년少年"과 "현대청년現代靑年"을 "시대時代의 사명司命", "무궁無窮한 장래將來를 담책擔責"할 존재로 보아 기대를 걸고, 그들에게 "왕성旺盛한 진보적進步的 정신精神"과 "활발活潑한 건설적建設的 용기勇氣", "근기根氣와 정력定力과 분투심奮鬪心"을 불어넣어주려 했다.[48]

스마일스에 대한 최남선의 관심은 이미 『소년』 간행 때부터 보인다. 제1장과 제5장에서 말한 것처럼, 『소년』 제2년 제2권1909.2과 제2년 제3권1909.3에는 일본에서 간행된 것으로 다케무라 오사무竹村修가 옮기고 풀이한 『품성론』 제1장 「품성의 세력品性의 勢力」의 일부가 번역되었고, 『소년』 제2년 제9권1909.10에는 같은 책 제5장 「용기勇氣」의 조선어 번역이 실렸다. 최남선은 『자조론』의 앞머리에서 "차서此書의 계옥啓沃을 몽蒙한 지 이구已久"하다고 회고하듯이, 『셀프 헬프』에서 큰 감명을 받은 듯하고, "소년少年에게 수익受益을 여공與共"하기 위해 스스로 번역했다.[49] 또 "역고譯稿에 착수着手한 것이 또한 십이년十二年 전사前事"란 말을 통해 1906년 일본에 유학했을 때에는 이미 번역에 착수했을 것으로 추측된다.

신문관의 『자조론』은 나카무라 마사나오中村正直가 옮긴 『서국입지편西國立志編』1871과 아제가미 겐조畔上賢造가 번역한 『자조론』內外出版協會, 1906에서 중역한 것이라고 지적받았다.[50] 신문관의 『자조론』 광고에서는 『서국입지편』에 대해서 "명치초년明治初年에 나카무라 마사나오中村敬宇(中村正直 – 지은이)의 손手에 서국입지편西國立志篇이란 명名으로 선출譯出"되어 "신일본건설新日本建設"에 큰 영향을 미쳤다고 소개했는데,[51] 신문관에서 나온 『자조론』의 내용은 실제는 대부분 아제가미의 번역을 바탕으로 한 것이다.[52]

크리스트교 독립전도자獨立傳道者였던 아제가미 겐조가 번역한 『자조론』은 나카무라 마사나오가 옮긴 『서국입지편』이 "고풍스러운 한문과 가나를 섞어서 오늘날의 청년에게 읽기 쉽지 않고," "원문의 뜻을 생략한 곳도

무척 많"다는 문제점을 근거로 "오늘날의 시문으로 번역해서 읽기 쉽게 하고, 또 선생이 빠뜨린 곳을 보충하려 한다"는 목적으로 간행된 것이었다.[53] 이 책은 발행소인 내외출판협회의 출판목록 「내외출판협회 발행 도서 목록内外出版協會發兌書目」에서는 '수양서류'로 분류되고, 광고에서도 『직분론職分論』『품성론』『근검론勤儉論』『노동론勞働論』과 아울러 '스마일스 5대 저서'로 홍보되었다. 광고에는 "스마일스씨의 4대 저서 가운데 가장 유명한 『셀프 헬프』의 번역서," "명사 감화의 원동력," "청년 책상 앞의 보배로운 경전," "가장 훌륭한 수신서"라고 주장하는 문구,[54] 또한 "인내, 굳셈, 견딤, 용맹, 꺾이지 않음, 근면, 오래감, 분투의 생활을 고취한다"[55]는 홍보 글이 보인다.

이렇게 내외출판협회의 『자조론』은 "오늘날의 청년"에게 읽기 쉽게 배려한 수양서로 간행된 것이었다. 한편 신문관의 『자조론』은 "문명상文明上

낙후인落後人에게 각성覺醒과 분려奮勵와 희망希望과 신념信念을 여與"[56]하는 것을 목적으로 했다. 요컨대 청년의 수양을 목적으로 한 내외출판협회의 『자조론』을 수양뿐만 아니라, 조선의 부흥을 위해 활용하려 한 것이다.

이 점은 최남선의 서문과 스마일스의 서문을 비교하면 더욱 더 분명해진다. 먼저 스마일스는 서문에서 "진부하지만 건전한 교훈"을 통해서 "자기의 노력"의 중요성을 깨닫게 해서 "청년을 북돋운다"는 간행 목적과 인생에서 성공과 실패의 정의 등을 말한다.[57] 한편 최남선은 서문에서 "자기自己란 것을 자각성自覺醒하고 자수립自樹立하야 자발전自發展하는 여부與否"에 따라 개인의 성공과 실패, 나아가서는 국가의 "흥성興盛과 쇠퇴衰頹"가 좌우된다고 지적한다. 그리고 조선 사람들은 "자조自助"에 의해서 "자강자립自強自立"하는 것이 중요하고, "차서此書가 금일今日 오인吾人에게 장래將來하는 이익利益이 엇지 제애際涯가 유有하리오"라며 서문을 마쳤다.[58]

이렇게 최남선은 자조와 국가의 관련성을 깊이 파고들면서 조선 사람들을 위한 메시지까지 덧붙였다. 최남선에게 '자조'란 곧 국가·민족의 발전을 의미하고, 조선 사람들에게 '자조'의 중요성을 인식시켜 조선을 부흥시키는 데 주안점을 두었음을 알 수 있다.

그러면 이렇게 조선의 현상을 타파하고 아울러 지위를 향상시킨다는 『자조론』의 간행 목적은 어떻게 실현시키려 했던 것일까.

최남선의 변언으로 재구성하기

최남선이 옮긴 『자조론』은 〈표 6-2〉와 같이 구성되었고, 각 장의 앞머리에는 최남선의 「머리말弁言」이 실렸다. 『자조론』의 광고에 "시하아인時下我人에게 우극침통尤極沈痛한 제오提悟를 일깨우기 위해, "차역본此譯本에는 육당 최씨六堂崔氏의 시세時世에 대對한 은우殷憂를 피력披瀝한 논설누만언論說

累萬言을 권두급수장^{卷頭及章首}에 변재^{弁載}"⁵⁹한다고 말한 것처럼, 변언은 조선의 상황에 맞는 내용이고 모두 원문에 있는 각 장의 서문보다도 더 긴 것이 특징이다. 이 변언이야말로 조선의 현상 개선과 지위 향상, 곧 신문관의 『자조론』 간행 목적을 이루기 위한 수단이었다고 할 수 있다. 그 내용을 자세히 살펴보자.

가장 먼저 제1장 「자조─국가와 인민의 관계^{自助─國家와 人民의 關係}」는 스마일스의 원문 자체가 국가와 국민의 관계를 설명하면서도 "전심근면^{專心勤勉}"과 "근면정려^{勤勉精勵}"에 따라 성공한 서양의 인물을 소개하는 데 주안점을 두었다. 이에 비해 최남선은 5면에 이르는 앞의 변언에서 개인의 자조와 국가의 성쇠만을 논했다. 최남선은 "인민전체^{人民全體}가 근면^{勤勉}"하고 "부분적^{部分的} 자조력^{自助力}이 집성^{集成}한 전체적^{全體的} 자조체^{自助體}"인 "강성^{强盛}한 사회^{社會}"와 "자조^{自助}하는 정신^{精神}이 약^弱"한 사회를 비교하고, "독립자경^{獨立自敬}의 방패^{防牌}"와 "전심자조^{專心自助}의 무기^{武器}"를 갖추는 것이 중요하다고 말한다. 이렇게 제1장의 내용에 맞게 "자조^{自助}하고 분발^{奮發}"함으로써 개인의 부강이 "진취적^{進取的}, 발전적^{發展的} 강사회^{强社會}"를 형성하는 데 관계된다고 설명함으로써 간접적으로 조선사회가 발전하기를 기대했음을 읽어낼 수 있다.

이렇게 국가와 개인의 관계를 중시한 최남선의 태도가 그대로 드러나는 것이 다음 제2장의 변언이다. 제2장 「공예의 대가─발명가와 생산가^{工藝의 大家─發明家와 生産家}」는 주로 '근면의 정신'을 가진 영국의 발명가를 소개하는 내용인데, 그 변언에서 최남선은 서구의 발전은 "천혜^{天惠}"가 아니라 개개인의 "노력^{努力}과 성근^{誠勤}과 인내^{忍耐} 등^等"의 집적이라고 강조한다. 그리고 참된 뜻이 있으면 재력과 시세, 기회가 있고 없음에 관계없이 어떤 시대, 어떤 경우라도 문명화는 실현 가능하다고 설명한다.

지금까지 살펴본 것처럼, 제1, 2장의 변언에서는 개인의 자조 문제가
국가·민족의 규모로 확대되고, 또 그 국가·민족이 '조선'을 가리킨 것으
로 보이는데, 그 뒤의 제3, 5, 6장의 변언에서는 나아가 '조선'의 문제로
구체화되어간다. 하나씩 자세히 살펴보자.

<표6-2> 최남선이 옮긴 『자조론』의 구성

각 장의 제목	비고
自助論序	최남선의 서문 ※『청춘』 제13호(1918.4)에도 실림
自助論 初版 原序	스마일스의 초판 서문
自助論 再版 原序	스마일스의 재판 서문
譯自助論叙言數則	최남선의 『자조론』에 관한 보충 설명 ※『청춘』 제13호에도 실림
少年讀者에게 十條	최남선이 독자에게 주는 10개조 ※『청춘』 제13호와 제14호(1918.6)에도 실림
自助論 總目	『자조론』의 총 목차
自助論 上卷 細目	『자조론』 제1~6장의 세부 목차
自助論 第一章 弁言	최남선이 쓴 제1장의 변언
自助論 第一編 序	나카무라 마사나오가 쓴 제1장의 서문
第一章 自助─國家와 人民의 關係	아제가미 겐조가 옮긴 『자조론』 제1장 「自助─國民及び個人」의 번역
自助論 第二章 弁言	최남선이 쓴 제2장의 변언
自助論 第二篇 叙	나카무라 마사나오가 쓴 제2장의 서문
第二章 工藝의 大家─發明家와 生産家	제2장 「工藝の大家─発明家及び創造家」의 번역
自助論 第三章 弁言	최남선이 쓴 제3장의 변언
第三章 陶工 三大家─팔리시, 쌔트쎄르, 웻즈우드	제3장 「三大陶工─パーレセ, ベートゲル, ウェッヂウッド」의 번역
自助論 第四章 弁言	최남선이 쓴 제4장의 변언
西國立志編 第四編 序	나카무라 마사나오가 쓴 제4장의 서문
第四章 專心과 堅忍	제4장 「專心と堅忍」의 번역
自助論 第五章 弁言	최남선이 쓴 제5장의 변언
西國立志編 第五編 叙	나카무라 마사나오가 쓴 제5장의 서문
第五章 帮助와 機會─科學上研究	제5장 「帮助及び機會─科學の研究」의 번역
自助論 第六章 弁言	최남선이 쓴 제6장의 변언

각 장의 제목	비고
第六章 藝術界의 勞作者	제6장 「藝術の勞作者」의 번역

각 장의 제목은 최남선이 옮긴 『자조론』의 표기에 따르기 위해 '序'와 '叙' 등 통일되지 않은 곳이 있다.

먼저 「도공 삼대가^{陶工 三大家} — 팔리시, 쌔트쎄르, 웻즈우드」라고 제목을 단 제3장은 "도기제조^{陶器製造}의 역사^{歷史}"에서 "내구견인^{耐久堅忍}"의 실제 사례로 "간난곤고^{艱難困苦}의 중^中에 인내자립^{忍耐自立}"한 인물의 일화를 소개한다. 그런데 그 변언에는 본문에 등장하는 유럽 인물의 이름은 전혀 없고, 처음부터 끝까지 조선의 이야기가 전개된다. 최남선은 세계적으로 "탁관^{卓冠}한" 조선의 도예와 공업에서 "신기^{神奇}한 창작력^{創作力}"이 보인다고 언급하면서도, 과거의 "위대^{偉大}한 발명재^{發明才}"는 자취를 감추고, 조선은 이때까지 "세계적^{世界的} 문명조류^{文明潮流}의 대파동^{大波動}"을 이루지 못하고 있다고 지적한다. 더구나 지금이야말로 각 방면에서 "대용맹^{大勇猛}"을 발휘해야 할 때라며 개인의 노력을 촉구하는 등 전체적으로 조선의 현실적 문제점을 들면서 격려하는 내용이 되었다.

다음으로 제5장 「방조와 기회 — 과학상연구^{幇助와 機會 — 科學上研究}」에서는 기회를 움켜잡고 "정려^{精勵}, 유심^{留心}, 노고^{勞苦}, 근면^{勤勉}"으로 성공한 서양의 과학자 이야기가 소개된다. 그 변언에서는 "서국금일^{西國今日}"의 문명의 발전은 우연이 아니라 개인의 노력이 집적됨에 따른 것이라고 지적한 뒤 "문명^{文明}의 위기^{危機}"인 조선의 현상에 눈길을 돌려 여전히 "침폐^{沈廢}한 구문명^{舊文明}"을 다시 일으켜 세우고 발전시키려고 노력하지 않음을 한탄하고, 개개인이 "발분^{發奮}"해서 "여정^{勵精}"하라고 촉구한다.

마찬가지의 논조가 제6장의 변언에도 보이는데, 이것은 "노고근면^{勞苦勤勉}"으로 이름을 떨친 서양의 예술가를 소개한 것이다. 최남선은 모두 12절에 이르는 변언에서 각국의 저명한 예술가와 함께 조선의 예술가를 소개하면서, 조선의 예술과 문화는 "나태懶怠"로 날이면 날마다 퇴화하기만 하고, 조선인은 "무저나락無底奈落"에 떨어진 "활모범活模範"이라고까지 잘라 말한다. 한편 현상을 비판할 뿐만 아니라, "현고現苦를 맹성猛省"해서 노력함으로써 "세계문화世界文化의 대조류大潮流"를 탈 것을 목표로 분투하라고 촉구한다.

이렇게 제3, 5, 6장의 변언에는 조선 고유의 문화를 평가한 뒤에 현상의 문제점을 지적하고, 그것을 개선함으로써 세계의 무대에 설 것을 기대한 데 공통점이 있다고 할 수 있다. 예컨대 이런 논조는『청춘』의 기본적인 자세와 통한다.

여기서『자조론』과『청춘』의 관계로 눈길을 돌려보자. 〈표 6-2〉에서 본 것처럼, 「자조론서自助論序」「역자조론서언수칙譯自助論叙言數則」「소년독자에게 십조少年讀者에게 十條」는『청춘』에 실렸고, 또 「나카무라 마사나오 박사의 자조론 역본서中村敬宇博士의 自助論 譯本序」가 실린 것도 확인할 수 있다.[60] 또 지면에는 5면에 이르는『자조론』의 광고도 보인다.[61] 그밖에『청춘』에는 "자기독립自己獨立"과 "자조自助"를 언급한 것,[62] 개개의 노력과 국가의 성쇠를 연결시킨 것 등『자조론』의 논조와 겹치는 논설을 여럿 확인할 수 있다. 곧 최남선은『청춘』의 독자층을 대상으로『자조론』을 간행했다고 할 수 있다.

그러면『자조론』과『청춘』은 구체적으로 어떤 관계였을까. 앞에서 말한 제5장과 제6장의 변언은 사실 각각『청춘』제10호1917.9의 「문명의 발달은 우연이 아님文明의 發達은 偶然이 아님」, 제11호1917.11의 「예술과 근면藝術과 勤勉」이란 논설을 다시 실은 것이다.

이 논설들은 조선의 문제점을 지적해서 경계함으로써 개선하려 하는데, 이것은 1917년 이후『청춘』의 계몽 노선을 뚜렷하게 보여주는 것이다. 앞에서 말했듯이, 『청춘』은 조선의 현상을 타개하기 위해 제4호 이후 조선 문화의 우수성을 강조함으로써 '조선'에 대한 자부심을 심어주려고 했다. 한편 제7호 이후는 현상의 문제점을 지적하고 경계함으로써 민중을 계몽하려 했다. 『청춘』에 실린 글을 다시 수록함으로써 전자의 자세를 반영하려 한 것이 『시문독본』이라면, 『자조론』은 후자의 자세를 반영한 것이라고 할 수 있다.[63]

이렇게 『자조론』에서는 『시문독본』과 같은 편집 방침, 곧 자사의 간행물을 재활용하는 것, 엮은이인 최남선의 메시지를 전달하는 수법이 쓰였다. 이렇게 『시문독본』과 공통된 점은 내용 면에서도 확인할 수 있다.

그것이 제4장의 변언이다. 이것은 "근면勤勉, 전심專心, 견인堅忍"으로 "비상非常한 공적功績"을 쌓은 인물의 이야기를 소개하는 제4장의 내용에 맞게 '견인'의 중요성을 강조한 것인데, 사실은 『시문독본』 제3권 「견인론堅忍論」을 다시 실은 것이다.

최남선은 제2장과 제5장의 변언에서도 오늘날 서구의 문명이 발달한 것은 "노력努力과 성근誠勤과 인내忍耐"에 따른 것이라고 지적하고, 문명의 발달에서 "강의剛毅한 인내"의 필요성을 설명하는데, 이미 『아이들보이』에서도 독자에게 "아모 어려움이라도 다 견딜 만큼 견듸라"[64]라고 호소했다. 요컨대 최남선은 한국병합 이후 조선의 현상을 타파하기 위해 한결같이 인내를 중시했다고 생각된다. 그가 『청춘』에서 뜻하고 『시문독본』과 『자조론』에서 이어받은 것으로 독자에게 자부심을 심어주거나 현상을 지적함으로써 경계시킨다는 방침은 모두 민중을 계몽하기 위한 것이었다. 『시문독본』의 「견인론」이 동시에 『자조론』에도 실린 것은 민중이 하나가 되어 현상을 변혁하기 위해서는 무엇보다도 '인내'가 필요하다는 최남선의 사고방식을 보여주는 것이 아닐까.

이상에서 본 것처럼, 신문관의 『자조론』은 조선의 현상을 탄식하면서 '자조'에 의해 그것을 부흥시키려 한 것이고, 원문의 각 장의 내용에 맞게 엮은이의 메시지를 전달한 변언에 의해 그것을 실현하려 했던 것이다. 또 앞에서 말한 것처럼, 개인의 노력이 사회와 문명의 발전으로 이어진다는 논조는 『시문독본』에서도 확인할 수 있다. 또한 무엇보다도 두 책은 엮은이의 메시지를 전달하는 방법이 공통된다. 『시문독본』에서는 권수가 올라갈수록 대상 연령이 높아지는 『중등국어독본』의 구성에 맞게 엮은이의 메시지가 담겼다. 『자조론』에서도 저본의 각 장의 내용에 맞추어 조선 사람들을 향한 메시지를 집어넣어 원작을 재구성하는데, 두 책 모두 자사의 간행물을 재활용함으로써 그것을 실현했다.

3·1독립운동까지 채 1년이 남지 않은 1918.4에 신문관에서 간행된 『시문독본』의 정정판과 『자조론』은 일본의 출판물을 바탕으로 조선의 상황에 맞게 내용을 재구성한 것이었다. 그리고 그것은 최남선이 민중을 계몽하고 조선을 부흥시키기 위해 『청춘』에서 지향한 방향성을 반영하는 형식으로 재구성한 것이었다.

그렇지만 동시에 『시문독본』은 현대문의 교과서로서, 『자조론』은 세계적 명저의 번역본으로서 제각기 『청춘』에서 독립한 책으로 그 역할을 다했는데, 특히 전자는 스테디셀러가 되어 결과적으로는 『청춘』보다도 오랫동안 사람들에게 읽혔다. 그런 의미에서 3·1독립운동 전야에 간행된 이 단행본 두 종은 신문관이 그 설립 때부터 1910년대 전반에 걸쳐서 주력한 시리즈 서적처럼 잡지를 보완하는 것이 아니라, 『청춘』과 대등한 관계로 민중의 계몽을 추진한 것이었다고 할 수 있다.

최남선은 신문관 창립 이래 한결같이 잡지와 단행본을 통해서 민중을 계몽하는 것을 목표로 했고, 그 활동은 『시문독본』의 정정판과 『자조론』의 간행에 이르러 정점을 맞이했다. 그런 가운데 최남선은 1919.2에 「3·1독립선언서」 초안을 쓰고, 그 다음 달에 3·1독립운동이 일어난다. 다음 장에서는 최남선과 신문관이 3·1독립운동에 어떻게 관련되었는지, 그리고 그 뒤 그가 어떤 출판활동을 펼쳤는지 밝힌다.

주석

1   박진영, 『책의 탄생과 이야기의 운명』, 소명출판, 2013, 126면.

2   『시문독본』의 간행 상황에 대해서는 위의 책, 131면 참조. 『시문독본』은 4권으로 이루어진 정정판이 7판 간행되었는데, 이 책에서는 정정판으로 처음 간행된 1918년 4월의 '무오판(戊午版)'을 주로 분석 대상으로 한다. 또 당시의 사료에서는 '판(版)'을 '판(板)'으로 기록한 경우가 많은데, 이 책에서는 인용하는 사료의 제목을 제외하고 '판(版)'으로 수정한다.

3   「六堂 崔南善氏 撰 時文讀本」, 『청춘』 제15호, 1918.9, 93면.

4   『동아일보』, 1921.6.19, 1면 '광고'; 『동아일보』, 1922.5.4, 1면, '광고'.

5   최현배, 「朝鮮民族更生의 道(四三) 生氣振作－理想樹立－更生確信－不斷力」, 『동아일보』, 1926.11.12, 1면; 김기수, 「東京旅行記一遍을 李肯石 君에게」, 『조선일보』, 1920.6.29, 4면. 그밖에 『개벽』에도 『시문독본』의 운문이 인용되었다. 「공부의 바다」, 『개벽』 제7호, 1921.1, 128면; 빙허생, 「小說 墮落者(前號續)」, 『개벽』 제20호, 1922.2, 27면.

6   이태준, 「思想의 月夜－푸른 산은 가는 곳마다(七)」, 『매일신보』 1941.4, 9·4면; 이태준, 「思想의 月夜－사람도 여러 가지(六)」, 『매일신보』 1941.4.17, 4면. 『매일신보(每日申報)』는 1938년 4월 15일 이후 『매일신보(每日新報)』로 제호가 바뀌었다. 또 「思想의 月夜－사람도 여러 가지(六)」에는 신문관이 1918년에 간행한 『買珠謝哀話海棠花』도 등장한다.

7   연세대에는 1926년에 간행된 제8판(壬戌版)이 소장되어 있다. 1926년의 간지는 '병인(丙寅)'이지만, 제8판은 1922년에 나온 제6판(壬戌版)의 재판이었다. 그 때문에 제8판에는 '임술판(壬戌版)'이라고 표기되었다.

8   서장에서 언급한 『자조론』에 관한 앞선 연구는 모두 『자조론』과 『시문독본』 사이의 관련성에는 주목하지 않았다. 조선에서 『셀프 헬프』는 보호국 시기부터 일부가 번역되어 유포되었고, 또 3·1독립운동에서 그 글귀가 슬로건으로도 사용되기도 해서(柳忠熙, 『朝鮮の近代と尹致昊－東アジアの知識人エトスの變容と啓蒙のエクリチュール』, 東京大學出版會, 2018, 326~327면), 당시 지식인에게 일정한 영향을 미친 듯하다. 그러나 구체적인 판매 부수와 독자의 반응 등은 분명하지 않은데, 조선의 경우 일본처럼 베스트셀러가 되지는 않았고, 청년층에게 지지를 얻지 못한 것으로 추측된다. 류시현, 『최남선 연구－제국의 '근대'와 식민지의 '문화'』, 역사비평사, 2009, 105면.

9   「例言」, 『시문독본』 정정판, 신문관, 1918, '첫머리'.

10   『청춘』 제13호, 1918.4, '권두 광고'.

11   「新文館出板時報」, 『청춘』 제13호, 1918.4, 35면.

12   『청춘』 제13호, 1918.4, '권두 광고'.

13   그밖에 예를 들면 제2권에는 조선 최초의 근대적 창작 동화로 알려진 이광수의 「내 소

와 개」 등이 실렸다.

14 김두봉, 『조선말본』, 신문관, 1916, '권말 광고'.

15 박상현은 최남선이 『수정 중등국어독본』에서 「이상(理想)」 「지기난(知己難)」 「세계의 사대 성인(世界의四聖)」(상하), 「죽음과 영생(死と永生)」 등 5편만 번역했다고 지적했 지만(박상현, 「최남선 편 『시문독본』의 번역 대본 연구-「이상」·「지기난」·「세계의 사 성」·「사와 영세」」, 『일본문화연구』 제55집, 2015 참조), 저자는 그것 이상으로 번역된 것을 확인했다.

16 中村紀久二, 『敎科書の社會史-明治維新から敗戰まで』, 岩波書店, 1992, 16면.

17 위의 책, 58~59면.

18 교과서 검정을 통과한 교과서에 대해서는 文部省總務局圖書課, 『檢定濟敎科用圖書表 (小學校用)-自明治十九年五月~至三十五年三月』, 文部省, 1897~1902; 文部省總務 局圖書課, 『師範學校·尋常中學校·高等女學校檢定濟敎科用圖書表-自明治十九年五 月~至三十七年一月, 四三年度』, 文部省, 1898~1912 참조.

19 唐澤富太郎, 『敎科書の歷史-敎科書と日本人の形成』, 創文社, 1956, 3면.

20 국정교과서기의 교과서에 나타난 특색에 대해서는 위의 책, 제6, 7장 참조. 특히 전국 적으로 사용되기 시작한 제2기 국정교과서(1910~1917)는 국가주의와 군국주의적 색 채가 짙었다고 한다. 敎科書硏究センター 編, 『舊制中等學校敎科內容の變遷』, ぎょう せい, 1984, 270면.

21 중학교의 교과서 제도는 1886년에 검정제도가 시행될 무렵까지는 거의 초등학교와 동 일한 과정을 거쳤는데, 1903년에 초등학교 교과서가 모두 국정제도를 채용했지만 중 등학교 교과서는 검정제도 그대로였다. 敎科書硏究センター 編, 앞의 책, 109면.

22 중등국어교과서와 국어교재에 관한 연구는 초등학교에 비해 적고, 검정을 통과한 교과 서의 편집 방침은 많은 것이 밝혀지지 않았다. 八木雄一郞·辻尙宏, 「明治三〇年代にお ける中學校國語敎科書の編集方針-落合直文の國語敎育觀と編集敎科書から」, 『人文 科敎育硏究』 제36호, 2009, 14면.

23 敎科書硏究センター 編, 앞의 책, 109·117면 참조.

24 八木雄一郞·辻尙宏, 앞의 글, 13면.

25 山根安太郎, 『國語敎育史硏究-近代國語科敎育の形成』, 溝本積善館, 1966, 353면; 橋 本暢夫, 『中等學校國語科敎材史硏究』, 溪水社, 2002, 1면 참조. 다사카 후미오(田坂文 穂)는 이 책이 "교재의 근대화를 향한 걸음에 크게 공헌했다"고 평가했다(田坂文穂, 『落 合直文編「中等國語讀本」の硏究』, 近代國語敎科書史シリーズ4, 1974, 31면). 또 이 책 에서 다룬 『중등국어독본』은 검정을 통과한 것으로 한정한다. 이 책에서 표기한 간행 연도는 실제 간행된 연도가 아니라 검정을 통과한 연도이다.

26 책 제목의 변경과 함께 교재의 거의 대부분이 바뀌었다. 八木雄一郞·辻尙宏, 앞의 글, 14~15면.

27 자세한 내용은 菊野雅之, 「落合直文『中等國語讀本』の編集經緯に關する基礎的硏究- 二冊の編纂趣意書と補修者森鷗外·萩野由之」, 『語學文學』 제54호, 北海道敎育大學語

學文學會, 2015, 30면 참조.

28 教育研究會 編纂, 『新訂中等國語讀本字解』(東雲堂書店, 1909)과 國語研究會, 『修訂中等國語讀本參考書』(濟美堂書店, 1912) 등의 분류에 따른다.

29 오치아이 나오부미의 사후에는 모리 오가이(森鷗外)와 하기노 요시유키(萩野由之) 등이 보완자로 참여했다. 자세한 내용은 菊野雅之, 앞의 글 참조.

30 落合直文, 『中等國語讀本編纂趣意書』, 明治書院, 1901, 3면.

31 위의 책, 9면.

32 최남선은 『심상국어독본(尋常國語讀本)』(金港堂書籍, 1900)과 『중학국문교과서(中學國文敎科書)』(光風館書店, 1912) 등도 소유했던 듯해서 일본의 중등국어교과서에 대한 관심을 엿볼 수 있다. 당시 일본에서는 예컨대 하쿠분칸은 중등교육의 교과서 분야에도 손을 뻗어 『중등교육일본문학사(中等敎育日本文學史)』 등을 간행했고, 또 당시의 대형출판사였던 산세이도(三省堂)도 중등교과서와 중학생용 참고서를 출판했다(橋本求, 『日本出版販賣史』, 講談社, 1964, 31면). 최남선은 이들 중등국어교과서를 참고했을 가능성도 있다.

33 '문장연습'의 경우, 예컨대 『중등국어독본』에는 작문 학습을 목적으로 한 문장이 수록되었을 뿐만 아니라, 쓰기 연습장과 참고서, '字解(글자풀이)' 등도 아울러 간행되었다. 한편 『시문독본』에는 그런 목적의 문장은 실리지 않고, 보조 교재가 간행된 것도 확인할 수 없다. 따라서 『시문독본』은 '문장연습'보다도 수양을 중시했고, 광고에 "文章諸體에 習熟"이라고 쓰여 있듯이(『청춘』 제13호, 1918.4, '권두 광고'), 당시 '조선 청년'에게는 읽을거리로 수용되었다고 생각된다.

34 『시문독본』에 번역된 『학생』의 기사를 쓴 필자는 와다가키 겐조(和田垣謙三)인데, 〈부록 표 2〉에서 알 수 있는 것처럼 『붉은 져고리』에서도 그림, 和田垣謙三·星野久成 譯述 『家庭お伽噺』(小川尚榮堂, 1909)이 저본으로 사용된다. 또 〈부록 표 3〉에서 보여주었듯이 후잔보의 『학생』에 실린 기사는 『청춘』에서도 몇 개 번역되었고, 저본의 면에서 『시문독본』과 잡지가 관련된 것을 확인할 수 있다.

35 또 『시문독본』에서 번역된 것으로 확인할 수 있는 『동서육천년』(春陽堂, 1916)에 실린 「사전의 인류(史前の人類)」는 『동서육천년』에 실린 제목이 같은 논설의 표기에 맞추어 문자를 강조한 데 비해, 『수정 신찬국어독본』에서는 그런 장식은 없다.

36 제3권 「讀書」, 제4권 「呈才飛行」, 제1권 「時間의 嚴守」 등. 또 최남선은 『중등국어독본』뿐만 아니라 중등국어교과서를 널리 참조한 듯하다. 예를 들면, 『시문독본』 제1권에는 조선의 기행문 「千里春色」이 실렸는데, 『신체 국어교본』 권5(開成館, 1908)를 비롯해 여러 중등국어교과서에서는 「천리의 봄(千里の春)」이라고 비슷한 제목의 기행문이 실렸다.

37 山根安太郎, 앞의 책, 354면.

38 그밖에 번역의 특징으로는 외래어를 한자어 표기로 바꾼 것을 들 수 있다. 예컨대 제2권 「말코니」에서는 원문의 'ブリキ箱(블리크 상자)'를 '洋鐵櫃(양철궤)'로 옮기고, 제4권의 「大西洋上의 悲劇」에서는 'レコード(레코드)'가 '謄錄(등록)', 'トラジヂイ(트래지

디)'가 '悲劇(비극)', 'サント クリストフアー チヤペル(세인트 크리스토퍼 채플)'이 '大會堂(대회당)', 'ドラマ(드라마)'가 '戲曲(희곡)'으로 표기되었다.

39 「今月의 「새별」」, 『청춘』 제4호, 1915.1, 96면.

40 『청춘』 제3호, 1914.12, '권말 광고'.

41 「읽어리」 가운데 유일하게 『시문독본』에 실리지 않은 「電氣」는 후지오카 사쿠타로(藤岡作太郎)가 엮은 『신체 국어독본』 권4(開成社, 1908)의 「二七 電氣」를 번역한 것이다. 「電氣」에는 '패러데이'의 이야기가 포함되었는데, 『시문독본』에는 별도로 패러데이의 전기가 실렸고, 내용이 일부 겹치기 때문에 다시 실리지 않았을 가능성을 생각해볼 수 있다.

42 「읽어리」는 『새별』에 총8편이 실렸고, 〈부록 표 2〉에서 보인 것처럼 그 가운데 6편은 『신체 국어교본』과 『수정 중등국어독본』 등에서 번역한 것이다.

43 박진영, 앞의 책, 141면. 박진영은 "읽어리"가 『시문독본』이 최초로 기획될 때의 가제였다고 추측했다.

44 제3권에는 조선광문회가 복간한 고전도 여럿 포함되었다. 『시문독본』과 조선광문회의 관계에 대해서는 김지영, 「최남선의 시문독본 연구-근대적 글쓰기의 형성 과정을 중심으로」, 『한국현대문학연구』 제23호, 2007 참조.

45 「新文館出板時報」, 『청춘』 제13호, 1918.4, 35면.

46 『자조론』 하권은 최남선이 3・1 독립선언서의 초안을 작성함으로써 수감되었을 때 번역되었다고 하는데(「손병희 등 사십칠인의 안부」, 『동아일보』, 1920.6.12, 3면), 그 간행 여부는 확인할 수 없다.

47 『청춘』 제13호, 1918.4, '권두 광고'.

48 「譯自助論叙言數則」, 최남선 역술, 『자조론』 상권, 신문관, 1918, 10・13면; 『청춘』 제13호, 1918.4, '권두 광고'. 또 이 광고문에서는 "少年讀者"에게 "그 精神의 骨髓까지 吸收하야 自己의 血肉을 作하도록 心讀할지니라"고 호소했다.

49 「譯自助論叙言數則」, 앞의 책, 13면.

50 자세한 내용은 황미정, 「崔南善 譯 『自助論』-中村正直 譯, 畔上賢造 譯과의 關連性에 관해서」, 『언어정보』 제9집, 고려대 언어정보연구소, 2008 참조.

51 「新文館出板時報」, 『청춘』 제13호, 1918.4, 35면.

52 번역 양상을 분석하면, '專門大學'이 '高等學府', '雜貨商人'이 '床廛主人'으로 옮겨지는 등 『자조론』에서도 조선의 실상에 맞춘 표현으로 고친 데서 번역상의 특징이 나타난 것을 알 수 있다. 그밖에도 원문의 'シェクスピーア'를 '셰익스피어(英國詞曲名家)', 'カルヴァドス'를 '칼바도(佛國縣地名)', 'ペンス'를 '페니(英國銅錢名 我四錢一厘)'라고 표기하는 등 ( )로 설명을 덧붙인 곳도 많다.

53 「序」, スマイルス原著, 畔上賢造 譯述, 『自助論』, 內外出版協會, 1906년, 1~2면과 '권말 광고'.

54 サミュエル スマイルス 原著, 若月保治・竹村修 譯述, 『勤儉論』, 內外出版協會, 1906, '권말 광고'.

55   サミュエル スマイルス 原著, 竹村修 譯述, 『品性論』, 内外出版協會, 1906, '권말 광고'.

56   『청춘』 제13호, 1918.4, '권두 광고'.

57   「原序」, スマイルス 原著, 畔上賢造 譯述, 앞의 책, 3~8면.

58   「自助論序」, 최남선 역술, 앞의 책, 1~4면. 최남선은 또 「譯自助論叙言數則」에서도 "自助自主上"에 "吾人이 最大缺陷"이 있고, "自助自主"만큼 "吾人에게 福利를 與할 者ㅣ無"하다고 지적한다. 앞의 「譯自助論叙言數則」, 10면.

59   『청춘』 제13호, 1918.4, '권두 광고'.

60   『청춘』 제14호(1918.6)에 실렸는데, 이 기사에는 「自助論 第一編 序」 「自助論 第二編 叙」 「西國立志編 第五編 叙」 등 세 종류의 서문이 수록되었다.

61   그밖에 『청춘』 제13호(1918.4)의 「新文館出板時報」에도 "自助進明主義로 標幟를 삼은 六堂의 此譯은 과연 切實緊着한 時勢의 要求에 對하야 가장 適當한 酬應이라"이라고 광고했다.

62   「我觀－修養의 三段階」, 『청춘』 제8호, 1917.6, 6~8면. 최남선은 이 책 제3장에서 다룬 「文明上 植福」(『매일신보』 1917.1.1, 1면)에서도 자기를 발견, 수립하는 것이 중요함을 말하고, "自覺과 自助의 有無는 곳 吾人의 死活의 分岐點"이라고 지적한다.

63   한편 조선의 고유성과 우수성을 강조하고 자부심을 심어주려고 한 『청춘』의 방침이 전혀 반영되지 않은 것은 아니다. 예를 들면, 『자조론』 제3장의 변언(弁言)은 조선 문화의 우수성을 설명하면서 "世界文明의 大潮流"에서 독창성을 발휘할 것을 촉구한 『청춘』 제7호(1917.5)의 「我等은 世界의 甲富」와 논조가 일부 유사하다.

64   「아이들신문－말슴」, 『아이들보이』 제9호, 1914.5, 28면.

제7장

시사주보 『동명』과 신문관의 종언
3·1독립운동 뒤 최남선의 출판활동

1. 3·1독립운동과 신문관

3·1독립운동은 식민지 조선에서 1백만 명 이상이 참가한 최대의 민중운동으로, 조선총독부의 통치 정책이 무단정치에서 문화정치로 전환하는 계기가 되었다. 먼저 이 운동의 경위를 개관해보자.

3·1독립운동의 준비 과정에서 중심적인 역할을 맡은 것은 최린〈도판 7-1〉, 권동진, 오세창 등 동학의 혈통을 이어받아 조선의 민족 종교가 된 천도교 교단의 간부였다.[1] 그들은 미국의 대통령 우드로 윌슨이 1918년 1월에 '14개조 평화 원칙'을 발표한 직후부터 민족의 독립을 호소하는 운동을 계획했다. 그리고 제1차 세계대전의 전후 처리를 위해 1919년 1월부터 파리강화회의가 열릴 것이 결정되자 조선인이 집단으로 독립의 의사를 표시하고, 전승국이 된 연합국에게 독립을 승인받을 수 있기를 기대해 독립선언서를 작성해서 널리 국내외로 발신하려 했다.

그 무렵 천도교는 교단의 외부에도 협력자를 찾아 동지를 모으게 되어 최린이 그 교섭을 맡았다. 최린이 협력을 위해 먼저 찾은 것이 1904년도

에 황실특파유학생으로 함께 도쿄 부립제일중학교에 유학한 뒤부터 교제하고, 당시 신문관의 출판활동을 통해서 지식인으로서 명성을 얻고 있던 최남선이었다.

최남선도 파리강화회의에서 독립이 승인받는 데 기대를 걸었고,[2] 천도교의 계획에 "공명共鳴"해서 독립선언서의 초안 작성을 약속했다. 다만 "학술 연구를 본령으로 하고 생명"으로 삼은 최남선은 "십여 년 이래로 쌓은 노력에 의해 이미 그 토대가 생긴" 가운데 "자신이 명의를 내겊으로써 학자로서 자신의 지위를 말함—지은이 잃는" 것은 "견딜 수 없다"면서 독립선언서에 서명하지 않는다는 조건으로 초안 작성만을 맡았다.[3] 이런 경위로 「3·1독립선언서」는 탄생하고, 1919년 3월 1일까지 2만 매 이상이 인쇄되어 그것을 손에 넣은 민중이 조선 각지에서 독립만세를 외치는 대규모의 시위행진이 일어나게 되었다.

최린에 따르면, 「3·1독립선언서」는 그가 "대강의 골격"을 알려준 뒤에 최남선이 그것을 바탕으로 작성했다고 한다. 다만 최남선이 "최린에게 들은 취지와 나의 생각을 섞어서 초안을 만들었다"[4]고 말한 것처럼, 독립선언서에는 그가 신문관을 설립한 이후 잡지와 서적을 통해서 실천해온 민중 계몽의 방침이 분명히 반영되었다.

먼저 누구를 대상으로 하는가라는 관점에서 보면, 「3·1독립선언서」

의 끝에는 제3장에서 말한 것처럼 "남녀노소男女老少"가 "음울陰鬱한 고소古巢로서 활발活潑히 기래起來"해서 "흔쾌欣快한 부활復活을 성수成遂하게 되도다"라고 기록했다. 이것은 최남선이 계몽하려 한 대상에는 어린이와 여성도 포함되었음을 시사한다. 제4장에서 고찰한 것처럼, 최남선은 한국병합 뒤에 출판활동을 펼치면서 여성도 계몽의 대상에 포함시켰고, 그것이 「3·1독립선언서」에도 반영되었다고 할 수 있다.

또 최남선은 후일 "민족고유民族固有의 양심良心과 권능權能"에서 생겨난 "조선민족朝鮮民族의 독립정신獨立精神"을 「3·1독립선언서」를 통해서 표현하려고 했다고 회상했다.[5] 사실 선언서 속에서 최남선은 현 시점에서 조선은 "세계문화世界文化의 대조류大潮流에 기여寄與"할 수 없지만, 원래 조선인은 "독창獨創"성이 풍부하고, "이천만二千萬 각개各個"가 강인한 마음을 지니고 인도人道를 무기로 나아가면 어떤 일이라도 이루어낼 수 있다고 주장하고, "반만년半萬年 역사歷史의 권위權威"에 따라 독립을 선언했다.

제3장에서 지적한 것처럼, 최남선은 『청춘』에서 조선 문화의 고유성과 우수성을 강조하는 등 '조선'에 대한 긍지를 심어주고 떨쳐 일어나게 함과 동시에 '세계의 조류'에 뒤쳐진 현상을 지적하고 경계함으로써 조선 사람들을 계몽하려고 했다. 앞 장에서 고찰한 것처럼, 그 경향은 1916년에 초판이 간행된 『시문독본』과 1918년에 나온 『자조론』에도 이어졌다. 이런 관점에서 보면, 독립선언서에서 "세계문화世界文化의 대조류大潮流"에서 거리가 먼 조선의 현상을 한탄하는 모습은 『자조론』에, "이천만二千萬 민중民衆"이 떨쳐 일어나 "자족自足의 독창력獨創力"을 발휘할 것을 촉구하는 자세는 『시문독본』과 통하는 것이다. 그런 의미에서 「3·1독립선언서」는 『청춘』 『시민독본』 『자조론』의 연장선상에 놓이고, 최남선이 한국병합 이후 신문관을 통해서 추구해온 민중 계몽의 노선이 반영되었다고 할 수 있다.

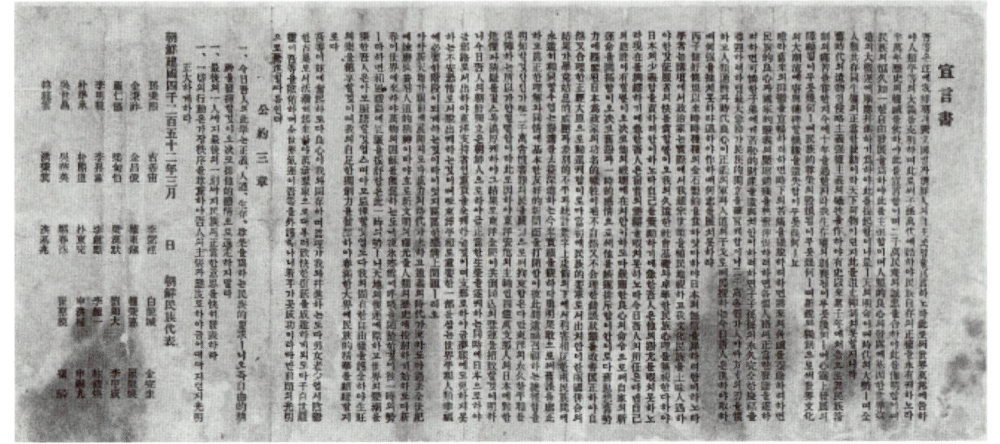

〈도판 7-2〉 보성사에서 인쇄된 「3·1독립선언서」.
출전 : 독립기념관 제공.

　나아가 최남선은 「3·1독립선언서」의 초안 작성뿐만 아니라, 그 인쇄 과정에도 관여했다. 독립선언서는 천도교의 인쇄소인 보성사에서 비밀리에 인쇄되었는데〈도판 7-2〉, 최린은 인쇄에 즈음해서 최남선에게 '조판'을 부탁했다. 최남선은 그것을 맡아서 "신문관의 직공인 최태익에게 활자를 고르게 하고 (식자공인 – 지은이) 김연만에게 조판하게" 했다고 진술했다.[6] 그러나 신문관의 활자로 조판한 판은 인쇄지의 크기에 맞지 않아 보성사에서 다시 새로 조판해서 인쇄되었다고 한다.[7] 결국 신문관의 활자가 사용되지는 않았지만, 최남선은 개인뿐만 아니라 신문관 전체로 3·1독립운동에 관여하려 했다고 할 수 있다.

　그것을 명확하게 보여주는 것이 임규〈도판 7-3〉의 행동이다. 제1장에서 언급한 것처럼, 임규는 일본 유학 때부터 최남선과 맺어진 동지로, 설립 초기부터 신문관의 출판활동에 관계한 인물이다. 그도 또한 3·1독립운동에 즈음해서 중요한 역할을 맡았다.

　사실 최남선은 독립선언서뿐만 아니라, 일본의 식민지 지배를 비난하는 내용으로 일본 정부와 조선총독부 앞으로 보내는 「일본에의 통고문日

本에의 通告文」과 파리강화회의에서 조선의 식민지 문제가 의논될 것을 요구하는 「「월슨」에게의 청원서請願書」도 최린의 부탁을 받고 작성했다. 이것은 모두 조선이 독립할 필요성을 설명하는 글이었다. 최린은 이 두 통의 청원서를 세계에 발신하는 데 조선에서 미국과 파리로 직접 우송하면 압류될 가능성이 있기 때문에 상하이와 도쿄를 거쳐서 우송할 계획을 세웠다. 그 무렵에 최남선이 도쿄에 파견할 인물로서 최린에게 추천한 것이 임규

〈도판 7-3〉 임규.
출전 : 국가보훈처(https://e-gonghun.mpva.go.kr/
user/Contribu ReportDetail.do?goTocode=20001&
pageTitle=Report).

였다. 3월 1일에 도쿄로 건너간 임규는 두 통의 청원서를 일본 정부와 각국의 대사관에 발송해서 그 임무를 마쳤다.[8]

지금까지 최남선과 3·1독립운동의 관계를 논했다. 「3·1독립선언서」의 내용에는 여성을 포함한 모든 민중에게 '조선'에 대한 자부심을 심어줌과 동시에 현상의 문제점을 지적하고 깨우침으로써 계몽하려 한 최남선의 방침이 반영되었다는 것은 이미 말한 대로다. 하지만 그뿐만 아니라, 신문관의 인쇄소를 사용해서 조판하고, 독립선언서와 함께 작성한 청원서를 발신하는 데 신문관과 깊은 관계가 있던 인물을 파견하는 등 최남선은 신문관 전체로 3·1독립운동에 관여하려 했다. 3·1독립운동은 1908년에 신문관을 설립한 이래 최남선이 벌인 출판활동의 집대성이었다고 할 수 있다.

그러나 최남선은 독립선언서의 초안을 썼다는 이유로 1919년 3월 3일

에 체포되고, 1920년 10월 30일 경성복심법원의 판결에 따라 보안법과 출판법 위반으로 징역 2년 6개월의 처분을 받았다. 그렇다면 예정보다 빠른 1921년 10월 19일에 최남선이 가출옥하기까지[9] 주인을 잃은 신문관은 어떻게 운영되었을까.

2. 신문관에서 동명사로

주인 없는 신문관 – 인쇄소의 활동

사실은 최남선이 수감된 동안에도 『청춘』의 복간과 신문관의 확장이 계획되었다. 1919년 12월의 『매일신보』 기사에는 『청춘』에 대해서 "기간 부득이其間不得已흔 사고事故로 인因ㅎ야 휴간중休刊中이엿스나 명춘明春부터는 비록 주간主幹의 부재중不在中이라도 그 발간發刊을 계속繼續홀 계획計劃이라"고 보도되었고, 또 신문관에 대해서도 "근일일반영업近日一般營業이 성운盛運에 향向ㅎ야 명춘明春에 약오만원約五萬圓의 예정豫定으로 대확장大擴張을 행行홀 계획計畫이 확립確立되엿다더라"[10]고 전했다. 그러나 실제로는 『청춘』의 간행 재개에 관해서 조선총독부의 허가를 받지 못하고,[11] 신문관의 확장도 실현되지 못했다.

이렇게 새로운 간행물을 내는 것이 어렵게 되고, 주력이었던 잡지 사업도 계속할 수 없게 된 신문관은 인쇄업에서 활로를 발견해간다. 제1장에서 간단히 말한 것처럼, 1908년에 설립되었을 때 편집부와 판매부와는 별도로 세워진 인쇄소는 독립해서 기능할 정도의 규모를 갖추었다.[12] 〈표 7-1〉은 1908년부터 1929년에 걸쳐서 신문관이 인쇄한 다른 회사의 잡지를 간행 연도순으로 나열한 것이다. 이것에서 알 수 있듯이, 3·1독립

운동 이전에 인쇄를 맡았던 것은 1908년 6월에 창간된『호남학보』등 두
건뿐인 데 비해서,[13] 1920년대에 들어서면 그 건수가 급증한다. 그 가운
데는 1920년에 창간되고 당시를 대표하는 종합 잡지가 된『개벽』을 비롯
해 조선노동공제회의 기관지『공제』와 조선청년연합회의 기관지『아성我
聲』처럼 사회주의 논설을 많이 실은 잡지부터 여성 잡지『부인』까지 다양
한 분야의 간행물이 포함되었다.[14]

〈표7-1〉신문관이 인쇄한 다른 회사의 주요 잡지

잡지 명	발행소	창간~종간(통권)	신문관이 인쇄를 맡은 호
호남학보	호남학회관	1908.6~1909.3(9호)	5(1908.6)~9(1909.3)호
유심(惟心)	유심사	1918.9~1918.12(3호)	1(1918.9)~2(1918.10)호
배재학보	배재학보사	1918.10~1921.4(2호)	2(1921.4)호
서광	문흥사	1919.11~1921.1(8호)	7(1920.9)호
서울	한성도서	1919.12~1920.12(8호)	1(1919.12)~8(1920.12)호
공우(工友)	공우구락부	1920.1	1(1920.1)호
여광(麗光)	여광사	1920.3~1920.6(2호)	1(1920.3)~2(1920.6)호
개벽	개벽사	1920.6~1926.8(72호)	1(1920.6)~32(1923.2)호
학생계	한성도서	1920.7~1922.11(18호)	6(1921.1)호
공제	조선노동공제회	1920.9~1921.6(8호)	1(1920.9), 2(1920.10), 7(1921.4), 8(1921.6)호
아성(我聲)	조선청년회연합회	1921.3~1921.10(4호)	1(1921.3)~4(1921.10)호
계명	계명구락부	1921.5~1933.1(24호)	1(1921.5), 5(1922.2)호
신천지	신천지사	1921.7~1923.8(23호)	1(1921.7)~4(1922.1), 9(1922.6)호
중앙교우회보	중앙교우회	1921.9~1939.12(13호)	1(1921.9)호
서화협회회보	서화협회	1921.10~1922.3(2호)	1(1921.10)호
백조	문화사	1922.1~1923.9(3호)	2(1922.5)호
가정잡지	가정잡지사	1922.5(1호)	1(1922.5)호
부인	개벽사	1922.6~1923.8(14호)	1(1922.6)~5(1922.10)호
갈돕	갈돕사	1922.8(1호)	1(1922.8)호
신소년	신소년사	1923.10~1934.5(105호)	2권 11호(1924.11)호
불교	불교사	1924.7~1933.7(108호)	5(1924.11)~21(1926.3)호
문예시대	문예시대사	1926.11~1927.1(2호)	1(1926.11)~2(1927.1)호

잡지 명	발행소	창간~종간(통권)	신문관이 인쇄를 맡은 호
조선시단	조선시단사	1928.11~1930.1(6호)	1(1928.11)~3(1928.12), 5(1929.4)호

출전 : 권두연, 『신문관의 출판기획과 문화운동』,
고려대 민족문화연구원, 2016, 70~71면의 표에 가필·수정.
신문관이 인쇄를 맡은 호는 저자가 직접 확인한 것만을 들었다.

또 신문관이 인쇄를 맡은 잡지를 자세히 분석해보면, 삽화와 레이아웃 면에서 신문관의 요소가 보이는 것을 확인할 수 있다. 예를 들면, 〈도판 7-4〉의 『공우』 창간호에서 흰 곰의 삽화는 『청춘』에서 쓰인 것과 동일하다.〈도판 3-6〉 또 〈도판 7-5〉처럼 『공제』 제7호에 보이는 삽화도 『소년』과 '육전소설' 등 신문관의 여러 간행물에서 사용되었다.〈도판 5-6〉 이렇게 신문관이 인쇄한 다른 회사의 잡지 대부분에 신문관의 간행물과 같은 삽화와 디자인이 사용되었다. 신문관은 1920년대에 들어 새로운 간행물은 내지 못했지만, 형식면에서 당시 조선의 간행물에 그 모습을 남겼다고 할 수 있다.

그러나 이렇게 인쇄업에 주력했지만 최남선이 수감 중일 때 신문관의 경영 상태는 악화되었고, 최남선이 가출옥할 무렵에는 자금도 거의 바닥났다.[15] 이런 상황에서 최남선은 신문관을 다시 일으켜 세우지 않고 새로운 출판사를 세우겠다고 결단, 동명사를 설립해서 『동명』의 창간에 착수해간다.

동명사의 설립과 『동명』의 창간

제3장에서 말한 것처럼, 특파원으로서 『청춘』의 편집에 종사하는 등 최남선과 친교가 깊었던 진학문은 해방 후에 당시를 돌아보며 다음과 같이 회고했다.

業的의遺傳과를 具備한以上에 坐工業的時代에 處하얏
우리는 우리의잇는대로의 精力과 財力을다하여가면서라
相扶助하며 互相勤勉하야 蕭條寂寞하던 工業界을엇
합시다 그러하면先祖의榮名도 復活할것이오 우리의面
一新할것이니 오직 勉勵奮開합시다

新式數字記憶法

一 數字記憶의福音

度量衡에 關한것이든지 距離에 關한것이든지
抽象的으로 數字를 記憶함이 적 困難한일이라
만일 무슨 方法으로 數에 關한 想像力을 開拓하

〈도판 7-4〉
(왼쪽) 『청춘』 제1호, 1914.10.
(오른쪽) 『공우』 제1호, 1920.10.

共濟第七號

小說

父와子

[一]

오늘 이쩌까지안이오너?

二十九年五月二十日 S:── 驛舍의 야른듐쪽
은 四十이조금넘은 紳士가 이러케굿는다.
졉은下人에게 말을부치 기始作하얏다.

少年時言

△여러분은 뜻을 엇더케 세우시려
一日의計는 晨에 잇고 一年의計는 元日
의 一生에 對하야 只今 갓히 重大한 時節
이나 松片이나 饅頭나 이것은 다 成形

〈도판 7-5〉
(왼쪽) 『소년』 제1년 제1호, 1908.11.
(오른쪽) 『공제』 제7호, 1921.4.

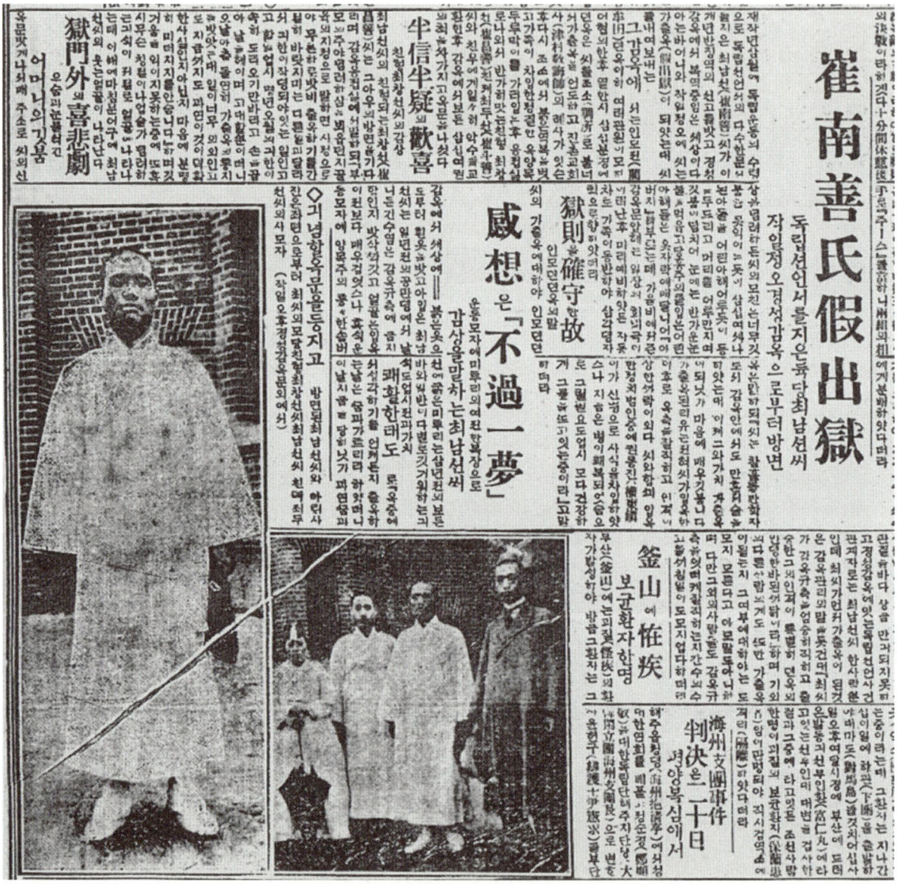
崔南善氏假出獄
독립선언서를지은후당최남선씨
작일정오경성감옥으로부터방면
感想은「不過一夢」
운동모자에미투리의허름한복장으로
감상을말하는최남선씨
獄則을確守한故
半信半疑의歡喜
최남선씨의 친형되는최창선씨의감상
獄門外의喜悲劇
어머니의깃붐
釜山에怪疾
보균환자한명
海州支團事件
判決은二十日
평양복심에서

〈도판 7-6〉 최남선의 가출옥 소식을 전하는 『동아일보』(1921.10.19).

옥중생활獄中生活을 마치고 나오자 곧 착수한 일이 신문관新文館과 (朝鮮-지은이) 광문회光文會 운영運營을 사재私財에 의한 사영私營을 벗어나서 민족전체의 물건으로 공영화公營化시키는 일이었다. 이때까지의 사업으로 말미암아 육당六堂(崔南善-지은이) 가정家庭의 재정財政이 거의 소진된 데다가 재옥중在獄中 경영추진자經營推進者 없이 방치되었던 관계로 양개기관兩個機關의 재부흥再復興 및 사업의 적극화에는 자금도 수요需要가 컸으려니와 공기화公器化함으로써 사업을 공고영구화鞏固永久化시키기 위한 의도였었다.[16]

이렇게 가출옥한 최남선은 개인이 아니라 법인으로 출판 사업을 운영하고,[17] "민족 전체의 물건으로 공영화"할 것을 계획했다. 그리고 1922년 7월에 인쇄소와 판매부를 남기고 출판사 신문관을 해체한 뒤에 같은 해 9월에 동명사를 설립했다. 최남선이 동명사를 설립한 배경에는 진학문이 회고한 것처럼 자금 문제가 크게 관련되었음은 의심할 나위가 없고,[18] 최남선 자신도 주식회사로 운영할 것을 목표로 했지만 실현되지는 않았던 듯하다.[19] 다만 뒤에서 말하는 것처럼, 자금 문제만이 이유가 아니었음을 여기서 지적하고 싶다.

그런데 동명사의 주소는 '경성부 황금정 2정목'이었다.[20] 앞에서 말한 것처럼, 신문관은 편집부와 판매부, 인쇄소를 따로 설치했는데, 1910년 7월에 '경성부 황금정 2정목 21번지'로 이전하고 1914년까지의 지명은 '한성(뒤의 경성-지은이) 남부 대평방 상리동 32통 4호',[21] 그 무렵에 한 곳으로 통합되었다. 신문관의 인쇄소는 1922년 9월의 동명사 설립 이후 적어도 1929년까지 활동을 계속했고, 인쇄물의 판권장에는 '경성부 황금정 2정목 21번지'로 기록되었다.[22] 자세한 내용은 뒤에서 말할 것인데, 판매부도 1923년에 광고가 확인되는 등 계속해서 기능했고, 역시 주소는 '경성부 황금정 2정목 21번

지'이다. 요컨대 동명사는 인쇄소와 판매부를 제외하고 신문관의 사옥과 편집 설비를 계승하는 형식으로 설립되었다고 할 수 있다.

이렇게 해서 최남선은 1922년 9월에 동명사를 설립함과 동시에『동명』을 창간한다. 그렇지만 이 잡지가 창간된 경위는 최남선이 조선총독부와 깊이 관계하는 과정이기도 했다.『동명』은 좀체 발행 허가가 나오지 않아서 최남선과 진학문은 사이토 마코토齋藤實의 정치 고문이었던 아베 미쓰이에阿部充家, 1862~1936를 의지했다.[23] 여기서 사이토와 아베에 대해서 설명해보자.

사이토 마코토는 3·1독립운동 뒤인 1919년 8월에 조선총독으로 취임하고, 통치 정책을 무단정치에서 문화정치로 전환한 인물이다. 사이토는 먼저 3·1독립운동에서 터져 나온 조선인의 불만을 누그러뜨리기 위해 무단정치의 특징이었던 언론, 결사, 집회의 통제를 완화했다. 조선인이 펴내는 정기간행물의 발행 허가에 신문지법이 적용된 점은 무단정치기와 같았지만, 이전에 비해서 허가가 나오기 쉬웠다. 그 결과 제2장에서 말한 것처럼, '치안을 방해할' 위험이 없는 순수한 학술 또는 종교 관련 간행물이 대다수였던 무단정치기와는 달리, 여러 가지 출판물이 간행되었다.

예를 들면, 앞에서 말한 것처럼 1920년 6월에 창간된『개벽』을 비롯해 조선노동공제회의 기관지『공제』1920.9~1921.6와 '민족적 자부'의 촉구를 '사명'으로 내건 종합잡지『신천지』[1921.7~1923.8], 1922년 3월에 창간된 사회주의 전문지『신생활』등 순수한 학술 또는 종교 관련 이외의 잡지도 잇따라 창간되었다. 또 신문에 대해서도 3·1독립운동 이전의 조선어 신문은 조선총독부의 어용 신문이었던『매일신보』정도밖에 없었지만, 1920년에는『동아일보』가 간행되었다. 이 신문은 실업가인 김성수가 중심이 되어 1919년 10월 9일에 조선총독부 경무국에 신문발행 허가 신청서를 제출하고, 이듬해인 1920년 1월 6일에 사이토 마코토에게 발행 허가를 받아 4월 1일에 창간된 민간 신문이다.[24]『동아일보』는 식민지 시기 조선을 대표하는 신문으로 발전함과 동시에 앞으로 말할 것처럼 민족운동을 뒷받침하는 미디어가 되어간다.

이렇게 언론 통제를 완화함과 동시에 조선총독부가 힘쓴 것이 조선의 지식인과 독립운동가의 일부를 총독부의 협력자로 끌어들여 민족운동을 분열시키기 위한 회유 정책이었다. 그 무렵에 중요한 역할을 맡은 것이 아베 미쓰이에였다.

아베 미쓰이에는 1914년부터 1918년까지『매일신보』와『경성일보』를 발행한 경성일보사의 사장을 맡았고, 특히『매일신보』의 판매를 늘리기 위해 최남선과 이광수, 진학문 등 일본 유학 경험이 있는 지식인에게 기사의 집필을 부탁하기도 했다.[25] 최남선이 1910년대 후반에 일본의 유학 생활을 회고한「강호역서기[江戸繹書記]」등 여러 기사를『매일신보』에 기고한 것도 그 때문이었다. 그 뒤 1919년에 사이토 마코토가 조선총독으로 취임하자 아베는 그의 정치 고문이 되어 언론인과 실업가, 민족운동가, 종교인 등 폭넓은 분야의 조선인과 친분이 있었기 때문에 그 인맥을 활용해서 많은 인물과 만나서 수집한 정보를 사이토에게 전해서 조언해 주었다.[26]

『매일신보』를 통해서 최남선과 아는 사이였던 아베 미쓰이에는 부탁

받은『동명』의 발행 허가를 얻기 위해 사이토 마코토를 비롯한 조선총독부측의 인물에게 손을 썼다. 최남선은 그런 아베에게 1921년 12월 26일자로 감사의 뜻을 담은 서한을 보내 아베의 노력에 따라 조만간 효과가 나타날 것이라면서 "앞으로는 선생의 가르침에 어긋나는 일이 없도록 명심하겠다"고 말했다.[27] 그래도 총독부의 발행 허가는 좀체 나지 않자 아베는 사이토에게 "매번 바라는 일입니다만 최남선이 청원한 잡지가 아직 허가를 받지 못한 까닭에 그 사람들이 생활해나갈 방도가 없어 자못 곤궁한 모양으로 진학문에게 받은 별지를 보내드립니다"[28]라고 간청했다. 이런 아베의 끈질긴 설득 끝에『동명』은 늦어도 1922년 5월 말까지는 신문지법에 따라 발행 허가를 받았다.[29]

아베 미쓰이에가 힘쓴 데는 의도가 있었다. 예를 들면,『동명』이 발행 허가를 받은 날에 아베가 사이토 마코토에게 보낸 서한에는 다음과 같은 대목이 보인다.

> 제가 생각하는 바로는 최남선의 잡지 발행에 관해서는 내지일본-옮긴이의 건전한 출판물을 무척 쉽게 조선어로 번역해서 극히 싼 값에 소책자로 판매하는 하나의 출판업을 일으키게 해서 그에 따라 조선 사상계가 악화하는 것을 막고 (…중략…) 앞으로의 일은 모두 이른바 민중 운동의 세력을 교묘히 이용해서 당국자 스스로 손쓰지 않아도 거기에서 좋은 효과를 거두니 정치가의 비결이라고 생각합니다.[30]

이렇게 아베 미쓰이에는 최남선에게 "조선 사상계가 악화하는 것"을 막을 견제 세력으로 그 효과를 기대했던 것인데, 그 '악화'란 사회주의 사상의 보급을 가리킨다고 생각된다. 3·1독립운동 뒤에 조선의 지식인은 조선 사회의 개조를 위해 활발하게 신사상을 소개하는데, 1921년 이후는 사회주의 가운데서도 공산주의의 영향력이 강해졌다.[31] 그리고 사회주의가 침투함에 따라 민족운동이 우파의 민족주의 계열과 좌파의 사회주의 계열로 분열하고, 1922년 무렵부터 그 대립이 심각해졌다.

진학문은 조선총독부가 "좌익운동자左翼運動者, 사회주의자－지은이와 민족운동자의 대립관계를 이용하여 좌익운동자를 은밀히 선동하여 민족주의자를 반폭력半暴力으로 공박함을 방치放置"[32]했다고 회고한다. 실제로는 "좌익운동자를 은밀히 선동"한 사례는 거의 확인할 수 없지만, 좌우의 대립을 이용한 민족분열 정책은 문화정치기에 이루어진 총독부의 정책 가운데 하나였다. 총독부는 특히 사회주의 사상을 위험시하고 우파의 민족주의 계열을 회유해서 통치 측으로 끌어들일 것을 획책했는데, 당시 최남선은 회유의 대상이었고,[33] 『동명』은 이런 회유 정책의 일환으로 발행이 허가되었다고 할 수 있다.

이상과 같이 『동명』은 좀체 발행 허가를 받을 수 없는 가운데 아베 미쓰이에가 힘을 써서 창간된 것이고, 최남선도 아베에게 "선생의 가르침에 어긋나는 일이 없도록 명심하겠다"고 말했다. 아베가 사이토 마코토의 브레인이었음을 감안하면, 최남선은 조선총독부의 회유에 따르는 태도를 보였다고 할 수 있다.

그러면 최남선이 그렇게까지 해서 "민족전체의 물건으로 공영화"할 목적으로 동명사를 세워서 『동명』을 창간한 참뜻은 어디에 있었던 것일까. 다음 절부터는 이 점을 고려하면서 『동명』의 내용을 자세히 분석한다.

3. 『동명』의 개요와 간행 목적

먼저 『동명』의 개요를 살펴보자. 『동명』은 최남선이 감수, 진학문이 주간을 맡고, 1922년 9월 3일부터 1923년 6월 3일까지 매주 1회 간격으로 통권 40호까지 간행된 타블로이드+판 20면의 주간지이다. 주간이라는 특성을 살려서 최신의 시사 문제를 다루었고, 조선에서 최초의 '시사 주보'라는 이름을 내걸고 창간되었다.[34] 주간지는 일본에서도 월간지가 주류였던 가운데 1922년 4월에 『주간 아사히週刊朝日』와 『선데이 마이니치サンデー毎日』가 창간됨으로써 막 시작된 최첨단의 출판 문화였다.[35]

『동명』에 대해서 『동아일보』에서는 "암흑暗黑한 조선사회朝鮮社會에 큰 광명光明이 되야 지식知識을 제공提供하고 사상思想을 개척開拓[36]하려 한다며 창간 전부터 크게 홍보했고, 실제로 "창간호 2만부가 2, 3일에 매진"[37]되었다는 등 많은 관심을 끌었다. 동명사도 『동아일보』에 광고를 내 "종종種種으로 찬의贊意와 동정同情과 격려激勵"의 소리가 날마다 커지고, "심독深篤한 원호援護가 예상預想의 백천배百千倍"[38]라고 하고, 겨우 3호로 비상한 호평을 받았다면서 "언론계言論界의 일대권위一大權威를 성성成하얏도다"[39]라고 자찬했다.

지면은 주로 조선과 각국의 정치, 사회 등에 관한 시사 보도, 시사 문제에 관한 의견과 견해를 제시하는 「동명평단東明評壇」, 논설, 소설, 시가 등의 문예란으로 구성되었다. "신문 겸 잡지新聞兼雜誌"와 "신문 급 잡지新聞及雜誌의 특장特長을 합合한 가장 정요精要한 체재體裁"라는 광고문이 보여주는 것처럼, "취미변趣味邊 기사記事"에도 "정력精力을 써서"[40]라는 점에 특징이 있다. 실제로 오락 요소가 담긴 문예란이 많은 비중을 차지하고, 당시의 인기 작가였던 염상섭이 문예 기사의 선정을 담당했던 듯하다.[41] 또 문예란에는 어린이를 위한 내용부터 여성 독자를 대상으로 한 글까지 다양한 내용을 확인할 수 있고, "전체全體 민중民衆의 붕우朋友"와 "전조선인全朝鮮人의 공유共有물이라고 자랑하는 문구가 보이는 것처럼,[42] 폭넓은 연령층을 대상으로 했다.

이렇게 『동명』은 성별과 연령을 따지지 않고 "전체全體 민중民衆"을 독자 대상으로 하고, "보통잡지普通雜誌 백엽百頁 이상以上의 내용內容"을 포함하는 종합 잡지의 성격을 띠었고,[43] 또 신문의 체재도 아울러 지닌 매체였다. 그리고 이렇게 다양한 내용 가운데서도 이 잡지는 특히 민족주의를 고취하는 데 역점을 두었다고 할 수 있다.

예를 들면, 〈도판 7-8〉처럼 『동명』의 표지에는 매호 "조선민족朝鮮民族아 일치一致합시다", "민족적民族的 자조自助에 일치一致합시다"라는 슬로건이 걸렸다. 또 지면에서도 「조선민시론朝鮮民是論」과 「영겁에 긍하여 변함 업슬 조선은 오즉 조선인의 조선永劫에 亘하여 變함 업슬 朝鮮은 오즉 朝鮮人의 朝鮮」 등 민족주의를 고취하는 논설이 여럿 실렸다.[44]

『동명』은 "민족일족대동단결民族一族大同團結"을 주장하고, "풍조風潮야 여하如何하든지 추향趨向이야 여하如何하든지 「민족완성民族完成」을 위爲하야 아즉 동안 일체一切의 기회機會를 운용運用하며 일체一切의 정력精力을 집주集注"할 것을 선언하는 등[45] "민족적民族的 완성完成"을 지향하고 민족주의적 색채가 강한 간행물이었다고 할 수 있다.[46] 이것은 진학문이 "동명지東明誌는 동아일보東亞日報와 병칭幷稱해서 음陰으로 양陽으로 민족운동을 고취鼓吹하는 데 전력全力을 다하였었다"[47]고 회고하는 데서도 뒷받침된다.

그러면 『동명』이 내건 '민족적 완성'이란 구체적으로 무엇을 가리키는 것일까. 최남선이 지닌 민족관의 변화를 실마리삼아 이 점을 살펴보자.

지금까지 설명한 것처럼, 3・1독립운동 이전에 최남선은 민중에게 '조

〈도판 7-8〉 『동명』 제1권 제2호(1922.9.10).

선'에 대한 자부심을 심어주려 했지만, 그것은 민중의 민족의식이 희박한 데 분개했기 때문이었다. 예를 들면『청춘』에서는 조선인을 향해서 "자기自己도 사회社會와 가치 부패腐敗"하다고 지적하고, 또 문명의 지위가 "사활死活의 위기危機"에 이른데도 불구하고, 여전히 민중이 조선을 위해 생각하고 행동하지 않는다고 개탄했다.[48]『자조론』에서도『청춘』의 논설을 다시 실음으로써 과거의 뛰어난 문화가 퇴폐하고 생존권도 '박탈'되어 '오욕'을 받을 것 같은 입장에 놓였으면서도 조선 사람들이 스스로 깨닫지 못하고 다시 일어서려는 자세가 보이지 않는다고 비판했다.[49] 이렇게 민중에게 민족의식이 결여되었음을 지적하고, 그런 상황을 개선하기 위해 '조선'에 대한 자각과 자부심을 일깨우려고 고심했던 것이다.

그러나 최남선의 이런 민중관은 3·1독립운동을 계기로 변한다. 최남선은『동명』에서 3·1독립운동에 관해 "민중자신民衆自身의 힘으로써 회복恢復하려 하는 운동運動이 경탄驚嘆할 만치 깊흔 근원根源과 넓은 범위範圍로써 진행進行"되었다며, "민족전체民族全體의 무의식적無意識的 일치一致는 참으로 위대偉大한 능력能力을 발휘發揮하야 잠묵潛黙한 가운대 뿌리가 점점漸漸 넓어젓습니다"라고 평가하는 등 3·1독립운동을 계기로 조선인이 민족의식을 가지게 되었다고 인식을 바꾸었다.[50] "민족적民族的 성찰력省察力"이 충분하지 않은 조선인이 "민족적民族的 각성覺醒과 민족적民族的 감분感奮"을 얻은 것은 "일대경이一大驚異"라면서 3·1독립운동에 따라 '민족'이 '발견'된 것을 높이 평가했다.[51]

한편 조선 사람들이 "민족적民族的 일대각성一大覺醒을 가진 것은 사실事實"이라면서도 그 각성은 여전히 "일혼돈一混沌"이라고 지적했다.[52] 그러므로 최남선은 민중에게는 한층 더 "민족감民族感의 연마練磨"와 "민족의식民族意識의 장양長養"이 필요하고, 민중의 민족의식이 "그만한 정도程度로 구체화具體化, 세력화勢力化, 사실화事實化"하면 "양양洋洋한 희망希望이 탕양蕩漾"[53]
함을 볼 수 있다고 주장했다. 요컨대 최남선은 민중이 3·1독립운동을 계
기로 민족의식을 가지게 된 것을 인식한 뒤 혼란스러운 상태의 민중의식
을 강고하게 함으로써 민족을 '완성'시키는 것이 '당면 최우선'이라고 생
각했다.[54]

이렇게 '민족적 완성'을 이루어가는 데 최남선이 가장 위험시했던 것이
'분기分岐'이다. 최남선은 조선의 과거 역사에서 예를 들면서 단결이 없으
면 "무서운 재화災禍"를 받는다고 해서 "분기分岐처럼 흉악凶惡한 독약毒藥이
업"다고 지적하는 등 분기를 피하는 것이야말로 민족의 완성을 이루는
것이라고 생각했다.[55] 그 배경에는 당시 조선의 상황이 자리 잡고 있었다
고 생각된다. 앞에서 말한 것처럼, 당시 조선에서는 사회주의 계열과 민
족주의 계열의 대립이 일어났고, 진학문도 회고한 것처럼 조선총독부는
그 대립을 더욱 더 깊게 해서 분열시키려고 했다. 최남선은 아마도 이런
상황을 염두에 두었을 것이다.

이상과 같이 최남선이 출옥한 뒤에 "민족전체의 물건으로 공영화"하기
위해 새롭게 동명사를 세운 배경에는 자금 문제뿐만 아니라, 3·1독립운
동을 계기로 한 민족의 '발견'이 들어 있었다. 곧 민중에게 싹튼 민족의식
을 더욱 더 강고하게 함으로써 완성시키려는 것이 『동명』의 발간 목적이
었다. 그 일환으로 민족의 '분기'를 회피할 것을 지향한 『동명』은 아베 미
쓰이에의 의도와 조선총독부의 정책과는 정반대였고, 언뜻 보기에 총독
부에게 타협한 듯한 태도는 어디까지나 발행 허가를 얻기 위해 편의적으
로 선택한 것이었다고 할 수 있다.

그러면 이런 『동명』의 간행 목적을 실현하기 위해서 어떤 노력을 기울
였던 것일까.

4. '민족적 완성'을 향한 노력

민족의식의 고양을 위한 시사 보도

앞에서 말한 것처럼 『동명』은 신문과 잡지의 성격을 아울러 갖춘 간행물로 시사를 다룬 점이 특징인데, 이 점이야말로 '민족적 완성'을 위한 하나의 중요한 요소였다고 할 수 있다. 시사 보도는 조선의 것과 외국의 것 두 종류가 있는데, 조선에 관한 것은 일본의 지배 정책을 비판한 것이 중심이다.

구체적으로 살펴보면, 먼저 시사 보도에서는 조선인 차별 문제가 다루어진다. 예를 들면, 보도의 자유를 빼앗은 당국을 비난한 것과 사회주의 전문지인 신생활사의 『신생활』이 발매금지 처분을 받은 필화 사건을 비판한 것 등 언론 통제에 대한 기사를 확인할 수 있다.[56] 그밖에 일본인과 조선인에게 이루어지는 사업에 대한 보조의 차이, 일본인 순사와 조선인 순사의 봉급의 차이를 지적한 것 등 차별의 실태를 고발한 내용이 많이 보인다.[57]

또 조선총독부의 문화정치가 "생존권 위협生存權威脅을 당當케 되어 번영繁榮할 자者 — 번영繁榮치 못하고, 발달發達할 자 — 발달發達치 못하매 온갖 치욕恥辱과 온갖 고통苦痛"을 받은 "헌병시대憲兵時代, 무단정치 - 지은이 이상以上의 차포상此暴狀"이라고 지적한 것과[58] "일본日本의 소위所謂 동화정책同化政策"을 "조선민족朝鮮民族을 근절根絶케 하기 위爲하야 (취한-옮긴이) 지성至誠의 정책政策"이라고 비판한 것 등도 확인할 수 있다.[59] 이렇게 통치의 엄격함을 고발하는 기사가 눈에 띄는데, 대체로 지배 체제에 대해 비판적인 견해가 나타난다.[60]

시사 문제에 대한 의견과 견해를 보여주는 매호의 「동명평단東明評壇」제2

권 제3호부터는 제목을 「일주일별(一週一瞥)」로 바꿈에서도 "당국자當局者의 태도態度"는 "조선인朝鮮人의 생활生活과 체면體面을 도외시度外視"하는 것이라고 지적한 것과[61] "재래在來의 일본통신기자日本通信記者"가 "천박淺薄한 편견偏見으로 조선朝鮮을 모욕侮辱하고 조선인朝鮮人을 능답凌踏한 예例가 결決코 일이一二에 지止치 아니하다"고 언급한 것 등[62] 일본인에 의한 '인권의 유린'을 비판한 기사가 많이 보인다. 그밖에 일본인과 조선인의 '보통학교 아동'이 받는 수업료의 차별과 '미술전람회'에서 대우의 차이를 지적한 것도 확인할 수 있고,[63] "완명頑冥하고 무신경無神經한 일본당국자日本當局者"가 조선인의 인권을 존중하지 않는 태도를 특히 문제시했던 듯하다.[64] 이렇게 「동명평단東明評壇」도 조선인 차별의 문제 등을 다룬 것이 많아 시사 보도와 같은 논조임을 알 수 있다.

보도 기사와 「동명평단」에서 지배 정책을 명확하게 비판한 것은 이들의 대부분이 서명이 없는 기사라는 점과 관계가 없지 않을 것이다. 그러면 최남선은 자신의 서명 기사에서 조선총독부의 지배 정책을 어떻게 서술했을까.

조선총독부에 대해서 직접 언급한 것은 찾아볼 수 없지만, 최남선의 연재 논설 「조선민시론朝鮮民是論」에는 먼저 "권력절농계급權力竊弄階級으로 말미암아 옹폐壅蔽되고 압착壓搾되고 방해妨害되고 고폐錮閉되엇든 조선민족朝鮮民族의 생명력生命力"[65]이라는 표현이 보인다. "권력절농계급"이란 아마도 조선총독부를 가리키는 듯한데, 최남선은 완곡하지만 그 엄격한 지배 정책을 비판했다. 따라서 「동명평단東明評壇」과 보도 기사의 논조에는 최남선의 생각도 어느 정도 반영되었다고 할 수 있다.

또 주목해야 할 것은 「조선민시론」에서 최남선이 "외적外的 장애障礙는 결決코 고유固有의 내적內的 기능機能을 업새지 못합니다. 쏘 내적內的 기능機

〈도판 7-9〉
(위)아일랜드 독립운동을 보도한 『동명』
(왼쪽 : 제1권 제2호, 1922.9.10, 오른쪽 : 제1권 제4호, 1922.9.24).
(아래)『太陽』 제28권 제11호(1922.9).
신 페인(Sinn Fein)[1]*의 창시자인 아서 그리피스(Arthur Griffith), 제1권 제2호에서 왼쪽 위의 인물와
독립전쟁 중인 더블린 시가(제1권 제4호)를 비롯해 『태양』에 실린 사진을 여럿 옮겨 실었다.

能은 영원성永遠性을 가젓기 째문에 아모러한 외적外的 장애障礙라도 필경畢竟 제복양제制伏攘除하고 마는 것입니다"[66]라고 말한 점이다. "영원성永遠性"을 지닌 "내적內的 기능機能"이 "조선민족朝鮮民族의 생명력生命力"을, "외적外的 장애障礙"가 조선총독부의 지배를 가리키는 것은 분명하다. 곧 최남선은 직접적인 표현은 피하지만, '조선 민족'이 어떤 지배에도 굽히지 않음을 중시하는 태도를 보여줌으로써 민중의 민족의식을 북돋운 것이다.

이런 태도를 다른 형식으로 표현한 것이 각국의 민족운동과 독립운동에 대한 보도이다. 특히 『동명』에서는 아일랜드 독립운동을 자세히 보도하고〈도판 7-9〉,[67] 구미 여러 나라의 시사를 다룬 「구미사정歐米事情」 난에서도 아일랜드에 대한 뉴스를 상세히 보도하는 등 큰 관심을 보였다.

영국의 식민지였던 아일랜드는 1919년부터 1921년에 걸쳐서 독립전쟁을 일으키고, 1922년 12월에 아일랜드 자유국으로서 영국에서 자치권을 얻게 된다. 『동명』의 보도 기사 속에서 아일랜드의 독립운동은 다음과 같이 소개되었다.

> 팔백년八百年이라는 장구長久한 시간時間과 가티 길고 깁게 바더온 민족적民族的 굴욕屈辱을 설치雪恥하고, 「신·페인」 — 아등자신我等自身의 — 애란愛蘭을 회복恢復하랴는, 이른바 애란愛蘭의 독립운동獨立運動! (…중략…) 민족적民族的 굴욕屈辱에 대對한 억억抑抑할 수 업는 분만忿懣과 자주자영自主自營의 사람답은 정신精神이 팔백년八百年이라는 역사歷史와 한가지로 애란인愛蘭人의 피에서 피로 전傳하야지고 축적蓄積되고 연마練磨되어 듸디어 폭발爆發된 것이 애란愛蘭의 독립운동獨立運動이다.[68]

이렇게 "내적內的 기능機能은 영원성永遠性을 가젓기 째문에 아모러한 외적外的 장애障礙라도 필경畢竟 제복양제制伏攘除하고 마는 것"이라고 하는 최남선의 주장을 대변하는 것처럼, 아일랜드의 독립운동이 800년 동안 계속해서 '민족적 굴욕'을 받으면서도 영국의 엄격한 통치에 굽히지 않고 '아일랜드를 회복'하려 했음을 강조한 것이다.

나아가 이렇게 "조선朝鮮의 삼분일三分一 밧게 아니 되는 쪽으마한 섬"에서 사는 사람들의 "민족주의民族主義"야말로 "애란인愛蘭人의 생명生命이 잇고 위대偉大가 잇는 것"이라고 평가하고, "애란인愛蘭人의 혼魂을 미드며 애란愛蘭의 장래將來를 기축祈祝"한다고 그 장래에 기대를 담아 서술함으로써 간접적으로 조선인의 독립의식을 격려했다. 또 같은 기사 속에는 민족은 어떤 경우에도 자립하고 단결하지 않으면 안 된다는 지적도 보여[69] 아일랜드의 사례를 통해서 '분기'를 피하는 일의 중요성이 강조되었음을 알 수 있다. 이렇게 최남선이 이상으로 삼은 민족의 모습이 아일랜드에 투영되었다.

그밖에 조선과 아일랜드와 같은 시기에 독립운동이 일어난 이집트를 비롯해서[70] 필리핀과 '몽고 민족'의 사례에 대한 보도, 그리고 간디에 관한 기사 등도 찾아볼 수 있고,[71] "그들과 고통苦痛이 갓고 감정感情이 가튼 오인吾人은 그들을 면억緬憶할 새마다 육肉이 약躍하고 골骨이 명鳴하고 누淚가 횡橫한다"[72]고 언급하는 것 등 여전히 민족의식을 북돋우는 데 활용하고 있다.

이상에서 본 것처럼, 『동명』의 시사 보도는 조선총독부와 그 지배 정책을 비판함과 동시에 식민지 지배를 받는 민족의 독립운동을 평가함으로써 민족의식을 드높이려 했다고 할 수 있다.

1* 영국으로부터 독립할 것을 지향하는 아일랜드의 정당. 1905년에 결성되었다. '신 페인'은 '우리들 스스로'라는 뜻이다.

이렇게 민족의식의 고양과 함께 최남선이 '민족적 완성'을 이루기 위해 중시한 것이 '분기'를 피하는 것이었다. 그런 자세는 『동명』에서 어떻게 반영되었던 것일까.

민족주의와 사회주의

『동명』은 "만중萬衆의 상망想望하는 각방면各方面의 명사名士 공동집필共同執筆"이라고 광고한 것처럼, 기자의 다양성을 내세웠다.[73] 실제는 어떻게 구성되었는지 많이 기고한 기자를 들어서 확인해보자.

먼저 『동명』에서 가장 많은 논설을 기고한 것은 변영만이다. 변영만은 이토 히로부미伊藤博文를 암살한 안중근의 동생이자 독립운동가인 안공근의 변호도 맡은 변호사로,[74] "신천지사新天地社와 신생활사新生活社의 필화사건筆禍事件"에 대한 결의문을 발표하고 언론의 자유를 옹호할 것을 호소하는 등[75] 일본에 의한 지배 정책에 저항했다. 또 변영만은 신채호를 비롯한 독립운동가와 교우 관계가 있었고, 자신도 중국에서 독립운동을 시도하기도 했다.[76] 변영만을 비롯해서 『동명』에 여러 논설과 기사를 기고한 인물로는 설태희와 이윤재, 문일평 등 독립운동가가 많이 포함되어 있었다.

설태희는 '조선' 고유의 정신과 사상의 가치를 강조하고, 조선 민족의 '내적 충실'을 주장한 논설 등을 여러 편 기고했고,[77] 국어학자이자 중국 기사를 담당한 이윤재는 '청국 정부의 악랄한 속박'에 대해서 자유와 해방을 찾는 당연한 운동으로 '몽고 민족의 독립운동'을 보도하기도 했다.[78] 또 문일평은 과거 조선에서 일어난 '혁명 운동'을 다룬 기사를 실었다.[79] 이렇게 『동명』에 많은 기사를 쓴 인물은 기본적으로 독립운동과 민족의식의 고양을 중시하는 입장에 섰다고 할 수 있다.

그리고 주목해야 할 것은 『동명』의 기자와 물산장려운동의 관계이다.[80]

물산장려운동이란 조선인이 '자급자족'할 필요가 있음을 호소하고, 조선인이 생산한 상품의 구입과 애용을 장려한 운동이다.[81] 이 운동을 주도한 것은 민족주의 계열, 곧 우파의 민족주의자들로, 그들은 조선이 식민지로 전락하는 등 빈약하게 된 원인이 '자급자족'하지 않은 점에 있다면서 경제적으로 일본에서 자립할 것을 목표로 해야 한다고 주장했다. 1922년 초에 동아일보사가 구체적인 운동의 전개를 제기하고, 『동명』이 창간되기 조금 전인 같은 해 6월에 물산장려운동회가 창립되어 운동이 본격화했다. 『동명』의 기자에는 이 물산장려운동회의 주요 멤버가 많이 포함되었다.

예를 들면, 설태희는 조선물산장려회의 이사를 맡았고,[82] 『동명』에도 수입품을 비판하고 "토산土産"의 애용과 '자급자족'을 촉구하는 논설을 기고했다.[83] 문일평도 물산장려회 이사회에서 이사로 뽑혔고,[84] 마찬가지로 『동명』에 논설을 몇 편 기고한 유영모도 조선물산장려회 경성 지회에서 이사를 맡은 인물이었다.[85] 또한 『동명』의 「동명평단東明評壇」 등의 논설도 물산장려운동을 지지하는 입장을 분명히 했고, "조선인산업朝鮮人産業의 진흥振興은 오즉 조선인朝鮮人의 조선산운동朝鮮産運動으로만 가능可能"하다며 "자긔나라의 물산을 쓰랴는 정신"을 발휘하라고 주장했다.[86] 그밖에도 "사멸死滅에서 소생蘇生하랴는 최후最後의 비약飛躍이 곳 작昨의 삼일운동三一運動이엇고 금今의 물산운동物産運動"[87]이라는 언급과 "국산국용國産國用·자작자급自作自給"을 "가장 긴요緊要·절실切實하고 坮 시급時急하야 잠시暫時를 느추지 못할 문제問題"[88]라고 장려하는 등 물산장려운동을 지지하는 견해가 여럿 보인다.[89] 한편 이 운동을 부정하는 의견 등은 지면에서 찾아볼 수 없다.

곧 『동명』은 "각방면各方面의 명사名士 공동집필共同執筆"을 자랑하는데, 실제는 우파의 민족주의자들이 지면 구성의 중심을 맡았다고 할 수 있다. 그런데 물산장려운동에 대해서는 당시 많은 사회주의자로부터 비판의 목소리가 들려왔다. 예를 들면 공산주의자였던 이성태는 물산장려운동을 "조선朝鮮의 자본가資本家, 중산계급中産階級의 이기적利己的 운동運動"으로 보아 노동자 계급의 생활을 조금도 보장하지 않고, "외래外來의 정복자征服者"와 마찬가지로 "경제적經濟的 착취搾取"를 목표로 삼았다고 비난했다.[90] 이렇게 물산장려운동에 비판적인 사회주의자는 이 운동을 자본가만 이익을 얻고 노동자에게는 쓸모없는 것이라고 보고 그것을 주도한 우파의 민족주의자와 대립했다.

당시 조선에서는 물산장려운동이야말로 우파의 민족주의 계열과 좌파의 사회주의 계열이 본격적으로 '분기'하게 된 계기가 되었다. 그러면 '민족적 완성'을 위해 '분기'를 피할 것을 중시했던 『동명』은 사회주의를 어떻게 상대했던 것일까.

앞에서 말한 것처럼, 『동명』은 물산장려운동의 중요성을 주장하는 의견을 실었다. 그러나 "착취계급搾取階級의 모리謀利를 방조幇助하는 이용책利用策"이라고 주장하는 사회주의자의 비판에도 일리가 있다는 의견도 제시되는 등[91] 사회주의 계열을 일방적으로 비판하지는 않고 양보하는 태도를 보이기도 했다. 그밖에 『동명』에는 사회주의 사상에 공명했던 작가 염상섭, 공산주의자의 입장에서 물산장려운동을 지지한 나경석 등이 쓴 기사도 일부 실렸고,[92] 나아가 사회주의를 소개한 연재기사와 공산주의자의 동향을 전한 「적색세계赤色世界」란까지 마련되어 있었다.

「동명평단東明評壇」(과 뒤를 이은 「일주일별一週一瞥」―지은이)에서는 공산주의를 포함해 사회주의 사상의 학설을 소개하는 것이 독자를 그 길로 '선동'하는 것과 이어지는 것은 아니라고 주장했고,[93] 조선 최초의 사회주의 전문지이자 필화사건을 일으켜 발매 금지 처분을 받은 『신생활』을 "조선朝鮮의 신진사상계新進思想界를 위爲하야 만흔 공헌貢獻이 잇섯"다고 평가했다.[94] 곧 『동명』은 '세계적 경향'인 사회주의를 "반듯이 이해理解하지 안흐면 아니 될" 사상 가운데 하나로 파악했던 것이다.[95]

그렇지만 사회주의 사상 가운데서도 공산주의는 사정이 달라서, 『동명』에서는 그것을 긍정하는 기사 등은 찾아볼 수 없다. 『동명』에 발표한 것은 아니지만, 최남선은 1920년대 중반에 마르크스와 엥겔스의 이론으로는 조선의 문제를 해결할 수 없다고 말하고,[96] 조선인은 코민테른의 영향을 받아서는 안 된다고 경고하기도 하는 등[97] 코민테른이 주도하는 공산주의 운동에는 부정적인 견해를 가지고 있었다. 변영만도 『동명』에서 "노농국가勞農國家, 소련-지은이" 같은 조직에는 동조할 수 없다고 주장해서[98] 이 잡지는 최남선을 축으로 공산주의에는 부정적이었지만 넓은 의미의 사회주의에는 긍정적인 태도를 보였다고 할 수 있다.

실제로 『동명』에서는 사회주의에 대해서 소개한 연재 기사도, 공산주의만을 특별 취급하지는 않았다. 이들 기사에는 일본의 출판물을 번역한 것이 많이 포함되었는데, 어떤 것이 저본으로 이용되었는지 자세히 내용을 살펴보자.

먼저 제1권 제6~15호1922.10.8~12.10의 전10회에 걸쳐 연재된 것이 「금일今日의 지식知識 사회주의社會主義 요령要領」이다. 이 기사는 사회주의의 기원과 그 역사, 각국의 상황을 폭넓게 해설한 것인데, 번역 저본은 토머스 커컵Thomas Kirkup이 쓰고 마치노 나미키町野竝樹가 번역한 『사회사상의 변혁社會思想の變革』下出書店, 1921으로 "사회주의를 명확하고 치우치지 않게 서술하려고 시도한다"는 것을 지향한 책이다. 저자 토머스 커컵은 영국의 사회주의자로 『사회주의란 무엇인가社會主義とは何ぞや』文化學會出版部, 1921와 『사회

주의 독본『社會主義讀本』三田書房, 1924 등이 일본어로 번역되었다.

같은 기사의 연재가 끝난 뒤에 제1권 제16~17호1922.12.17~24에 실린 것이 「금일의 지식 사회주의의 실행가능방면今日의 知識 社會主義의 實行可能方面」이다. 이것은 크리스트교 사회주의자인 아베 이소오安部磯雄가『해방解放』제4권 제12호1922.12에 기고한 「사회주의의 실행 가능 방면社會主義의 實行可能方面」을 번역한 것으로,[99] 사회주의를 설명하면서 그것이 실행될 경우 어떻게 적용되는지 해설했다.

또한 제2권 제2~11호1923.1.7~3.11에는 「이상理想의 신사회新社會」라고 제목을 단 총10회의 연재 기사가 보인다. 이 기사는 윌리엄 모리스William Morris, 에드워드 벨러미Edward Bellamy의 저서를 사카이 도시히코堺利彦가 초역抄譯한『이상향과 백년 뒤의 새로운 사회理想鄉及百年後의 新社會』アルス, 1920의 「백년 뒤의 새로운 사회百年後의 新社會」를 번역한 것이다. 옮긴이 사카이 도시히코는 일본의 공산주의자인데, 「백년 뒤의 새로운 사회」의 원저 자체는 미국의 사회주의자 에드워드 벨러미의 *Looking Backward*로, 일본에서는『돌아보면顧みれば』이라는 이름으로 알려졌고, 미국을 중심으로 세계적인 인기를 끈 유토피아소설이다.[100]

지금까지 살펴본 것처럼,『동명』에 사회주의를 소개한 연재 기사는 사회주의 전반을 평이하게 해설한 것과 세계적으로 유행한 작품을 소개한 것 등이었는데, 이런 기사에서 공산주의를 지지하는 입장을 읽어낼 수는 없다.[101] 또『동명』에는 레닌에 대해서 다룬 막심 고리키의 논설도 실렸지만, 그 번역 저본으로 고리키의 원저를 이누타 시게루犬田卯가 번역한『새로운 러시아新しき露西亞』世界思潮硏究會, 1923의 서문을 보면, 고리키는 "레닌을 변호하거나, 또는 그가 옳다고 생각하기 때문에 그의 등불을 들겠다는 등의 의지는 가지고" 있지 않고, "그에 대한 개인적인 동정은 전혀 없다"고

설명해서[102] 레닌을 지지한 내용이 없음을 알 수 있다. 그밖에 소련의 외교관 아돌프 요페와 레닌이 쓴 것으로 러시아의 신경제정책[NEP]과 교육정책을 평가한 번역 기사도 일부 보이는데,[103] 러시아의 정책을 "파멸破滅에의 급속急速한 진행進行"으로 "공산共産의 시험試驗의 불성공不成功인 결과結果"라고 비판하는 입장에 선 인물의 논설도 동시에 실렸다.[104]

이상과 같이 『동명』에 깊이 관여한 인물은 기본적으로 우파의 민족주의자였지만, '분기'를 막기 위해 사회주의 사상을 부정하지 않고 배울 가치가 있는 것으로 소개하는 등 한걸음 더 다가가려는 자세를 보였다. 민족주의와 사회주의의 공통점을 발견하는 데 어떤 모순도 없고, 오히려 서로 오해하지 말고 상대의 입장을 마음에 깊이 새겨야 한다는 견해를 지녔던 『동명』은[105] 양자의 '일치점'을 모색했다.

다양한 견해의 제시

'분기'를 막는다는 목적과 관련해서 『동명』이 여러 분야에서 치우치지 않고 다양한 견해를 제시한 점도 놓쳐서는 안 된다. 예를 들면, 『동명』에는 최남선이 쓴 「조선역사통속강화朝鮮歷史通俗講話」와 「외국外國으로서 귀화歸化한 조선고담朝鮮古談」을 비롯해서 조선의 전통과 고유의 문화를 탐구, 평가하는 기사가 여럿 실렸는데, 다른 한편으로 '장구'한 역사가 유익한 것은 아니고, 조선은 여전히 '미개의 상태'이기 때문에 개선해야 한다고 촉구하는 논조의 기사도 보인다.[106] 그밖에 유교를 "금일今日의 조선朝鮮 정신계精神界"에 어울리지 않는 것이라고 평가하고, '구사상'에서 빠져나올 것을 주장하는 것도 찾아볼 수 있는 등[107] 조선의 전통과 '구제도'를 평가하고 유지할 것을 주장하는 의견과 그와 반대로 그것의 개선을 제창하는 의견 등 두 입장을 아울러 실음으로써 의논을 활성화시키려 했던 것으로 보인다.

또 『동명』에는 여자 교육을 비롯해 조선의 여성에 관한 여러 가지 의견이 실렸다. 여기저기 흩어져 있지만 많이 보이는 것이, 여성이 사회에서 활약할 것을 주장하는 논조이다. 구체적인 사례를 들어보면, 여자 교육의 중요성을 논하고, 남성이 여성과 교양을 공유할 것을 촉구한 것과 여성은 가사와 가정에만 얽매이지 말고 살아야 한다는 주장 등이 보인다.[108]

특히 조선의 교육계 동향을 다룬 특집 기사에서는 그 약 반수가 여학교 관계자의 것이었고, 조혼을 악습이라고 한 견해, 사회와 세계적인 무대에서 조선의 여자들이 활약하고, 여성들이 경제적으로 독립하고 그 사회적 지위가 향상될 것을 주장한 의견 등이 실렸다.[109] 그밖에 1910년대에 일본에서 유학할 때부터 양처현모주의를 비판한 나혜석과 그녀와 함께 초기의 '신여성'으로 알려진 김일엽 등의 문장도 실렸다. 특히 나혜석은 "임신妊娠이나 육아育兒의 의무義務"를 아담과 이브 이래의 "죄악罪惡의 보상報償"으로 파악하고 여자에게 어머니와 아내의 역할만을 찾는 풍조에 반발했다.[110]

한편 이런 '신여성'을 부정적으로 바라보는 논조의 기사도 동시에 실렸다. 백결생百結生이란 이름의 인물은 나혜석의 문장을 읽은 뒤에 '신여성'은 연애와 결혼의 자유를 비롯해 여성의 해방을 부르짖으면서도 '책임 관념'이 부족하다고 비난하고 임신이 여성의 '최대 의무의 일종'임을 자각해야 한다고 지적했다.[111] 이렇게 『동명』에는 임신과 육아를 여성의 큰 '임무', '엄연한 의무'로 보고, 여성이 가계를 지키고 '국가에 충성한 백성'으로 아이를 키우는 것을 중시하는 등 어머니와 아내의 역할을 요구하는 논조도 확인할 수 있다.[112] 그밖에도 위생에 관한 것부터 연극과 예술 관련 화제, 외국의 교육 사정까지 다양한 분야의 기사가 실렸는데, 모든 분아에서 다양한 입장의 의견을 실음으로써 치우치지 않으려고 애썼다고 할 수 있다.

이상 이번 절에서 살펴본 것처럼, 『동명』은 '민족적 완성'이라는 간행 목적을 이루기 위해 먼저 시사 보도를 활용해서 민족의식의 고양을 꾀했다고 할 수 있다. 그리고 민족의 완성에 방해가 되는 '분기'를 피하기 위해 기본적으로는 우파 민족주의자의 입장에서 사회주의를 이해하고 다가가려는 태도를 보였고, 민족주의 계열과 사회주의 계열의 대립이 본격화하던 당시의 상황에서 양자의 '일치점'을 모색했다. 이렇게 '분기'를 피하고 단결을 주장한 것이 『동명』의 기본적인 태도였고, 한쪽으로 치우치지 않고 다양한 견해를 보여 의논의 활성화를 촉구하는 등 여러 가지 노력을 기울였다.

이렇게 간행 목적을 이루기 위한 노력은 독자의 관심을 끌기 위한 오락 요소가 담긴 문예란에도 나타났다. 다음 절에서는 시사 보도와 아울러 『동명』의 큰 특징인 문예란에 주목하면서 마지막으로 이 점에 대해서 깊이 고찰해보자.

5. 『동명』의 오락 요소 신문관의 잔상

제3절에서 말한 것처럼, 『동명』은 「문예기사文藝記事」에 특색이 있고, 정치 기사와 시사평론뿐만 아니라, "취미변趣味邊 기사記事"에도 주력한 간행물이었다. "신사紳士 안두案頭의 호참고好參考인 동시同時에 가정단란家庭團欒의 필요재료必要材料가 될 것이며 청년학생青年學生의 과외보습건課外補習件인 동시同時에 침상노변枕上爐邊의 묘호소견물妙好消遣物"[113]이라고 광고한 것처

럼, 지면에는 폭넓은 연령층을 대상으로 다양한 문예 기사가 실렸다.

예를 들면, 매호 권말에는 「염소와 늑대」와 「부레면의 음악사音樂師」 등의 그림 동화와 과학에 관한 읽을거리 등 어린이를 위한 내용이 보인다. 또 제1권 제7호1922.10.15 이후 「소년컬럼」 난이 설치되고, "보통학교普通學校 오학년五學年 으로부터 고등보통학교高等普通學校 이학년二學年 정도程度"를 대상으로 작문을 모집하는 등 학생을 위한 난도 있었다. 특히 여학교를 소개한 「녀학교 차저다니기」가 연재되는 등 남학생뿐만 아니라 여학생도 독자 대상에 넣은 듯하다.[114]

실제로 『동명』이 여성 독자를 의식했던 것은 지면의 여기저기서 확인할 수 있는데, 예를 들면 가정과 육아에 관한 기사인 「어린아이 기르는 법」과[115] 미국과 영국, 프랑스의 근대적인 가정의 모습을 전한 기사가 실리기도 했다.[116] 또 양건식이 쓴 연재소설은 제2회부터 모두 한글로 표기되었는데, 그 이유는 '부인' 독자를 배려했기 때문이었다.[117]

그밖에 잭 런던을 비롯한 소설과 던세이니의 희곡, 모파상의 시, 모리스 르블랑, 헤럴드 워드 등의 미스터리소설에 이르기까지 여러 외국 작품도 실렸다. 그 가운데는 미스터리는 아니지만, 코난 도일의 소설도 들어 있다. 『동명』에는 다양한 연령층과 입장의 독자를 위한 내용이 실렸는데, 성인부터 어린이까지 부담 없이 손에 넣어 읽을 수 있게 하려고 힘썼다.

이렇게 『동명』이 문예란에 힘을 쏟은 것은 '민족적 완성'이라는 간행 목적을 실현하는 데 폭넓은 층을 독자로 끌어들이기 위한 것이었다고 생각된다. 그러면 『동명』은 어떻게 문예 기사를 비롯해 다양한 내용을 충실하게 채웠던 것일까.

사실 『동명』에는 문예란을 중심으로 신문관시대의 수법이 여러 가지로 반영되었다. 먼저 〈도판 7-10〉의 예처럼 『소년』 등에서 사용한 디자

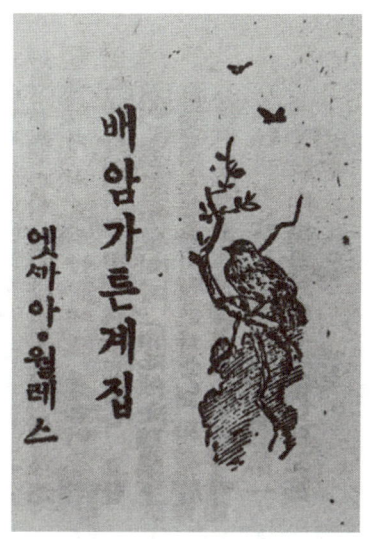

인이『동명』에서도 쓰였고, 또『청춘』에서「다반향초^{茶半香初}」의 이름으로
조선 역사에 등장하는 인물의 일화 등을 소개했는데,『동명』에서도 같은
명칭의 난을 찾아볼 수 있는 것 등 형식면에서도 연속성이 있음을 알 수
있다.

내용면에서도 예컨대 독자를 대상으로 한 작문 모집은『소년』과『청
춘』에서도 실시된 것이다.[118] 또 바로 앞에서 언급한 것처럼,『동명』은 여
성 독자를 의식해서 편집되었는데, 이 점도 1912년부터 간행된 번역 소
설과 1913년 1월에 창간된 어린이 잡지『붉은 져고리』이후 신문관이 일
찍부터 힘써온 것이었다. 그밖에도『소년』이후에 신문관의 모든 잡지에
보이는 우스운 이야기 난을『동명』에서도 찾아볼 수 있고, 또 어린이를
위한 읽을거리가 있는 점도『붉은 져고리』등의 어린이 잡지에서 그림을
비롯해 동화를 많이 다룬 신문관의 흔적이라고 할 수 있다.

이렇게『동명』에는 최남선이『소년』부터『청춘』에 이르기까지 신문관

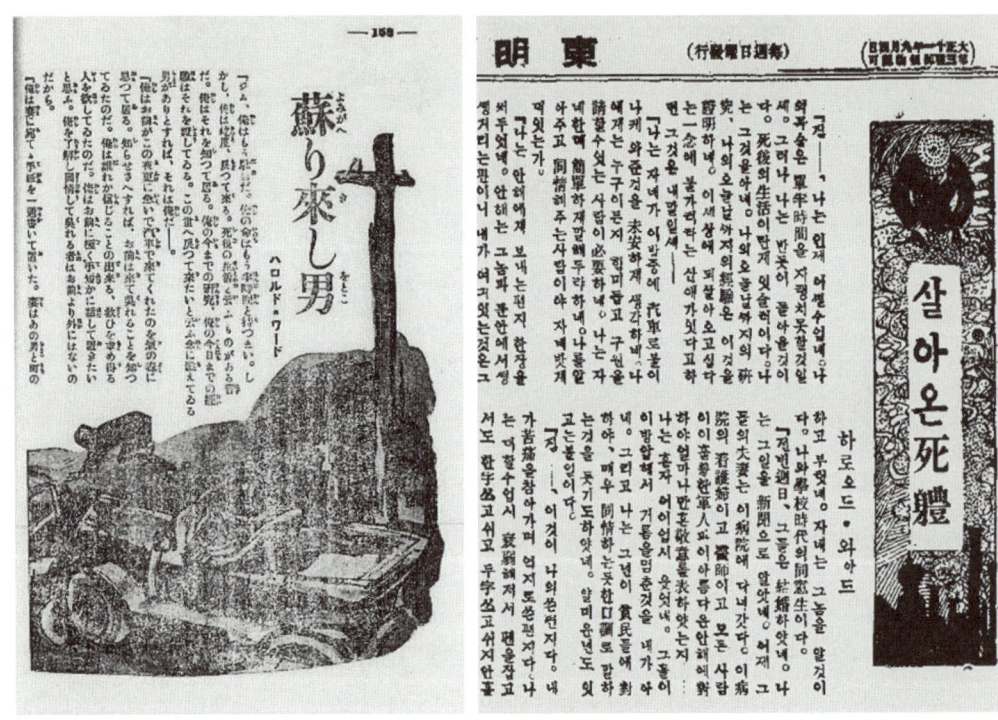

〈도판 7-11〉
(왼쪽) 『新靑年』 제4권 제2호, 1923.1.
(오른쪽) 『동명』 제2권 제17호, 1923.4.

의 잡지에서 노력해온 요소가 결집되었다. 이 점을 상징하는 것이 신문관에서 일본의 출판물을 여럿 번역해서 실은 것과 마찬가지로『동명』도 〈부록 표 4-『동명』에 실린 번역 기사의 저본 일람〉에서 보인 것처럼, 문예란을 중심으로 많은 일본의 출판물을 저본으로 이용하고 있다는 사실이다.

예를 들면, 『동명』에 실린 그림 동화의 저본은 『그림 동화グリム御伽噺』冨山房, 1916이고,[119] 또 코난 도일과 잭 런던의 소설은 "신선하고, 재미있고, 예술적인 가치가 있는 것"[120]을 실은 『영미칠인집-청신소설英米七人集-清新小說』大阪每日新聞社, 1922에서 번역한 것이다.

주목해야 할 것은『동명』이 일본에서 나온 최첨단의 오락을 받아들였다는 점이다. 특히『동명』에 여럿 실린 미스터리소설은 대부분 하쿠분칸의 『신청년新青年』1920.1~1950.7에서 번역한 것을 확인할 수 있다.『신청년』이란 1908년부터 1919년에 걸쳐서 하쿠분칸이 간행한 『모험세계冒險世界』의 후속 잡지로, '미스터리 애호가의 바이블'로 일컫는다.[121] 『신청년』 제4권 제2호1923.1에 실린 헤럴드 워드의 「되살아난 남자蘇り來し男」가『동명』제2권 제17호1923.4.22에 「살아온 사체살아온 死體」로 번역되어 실리는 등〈도판 7-11〉 독자의 관심을 끌기 위해 최신의 내용이 반영되었다.

신문관은『소년』간행 때부터 한결같이 하쿠분칸의 출판물을 번역하고 삽화 등도 이용했고, 특히『청춘』에는 〈부록 표 3〉에서 보인 것처럼 『모험세계』 기사도 번역했는데, 이렇게 번역 저본을 선택한 점에서도 신문관의 잡지 사업과 연속성이 있음을 알 수 있다.

이상과 같이『동명』은 독자의 관심을 끌기 위해 다양한 내용을 수록했는데, 이때 최남선은 신문관의 잡지 편집에서 기른 노하우를 결집했다. 『동명』의 광고에서는 "『소년少年』으로써 신조선新朝鮮의 지地를 간墾하고

『청춘青春』으로써 신조선新朝鮮의 근根을 배培한 오인吾人은 금今에 암이묵운暗移黙運하는 오인吾人의 신운명新運命을 계시啓示하는 기관機關으로 새로『동명東明』을 창간創刊하야 개화改化된 시세時勢에 순응順應하려 합니다"[122]라고 말했다. 최남선은 1922년 7월에 자신의 출판사인 신문관의 문을 닫았지만, 앞에서 말한 것처럼 신문관은 인쇄소와 판매소를 남기고 사옥과 편집 설비는 동명사로 인계되었다. 그뿐만 아니라,『동명』은 "『소년少年』이래以來로 점적가후漸積加厚한 기반基盤" 위에 간행되었다고 했듯이 편집 방법이라는 내용면에서도 신문관의 간행물을 계승했다.

최남선이 가출옥한 1921년 10월 무렵, 조선에서는 통치 정책이 무단정치에서 문화정치로 바뀐 지 이미 2년이 지났고,『개벽』을 비롯해 많은 잡지가 간행되었다. 신문관은 무단정치기에 거의 유일한 조선인 출판사로서 잡지와 단행본을 간행했는데, 출판을 둘러싼 상황이 그때와는 크게 변한 1920년대에도 여전히『동명』은 충실한 문예란 등에 따라 어느 정도 성공을 거두었다고 할 수 있다. 그것을 뒷받침한 것은 이렇게『소년』이래로 쌓아온 신문관의 토대와 경험이었다. 또한『개벽』등 1920년대의 잡지에는 신문관의 삽화와 디자인이 많이 사용되어, 형식면에서 신문관은 당시 조선에서 널리 영향력을 미쳤다. 곧 신문관은 1920년대에 들어 마치 꽃이 피려고 한 조선 출판문화의 기초를 쌓았던 것이다.

주석

1 이하 3·1독립운동의 준비 과정과 천도교의 관계에 대해서는 특히 주석을 달지 않는 한 松谷基和, 『民族を超える教會−植民地朝鮮におけるキリスト教とナショナリズム』, 明石書店, 2020, 242~243면에 따른다.

2 대한민국 문교부 국사편찬위원회 편, 『윤치호일기』 제7권, 대한민국 문교부 국사편찬위원회, 1986, 242면.

3 一九一九年五月一九日崔南善地方法院豫審訊問調書(市川正明 編, 『三·一獨立運動』 제3권, 原書房, 1984, 85~87면).

4 一九一九年五月三〇日崔南善地方法院豫審訊問調書(市川正明 編, 위의 책, 93면).

5 최남선, 「내가 쓴 獨立宣言書」, 『새벽』 제2권 제3호, 1955.3, 8면.

6 一九一九年五月三〇日崔南善地方法院豫審訊問調書(市川正明 編, 앞의 책, 93면). 조용만에 따르면, 신문관의 식자공이 조판한 활자에 실수가 많아서 최남선이 밤을 새워가며 교정해서 완성시켰다고 한다. 조용만, 『육당 최남선−그의 생애·사상·업적』, 삼중당, 1964, 152면.

7 독립선언서의 인쇄 과정에 대해서는 박찬승, 『1919−대한민국의 첫 번째 봄』, 다산북스, 2019, 166~170면 참조.

8 윌슨과 일본 정부에게 보낸 청원서와 임규의 활동에 대해서는 小野容照, 「中村屋の林圭−朝鮮獨立運動の國際化と三·一獨立宣言書」, 『初期社會主義研究』 제29호, 2021, 6~8면 참조.

9 一九二〇年一〇月三〇日京城覆審法院判決文(市川正明 編, 『三·一獨立運動』 제2권, 原書房, 1984, 326~327면); 「崔南善氏 假出獄」, 『동아일보』, 1921.10.19, 3면. 최남선은 징역 2년 6개월의 판결을 받은 1920년 10월 30일에 이미 1년 8개월 동안 복역했다. 그러나 "형기로 계산"된 것은 "미결 구류 일수 가운데 360일" 뿐이었기 때문에 최남선의 형기는 1922년 4월 말까지였지만, 결과적으로 예정보다 반년 이른 1921년 10월에 가출옥되었다.

10 「靑春續刊乎」, 『매일신보』, 1919.12.10, 2면.

11 최남선을 대신해서 진학문이 조선총독부에 허가를 신청했지만, 총독부는 『청춘』의 이름으로는 어떤 간행물도 내는 것을 허가하지 않았다고 한다. 진학문, 「나의 文化史的 交遊記」, 최승만 편, 『瞬星秦學文追慕文集』, 瞬星追慕文集發刊委員會, 1975, 79면.

12 신문관의 인쇄소는 1920년대에 직원과 직공 약 70명을 거느렸다. 「職工을 爲하야−두 인쇄소의 원족」, 『동아일보』, 1920.5.13, 3면.

13 『배재학보』는 1918년 10월에 창간되었는데(학교법인 배재학당 배재백년사 편찬위원회 편, 『培材百年史−1885~1985년』, 학교법인 배재학당, 1985, 209면), 저자가 원본을 보지 못했기 때문에 두 건으로 했다.

14 신문관의 인쇄소는 단행본도 많이 인쇄하고, 1911년부터 1913년에 걸쳐서 간행된 상당수의 소설은 신문관에서 인쇄되었다고 한다. 권두연, 『신문관의 출판기획과 문화운

동』, 고려대 민족문화연구원, 2016, 68~69면.

15 최학주, 『나의 할아버지 육당 최남선-근대의 터를 닦고 길을 내다』, 나남, 2011, 169면.

16 진학문, 「육당이 걸어간 길」, 『사상계』 제58호, 1958.5, 157면.

17 최학주, 앞의 책, 169면.

18 최남선은 1924년에 은행의 융자를 모두 다 써버렸고, 결국 집의 부동산을 팔아 빚을 갚을 필요가 있었다고 한다(위의 책, 43면). 이때도 경제적으로 곤궁했던 것으로 보인다.

19 최남선의 손자인 최학주의 회고록에 따르면, "당국의 간섭"도 있어서 법인화는 잘 되지 않았다고 한다(위의 책, 172면). 예를 들면, 1920년 1월에 주식회사로 설립된 동아일보사의 경우, 조선총독인 사이토 마코토(齋藤實)에게 제출된 회사설립 허가 신청서와 허가서가 남아 있고, 주식도 모집하지만(김상만 편, 『동아일보사사-1920~1945년』 권1, 동아일보사, 1975, 87~90면), 동명사의 경우는 조선총독부에 회사 설립 허가 신청서를 제출한 자취와 주식을 모집한 흔적은 보이지 않아서 주식회사를 설립하기 위해 구체적으로 착수할 수 없었을 가능성도 있다.

20 『동아일보』, 1922.8.24, 1면, '광고'.

21 「移徙廣告」, 『소년』 제3년 제7권, 1910.7, '권두 광고'.

22 『조선시단』 제5호, 1929.4, '판권장'.

23 자세한 내용은 이형식, 「'제국의 브로커' 아베 미쓰이에(阿部充家)와 문화통치」, 『역사문제연구』 제37호, 2017 참조. 시마무라 호게쓰는 경성의 태화정에서 만나 이야기를 나눈 "최군(崔君), 진군(秦君), 심군(沈君), 김군(金君), 현군(玄君) 기타 서너 명"에 관해서 "경성일보 주간인 아베씨가 은연중에 그 윗사람으로 떠받들어진다"고 말한다(島村抱月, 「朝鮮だより僕のページ」, 『早稻田文學』 제143호, 1917.10, 224면). 또 아베 미쓰이에는 "청년을 규합하는 데 큰 영향"이 있다면서 사이토 마코토에게 최남선의 가출옥을 요청했다(아베 미쓰이에가 사이토 마코토에게 보낸 서한(1921.6.26), 이형식 편, 『齋藤實·阿部充家 왕복서한집』, 아연출판부, 2018, 55면). 이 책에서 이용하는 서한의 번각은 이형식 편, 앞의 책에 따른다.

24 김상만 편, 앞의 책, 73~75면.

25 「해제」, 이형식 편, 앞의 책, 17면.

26 波田野節子, 『李光洙-韓國近代文學の祖と「親日」の烙印』, 中央公論新社, 2015, 86~87면; 이형식, 앞의 글, 433~434면 참조.

27 이형식, 앞의 글, 451면.

28 아베 미쓰이에가 사이토 마코토에게 보낸 서한(1922.5.19), 이형식 편, 앞의 책, 63면.

29 아베 미쓰이에는 사이토 마코토에게 1922년 5월 29일자로 "오늘 모리야(守屋) 비서관과 만나 최남선 잡지 허가의 일을 승인받았다는 소식을 전해 듣고 안심했습니다"라는 서한을 보냈다. 이형식 편, 앞의 책, 65면.

30 이형식 편, 앞의 책, 65~66면. 이 서한에서 "賣捌く(판매하기)"라는 문구를 이형식은 "買捌く(구매하기)"라고 번각했는데, 원문에는 "賣捌く"로 되었기 때문에(아베 미쓰이에가 사이토 마코토에게 보낸 서한(1922.5.29), (일본)국립국회도서관 헌정자료실소

장「齋藤實關係文書」283-32), 이 책에서는 원문의 표현을 사용했다.

31 자세한 내용은 小野容照, 『朝鮮獨立運動と東アジア―一九一〇～一九二五』, 思文閣出版, 2013, 제4장 참조.

32 진학문, 「육당이 걸어간 길」, 앞의 책, 158면.

33 문화정치기에 실시한 조선총독부의 민족분열 정책에 관해서는 姜東鎭, 『日本の朝鮮支配政策史研究―一九二〇年代を中心として』, 東京大學出版會, 1979, 제4장 참조. 姜東鎭은 조선은행으로부터 자금 원조를 받았다고 시사된 것으로 사이토 마코토가 아베 미쓰이에에게 보낸 서한(1922.1.24)을 이용해서 『동명』이 "당국의 자금 원조로 간행되었다"고 지적하고, 그 내용도 "독립의 방기를 설득"하는 민족개량주의를 유포하게 하는 것이었다고 보았다(위의 책, 411~413면). 최남선이 조선총독부의 회유 대상이었던 점은 사실이라고 할 수 있지만, 『동명』에 대한 "당국의 자금 원조"에 대해서 이형식은 의문시하고(이형식, 앞의 글, 454・457면), 실제로 원조를 받았다는 것을 보여주는 사료도 확인할 수 없다. 또한 최학주는 최남선이 『동명』의 경영에 실패함으로써 거액의 빚을 떠안았다고 회상하고(최학주, 앞의 책, 79면), 마지막 장에서도 이야기하는 것처럼 진학문도 『동명』이 "經營難에 눌린 『東明』誌는 숨을 거두고 말았다"고 회고했다(진학문, 앞의 「나의 文化史的 交遊記」, 79면). 따라서 이 책에서는 『동명』이 "당국의 자금 원조로 간행되었다"고 보기는 어렵다고 생각한다. 또 강동진은 『동명』이 내용 면에서도 총독부 편이었다고 주장하지만, 이 잡지의 내용이 총독부의 의향에 따른 것은 아니었다는 점은 이번 장의 제3절 이하에서 자세히 논한다.

34 당시 조선에서 시사 보도를 다루는 주간지는 없었다. 김근수, 「『文化政治』 標榜(前期)의 雜誌槪觀」, 『한국 잡지개관 및 호별 목차집』, 영신아카데미 한국학연구소, 1973, 175~322면 참조.

35 山川恭子, 「戰時における週刊誌メディアの「情報提供」方法の研究」, 『圖書館情報メディア研究』 제8권 제1호, 2010, 73면. 또 『주간 아사히』는 1922년 2월에 『순간 아사히(旬刊朝日)』란 이름으로 창간되어 10일에 한번 발행되었는데, 『선데이 마이니치』가 창간된 같은 해 4월부터 매주 일요일 발행의 주간으로 잡지 이름이 『주간 아사히』로 바뀌었다.

36 一記者, 「東明雜誌―朝鮮開明의 烽火가 될가」, 『동아일보』, 1922.8.19, 1면.

37 「육당 최남선선생 연보」, 고려대 아세아문제연구소 육당전집편찬위원회 편, 『육당 최남선 전집』 제15권, 현암사, 1975, 276면. 또 "창간호 2만부가 2, 3일에 매진되다"는 연보의 기술은 최남선과 친교가 있던 조용만, 앞의 책, 487면을 근거로 했다. 한편 진학문은 "初版에 약 三천부 이상이 나갔고, 근 四천부에 이를 때도 있었다"고 회고했는데(진학문, 「新聞・雜誌에 쏟은 情熱」, 『신동아』 제44호, 1968.4, 248면), 그 수자에 큰 차이가 난다. 그러나 신문관의 잡지가 가장 많을 때에 발행 부수가 약 3천부 정도였다는 점을 고려하면(최남선, 「韓國文壇의 草創期를 말함」, 『현대문학』 제1호, 1955.1, 38면), 호평을 받았던 것은 틀림없다고 할 수 있다.

38 『동아일보』, 1922.9.5, 1면, '광고'.

39 『동아일보』, 1922.9.19, 1면, '광고'.

40 『동아일보』, 1922.8.24, 1면, '광고'.

41 위의 글. 『동명』의 광고에는 "現文壇의 驍將 廉想涉君"이 "小說, 詩歌 等 文藝記事"를 "按排"했다고 한다.

42 『동아일보』, 1922.8.24, 1면 '광고'; 「讀者쎄 紙面 公開하는 긔별」, 『동명』 제1권 제1호, 1922.9.3, 14면.

43 『동아일보』, 1922.9.5, 1면, '광고'.

44 「朝鮮民是論(1)~(11)」, 『동명』 제1권 제1~13호, 1922.9.3~11.26; 薛泰熙, 「永劫에 亘하여 變함 업슬 朝鮮은 오즉 朝鮮人의 朝鮮」, 『동명』 제1권 제2호, 1922.9.10, 12면. 「朝鮮民是論」에 서명은 없지만, 최남선이 연재한 논설이다. 대한민국 문교부 국사편찬위원회 편, 『일제침략하삼십육년사』 제6권, 대한민국 문교부 국사편찬위원회, 1971, 854면 참조.

45 『동아일보』, 1922.8.24, 1면, '광고'.

46 이 점과 관련해서 구체적인 이유는 분명하지 않지만, 『동명』은 몇 번 발매 금지 처분을 받는다. 먼저 제2권 제10호(1923.3.4)의 5면에 기사가 삭제된 흔적이 있고, 실제로 "時事週報『東明』四日付發行第二卷十號는 當局의 忌諱에 觸하야 發賣禁止를 當하고 即刊臨時號를 發行하얏더라"라고 보도되었다(「週報東明發賣禁止」, 『동아일보』, 1923.3.5, 2면). 또 제2권 제16호(1923.4.15)에 관해서도 "去十五日發行의 週刊雜誌 東明第二卷第十六號는 當局의 忌諱에 抵觸되야 十六日夜 發賣禁止의 處分을 當하얏는데 次回發刊까지 餘日이 無함으로 臨時號는 發行치 아니한다더라"고 보도되었다. 「『東明』發賣禁止」, 『동아일보』, 1923.4.18, 2면.

47 진학문, 「육당이 걸어간 길」, 앞의 책, 158면.

48 「我觀―스스로 삶히라」, 『청춘』 제7호, 1917.5, 8면; 「財物論」, 『청춘』 제8호, 1917.6, 26면 등.

49 「自助論 第六章 弁言」, 최남선 역술, 『자조론』 상권, 신문관, 1918, 202~203면.

50 「模索에서 發見까지―朝鮮民是論(1)」, 『동명』 제1권 제1호, 1922.9.3, 3~4면. 광고에도 "過去 數年間의 分裂과 迷徨으로 因하야 民族更生上에 巨大한 損失을 蒙한 朝鮮人은 이제 다시 一大覺醒을 起하얏도다"는 기술이 보인다. 『동아일보』, 1922.9.12, 1면, '광고'.

51 『동아일보』, 1922.8.24, 1면, '광고'; 「發見에서 發見으로(上)―朝鮮民是論(3)」, 『동명』 제1권 제3호, 1922.9.17, 3면.

52 최남선, 「朝鮮歷史通俗講話(4)」, 『동명』 제1권 제6호, 1922.10.8, 11면.

53 「아아 貴重한 發見―朝鮮民是論(2)」, 『동명』 제1권 제2호, 1922.9.10, 3면.

54 『동아일보』, 1922.8.24, 1면, '광고'. 이 광고에서도 최남선은 "現下의 朝鮮人"의 단 하나의 "職務"는 "發見된 民族"을 완성하는 것이고, 이것에 의해서만 모든 희망이 실현된다고 말했다.

55 「發見에서 發見으로(下의 二)―朝鮮民是論(6)」, 『동명』 제1권 제8호, 1922.10.22, 3면.

56 염상섭,「新潟縣事件에 鑑하야 移出勞働者에 對한 應急策 上」,『동명』제1권 제1호, 1922.9.3, 5면;「東明評壇」,『동명』제1권 제13호, 1922.11.26, 3면.「當局의 峻嚴한 言論界壓迫」(『동명』제1권 제13호, 1922.11.26, 10면) 등 언론 정책에 관한 기사는 그밖에도 볼 수 있다. 또 신생활사 필화사건에 관해서는 장신,「1922년 잡지 신천지 필화사건 연구」,『역사문제연구』제13호, 2004 참조.

57 일기자(一記者),「室內出張所의 午後」,『동명』제1권 제2호, 1922.9.10, 11면;「朝鮮人 巡査의 悲鳴」,『동명』제1권 제10호, 1922.11.5, 10면.

58 설태희,「自給自作의 人이 되어라」,『동명』제1권 제14호, 1922.12.3, 8면;「人民을 爲한 警官인가 警官을 爲한 人民인가」,『동명』제1권 제3호, 1922.9.17, 10면. 또 지면에는 문화정치를 야유한 풍자화도 보인다.

59 「諒解인지 不諒解인지 總督府를 驚惶하게 한「七海의 閃光」—敢然한 外國宣敎師의 朝鮮治績觀」,『동명』제1권 제3호, 1922.9.17, 8~9면. 그밖에 조선인에 대한 여행권 폐지 정책에 대한 비판과(「旅行券은 廢止」,『동명』제1권 제3호, 1922.9.17, 4면) 조선총독부의 '물가조정안'을 의문시하고 "當局者에게 一考를 促"구한 것 등을 들 수 있다.「東明評壇」,『동명』제1권 제3호, 1922.9.17, 10면.

60 한편 사이토 마코토 총독에 대해서는 "齋藤氏가 朝鮮에 來任한 지 이미 三年, 其間 多少의 風波가 업슨 바도 아니나, 左右間 日本官史의 見地로, 쏘 個人의 見地로 보면, 成功이라 하겟다" 등의 평가가 보인다.「東明評論」,『동명』제1권 제7호, 1922.10.15, 5면.

61 「東明評壇」,『동명』제1권 제5호, 1922.10.1, 14면.

62 「東明評壇」,『동명』제1권 제4호, 1922.9.24, 7면.

63 「一週一瞥」,『동명』제2권 제12호, 1923.3.18, 3면;「一週一瞥」,『동명』제2권 제17호, 1923.4.22, 3면.

64 「東明評壇」,『東明』제1권 제2호, 1922.9.10, 11면.「東明評壇」에는 "第三回 國際 辯護士 大會"에 출석하는 조선인 변호사에게 "人權의 蹂躪, 言論의 壓迫" 등 조선의 현상을 세계에 알리고, 법조계에서 "國際的 協同 努力에 依하야 新活路를 開拓"할 것을 기대한다는 글도 확인할 수 있다.「東明評壇」,『동명』제1권 제16호, 1923.12.17, 3면.

65 「摸索에서 發見까지—朝鮮民是論(1)」, 앞의 책.

66 「아아 貴重한 發見—朝鮮民是論(2)」, 앞의 책.

67 「白熱化한 民族運動腥血과 恐怖에 싸인 愛蘭(1)~(6)」,『동명』제1권 제2~7호, 1922.9.10~10.15 등. 이 기사에서 사용된 인물과 더블린 시가의 사진은 하쿠분칸의 종합잡지『태양』제28권 제11호(1922.9)에 실린「愛蘭騷擾と其の中心人物(아일랜드 소요와 그 중심인물)」과 같다. 제3장에서 말했듯이『청춘』에는『태양』에 실린 사진이 여럿 사용되었고 기사와 논설도 번역되었다. 따라서『동명』과 신문관의 잡지 사업에는 같은 번역 저본을 사용하고 있다는 점에서 관련이 있음을 할 수 있다. 일본의 출판물과 관련된『동명』의 기사 등에 대해서는 이번 장의 제5절에서 말한다.

68 「白熱化한 民族運動腥血과 恐怖에 싸힌 愛蘭(1)」,『동명』제1권 제2호, 1922.9.10, 13면.

69 위의 글;「白熱化한 民族運動腥血과 恐怖에 싸힌 愛蘭(6)」,『동명』제1권 제7호,

1922.10.15, 5면.

70 "埃及人이 그들을 束縛한 英吉利의 鐵鎖를 寸斷하랴는 運動"으로 이집트의 "國民運動" 이 보도되었다. 「埃及의 國民運動」, 『동명』 제2권 제15호, 1923.4.8, 4~5면.

71 「熱誠과 血淚의 結晶인 民族運動의 先驅者」, 『동명』 제1권 제9호, 1922.10.29, 4~5면; 이윤재, 「現下 中露 國際問題의 焦點 蒙古民族의 獨立運動」, 『동명』 제1권 제14~17호, 1922.12.3~24; 「獨立運動渦中의 比律賓의 過去及現在西班牙 統治時代」, 『동명』 제2 권 제11호, 1923.3.11, 4~5면 등.

72 「熱誠과 血淚의 結晶인 民族運動의 先驅者」, 앞의 책, 5면.

73 『동아일보』, 1922.8.24, 1면, '광고'. 최남선이 아베 미쓰이에게 보낸 서한에 따르면, 원래 이광수가 참가할 것도 계획되었음을 알 수 있는데, 이광수는 "作家生活만을 하겠 다"면서 이것을 거부했다고 한다. 진학문, 「新聞·雜誌에 쏟은 情熱」, 앞의 책, 248면.

74 「卡氏辯護」, 『대한매일신보』, 1910.2.2, 2면.

75 「言論의 擁護를 決議 법조계와 언론계가 련합하야」, 『동아일보』, 1922.11.29, 3면; 「當 局의 言論壓迫과 民衆의 與論激昂」, 『개벽』 제30호, 1922.12, 90면.

76 정태욱, 「변영만의 삶과 뜻」, 『법철학연구』 제15권 제3호, 2012, 80·82면.

77 설태희, 「永劫에 亘하여 變함 업슬 朝鮮은 오즉 朝鮮人의 朝鮮」, 『동명』 제1권 제2호, 1922.9.10, 12면 등.

78 이윤재, 「現下 中露 國際問題의 焦點 蒙古民族의 獨立運動(2)」, 『동명』 제1권 제15호, 1922.12.10, 5면.

79 문일평, 「朝鮮過去의 革命運動」, 『동명』 제2권 제3~4호, 1923.1.14~21일.

80 최남선은 자급자족을 통해서 조선인 자본의 발전을 촉구하기 위해 1915년 3월에 조직 되고, 물산장려운동의 취지와 목적과 연결된 조선물산장려계의 회계를 맡았다. 류시 현, 『최남선 연구-제국의 '근대'와 식민지의 '문화'』, 역사비평사, 2009, 103면.

81 물산장려운동에 대해서는 박찬승, 『한국 근대 정치사상사 연구-민족주의우파의 실력 양성운동론』, 역사비평사, 1992. 참조.

82 「物産奬勵會總會」, 『동아일보』, 1923.5.2, 3면.

83 설태희, 「自給自作의 人이 되어라」, 8~9면.

84 「物産奬勵理事會-자활사 간부회도 열엇섯다고」, 『중외일보』, 1927.8.17, 2면.

85 「物産奬勵京支理事會決議案」, 『중외일보』, 1928.4.10, 2면.

86 「自作의 精神을 振作하라-내 살림을 남의 종 맨드지 마라」, 『동명』 제1권 제17호, 1922.12.24, 3면; 「가뎡은 어써케 개량할가(一三) 옷감은 우리나라 것으로」, 『동명』 제 2권 제3호, 1923.1.14, 16면 등.

87 「一週一瞥」, 『동명』 제2권 제9호, 1923.2.25, 3면.

88 「朝鮮 사람 朝鮮 것-우리에게 이 武器 잇슴을 자랑하자」, 『동명』 제2권 제9호, 1923.2.25, 3면.

89 이와 관련해서 「東明評壇」에는 민립대학설립운동을 지지하는 글도 보이고(「우리의 한 가지ㅅ 일-民立大學의 計畫을 祝하노라」, 『동명』 제2권 제14호, 1923.4.1, 3면), "民立

大學의 設立을 計畫이 有하다는 喜報에 接한 우리는 手舞足蹈하며 贊辭를 呈할 싸름"
이라고 평가했다(「東明評壇」, 『동명』 제1권 제14호, 1922.12.3, 3면). 물산장려운동과
민립대학설립운동은 우파의 민족주의 계열이 펼친 주요한 운동이고, 둘 다 동아일보사
가 주도했다. 『동명』이 이것을 지지한 것은 우파의 민족주의자가 중심이 되었기 때문
이고, 또 제3절에서 말한 것처럼, 창간 전부터 『동아일보』가 『동명』을 대대적으로 홍보
한 것도 양자가 같은 입장이었기 때문이라고 할 수 있다. 『동아일보』는 『동명』에 관해
서 "言論의 自由가 無한 朝鮮에 在하야 就中에도 言論界에 處한 吾人이 此剛健한 戰友
를 得하게 된 것은 實노 깃버하고, 慶賀할 바'라고 말하고, 조선 언론계의 엄중함은 충
분히 경험했지만, 곤란한 경우가 있어야 수련의 기회를 만들어주고 성공의 토대를 쌓
을 수 있다면서 그 간행을 환영했다. 一記者, 「東明雜誌 – 朝鮮開明의 烽火가 될가」, 앞
의 책.

90 이성태, 「中産階級의 利己的運動 – 社會主義者가 본 物産獎勵運動」, 『동아일보』,
1923.3.20, 4면. 이 논설을 계기로 사회주의자가 본격적으로 물산장려운동을 비판하
기 시작했다. 나경석은 사회주의자가 주장한 반론의 요점을 "政治의 權力을 離한 産業
은 財産의 形體로 增殖하지 못한다 함", "結局은 朝鮮人中 資本家에게 그 利潤 全部를
略奪當"하는 것, "革命의 時期를 遲延케 한다 함"의 세 가지로 정리했다. 羅公民(羅景
錫), 「物産獎勵와 社會問題(二)」, 『동아일보』, 1923.2.25, 1면.

91 「취바리 상투싸기가 튼 것일가?」, 『동명』 제2권 제13호, 1923.3.25, 1면.

92 나경석과 물산장려운동의 관계에 대해서는 류시현, 「나경석의 '생산증식'론과 물산장
려운동」, 『역사문제연구』 제2호, 1997 참조.

93 「東明評壇」, 『동명』 제1권 제13호, 1922.11.26, 3면.

94 「一週一瞥」, 『동명』 제2권 제3호, 1923.1.14, 3면.

95 위의 글.

96 최남선, 「社會運動과 民族運動(四) – 差異點과 一致點」, 『동아일보』, 1925.1.6, 2면.

97 최남선, 「外來影響은 不可 朝鮮人의 進路는 오즉 朝鮮 自身의 進化 道程으로 – 世界大
勢와 朝鮮人의 進路(三)」, 『중외일보』, 1927.1.3, 1면.

98 穀明(卞榮晩), 「結局은 人格本位 – 우리가 살아나자이면」, 『동명』 제2권 제17호,
1923.4.22, 3면.

99 『동명』에서는 아베 이소오에 대해서 "일본에도 유수한 학자"이고, "국가사회주의(國家
社會主義)를 주창하는 사람인데 그는 얼만한 뎡도까지는 자유사상(自由思想)을 가지
엇는고로 자긔집안에서도 민주주의(民主主義)를 실행"한다고 소개되었다. 「가뎡은 어
써케 개량할가(一五) – 민주주의의 가뎡을 세우자」, 『동명』 제2권 제5호, 1923.1.28,
15면.

100 「理想의 新社會」에 대해서는 "社會主義가 實行된 世相을 具體的으로 表現한 世界的 名
著"라는 소개문이 보인다. 『동아일보』, 1923.1.25, 3면, '광고'.

101 당시 조선에서는 『사회주의 연구(社會主義研究)』 등 일본 공산주의에 관련된 문헌이
여럿 번역되었는데(小野容照, 앞의 책, 166면 참조), 『동명』에서는 그것들은 하나도 번

역되지 않았다.

102 「レーニン論」, ゴーリキー 原著, 犬田卯 譯, 『新しき露西亞』, 世界思潮研究會, 1923, 4 ~5면.

103 아돌프·요폐, 「勞農露西亞의 新舊經濟政策」, 『동명』 제2권 제19~22호, 1923.5.6~27; 레에닌, 「勞農露西亞의 敎育」, 『동명』 제2권 제22호, 1923.5.27, 8면.

104 아렉산더·아이·나자로프, 「國家社會主義를 써난 露西亞」, 『동명』 제2권 제21~22호, 1923.5.20~27.

105 「오즉 出發點이 다를 뿐－民族運動과 社會運動의 合致點」, 『동명』 제2권 제15호, 1923.4.8, 3면.

106 학해생(學海生), 「無題錄」, 『동명』 제1권 제11호, 1922.11.12, 9면.

107 김창제, 「儒敎와 現代」, 『동명』 제1권 제11호, 1922.11.12, 5면.

108 「녀자고학생 강연회에서 리선애 아씨의 쓰거운 언론」, 『동명』 제1권 제8호, 1922.10.22, 17면; 「가뎡은 어써케 개량할가(八)－의식에서 해방됨은 여자도 「사람」이 되려는 로력」, 『동명』 제1권 제11호, 1922.11.12, 16면. 여자는 "思想을 言葉로서 發表하는 能力은 依然히 男子를 凌駕할 것이니까 이 點으로 보아도 女子의 將來는 極히 有望"하다면서 그 능력의 발휘를 주장한 논설도 보이고(「어찌하야 녀자는 잔말을 하나」, 『동명』 제1권 제13호, 1922.11.26, 13면), 그밖에 여성 해방을 주장한 논설과(「가뎡은 어써케 개량할가(七)－녀자해방은 음식에서부터」, 『동명』 제1권 제10호, 1922.11.5, 16면 등) 여성의 연애와 결혼의 자유를 용인하는 문제에 대해서 논한 번역 기사가 연재되기도 했다. 「戀愛와 人間愛」, 『동명』 제2권 제2호, 1923.1.7, 11면.

109 「陽春을 面한 新生朝鮮의 胚珠」, 『동명』 제2권 제1호, 1923.1.1, 8~12면.

110 나혜석, 「母된 感想記」, 『동명』 제2권 제1호, 1923.1.1, 17면; 백결생(百結生), 「觀念의 襤褸를 버슨 悲哀－羅蕙錫 女史의 「母된 感想記」를 보고」, 『동명』 제2권 제6호, 1923.2.4, 15면.

111 백결생, 위의 글, 15면.

112 「어찌하야 처녀를 존중하나」, 『동명』 제1권 제16호, 1922.12.17, 13면; 백결생, 「觀念의 襤褸를 버슨 悲哀－羅蕙錫 女史의 『母된 感想記』를 보고(承前)」, 『동명』 제2권 제7호, 1923.2.11, 10면; 「가뎡은 어써케 개량할가(二)－『시간은 금전이라』 하나 금전보다 귀한 것은 시간(上)」, 『동명』 제1권 제5호, 1922.10.1, 16면 등.

113 『동아일보』, 1922.8.24, 1면, '광고'.

114 『동명』 제2권 제18호(1923.4.29)의 표지에 실린 「男女學生들아 故土의 祭壇에 祭物을 들이라」에서도 "普通學校와 高等普通學校와 專門學校에 다니는 男學生과 女學生들아!"라고 불렀다.

115 「어린아이 기르는 법」은 『동명』 제1권 제16호(1922.12.17)부터 제2권 제13호(1923.3.25)까지 11회 연재되었다.

116 「主婦의 하로(一) 아메리카」, 『동명』 제2권 제3호, 1923.1.14, 15면; 「主婦의 하로(二) 잉글리쉬」, 『동명』 제2권 제4호, 1923.1.21, 16면; 「主婦의 하로(三) 프란스」, 『동명』 제

2권 제5호, 1923.1.28, 16면.

117 양백화란 명의로 쓴 연재소설인 「쌜래하는 처녀」는 첫 회는 한자혼용 표기였는데, 제2
회에 "부인도 보시게 한문자를 너치 말아달라는 독자의 청구가 잇서 인제 순조선문으
로 쓰기로" 했다는 설명문이 보인다. 백화(梁白華), 「쌜래하는 처녀」, 『동명』 제1권 제2
호, 1922.9.10, 16면.

118 『청춘』에서는 입선자에게 상금과 '서적권(書籍券)'을 주었는데, 『동명』의 「少年欄」에서
도 입선자에게는 당선한 작문이 실린 호를 증정하기도 했다. 또 그밖에도 『동명』에서
는 정치와 경제, 사회, 교육 등의 '실제 문제'와 실생활에서 보고 들은 것 등 특정한 주제
에 관해서 독자의 의견과 감상을 모집하는 난도 마련되었다. 「讀者의 紙面 公開하는 긔
별」, 앞의 책.

119 최석희, 『그림동화의 꿈과 현실』, 대구가톨릭대 출판부, 2002, 118~123면; 嚴基珠, 「韓
國におけるグリム童話の翻譯-『東明』所収の作品を中心に」, 『專修人文論集』 제101
호, 2017년, 253~254면. 신문관의 어린이 잡지인 『붉은 저고리』에도 그림 동화가 실
렸는데, 〈부록 표 2〉에서 보인 것처럼 『가정 동화』(小川尙榮堂, 1909)를 번역한 것이고
저본은 다르다.

120 「譯者の序」, 和氣律次郞 譯, 『英米七人集-清新小説』, 大阪毎日新聞社, 1922, '첫머리'.

121 편집자인 모리시타 우손(森下雨村)은 『모험세계』의 편집에도 종사했다. 堀啓子, 『日本
ミステリー小說史』, 中央公論新社, 2014, 178~179면.

122 『동아일보』, 1922.8.24, 1면 '광고'.

조선 출판문화의 탄생

1. 그 뒤의 동명사

최남선이 동명사에서 간행한 『동명』은 제2권 23호[1923.6.3]로 종간된다. 그것은 「3·1독립선언서」의 초안 작성자, 역사학자 등 여러 가지 얼굴을 지닌 최남선에게 출판인의 측면이 끝을 맞이할 조짐이었다고 해도 좋을 것이다. 이 책을 마치면서 먼저 『동명』 종간의 경위와 그 뒤 최남선의 활동을 간단히 언급해보자.

최남선은 『동명』의 종간과 동시에 이 잡지를 일간지로 새롭게 발행할 것을 계획했는데,[1] 다음 달 7월 17일에 사이토 마코토에게 허가를 받고,[2] 1924년 3월 31일에 『시대일보』라는 이름으로 창간했다. 발행 허가를 받은 뒤부터 실제로 창간되기까지 오랜 시간을 필요로 했음을 알 수 있는데, 그 배경에는 자본 문제가 있었던 것으로 보인다.

제7장에서 말한 것처럼, 확실히 『동명』은 창간호부터 인기를 모았다. 그러나 진학문은 이 잡지가 '경영난' 때문에 끝났다고 회고했는데,[3] 동명사의 경영이 안정되지 못하고 이 잡지가 종간될 때에 최남선이 경제적으

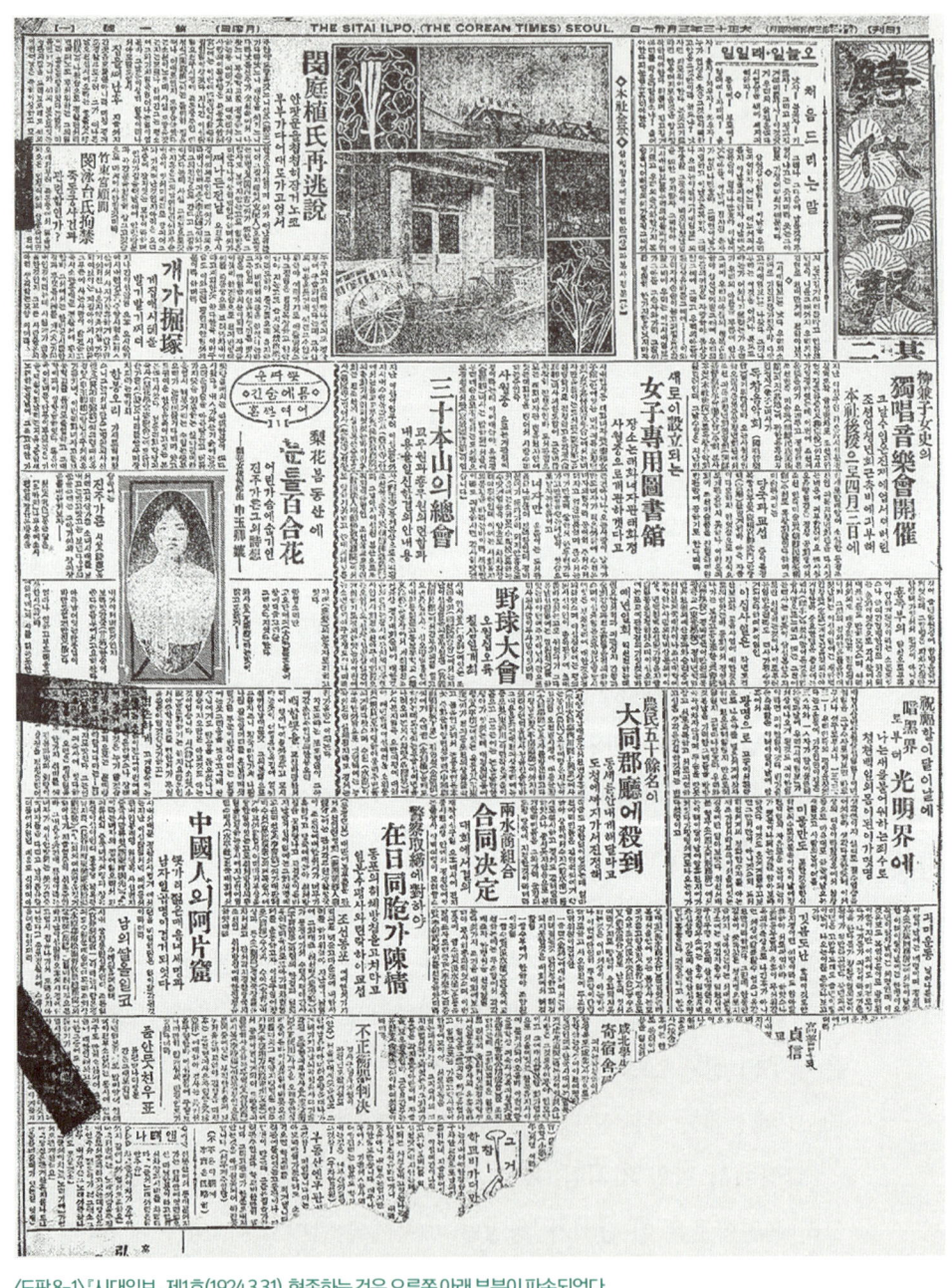

〈도판8-1〉 『시대일보』 제1호(1924.3.31). 현존하는 것은 오른쪽 아래 부분이 파손되었다.

로 어려운 상황에 놓였음을 알 수 있
다. 실제로 최남선은 1923년 10월부터
11월까지 몇 회에 걸쳐서 윤치호를 찾
아가 『시대일보』〈도판 8-1〉를 창간할 때에
주식회사를 설립할 생각이 있다고 설
명하고, 그것을 위해 자금의 일부를 출
자로 모집하려 했던 것으로 보인다.[4]

<도판 8-2> 『괴기』 제2호, 1929.12.
출전 : 독립기념관 제공.

이런 상황에서 창간된 『시대일보』
는 진학문이 편집국장을 맡고, 『동명』
의 기자였던 변영만과 염상섭 등도 계
속 참여하면서 인기를 모았을 듯하지
만, 경제적으로 어려운 상황은 여전히 이어졌다.[5] 그런 가운데 보천교가
공동 경영에 뛰어들었다. 보천교는 차경석이 창시하고 도교의 계통을 이
어받은 신흥 종교였는데, 3·1독립운동 뒤에 세력을 확장하면서 신문 경
영에 관심을 지니게 되었다. 재정난에 빠진 최남선에게 3만 엔을 건넨 보
천교측은 경영권과 인사권을 요구하는데, 그에 대해서 『시대일보』의 사
원들은 '사우회社友會'를 조직하고, 경영권을 보천교로 넘기는 것을 반대하
는 운동을 일으키는 등 혼란이 일어났다.[6] 결국 최남선은 1924년 9월에
사장의 자리에서 물러나고 보천교가 『시대일보』를 인수했다.

이렇게 해서 최남선은 『소년』 이후 계속해왔던 잡지와 신문의 간행물
편집에서 손을 뗐다. 그것과 교대한 것처럼, 최남선은 이 무렵부터 조선
의 역사와 문화, 풍속의 연구를 본격화하고, 「불함문화론不咸文化論」1927년
과 『아시조선兒時朝鮮』1927, 『금강예찬金剛禮讚』1928 등 연구 성과를 차차 발표
했다. 최남선은 신문관의 설립 이후 출판인으로서 폭넓게 활동해왔지만,

『시대일보』의 경영에서 물러난 뒤부터는 학자의 측면이 강해졌다.

한편 최남선은 친족이 소유한 출판사로 동명사를 존속하게 했던 듯하다. 예를 들면, 최남선은 1929년 5월에 '조선 중심 인문과학 통속 잡지朝鮮中心人文科學通俗雜誌'라는 이름을 내걸고 "조선생활급기문화朝鮮生活及其文化의 학술화學術化"를 목표로 개인 지향의 잡지『괴기怪奇』〈도판 8-2〉를 간행했는데,[7] 그 발행소는 동명사였다. 『괴기』는 단명으로 끝났지만, 그 뒤에도 『임진란壬辰亂』1931, 『조선독립운동소사朝鮮獨立運動小史』1946, 『조선상식문답朝鮮常識問答』1946, 『국민조선역사國民朝鮮歷史』1947년, 『중등국사中等國史』1947 등 식민지 지배 때부터 해방 후에 이르기까지 최남선은 동명사에서 조선의 역사와 문화, 풍속에 관한 연구 성과를 여럿 간행했다. 동명사는 1949년 1월 15일에는 최남선이 대표로 출판사 등록되어 있지만,[8] 최남선의 차남인 최한웅의 회상에 따르면, 최남선은 해방 직후인 1945년 10월에 동명사를 재건하기 위해 차남인 한웅에게 실무를 부탁했다고 한다.[9] 최남선은 아마 자신의 연구 성과를 발표할 장을 남겨놓기 위해 동명사를 일족의 소유로 남겨두었을 것이다.

그런데 해방 뒤에 한국에서 가장 세력이 컸던 산업 가운데 하나가 출판계였다. 조선인의 출판활동은 조선총독부의 신문지법 등에 따라 오랜 시간 동안 통제받아왔는데, 해방과 함께 출판의 자유가 보장받았다. 1945년 8월의 해방 뒤에 북위 38도선 이남의 남조선을 점령한 미국 군정당국은 1945년 10월 이후 출판에 관한 군정법령을 공포해 언론 통제제도를 폐지하고 누구라도 자유롭게 출판활동을 할 수 있게 했다.[10] 해방 이후 출판사의 수는 해마다 늘어나서 1949년 1월에 등록 출판사 수는 서울만으로도 실로 800개 사 가까이 이르렀다.[11] 이들 대부분은 해방 후에 설립된 신흥 출판사이고, 책 한권을 내기 위해 출판사로 등록한 단체도 있었던 듯하다.

그런 가운데 동명사는 식민시 시기부터 존속해온 얼마 되지 않는 출판사 가운데 하나였다. 식민지기에 설립되고 해방 후에도 이어진 출판사로는 그밖에도 몇 개를 들 수 있는데, 그 가운데서도 규모가 컸던 한성도서는 1946년에 일어난 화재 때문에 엄청난 피해를 입어서 결국 1957년에 폐업했다.[12]

　　결과적으로 지금도 활동하는 동명사는 한국 최고의 출판사가 되었다. 이 회사는 해방부터 몇 년 뒤까지는 최남선의 저서를 출판하는 데 전념했지만, 1950년 이후 교과서 출판이라는 새로운 분야로 옮겨갔다.[13] 현재는 생명과학, 자연과학, 사회과학, 인문학 등 폭넓은 분야의 대학 교재를 펴낸다.[14]

　　이렇게 오랜 역사를 자랑하는 동명사지만, 그 설립 배경을 거슬러 올라가면, 제7장에서 살펴본 것처럼 1922년 7월에 신문관이 해체된 뒤에 사옥을 물려받는 형식으로 성립하고, 편집 방법 등 간행물의 내용면에서도 신문관의 노하우를 이어받았다. 신문관은 이때 출판사의 문은 닫았지만, 인쇄소의 활동은 적어도 1929년까지 계속되었다. 또 제1장과 제7장에서 말한 판매부도 〈도판 8-3〉과 같이 『동명』의 최종호로 1923년 6월에 간행된 제2권 제23호까지 광고 홍보를 계속하고, 번역소설인 『불상흔 동무』와 스테디셀러였던 『시문독본』 등 신문관의 간행물을 계속해서 판매했음을 알 수 있다. '신문관 판매부'는 『동명』의 다른 호 광고에서는 "이십년二十年 갓갑게 적후積厚한 신용信用"을 가진 "내외도서통신판매內外圖書通信販賣" 기관임을 자랑하고, 지방의 독서가를 향해서 서적을 구입할 때 이용해 줄 것을 촉구했다.[15] 또 "내외신구內外新舊의 만종서적萬種書籍"과 "각종잡지各種雜誌"를 판매한다고 광고해서,[16] 폭넓은 간행물을 취급했음을 알 수 있다.

　　인쇄소와 판매부가 언제까지 존속했는지는 분명하지 않지만, 1926년

〈도판8-3〉
『동명』에 실린 신문관 판매부의 광고(제2권 제21호, 1923.5.20).
오른쪽부터 순서대로 『時文讀本』 제6판, 『賈珠謝哀話海棠花』 제3판,
『불상한 동무』 제4판을 홍보했다.

에 『시문독본』 제8판이 간행된 것을 고려하면, 판매부는 적어도 이때까지는 활동했음이 틀림없고, 인쇄소도 〈표 7-1〉에서 본 것처럼 1920년대 말까지 다른 출판사의 간행물을 인쇄했다. 그 무렵에 신문관의 삽화와 레이아웃 등이 다른 출판사의 간행물에서 여럿 쓰이는 등 1920년대에도 신문관은 조선의 출판계에 영향을 미쳤다고 할 수 있다.

이상과 같이 1908년에 설립된 신문관은 근대 조선에서 출판문화가 형성된 시기부터 그 문화가 꽃피는 1920년대까지 오랜 시간에 걸쳐서 조선 출판계를 이끈 출판사였다.

2. 신문관·최남선과 근대 일본

이 책에서는 근대 조선에서 출판문화의 기초를 쌓은 신문관에 대해서 간행물의 내용뿐만 아니라 레이아웃 등 형식면까지 포함한 포괄적인 시야로 잡지뿐만 아니라 단행본에도 초점을 맞추어 같은 시기에 일본의 출판계가 미친 영향에 주목함으로써 출판사로서 그 실태를 실증적으로 해명하려고 시도했다. 그 결과 신문관은 간행물의 내용면부터 형식면, 기획과 경영 전략에 이르기까지 모든 면에서 일본의 영향을 받은 사실이 밝혀졌다.

내용면으로 말하면, 제1장 이후 본 것처럼, 『소년』과 『청춘』을 비롯해 신문관의 잡지에는 방대한 수에 이르는 일본 출판물의 번역 기사가 포함되어 있었다. 먼저 조선 '최초의 근대 잡지'로도 불리는 『소년』에서는 『실업지일본』과 요시카와고분칸의 『서양의 우스운 이야기』, 게이세이샤서점의 『서양 고금 명훈 일화집』 등 일본 출판사의 다양한 간행물이 저본으로 쓰였다. 또 『붉은 져고리』와 『아이들보이』처럼 조선 아동문학사의 출발점에 놓인 신문관의 어린이 잡지에도 당시 일본의 어린이를 위한 출판물에서 번역된 기사가 여럿 실렸다.

특히 많은 번역 기사를 찾아볼 수 있는 것은 당시 조선을 대표하는 종합 잡지 『청춘』이다. 이 잡지에서 '세계적 지식'을 다룬 기사와 논설은 최남선이 집필한 것으로 보이지만, 하쿠분칸의 종합 잡지 『태양』과 『인류학 총화』, 『세계동식물기담』 등 같은 시기에 나온 일본의 잡지와 서적의 번역을 통해서 그런 지식이 발신된 것이었다. 『청춘』에 실린 번역 기사의 수는 저자가 확인한 것만으로도 150편에 가깝다. 그 대부분은 출전이 밝혀지지 않은 것은 물론 번역물이라는 사실조차 명시되지 않았는데, 주력 상품으로 당시 조선 사회에 큰 영향을 미친 신문관의 잡지는 지식 전달 관련 기사와 논설 등을 중심으로 대부분 일본의 출판물을 번역함으로써 성립된 것이라고 할 수 있다.

이런 경향은 잡지뿐만 아니라 단행본에서도 찾아볼 수 있다. 예를 들면, 제5장에서 논한 신문관의 시리즈 서적은 내용면에서 내외출판협회의 출판물에 크게 의거했고, 제6장에서 고찰한 신문관의 스테디셀러 『시문독본』도 메이지서원의 『중등국어독본』을 중심으로 일본의 여러 중등국어교과서에서 문장을 번역해서 실었다.

또 일본의 영향은 내용면뿐만 아니라 간행물의 형식면에도 미쳤다. 예를 들면, 『소년』과 『청춘』에는 하쿠분칸의 『태양』과 『중학세계』 등의 삽화와 디자인, 레이아웃이 많이 쓰였고, 조선의 정기간행물에서 최초의 연재만화로 손꼽히는 어린이 잡지의 「다음 엇지」도 대부분 하쿠분칸의 『유년세계』와 실업지일본사의 『유년의 벗』의 펀치 그림을 옮겨 싣거나 모범으로 삼은 것이었다. 이렇게 간행물의 형식적인 면에서도 일본의 출판물을 참고했다.

나아가 신문관이 어린이 잡지를 기획한 외적인 요인 가운데 하나로 당시 일본에서 아동문학이 발전한 것을 생각해볼 수 있고, 또 제5장에서 고찰한 것처럼 신문관이 펴낸 '십전총서'와 '육전소설' 등 염가의 총서 기획도 일본의 출판계에서 구상되었을 가능성이 있는 등 간행물의 내용뿐만 아니라 기획 면에서도 일본의 출판문화를 참고했던 것으로 보인다. 특히 서적을 시리즈로 만든다는 발상, 그 가운데서도 총서는 당시 일본의 출판업계에서 잡지보다 값비싼 서적을 정기적으로 판매하기 위한 출판 방법으로 만들어낸 것이었는데, 경영 전략의 면에서도 그것을 참고했을 가능성이 크다.

이렇게 신문관의 잡지와 단행본에는 일본의 영향이 강하게 나타난다. 신문관이 설립된 대한제국의 보호국 시기는 물론 최남선과 이광수, 현상윤 등이 한탄한 것처럼, 서적이 충실하지 않고 '도서관 하나' 없던 무단정치기의 조선에서 민중에게 지식과 정보를 발신해서 계몽하기 위해서는 이미 출판계가 발전해서 '서적과 신문 잡지가 충실'한 일본의 출판물에 의지할 수밖에 없었다고 할 수 있다. 그러나 놓쳐서는 안 될 것은 최남선이 단지 일본의 간행물을 이용한 것이 아니라, 여러 가지로 창의적으로 연구하고 독자적으로 재구성해서 잡지와 단행본을 간행했다는 점이다.

먼저 번역 면에서는 『소년』의 경우 "신대한의 청년"으로 "혼자 억개에 진 무거운 짐을 감당케 하도록 교도하자 함"이라는 간행 목적에 맞게 저본을 번역하는 과정에서 가필·수정했는데, 거기에는 '소년'에 대한 최남선의 기대가 담겼다. 또 『붉은 져고리』와 『아이들보이』 등 어린이 잡지는 일본의 출판물을 번역하면서 '비행기飛行機'를 '나르는 틀'로 표현하는 등 원문의 한자어를 사용하지 않고 되도록 고유어를 사용해 식민지의 상황에서 조선어를 보존, 발전시키려고 했다. 그밖에 '세계적 지식'을 전달하려 한『청춘』도 번역 과정에서 '일본'을 '조선'으로 고쳐 써 주체를 바꿈으로써 '세계' 속에 조선을 자리 잡게 하려고 힘썼다.

이런 독자성은 저본을 선택하는 단계부터 나타났다. 제1장에서 고찰한 것처럼,『소년』은 독자투고 란을 중심으로 한 지면 구성 등의 형식면에서 하쿠분칸의 소년 잡지『소년세계』를 참고했다. 그러나 다른 한편으로 독자인 '소년'에게 나라의 장래를 짊어질 굳센 존재가 될 것을 기대한 최남선은 내용면에서는 '소년'에게 어린이다움과 천진난만을 바란 이와야 사자나미가 편집한『소년세계』를 모범으로 삼지 않았다. 창간한 지 얼마 되지 않을 때에는 하쿠분칸의『세계의 동화』와『소년세계독본』처럼 청소년을 대상으로 한 출판물을 저본으로 했지만, 점차 일반 대중을 위한 서적으로 번역의 저본이 변해갔다. 이렇게 최남선은 계몽의 요소가 강한 일본의 서적을 선택해서 번역함으로써 '소년'을 계몽한다는 목적을 이루려고 했다.

또 굳센 '소년'의 양성을 목표로 삼은『소년』의 콘셉트를 이어받아 '완전한 사람을 만들' 것을 목적으로 한 신문관의 어린이 잡지에서도『가정동화』와『빨간 구두 이야기』처럼 교훈의 요소가 강한 책을 저본으로 선택했다. 한편 어린이 잡지에는『유년세계』,『소년세계』의 작품과 이와야 사자나미의 삽화처럼 어린이다운 것도 여럿 실렸다. 최남선은 원래 '어린이다움'을 중시한 사자나미의 아동관을 잘 알고 있었지만,『소년』을 간행할 때에는 그런 "아동兒童의 호기심好奇心과 환의歡意를 영합迎合"하는 것을 "경연輕軟한 것"으로 부정했다. 그러나 어린이 잡지를 창간할 무렵에는 어린이에게 다가가기 위한 수단으로 이런 '어린이다움'을 받아들이게 되었다. 말하자면 신문관의 어린이 잡지는『소년』이래로 계몽의 요소에 '어린이다움'이 결합된 것이었다.

이렇게 최남선은『소년』창간 때부터 조선의 상황에 맞게 저본을 선택하고, 나아가 번역의 과정에서 가필·수정하는 등 연구를 거듭하면서 조선의 민중을 계몽해갔다.

번역과 저본 선택에서 나타난 이러한 독자성은 단행본에서도 확인할 수 있는데, 단행본에서는 특히 일본의 출판사에서 얻은 기획 등의 아이디어를 독자적으로 활용한 경향이 뚜렷하게 보인다. 예를 들면『시문독본』은 권수가 올라갈수록 대상 연령이 높아지는『중등국어독본』의 구성에 맞추는 형식으로 최남선의 민중 계몽 방침을 강하게 반영한 신문관의 기존 간행물을 다시 실음으로써 현대문의 교과서이면서도 메시지성도 갖춘 서적으로 재구성되었다.

그밖에 시리즈 서적도 내외출판협회의 출판물이 번역되었지만, 삽화와 레이아웃은 하쿠분칸의 것을 참조하기도 했다. 내외출판협회는 개인의 도덕적 수양을 중시한 '수양서류'에 역점을 둔 출판사였고 최남선의 방향성과 일치했기 때문에 신문관은『소년』간행 때부터 이 회사의 출판물을 적극적으로 번역했다. 그 때문에 시리즈 서적에서도 내용면에서는 내외출판협회의 단행본이 쓰였다고 생각되지만, 앞에서 말한 것처럼 삽화와 레이아웃의 형식면에서는 하쿠분칸의 출판물을 참조했다. 이것은 비교적 규모가 작고 1914년에 도산한 내외출판협회에 비해서 하쿠분칸은 당시 일본을 대표하는 대형 출판사였고, 특히 안정적으로 새롭게 이익을 만들어내기 위해 총서를 중시한 것과 관계가 없지는 않았을 것이다. 요컨대 단행본의 내용은 내외출판협회를, 그 판매 방식은 하쿠분칸을 참고했다고 할 수 있다.

이렇게 최남선은 단순히 독자에게 전하고 싶은 내용을 서적으로 간행한 것만이 아니라, 그것을 시리즈로 만든다는 착상과 기획을 포함해 형식면에서는 대형출판사인 하쿠분칸을 참고해서 신문관의 경영 안정화를 꾀했던 것으로 보인다.

최남선은 일본의 식민지로 전락하고, 사회와 개인이 '부패'한 상태였던 조선의 현상을 개선하기 위해 출판물을 통해 계몽을 시도했지만, 민중 계몽과 출판물의 발전이라는 자신의 목적을 이루기 위해서 일본의 출판물을 이용했다고 할 수 있다. 1906년에 일본에 유학했을 무렵에 일본 출판계의 '성대'함에 충격을 받은 최남선은 그 뒤에도 계속해서 많은 일본의 출판물과 마주치고, 그것을 취사선택하면서 계몽의 수단으로 삼았다. 그리고 제7장에서 말한 것처럼, 최남선이 초안을 쓴「3·1독립선언서」에는 그가 신문관을 창립한 이후 잡지와 서적을 통해서 민중을 계몽하던 방침이 분명하게 새겨졌다.

또 이 책에서는 깊이 논의하지는 않았지만, 신문관의 잡지와 단행본에는 조선의 역사와 문화를 다룬 논설 등도 여럿 실렸다. 예를 들면『소년』에는 조선 반도의 지형을 토끼 모양으로 본 지리학자 고토 분지로小藤文次郎의 견해에 대해서 '맹호'의 형상을 했다고 반론한 것과〈도판 8·4〉 조선반도의 지리적인 독자성 등을 강조한「해상대한사海上大韓史」 등이 실렸고,『청춘』에도 이 책에서 다룬 것 이외에도 조선의 역사와 문화, 종교 등을 다룬 논설이 여럿 보인다. 또 신문관의 어린이 잡지『붉은 져고리』와『아이들보이』에는 번역물과 함께 '조선적인 것'의 요소도 짙게 나타나고, 독자에게 힘써 '조선어'로 문장을 짓도록 촉구하는 등 한국병합에 따라 조선의 전통과 문화가 상실될 것을 우려하고 이를 보존하려 한 최남선의 태도가 뚜렷하게 나타났다.

최남선은 조선이 보호국 시기를 지나 식민지가 되고, 문명의 지위가 '사활'의 위기에 닥친 상황에서도 민중이 여전히 세계정세에 어둡고, 현

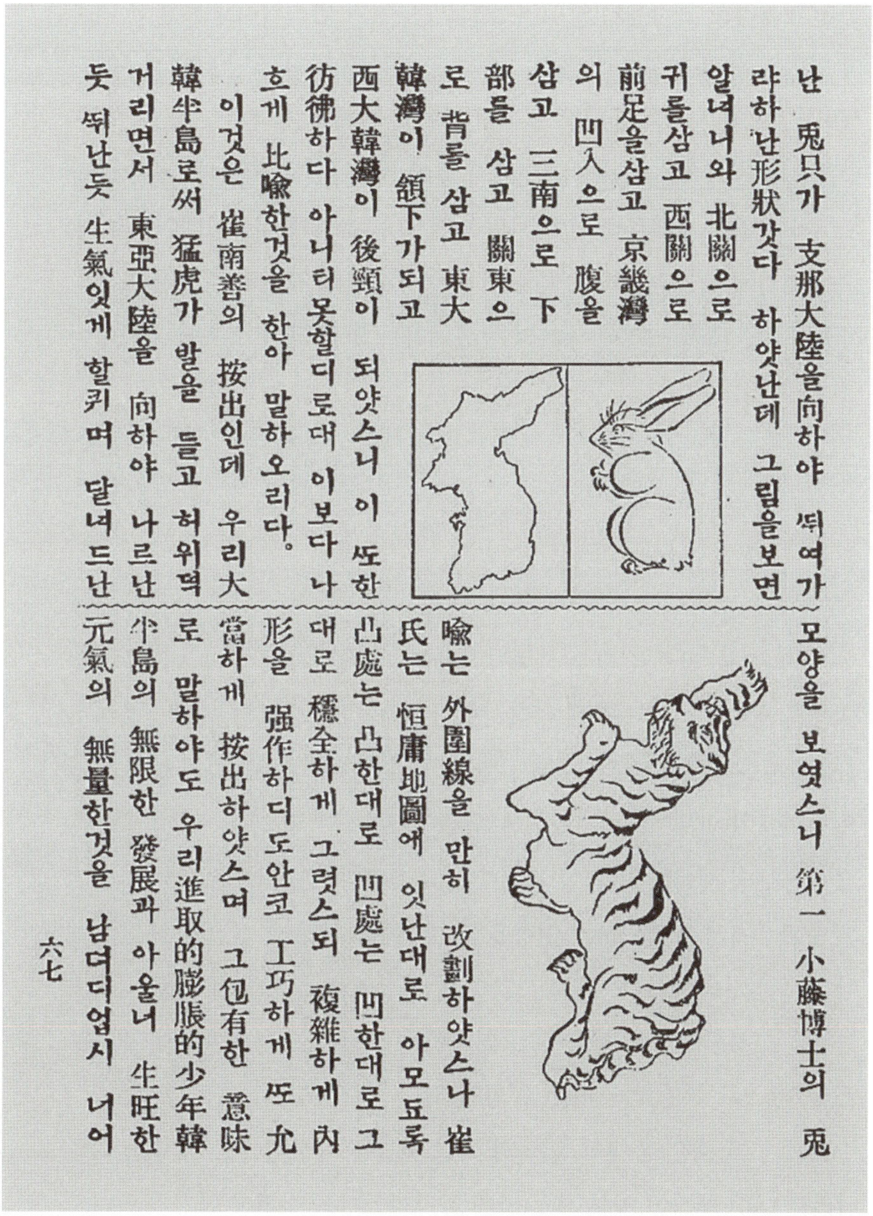

난 兔모가 支那大陸을 向하야 뒤여가 모양을 보엿스니 第一 小藤博士의 兔

라하나 난形狀갓다 하얏난데 그림을보면 알녀나와 北關으로 귀를삼고 西關으로 前足을삼고 京畿灣의 凹入으로 腹을 삼고 三南으로 下部를 삼고 關東으로 背를 삼고 東大韓灣이 領下가되고 西大韓灣이 後頸이 되얏스니 이 또한 彷彿하다 아니티못할디로대 이보다 나흐게 比喻한것을 한아 말하오리다.

이것은 崔南善의 按出인데 우리大韓半島로써 猛虎가 발을 들고 허위뎍거리면서 東亞大陸을 向하야 나르난 듯 뒤난듯 生氣잇게 할퀴며 달녀드난 듯

喩는 外圍線을 만히 改割하얏스나 崔氏는 恒庸地圖에 잇난대로 凹處는 凹한대로 아모됴록 穩全하게 그럿스되 複雜하게 內形을 强作하디도안코 工巧하게 또 允當하게 按出하얏스며 그包有한 意味로 말하야도 우리進取的膨脹的少年韓半島의 無限한 發展과 아울너 生旺한 元氣의 無量한것을 남겨더업시 너어

六七

〈도판 8-4〉
토끼와 호랑이의 삽화를 이용해서 조선반도의 형상을 소개한 기사. 『소년』 제1년 제1권, 1908.11.

종장_ 조선 출판문화의 탄생　393

상을 개선하려는 자세가 보이지 않으며, 나아가 민족의식도 희박한 비관할 만한 조선의 현상을 깨뜨리기 위해 간행물을 통해서 민중을 계몽하려 했다. 그때 같은 시기에 나온 일본의 잡지와 서적을 모범으로 삼으면서도 저본의 취사선택과 번역의 과정에서 가필·수정해 독자적인 요소를 더함으로써 식민지 지배를 받던 당시의 조선 상황에 맞게 재구성했던 것이다. 근대 조선에서 출판문화의 기초를 쌓은 신문관의 간행물은 당시 조선의 상황이라는 내적 조건에 일본의 출판계라는 외적 조건이 조합된 산물이었다고 할 수 있다.

3. 앞으로 남은 과제

마지막으로 앞으로 남은 과제에 대해서 이야기하고 싶다. 이 책이 일본의 출판계가 미친 영향에 주목하면서 1908년에 설립된 조선의 출판사 신문관을 분석해온 것은 '일국사'를 뛰어넘어 근대 출판문화의 형성 과정을 그려보기 위해서였다. 그 결과 앞에서 말한 것처럼 신문관의 간행물은 그 내용부터 레이아웃 등 형식면, 그리고 출판사의 전략에 이르기까지 일본 출판계에서 광범위하게 영향을 받았음이 밝혀졌다. 이런 고찰을 통해서 신문관과 나아가서는 근대 조선의 출판문화를 분석할 때 다른 나라의 영향을 고려함으로써 '일국사'를 뛰어넘는 시점을 도입하는 것이 필요불가결함을 실증적으로 보여줄 수 있었다.

그러나 이 책은 종래의 '일국사'적인 시점을 극복했다고 하지만, 다른 나라로 다룬 대상이 일본 한 나라에 한정되었다는 점에서 한계가 있다고 할 수 있다. 예를 들면, 제7장에서 고찰한 것처럼 『동명』에는 중국의 신시가 많이 실렸고, 또 일본의 출판물과 함께 영어 등으로 쓰인 서적을 참조했다고 생각되는 번역 기사도 여럿 보인다. 3·1독립운동 뒤에 조선총독부의 통치 정책이 무단정치에서 문화정치로 전환함으로써 조선인에게 어느 정도 언론의 자유가 인정된 결과, 1920년대에는 여러 가지 잡지와 서적이 간행되었다. 그것들에는 같은 시기의 중국과 서양의 영향도 나타나서 다른 나라가 미친 영향은 일본 한 나라에서 문자 그대로 세계적 규모로 넓어져갔다. 따라서 1920년대에 꽃핀 조선 출판문화의 전개 과정을 일본뿐만 아니라, 중국과 서양과 주고받은 영향 관계라는 글로벌한 시점에서 재구축하는 것이 앞으로 남은 과제일 것이다.

식민지기에 조선의 민족운동과 문예활동은 세계의 최첨단 지식과 사상을 섭취해 그것을 민중에게 보급하는 방식으로 전개되었는데, 그때 서적과 잡지, 신문 등의 출판물이 정보 전달과 확산의 역할을 맡았다. 서장에서도 말한 것처럼, 1920년대의 조선에서는 예컨대 『개벽』 등의 잡지를 통해서 서양의 신사상과 신지식이 점차 확산되어갔다. 이렇게 출판물을 매개로 서양에서 유래한 이론과 사상의 보급, 계몽을 바탕으로 보호국 시기부터 식민지기에 걸친 근대 조선에서는 민족운동과 문예운동 등 다양한 운동이 전개되었다. 이처럼 '출판'은 근대 조선의 사상·문화·운동의 토대였고, 그것이 여러 외국과 어떻게 관계되었는가 하는 관점에서 분석하는 것은 곧 근대의 조선 사회를 글로벌하게 그려가는 작업으로 연결된다고 할 수 있다.

그리고 '출판'이 근대 조선의 사상·문화·운동의 토대라는 점에 비추어보면, 그것을 통제한 검열도 고찰해야 할 대상이다. 이 책에서는 신문관의 번역 기사를 저본과 비교함으로써 검열로 삭제된 사례를 보였고, 또 실린 글의 경향을 분석한 것 등을 통해서 엄혹한 언론 통제 속의 무단정치기에 최남선이 어떻게 검열을 의식하고 대책을 강구했는지도 고찰했다. 당시의 언론 통제를 다룬 앞선 연구에서는 조선총독부측의 시점에서 검열의 실태를 밝히려고 한 것이 많아 검열 대상자의 대응을 제대로 파악하지 못한 문제가 있다. 무단정치기의 언론 통제는 여전히 분명하지 않은 점이 많은데, 이 책은 조선인이 어떻게 검열에 맞서 대응했는지 새로운 각도에서 검토했다고 할 수 있다.

앞으로 이런 신문관의 분석을 바탕으로 문화정치기인 1920년대의 검열 실태도 밝히고 싶다. 조선에서 출판문화가 꽃핀 문화정치 시기에도 조선총독부는 여전히 검열을 실행했다. 그러나 검열에 의해 삭제된 구체적인 내용을 보여주는 사료는 거의 남아 있지 않고, 무단정치기에 비해 얼마 정도나 허가를 받기 쉽게 되었는가 하는 점을 포함해서 총독부가 시행한 언론 통제의 실태는 충분히 밝혀지지 않았다. 앞에서 말한 것처럼, 다른 나라가 미친 영향이 일본 한 나라에서 세계적인 규모로 넓어져간 상황을 고려하면, 이 번역의 현상은 더욱 더 확대되었을 것이다. 그리고 그런 번역물 가운데는 검열로 삭제된 것도 많이 포함되었다고 생각된다.

곧 이 책과 마찬가지로 1920년대에 나온 조선의 출판물에서 번역 기사의 저본을 특정하는 작업은 조선총독부가 검열로 삭제한 내용을 구체적으로 복원하고, 삭제의 사례를 유형화하며, 검열의 경향과 기준을 해명하는 것으로도 이어진다.

이상과 같이 일국사를 뛰어넘는 관점에서 '출판'을 고찰하는 작업은 근대의 조선 사회를 글로벌한 관점에서 다시 파악하는 것일 뿐만 아니라, 조선총독부가 펼친 통치의 실태를 해명하는 것으로도 이어져 단순히 출판물을 분석하는 데 그치지 않을 가능성을 내포한다. 앞으로는 이런 문제의식을 바탕으로 1920년대 조선 출판계의 실태 해명을 과제로 삼고 싶다.

주석

1   당시 신문에서는 "今回 規模를 擴張하야 日刊新聞으로 變更하기로 決定"했다고 보도되었다. 「『東明』日刊準備」, 『동아일보』, 1923.6.5, 2면.

2   아베 미쓰이에가 사이토 마코토에게 보낸 서한(1923.7.22), 이형식 편, 『齋藤實·阿部充家 왕복서한집』, 아연출판부, 2018, 88면. 진학문은 조선총독부경무국이 『동명』때보다도 더 강경하게 『시대일보』 창간 허가를 거부했기 때문에 최종적으로 사이토 마코토에게 직접 담판할 것을 결의했다고 회고했다. 진학문, 「新聞·雜誌에 쏟은 情熱」, 『신동아』 제44호, 1968.4, 249면.

3   진학문, 「나의 文化史的 交遊記」, 최승만 편, 『瞬星秦學文追慕文集』, 瞬星追慕文集發刊委員會, 1975, 79면. 최학주도 『동명』 폐간의 원인을 "경제적인 타격"이라고 말했다. 최학주, 『나의 할아버지 육당 최남선 ─ 근대의 터를 닦고 길을 내다』, 나남, 2011, 172면.

4   대한민국 문교부 국사편찬위원회 편, 『윤치호 일기』 제8권, 대한민국문교부국사편찬위원회, 1987, 410, 415면.

5   최학주에 따르면, 『시대일보』는 준비 단계부터 민중에게 열렬한 지지를 받았고, 투자하겠다는 유지자도 많아서 최남선은 자금이 부족한 상태였음에도 불구하고 그런 인물들에게 경제적인 지원을 기대하면서 창간했다고 한다. 최학주, 앞의 책, 172면.

6   조용만, 『육당 최남선 ─ 그의 생애·사상·업적』, 삼중당, 1964, 198~199면. 염상섭도 뒤에 "나 역시 普天教와 같은 종교 단체의 출자를 받아 들여서 기관지로 전락하게 되었다가는 큰일이라는 생각으로 반대"했다고 회상했다(위의 책, 200면). 보천교와 벌인 분규에 즈음해서 『시대일보』는 "公正한 立場에 處하야, 民衆의 公器가 되고저 하는 것이 本社의 不變하는 精神"이라며 "本社가 어써한 團體이나 어써한 宗門, 또는 어써한 個人의 專有物이나 機關紙가 되는 일은 絶對로 許치 안흠으로 이에 다시 讀者諸位에게 聲明"한다는 「謹告」를 실었다. 「謹告」, 『시대일보』, 1924.6.25, 1면.

7   『괴기』 제1호의 권말에는 "每月 約 五十頁씀을 限度"로 한다는 글이 보여(「讀者께」, 『괴기』 제1호, 1929.5, 59면), 월간으로 발행할 것을 계획했던 듯하지만, 제1호를 간행하고 끝내버렸다고 한다(홍일식, 『육당 연구 ─ 부(附) 육당문선』, 일신사, 1959, 56~57면). 그러나 실제로는 〈도판 8-2〉와 같이 제2호가 간행되었다.

8   「出版社一覽表」, 『출판문화』 제7호, 조선출판문화협회, 1949, 57면.

9   李斗暎 著, 舘野晳 譯, 『韓國出版發展史 ─一九四五~二○一○』, 出版メディアパル, 2015, 36면.

10 미국 군정의 출판 정책에서 대해서는 위의 책, 18~22면 참조.

11 「出版社一覽表」, 앞의 책, 57~63면. 1949년 말까지 합계 5천 점에 가까운 도서가 출판되고, 발행 부수는 약 2천5백만 부로 추정된다. 李斗暎 著, 舘野晳 譯, 앞의 책, 24면.

12 최영해, 「出版界의 回顧와 展望」, 『출판문화』 제7호, 조선출판문화협회, 1949, 5면; 李斗暎 著, 舘野晳 譯, 앞의 책, 35~36면.

13 동명사의 역사에 관해서는 李斗暎 著, 舘野晳 譯, 앞의 책, 36~38면 참조.
14 자세한 것은 동명사 홈페이지(http://www.dmsbook.com) 참조.
15 『동명』제2권 제14호, 1923.4.1, 19면.
16 『동명』제1권 제4호, 1922.9.24, 19면; 『동명』제1권 제11호, 1922.11.12, 2면.

후기

　이 책은 2021년 7월에 규슈대학 대학원 인문과학부에 제출한 박사학위 논문 「근대 조선의 출판문화 형성과 일본－출판사 신문관[1908~1922]을 중심으로近代朝鮮における出版文化の形成と日本－出版社新文館(1908~1922)を中心に」를 가필·수정한 것이다. 각 장의 토대가 된 글이 처음 실린 곳은 다음과 같다.

제1장 「최남선의 초기 출판활동에 나타난 일본의 영향－1908년에 창간된 『소년』을 중심으로崔南善の初期の出版活動にみられる日本の影響――一九〇八年創刊『少年』を中心に」, 『朝鮮學報』 제249·250집 합병호, 朝鮮學會, 2019.1, 39~84면.

제2장 「1910년대에 조선에서 나온 신문관의 어린이 잡지－일본의 아동문학계와 최남선一九一〇年代の朝鮮における新文館の兒童雜誌－日本の兒童文學界と崔南善」, 『東洋史研究』 제79권 제2호, 東洋史研究會, 2020.9, 93~134면.

제3장 「최남선이 주재한 『청춘』[1914~1918]에서 '세계적 지식'의 발신 방법－일본의 출판계와 이어진 관계를 중심으로崔南善主幹『青春』(一九一四~一九一八)における「世界的知識」の發信方法－日本の出版界との關係を中心に」, 『朝鮮史研究會論文集』 제57집, 朝鮮史研究會, 2019.10, 105~137면.

제4장 「출판사 신문관[1908~1922]의 간행물과 여성－최남선의 여성관을 중심으로出版社新文館(一九〇八~一九二二)の刊行物と女性－崔南善の女性觀に着目して」, 『年報朝鮮學』 제22호, 九州大學朝鮮學研究會, 2019.12, 1~26면.

제5장 「출판사 신문관의 단행본－잡지사업 및 일본 출판계와의 관계성을 중심으로」, 『상허학보』 제60집, 상허학회, 2020.10, 267~308면.

제6장 「식민지기 조선에서 이루어진 최남선의 단행본 출판과 그 편집 방침－신문관 간행 『시문독본』을 중심으로植民地期朝鮮における崔南善の單行本出版と

その編集方針―新文館刊『時文讀本』を中心に」,『九州歷史科學』제48호, 九州歷史科學研究會, 2020.12, 1~37면.

　제7장「3·1독립운동 뒤 최남선의 출판활동―시사주보『동명』^{1922~1923}을 중심으로를·一獨立運動後の崔南善の出版活動―時事週報『東明』（一九二二~一九二三）に着目して」,『朝鮮學報』第258輯, 朝鮮學會, 2021.12, 71~114면.

　이 책은 근대 조선의 출판문화사를 다룬 학술서로는 아마 일본에서 최초일 것이다. 이 책을 정리하면서 조선에서 최초의 본격적인 출판사로서 신문관이 설립될 때부터 종언에 이르기까지 그 궤적을 그린 통사로서, 또 그 창립자인 최남선의 젊은 날을 다룬 평전으로도 읽힐 수 있게 하려고 각각의 논문에 새로운 분석을 덧붙여서 크게 수정하고 구성을 바꾸기도 했다. 그 때문에 처음에 실린 논문과 비교하면 원형이 남지 않은 부분도 많고, 서장과 종장을 포함해서 새로 쓴 곳도 상당한 비중을 차지한다.

　되돌아보면, 내가 이 책의 주인공 최남선에게 흥미를 느끼게 된 것은 규슈대학 문학부 조선사학 연구실에서 하마다 고사쿠^{濱田耕策} 선생님에게 받은 조선사학 강독 수업이 계기가 되었다. 한국의 역사와 문화를 개략적으로 소개한『한국사 시민강좌』를 분담해서 번역했는데, 그때 우연히 최남선에 관한 부분을 담당하게 되어 최남선이라는 인물을 처음으로 알게 되었다.「3·1독립선언서」의 초안을 쓴 사람이자 민족의 영웅이면서 한편으로는 일본의 식민지 지배에 협력한 '친일파'로 단죄되는 등 평가가 둘로 나뉜 점에 대해 당시 학부 2학년생이었던 나는 순수하게 의문을 품었고, 생각해보면 그 무렵부터 식민지기 조선의 사회와 당시를 살았던 지식인에게 관심을 기울이게 되었다.

　역사학자, 문학가, 민족의 영웅, 또는 친일파. 서장에서도 말한 것처럼 여러 가지 얼굴을 한 최남선 가운데 출판인의 한 측면에 특히 관심을 기울인 배경으로는 2012년부터 2013년까지 한국에 유학한 것을 들 수 있다. 대단한 독서가도 아니지만, 이전부터 서점과 도서관의 분위기가 좋았던 나는 유학 중에 서울에 있는 서점을 처음으로 찾아가서 그 규모에 놀랐고, 거기서 한국의 '출판'에 흥미가 끌렸다. 서점의 멋진 모습과 아울러 디자인이 뛰어나고 다채로운 책 표지는 보는 것만으로도 즐거웠고, 정기적으로 서점과 도서관에 다니면서 여러 가지 출판물을 만났다.

그러다가 최남선이 창간한 잡지 『소년』이 한국에서 '잡지의 날'의 기원이 된 것을 알았고, 그가 설립한 신문관이 근대 조선의 출판문화를 형성하는 데 깊이 관련된 사실을 알게 되었다.

대학원에 진학해서 본격적으로 신문관을 분석하게 되었는데, 이 책의 전체를 꿰뚫는 시점으로 신문관과 일본 출판계의 관계에 주목하게 된 계기는 때마침 하쿠분칸의 잡지 『태양』을 보다가 거기에 실린 사진이 신문관의 『소년』에 수록된 것과 같다는 사실을 깨달은 것이었다. 신문관의 간행물에 일본의 요소가 담긴 것은 일찍부터 지적되어 왔지만, 구체적인 사례를 들어 실증적으로 논한 연구는 없었다. 거기서부터 『태양』을 비롯해 최남선이 일본에 유학할 때에 보았을 것 같은 잡지와 서적을 거슬러 올라가자 하나씩 하나씩 번역의 저본이 발견되었다.

결과적으로 신문관의 많은 간행물이 번역의 저본, 레이아웃, 판매 전략 등 여러 가지 면에서 일본의 영향을 받은 사실이 밝혀졌는데, 그렇다고 해서 이 책의 목적이 당시 일본의 출판계가 미친 영향력을 과시하려는 것은 물론 아니다. 식민지 지배를 받던 조선의 지식인이 일본의 간행물을 이용해서 어떻게 민중을 계몽하려 했을까, 일본의 간행물을 재구성하면서 어떻게 출판문화를 쌓았을까, 그 주체성과 독자성을 밝히는 데 이 책의 성과가 조금이라도 쓸모가 있다고 알려진다면 다행이다.

또 이 책은 근대 조선의 출판을 다루었지만, 메이지·다이쇼기에 하쿠분칸을 중심으로 한 일본의 간행물이 조선으로 들어와서 수용되는 과정을 밝힘으로써 일본 미디어사의 연구 성과를 동아시아의 차원으로 확대해 '제국 일본의 미디어사'로서 생각해볼 만한 작은 계기가 되기를 바란다.

더 나아가 원래 근대적인 인쇄기술을 배경으로 한 '출판'은 서양에서 기원한 것이고, 신문관이 저본으로 한 일본의 출판물에도 서양 간행물에서 번역한 것, 곧 중역이 많이 포함되어 있다. 예를 들면 일본에서 최초의 소년잡지로 꼽히는 『소년원少年園』은 영국의 어린이 잡지 『리틀 포크』를 참고한 것이라고 하듯이 당시 일본의 출판도 서양에서 많은 영향을 받았다. 서양에서 기원한 출판문화가 사슬처럼 일본을 거쳐 조선으로 이어지는 과정을 해명하는 데 이 책의 성과가 조금이나마 공헌할 수 있으면 좋겠다고 생각한다. 앞으로도 이런 글로벌한 시점에서 조선 출판의 역사를 파악해가고 싶다.

한편 이 책에서는 신문관의 설립자인 최남선의 사상까지는 충분히 분석할 수 없었다. 일본에서는 최남선에 대한 연구는 거의 보이지 않지만, 그는 한국에서는 그 이름을 모르는 사람이 없는 존재이다. 그러나 그 인물상은 도저히 한마디 말로는 다 표현할 수 없다.

이 책에서는 최남선이 초기에 활동하던 신문관에 초점을 맞추었는데, 신문관이 출판사로서 문을 닫은 1922년에 그는 아직 서른두 살밖에 되지 않는 청년이었다. 그는 그 뒤 많은 저작을 남기고 여러 가지 활동을 펼치면서 전쟁 시기, 해방을 맞이했다.

최남선에 대해 생각하는 것은 곧 식민지기 조선, 그리고 당시의 일본에 대해서 생각하는 것이다. 이 책에서는 깊이 논하지 않았지만, 그는 번역 과정에서 '일본'을 '동양' '다른 나라'로 표현하고, 조선과 다른 나라로 대체될 수 없는 일본 특유의 풍습과 역사, 사물 등에 관한 곳은 삭제함으로써 의도적으로 저본이 일본의 책이라는 사실을 감추려 하기도 했다. 이렇게 일본적 요소를 배제한 이유에 대해서는 여기서 단정할 수 없지만, 식민지 지배를 받던 민족의 계몽을 꾀하면서도 조선어로 된 참고 자료가 없는 상황에서 최남선은 도대체 어떤 마음으로 일본의 출판물을 번역했던 것일까. 그 뒤 그가 이른바 '친일'적인 행동을 거듭해간 사실을 알고 있기에 많은 저본과 마주치고 번역의 자취를 따라가면서 그의 심경을 생각하지 않을 수 없었다. 그와 아울러 식민지를 산 지식인을 연구하는 일의 어려움을 깊이 느꼈다. 그와 동시에 앞으로는 '출판'의 시점에서 당시의 지식인에게 더욱 더 가까이 다가가고 싶다고 생각한다.

이 책이 무사히 간행되기까지 많은 분들에게 도움과 지원을 받았다. 무엇보다도 박사 과정의 지도교수이신 오노 야스테루小野容照 선생님께 진심으로 감사의 말씀을 드리고 싶다. 바쁘신 가운데서도 늘 연구 상담에 응해 주셨고, 그때마다 적확한 조언을 들려 주셨다. 박사 논문의 제출 기한 막바지까지 작업하는 태평한 사람인 나는 지금까지 몇 번이나 오노 선생님을 성가시게 해드렸는지, 그리고 몇 번이나 도움을 받았는지 모른다. 출판사를 소개해주신 것도 오노 선생님이다. 선생님의 지도와 지원이 없었다면 이 책은 도저히 완성될 수 없었을 것이다.

석사 과정의 지도교수이신 모리히라 마사히코森平雅彦 선생님께서는 조선사학 연구실에 진학한 뒤에도 계속해서 지도해주셨다. 연구하는 자세와 사료를 대하는 방법을 비롯해 모리히라 선생님께 배운 것은 참으로 많다. 친절하고 열심히 지도해주셨을 뿐만 아니라, 나의 연구가 원활하게 나아갈 수 있도록 여러 가지로 배려해 주시고 연구 환경도 갖추어 주신

데 깊이 감사드린다. 또 연구의 계기를 마련해 주신 하마다 고사쿠濱田耕策 선생님께서는 학부 때부터 크게 도와주셨다. 서울로 유학하도록 지원해 주셨을 뿐만 아니라, 퇴임하신 뒤에도 여러모로 걱정해주셨고, 박사 논문 제출 뒤에는 격려의 말씀을 해주셨다.

부심으로서 박사 학위 논문의 심사를 맡아주시고 귀중한 조언을 해주 신 고쿠부 고지國分航土 선생님, 나미가타 쓰요시波潟剛 선생님, 그리고 대학 입학 때부터 여러 가지로 도와주신 이상목李相穆 선생님, 오랫동안 보살펴 주신 믿음직한 선배 다나카 미사토田中美彩都 씨, 문헌 번역과 한국어 표기 등의 면에서 도와주신 천수민千受珉 씨, 그밖에 수업과 연구회 등에서 지 도, 조언해주신 분들, 연구실의 모든 분들께 감사드린다.

학교 밖의 많은 선생님들에게도 도움을 받았다. 특히 시라카와 유타카 白川豊 선생님규슈산업대학(九州産業大學) 명예교수께서는 대학원에 진학한 이래 가르 침과 지원을 베풀어주셨다. 언제나 정성스럽게 논문을 읽고 유익한 조언 을 해주셨고 그밖에도 많은 자료를 물려주시는 등 연구의 진전에 유익한 지지를 보내주셨다. 그리고 류충희柳忠熙 선생님후쿠오카대학(福岡大學) 조교수께서 는 연구 면에서 많이 도와주셨을 뿐만 아니라, 각종 연구회 등을 권유해 주셨고, 순조롭게 연구 생활을 해나갈 수 있도록 여러 가지 편의를 봐주 셨다. 류충희 선생님께서 주최한 연구회에서 각 분야의 선생님들께서 조 언해주신 것이 이 책에 많이 반영되었다. 연구하는데 여러 가지로 조언과 지원, 격려의 말씀을 해주신 하타노 세쓰코波田野節子 선생님니가타현립대학(新潟 縣立大學) 명예교수, 호테이 도시히로布袋敏博 선생님와세다대학(早稻田大學) 명예교수, 아오 노 마사아키青野正明 선생님모모야마가쿠인대학(桃山學院大學) 교수, 그밖에 도와주신 학내외의 여러 선생님들께 깊이 감사드린다.

한국의 선생님들께도 많은 지원을 받았다. 특히 자료 면에서는 이 책을 간행하는 의의를 평가해주신 현담문고의 박천홍 선생님께서 힘써주셨고, 그밖에 성균관대학교의 박진영 선생님, 연세대학교의 구인모 선생님이 크게 협력해주셨다. 또 신문관에 대해서 고찰하는데 연구논문 등을 통해서 많은 것을 배우고 시사를 받아온 박진영 선생님, 권두연 선생님한세대학교의 자료 제공과 교시에 따라 연구를 진행할 수 있었다. 그밖에 손성준 선생님한국해양대학교, 송은영 선생님성공회대학교, 심희찬 선생님연세대학교, 임유경 선생님한국방송통신대학교, 장신 선생님한국학중앙연구원, 황호덕 선생님성균관대학교을 비롯한 여러 선생님들께도 여러 가지 지원과 조언, 격려를 받았다.

연구생활을 시작한지 얼마 되지 않지만, 이렇게 하나의 성과를 묶어낼 수 있는 것은 오로지 좋은 환경 덕분이다. 여기서 도움을 주신 모든 분들의 이름을 다 꼽을 수는 없지만, 언제나 따뜻한 말씀으로 나를 북돋아주시고 지지해주신 분들도 계셨다. 도와주신 국내외의 여러 선생님들, 협력해주신 많은 분들, 여러 기관에 감사드린다.

이 책을 간행할 때 게이오기주쿠대학출판회慶應義塾大學出版會의 무라카미 후미村上文님께서 하나부터 열까지 후원해주셨다. 여기서 삼가 감사의 뜻을 전하고 싶다. 정성스럽고 치밀한 교정을 봐주신 나카무라 다카코中村孝子님께도 감사드린다.

마지막으로 언제나 따뜻하게 지켜봐주신 가족, 친구들, 나를 지지해주신 분들께 진심으로 감사드린다.

2022년 9월
다나카 미카

박진영(성균관대학교 국어국문학과 교수)

　신진 역사학자이자 한국학자 다나카 미카의 저술을 대하니 반갑고 놀라운 마음이 함께한다. 최근 20여 년간 국문학계와 역사학계에서 최남선과 신문관을 둘러싸고 적잖은 연구 성과가 이어졌는데,『조선 출판문화의 탄생』이야말로 새로운 시각과 진일보한 방법론을 보여 준다. 무엇보다 다나카 미카는 해외에서 처음으로 최남선과 신문관을 조명하면서 한일 양국의 학계에서 중요한 전환점을 마련했다.『조선 출판문화의 탄생』을 가로지르는 문제의식이 최남선이라는 한 개인이나 신문관이라는 특정 출판사의 지평을 넘어선 덕분이다.

　한국의 출판문화에서 최남선과 신문관이 도맡은 기념비적인 공로는 널리 알려져 있다. 그런데 근대 초기의 강렬한 계몽성이나 민족주의적 성격에 관심이 집중되어 온 사정이 엄연하다. 최남선이 일본 출판계의 선진 기술을 받아들이는 데 앞장선 사실은 늘 거론되건만 막상 구체적인 실상이나 의미는 소홀히 다루어지곤 했다. 신문관에 의해 소년과 청년 주체가 발견된 장면 못지않게 어린이 독자를 창출하며 새로운 독서 시장을 개척한 선구적인 역할 역시 새삼 기억되어야 마땅하다. 최남선과 신문관의 면면은 확연해 보일 법하지만 여전히 일면적인 평가에 머물거나 일국적인 경계에 갇혀 있을 뿐 아니라 때때로 편협하기까지 하다. 근대 출판문화의 이면과 배후를 꿰뚫어 보면서 최남선과 신문관의 전모를 더 객관적이고 입체적으로 조감하기 위해서는 균형 갖춘 시각과 태도가 절실하다. 다나카 미카의『조선 출판문화의 탄생』을 통해 거듭 깨닫게 된 바다.

이 책이 생생하게 그려 낸 역사적 풍경은 근대 출판문화의 기원이요 미디어를 통한 지식과 문예의 태동이다. 한층 더 중요한 것은 근대 지식과 문예, 새로운 출판문화 자체가 최남선과 신문관의 독창적인 고안이 아니라 동시대 일본을 통해 공유되고 재가공된 동아시아의 역동적 소산이라는 점이다. 최남선과 신문관의 진면목은 단순한 베끼기나 섣부른 흉내내기로 깎아내릴 수 없는 창조적 활력에 있다. 20세기 초의 시대정신과 상상력이 불러일으킨 출판문화의 성립, 나아가 근대 기획이란 이를테면 한국적 문화 번역이자 동아시아적 다시 쓰기라 일컬을 만하다.

근대 출판문화의 첫 자리에 최남선과 신문관을 두는 까닭은 전문 편집자의 출현, 체계적인 종합 출판사의 면모, 자생적인 미디어 자본의 모델을 두루 갖추었기 때문이다. 최남선이 독립적인 편집 역량을 아낌없이 발휘할 수 있었던 것은 중인 계급 출신인 부친의 자산과 맏형의 효율적인 경영 전략이 뒷받침해 준 덕분이다. 최남선의 안목과 포부는 일본의 인쇄기와 기술 인력을 도입한 독자적인 인쇄소 운영을 통해 구현되었으며, 판매와 영업의 영역을 분리해 편집에 전념함으로써 효과적인 체제를 기할수 있었다. 다른 한편으로 신문관은 신구 세대를 아우르는 인적 네트워크의 구심점으로서 청년학우회와 조선광문회라는 조직적 기반을 통해 시대와 함께 호흡하며 성장했다. 이는 한국의 근대 출판이 늘 시대상에 부응하며 문화적 거점으로 기능해 온 역사를 대변한다.

특히 최남선과 신문관이 잡지에 큰 애착을 보인 동시에 단행본에 많은 공력을 기울였다는 점은 주목할 가치가 있다. 출판문화의 양대 산맥이라 할 잡지와 단행본 가운데 어느 한쪽에 심혈을 다하면서 일가를 이룬 경우는 적지 않으나 근대 초기의 척박한 조건에 안주하지 않고 양자의 동반 성장을 꾀한 것은 첩경이되 모험이 아닐 수 없다. 독서 시장이 형성되기 위해서는 정기적으로 간행하는 잡지를 통해 다방면의 필자와 아직 존재하지 않는 독자를 함께 발굴해 내면서 단행본으로 이끌고, 일군의 독자를 다시 잡지로 꾸준히 되돌리는 순환이 필요하다. 또 독자를 잡지 투고자와 필자로 끌어들이고, 나아가 단행본 저자로 끌어올리는 연쇄가 이루어져야 한다. 최남선과 신문관은 잡지와 단행본 양자를 나란히 궤도 위에 올려놓음으로써 근대 출판문화의 기틀을 세우고 새로운 비전을 제시한 혁신적인 모델임이 틀림없다.

신문관 출범부터 15년에 걸친 대장정을 선도한 잡지와 단행본은 바로 그러한 순환과 연쇄의 소임을 다했다. 잡지로서는 근대적인 종합 월간지 『소년』과 『청춘』, 어린이 잡지 『붉은 저고리』와 『아이들보이』, 학생 잡지 『새별』, 시사 주간지 『동명』에 이르기까지 숱한 검열과 압수, 정간과 폐간의 중압을 견디며 싹틔운 통권 118호의 도정이다. 단행본에서도 장관을 연출했다. 잡지 창간과 짝을 이루며 등장한 『경부철도노래』와 『한양노래』, 최초의 문고본 시리즈 십전총서와 육전소설, 여성과 어린이 독자를 겨냥한 서양소설 번역, 신문관의 지향과 정신을 집약한 『시문독본』과 『자조론』이 꼭짓점이다. 그 밖에도 고전 문예부터 『무정』을 비롯한 근대문학까지, 또 조선어학, 종교서, 대중적인 이야기책, 실용 요리책 등 수십 종을 수놓았다. 미디어로서 잡지가 새로운 독자층을 창출하면서 성장하는 길이 날줄이라면 동서고금의 지식과 문예를 넘나드는 단행본을 통해 근대 교양을 구축하는 길이 씨줄로 얽혀 있다.

다나카 미카의 가장 큰 미덕은 씨줄과 날줄 사이를 실증적으로 추적해 가면서 최남선의 편집과 다시 쓰기, 신문관의 시대정신과 상상력을 교직하는 데 있다. 『조선 출판문화의 탄생』이 각별하게 공들인 것은 근대 일본의 출판문화가 매개된 과정이다. 기실 국내 연구에서는 지금까지 백분 짐작하면서도 쉬 손대지 못한 채 남겨 둔 대목이다. 일본을 통한 매개란 이를테면 체재와 지면 구성, 텍스트와 이미지는 물론이려니와 사진이나 그림, 만화와 퀴즈, 우스갯소리에 이르기까지 폭넓게 걸쳐 있다.『조선 출판문화의 탄생』은 우연일 리 없는 그러한 닮은꼴을 단지 일방적으로 수입한 박래품이 아니라 문화적인 번역이자 동아시아적 운동으로 바라보게 해 준다. 글쓰기와 독서 자체가 서로 다른 방식으로 공유하고 확산하는 방식, 그래서 주체적인 것으로 재창조하는 과정이기 때문이다. 요컨대 번역과 다시 쓰기로서 출판문화는 근대성의 본원적 속성일 터이며, 이를 가장 뚜렷하게 보여 준 것이 바로 한국의 근대 출판문화다.

『조선 출판문화의 탄생』이 근대와 출판, 출판과 번역, 번역과 근대의 공교한 연원을 성공적으로 풀어냈으니 앞으로 새로운 도전도 기대하지 않을 수 없다. 다나카 미카가 다음 과제로 약속한바 최남선과 신문관 이후 시사 종합 잡지, 문예 동인지, 여성과 어린이 잡지에 관한 연구를 기다리며, 일국적 경계를 넘어서는 시각과 한국학을 바라보는 동아시아적 태도의 진전을 바라 마지않는다.

아울러 번역자의 말이 놓여야 할 자리를 추천의 글로 대신한 것이 못내 민망하다. 번역자 박천홍은 잡지와 문학 출판의 현장에 몸담은 전문가이며, 책을 둘러싼 근대 문화를 파헤쳐 온 탁월한 역사학자이자 저술가다. 이 책의 번역자로 더 이상 적임자가 있을 리 없다. 군말을 덧붙이는 필자가 처음 최남선과 신문관을 기웃거리면서 비로소 책과 문학의 물질성, 근대 인쇄와 출판의 역사성에 눈뜬 것도 번역자 덕분이었다. 저자 다나카 미카의『조선 출판문화의 탄생』을 박천홍의 번역으로 읽게 된 것이야말로 양국 학계가 누리는 큰 행운이다.

부록

일러두기

- 이 연보는 조용만, 『육당 최남선—그의 생애·사상·업적』(삼중당, 1964) 끝의 「육당 최남선 연보」,
  고려대아세아문제연구소육당전집편찬위원회 편, 『육당 최남선 전집』 제15권(현암사, 1975)에 실
  린 「육당 최남선 선생 연보」와 류시현, 『최남선 평전』(한겨레출판, 2011)의 「연보」, 권두연, 『신문관
  의 출판기획과 문화운동』(고려대 민족문화연구원, 2016) 끝의 「〈부록 3〉 신문관(미)출판단행본목록」
  등을 참조해서 재구성한 것이다. 조용만, 『육당 최남선—그의 생애·사상·업적』과 현암사의 전집
  에 실린 연보는 완전하지 못한 점이 많아 당시의 잡지, 신문 등을 이용해 가능한 한 수정했다.
- 이 연보에서 언급한 출판물은 신문관과 동명사에서 간행된 것이 중심이다. 최남선이 신문관과 동
  명사, 그리고 다른 회사의 잡지, 신문 등에 기고한 논설과 기사는 전집에 실리지 않은 것도 많아서
  방대한 양에 이른다. 따라서 최남선의 생애를 이해하는 데 중요한 것, 아래에 든 것을 제외하고 그
  다지 많이 싣지 않았다. 또 본문에서 깊이 고찰하지 않은 조선광문회의 간행물도 제외했다.
- 일본어로 쓴 것과 만주의 건국대학 교수 재직 때에 발표한 것 등, 전집에 실리지 않은 작품 등 종래
  의 연보에 실리지 않는 활동 사항 등에 대해서는 많이 서술했다. 또 최남선이 발표한 서적과 기사
  등의 제목에 한글이 포함된 것은 그대로 실었고, 일본어로 발표된 것은 번역문 뒤에 원문 그대로
  표기했다.
- 신문관과 동명사 이외의 출판사에서 간행된 최남선의 저작은 출판사명을 밝혔다. 또 최남선과 형
  인 최창선 명의로 나온 간행물은 저자명을 쓰지 않았다.
- 이 연보에 실린 나이는 만나이이다.

1890년(0세) 4월 26일, 한성 중부 상리동 21번지^{해방 뒤는 중구 을지로 2가 22번지}

에서 한방약국을 경영하는 최헌규의 차남으로 태어났다. 어머

니는 진주 강씨, 형은 최창선, 누이는 최화경, 최월경, 동생은 해

방 뒤 한국에서 국무총리, 대한적십자사 총재, 동아일보사 사장

등을 역임한 최두선이다.

1895년(5세) 형인 최창선과 함께 종로의 장교동, 관철동의 글방에 다니

다. 같은 해 동생 최두선이 태어났다.

1899년(9세) 중국 서적을 취급하는 종로 관수동의 서점에서 중국어소

설을 사서 읽었다. 제중원^{선교사가 설립한 최초의 서양 의료 기관}에서 『성서』

와 『천로역정』 등을, 이웃집에서 『시사신론』 『태서신사』 등을 입

수해서 읽었다. 『황성신문』과 『독립신문』을 읽고 시사에 관한

논설을 쓰기 시작했다. 같은 해에 여동생 최설경이 태어났다.

1901년(11세) 4월에 현정운의 여섯 째 딸 현영채^{14세}와 결혼했다. 같은

해 『황성신문』 등에 논설을 투고하기 시작했다. 「대한흥국책^{大韓}

^{興國策}」을 투고했지만 실리지 않았다.

1902년(12세) 와타제 쓰네요시^{渡瀬常吉}가 경영하는 경성학당에 입학했

다. 일본어를 배우고 3개월 만에 졸업했다. 당시 경성통신부^{京城}

^{通信部}를 개설한 『오사카아사히신문^{大阪朝日新聞}』과 『요로즈쵸호^{萬朝}

^報』 『태양^{太陽}』 『와세다문학^{早稻田文學}』 등을 통해 일본어에 능숙해

졌다.

1904년(14세) 11월, 황실특파유학생에 뽑혀 도쿄부립제일중학교^{東京府}

^{立第一中學校}에 유학했다. 동급생은 최린 등이었다. 12월에 유학한

지 1개월 만에 퇴학하고 귀국했다.

1906년(16세) 4월, 두 번째 유학을 위해 일본으로 건너갔고, 9월에 와세다대학 고등사범부^{高等師範部} 역사지리과^{歷史地理科}에 입학했다. 요시다 도고^{吉田東伍}의 수업을 청강했다. 같은 해 이광수, 임규 등과 도쿄에서 사귀었다. 대학유학생회의 '편찬원'에 선임되었다. 『대한유학생회학보』를 편집했다.

1907년(17세) 3월 와세다대학에서 모의국회사건이 일어나자 조선인 유학생의 대표로서 일제 퇴학을 주도하고 자신도 퇴학했다.

1908년(18세) 2월, 대한학회의 평의원에 선임되었다. 6월, 임규와 함께 귀국했다. 한성 남부 사정동 59통 5호에 편집부와 판매부, 한성 남부 사정동 59통 8호에 인쇄소를 설치해서 신문관을 창립하고 최초의 단행본 『경부텰도노래』를 간행했다. 10월, 『한양노래』와 박승빈 역 『언문일치^{言文一致} 일본국육법전서^{日本國六法全書}』를 간행했다. 11월, 잡지 『소년』을 창간했다.

1909년(19세) 2월, '십전총서'인 『썰늬버유람긔』와 『일문역법^{日文譯法}』을 간행했다. 3월, '십전총서'인 『산수격몽요결^{刪修擊蒙要訣}』을 간행했다. 같은 해 장녀 최한옥이 태어났다.

1910년(20세) 7월, 신문관이 한성 남부 대평방 상리동 32통 4호^{1914년에 '경성부 황금정 2정목 21번지'로 이름이 바뀌었다}로 이전했다. 8월 22일, 「한국병합에 관한 조약」이 조인되었다. 같은 달 26일, 『소년』이 '신문지법 제21조'에 따라 정간 처분을 받았고, 12월에 처분이 풀렸다. 9월, 박은식이 엮은 『고등한문독본^{高等漢文讀本}』을 간행했다. 같은 해 삼각동 곡교^{식민지기에는 '삼각정 21번지'로} 로 이전하고^{〈도판 1-8〉, 〈도판 1-9〉}, 10월에 조선광문회를 조직해서 편수소^{編修所}를 자택에 두었다.

1911년(21세) 5월,『소년』이 폐간되었다.

1912년(22세) 2월,『절도백화絶倒百話』를 간행했다. 5월, 지석영이 엮은 『석자여의보록惜字如意寶錄』을 간행했다. 6월,『플랜더스의 개』가 원작인『불상한 동무』를 간행했다. 8월,『개권희희開卷嬉嬉』를 간 행했다. 9월,『제비뽑기The Lottery』가 원작인『만인계』를 간행했다. 10월,『테디스 버튼Teddy's Button』이 원작인『자랑의 단추』를 간행 했다. 12월,『신교 옥루몽新校 玉樓夢』을 간행하기 시작했다. 같은 해 임규가 지은『일본어학 문전편日本語學 文典篇』『일본어학 음어 편日本語學 音語篇』을 간행했다.

1913년(23세) 1월, 어린이 잡지『붉은 져고리』를 창간했다. 2월『엉클 톰의 오두막』이 원작인『검둥의 셜음』을 간행했다. 3월,『남훈태 평가南薰太平歌』와『삼설기三說記』상하권을 '육전소설'로 간행했다. 4월, 최원식이 엮은『조선이언朝鮮俚諺』을 간행했다. 5월『허풍선 이 남작의 모험』이 원작인『허풍선이 모험긔담』을 간행했다. 6 월,『붉은 져고리』가 폐간되었다. 같은 달,『가곡선歌曲選』을 간행 했다. 7월,『신교 슈호지新校 水滸志』를 간행하기 시작했다. 9월『심 청젼』과『홍길동젼』을 '육전소설'로 간행하고, 또 어린이 잡지 『아이들보이』를 창간했다. 같은 시기에『새별』을 창간했다. 10 월, '육전소설'인『흥부젼』을 간행했다. 12월,『고본 츈향젼』을 간행했다.

1914년(24세) 3월, '육전소설'『져마무젼』을 간행했다. 4월, 김창제가 역술譯述한『기독교基督敎의 청년靑年』과 주시경이 지은『말의 소 리』를 간행했다. 5월,『사씨남정기』상권, 7월,『사씨남정기』하 권과『던우치젼』을 '육전소설'로 간행했다. 10월, '종합교양' 잡지『청춘』을 창간했다. 같은 해 김익희가 엮은『조선도부군면정개정구역표^{朝鮮都府郡面町改正區域表}』를 간행했다.

1915년(25세) 1월,『매일신보』에「학생제일요건사^{學生第一要件事}」를 기고했다. 3월,『청춘』이 정간처분을 받았다. 같은 해 장남 최한인이 태어났다.

1916년(26세) 1월,『시문독본』초판을 간행했다. 4월, 김두봉이 지은『조선말본』을 간행했다. 봄에 도쿄를 방문하고, 요시다 도고를 다시 만났다. 10월,『매일신보』에「강호역서기^{江戸繹書記}」를 기고했다. 11월,「동도역서기^{東都繹書記}」를『매일신보』에 이듬해 1월까지 연재했다.

1917년(27세) 1월,『매일신보』에「문명상식복^{文明上植福}」을 기고했다. 5월,『청춘』을 다시 간행하기 시작했다. 6월, 시마무라 호게쓰 일행을 태화정에 초대했다^(도판 4-1). 7월, 방신영이 지은『만가필비 조선요리제법^{萬家必備 朝鮮料理製法}』을 간행했다. 8월, 권상로가 엮은『조선불교약사^{朝鮮佛教略史}』를 간행했다. 9월, 아버지 최헌규가 환갑을 맞이했다^(도판 1-7). 10월, 장도빈이 지은『위인^{偉人} 린컨전^傳』을 간행했다. 같은 해 한용운이 엮은『정선강의 채근담^{精選講義 菜根譚}』과 장도빈이 지은『위인 원효^{偉人元曉}』를 간행했다. 차남 최한웅이 태어났다.

1918년(28세) 1월,『매일신보』에「민덕론^{民德論}」을 기고했다.「고 요시다 도고 박사^{故吉田東伍博士}」를『매일신보』에 2월까지 연재했다. 3월,『소천소지^{笑天笑地}』와 이능화가 엮은『조선불교통사^{朝鮮佛教通史}』를 간행했다. 4월,『시문독본』정정판^{무오판},『가주사애화 해당화^{賈珠謝哀話 海棠花}』와『자조론^{自助論}』을 간행했다. 6월,「조선불교통사^{朝鮮佛教}

通史에 대對ᄒ야」를 『매일신보』에 8월까지 연재했다. 7월, 이광수가 지은 『무정』을 간행했다. 9월, 『청춘』이 폐간되었다. 11월, 『시문독본』 제3판무오재판을 간행했다. 같은 해 『이충무공전서李忠武公全書』와 이상협이 지은 『무궁화無窮花』, 김대현이 엮은 『선학입문禪學入門』을 간행했다.

1919년(29세) 1월 무렵부터 독립운동을 계획했다. 최린, 송진우 등과 자주 만났다. 2월 하순에 독립선언서 초안을 씀과 동시에 「일본정부日本政府에의 통고문通告文」과 「「윌슨」에게의 청원서請願書」를 집필하고, 3월 1일의 3·1독립운동을 맞이했다. 같은 달 3일에 체포되어 서대문형무소에 수감되었다. 4월, 연수延壽가 서술한 『만선동귀집萬善同歸集』을 간행했다.

1920년(30세) 7월, 『시문독본』 제4판경신4판과 이규영이 지은 『현금조선문전現今朝鮮文典』을 간행했다. 8월, 신경허가 엮은 『아암집兒庵集』 『소요집逍遙集』을 간행했다. 10월 30일, 경성복심법원의 판결에 따라 보안법과 출판법 위반으로 징역 2년 6개월의 형을 받았다.

1921년(31세) 6월, 『시문독본』 제5판신유5판을 간행했다. 10월 19일, 가출옥했다.

1922년(32세) 3월, 삼각동에서 종로6가 양사동해방 뒤에는 종로6가 11번지으로 이전했다. 5월, 『시문독본』 제6판임술판을 간행했다. 7월, 인쇄소와 판매부를 남기고 출판사 신문관을 해체했다. 9월, 출판사 동명사를 설립하고 시사 주보 『동명』을 창간했다. 같은 해, 삼남 최한검이 태어났다.

1923년(33세) 6월, 『동명』이 폐간되었다. 7월, 『시문독본』 제7판계해판을 간행했다. 같은 달 17일, 조선총독 사이토 마코토에게 일간 신문의 발행 허가를 받았다.

1924년(34세) 3월, 『시대일보』를 창간했다. 진학문이 편집국장을 맡았다. 7월, 『시대일보』의 경영난으로 보천교와 분규가 일어나 휴간했다. 9월, 사장에서 물러났다. 10월, 금강산을 유람하고 기행문 「풍악기유楓嶽記遊」를 『시대일보』에 12월까지 연재했다. 같은 해, 차녀 최한기가 태어났다. 양사동 자택에서 매월 시모임을 열었다.

1925년(35세) 3월, 지리산을 중심으로 호남지방전라남북도를 가리킨다을 현지 조사하고, 4월, 『시대일보』에 기행문 「심춘순례尋春巡禮」를 6월까지 연재했다. 8월, 어머니 진주 강씨가 세상을 떠났다. 12월, 「불함문화론不咸文化論」을 탈고했다.

1926년(36세) 2월, 일본인 학자의 단군부정론에 대항하는 「단군부인檀君否認의 망妄」을 『동아일보』에 기고하고, 3월, 「단군론檀君論」을 『동아일보』에 연재하는 등7월까지 같은 해부터 1928년에 걸쳐 단군에 관한 저작을 여럿 발표했다. 5월, 『심춘순례』백운사를 간행했다. 7월, 백두산 순례에 나서 『동아일보』에 「백두산근참白頭山覲參」을 이듬해 1월까지 연재했다. 10월, 『시문독본』 제8판임술판을 간행했다. 12월, 『백팔번뇌百八煩惱』동광사를 간행했다.

1927년(37세) 1월, 『중외일보』에 실린 「세계대세世界大勢와 조선인朝鮮人의 진로進路」 제3회에서 단군을 중심으로 조선 전체가 하나가 될 필요성을 논했다. 같은 달, 이치야마 모리오市山盛雄가 엮은 『조선민요의 연구朝鮮民謠の研究』坂本書店에 「조선민요의 개관朝鮮民謠の概觀」을 기고했다. 4월, 조선중앙YMCA에서 주최한 '소년소녀현상토론대회少年少女懸賞討論大會'에서 윤치호 등과 함께 심사위원을 맡

았다. 5월, 보성전문학교 학예부에서 주최한 '전조선중등학생현상웅변대회全朝鮮中等學生懸賞雄辯大會'에서 안재홍 등과 함께 심사위원을 맡았다. 같은 달, 「조선고교문헌朝鮮古敎文獻과 조선전기소설朝鮮傳奇小說의 비조鼻祖」를 『중외일보』에 기고했다. 7월, 『백두산근참기白頭山覲參記』한성도서주식회사와 『아시조선兒時朝鮮』동양서원을 간행했다. 같은 달, 『오사카아사히신문』의 조선판인 『조선아사히朝鮮朝日』에 「마고의 손麻姑の手」을 기고했다. 같은 시기에 『조선사상통신朝鮮思想通信』에 「조선의 의식으로 돌아가라朝鮮の意識へ歸れ」와 「부흥은 당연하고 당연히 부흥된다復興は當然にて當然の復興なり」 등이 실렸다. 단군을 중심으로 한 '조선 사상'의 실현과 시조의 부흥 등을 부르짖었다. 8월, 『조선과 조선민족朝鮮及朝鮮民族』에 일본어로 「불함문화론」을 발표했다. 9월, 조선불교소년회의 고문으로 뽑혔다.

1928년(38세) 4월, 『중외일보』에 학생의 풍기 문제에 대한 「풍기퇴폐 원인風紀頹廢原因은 윤리관념倫理觀念의 부족不足」이라는 담화가 실렸다. 같은 달, 『시조유취時調類聚』한성도서주식회사를 간행했다. 7월, 『금강예찬』한성도서주식회사을 간행했다. 8월, 『조선유람가朝鮮遊覽歌』한성도서주식회사를 간행했다. 9월, 『중외일보』에 「민족적民族的 시련기試練期의 조선朝鮮」을 10월까지 연재했다. 10월, 조선총독부 조선사편수회의 촉탁이 되었고, 12월에 위원으로 취임했다.

1929년(39세) 5월, 잡지 『괴기』를 창간했다.

1930년(40세) 1월, 『중외일보』에 「일사日史」를 연재하기 시작했다. 같은 달, 경성중앙방송국이하 JODK의 조선 문예 강좌 제1회로 「조선사상개관朝鮮思想槪觀」에 대해 일본어로 라디오 강연을 했다. 『동아일보』에 「조선역사강화朝鮮歷史講話」를 3월까지 연재했다. 4월,

『조선연구朝鮮研究』에 강화기講話記「조선의 통속사朝鮮の通俗史」를 5월까지 연재했다. 8월,『조선학보朝鮮學報』에 경성제국대학에서 강연한 내용을 바탕으로 한「고조선의 정치 규범古朝鮮に於ける政治規範」을 발표했다. 같은 달, 조선사편수회 제4회 위원회에 참가했다. 경성제국대학, 조선총독부와 조선총독부 조선사편수회 등의 관계자들이 만든 학술 단체인 청구학회青丘學會의 평의원으로 활동하고, 11월,『청구학총青丘學叢』에「신라 진흥왕의 전해 내려온 세 비석과 새롭게 출현한 마운령비新羅眞興王の在來三碑と新出現の磨雲嶺碑」를 발표했다.

1931년(41세) 7월,『임진란壬辰亂』을 간행했다. 11월, 경성부립도서관에서 주최한 강연회에서「일본 문학에 나타난 조선의 모습日本文學に於ける朝鮮の面影」에 대해 강연했다. 12월, 위의 강연 내용이『조선지도서관朝鮮之圖書館』에 실렸다.

1932년(42세) 7월, 조선사편수회 제6회 위원회에 참가했다. 파리 유학을 계획했지만, 아버지의 병환으로 단념했다.

1933년(43세) 4월, 아버지 최헌규가 세상을 떠났다. 11월,『매일신보』의 라디오 난에「조선고적朝鮮古蹟의 세계적 가치世界的價値」가 실렸다. 12월, 조선총독부 보물 고적 명승 천연기념물 보존회위원에 뽑혔다.

1934년(44세) 1월,『매일신보』에「자력적 생활창조自力的生活創造」를 기고했다. 3월, 내지內地, 일본-옮긴이를 포함한 JODK의 제6회 전국 중계 방송에서「신도神道의 추상追想」이란 제목으로 강연했다. 같은 달, 일본과 조선의 공통점에 대해서 논한「온통 신이었던 옛날을 생각하다神ながらの昔を憶ふ」가『경성일보』에 실렸다. 5월, 우가키 가

즈시게^{宇垣一成} 총독이 주최하고 긴케이학원^{錦鷄學院}의 설립자인 야스오카 마사히로^{安岡正篤}의 방문을 기념하는 만찬회에 최린, 윤치호 등과 함께 참석했다. 7월, 조선사편수회 제8회 위원회에 참가했다. 같은 달, 아동세계사에서 주최한 아동작품상모^{兒童作品賞募}에서 김소운과 기타하라 하쿠슈^{北原白秋}, 오가와 미메이^{小川未明} 등과 함께 심사위원을 맡았다. 12월, 조선총독부의 고급 관료를 중심으로 도쿄에서 조직된 중앙조선협회에서 강연한 원고『조선과 신도^{朝鮮と神道}^{中央朝鮮協會}』가 간행되었다. 같은 해, JODK에서 조선의 문화, 산수, 고적 등에 대해 라디오에서 강연했다. 양사동에서 가까운 효제동으로 거처를 옮겼다.

1935년(45세) 2월, 조선총독부 임시 역사교과용도서 조사위원회 위원으로 뽑혔다. 6월,『매일신보』에 「고사천자^{故事千字}」를 이듬해 12월까지 연재했다. 9월, 조선총독부의 자문기관인 조선총독부중추원에서 강연한 내용인 「조선의 고유 신앙에 대하여^{朝鮮の固有信仰に就て}」가『중추원통신^{中樞院通信}』에 실렸다^{이듬해 2월에 조선총독부중추원에서 간행된『심전 개발에 관한 강연집(心田開發に關する講演集)』에도 다시 실렸다}. 같은 해, 데라다 히사오^{寺田壽夫}가 엮은『수필조선^{隨筆朝鮮}』상권^{京城雜筆社}에 「가을의 금강미^{秋の金剛美}」를 발표했다.

1936년(46세) 1월, 조선총독부 학무국에서 주최한 심전 개발 관민 간담회^{心田開發官民懇談會}에 참가했다. 6월부터 조선총독부 중추원 참의를 3년간 역임했다. 8월, 도쿄방송국^{JOAK}의 프로그램 「어린이 시간^{子供の時間}」에서 조선 동화 「팥죽 할머니와 호랑이^{豆摘み婆さんと虎}」를 강연했다. 이것은 경성에서 녹음되었다.

1937년(47세) 1월,『매일신보』의 「어린이와 가정」란에 「유용한 사람」

을 기고했다. 또 이 신문에 「조선상식^{朝鮮常識}」을 9월까지 연재했다. 2월, 조선총독부 박물관 건설 위원회의 위원에 취임했다. 조선 문화의 '일본문화화'를 논한 「조선 문화 당면의 문제^{朝鮮文化當面の問題}」를 『매일신보』에 일본어로 기고했다. 6월, 조선총독부의 알선으로 조직된 조선문예회에서 소년소녀를 대상으로 레코드를 제작했는데, 그 작사를 맡았다. 6월, '일본 정신'에 관한 『녹기^{綠旗}』의 설문 조사에 회답했다. 7월에 중일전쟁이 일어난 이후 JODK의 시국강연회 강사로 활동하면서 매일신보사의 북지사변비상시국좌담회^{北支事變非常時局座談會}에도 참가했다. 8월, 『매일신보』에 「내일^{來日}의 신광명^{新光明} 약속^{約束}」을 기고했다. 9월, 만주국과 중국 북부로 시찰 여행을 가고, 10월, 그 성과를 바탕으로 『매일신보』에 「송막연운록^{松漠燕雲錄}」을 이듬해 4월까지 연재했다. 또 「조선의 괴담^{朝鮮の怪談}」에 대한 강연 내용이 「제9회 명사 강연^{第九回名士講演}」으로 『문헌보국^{文獻報國}』에 실렸다. 같은 해부터 괴담과 설화에 관한 기사를 『매일신보』에 발표하기 시작했다.

1938년(48세) 1월, 『매일신보』에 「무인회고^{戊寅回顧}」를 기고했다. 4월, 만주국으로 건너갔고, 다음 달에 건국대학이 개학하자 교수로 취임했다. 이 대학에서 만몽문화사^{滿蒙文化史}에 대해 강연했다. 5월, 건국대학에 부임하는 것에 대한 심정을 이야기한 인터뷰 기사가 『삼천리』에 실렸고, 10월, 이 잡지에 「건국대학^{建國大學}과 조선청년^{朝鮮靑年}」을 기고했다. 같은 해, 만선일보사의 고문에 취임했다.

1939년(49세) 2월, 『매일신보』에 「석년금일^{昔年今日}」을 10월까지 연재했

다. 4월, 건국대학 연구원의 『강덕6¹⁹³⁹년도 연구 보고 갑 제3호 康德六年度研究報告甲第三號』에 「동방 고민족의 신성 관념에 대하여^{東方} 古民族の神聖觀念に就て」를 발표했다. 11월, 강창기^{姜昌基}가 지은 『내선일체론^{內鮮一體論}^{國民評論社}의 서문을 집필했다. 이 무렵 베이징을 오가면서 『사부총간^{四部叢刊}』 『청조실록^{淸朝實錄}』 등의 서적을 입수했다.

1940년(50세) 4월, JODK에서 「몽고민족^{蒙古民族} 이야기」를 강연했다. 3월, 『삼천리』에 「사고전서^{四庫全書}」를 기고했다.

1941년(51세) 5월, 『건국대학연구원월보^{建國大學研究院月報}』에 「수신^{襚の神}」을 기고했다.

1942년(52세) 6월, 『매일신보』에 「남해^{南海}로의 치념^{馳念}」을 기고했다. 같은 해, 건국대학 교수를 사임했다.

1943년(53세) 10월, 『고사통^{故事通}』과 『신정 삼국유사^{新訂三國遺事}』^{삼중당}를 간행했다. 같은 해, 도쿄에서 재일조선인유학생에게 학도병 지원을 권유하는 강연을 했다. 『매일신보』에 「학도^{學徒}여 성전^{聖戰}에 나서라 보람 잇게 죽자」와 「감연^{敢然}, 전열^{戰列}에 나서라」, 「나가자 청년학도^{靑年學徒}야」 등 학도병을 격려하는 글을 여럿 기고했다. 『매일신보』에는 일본에서 강연한 내용 등을 회고한 「오직 감격^{感激}할 뿐」 등의 담화도 실렸다.

1944년(54세) 1월, 『매일신보』에 「아세아^{亞細亞}의 해방^{解放}」을 기고했다. 봄에 효제동에서 같은 경성부 안의 우이동으로 이사하고, 새로운 서재에서 조선역사사전 편찬에 전념했다. 같은 해, 『방송지우^{放送之友}』에 「정의^{道義}는 이긴다」와 「신세계^{新世界} 건설^{建設}의 도화선^{導火線}」을 기고했다.

1945년(55세) 1월,『방송지우』에「특공대^{特攻隊}의 정신^{精神}으로 성은^{聖恩}에 화답^{報答}합시다」를 기고했다. 3월,『매일신보』에「진충대도 2천6백만 돌격^{盡忠大道二千六百萬突擊}의 군호^{軍號}」라는 제목으로 젊은이의 전의 고양을 촉구하는 담화가 실렸다. 8월 15일, 조선이 해방되었다. 10월, 동명사를 재건하기 위해 차남 최한웅에게 실무를 부탁했다.

1946년(56세) 2월,『조선독립운동소사^{朝鮮獨立運動小史}』와『신판 조선역사^{新板朝鮮歷史}』를 간행했다. 6월,『조선상식문답^{朝鮮常識問答}』을 간행했다. 11월,『쉽고 빠른 조선력사』를 간행했다.

1947년(57세) 1월,『국민조선역사^{國民朝鮮歷史}』를 간행했다. 4월,『역사일감^{歷史日鑑}』 상권을 간행했다. 8월,『중등국사^{中等國史}』와『조선본위 중등동양사^{朝鮮本位 中等東洋史}』를 간행했다. 10월,『조선^{朝鮮}의 산수^{山水}』를 간행했다. 11월,『조선역사지도^{朝鮮歷史地圖}』와『성인교육 국사독본』을 간행했다. 12월,『조선상식문답 속편^{朝鮮常識問答續編}』을 간행했다.

1948년(58세) 2월,『조선^{朝鮮}의 고적^{故蹟}』을 간행했다. 3월,『평화일보』에「3·1독립선언서」초안을 쓰던 때와 최근의 심경 등에 대한 인터뷰 기사가 실렸다. 4월,『조선상식 지리편』과『조선^{朝鮮}의 문화^{文化}』를 간행했다. 5월,『사회생활 천만인의 상식』을 간행했다. 7월,『역사일감』하권과『조선상식 제도편』을 간행했다. 8월 15일, 대한민국이 성립되었다. 9월,『동양본위 중등서양사』를 간행했다. 10월,『조선상식 풍속편』을 간행했다.

1949년(59세) 2월 7일,「반민족행위처벌법」에 따라 체포, 마포형무소에 수감되었다. 같은 달 12일, 옥중에서 전쟁 시기의 대일 협력 등에 대해 변명한 「자열서自列書」를 집필하고, 4월 7일에 병으로 보석되었다. 같은 해, 『국사·동양사·서양사 합편 세계역사요령』국문사을 간행했다.

1950년(60세) 6월, 한국전쟁이 일어났다. 자택 부근의 산에 몸을 피해서 납치를 면했지만, 장녀 최한옥은 살해당하고 사위 강건하는 납치되었다. 12월, 가족과 함께 대구로 피난했다.

1951년(61세) 장남 최한인과 함께 부산에 머물렀다. 이 무렵, 부산의 해군전사편찬위원회에서 활동했다. 서울로 돌아올 무렵에 17만 책에 이르는 장서가 불타버린 것을 알고 넋을 잃었다.

1952년(62세) 『사회생활과 이웃 나라 역사』민중서관를 간행했다. 해방 전부터 씨름해온 조선역사사전 집필에 전념했다.

1954년(64세) 1월, 『조선일보』에 「갑오경장甲午更張의 역사적 의의歷史的意義」를 기고했다. 3월, 『조선일보』에 「예문시설藝文施設의 사적 고찰史的考察」을 기고했다.

1955년(65세) 5월, 『우리나라 역사』동국문화사를 간행했다. 이 무렵, 서울특별시의 시사편찬위원회 고문에 위촉되었다. 육군대학에서 국사를 강의한 뒤에 뇌일혈로 쓰러졌다. 11월, 크리스트교가톨릭의 세례를 받았다. 같은 해, 『사회생활과 먼 나라 역사』를 간행했다.

1956년(66세) 1월, 『성서한국』에 「성경은 온 인류의 책」을 기고했다.

1957년(67세) 10월 10일, 자택에서 세상을 떠났다. 조선역사사전은 끝마치지 못했다.

- 번역 양상을 자세히 분석하기 위해 신문관과 동명사의 잡지에 실린 작품은 될 수 있는 한 절마다 구분해서 단락을 지어 표기했다.
- '번역 저본'의 항목에 있는 면수는 전체가 아니라 번역을 확인할 수 있는 부분만을 표기했다. 번역 저본은 면수가 밝혀지지 않은 것도 있다. 또 저본의 잡지는 각 표에서 처음 나오는 것만 출판사 이름을 적었다.
- '저본의 저자·편자 명'의 항목은 원칙적으로 저본의 표지에 적힌 표기를 원문 그대로 실었다. 그 표기가 일반적이지 않은 명의의 경우는 적당히 ( ) 안에 본명과 필명 등을 보완했다. 또 필자가 여럿 있는 것 등 신문관과 동명사의 잡지에서 번역된 기사 등의 필자 명과 그 기사 등이 실린 서적의 저자·편자 명이 다른 경우, 서적의 저자·편자 명이 아니라 번역된 기사 등의 필자 명을 '저본의 저자·편자 명'의 항목으로 표기했다. 빈칸은 서명이 없는 기사이다.
- 신문관의 『청춘』, 동명사의 『동명』은 서명이 없는 기사가 많기 때문에 〈부록 표 3〉과 〈부록 표 4〉에서는 '저자 명'의 항목을 추가했다. 빈칸은 서명이 없는 기사이다.
- 〈부록 표 4〉에서 『동명』에 번역되었음을 확인할 수 있는 것으로 레오니트 안드레예프(レオニード アンドレーエフ)의 「クサカ(쿠사카)」와 다니자키 준이치로(谷崎潤一郎)의 「人魚の嘆き(인어의 슬픔)」 등 같은 작품이 여러 매체에 실린 경우도 있다. 이 경우 간행 연도 등을 고려해서 저본의 가능성이 높다고 생각된 것을 표기했다.
- 신문관·동명사의 잡지와 저본의 기사명은 원칙적으로 옛 한자를 제외하고 원문 그대로 표기했다. 또 〈부록 표 3〉의 □는 판독할 수 없는 문자이다.
- 〈부록 표 1·3·4〉에서 ※은 아래의 선행 연구를 토대로 작성한 것을 가리킨다.

- 〈부록 표〉에서 한국어 문헌의 경우 일본의 신자체(新字體) 한자를 정자(正字)로 바꾸었고, 일본어 문헌의 경우는 신자체를 그대로 두었다.

부록 2_ 신문관과 동명사의 잡지에 실린 번역 기사의 저본 일람

이 표는 1908년부터 1923년까지 신문관과 동명사에서 간행한 잡지에 실린 글 가운데 일본어 문헌에서 번역된 것을 발표 시기 순서로 배열하고, 그 번역 저본의 서지 정보를 함께 정리한 대조표이다. 이 대조표에는 초역도 들어 있어 완역으로 한정하지는 않았다.

이 대조표를 만들면서 1890년대부터 1920년대 전반을 중심으로 일본에서 출판된 잡지, 단행본, 신문 등을 될 수 있는 한 참조했다. 그러나 실제로는 이 시기에 출판된 방대한 수의 간행물 전부를 훑어본다는 것은 불가능하고, 또 1900~1910년대의 어린이 잡지를 중심으로 번역된 사례를 여럿 확인할 수 있는 잡지에서도 모든 호수가 남아있는 것은 아니기 때문에 그 이상으로 조사할 수 없었던 것도 있다. 따라서 이 표는 이번에 저자가 확인한 것에 그치고, 신문관과 동명사의 잡지에 실린 번역 기사와 저본의 모든 것을 망라한 완전한 것은 아니라는 점을 이해해 주기 바란다.

〈부록표 1〉 김병철, 『한국 근대 번역문학사 연구』, 을유문화사, 1975; 권보드래 「『소년』과 톨스토이 번역」, 『한국근대문학연구』 제6권 제2호, 2005; 최희정, 「1910년대 최남선의 『자조론』 번역과 '청년'의 '자조'」, 『한국사상사학』 제39집, 2011; 황미정, 「근대초기 번역소설의 번역어 연구―「거인국표류기」, 「로빈손무인절도표류기」의 일본어 번역본과의 비교분석」, 『일본문화연구』 제51집, 2014.

〈부록표 3〉 권두연, 『신문관의 출판기획과 문화운동』, 고려대 민족문화연구원, 2016; 김준현, 「『청춘』의 '세계문학개관' 저본에 대한 검토 (1) ―최남선과 마쓰우라 마사야스(松浦政泰)」, 『사이間SAI』 제24호,

2018.

〈부록표4〉 최석희, 『그림 동화의 꿈과 현실』, 대구가톨릭대 출판부, 2002년; 동신, 「양건식의 중국 문학 연구에 대한 비교문학적 고찰-중국 순문학의 연구를 중심으로」, 서강대 석사학위논문, 2011; 嚴基珠, 「韓國におけるグリム童話の飜譯-『東明』所收の作品を中心に」, 『專修人文論集』 제101호, 2017.

〈부록 표 1〉-『소년』에 실린 번역 기사의 저본 일람

『소년』에 실린 기사명	번역 저본	저본의 저자·편자명
「이솝의 이약(第一次) 1 바람과 볏」, 『소년』 제1년 제1권, 1908.11, 25~26면	「上篇 第五十五 風と太陽」, 『新訳伊蘇普物語』, 鍾美堂書店, 1907, 134~136면	上田万年 解説
「이솝의 이약(第一次) 2 主人 할미와 下人」, 위의 책, 26~27면	「上篇 第五十八 婆さんと下女」, 위의 책, 142~144면	위와 같음
「이솝의 이약(第一次) 3 孔雀과 鶴」, 위의 책, 27~29면	「上篇 第六十九 孔雀と鶴」, 위의 책, 167~169면	위와 같음
※「巨人國漂流記」, 위의 책, 42~47면	「大人国」, 『世界お伽噺』 제12편, 1899, 1~20면	大江(巖谷) 小波 編
「러시아는 웃더한 나라인가」, 위의 책, 55~56면	「露西亜の大さは幾干あるか」, 『少年世界読本』 제8권, 博文館, 1908, 1~3면	巖谷小波·金子紫草
※「巨人國漂流記」, 『소년』 제1년 제2권, 1908.12, 21~31면	「大人国」, 『世界お伽噺』 제12편, 21~63면	巖谷小波 編
※「아메리카(아메리카 合衆國國歌)」, 위의 책, 76~77면	「亜米利加(米国々歌)」, 『英米百家詩選』, 三省堂書店, 1908, 344~345면	宮森麻太郎·小林安太郎 訳註
※「大國民의 氣魄」, 『소년』 제2년 제2권, 1909.2, 2~4면	「急ぐ勿れ」, 위의 책, 70~71면	위와 같음
※「現代少年의 新呼吸(一) 修身要領」, 위의 책, 5~11면	『修身要領』, 福澤三八, 1901	福澤諭吉
※「로빈손 無人絶島 漂流記」, 위의 책, 21~27면	『ロビンソン漂流記』, 通俗文庫 제6편, 内外出版協会, 1908, 1~5면	百島操 訳編
「電氣王 애듸손의 少年時節」, 위의 책, 33~38면	「電気王エヂソン」, 『大人物の少年時代』, 有楽社, 1907, 3~9면	『英学界』 編輯局 編
※「이런 말삼을 드러보게(스마일쓰書節錄)」, 위의 책, 39~41면	「第一章 品性の勢力」, 『品性論』 상권, 内外出版協会, 1906, 36~37·40·40~41면	사뮤엘·스마일스 原著, 竹村修 訳述
「新時代 青年의 新呼吸(二) 와싱톤의 座右銘」, 『소년』 제2년 제3권, 1909.3, 5~13면	「華盛頓の日常生活座右銘」, 『実業之日本』 제9권 제10호, 実業之日本社, 1906.5, 36~41면	蘆川生 訳

『소년』에 실린 기사명	번역 저본	저본의 저자·편자명
※「로빈손 無人絶島 漂流記(二)」, 위의 책, 34~38면	『ロビンソン漂流記』, 5~13면	百島操 訳編
※「이런 말삼을 드러보게(스마일쓰書節譯)」, 위의 책, 50~53면	「第一章 品性の勢力」, 『品性論』 상권, 41면	サミュエル・スマイルス 原著, 竹村修 訳述
「新時代 靑年의 新呼吸(三) 프랭클닌 座右銘」, 『소년』 제2년 제4권, 1909.4, 5~9면	「六フランクリン氏の日常制度の和訳」, 『自省録』, 大日本図書, 1906, 18~20면	村上専精
※「로빈손 無人絶島 漂流記(三)」, 위의 책, 18~20면	『ロビンソン漂流記』, 13~19면	百島操 訳編
「泰西少年日常生活訓 着眼點」, 위의 책, 21~24면	「第十三章 着眼点」, 『人生の実務』, 前編, 内外出版協会, 1906, 79~83면	イー・ゼイ・ハーディ 原著, 吉川潤二郎 訳述
「泰西少年日常生活訓 人의 行爲」, 위의 책, 25~28면	「第二章 人の行為」, 위의 책, 11~16면	위와 같음
※「띄의 江畔의 방아쏜쟌」, 『소년』 제2년 제5권, 1909.5, 59~60면	「ディ-河畔の磨粉者」, 『英米百家詩選』, 11~12면	宮森麻太郎・小林安太郎 訳註
※「新時代 靑年의 新呼吸(四) 톨쓰토이 先生의 教示(勞働力作의 福音)」, 『소년』 제2년 제6권, 1909.7, 5~13면	「トルストイズム綱領」, 『トルストイ言行録』増補再版, 偉人研究 제2편, 内外出版協会, 1906, 243~245면	中里介山
※「나는 이따위 小說이 偏嗜 사랑(愛의 勝戰)」, 위의 책, 14~17면	「四 愛の勝利」, 『トルストイ小説集』, 内外出版協会, 1909, 109~114면	百島操 訳述
※「勞作」, 위의 책, 19~20면	「労力」, 『英米百家詩選』, 142~143면	宮森麻太郎・小林安太郎 訳註
※「로빈손 無人絶島 漂流記(四)」, 위의 책, 33~35면	『ロビンソン漂流記』, 19~24면	百島操 訳編
「新時代 靑年의 新呼吸(五) 페쓰탈노씨 先生 處世訓」, 『소년』 제2년 제7권, 1909.8, 5~14면	「第十五章 ペスタロッチの処世訓」, 『ペスタロッチ言行録』偉人研究 제23편, 内外出版協会, 1908, 164~168면	田中豊松 編著
※「나는 이런 小說이 編嗜 祖孫三代」, 위의 책, 23~26면	「六 親子三代」, 『トルストイ小説集』, 132~138면	百島操 訳述
※「로빈손 無人絶島 漂流記(五)」, 위의 책, 29~47면	『ロビンソン漂流記』, 24~56면	百島操 訳編

『소년』에 실린 기사명	번역 저본	저본의 저자·편자명
「泰西少年日常生活訓 細小한 事物」, 『소년』 제2년 제8권, 1909.9, 27~30면	「第十五章 小なる事物」, 『人生の行路』 제2편, 內外出版協會, 1906, 282~286면	시ー・에이치・헤ー트 原著, 吉川潤二郎 訳述
※「로빈손 無人絕島 漂流記(六)」, 위의 책, 31~43면	『ロビンソン漂流記』, 57~79면	百島操 訳編
※「新時代 靑年의 新呼吸(七) 스마일쓰 先生의 勇氣論」, 『소년』 제2년 제9권, 1909.10, 5~39면	「第五章 勇氣」, 『品性論』 중권, 173~210면	サミュエル・スマイルス 原著, 竹村修 訳述
「이솝의 이약(第二次)(1) 승냥이와 羊」, 『소년』 제2년 제10권, 1909.11, 23면	「上篇 第十一 狼と羊」, 『新訳伊蘇普物語』, 29~30면	上田万年 解說
「이솝의 이약(第二次)(2) 술이와 여호」, 위의 책, 24면	「上篇 第十三 鷲と狐」, 위의 책, 33~35면	위와 같음
「이솝의 이약(第二次)(3) 羊의 가죽을 쓴 승냥이」, 위의 책, 24~25면	「上篇 第十五 羊の皮を着た狼」, 위의 책, 38~39면	위와 같음
「이솝의 이약(第二次)(4) 여호와 獅子」, 위의 책, 25~26면	「上篇 第四十 狐と獅子」, 위의 책, 100~102면	위와 같음
※「地理學 硏究의 目的」, 위의 책, 83~97면	「地理学研究の目的」, 『地人論』, 警醒社書店, 1894, 1~20면	內村鑑三
「泰西少年日常生活訓 勞役과 安息」, 위의 책, 102~107 면	「第六章 労働と安息」, 『人生の実務』 전편, 34~39면	이ー・제이・하ーディ 原著, 吉川潤二郎 訳述
「페터大帝 軼事 利益으로 信義를 팔지 아니함」, 위의 책, 116면	「露国彼得大帝の信義」, 『修養乃模範』 丙午出版社, 1909, 65~66면	林董 編纂訳
「페터大帝 軼事 迷信의 舊例를 물니침」, 위의 책, 116~117면	「露帝迷信の旧例を斥く」, 위의 책, 67~68면	위와 같음
「페터大帝 軼事 法律家·辯護士의 惡風을 고침」, 위의 책, 117면	「露国法律家の悪風を矯む」, 위의 책, 66~67면	위와 같음
「프랭클닌 語錄 租稅 以外의 租稅(푸어 리차드 曆序言)」, 위의 책, 118~120면	「租税以外の租税」, 『フランクリン言行録』, 偉人研究 제4편, 內外出版協會, 1907, 160~164면	中里介山 編
「프랭클닌 語錄 참 國富」, 위의 책, 120면	「真の国富」, 위의 책, 164면	위와 같음
「프랭클닌 語錄 고은 종아리와 보기 실혼 종아리」, 위의 책, 120~123면	「美しき脛と醜き脛」, 위의 책, 199~204면	위와 같음

『소년』에 실린 기사명	번역 저본	저본의 저자·편자명
※「나는 이런 小說이 偏嗜 어룬과 아해」, 위의 책, 126~128면	「七 大人と小兒」, 『トルストイ短篇集』, 内外出版協會, 1907, 148~152면	百島冷泉(操) 訳述
※「린커언의 人物과 밋 그 事業」, 『소년』 제3년 제1권, 1910.1, 9~44면	『リンコンの人物及び其の事業』, 内外出版協會, 1907, 1~77면	ジョーセフ・エッチ・チョート 原著, 山縣悌三郎 訳
「笑天笑地 今方搜出」, 위의 책, 45면	「四 念入り」, 『西洋笑府』, 吉川弘文館, 1904, 3~4면	和田万吉 編
「笑天笑地 燭불 켜서」, 위의 책	「七 日暑儀」, 위의 책, 6면	위와 같음
「笑天笑地 그때가 와」, 위의 책, 45~46면	「一○ 性悪の負債者」, 위의 책, 8면	위와 같음
「笑天笑地 떠러져 본 뒤에」, 위의 책, 46면	「一九 樹登のあとで種疱瘡」, 위의 책, 17~18면	위와 같음
「笑天笑地 그것도 빼앗기게」, 위의 책	「三一 強い男」, 위의 책, 34면	위와 같음
「笑天笑地 盜賊질한 標」, 위의 책, 47면	「六九 窃盗をした標識」, 위의 책, 113~114면	위와 같음
「笑天笑地 見樣만 잇스면」, 위의 책, 47~48면	「七三 大骨折」, 위의 책, 120~121면	위와 같음
「笑天笑地 녯날 사람은 못된 놈」, 위의 책, 48면	「九七 昔の人間は悪漢」, 위의 책, 160면	위와 같음
「笑天笑地 여덟하고 여든」, 위의 책	「一一三 理詰」, 위의 책, 182~183면	위와 같음
「笑天笑地 地獄에서 기다려」, 위의 책, 48~49면	「一三八 地獄で待受」, 위의 책, 212~213면	위와 같음
「笑天笑地 十六年 前에」, 위의 책, 49~50면	「一四五 喪中」, 위의 책, 223~224면	위와 같음
「笑天笑地 네 여긔 안젓소」, 위의 책, 50면	「一四六 盜人は私」, 위의 책, 224~225면	위와 같음
「笑天笑地 죽엿소 살녓소」, 『소년』 제3년 제2권, 1910.2, 43~44면	「二八 殺したか活したか」, 위의 책, 28~31면	위와 같음
「笑天笑地 맛치 한 가지」, 위의 책, 44면	「四四 詩人と菓子屋」, 위의 책, 55면	위와 같음
「笑天笑地 알아볼 수 업난 글시」, 위의 책, 44~45면	「五一 悪筆」, 위의 책, 77~78면	위와 같음

『소년』에 실린 기사명	번역 저본	저본의 저자·편자명
「笑天笑地 精神으로」, 위의 책, 45~46면	「五二 頭腦で働く」, 위의 책, 78~80면	위와 같음
「笑天笑地 두 가지 다」, 위의 책, 46~47면	「五三 何方か両方か」, 위의 책, 80~82면	위와 같음
「笑天笑地 구도쇠」, 위의 책, 47~48면	「六二 吝嗇家」, 위의 책, 99~101면	위와 같음
「쿠루이로프 譬喩談」, 위의 책, 60~64면	「露国々文学の一要素 二クルイロフの譬喩譚」, 『露西亜文学研究』, 隆文館, 1907, 39~42면	昇曙夢
※「빠이론의 海賊歌」, 『소년』 제3년 제3권, 1910.3, 4~8면	「第一齣海賊島海賊歌」, 『海賊』, 尚友館書店, 1905, 11~18면	バイロン 著, 木村鷹太郎 訳
「笑天笑地 배人심들 좃타」, 위의 책, 24면	「九一 惡沈著」, 『西洋笑府』, 152~153면	和田万吉 編
「笑天笑地 소경이 더 똑똑」, 위의 책, 25면	「九〇 盲人の智慧」, 위의 책, 150~152면	위와 같음
「笑天笑地 凶한 寄別의 살외난 法」, 위의 책, 25~28면	「九八 凶い知らせの打明け方」, 위의 책, 160~165면	위와 같음
「笑天笑地 寬大한 判決」, 위의 책, 28면	「一〇六 寛大の処分」, 위의 책, 174면	위와 같음
「笑天笑地 盜賊이 氣막혀」, 위의 책	「一五七 笑はれた盗賊」, 위의 책, 237면	위와 같음
「修養의 거울 떠이취 今皇帝의 座右銘」, 위의 책, 29~40면	「独逸帝の座右銘」, 『中学世界』 제13권 제5호, 博文館, 1910. 4, 10~13면	山縣五十雄
「彗星에 關한 雜說 二, 彗星의 形·質」, 위의 책, 58~60면	「彗星の形」「彗星の頭」「彗星の尾」「彗星の体質」, 『地球と彗星との衝突』, 金港堂書籍, 1898, 4~18면	横山又次郎 編述
「彗星에 關한 雜說 三, 彗星의 軌道」, 위의 책, 60~61면	「ハレー彗星(2) 彗星の軌道」, 『中学世界』 제13권 제3호, 1910.3, 43~44면	横山又次郎
※「書籍에 對하여 古人의 讚美한 말」, 위의 책, 62~65면	「書籍につきて」, 『文学その折々』, 春陽堂, 1896, 86~88면	坪内逍遥
「笑天笑地 질에 꾀어진 下人」, 『소년』 제3년 제4권, 1910.4, 47면	「一気の利いた下男」, 『西洋笑府』, 1면·略註 1면	和田万吉 編

『소년』에 실린 기사명	번역 저본	저본의 저자·편자명
「笑天笑地 洋버선을 뒤집어 신어」, 위의 책, 47면	「九 靴下の裏表」, 위의 책, 7면	위와 같음
「笑天笑地 노새에 兩班 一家」, 위의 책, 48면	「一六 驢馬に親類」, 위의 책, 13~14면	위와 같음
「笑天笑地 고지식한 자식」, 위의 책	「二一 律義な子息」, 위의 책, 20~21면	위와 같음
「笑天笑地 몸을 뜻어내」, 위의 책, 49~50면	「四七五 体の取外し」, 위의 책, 59~62면	위와 같음
「笑天笑地 질에 짐작」, 위의 책, 50~51면	「五九 무合点」, 위의 책, 94~96면	위와 같음
「笑天笑地 바다 위와 房 안」, 위의 책, 51면	「六八 海の上と床の上」, 위의 책, 112~113면	위와 같음
「言行의 본 摩擦은 運動의 要素라」, 위의 책, 54면	「摩擦は運動の要素なり」, 『西洋古今名訓逸話集』 警醒社書店, 1907, 39면	成瀬政弘 編
「言行의 본 癈疾에 失望치 아니한 勇士」, 위의 책, 54~55면	「不具癈病に屈せざる勇者」, 위의 책, 37~38면	위와 같음
「言行의 본 깨달은 사람에게는 뉘웃침이 업다」, 위의 책, 55~57면	「達悟の人に悔恨なし」, 위의 책, 55~57면	위와 같음
「言行의 본 다 죳타」, 위의 책, 57면	「一切皆善し」, 위의 책, 57~58면	위와 같음
「言行의 본 偉人의 樂天」, 위의 책, 57~58면	「偉人の楽天観」, 위의 책, 58면	위와 같음
「言行의 본 準備는 機會보담도 貴하다」, 위의 책, 58면	「準備は機会よりも貴し」, 위의 책, 71면	위와 같음
「言行의 본 成功의 門」, 위의 책	「成功の門」, 위의 책	위와 같음
「言行의 본 너의 할 수 잇난 것을 하라」, 위의 책, 59~60면	「汝の為し得る所を為せ」, 위의 책, 114~116면	위와 같음
※「正말 建設者」, 『소년』 제3년 제5권, 1910.5, 4~5면	「真個の建設者」, 『英米百家詩選』, 126~127면	宮森麻太郎·小林安太郎 訳註
「修養의 거을 헬넨 켈너 女史의 『나의 將來』」, 위의 책, 20~29면	「わが生涯補遺」, 『わが生涯』, 内外出版協会, 1907, 221~232면	ヘレン·ケラー原著, 皆川正禧 訳述
「笑天笑地 스코틀낸드人의 머리」, 위의 책, 31면	「三五 蘇格蘭人の頭」, 『西洋笑府』, 40~41면	和田万吉 編

『소년』에 실린 기사명	번역 저본	저본의 저자·편자명
「笑天笑地 精神조흔 賞」, 위의 책, 32면	「三七 記憶の良い 褒美」, 위의 책, 44~45면	위와 같음
「笑天笑地 票업시 車타」, 위의 책, 32~33면	「五五 氈ばれ」, 위의 책, 85~87면	위와 같음
「笑天笑地 다리에 창칼을 꼿난 사람」, 위의 책, 33~34면	「五六 脚に小刀を突立てる人」, 위의 책, 87~89면	위와 같음
「笑天笑地 붓끗 잘못」, 위의 책, 34~35면	「五七 筆先の間違」, 위의 책, 90~92면	위와 같음
「笑天笑地 돌몽이 선물」, 위의 책, 35~36면	「五八 石塊の進物」, 위의 책, 92~94면	위와 같음
「言行의 본 참 快樂」, 위의 책, 40면	「真の快楽」, 『西洋古今名訓逸話集』, 50면	成瀬政弘 編
「言行의 본 勤勞와 苦惱」, 위의 책	「勤労と苦悩」, 위의 책	위와 같음
「言行의 본 堅忍力作의 힘」, 위의 책, 40~44면	「堅忍不抜の力」, 위의 책, 59~62면	위와 같음
「言行의 본 勇氣가 잇서야 한다」, 위의 책, 44면	「勇気を要す」, 위의 책, 66면	위와 같음
「言行의 본 精神의 自由」, 위의 책	「精神の自由」, 위의 책, 51면	위와 같음
「彗星에 關한 雜說(前前卷에 接續)四, 彗星의 週期」, 위의 책, 53면	「彗星の週期」, 『地球と彗星との衝突』, 25~26면	横山又次郎 編述
「彗星에 關한 雜說(前前卷에 接續)五, 彗星의 實質」, 위의 책, 53~55면	「ハレー彗星(7) 彗星の実質」, 『中学世界』 제13권 제3호, 46면	横山又次郎
「彗星에 關한 雜說(前前卷에 接續)六, 衝突說은 杞憂」, 위의 책, 55면	「ハレー彗星(8) 衝突説の杞憂」, 위의 책, 47면	위와 같음
「할늬彗星略說」, 위의 책, 60~61면	「ハレー彗星(3) ハレー彗星」, 「ハレー彗星(4) 支那の旧記に現はれた彗星」, 위의 책, 44~45면	위와 같음
※「大洋」, 『소년』 제3년 제6권, 1910.6, 5~9면	「大洋に寄す」, 『英米百家詩選』, 415~418면	宮森麻太郎・小林安太郎 訳註
「笑天笑地 真品堅牢精製革」, 위의 책, 32~33면	「六五 請合丈夫革皮」, 『西洋笑府』, 106~108면	和田万吉 編
「笑天笑地 헐고 달은 사람」, 위의 책, 33~34면	「六六 旧くて耗れてゐる人」, 위의 책, 108~110면	위와 같음

『소년』에 실린 기사명	번역 저본	저본의 저자·편자명
「笑天笑地 스코틀낸드는 웃더케 조혼가」, 위의 책, 34면	「九六 蘇格蘭はどんなに好いか」, 위의 책, 159면	위와 같음
「笑天笑地 자면서 거울보아」, 위의 책, 34~35면	「一〇〇 口を開けて眠る人」, 위의 책, 166~168면	위와 같음
「笑天笑地 烹卵」, 위의 책, 35면	「一一二 ゆで卵」, 위의 책, 181~182면	위와 같음
「笑天笑地 더러운 발에 더러운 신」, 위의 책, 35~36면	「一一六 穢い脚に穢い靴」, 위의 책, 185~186면	위와 같음
「笑天笑地 걱정」, 위의 책, 36면	「一二五 心配」, 위의 책, 197~198면	위와 같음
「言行의 본 먼저 사람되기에 成功하라」, 위의 책, 45면	「人たるに成功せよ」, 『西洋古今名訓逸話集』, 2~3면	成瀬政弘 編
「言行의 본 적은 일이 큰 功을 이루게 한다」, 위의 책, 45~46면	「小事大功を齎らす」, 위의 책, 196~197면	위와 같음
「言行의 본 小虫이 英雄을 激勵함」, 위의 책, 46~47면	「小虫, 英雄を励ます」, 위의 책, 197~198면	위와 같음
「言行의 본 죽은 자를 슬허하거든 살은 자를 사랑하라」, 위의 책, 47면	「死者を哀しまば生者を愛せよ」, 위의 책, 192~193면	위와 같음
「言行의 본 우리들의 職務」, 위의 책, 47~48면	「吾人の務め」, 위의 책, 178면	위와 같음
「言行의 본 賀辭」, 위의 책, 48~49면	「九三 祝辞」, 『西洋笑府』, 155~157면·略註 23~24면	和田万吉 編
「言行의 본 宇宙는 一大法教라」, 위의 책, 49면	「宇宙は一大宗教なり」, 『西洋古今名訓逸話集』, 93면	成瀬政弘 編
※「ABC 契」, 『소년』 제3년 제7권, 1910.7, 1~60면	『ABC 組合』, 内外出版協会, 1902, 1~136면	ヴィクトル・ユーゴー 原著, 原一庵主人(余三郎) 訳述
※「사랑」, 『소년』 제3년 제8권, 1910.8, 42~44면	「愛」, 『趣味』 제3권 제6호, 易風社, 1908.6, 116~118면	長谷川二葉亭 訳
「笑天笑地 쉴 틈 업시」, 위의 책, 45면	「一六〇 休 期無し」, 『西洋笑府』, 240~241면	和田万吉 編
「笑天笑地 아모리나」, 위의 책, 45~46면	「一六三 如何でも可し」, 위의 책, 244~245면	위와 같음
「笑天笑地 墓碑銘」, 위의 책, 46면	「一六四 墓石の銘」, 위의 책, 246~247면	위와 같음

『소년』에 실린 기사명	번역 저본	저본의 저자·편자명
「笑天笑地 저조와 하난 것으로」, 위의 책	「一七三 先へ廻る」, 위의 책, 257면	위와 같음
「言行의 본 獄中의 平安」, 위의 책, 48면	「獄裡の平安」,『西洋古今名訓逸話集』, 189~190면	成瀬政弘 編
「言行의 본 惡意의 應報」, 위의 책, 48~49면	「悪意の応報」, 위의 책, 190~191면	위와 같음
「言行의 본 浮浪罪의 被告人」, 위의 책, 49~50면	「浮浪罪の被告人」, 위의 책, 177~178면	위와 같음
「言行의 본 人心의 勢力」, 위의 책, 50면	「人心の勢力」, 위의 책, 179면	위와 같음
※「한 사람이 얼마나 땅이 잇어야 하나」,『소년』제3년 제9권, 1910.12, 25~31면	「八 唯六尺」,『トルストイ小説集』, 156~185면	百島操 訳述
※「너의 니웃」, 위의 책, 31~36면	「六 爾の隣」,『トルストイ短篇集』, 127~148면	百島冷泉(操) 訳述
※「茶館」, 위의 책, 36~40면	「七 珈琲店」,『トルストイ小説集』, 139~155면	百島操 訳述
「各訓逸話 우리들은 平等이라」, 위의 책, 44면	「我等は平等なり」,『西洋古今名訓逸話集』, 11~12면	成瀬政弘 編
「各訓逸話 다 한 領議政이라」, 위의 책, 44~45면	「皆一個の大宰相なり」, 위의 책, 12면	위와 같음
「各訓逸話 貴族이라도 관계치 안타」, 위의 책, 45 면	「貴族にても差支なし」, 위의 책, 13면	위와 같음
「各訓逸話 高尚한 안갑흠(報讐)」, 위의 책	「高尚なる復讐」, 위의 책, 16~18면	위와 같음
「各訓逸話 未開國엣 傳道」, 위의 책	「未開国に於る伝道」, 위의 책, 156면	위와 같음
「各訓逸話 下婢의 意見」, 위의 책, 45~46면	「下婢の卓見」, 위의 책, 21~23면	위와 같음
「各訓逸話 日曜는 海綿이 아니라」, 위의 책, 46면	「日曜は海綿に非ず」, 위의 책, 31면	위와 같음
「各訓逸話 教를 밧들 마음은 天性에서 난다」, 위의 책	「宗教心は天性に出づ」, 위의 책, 32면	위와 같음
「各訓逸話 宗派는 逕路일 뿐」, 위의 책	「宗派は逕路のみ」, 위의 책, 33면	위와 같음
「各訓逸話 新説에 對한 異論」, 위의 책, 46~47면	「新説に対する異論」, 위의 책, 33~34면	위와 같음

『소년』에 실린 기사명	번역 저본	저본의 저자·편자명
「各訓逸話 先人의 僻見」, 위의 책, 47면	「先入の僻見」, 위의 책, 34~35면	위와 같음
「各訓逸話 아버님의 祈禱를 成就하야 드리오리다」, 위의 책	「父上の祈りを叶へ申さん」, 위의 책, 41면	위와 같음
「各訓逸話 돈스주머니로 同情을 表하라」, 위의 책	「財布の底より同情せよ」, 위의 책, 41~42면	위와 같음
「各訓逸話 牛羊의 余澤이라」, 위의 책, 47~48면	「牛羊の余沢のみ」, 위의 책, 42~43면	위와 같음
「泰西笑府 하느님 흉내」, 위의 책, 48면	「一四九 神様の真似」, 『西洋笑府』, 227~228면	和田万吉 編
「泰西笑府 뒷 걱정」, 위의 책	「一五一 取越苦勞」, 위의 책, 229~230면	위와 같음
「泰西笑府 當身으로 말하야도」, 위의 책, 48~49면	「一五二 貴君だって」, 위의 책, 230~231면	위와 같음
「泰西笑府 낫고도 더해」, 위의 책, 49면	「一五三 人の眼を掠めた眼医者」, 위의 책, 231~232면	위와 같음
「泰西笑府 둘너 대난대로」, 위의 책	「一五四 対手次第」, 위의 책, 233~234면	위와 같음
「泰西笑府 馬上에서 말에게 채여」, 위의 책	「一六一 馬上で馬に蹴られ」, 위의 책, 241~242면	위와 같음
「泰西笑府 喪制가 唱歌」, 위의 책	「一六五 葬送に唱歌」, 위의 책, 247~248면	위와 같음
「泰西笑府 못난이 나라」, 위의 책, 49~50면	「一六六 痴漢の王国」, 위의 책, 248~249면	위와 같음
「泰西笑府 賂物의 重數를 보아」, 위의 책, 50면	「一六七 賄賂の重量をひく」, 위의 책, 249~251면	위와 같음
「泰西笑府 어린애게 떠러져」, 위의 책	「一六八 其手に乗らず」, 위의 책, 251면	위와 같음
「泰西笑府 짐작 잇난 男便」, 위의 책	「一六九 心得のある良人」, 위의 책, 252면	위와 같음
「泰西笑府 出入의 틀님」, 위의 책	「一七四 出入の違ひ」, 위의 책, 258면	위와 같음
「泰西笑府 새에게 「라틴」말」, 위의 책	「一七五 禽類に羅甸語」, 위의 책, 258~260면	위와 같음

『소년』에 실린 기사명	번역 저본	저본의 저자·편자명
「泰西笑府 鈍秀才(1)」, 위의 책, 50~51면	「一七七 鈍物(一)」, 위의 책, 261~262면	위와 같음
「泰西笑府 鈍秀才(2)」, 위의 책, 51면	「一七八 鈍物(二)」, 위의 책, 262~264면	위와 같음
「泰西笑府 計除會計狀」, 위의 책, 51~52면	「一九二 差引勘定」, 위의 책, 283~286면	위와 같음
「泰西笑府 冊에도 씨지 아니한 일」, 위의 책, 52면	「一九九 書物にも出て居らぬ 事」, 위의 책, 297면	위와 같음
「泰西笑府 묵은 新聞」, 위의 책	「二〇七 昔の新聞」, 위의 책, 305면	위와 같음
「泰西笑府 理致 밝은 사람」, 위의 책	「一四七 理屈の勝った人」, 위의 책, 226면	위와 같음
「泰西笑府 한골 가난 狂人」, 위의 책	「一四四 狂人の骨頂」, 위의 책, 221~223면	위와 같음
「泰西笑府 因果報復」, 위의 책	「一四二 廻る因果」, 위의 책, 218~220면	위와 같음
「泰西笑府 머리를 숨기다가」, 위의 책, 52~53면	「一四三 頭顱隱して」, 위의 책, 220~221면	위와 같음
「泰西笑府 帽子의 압뒤」, 위의 책, 53면	「一〇一 帽子の後前」, 위의 책, 168~169면	위와 같음
「泰西笑府 맛단 香」, 위의 책	「一〇二 甘い薫物」, 위의 책, 169~170면	위와 같음
「泰西笑府 똑똑한 말」, 위의 책	「一〇三 上分別」, 위의 책, 170~171면	위와 같음
「泰西笑府 자게 하난 職分」, 위의 책	「一一四 眠させる役」, 위의 책, 183면	위와 같음
「泰西笑府 病身」, 위의 책	「一二三 疵物」, 위의 책, 194~195면	위와 같음
「泰西笑府 거긔 속을 줄 알고」, 위의 책, 53~54면	「一二四 其手ぢゃゆかぬ」, 위의 책, 196~197면	위와 같음
「泰西笑府 되집어 흥」, 위의 책, 54면	「一二六 竹箆返し」, 위의 책, 199~200면	위와 같음
「泰西笑府 말은 들을 탓」, 위의 책	「一二七 聽取り樣」, 위의 책, 200~201면	위와 같음

『소년』에 실린 기사명	번역 저본	저본의 저자·편자명
「泰西笑府 잘못 알아들엇소」, 위의 책	「一二八 不心得」, 위의 책, 201~203면	위와 같음
「泰西笑府 똑똑지 못한 警官」, 위의 책	「一二九 賢からぬ警察官」, 위의 책, 203~204면	위와 같음
「泰西笑府 해가 젓다」, 위의 책	「一三〇 日が暮れた」, 위의 책, 204면	위와 같음
「泰西笑府 綠 나지 안케」, 위의 책, 54~55면	「一三一 背負抛」, 위의 책, 205~206면	위와 같음
「泰西笑府 개의 本色」, 위의 책, 55면	「一三三 犬の天性」, 위의 책, 207~208면	위와 같음
「泰西笑府 是父是子」, 위의 책	「一三四 此親にして此子あり」, 위의 책, 208~209면	위와 같음
「泰西笑府 네 따위는 눈에 업다」, 위의 책	「一三五 用心」, 위의 책, 209면	위와 같음
「泰西笑府 쁘리탠國에 로오마府가 수북해」, 위의 책	「一三六 英吉利に羅馬が沢山」, 위의 책, 209~210면	위와 같음
「泰西笑府 人情冷如氷」, 위의 책	「一三七 憂き世」, 위의 책, 210~211면	위와 같음
「泰西笑府 되돌나 잡아서」, 위의 책	「一一九 鸚鵡返し」, 위의 책, 189~190면	위와 같음
「泰西笑府 古物 조와하난 兵丁」, 위의 책	「二 古物好の兵卒」, 위의 책, 1~2면	위와 같음

〈부록 표 2〉 - 어린이 잡지에 실린 번역 기사의 저본 일람

어린이 잡지에 실린 기사명	번역 저본	저본의 저자·편자명
「따님의 간 곳」, 『붉은 져고리』 제1년 제1호, 1913.1, 3~5면	「第四十三 姫の行方」, 『家庭お伽噺』, 小川尚栄堂, 1909, 242~250면	グリム 原著, 和田垣 謙三・星野久成 訳
「네 아오동생」, 『붉은 져고리』 제1년 제2호, 1913.1, 4~5면	「第四十二四 人兄弟」, 위의 책, 237~242면	위와 같음
「우슴거리 뒤편은 벽」, 위의 책, 7면	「はなしのたね 後の方は壁」, 『日本少年』 제2권 제3호, 実業之日本社, 1907.3, 75면	編集局 選
「우슴거리 파리 잡아」, 위의 책	「はなしのたね 蠅を取ってゐる処」, 위의 책	위와 같음
「우슴거리 동갑」, 위의 책	「はなしのたね 同い蔵」, 위의 책, 76~77면	위와 같음
「남성이와 독수리」, 『붉은 져고리』 제1년 제4호, 1913.2, 6면	「下篇 第百五十八 亀と鷲」, 『新訳伊蘇普物語』, 鍾美堂書店, 1907, 231~233면	上田万年 解説
「여호와 닭」, 위의 책	「上篇 第七 鶏と狐」, 위의 책, 18~21면	위와 같음
「어미 종달새와 섁기 종달새」, 『붉은 져고리』 제1년 제5호, 1913.3, 6면	「上篇 第六 母雲雀と子雲雀」, 위의 책, 14~18면	위와 같음
「양의 가죽을 쓴 이리」, 위의 책	「上篇 第十五 羊の皮を着た狼」, 위의 책, 38~39면	위와 같음
「토끼와 개고리」, 『붉은 져고리』 제1년 제6호, 1913.3, 7~8면	「上篇 第六十六 兎と蛙」, 위의 책, 160~163면	위와 같음
「여호와 이리」, 위의 책, 8면	「上篇 第六十七 狐と狼」, 위의 책, 163~165면	위와 같음
「숫 장수와 빨내장이」, 『붉은 져고리』 제1년 제7호, 1913.4, 5~6면	「下篇 第百八 炭焼夫と洗濯夫」, 위의 책, 85~87면	위와 같음
「락타」, 위의 책, 6면	「下篇 第百廿三 駱駝」, 위의 책, 130~131면	위와 같음
「우슴거리 동갑되겟다」, 위의 책	「少年笑話 おない蔵」, 『少年世界』 제13권 제13호, 博文館, 1907.10, 22면	読者投稿

어린이 잡지에 실린 기사명	번역 저본	저본의 저자·편자명
「매와 농군」, 『붉은 져고리』 제1년 제8호, 1913.4, 5~6면	「下篇 第百三 鷹と農夫」, 『新訳伊蘇普物語』, 67~69면	上田万年 解説
「구두쇠」, 『붉은 져고리』 제1년 제9호, 1913.5, 7면	「上篇 第四十五 守銭奴」, 위의 책, 110~113면	위와 같음
「고든 마음의 갑흠」, 『붉은 져고리』 제1년 제10호, 1913.5, 1면	「上篇 第卅七 水神と樵夫」, 위의 책, 92~95면	위와 같음
「한머니와 종 아희」, 위의 책, 4면	「上篇 第五十八 婆さんと下女」, 위의 책, 142~144면	위와 같음
「여호와 토끼」, 위의 책, 4~5면	「上篇 第五十九 狐と兎」, 위의 책, 144~146면	위와 같음
「개와 여물통」, 위의 책, 5면	「上篇 第四十六 犬と馬槽」, 위의 책, 113~115면	위와 같음
「말과 사자」, 『붉은 져고리』 제1년 제11호, 1913.6, 4~5면	「下篇 第八十一 馬と獅子」, 위의 책, 1~4면	위와 같음
「개미와 멧둑이」, 위의 책, 5면	「上篇 第七十四 蟻と螽蟖」, 위의 책, 180~182면	위와 같음
「가막이와 공작」, 위의 책, 5~6면	「上篇 第七十二 鴉と孔雀」, 위의 책, 173~176면	위와 같음
「사자 가죽 쓴 나귀」, 위의 책, 6면	「下篇 第百九 獅子の皮を着た驢馬」, 위의 책, 87~89면	위와 같음
「장긔 냇이가 님검님 똥싸인 이약이」, 위의 책, 7면	「将棊の発明者国王を泣す」, 『少年世界』 제14권 제9호, 1908.7, 102~104면	横山又次郎
「우슴거리 눈 나롯」, 위의 책, 7~8면	「話の種 目の鼻」, 『日本少年』 제4권 제3호, 1909.3, 76면	読者投稿
「우슴거리 디구 도는 것을 보아」, 위의 책, 8면	「話の種 地球の動くのが見える」, 위의 책, 77면	위와 같음
「우슴거리 내 생일은 네해 만콤」, 위의 책	「話の種 誕生日は四年目毎」, 위의 책, 76~77면	위와 같음
「남생이 줄다리기」, 『아이들보이』 제1호, 1913.9, 2~11면	「(上) 綱引の力」, 『世界お伽噺』 제73편, 博文館, 1905, 1~22면	大江(巖谷) 小波 編
「우슴거리 그것도 자랑」, 위의 책, 14면	「少年笑話 やっぱり自慢」, 『少年』 第116号, 時事新報社, 1913.5, 16면	少年記者
「계집아이슬긔」, 『아이들보이』 제2호, 1913.10, 1~13면	「(下) 智慧娘」, 『世界お伽噺』 제7편, 1899, 55~82면	大江(巖谷) 小波 編

어린이 잡지에 실린 기사명	번역 저본	저본의 저자·편자명
「우슴거리 담배 열니는 나무」, 위의 책, 16~17면	「少年笑話 煙草に成る実」, 『少年』 제117호, 1913.6, 38면	少年記者
「우슴거리 甲을 하면 미안하겟기」, 『아이들보이』 제3호, 1913.11, 28면	「少年笑話 甲を取れば気の毒」, 위의 책, 37면	위와 같음
「우슴거리 구린내 내는 거울」, 위의 책	「笑話 臭い鏡」, 『少年世界』 제19권 제10호, 1913.7, 111면	読者投稿
「모래펄에 왕사람」, 위의 책, 29~32면	「(二三) 沙漠の大男」, 『学校家庭教訓お伽噺－東洋之部』博文館, 1912, 103~108면	巖谷小波 編
「령한 거울 셋」, 『아이들보이』 제4호, 1913.12, 1~12면	「(下) 三魔鏡」, 『世界お伽噺』 제4편, 1899, 59~81면	大江(巖谷) 小波 編
「늙은이 보람」, 위의 책, 27~29면	「(三六) 老人の手柄」, 『学校家庭教訓お伽噺－東洋之部』, 172~176면	巖谷小波 編
「프레드의 깡깡이」, 『아이들보이』 제5호, 1914.1, 2~18면	「(上) 浮かれ胡弓」, 『世界お伽噺』 제37편, 1902, 1~44면	大江(巖谷) 小波 編
「우슴거리 넌덕이 핀계」, 위의 책, 21면	「少年笑話 太郎の弁解」, 『少年』 제120호, 1913.9, 11면	少年記者
「우슴거리 오원 내야」, 위의 책	「少年笑話 五円入用」, 위의 책	위와 같음
「환장이 벤자민 웨쓰트 이약이」, 『아이들보이』 제6호, 1914.2, 13~20면	「8. BENJAMIN WEST」, 『ナショナルリーダー第五訳読解義』上巻, 榊原文盛堂, 1908, 92~132면	元木貞雄
「아이들신문 이약이 범과 참새(1)」, 위의 책, 31면	「小学新聞第二号 虎と雀(上)」, 『小学生』 제4권 제2호, 同文館, 1914.2, 31면	
「짓걸이 아씨」, 『아이들보이』 제7호, 1914.3, 1~12면	「(下) 喋べり姫」, 『世界お伽噺』 제37편, 45~68면	大江(巖谷) 小波 編
「니를 빼어 어버이를 다수케 하려던 효녀」, 위의 책, 19~21면	「六新約克の孝女(米国)」, 『外国少女鑑』少女文庫 제4편, 博文館, 1902, 64~69면	下田歌子
「액톄 공긔와 액톄산소」, 위의 책, 28~30면	「液体空気と液体酸素」, 『小学生』 제4권 제2호, 2~3면	長岡半太郎
「우슴거리 푸성귀와 고기」, 위의 책, 31면	「少年笑話 菜食と肉食」, 『少年』 제116호, 1913.5, 16면	少年記者

어린이 잡지에 실린 기사명	번역 저본	저본의 저자·편자명
「아이들신문 이약이 범과 참새(2)」, 위의 책, 33면	「小学新聞第三号 虎と雀(下)」, 『小学生』제4권 제3호, 1914.3, 29면	
「거짓 아드님 참 아드님」, 『아이들보이』제8호, 1914.4, 1~21면	「(上) 二人王子」, 『世界お伽噺』제8편, 1899, 1~56면	大江(巖谷) 小波 編
「양이며 소를 먹이면서 거룩한 사람 된 이약이」, 위의 책, 24~28면	「羊や牛の番をしながら偉い人になつた話」, 『幼年世界』제4권 제3호, 博文館, 1914.3, 38~42면	乙竹岩造
「닐곱 동생」, 『아이들보이』제9호, 1914.5, 1~15면	「(下) 七人兄弟」, 『世界お伽噺』제8편, 57~88면	大江(巖谷) 小波 編
「시골 계집애로 나라에 어진 어미 된 혹불이 색시」, 위의 책, 19~22면	「三十三 宿瘤女(支那)」, 『外国少女鑑』, 210~218면	下田歌子
「아이들신문 이약이 가막이와 물 항아리」, 위의 책, 29면	「上篇 第六十二 鴉と水瓶」, 『新訳伊蘇普物語』, 151~152면	上田万年 解説
「아이들신문 이약이 과부와 암탉」, 위의 책	「上篇 第六十五 寡婦と牝鶏」, 위의 책, 158~159면	위와 같음
「수탉의 알」, 『아이들보이』제10호, 1914. 6, 1~10면	「(下) 牡鶏の卵」, 『世界お伽噺』제38편, 1902, 40~63면	大江(巖谷) 小波 編
「네 절긔 이약이」, 위의 책, 34~42면	「四, 四季物語」, 『赤靴物語』内外出版協会, 1908, 48~63면	百島操 訳編
「병 부쟈」, 『아이들보이』제11호, 1914.7, 1~15면	「(上) 徳利長者」, 『世界お伽噺』제40편, 1902, 1~38면	大江(巖谷) 小波 編
「락타와 돗」, 위의 책, 29~30면	「東洋イソップ駱駝と豚」, 『小学生』제4권 제3호, 2~3면	渡邊北海
「통궁이」, 『아이들보이』제12호, 1914.8, 1~11면	「(下) 独木船」, 『世界お伽噺』제3편, 1899, 41~68면	大江(巖谷) 小波 編
「어진 환장이」, 위의 책, 22~23면	「(七五) 慈善画師」, 『学校家庭教訓お伽噺－東洋之部』378~381면	위와 같음
「짐승의 목숨」, 『아이들보이』제13호, 1914.10, 2~6면	「動物の寿命」, 『家庭童話母のみやげ』, 同文館, 1905, 43~48면	東基吉 編
「쥐의 시집감」, 위의 책, 6~9면	「鼠の嫁入り」, 위의 책, 49~55면	위와 같음
「여호의 신세 갑흠」, 위의 책, 10~19면	「狐の恩返し」, 위의 책, 109~123면	위와 같음

어린이 잡지에 실린 기사명	번역 저본	저본의 저자·편자명
「까막이 이약이」, 위의 책, 19~27면	「烏のおはなし」, 위의 책, 124~135면	위와 같음
「두더쥐의 생긴 까닭」, 위의 책, 27~30면	「鼴鼠の起源」, 위의 책, 182~186면	위와 같음
「皇帝의 새 옷」, 『새 별』 제15호, 1914.12, 20~22면	「七 皇帝の新しき衣服の話」, 『家庭物語』婦人之友社, 1913, 44~51면	松本雲舟 編
「읽어리 ㄱ재주비 개미나라」, 위의 책, 부록 1~4면	「第十二 蟻の王国」, 『新定中学国文読本』권1, 吉川弘文館, 1905, 48~53면	
「읽어리 ㄱ재주비 習慣」, 위의 책, 부록 4~6면	「第二十七 習慣」, 『訂正中学国文読本』권1, 吉川弘文館, 1904, 108~111면	中村正直
「읽어리 ㄴ재주비 물의 가는바」, 위의 책, 부록 7~9면	「六 水のゆくへ」, 『新体国語教本』권4, 開成館, 1908, 16~19면	
「읽어리 ㄴ재주비 電氣」, 위의 책, 부록 9~13면	「二七 電気」, 위의 책, 105~110면	
「西國名話集 一, 가장 貴한 行爲」, 『새별』 제16호, 1915.1, 5~6면	「四 最も貴き行爲の話」, 위의 책, 25~29면	松本雲舟 編
「西國名話集 二, 성냥팔이 處女」, 위의 책, 6~9면	「廿三 マッチ売の少女の話」, 위의 책, 145~151면	위와 같음
「西國名話集 三, 매가 님검 살닌 이약이」, 위의 책, 9~11면	「廿二 王様を救へる鷹の話」, 위의 책, 139~144면	위와 같음
「西國名話集 四, 와싱톤이 어린를 살니다」 위의 책, 11~16면	「五 ワシントン子供を救へる話」 위의 책, 30~39면	위와 같음
「西國名話集 五, 텔이 自己 아들 머리 우에 노힌 林檎을 쏘다」, 위의 책, 16~18면	「一 テルわが子の頭の林檎を射りし話」, 위의 책, 1~7면	위와 같음
「西國名話集 六, 征服者 윌리암의 세 아들」, 위의 책, 18~20면	「十八 征服者ウイリアムの三王子の話」, 위의 책, 104~109면	위와 같음
「읽어리 ㄴ재주비 말코니」, 위의 책, 부록 11~14면	「二八 マルコニー」, 『新体国語教本』巻4, 110~116면	
「읽어리 ㄴ재주비 諭語五則」, 위의 책, 부록 14~16면	「二三 諭言五則」, 『修訂中等国語読本』권2, 明治書院, 1912, 118~120면	那珂通高

『청춘』에 실린 기사명	저자명	번역과 인용 저본	저본의 저자·편자명
「世界의 創造(上)」, 『청춘』 제1호, 1914.10, 10~25면		「世界の創造」, 『太陽』 제13권 제5호, 博文館, 1907.4, 169~176면; 「世界の創造(続き)」, 『太陽』 제13권 제6호, 1907.5, 171~173면	橫山又次郎
「人種」, 위의 책, 26~35면		「人種」, 『人類学叢話』 学芸叢書 제1편, 博文館, 1907, 11~26면	坪井正五郎
「動物奇談 一, 動物의 數가 얼마나 만흔가」, 위의 책, 50~51면		「上篇 一 動物の数は幾らあるか」 『世界動植物奇談』 少年百科叢書 제18편, 博文館, 1912, 1~3면	河崎酔雨 編
「動物奇談 二, 動物의 命이 얼마나 긴가」, 위의 책, 51~52면		「上篇 二 動物は幾年生きるか」, 위의 책, 3~5면	위와 같음
「動物奇談 三, 돗 차가는 큰 새」, 위의 책, 52~53면		「上篇 三 豚を攫んで行く大鳥」, 위의 책, 5~8면	위와 같음
「動物奇談 四, 말은 가운데 발가락 발톱 끗으로 것는 動物이라」, 위의 책, 53~56면		「上篇 四 馬は中指の爪先で歩く動物である」, 위의 책, 8~15면	위와 같음
「試驗과 腦쓰는 법」, 위의 책, 63~76면		「試験と脳の使ひ方」, 『中学世界』 제11권 제1호, 博文館, 1908.1, 46~54면	狩野謙吾
「地球上에 가장 可怕한 大靈物」, 위의 책, 91~97면		「地球上最も恐怖すべき大魔物」, 『冒険世界』 제2권 제1호, 博文館, 1909.1, 49~54면	神秘学士
「泰西三大奇人」, 위의 책, 98~109면		「世界三大奇人」, 위의 책, 43~49면	河岡潮風

『청춘』에 실린 기사명	저자명	번역과 인용 저본	저본의 저자·편자명
「사람의 定義」, 위의 책, 110~115면		「人間の定義」, 『中学世界』 第16권 제9호, 1913.7, 26~29면	長谷川天渓
「터어키人의 奇習」, 위의 책, 116~119면		「土耳古人の奇風俗」, 『名家講和集』, 帝国軍事協会, 1912, 180~182면	
「新式數字記憶法」, 위의 책, 168~172면		「新式数字記憶法」, 『中学世界』 第14권 제3호, 1911.3, 120~124면	
「泰西笑林 살진 이 여윈 이」, 위의 책, 173면		「肥大と繊小」, 『新西洋笑府』, 有楽社, 1907, 5면	和田卍子(万吉) 編
「泰西笑林 슈염 깍근 삭」, 위의 책		「髯剃賃」, 위의 책, 8면	위와 같음
「泰西笑林 東風의 갓다 오는 길」, 위의 책		「東風の帰途」, 위의 책, 9~10면	위와 같음
「泰西笑林 動物優待」, 위의 책		「動物優待」, 위의 책, 14면	위와 같음
「泰西笑林 別別행하」, 위의 책, 173~174면		「妙な祝儀」, 위의 책, 11~12면	위와 같음
「泰西笑林 새옷」, 위의 책, 174면		「新しい着物」, 위의 책, 12면	위와 같음
「泰西笑林 空氣銃이 먹어」, 위의 책		「大当り」, 위의 책, 13면	위와 같음
「泰西笑林 뭇기만 하면」, 위의 책		「問答」, 위의 책, 14~15면	위와 같음
「泰西笑林 종각 업는 소리」, 위의 책		「半間」, 위의 책, 16면	위와 같음
「泰西笑林 도야지 고기」, 위의 책		「豚肉」, 『西洋一口噺』, 呑洋堂, 1906, 71~72면	荒木江村 編
※「特別附錄 世界文學槪觀 너 참 불상타」, 위의 책, 부록 1~36면	빅토르, 유고 著	「噫無情」, 『代表的世界文学物語』, 北文館, 1913, 168~224면	ユーゴー 作, 松浦政泰 訳
「獨逸國」, 『청춘』 제2호, 1914.11, 5~35면		「獨逸」, 『少年世界読本』 제3권, 博文館, 1907, 1~78면	巖谷小波·金子紫草
「世界의 創造(中)」, 위의 책, 36~40면		「世界の創造(続き)」, 173~176면	横山又次郎

『청춘』에 실린 기사명	저자명	번역과 인용 저본	저본의 저자·편자명
「進化論」, 위의 책, 41~53면		「進化論」, 『動物学叢話』 学芸叢書 제4편, 博文館, 1907, 1~27면	石川千代松 講述
「動物奇談 一, 새를 잡어먹는 蜘蛛」, 위의 책, 54~55면		「上篇 五 鳥を捕る恐ろしき蜘蛛」, 『世界動植物奇談』, 15~19면	河崎酔雨 編
「動物奇談 二, 병어나 가잠이의 눈은 웨 한편으로 몰렷나」, 위의 책, 56~58면		「上篇 六 何故に鰈や比目魚の眼は片側にあるか」, 위의 책, 19~24면	위와 같음
「動物奇談 三, 世界에 第一 큰 새」, 위의 책, 58~59면		「上篇 七 世界第一の大きい鳥」, 위의 책, 24~27면	위와 같음
「動物奇談 四, 海狸는 獸類中 建築家」, 위의 책, 59~62면		「上篇 八 海狸は獣類中の建築家である」, 위의 책, 27~33면	위와 같음
「動物奇談 五, 사람의 피를 빼는 모긔 암놈이니라」, 위의 책, 62~64면		「上篇 九 人の血を吸ふ蚊は雌である」, 위의 책, 33~39면	위와 같음
「F 光線」, 위의 책, 64~66면		「F 光線」, 『学生』 제4권 제13호, 冨山房, 1913.12, 120면	一記者
「尿中의 寶物을 探索하는 奇人」, 위의 책, 67~71면		「尿中の宝物を探る奇人」, 위의 책, 30~32면	小松茂
「美國의 學生은 凡事가 다 實際的」, 위의 책, 72~77면		「米国の学生は何事にも実際的」, 『中学世界』 제17권 제1호, 1914.1, 60~65면	原口竹次郎
「로쓰 촤일드의 富」, 위의 책, 95~99면		「ロスチヤイルドの富」, 『中学世界』 제15권 제8호, 1912.6, 50~55면	金子範二
※「世界文學槪觀 更生」, 위의 책, 122~128면	톨쓰토이 原著	「復活」, 『代表的世界文学物語』, 251~261면	トルストイ 作, 松浦政泰 訳
「泰西笑林 해 뜨고 짐」, 위의 책, 146면		「日の出没」, 『新西洋笑府』, 1면	和田卍子(万吉) 編

『청춘』에 실린 기사명	저자명	번역과 인용 저본	저본의 저자·편자명
「泰西笑林 싸게 긔별」, 위의 책		「廉価上り」, 위의 책, 4면	위와 같음
「泰西笑林 놉흔 내」, 위의 책		「高い川」, 위의 책, 7면	위와 같음
「泰西笑林 가진 돈 셈」, 위의 책		「現在金調べ」, 위의 책, 27~28면	위와 같음
「泰西笑林 반목 쯤은」, 위의 책		「半人前」, 위의 책, 29면	위와 같음
「泰西笑林 다 출입」, 위의 책, 146~147면		「皆不在」, 위의 책, 30~31면	위와 같음
「泰西笑林 분명한 말버릇」, 위의 책, 147면		「精確な物言」, 위의 책, 31면	위와 같음
「泰西笑林 묘한 畵像」, 위의 책		「面白い肖像」, 위의 책, 32면	위와 같음
「泰西笑林 眼藥」, 위의 책		「眼薬」, 위의 책, 33면	위와 같음
「泰西笑林 난생 처음」, 위의 책		「生れてから始めて」, 위의 책, 35면	위와 같음
「泰西笑林 그것은 넘어 甚해」, 위의 책		「余りだ」, 위의 책, 91면	위와 같음
「墺匈國」, 『청춘』 제3호, 1914.12, 5~23면		「墺太利」, 『少年世界読本』 제3권, 88~132면	巖谷小波·金子紫草
「世界의 創造(下一)」, 위의 책, 24~36면		「世界の創造(続き)」, 176~179면; 「世界の創造(完)」, 『太陽』 제13권 제8호, 1907.6, 169~172면	横山又次郎
「生物의 生活은 自愛냐 他愛냐」, 위의 책, 37~42면		「生物の生活は自愛か他愛か」, 『太陽』 제10권 제3호, 1904.2, 186~188면	石川千代松
「動物奇談(三) 一, 뱀장어는 海中에서 알을 낫나니라」, 위의 책, 43~45면		「上篇 一〇 鰻は海中で卵を生む」, 『世界動植物奇談』, 39~44면	河崎酔雨 編
「動物奇談(三) 二, 제비는 晴雨計의 代理를 보나니라」, 위의 책, 45~47면		「上篇 一一 燕は晴雨計の代理を勤める」, 위의 책, 45~51면	위와 같음
「動物奇談(三) 三, 두더지는 웨 장님이 되얏나」, 위의 책, 47~49면		「上篇 一二 何故にモグラは盲目であるか」, 위의 책, 51~54면	위와 같음

『청춘』에 실린 기사명	저자명	번역과 인용 저본	저본의 저자·편자명
「動物奇談(三) 四, 도마뱀꼬리는 웨 끈어지기를 잘하나」, 위의 책, 49~50면		「上篇 一三 何故に蜥蜴の尾は切れ易いか」, 위의 책, 54~57면	위와 같음
「動物奇談(三) 五, 空中을 나르는 奇妙한 고기」, 위의 책, 50~51면		「上篇 一四 空中を飛ぶ面白き魚」, 위의 책, 57~59면	위와 같음
「動物奇談(三) 六, 뱀을 잡어먹는 異常한 새」, 위의 책, 51~52면		「上篇 一五 蛇を食ふ奇なる鳥」, 위의 책, 59~61면	위와 같음
「動物奇談(三) 七, 世界에 第一 키 큰 動物」, 위의 책, 52~55면		「上篇 一六 世界第一の背の高い動物」, 위의 책, 61~68면	위와 같음
※「世界文學槪觀 失樂園」, 위의 책, 107~116면	쩐, 밀톤 原作	「失楽園」, 『代表的世界文学物語』, 124~140면	ミルトン 作, 松浦政泰 訳
「泰西笑林 電鐘」, 위의 책, 138면		「呼鈴」, 『西洋一笑一話』, 文会堂書店, 1910, 113~114면	和田卍子(万吉) 編
「泰西笑林 御者의 어린 것」, 위의 책		「馭者の子供」, 위의 책, 116면	위와 같음
「泰西笑林 變通」, 위의 책		「融通」, 위의 책, 57면	위와 같음
「泰西笑林 外用藥」, 위의 책, 139면		「外用薬」, 위의 책, 60~61면	위와 같음
「泰西笑林 몸이 편해보지 못하는 이」, 위의 책		「身体に楽の無い人」, 위의 책, 62~63면	위와 같음
「泰西笑林 病死는 아니야」, 위의 책		「病死に非ず」, 위의 책, 63면	위와 같음
「泰西笑林 記憶」, 위의 책		「物覚」, 위의 책, 67면	위와 같음
「泰西笑林 引力과 粘着力」, 위의 책		「引力と粘著力」, 위의 책, 70면	위와 같음
「泰西笑林 또 먹어」, 위의 책		「何の事も無し」, 위의 책, 73면	위와 같음

『청춘』에 실린 기사명	저자명	번역과 인용 저본	저본의 저자·편자명
「白耳義國」, 『청춘』 제4호, 1915.1, 21~36면		「第二章 白耳義の国情 一班」「第三章 白耳義の 都市及古跡」「第四章 白 国中立侵害と其兵備」, 『白耳義及白耳義人』時 事叢書 제4편, 冨山房, 1914, 12~76면	長岡春一
「世界의 創造 下二」, 위의 책, 37~50면		「世界の創造(完)」, 173~180면	横山又次郎
「遺傳은 父에게서 만히 오는가 母에게서 만히 오는가」, 위의 책, 52~58면		「遺伝は父から多く来る か母から来るか」, 『動物 学叢話』, 83~93면	石川千代松 講述
「動物奇談(四) 一, 주둥이 부리 밋헤 큰 자루가 달린 새」, 위의 책, 59면		「上篇 一七 嘴の下に大 囊ある鳥」, 『世界動植物 奇談』, 69~70면	河崎酔雨 編
「動物奇談(四) 二, 엄지발 넷이 잇는 도독 게」, 위의 책, 59~60면		「上篇 一八 四本の鋏を 有つ泥棒蟹」, 위의 책, 70~72면	위와 같음
「動物奇談(四) 三, 杜鵑이는 제 색기를 꾀 꼬리게 맛겨 기르나니라」, 위의 책, 61면		「上篇 一九 杜鵑は自分 の子を鶯に育てゝ貰 ふ」, 위의 책, 72~74면	위와 같음
「動物奇談(四) 四, 怜悧한 獨逸 探偵犬」, 위의 책, 61~63면		「上篇 二〇 怜悧なる独 逸の探偵犬」, 위의 책, 74~79면	위와 같음
「動物奇談(四) 五, 山에서 나는 더부사리 게」, 위의 책, 63~64면		「上篇 二一 山に住む ヤドカリ蟹」, 위의 책, 79~81면	위와 같음
「動物奇談(四) 六, 世界에 第一 큰 조개」, 위의 책, 64면		「上篇 二二 世界第一 の大きい貝」, 위의 책, 81~82면	위와 같음
「動物奇談(四) 七, 꼬리가 열여덟자 되는 닭」, 위의 책, 64~65면		「上篇 二三 尾の一丈八 尺ある鶏」, 위의 책, 83면	위와 같음
「動物奇談(四) 八, 붉은 땀을 흘리는 河 馬」, 위의 책, 65~66면		「上篇 二四 赤い汗を 掻く河馬」, 위의 책, 83~88면	위와 같음

『청춘』에 실린 기사명	저자명	번역과 인용 저본	저본의 저자·편자명
※「世界文學槪觀 頓基浩傳奇」, 위의 책, 109~123면	세르반테쓰 原著	「頓機翁物語」, 『代表的 世界文學物語』, 97~123면	サーヴァンテス 作, 松浦政泰 訳
「泰西笑林 그럴 리가 업서」, 위의 책, 146~147면		「筈は無い筈」, 『西洋一笑一話』, 29~30면	和田卍子(万吉) 編
「泰西笑林 구경군이 업서」, 위의 책, 147면		「見物人無し」, 위의 책, 32면	위와 같음
「泰西笑林 아씨」, 위의 책		「お嬢様」, 위의 책, 35~36면	위와 같음
「泰西笑林 경에아비」, 위의 책		「鳥威し」, 위의 책, 37면	위와 같음
「泰西笑林 拙한 辯護」, 위의 책		「拙劣い弁護」, 위의 책, 38면	위와 같음
「泰西笑林 固所願」, 위의 책		「至極結構」, 위의 책, 40면	위와 같음
「泰西笑林 險地」, 위의 책, 147~148면		「難所」, 위의 책, 41면	위와 같음
「泰西笑林 冊으로 御者」, 위의 책, 148면		「変った駅者」, 위의 책, 41~42면	위와 같음
「泰西笑林 밀물」, 위의 책		「さし潮」, 위의 책, 42면	위와 같음
「泰西笑林 사람의 마음이 각각」, 위의 책		「人の考は種々」, 위의 책, 44면	위와 같음
「泰西笑林 꿋마초기 재촉」, 위의 책		「終局の催促」, 위의 책, 47~48면	위와 같음
「獅子」, 『청춘』 제6호, 1915.3, 20~26면		「獅子の話」, 『少年世界』 제8권 제6호, 博文館, 1902.4, 7~11면	石川千代松
「쩨임쓰 와트」, 위의 책, 27~36면		「ジェームス・ワット」, 『学生』 제4권 제11권, 1913.10, 104~113면	千頭清臣
「動物奇談(五) 一, 가르치면 벼룩도 演藝를 하나니라」, 위의 책, 37~39면		「上篇 二五 教へ込めば蚤も芝居をする」, 『世界動植物奇談』, 88~93면	河崎酔雨 編
「動物奇談(五) 二, 나무에 올라가는 야릇한 물고기」, 위의 책, 39~40면		「上篇 二六 樹に登る不思議な魚」, 위의 책, 93~95면	위와 같음

『청춘』에 실린 기사명	저자명	번역과 인용 저본	저본의 저자·편자명
「動物奇談(五) 三, 놀라운 코길이의 食量」, 위의 책, 40면		「上篇 三一 驚くべき 象の食量」, 위의 책, 108~109면	위와 같음
「金剛石發見談」, 위의 책, 43~48, 63면		「金剛石発見物語」, 『中学世界』 제15권 제16호, 1912.12, 80~88면	海潮音
※「世界文學槪觀 캔터베리記」, 위의 책, 96~109면	초서 原著	「カンターベリ物語」, 『代表的世界文学物語』, 58~79면	チョーサー 作, 松浦政泰 訳
「泰西笑林 遺物」, 위의 책, 127면		「遺物」, 『西洋一笑一話』, 79면	和田卍子(万吉) 編
「泰西笑林 大譴責」, 위의 책		「大の譴責」, 위의 책, 84면	위와 같음
「泰西笑林 返稿」, 위의 책		「返稿」, 위의 책, 195면	위와 같음
「泰西笑林 理髮館에서」, 위의 책, 127~128면		「理髪店にて」, 위의 책, 196~198면	위와 같음
「泰西笑林 뭇지 안키에」, 위의 책, 128면		「問へば答へる」, 위의 책, 198~201면	위와 같음
「獨逸皇帝 윌헬름 二世」, 『청춘』 제7호, 1917.5, 27~44면		「独逸皇帝ウイルヘルム二世」, 『学生』 제5권 제10호, 1914.9, 6~14면	山口小太郎
「動物奇談 一, 舞踏를 하는 孔雀」, 위의 책, 42~49면		「二七 舞踏をする孔雀」, 『世界動植物奇談』, 95~101면	河崎酔雨 編
「動物奇談 二, 二十마듸 言語를 가진 원숭이」, 위의 책, 49~51면		「上篇 二八 二十の言語を有する猿」, 위의 책, 101~103면	위와 같음
「動物奇談 三, 머리와 꼬리가 다 빗나는 반듸」, 위의 책, 51, 62면		「上篇 二九 頭も尻も光る蛍」, 위의 책, 103~106면	위와 같음
※「世界文學槪觀 캔터베리記(中)」, 위의 책, 84~87면	초서 原著	「カンターベリ物語」, 79~86면	チョーサー 作, 松浦政泰 訳
「泰西笑林 □속 시골」, 위의 책, 100면		「函中旅行」, 『西洋一口噺』, 3면	荒木江村 編

『청춘』에 실린 기사명	저자명	번역과 인용 저본	저본의 저자·편자명
「泰西笑林 뒤가 걱정」, 위의 책		「後が悪い」, 위의 책, 12~13면	위와 같음
「泰西笑林 一日二十五時間」, 위의 책		「一日二十五時間」, 위의 책, 56~57면	위와 같음
「泰西笑林 그림 寄附」, 위의 책		「画の寄附」, 위의 책, 72면	위와 같음
「泰西笑林 몇시」, 위의 책		「何時」, 위의 책, 80면	위와 같음
「泰西笑林 큰 입」, 위의 책, 100~101면		「大口」, 위의 책, 5면	위와 같음
「泰西笑林 數學敎師」, 위의 책, 101면		「数学」, 위의 책, 6~7면	위와 같음
「泰西笑林 조혼 생각」, 위의 책		「好ひ心がけ」, 위의 책, 8~9면	위와 같음
「泰西笑林 彼此一般」, 위의 책		「己も起きてた」, 위의 책, 9~10면	위와 같음
「泰西笑林 맛당한 論理」, 위의 책		「子供の論理」, 위의 책, 11면	위와 같음
「泰西笑林 서울 게집애」, 위의 책		「都の少女」, 위의 책, 13면	위와 같음
「泰西笑林 夫婦同權」, 위의 책		「夫妻同権」, 위의 책, 16~17면	위와 같음
「널니 人類를 보라」, 『청춘』 제8호, 1917.6, 34~37면	三一學人	「広く人類を見よ」, 『太陽』 제9권 제1호, 1903.1, 197~200면	坪井正五郎
「前世紀의 遺物 瑪瑙의 林 瑪瑙의 橋」, 위의 책, 49~52면	廣蓄室主人	「瑪瑙の林と瑪瑙の橋」, 『中学世界』 제16권 제5호, 1913.4, 12~15면	横山又次郎
※「蔑視와 嘲笑의 十八年 慘憺한 中偉業을 成한 薄命의 砂器家 파리시」, 위의 책, 53~58면	挹淸生	「薄命の陶器家パリシー」, 『奮闘の偉人』, 北文館, 1910, 249~255면	松浦政泰
「動物奇談 移徙 단이는 거지게」, 위의 책, 59면		「上篇 三○ 引越して歩くヤドカリ」, 『世界動植物奇談』, 106~108면	河崎酔雨 編
「動物奇談 冬眠의動物」, 위의 책, 60~62면		「上篇 三二 冬眠る動物は何にか」, 위의 책, 109~115면	위와 같음

『청춘』에 실린 기사명	저자명	번역과 인용 저본	저본의 저자·편자명
「動物奇談 藥에 쓰는 一角」, 위의 책, 62~63면		「上篇 三三 薬にしてゐる一角」, 위의 책, 115~119면	위와 같음
※「世界文學槪觀 캔터베리記(下之上)」, 위의 책, 78~80면	초서 原著	「カンターベリ物語」, 86~92면	チョーサー 作, 松浦政泰 訳
「泰西笑林 藥 먹을 時間」, 위의 책, 91면		「薬を飲む時刻」, 『西洋一笑一話』, 46면	和田卍子(万吉) 編
「泰西笑林 어려운 일홈」, 위의 책		「難解しい名前」, 위의 책, 48~49면	위와 같음
「泰西笑林 體重」, 위의 책		「体重」, 위의 책, 54~55면	위와 같음
「泰西笑林 썩은 生鮮」, 위의 책		「腐魚」, 위의 책, 20면	위와 같음
「泰西笑林 記憶」, 위의 책		「記憶」, 위의 책, 151~152면	위와 같음
「泰西笑林 대답」, 위의 책		「返答」, 위의 책, 163면	위와 같음
「泰西笑林 일긔 보는 법」, 위의 책		「天気の見方」, 위의 책, 165면	위와 같음
「泰西笑林 名畵」, 위의 책, 91~92면		「名画」, 위의 책, 226~227면	위와 같음
「泰西笑林 彈着」, 위의 책, 92면		「弾着」, 위의 책, 224~225면	위와 같음
「泰西笑林 英人과 德人」, 위의 책		「英人と独逸人」, 위의 책, 222~223면	위와 같음
「泰西笑林 帽子見様」, 위의 책		「帽子の大きさ」, 위의 책, 217~218면	위와 같음
「泰西笑林 推理」, 위의 책		「推理」, 위의 책, 212면	위와 같음
※「世界文學槪觀 캔터베리記(下之下)」, 『청춘』 제9호, 1917.7, 47~48면	초서 原著	「カンターベリ物語」, 92~97면	チョーサー 作, 松浦政泰 訳
「웨, 여름이 되면 草木이 茂盛하는가」, 위의 책, 49~53면	三一學人	「何故夏に草木は繁る乎」, 『学生』 제7권 제7호, 1916.7, 78~81면	山内繁雄
「動物奇談 感心할 母蝶의 智慧」, 위의 책, 53~54면		「上篇 三四 感心すべき母蝶の智恵」, 『世界動植物奇談』, 120~122면	河崎酔雨 編

『청춘』에 실린 기사명	저자명	번역과 인용 저본	저본의 저자·편자명
「動物奇談 자식 사랑하는 海豹」, 위의 책, 54~56면		「上篇 三七 子煩悩なる海豹」, 위의 책, 128~130면	위와 같음
「動物奇談 世界에 희한한 개아미의 各色」, 위의 책, 56~58면		「上篇 三八 世界で珍らしき蟻のいろいろ」, 위의 책, 131~135면	위와 같음
「動物奇談 現世界唯一의 四足鳥」, 위의 책, 58면		「上篇 三六 現世界に唯一の四足の鳥」, 위의 책, 127~128면	위와 같음
「近世 로빈손 奇談」, 위의 책, 59~64면	廣蓄室主人	「近世ロビンソン物語」, 『中学世界』 제16권 제2호, 1913.2, 104~113면	横山又次郎
※「昔日의 菓子行賣童 他年엔 孤兒의 活佛 力戰의 工業家 메손」, 위의 책, 65~68면	挹清生	「力戦の工業家メーソン」, 『奮闘の偉人』, 41~48면	松浦政泰
「泰西笑林 骨數」, 위의 책, 122면		「骨の数」, 『西洋一笑一話』, 217면	和田卍子(万吉) 編
「泰西笑林 命令」, 위의 책		「命令」, 위의 책, 215면	위와 같음
「泰西笑林 大毒」, 위의 책		「劇毒」, 위의 책, 214면	위와 같음
「泰西笑林 짠물」, 위의 책		「鹹水」, 위의 책, 213~214면	위와 같음
「泰西笑林 次序」, 위의 책		「順序」, 위의 책, 211~212면	위와 같음
「泰西笑林 碑銘」, 위의 책		「碑銘」, 위의 책, 210~211면	위와 같음
「泰西笑林 흙투성이」, 위의 책, 123면		「泥か人か」, 위의 책, 208~209면	위와 같음
「泰西笑林 死罪의 目的」, 위의 책		「死罪の目的」, 위의 책, 208면	위와 같음
「泰西笑林 進化論」, 위의 책		「進化論」, 위의 책, 206~207면	위와 같음
「泰西笑林 返稿」, 위의 책		「返稿」, 위의 책, 195면	위와 같음
「泰西笑林 어린애와 토끼」, 위의 책		「嬰児と兎」, 위의 책, 194~195면	위와 같음

『청춘』에 실린 기사명	저자명	번역과 인용 저본	저본의 저자·편자명
「泰西笑林 今日出他不在」, 위의 책		「今日不在」, 위의 책, 186~187면	위와 같음
※「十大奮鬪的偉人 人道에 殉한 大統領 린컨」, 『청춘』 제10권, 1917.9, 34~49면		抱清生, 「殉国の大統領 リンコルン」, 『奮闘の偉 人』, 114~142면	松浦政泰
※「十大奮鬪的偉人 勤勉의 篤學者 파라 듸」, 위의 책, 50~58면		「勤勉の篤学者ファラデ ー」, 위의 책, 194~210면	위와 같음
※「十大奮鬪的偉人 刻苦한 畵家 메소니에」, 위의 책, 58~61면		「精励の画家メーソニエ ー」, 위의 책, 255~261면	위와 같음
※「十大奮鬪的偉人 平民의 福音宣傳者 무듸」, 위의 책, 61~69면		「平民の福音宣伝者ムー デー」, 위의 책, 288~302 면	위와 같음
※「十大奮鬪的偉人 博愛의 大商業家 피보듸」, 위의 책, 69~76면		「博愛の商業家ピーボデ ー」, 위의 책, 28~41면	위와 같음
※「十大奮鬪的偉人 石油王 럭펠러」, 위의 책, 79~82면		「石油王ロックフェラ ー」, 위의 책, 10~15면	위와 같음
※「十大奮鬪的偉人 發明界의 神通者 에듸손」, 위의 책, 82~88면		「発明界の「魔法師」 エヂソン」, 위의 책, 229~241면	위와 같음
※「十大奮鬪的偉人 鋼鐵王 카네기」, 위의 책, 89~94면		「鋼鉄王カーネギー」, 위의 책, 1~6면	위와 같음
※「十大奮鬪的偉人 北極發見의 探檢家 피아리」, 위의 책, 95~100면		「北極発見の探検家ピア リー」, 위의 책, 278~288면	위와 같음
※「十大奮鬪的偉人 數奇한 音樂家 모차트」, 위의 책, 100~105면		「悪運の音楽家モザー ト(モッァート)」, 위의 책, 269~278면	위와 같음
「光의 文明」, 『청춘』 제11호, 1917.11, 114~117면	三一學人	「光の文明」, 『林檎の落 つる音』, 大成堂, 1915, 201~214면	渡邊忠吾
「泰西笑林 빗노이꾼 本色」, 위의 책, 148면		「金貸気質」, 『西洋一笑 一話』, 89면	和田卍子(万吉) 編
「泰西笑林 밧과타」, 위의 책		「乗換」, 위의 책, 90면	위와 같음
「泰西笑林 代辦」, 위의 책		「代弁」, 위의 책, 91면	위와 같음

『청춘』에 실린 기사명	저자명	번역과 인용 저본	저본의 저자·편자명
「泰西笑林 端緒」, 위의 책		「手がかり」, 위의 책, 93~94면	위와 같음
「泰西笑林 山高」, 위의 책, 148~149면		「山の高さ」, 위의 책, 94면	위와 같음
「泰西笑林 羞恥」, 위의 책, 149면		「恥暴し」, 위의 책, 98면	위와 같음
「泰西笑林 鐘끈」, 위의 책		「鈴索」, 위의 책, 98~99면	위와 같음
「泰西笑林 그리기 어려운 畵像」, 위의 책		「描難い肖像」, 위의 책, 99~100면	위와 같음
「泰西笑林 싸리 한번이면」, 위의 책		「箒一本の早業」, 위의 책, 100면	위와 같음
「泰西笑林 落馬 아니 하는 이」, 위의 책		「落馬せぬ人」, 위의 책, 100~101면	위와 같음
「泰西笑林 짝짝이 신」, 위의 책		「不揃の靴」, 위의 책, 101~102면	위와 같음
※「世界의 四聖」, 『청춘』 제12호, 1918.3, 64~68면	三一學人	「二一 世界の四聖 その一」「二二 世界の四聖 その二」, 『修訂中等国語読本』 권9, 明治書院, 1911, 110~126면	高山樗牛
「動物奇談 배노리하는 낙지」, 『청춘』 제13호, 1918.4, 57~58면		「上篇 三九 船に乗ってゐる蛸入道」, 『世界動植物奇談』, 135~140면	河崎酔雨 編
「動物奇談 엇지 하야 고래는 魚類가 아닌가」, 위의 책, 58~59면		「上篇 四〇 何故に鯨は魚類でないか」, 위의 책, 140~143면	위와 같음
「動物奇談 虫類의 집은 自衛의 要具」, 위의 책, 59~60면		「上篇 四二 虫類の巣繭は自衛の要具である」, 위의 책, 149~151면	위와 같음
「泰西笑林 극진한 조심」, 위의 책, 82면		「子供の遠慮」, 『西洋一笑一話』, 2~3면	和田卍子(万吉) 編
「泰西笑林 코끼리 義齒」, 위의 책		「象の義歯」, 위의 책, 16면	위와 같음
「泰西笑林 물에 牛乳」, 위의 책		「水へ牛乳」, 위의 책, 19~20면	위와 같음

『청춘』에 실린 기사명	저자명	번역과 인용 저본	저본의 저자·편자명
「泰西笑林 상한 生鮮」, 위의 책, 82~83면		「腐魚」, 위의 책, 20면	위와 같음
「泰西笑林 十萬人의 上座」, 위의 책, 83면		「十万人の上座」, 위의 책, 21면	위와 같음
「泰西笑林 손 가방」, 위의 책		「信玄袋」, 위의 책, 27~28면	위와 같음
「泰西笑林 재젤이」, 위의 책		「多弁」, 위의 책, 33면	위와 같음
「泰西笑林 불조심」, 위의 책		「火の用心の仕方」, 위의 책, 33~34면	위와 같음
※「中村敬宇 博士의 自助論 譯本序 自助論 第一編 序」, 『청춘』 제14호, 1918.6, 30면		「自助論 第一編 序」, 『改正西国立志編』, 同人社, 1877	中村正直 訳
※「中村敬宇 博士의 自助論 譯本序 自助論 第二編 叙」, 위의 책, 30~31면		「自助論 第二編 叙」, 위의 책	위와 같음
※「中村敬宇 博士의 自助論 譯本序 自助論 第五編 叙」, 위의 책, 31면		「西国立志編 第五編 叙」, 위의 책	위와 같음
「動物奇談 腹袋에 색기를 담는 캉가루」, 『청춘』 제15호, 1918.9, 62면		「上篇 四三 腹の袋に子供を入れるカンガール」, 『世界動植物奇談』, 151~152면	河崎酔雨 編
「動物奇談 耕耘事業에 勳功이 잇는 蚯蚓의 述懷」, 위의 책, 62~64면		「上篇 四四 耕耘事業に勳功ある蚯蚓の述懷」, 위의 책, 152~156면	위와 같음
「動物奇談 언제든지 외동이로 잇는 麝香사슴」, 위의 책, 64~65면		「上篇 四五 いつも一人法師の麝香鹿」, 위의 책, 157~159면	위와 같음
「動物奇談 鯉魚의 始祖는 東洋이니라」, 위의 책, 65면		「上篇 四六 鯉の元祖は東洋である」, 위의 책, 159~162면	위와 같음

〈부록 표 4〉_『동명』에 실린 번역 기사의 저본 일람

『동명』에 실린 기사명	저자명	번역 저본	저본의 저자·편자명
「白熱化한 民族運動 腥血과 恐怖에 싸힌 愛蘭(1) 三,『신 페인』黨의 由來」,『동명』제1권 제2호, 1922.9.10, 13면		「血なまぐさき愛蘭 三, シンフェン党の成立」,『太陽』제28권 제11호, 博文館, 1922.9, 64~65면	河瀬蘇北
「白熱化한 民族運動 腥血과 恐怖에 싸힌 愛蘭(2) 四,『로』氏 自治案의 提出까지 五,『로』氏 自治案의 內容」,『동명』제1권 제3호, 1922.9.17, 8면		「血なまぐさき愛蘭 四, 愛蘭自治案の提議」「血なまぐさき愛蘭 五, ロ氏の自治案」, 위의 책, 65~67면	위와 같음
「白熱化한 民族運動 腥血과 恐怖에 싸힌 愛蘭(3) 六,『로』氏自治案通過까지 七,『떼, 바아레라』의 出現과 議會成立」,『동명』제1권 제4호, 1922.9.24, 8면		「血なまぐさき愛蘭 六, 恐怖の愛蘭」「血なまぐさき愛蘭 七, 自治案の通過」「血なまぐさき愛蘭 八, 対愛蘭方針の一変」「血なまぐさき愛蘭 九, 和平解決の曙光」, 위의 책, 67~71면	위와 같음
「白熱化한 民族運動 腥血과 恐怖에 싸힌 愛蘭(4) 八, 第一英愛會議 九, 第二英愛會議 十, 英愛條約의 槪要」,『동명』제1권 제5호, 1922.10.1, 8면		「血なまぐさき愛蘭 十, 英愛代表の会見」「血なまぐさき愛蘭 十一, 英愛条約の成立」「血なまぐさき愛蘭 十二, 英愛条約の概要」, 위의 책, 71~74면	위와 같음
「白熱化한 民族運動 腥血과 恐怖에 싸힌 愛蘭(5) 一一, 自由國政府의 暗礁 一二, 憲法草案과 總選擧의 結果」,『동명』제1권 제6호, 1922.10.8, 8면		「血なまぐさき愛蘭 十三, 共和派の反対」「血なまぐさき愛蘭 十四, 愈々総選挙執行」, 위의 책, 74~77면	위와 같음
「白熱化한 民族運動 腥血과 恐怖에 싸힌 愛蘭(6) 一三, 總選擧 後의 愛蘭」,『동명』제1권 제7호, 1922.10.15, 5면		「血なまぐさき愛蘭 十五, 益々多難の愛蘭」, 위의 책, 77~78면	위와 같음

『동명』에 실린 기사명	저자명	번역 저본	저본의 저자·편자명
「今日의 知識 社會主義要領 第一章 緒論」, 『동명』 제1권 제6호, 1922.10.8, 14면	도마쓰·커컵 原著, 三民 抄譯	「第一章 序論」, 『社会思想の変革』 新生会叢書 第5編, 下出書店, 1921, 1~4면	トーマス·カーカップ 原著, 町野並樹 訳
「今日의 知識 社會主義 要領 第二章 舊時의 經濟的 變革」, 『동명』 제1권 제7호, 1922.10.15, 12면	위와 같음	「第二章 旧経済的変動」, 위의 책, 5~12면	위와 같음
「今日의 知識 社會主義 要領 第三章 現制度의 起源」, 『동명』 제1권 제8호, 1922.10.22, 9면	위와 같음	「第三章 現制度の勃興」, 위의 책, 13~20면	위와 같음
「今日의 知識 社會主義 要領 第四章 社會主義의 濫觴」, 『동명』 제1권 제9호, 1922.10.29, 9면	위와 같음	「第四章 社会主義の起源」, 위의 책, 21~30면	위와 같음
「今日의 知識 社會主義 要領 第五章 初期의 社會主義」, 『동명』 제1권 제10호, 1922.11.5, 9면	위와 같음	「第五章 初期の社会主義」, 위의 책, 31~42면	위와 같음
「儒教와 現代」, 『동명』 제1권 제11호, 1922.11.12, 5면	金昶濟	「現代支那に於ける儒教の地位と反思想」, 『大阪朝日新聞』 1922.10.6~8, 1면	黒根祥作
「今日의 知識 社會主義 要領 第六章 一八四八年 以後의 社會主義 第七章 獨逸의 社會主義 「라사아레」」, 위의 책, 8면	도마쓰·커컵 原著, 三民 抄譯	「第六章 千八百四十八年の社会主義」 「第七章 ドイツの社会主義」, 『社会思想の変革』, 43~49·51~54 면	トーマス·カーカップ 原著, 町野並樹 訳
「今日의 知識 社會主義 要領 第七章 獨逸의 社會主義 「라사아레」(續) 第八章 「카알·맑쓰」」, 『동명』 제1권 제12호, 1922.11.19, 8면	위와 같음	「第七章 ドイツの社会主義」 「第八章 カール·マルクス」, 위의 책, 54~64 면	위와 같음
「今日의 知識 社會主義 要領 第八章 「카알·맑쓰」의 續」, 『동명』 제1권 제13호, 1922.11.26, 8면	위와 같음	「第八章 カール·マルクス」, 위의 책, 64~68면	위와 같음

『동명』에 실린 기사명	저자명	번역 저본	저본의 저자·편자명
「今日의 知識 社會主義 要領 第十章 「인터내슈낼」運動 第十一章 其他의 社會主義 各派」,『동명』제1권 제14호, 1922.12.3, 7면	위와 같음	「第九章 国際労働者協会」「第十二章 無政府主義, サンヂカリズム, ギルド社会主義, 及びボルシェヴィズム」「第十三章 新国際労働者協会」, 위의 책, 69~75, 91~96, 101면	위와 같음
「今日의 知識 社會主義 要領 第十一章 其他의 社會主義 各派(續)」,『동명』제1권 제15호, 1922.12.10, 8면	위와 같음	「第十二章 無政府主義, サンヂカリズム, ギルド社会主義, 及びボルシェヴィズム」, 위의 책, 96~100면	위와 같음
「今日의 知識 社會主義의 實行 可能方面 一, 社會改造案으로써의 社會主義 二, 都市經營의 困難」,『동명』제1권 제16호, 1922.12.17, 8면	一記者 譯	「社会主義の実行可能的方面」,『解放』제4권 제12호, 1922.12, 2~6면	安部磯雄
「今日의 知識 社會主義의 實行可能方面 (2) 三, 何故로 地價는 騰貴한가 四, 土地 私有로부터 일어나는 不公平 五, 土地의 私有와 人類의 自由 六, 넓은 意味의 土地」,『동명』제1권 제17호, 1922.12.24, 8~9면	위와 같음	위의 책, 6~15면	위와 같음
「理想의 新社會 一, 結婚式의 延期, 睡眠術 二, 百三十年 동안의 잠」,『동명』제2권 제2호, 1923.1.7, 8면	에드워드·뻬라미 原著, 欲鳴生 抄譯	「百年後の新社会(一) 結婚式の延引, 睡眠術」「百年後の新社会(二) 百十三年の眠」,『理想郷 及百年後の新社会』, アルス, 1920, 79~84면	エドワード・ベラミイ 著, 堺利彦 抄訳
※「大史劇 桃花扇傳奇 試一齣 先声」, 위의 책, 10면	孔雲亭 作, 梁白華 譯	「国訳桃花扇伝奇 試一齣 先声」,『国訳漢文大成』文学部 제11권, 国民文庫刊行会, 1922, 1~5면	云亭山人 編, 節山学人(塩谷温) 訳註

『동명』에 실린 기사명	저자명	번역 저본	저본의 저자·편자명
「戀愛와 人間愛 女子의 自覺과 戀愛自由의 要求 戀愛至上主義는 偏見이다」, 위의 책, 11면		「恋愛と人間愛一(一) 女子の自覚と恋愛自由の要求」「恋愛と人間愛一(二) 恋愛至上主義の偏見」, 『大阪朝日新聞』 1923.1.1, 2면, 「恋愛と人間愛二(二) 恋愛至上主義の偏見(続)」, 『大阪朝日新聞』 1923.1.2, 5면	米田庄太郎
「맷돌 틈의 犧牲」, 위의 책, 13~14면	쫙·런던, 泡影 譯	「マイダスの愛子組合」, 『英米七人集─清新小説』, 大阪毎日新聞社, 1922, 201~208면	ジヤック・ロンドン, 和気律次郎 訳
「理想의 新社會 三, 明姬의 相逢 四, 어찌하야 新社會가 出現되엇나」, 『동명』 제2권 제3호, 1923.1.14, 7면	에드워드·뻬라미 原著, 欲鳴生 抄譯	「百年後の新社会(三) ェヂス」「百年後の新社会(四) 新社会への繋ぎの鎖」, 『理想郷及百年後の新社会』, 84~90면	エドワード・ベラミイ 著, 堺利彦 抄訳
※「大史劇 桃花扇傳奇 試一齣 聴稗」, 위의 책, 9~10면	孔雲亭 作, 梁白華 譯	「国訳桃花扇伝奇 試一齣 聴稗」, 『国訳漢文大成』, 6~20면	云亭山人 編, 節山学人(塩谷温) 訳註
「戀愛와 人間愛(續) 戀愛와 人間愛의 根本的 差異 「후로이도」氏說의 批判的 考察」, 위의 책, 7, 12면		「恋愛と人間愛二(二) 恋愛至上主義の偏見(続)」「恋愛と人間愛二(三) 恋愛と人間愛との根本的差異」, 『大阪朝日新聞』 1923.1.2, 5면; 「恋愛と人間愛三(四) フロイド氏の説の批判的考察」, 『大阪朝日新聞』 1923.1, 7면	米田庄太郎
「맷돌 틈의 犧牲」, 위의 책, 13, 17면	쫙·런던, 泡影 譯	「マイダスの愛子組合」, 208~218면	ジヤック・ロンドン, 和気律次郎 訳
※「염소와 늑대 그림 童話集에서」, 위의 책, 17면		「狼と七匹の小山羊」, 『グリム御伽噺』, 冨山房, 1916, 2~12면	中島孤島 訳

『동명』에 실린 기사명	저자명	번역 저본	저본의 저자·편자명
「理想의 新社會 五, 國民勞働隊 六, 同情의 손」,『동명』제2권 제4호, 1923.1.21, 7면	에드워드·뻬라미 原著, 欲鳴生 抄譯	「百年後の新社会(五) 国民労働隊」「百年後の新社会(六) 同情の手」,『理想郷及百年後の新社会』, 90~96면	エドワード·ベラミイ 著, 堺利彦 抄訳
※「大史劇 桃花扇傳奇 第二齣 傳歌」, 위의 책, 10, 17면	孔雲亭 作, 梁白華 譯	「国訳桃花扇伝奇 第二齣」,『国訳漢文大成』, 21~31면	云亭山人 編, 節山学人(塩谷温) 訳註
「年愛와 人間愛(續) 人間愛의 獨立的 根元 性慾의 昇華와 人間愛」, 위의 책, 11면		「恋愛と人間愛 三(五) 人間愛の独立的根元」,『大阪朝日新聞』1923.1.3, 7면; 「恋愛と人間愛 四(六) 性慾の昇華と人間愛」,『大阪朝日新聞』1923.1.4, 5면	米田庄太郎
「맷돌 틈의 犧牲」, 위의 책, 12~13면	짝·런던, 泡影 譯	「マイダスの愛子組合」, 218~225면	ジヤック·ロンドン, 和気律次郎 訳
※「염소와 늑대(2) 그림 童話集에서」, 위의 책, 17면		「狼と七匹の小山羊」,『グリム御伽噺』, 12~16면	中島孤島 訳
「理想의 新社會 七, 均一한 分配 八, 物品陳列場」,『동명』제2권 제5호, 1923.1.28, 10면	에드워드·뻬라미 原著, 欲鳴生 抄譯	「百年後の新社会(七) 一様の分配」「百年後の新社会(八) 商品陳列場」,『理想郷及百年後の新社会』, 96~102면	エドワード·ベラミイ 著, 堺利彦 抄訳
※「大史劇 桃花扇傳奇 第三齣 闖丁」, 위의 책, 11~12면	孔雲亭 作, 梁白華 譯	「国訳桃花扇伝奇 第三齣 闖丁」,『国訳漢文大成』, 32~41면	云亭山人 編, 節山学人(塩谷温) 訳註
「戀愛와 人間愛(續) 戀愛는 至上의 것이 아니다」, 위의 책, 12면		「恋愛と人間愛四(七) 恋愛は至上のものではない」,『大阪朝日新聞』1923.1.4, 5면	米田庄太郎
「告白」, 위의 책, 13면	코오난·도일, 泡影 譯	「告白」,『英米七人集』, 45~54면	コオナン·ドイル, 和気律次郎 訳
※「개고리의 王子 그림 童話集에서」, 위의 책, 17면		「蛙の王子」,『グリム御伽噺』, 20~30면	中島孤島 訳

『동명』에 실린 기사명	저자명	번역 저본	저본의 저자·편자명
「理想의 新社會 九, 音樂·遺産·家事·醫師 十, 勞働隊獎勵法과 患者隊」, 『동명』 제2권 제6호, 1923.2.4, 9면	에드워드·뻬라미 原著, 欲鳴生 抄譯	「百年後の新社会(九) 音楽, 遺産, 家事, 医者」「百年後の新社会(十) 労働隊の奬励法, 患者隊」, 『理想郷及百年後の新社会』, 102~110면	エドワード·ベラミイ 著, 堺利彦 抄譯
※「大史劇 桃花扇傳奇 第四齣 偵戲」, 위의 책, 11, 18면	孔雲亭 作, 梁白華 譯	「国訳桃花扇伝奇 第四齣 偵戲」, 『国訳漢文大成』, 42~54면	云亭山人 編, 節山学人(塩谷温) 訳註
「告白(續)」, 위의 책, 13면	코오난·도일	「告白」, 54~61면	コオナン·ドイル, 和気律次郎 訳
※「바다난 구두 그림 童話集에서」, 위의 책, 17~18면		「踊り切らした靴」, 『グリム御伽噺』, 32~39면	中島孤島 訳
「理想의 新社會 一一, 世界連邦國際會議 一二, 道路의 雨備·公食堂 一三, 著述과 新聞」, 『동명』 제2권 제7호, 1923.2.11, 11면	에드워드·뻬라미 原著, 欲鳴生 抄譯	「百年後の新社会(十一) 世界連邦, 国際会議」「百年後の新社会(十二) 道路の雨蔽, 公食堂」「百年後の新社会(十三) 著述及新聞」, 『理想郷及百年後の新社会』, 110~116면	エドワード·ベラミイ 著, 堺利彦 抄譯
※「大史劇 桃花扇傳奇 第五齣 訪翠」, 위의 책, 12, 18면	孔雲亭 作, 梁白華 譯	「国訳桃花扇伝奇 第五齣 訪翠」, 『国訳漢文大成』, 55~73면	云亭山人 編, 節山学人(塩谷温) 訳註
「告白(續)」, 위의 책, 13면	코오난·도일, 泡影 譯	「告白」, 61~71면	コオナン·ドイル, 和気律次郎 訳
※「부레멘의 音樂師 그림 童話集에서」, 위의 책, 17면		「ブレメンの音楽師」, 『グリム御伽噺』, 42~48면	中島孤島 訳
「理想의 新社會 一四, 明姬에게 付託 一五, 行政組織」, 『동명』 제2권 제8호, 1923.2.18, 10면	에드워드·뻬라미 原著, 欲鳴生 抄譯	「百年後の新社会(十三) 著述及新聞」「百年後の新社会(十四) 行政組織」, 『理想郷及百年後の新社会』, 116~120면	エドワード·ベラミイ 著, 堺利彦 抄譯
※「大史劇 桃花扇傳奇 第六齣 眠香」, 위의 책, 12, 18면	孔雲亭 作, 梁白華 譯	「国訳桃花扇伝奇 第六齣 眠香」, 『国訳漢文大成』, 74~86면	云亭山人 編, 節山学人(塩谷温) 訳註

『동명』에 실린 기사명	저자명	번역 저본	저본의 저자·편자명
「瑞典 성냥」, 위의 책, 13면	안톤·체호프	「瑞典マッチ」,『チェホフ全集』 제6편, 新潮社, 1922, 155~162면	中村白葉 訳
※「猫와 鼠의 同居 그림 童話集에서」, 위의 책, 17면		「猫と鼠の組合」,『グリム御伽噺』, 50~56면	中島孤島 訳
「理想의 新社會 一六, 監獄, 裁判所, 警察, 地方制度 一七, 教育制度, 個人生産의 損失」,『동명』제2권 제9호, 1923.2.25, 7면	에드워드·뻬라미 原著, 欲鳴生 抄譯	「百年後の新社会(十五) 監獄, 裁判所, 警察, 地方制度」「百年後の新社会(十六) 教育制度, 個人生産の損失」,『理想郷及百年後の新社会』, 120~126면	エドワード·ベラミイ 著, 堺利彦 抄訳
※「大史劇 桃花扇傳奇 第七齣 卻奩」, 위의 책, 10, 18면	孔雲亭 作, 梁白華 譯	「国訳桃花扇伝奇 第七齣 卻奩」,『国訳漢文大成』, 87~97면	云亭山人 編, 節山学人(塩谷温) 訳註
「瑞典성냥」, 위의 책, 12 면	안톤·체호프	「瑞典マッチ」, 162~171 면	中村白葉 訳
※「三兄弟의 行路 그림 童話集에서」, 위의 책, 17면		「卓子と驢馬と棒」,『グリム御伽噺』, 58~68면	中島孤島 訳
「理想의 新社會 一八, 明姬의 秘密, 婦人의 地位 一九, 녯적 明姬와 只今 明姬」,『동명』제2권 제10호, 1923.3.4, 8면	에드워드·뻬라미 原著, 欲鳴生 抄譯	「百年後の新社会(十七) エヂスの秘密, 婦人の地位」「百年後の新社会(十八)昔のエヂスと今のエヂス」,『理想郷及百年後の新社会』, 126~131면	エドワード·ベラミイ 著, 堺利彦 抄訳
※「大史劇 桃花扇傳奇 第八齣 鬧榭」, 위의 책, 10~11면	孔雲亭 作, 梁白華 譯	「国訳桃花扇伝奇 第八齣 鬧榭」,『国訳漢文大成』, 98~112면	云亭山人 編, 節山学人(塩谷温) 訳註
「瑞典성냥」, 위의 책, 13면	안톤·체호프	「瑞典マッチ」, 171~179면	中村白葉 訳
※「三兄弟의 行路 그림 童話集에서」, 위의 책, 17면		「卓子と驢馬と棒」, 68~74면	中島孤島 訳

『동명』에 실린 기사명	저자명	번역 저본	저본의 저자·편자명
「理想의 新社會 一九, 넷젹 明姬와 只今 明姬(承前)」, 『동명』 제2권 제11호, 1923.3.11, 10면	에드워드·뻬라미 原著, 欲鳴生 抄譯	「百年後の新社会(十八) 昔のエヂスと今のエヂス」, 『理想郷及百年後の新社会』, 131~136면	エドワード·ベラミイ 著, 堺利彦 抄訳
※「大史劇 桃花扇傳奇 第九齣 撫兵」, 위의 책, 12면	孔雲亭 作, 梁白華 譯	「国訳桃花扇伝奇 第九齣 撫兵」, 『国訳漢文大成』, 113~119면	云亭山人 編, 節山学人(塩谷温) 訳註
「瑞典성냥」, 위의 책, 14면	안톤·체호프	「瑞典マッチ」, 179~187면	中村白葉 訳
※「三兄弟의 行路 그림 童話集에서」, 위의 책, 17면		「卓子と驢馬と棒」, 74~80면	中島孤島 訳
「瑞典 성냥」, 『동명』 제2권 제12호, 1923.3.18, 11~12면	안톤·체호프	「瑞典マッチ」, 188~200면	中村白葉 訳
※「奇男이와 玉姬 그림 童話集에서」, 위의 책, 17면		「ヨリンデとヨリンゲル」, 『グリム御伽噺』, 82~88면	中島孤島 訳
「속임 업는 黑人小說」 바츠아라의 梗概 一九二一年 「공쿨」 賞受領者 「루내·마란」 四, 「마란」氏의 經歷, 『동명』 제2권 제13호, 1923.3.25, 6면		「マラン氏の生ひ立ち」, 『バツアラ』, 改造社, 1922, 권말 1~2면	ルネ·マラン 作, 高瀬毅 訳
※「英雲이와 그 繼母 그림 童話集에서」, 위의 책, 17면		「雪の小母さん」, 『グリム御伽噺』, 112~118면	中島孤島 訳
「萬歲(마즈막 課程)」, 『동명』 제2권 제14호, 1923.4.1, 8~9면	또우데 原作, 崔南善 翻譯	「最後の授業」, 『普仏戦話』, 新潮社, 1914, 1~12면	ドオデエ 作, 後藤末雄 訳
「密會」, 위의 책, 12~14면	투루게에네프 作, 廉尙燮 譯	「十九 密会」, 『猟人日記』, 新潮社, 1918, 455~471면	ツルゲーネフ 作, 生田長江 訳
「「로칼노」 거지로파」, 위의 책, 16~17면	크라이스트 作, 洪命憙 譯	「ロカルノの女乞丐」, 『聖ドミンゴの婚約』, 越山堂書店, 1922, 44~47면	クライスト 著, 相良守峰 訳
「月夜」, 위의 책, 17~18면	몹파쌍 著, 秦學文 譯	「月夜」, 『モオパツサン傑作集』, 如山堂書店, 1914	モーパッサン 著, 馬場孤蝶 訳

『동명』에 실린 기사명	저자명	번역 저본	저본의 저자·편자명
※「大史劇 桃花扇傳奇 第十齣 修札」,『동명』제2권 제15호, 1923.4.8, 9면	孔雲亭 作, 梁白華 譯	「国訳桃花扇伝奇 第十齣 修札」,『国訳漢文大成』, 120~128면	云亭山人 編, 節山学人(塩谷温) 訳註
「배암가튼 계집」, 위의 책, 12~13·16면	엣까아·월레스, 泡影 譯	「蛇のやうな女」,『新青年』제3권 제14호, 博文館, 1922.12, 177~185면	エドガア·ウオーレス, 野崎信幸 訳
※「재투성이 王妃 그림 童話集에서」, 위의 책, 17면		「消炭さん」,『グリム御伽噺』, 96~105면	中島孤島 訳
「번쩍이는 門(一幕)」,『동명』제2권 제16호, 1923.4.15, 8~9면	떤세니 卿 作	「光の門」,『ダンセニイ戯曲全集』, 警醒社書店, 1921, 93~110면	ダンセニイ 著, 片山広子 訳
※「大史劇 桃花扇傳奇 第十一齣 投轅」, 위의 책, 12~13면	孔雲亭 作, 梁白華 譯	「国訳桃花扇伝奇 第十一齣 投轅」,『国訳漢文大成』, 129~142면	云亭山人 編, 節山学人(塩谷温) 訳註
「새빩안 封蠟」, 위의 책, 16면	모오리스·루쁘랑, 泡影 譯	「真紅の封蠟」,『新青年』제3권 제10호, 1922.8, 154~158면	モウリス·ルブラン, 保篠龍緒 訳
※「재투성이 王妃 그림 童話集에서」, 위의 책, 17면		「消炭さん」,『グリム御伽噺』, 105~110면	中島孤島 訳
「世界改造案－文明의 救濟」,『동명』제2권 제17호, 1923.4.22, 4~5면	에취·지·웰쓰	「一, 世界国会の必要な所以」,『世界国家論』エポック叢書 제1편, 日本思潮研究会, 1921, 1~12면	エイチユ·ジー·ウエルズ 講術, 大畑達雄 訳
※「大史劇 桃花扇傳奇 第十二齣 辭院」, 위의 책, 10~11면	孔雲亭 作, 梁白華 譯	「国訳桃花扇伝奇 第十二齣 辭院」,『国訳漢文大成』, 143~153면	云亭山人 編, 節山学人(塩谷温) 訳註
「살아온 死體」, 위의 책, 13, 17면	하로오드·와아드, 泡影 訳	「蘇り来し男」,『新青年』제4권제2호, 1923.1, 158~163면	ハロルド·ワード, 西田政治 訳
「게으른 놈의 게으른 소리(一) 艱難」, 위의 책, 15면	쩨롬·케·쩨롬 原著, 撫虹生 抄譯	「(一)貧乏の事」,『ノンキ者のノンキ話』内外出版協会, 1911, 1~8면	貝塚渋六(堺利彦) 訳

『동명』에 실린 기사명	저자명	번역 저본	저본의 저자·편자명
※「암탉의 죽음 그림 童話集에서」, 위의 책, 17면		「牝鶏の死」, 『グリム御伽噺』, 90~94면	中島孤島 訳
「世界改造案－文明의 救濟」, 『동명』 제2권 제18호, 1923.4.29, 4~5면	에취·지·웰쓰	「一, 世界国会の必要な所以」, 12~22면	エイチユ·ジー·ウェルズ 講術, 大畑達雄 訳
「게으른 놈의 게으른 소리(一) 艱難(承前)」, 위의 책, 11면	쩨롬·케·쩨롬 原著, 撫虹生 抄譯	「(一)貧乏の事」, 8~17면	貝塚渋六(堺利彦) 訳
※「大史劇 桃花扇傳奇 第十三齣 哭主」, 위의 책, 12~13면	孔雲亭 作, 梁白華 譯	「国訳桃花扇伝奇 第十三齣 哭主」, 『国訳漢文大成』, 154~165면	云亭山人 編, 節山学人(塩谷温) 訳註
「失敗」, 위의 책, 16면	하로오드·와아드	「アモス·ダンカンの失敗」, 『新青年』 제4권 제2호, 200~203면	ハロルド·ワード, 西田政治 訳
※「거미와 벼룩의 同居 그림 童話集에서」, 위의 책, 17면		「蜘蛛と蚤」, 『グリム御伽噺』, 352~356면	中島孤島 訳
※「이약이 두 마듸 第一·第二」, 위의 책, 17면		「小鬼の話 第一の話」「小鬼の話 第三の話」, 위의 책, 174~177·179~180면	위와 같음
「世界改造案－文明의 救濟 二, 愛國心의 擴大」, 『동명』 제2권 제19호, 1923.5.6, 4~5면	에취·지·웰쓰	「二, 愛国心の拡大」, 『世界国家論』, 21~34면	エイチユ·ジー·ウェルズ 講術, 大畑達雄 訳
「偉大한 作家의 본 偉大한 實行家－「고르키」의 「레닌」論」, 위의 책, 8면		「レーニン論」, 『新しき露西亜』, 世界思潮研究会, 1923, 2~10면	ゴーリキー原著, 犬田卯 訳
「勞農露西亞의 新舊經濟政策」, 위의 책, 9~10면	아돌프·요페	「労農露西亜の新旧経済政策」, 『改造』 제5권 제5호, 改造社, 1923.5, 1~6면	アドルフ·ヨツフエ
※「大史劇 桃花扇傳奇 第十四齣 阻奸」, 위의 책, 12~13면	孔雲亭 作, 梁白華 譯	「国訳桃花扇伝奇 第十四齣 阻奸」, 『国訳漢文大成』, 166~177면	云亭山人 編, 節山学人(塩谷温) 訳註

『동명』에 실린 기사명	저자명	번역 저본	저본의 저자·편자명
「小說 쿠사카」, 위의 책, 14, 18면	레오니드·안드레예우 作, 金億 譯	「クサカ」, 『新小說』 제14년 제1권, 春陽堂, 1909.1, 2~12면	レオニイド·アンドレイエフ 著, 上田敏 訳
「게으른 놈의 게으른 소리(二) 戀愛」, 위의 책 15면	쩨롬·케·쩨롬 原著, 撫虹生 抄譯	「(五) 恋愛の事」, 『ノンキ者のノンキ話』, 54~60면	貝塚渋六(堺利彦) 訳
「强盜」, 위의 책, 16면	골던·가위트	「辻強盜」, 『新青年』 제3권 제10호, 159~164면	ゴルドン·ガーウィット, 星島武夫 訳
※「漁夫의 夫婦 그림 童話集에서」, 위의 책, 17면		「漁夫の夫婦」, 『グリム御伽噺』, 290~296면	中島孤島 訳
「世界改造案－文明의 救濟 二, 愛國心의 擴大(續) 三, 世界國－그 輪廓圖」, 『동명』 제2권 제20호, 1923.5.13, 4~5면	에취·지·웰쓰	「二, 愛國心の拡大」「三, 世界国－その輪郭図」, 『世界国家論』, 34~44면	エイチユ·ジー·ウェルズ 講術, 大畑達雄 訳
「偉大한 作家의 본 偉大한 實行家－「고르키」의 「레닌」論」, 위의 책, 8면		「レーニン論」, 『新しき露西亜』, 10~15면	ゴーリキー原著, 犬田卯 訳
「兩極端의 中間－灰色」, 위의 책, 8면	고르키	「両極端の中間－原題『灰色』」, 위의 책, 28~34면	위와 같음
「勞農露西亞 新舊經濟政策(2)」, 위의 책, 9면	아돌프·요페	「労農露西亜の新旧経済政策」, 『改造』 제5권 제5호, 6~11면	アドルフ·ヨツフエ
※「大史劇 桃花扇傳奇 第十五齣 迎駕」, 위의 책, 12면	孔雲亭 作, 梁白華 譯	「国訳桃花扇伝奇 第十五齣 迎駕」, 『国訳漢文大成』, 178~185면	云亭山人 編, 節山学人(塩谷温) 訳註
「게으른 놈의 게으른 소리(二)戀愛(承前)」, 위의 책, 15면	쩨롬·케·쩨롬 原著, 撫虹生 抄譯	「(五) 恋愛の事」, 60~66면	貝塚渋六(堺利彦) 訳
「强盜」, 위의 책, 16, 18면	골던·가위트	「辻強盜」, 164~169면	ゴルドン·ガーウィット, 星島武夫 訳
※「漁夫의 夫婦 그림 童話集에서」, 위의 책, 17면		「漁夫の夫婦」, 296~307면	中島孤島 訳
「世界改造案－文明의 救濟 三, 世界國－그 輪廓圖(續)」, 『동명』 제2권 제21호, 1923.5.20, 4~5면	에취·지·웰쓰	「三, 世界国－その輪郭図」, 44~52면	エイチユ·ジー·ウェルズ 講術, 大畑達雄 訳

『동명』에 실린 기사명	저자명	번역 저본	저본의 저자·편자명
「勞農露西亞 新舊經濟政策(3)」, 위의 책, 8면	아돌프·요페	「勞農露西亞の新旧経済政策」, 『改造』 제5권 제5호, 11~16면	アドルフ・ヨツフエ
※「大史劇 桃花扇傳奇 第十六齣 設朝」, 위의 책, 12~13면	孔雲亭 作, 梁白華 譯	「国訳桃花扇伝奇 第十六齣 設朝」, 『国訳漢文大成』, 186~194면	云亭山人 編, 節山学人(塩谷温) 訳註
「게으른 놈의 게으른 소리(三) 日氣」, 위의 책, 15면	쩨롬·케·쩨롬 原著, 撫虹生 抄譯	「(六) 天気の事」, 『ノンキ者のノンキ話』, 67~71면	貝塚渋六(堺利彦) 訳
「人魚의 歎息」, 위의 책, 16면	泡影 譯	「人魚の嘆き」, 『人魚の嘆き 魔術師』, 春陽堂, 1919, 1~9면	谷崎潤一郎 作
※「자도나무 미틔 무덤 그림 童話集에서」, 위의 책, 17면		「巴旦杏」, 『グリム御伽噺』, 466~473면	中島孤島 訳
「勞農露西亞 新舊經濟政策」, 『동명』 제2권 제22호, 1923.5.27, 4면	아돌프·요페	「勞農露西亜の新旧経済政策」, 『改造』 제5권 제5호, 16~20면	アドルフ・ヨツフエ
※「大史劇 桃花扇傳奇 第十七齣 拒媒」, 위의 책, 12, 18면	孔雲亭 作, 梁白華 譯	「国訳桃花扇伝奇 第十七齣 拒媒」, 『国訳漢文大成』, 195~209면	云亭山人 編, 節山学人(塩谷温) 訳註
「人魚의 歎息」, 위의 책, 15면	泡影 譯	「人魚の嘆き」, 10~18면	谷崎潤一郎 作
※「빩안 帽子 그림 童話集에서」, 위의 책, 17면		「赤頭巾」, 『グリム御伽噺』, 214~219면	中島孤島 訳
「強迫觀念의 種種相」, 『동명』 제2권 제23호, 1923.6.3, 5면		「強迫観念のいろいろ」, 『学術上より観たる怪談奇話』, 大阪屋号書店, 1923, 119~129면	田中香涯
「人魚의 歎息」, 위의 책, 14~16면	泡影 譯	「人魚の嘆き」, 18~42면	谷崎潤一郎 作

참고문헌

사료

1. 신문관과 동명사의 간행물
- 잡지(간행순)
『소년』(1908.11~1911.5).
『붉은 져고리』(1913.1~1913.6).
『아이들보이』(1913.9~1914.10).
『새별』(1913.9?~1915.1).
『청춘』(1914.10~1918.9).
『동명』(1922.9~1923.6).
『괴기』(1929.5~1929.12).

- 서적(간행순)
『경부텰도노래(京釜鐵道歌)』(1908.3).
『한양노래』(1908.10).
『言文一致 日本國六法全書』(1908.10, 전6책).
『日文譯法』(1909.2.1).
『셜늬버유람긔(葛利寶遊覽記)』(1909.2.20).
『删修擊蒙要訣』(1909.3).
『絶倒百話』(1912.2).
『불상흔 동무』(1912.6).
『開卷嬉嬉』(1912.8).
『만인계』(1912.9).
『자랑의 단추』(1912.10).
『검둥의 셜음』(1913.2).
『허풍션이 모험긔담』(1913.5).
『홍길동전』(1913.9).
『新文館發賣書籍總目錄』(1914).
『時文讀本』(초판은 1916, 정정판은 1918).
『조선말본』(1916).

『賈珠謝哀話 海棠花』(1918.4.25).

『自助論』(1918.4.28).

『朝鮮獨立運動小史』(1946).

『中等國史』(1947).

2. 공간사료(公刊史料)

市川正明 編,『三・一独立運動』제1~3권, 原書房, 1983~1984.

大村益夫・布袋敏博 編,『近代朝鮮文学日本語作品集 1901~1938』, 緑蔭書房, 2004, 전5권.

_____,『近代朝鮮文学日本語作品集 1908~1945』, 緑蔭書房, 2008, 전6권.

荻野富士夫 編,『特高警察関係資料集成』제32권, 不二出版, 2004.

朴慶植 編,『在日朝鮮人関係資料集成』제1권, 三一書房, 1975.

吉野誠 責任編集, 小川原宏幸 編集 協力,『原典朝鮮近代思想史5 民族の解放と社会変革
　　　－一九二〇年代』, 岩波書店, 2022.

김근수 편,『일제치하언론・출판의 실태』, 영신아카데미한국학연구소, 1974.

박진영 편,『신문관 번역소설 전집』, 소명출판, 2010.

원종찬 편,『한국아동문학총서』제1권, 도서출판 역락, 2010.

유춘동・엄태웅 편,『신문관의 육전소설』, 소명출판, 2018.

이형식 편,『齋藤實・阿部充家 왕복서한집』, 아연출판부, 2018.

재단법인 아단문고 편,『아단문고 미공개 자료총서－여성잡지』제1・15・29권, 소명출판,
　　　2014.

3. 미공간(未公刊) 사료

国会図書館憲政資料館所蔵,「斎藤実関係文書」.

4. 정기간행물

- 일본어

『大阪朝日新聞』,『改造』,『解放』,『学生』,『警務彙報』,『建国大学研究院月報』,『小学生』,『少
女』,『少女界』,『少女世界』,『少女之友』,『少年』,『少年園』,『少年世界』,『新小説』,『親和』,『女
学世界』,『新青年』,『実業之日本』,『随筆朝鮮』,『青鞜』,『太陽』,『中央公論』,『中学世界』,『朝
鮮朝日』,『朝鮮及朝鮮民族』,『朝鮮公論』,『日本少年』,『日本大家論集』,『日本の少女』,『文献
報国』,『冒険世界』,『幼年画報』,『幼年世界』,『幼年の友』,『緑旗』,『早稲田文学』.

– 한국어

『가뎡잡지』(1906년 창간), 『가정잡지』(1922년 창간), 『갈돕』, 『개벽』, 『공우』, 『공제』, 『대한매일신보』, 『대한유학생회학보』, 『대한자강회월보』, 『대한학회월보』, 『독립신문』, 『동아일보』, 『낙동친목회학보』, 『만세보』, 『매일신보(每日申報)』(『매일신보(每日新報)』로 제목이 바뀜), 『문운시대』, 『방송지우』, 『배재학보』, 『백조』, 『부인』, 『불교』, 『삼천리』, 『새벽』, 『서광』, 『서우』, 『서울』, 『소년한반도』, 『시대일보』, 『신동아』, 『신문계』, 『신소년』, 『신생활』, 『신소녀』, 『신천지』, 『아성』, 『어린이』, 『여광』, 『여자계』, 『여자지남』, 『우리의 가뎡』, 『유심』, 『자선부인회잡지』, 『조선문단』, 『조선시단』, 『조선일보』, 『중앙교우회보』, 『중외일보』, 『창조』, 『출판문화』(조선출판협회), 『태극학보』, 『평화일보』, 『학생계』, 『학지광』, 『호남학보』, 『황성신문』.

5. 단행본

荒木江村 編, 『西洋一口噺』, 呑洋堂, 1906.

石川千代松, 『動物学叢話』, 博文館, 1907.

巖谷小波 編, 『新撰日本少年宝鑑』, 文王閣, 1911.

_____, 『学校家庭教訓お伽噺－東洋之部』, 博文館, 1912.

巖谷季雄, 『少年世界読本』第3, 8卷, 博文館, 1907~1908.

_____, 『桃太郎主義の教育』, 東亜堂書房, 1915.

ウイダ 著, 日高柿軒 訳, 『フランダースの犬』, 内外出版協会, 1908.

ウイリアムモリス, エドワードベラミー 著, 堺利彦 抄訳, 『理想郷及百年後の新社会』, アルス, 1920.

上田万年 解説, 『新訳伊蘇普物語』, 鍾美堂書店, 1907.

『英学界』編輯局 編, 『大人物の少年時代』, 有楽社, 1907.

エイチユ ジー ウエルズ 講術, 大畑達雄 訳, 『世界国家論』, 日本思潮研究会, 1921.

大江小波 編, 『世界お伽噺』, 博文館, 1899~1908, 전100편.

大鳥居弁三, 『人類界之現象』, 光風館書店, 1903.

大橋新太郎, 『家庭教育歴史読本』, 博文館, 1891~1892, 전12편.

大橋図書館 編, 『財団法人大橋図書館第一年報－自明治三五年六月~至明治三六年六月』, 大橋図書館, 1903.

大和田建樹, 『満韓鉄道唱歌』, 金港堂書籍, 1906.

小此木武子, 『新家庭講話』, 大日本雄弁会, 1914.

落合直文, 『訂正中等国語読本』卷2, 明治書院, 1903.

落合直文 編, 『中等国語読本編纂趣意書』, 明治書院, 1901.

落合直文 編, 萩野由之・森林太郎 補修, 『修訂中等国語読本』, 明治書院, 1912, 전10권.

河崎酔雨, 『世界動植物奇談』, 博文館, 1912.

岸上操, 『近古文芸 温知叢書』, 博文館, 1891, 전12편.

木村小舟, 『少年訓』, 博文館, 1907.

教育研究会 編纂, 『新訂中等国語読本字解』, 東雲堂書店, 1909.

クライスト 著, 相良守峰 訳, 『聖ドミンゴの婚約』, 越山堂書店, 1922.

グリム 原著, 和田垣謙三・星野久成 訳, 『家庭お伽噺』, 小川尚栄堂, 1909.

弘文館 編纂, 『訂正中学国文読本』 巻1, 吉川弘文館, 1904.

ゴーリキー 著, 犬田卯 訳, 『新しき露西亜』, 世界思潮研究会, 1923.

国語研究会, 『修訂中等国語読本参考書』, 済美堂書店, 1912.

国民文庫刊行会 編, 『国訳漢文大成』 文学部 第11巻, 国民文庫刊行会, 1922.

堺利彦, 『ノンキ者のノンキ話』, 内外出版協会, 1911.

佐々木邦 訳述, 『法螺男爵旅土産』, 内外出版協会, 1909.

佐々木邦 訳, 『ほら物語』, 京文社, 1926.

佐々政一 編, 『新撰国語読本』 권4, 明治書院, 1912.

サミュエル スマイルス 原著, 竹村修 訳述, 『品性論』, 内外出版協会, 1906.

＿＿＿＿＿＿＿＿＿＿＿＿＿＿＿＿, 若月保治・竹村修 訳述, 『勤倹論』, 内外出版協会, 1906.

讃美歌委員 編, 『讃美歌 第一第二合本』, 警醒社書店, 1915.

下田歌子, 『外国少女鑑』, 博文館, 1902.

ジョーセフ エッチ チョート 原著, 山縣悌三郎 訳, 『リンコンの人物及び其の事業』, 内外
　　　出版協会, 1907.

ストウ 著, 百島冷泉 抄訳, 『奴隷トム』, 内外出版協会, 1907.

スマイルス 著, 畔上賢造 訳, 『自助論』, 内外出版協会, 1906.

田中豊松 編, 『ペスタロッチ言行録』, 内外出版協会, 1908.

谷口武 訳, 『現代仏蘭西二十八人集』, 新潮社, 1923.

谷崎潤一郎, 『人魚の嘆き魔術師』, 春陽堂, 1919.

ダンセニイ 著, 片山広子 訳, 『ダンセニイ戯曲全集』, 警醒社書店, 1921.

朝鮮総督府 編, 『朝鮮教育要覧』, 朝鮮総督府, 1919.

＿＿＿＿＿＿＿, 『施政二十五年史』, 朝鮮総督府, 1935.

＿＿＿＿＿＿＿, 『施政三十年史』, 朝鮮総督府, 1940.

坪井正五郎, 『人類学叢話』, 博文館, 1907.

坪内逍遥, 『文学その折々』, 春陽堂, 1896.

坪谷善四郎,『博文館五十年史』, 博文館, 1937.

ツルゲエネフ 作, 生田長江 訳,『猟人日記』, 新潮社, 1918.

土井晩翠,『那破翁』, 博文館, 1901.

東京大正博覧会協賛社 編,『東京大正博覧会遊覧案内』, 東京大正博覧会協賛社出版部,
　　　　1913.

ドオデエ 著, 後藤末雄 訳,『普仏戦話』, 新潮社, 1914.

トーマス カーカップ 原著, 町野並樹 訳,『社会思想の変革』, 下出書店, 1921.

中里介山,『トルストイ言行録』, 内外出版協会, 1906.

＿＿＿＿ 編,『フランクリン言行録』, 内外出版協会, 1907.

中島孤島 訳,『グリム御伽噺』, 冨山房, 1916.

中村志徳・大久保千壽 著,『本邦地理詳説』, 博文館, 1906.

中村白葉 訳,『チェホフ全集』第6編, 新潮社, 1922.

長岡春一,『白耳義及白耳義人』, 冨山房, 1914.

成瀬政弘 編,『西洋古今名訓逸話集上巻』, 警醒社書店, 1906.

＿＿＿＿,『西洋古今名訓逸話集』, 警醒社書店, 1907.

西川文子・木村駒子・宮崎光子,『新らしき女の行く可き道』, 洛陽堂, 1913.

昇曙夢,『露西亜文学研究』, 隆文館, 1907.

バイロン 著, 木村鷹太郎 訳,『海賊』, 尚友館書店, 1905.

畠山健 選輯,『新定中学国文読本』巻1, 吉川弘文館, 1905.

林董纂 訳,『修養乃模範』, 丙午出版社, 1909.

東基吉 編,『家庭童話 母のみやげ』, 同文館, 1905.

福澤諭吉,『修身要領』, 福澤三八, 1901.

藤岡作太郎 編,『新体国語教本』, 開成館, 1908, 전10권.

ヘレン ケラー 原著, 皆川正禧 訳述,『わが生涯』, 内外出版協会, 1907.

松浦政泰,『奮闘の偉人』, 北文館, 1910.

＿＿＿＿,『代表的世界文学物語』, 北文館, 1913.

松本雪舟 編,『家庭物語』, 婦人之友社, 1913.

宮森麻太郎・小林安太郎 訳註,『英米百家詩選』, 三省堂書店, 1908.

村上専精,『自省録』, 大日本図書株式会社, 1906.

モーパッサン 著, 馬場孤蝶 訳,『モオパツサン傑作集』, 如山堂書店, 1914.

元木貞雄,『ナショナルリーダー第五訳読解義』上巻, 榊原文盛堂, 1908.

百島冷泉 訳述,『トルストイ短篇集』, 内外出版協会, 1907.

百島冷泉 訳, 『形見のボタン』, 内外出版協会, 1912.

百島操 訳編, 『赤靴物語』, 内外出版協会, 1908.

_____, 『ロビンソン漂流記』, 内外出版協会, 1908.

_____, 『トルストイ小説集』, 内外出版協会, 1909.

文部省総務局図書課, 『検定済教科用図書表(小学校用)－自明治十九年五月~至三十五年三月』, 文部省, 1898~1902.

_____, 『師範学校・尋常中学校・高等女学校検定済教科用図書表－明治十九年五月~至三十七年一月, 四三年度』, 文部省, 1898~1912.

山路愛山, 『東西六千年』, 春陽堂, 1916.

湯浅元禎 輯録, 『常山紀談』, 百華書房, 1911.

ユーゴー 著, 原抱一庵 訳, 『ABC組合』, 内外出版協会, 1902.

夢野浮橋 編, 『笑のくら』, 内外出版協会, 1910.

横山又次郎, 『地球之過去及未来』, 冨山房, 1897.

_____, 『地球と彗星との衝突』, 金港堂書籍, 1898.

吉川潤二郎, 『人生の行路』第2編, 内外出版協会, 1906.

_____, 『人生の実務』前編, 内外出版協会, 1907.

李光洙 著, 波田野節子 訳, 『無情』, 平凡社, 2020.

ルネ マラン 作, 高瀬毅 訳, 『バツアラ』, 改造社, 1922.

和気律次郎 訳, 『英米七人集－清新小説』, 大阪毎日新聞社, 1922.

和田万吉 編, 『西洋笑府』, 吉川弘文館, 1904.

和田卍子 編, 『新西洋笑府』, 有楽社, 1907.

渡邊忠吾, 『林檎の落つる音』, 大成堂, 1915.

6. 회상록 · 일기 · 저작집 · 전기류

– 일본어

巖谷季雄, 『小波お伽全集』第4권, 小波お伽全集刊行会, 1929.

島村抱月, 「朝鮮だより僕のページ」, 『早稲田文学』제143호, 1917.

山縣悌三郎, 『児孫の為めに余の生涯を語る－山縣悌三郎自伝』, 弘隆社, 1987.

「夏の松原町－相場先生訪問記」, 『親和』제117호, 1963.

– 한국어

기당현상윤전집간행위원회 편, 『기당 현상윤 전집』제1권, 나남, 2008.

나혜석 저, 이상경 편, 『나혜석 전집』, 태백사, 2000.

대한민국문교부국사편찬위원회 편, 『윤치호 일기』 제7, 8권, 대한민국문교부국사편찬위원회, 1986~1987.

고려대 아세아문제연구소 편, 『장서목록Ⅲ·육당문고』, 고려대 출판부, 1974.

고려대 아세아문제연구소 육당전집편찬위원회 편, 『육당 최남선 전집』, 현암사, 1973~1975, 전15권.

조용만, 『육당 최남선-그의 생애·사상·업적』, 삼중당, 1964.

진학문, 「육당이 걸어간 길」, 『사상계』 제58호, 1958.

_____, 「호형호제 육당 최남선씨」, 최승만 편, 『순성진학문추모문집』, 순성추모문집발간위원회, 1975.

_____, 「나의 문화사적 교유기」, 최승만 편, 『순성진학문추모문집』, 순성추모문집발간위원회, 1975.

_____, 「신문·잡지에 쏟은 정열」, 『신동아』 제44호, 1968.

최남선, 「서적한담」, 『새벽』 송년호, 1954.

_____, 「한국문단의 초창기를 말함」, 『현대문학』 제1호, 1955.

_____, 「내가 쓴 독립선언서」, 『새벽』 제2권 제3호, 1955.

_____, 『육당최남선전집』, 도서출판 역락, 2003, 전14권.

_____, 『최남선한국학총서』, 경인문화사, 2013~2015, 전24권.

최학주, 『나의 할아버지 육당 최남선-근대의 터를 닦고 길을 내다』, 나남, 2011.

홍일식, 『육당 연구-부육당문선』, 일신사, 1959.

7. 인터넷 자료

国立教育政策研究所教育図書館近代教科書デジタルアーカイブ(https : //nierlib.nier.go.jp/lib/database/KINDAI/advanced/?lang=0).

広島大学図書館教科書コレクション画像データベース(http : //dc.lib.hiroshima-u.ac.jp/text/;jsessionid=29C2979DD426B49472137A86EF14A14C).

한국역사정보통합시스템(http ://www.koreanhistory.or.kr).

국사편찬위원회 한국사데이터베이스(http ://db.history.go.kr).

동명사 홈페이지(http ://www.dmsbook.com).

Publishers Weekly(https ://www.publishersweekly.com).

연구문헌

1. 저서

– 일본어

青野正明, 『植民地朝鮮の民族宗教－国家神道体制下の「類似宗教」論』, 法藏館, 2018.

飯沼二郎・韓皙曦, 『日本帝国主義下の朝鮮伝道－乗松雅休・渡瀬常吉・小田楢次・西田昌一』, 日本基督教団出版局, 1985.

井上和枝, 『植民地朝鮮の新女性－「民族的賢母良妻」と「自己」のはざまで』, 明石書店, 2013.

今田絵里香, 『「少女」の社会史』, 勁草書房, 2007.

_____, 『「少年」「少女」の誕生』, ミネルヴァ書房, 2019.

尹海東 著, 沈熙燦・原佑介 訳, 『植民地がつくった近代－植民地朝鮮と帝国日本のもつれを考える』, 三元社, 2017.

大阪国際児童文学館 編, 『日本児童文学大事典』第2巻, 大日本図書, 1993.

大竹聖美, 『植民地朝鮮と児童文化－近代日韓児童文化・文学関係史研究』, 社会評論社, 2008.

岡野他家夫, 『日本出版文化史』, 春歩堂, 1959.

荻生茂博, 『近代・アジア・陽明学』, ぺりかん社, 2008.

小野容照, 『朝鮮独立運動と東アジア－一九一〇～一九二五』, 思文閣出版, 2013.

_____, 『韓国「建国」の起源を探る－三・一独立運動とナショナリズムの変遷』, 慶應義塾大学出版会, 2021.

唐澤富太郎, 『教科書の歴史－教科書と日本人の形成』, 創文社, 1956.

河原和枝, 『子ども観の近代－『赤い鳥』と「童心」の理想』, 中央公論社, 1998.

木村小舟, 『少年文学史明治篇』上巻, 童話春秋社, 1942.

教科書研究センター 編, 『旧制中等学校教科内容の変遷』, ぎょうせい, 1984.

姜東鎮, 『日本の朝鮮支配政策史研究－一九二〇年代を中心として』, 東京大学出版会, 1979.

金栄敏 著, 三ツ井崇 訳, 『韓国近代小説史－一八九〇～一九四五』, 東京大学出版会, 2020.

金成妍, 『越境する文学－朝鮮児童文学の生成と日本児童文学者による口演童話活動』, 花書院, 2010.

金富子, 『植民地期朝鮮の教育とジェンダー－就学・不就学をめぐる権力関係』, 世織書房, 2005.

慶応義塾史事典編集委員会 編, 『慶応義塾史事典』, 慶応義塾, 2008.

呉天錫 著, 渡部学・阿部洋 訳, 『韓国近代教育史』, 高麗書林, 1979.

洪宗郁, 『戦時期朝鮮の転向者たち－帝国／植民地の統合と亀裂』, 有志舎, 2011.

小林善八, 『日本出版文化史』, 日本出版文化史刊行会, 1938.

小山静子, 『良妻賢母という規範』, 勁草書房, 1991.

佐藤卓己, 『『キング』の時代－国民大衆雑誌の公共性』, 岩波書店, 2002.

清水英夫・小林一博, 『出版業界』, 教育社, 1982.

白川豊, 『朝鮮近代の知日派作家, 苦闘の軌跡－廉想渉, 張赫宙とその文学』, 勉誠出版, 2008.

出版事典編集委員会 編, 『出版事典』, 出版ニュース社, 1971.

鈴木貞美 編, 『雑誌『太陽』と国民文化の形成』, 思文閣出版, 2001.

鈴木正節, 『博文館『太陽』の研究』, アジア経済研究所, 1979.

瀬地山角, 『東アジアの家父長制－ジェンダーの比較社会学』, 勁草書房, 1996.

専修大学 編, 『専修大学百年史』上巻, 専修大学出版局, 1981.

全成坤, 『日帝下文化ナショナリズムの創出と崔南善』, J&C, 2005.

仙波千枝, 『良妻賢母の世界－近代日本女性史』, 慶友社, 2008.

武井一, 『皇室特派留学生－大韓帝国からの五〇人』, 白帝社, 2005.

田坂文穂, 『落合直文編「中等国語読本」の研究』, 近代国語教科書史シリーズ4, 1974.

田嶋一, 『〈少年〉と〈青年〉の近代日本－人間形成と教育の社会史』, 東京大学出版会, 2016.

田村哲三, 『近代出版文化を切り開いた出版王国の光と影－博文館興亡六十年』, 法学書院, 2007.

月脚達彦, 『朝鮮開化思想とナショナリズム－近代朝鮮の形成』, 東京大学出版会, 2009.

鄭鐘賢 著, 渡辺直紀 訳, 『帝国大学の朝鮮人－大韓民国エリートの起源』, 慶應義塾大学出版会, 2021.

東京府立第一中学校 編, 『東京府立第一中学校創立五十年史』, 東京府立第一中学校, 1929.

中村紀久二, 『教科書の社会史－明治維新から敗戦まで』, 岩波書店, 1992.

日本アナキズム運動人名事典編集委員会 編, 『日本アナキズム運動人名事典』, ぱる出版, 2004.

日本キリスト教歴史大事典編集委員会 編, 『日本キリスト教歴史大事典』, 教文館, 1988.

橋本求, 『日本出版販売史』, 講談社, 1964.

橋本暢夫, 『中等学校国語科教材史研究』, 渓水社, 2002.

旗田巍, 『日本人の朝鮮観』, 勁草書房, 1969.

波田野節子,『韓国近代作家たちの日本留学』, 白帝社, 2013.

_____,『李光洙－韓国近代文学の祖と「親日」の烙印』, 中央公論新社, 2015.

波田野節子・斎藤真理子・きむふな 編著,『韓国文学を旅する六〇章』, 明石書店, 2020.

早川紀代・李熒娘・江上幸子・加藤千香子 編,『東アジアの国民国家形成とジェンダー－女性像をめぐって』, 青木書店, 2007.

林正子,『博文館「太陽」と近代日本文明論－ドイツ思想・文化の受容と展開』, 勉誠出版, 2017.

深谷昌志,『良妻賢母主義の教育』, 黎明書房, 1966.

福田清人,『改訂新版 硯友社の文学運動』, 博文館新社, 1985.

朴宣美,『朝鮮女性の知の回遊－植民地文化支配と日本留学』, 山川出版社, 2005.

堀啓子,『日本ミステリー小説史』, 中央公論新社, 2014.

松田利彦,『日本の朝鮮植民地支配と警察－一九〇五〜一九四五年』, 校倉書房, 2009.

松谷基和,『民族を超える教会－植民地朝鮮におけるキリスト教とナショナリズム』, 明石書店, 2020.

三ツ井崇,『朝鮮植民地支配と言語』, 明石書店, 2010.

宮地正人・佐藤能丸・櫻井良樹 編,『明治時代史大辞典』第2・3巻, 吉川弘文館, 2012〜2013.

目黒強,『〈児童文学〉の成立と課外読み物の時代』, 和泉書院, 2019.

山口昌男,『敗者の精神史(上)』, 岩波書店, 2005.

山根安太郎,『国語教育史研究－近代国語科教育の形成』, 溝本積善館, 1966.

山室信一,『思想課題としてのアジア－基軸・連鎖・投企』, 岩波書店, 2001.

李斗暎 著, 舘野晳 訳,『韓国出版発展史－一九四五〜二〇一〇』, 出版メディアパル, 2015.

李練,『朝鮮言論統制史－日本統治下朝鮮の言論統制』, 信山社出版, 2002.

柳忠熙,『朝鮮の近代と尹致昊－東アジアの知識人エトスの変容と啓蒙のエクリチュール』, 東京大学出版会, 2018.

早稲田大学大学史編集所 編,『早稲田大学百年史』第2巻, 早稲田大学出版部, 1981.

- 한국어

강명숙,『사립학교의 기원－일제초기 학교설립과 지역사회』, 학이시습, 2015.

검열연구회 편,『식민지 검열－제도・텍스트・실천』, 소명출판, 2011.

대한민국문교부국사편찬위원회 편,『일제침략하삼십육년사』제6권, 대한민국문교부국사편찬위원회, 1971.

고정일,『愛國作法－新文館 崔南善·講談社 野間淸治』, 동서문화사, 2007.

권두연,『신문관의 출판기획과 문화운동』, 고려대 민족문화연구원, 2016.

권보드래 외,『『소년』과『청춘』의 창－잡지를 통해 본 근대 초기의 일상성』, 이화여대 출판부,
     2007.

김근수 편저,『한국잡지개관 및 호별목차집』, 영신아카데미 한국학연구소, 1973.

김기주,『한말 재일한국유학생의 민족운동』, 도서출판 느티나무, 1993.

김병철,『한국 근대 번역문학사 연구』, 을유문화사, 1975.

_____,『한국 근대 서양문학 이입사 연구』상하권, 을유문화사, 1980~1982.

_____,『세계문학 번역서지 목록 총람(1895~1987)』, 국학자료원, 2002.

_____,『세계문학 논저서지 목록 총람(1895~1985)』, 국학자료원, 2002.

김상만 편,『동아일보사사－1920~1945년』권1, 동아일보사, 1975.

김영민,『1910년대 일본 유학생 잡지 연구』, 소명출판, 2019.

김욱동,『근대의 세 번역가－서재필·최남선·김억』, 소명출판, 2010.

_____,『번역과 한국의 근대』, 소명출판, 2010.

김윤식,『이광수와 그의 시대』, 한길사, 1986, 전3권.

류시현,『최남선 연구－제국의 '근대'와 식민지의 '문화'』, 역사비평사, 2009.

_____,『최남선 평전』, 한겨레출판, 2011.

_____,『동경삼재－동경유학생 홍명희 최남선 이광수의 삶과 선택』, 도서출판 산처럼,
     2016.

문성환,『최남선의 에크리튀르와 근대·언어·민족』, 한국학술정보, 2009.

박용규,『식민지 시기 언론과 언론인』, 소명출판, 2015.

박진영,『번역과 번안의 시대』, 소명출판, 2011.

_____,『책의 탄생과 이야기의 운명』, 소명출판, 2013.

박찬승,『한국 근대 정치사상사 연구－민족주의 우파의 실력양성운동론』, 역사비평사,
     1992.

_____,『1919－대한민국의 첫 번째 봄』, 다산북스, 2019.

배재백년사편찬위원회 편,『배재백년사 1885~1985』, 학교법인 배재학당, 1989.

서영채,『아첨의 영웅주의－최남선과 이광수』, 소명출판, 2011.

손성준,『근대문학의 역학들－번역주체·동아시아·식민지제도』, 소명출판, 2019.

송기한,『육당 최남선 문학 연구－근대의 길을 내고 민족을 발견하다』, 박문사, 2016.

시정곤,『훈민정음을 사랑한 변호사 박승빈』, 도서출판 박이정, 2015.

원종찬,『아동문학과 비평정신』, 창작과비평사, 2001.

원종찬, 『한국 아동문학의 쟁점』, 창비, 2010.

육당연구학회 편, 『최남선 다시 읽기-최남선으로 바라본 근대 한국학의 탄생』, 현실문화연구, 2009.

_____, 『최남선과 근대지식의 기획』, 현실문화연구, 2015.

육당최남선선생기념사업회 편, 『육당이 이 땅에 오신 지 百周年 : 1890-1967-1990』, 동명사, 1990.

윤영실, 『육당 최남선과 식민지의 민족사상』, 아연출판부, 2018.

윤해동, 『식민지의 회색지대-한국의 근대성과 식민주의 비판』, 역사비평사, 2003.

이기백, 『한국사상의 재구성』, 일조각, 1991.

_____, 『증보판 한국고대사론』, 일조각, 1995.

이상시, 『단군실사에 관한 고증 연구-우리 상고사는 다시 씌어져야 한다』, 고려원, 1990.

이성례, 『담론과 이미지로 본 현모양처의 탄생』, 도서출판 역락, 2018.

이영화, 『최남선의 역사학』, 경인문화사, 2003.

이재철, 『한국현대아동문학사』, 일지사, 1978.

이필영, 『단군-그 이해와 자료』, 서울대 출판부, 1994.

이한섭, 『일본어에서 온 우리말 사전』, 고려대 출판부, 2014.

정근식·한기형·이혜령·紅野謙介·高榮蘭 편, 『검열의 제국-문화의 통제와 재생산』, 푸른역사, 2016.

채백, 『한국언론사』, 컬처룩, 2015.

천정환, 『근대의 책 읽기-독자의 탄생과 한국 근대문학』, 푸른역사, 2003.

최석희, 『그림동화의 꿈과 현실』, 대구가톨릭대 출판부, 2002.

최현식, 『최남선·근대시가·네이션』, 소명출판, 2016.

표정옥, 『근대 최남선의 신화문화론』, 한국문화사, 2017.

한기형 외, 『근대어·근대매체·근대문학-근대 매체와 근대 언어질서의 상관성』, 성균관대 출판부, 2006.

한용희, 『한국의 동요-동요 70년사』, 세광음악출판사, 1994.

홍이섭, 『한국사의 방법』, 탐구당, 1968.

- 영어

Howland, Douglas R., *Translating the West : Language and Political Reason in Nineteenth-Century Japan,* Honolulu : University of Hawai'i Press, 2002.

Shin, Gi-Wook, and Michael Robinson, eds., *Colonial Modernity in Korea,* Cambridge : Harvard University Asia Center, 1999.

Zur, Dafna, *Figuring Korean Futures : Children's Literature in Modern Korea,* Stanford : Stanford University Press, 2017.

2. 논문

- 일본어

井内美由起, 「「カチューシャ」のリボンー島村抱月脚色『復活』受容の一側面」, 『早稲田大学大学院文学研究科紀要』 제54집, 2009.

稲葉継雄, 「井上角五郎と「漢城旬報」「漢城周報」ーハングル採用問題を中心に」, 『文藝言語研究言語篇』 제12호, 筑波大学文芸・言語学系, 1987.

岩田一正, 「明治後期における少年の書字文化の展開ー『少年世界』の投稿文を中心に」, 『教育学研究』 제64권 제4호, 1997.

_____, 「『少年世界』が提示した少年像ー国語読本との比較を中心に」, 『大阪国際児童文学振興財団研究紀要』 제29호, 2016.

尹海東 著, 藤井たけし 訳, 「植民地認識の「グレーゾーン」ー日帝下の「公共性」と規律権力」, 『現代思想』 제30권 제6호, 2002.

大和田茂, 「『太陽』創刊号の反響」, 鈴木貞美 編, 『雑誌『太陽』と国民文化の形成』, 思文閣出版, 2001.

荻野富士夫, 「山縣悌三郎小論」, 山縣悌三郎, 『児孫の為めに余の生涯を語るー山縣悌三郎自伝』, 弘隆社, 1987.

小野容照, 「植民地朝鮮における竹内録之助の出版活動ー武断政治と朝鮮語雑誌」, 『史淵』 제157집, 2020.

_____, 「中村屋の林圭ー朝鮮独立運動の国際化と三・一独立宣言書」, 『初期社会主義研究』 제29호, 2021.

金子幸子, 「「新しい女」の出現とその軌跡ー神近市子を中心に」, 早川紀代・李榮娘・江上幸子・加藤千香子 編, 『東アジアの国民国家形成とジェンダー』, 青木書店, 2007.

菊野雅之, 「落合直文『中等国語読本』の編集経緯に関する基礎的研究ー二冊の編纂趣意書と補修者森鷗外・萩野由之」, 『語学文学』 제54호, 北海道教育大学語学文学会, 2015.

久米依子, 「〈子ども〉という領域ー明治少年文学の行方」, 『日本文学』 제43권 제11호, 1994.

厳基珠, 「韓国におけるグリム童話の翻訳ー『東明』所収の作品を中心に」, 『専修人文論集』

제101호, 2017.

洪金子, 「『基督新報』にみる植民地朝鮮の非公式的女性教育」, 早川紀代·李榮娘·江上幸子·加藤千香子 編, 『東アジアの国民国家形成とジェンダー―女性像をめぐって』, 青木書店, 2007.

下村陽子, 「明治·大正期の少女雑誌による教育の意味するもの」, 『共立女子大学文芸学部紀要』 제60호, 2014.

鈴木徳三, 「明治期における文庫本考(二)―民友社·国民叢書を中心に」, 『大妻女子大学文学部紀要』 제13호, 1981.

関口安義, 「反骨の教育家―評伝長崎太郎 I」, 『都留文科大学研究紀要』 제63집, 2006.

池明観, 「申采浩史学と崔南善史学」, 『東京女子大学附属比較文化研究所紀要』 제48호, 1987.

沈熙燦, 「「方法」としての崔南善―普遍性を定礎する植民地」, 磯前順一·尹海東, 『植民地朝鮮と宗教―帝国史·国家神道·固有信仰』, 三元社, 2013.

鶴園裕, 「近代朝鮮における国学の形成―「朝鮮学」を中心に」, 『朝鮮史研究会論文集』 제35집, 1997.

鄭賢珠, 「近代日本における民間団体の朝鮮教育事業と支援基盤―京城学堂の設立と運営」, 『史林』 제103권 제3호, 2020.

内藤寿子, 「翻案小説『其の女』論―島村抱月の一側面」, 『国文学研究』 제128호, 早稲田大学国文学会, 1999.

波田野節子, 「李光洙の第二次留学時代―『無情』の再読(上)」, 『朝鮮学報』 제217집, 2010.

_____, 「李光洙と「翻訳」―『검둥의 설움』(一九一三)を中心に」, 『韓国朝鮮文化研究』 제13호, 2014.

_____·田中美佳, 「崔南善と吉田東伍の知られざる交友 付 崔南善の追悼文「故吉田東伍博士」の翻訳」, 『国際地域研究論集』 제12호, 2021.

古川宣子, 「朝鮮における普通学校の定着過程―一九一〇年代を中心に」, 『日本の教育史学』 제38호, 1995.

松山鮎子, 「巌谷小波の「お伽噺」論にみる明治後期の家庭教育と〈お話〉」, 『早稲田教育評論』 제26권 제1호, 2012.

ママトクロヴァ ニルファル, 「女子英学塾における教育実践の成果に関する一考察―津田梅子のねらいと初期卒業生の進路」, 『早稲田教育評論』 제25권 제1호, 2011.

八木雄一郎·辻尚宏, 「明治三〇年代における中学校国語教科書の編集方針―落合直文の国語教育観と編集教科書から」, 『人文科教育研究』 제36호, 2009.

山川恭子, 「戦時における週刊誌メディアの「情報提供」方法の研究」, 『図書館情報メディア研究』 제8권 제1호, 2010.

山中千恵, 「「学習マンガ」のエンターテインメント化ー韓国の学習マンガ『サバイバル』シリーズを事例として」, 『仁愛大学研究紀要 人間学部篇』 제15호, 2016.

柳忠熙, 「少年雑誌の啓蒙性ー山縣悌三郎の『少年園』と崔南善の『少年』」, 『神戸市外国語大学外国学研究』 제93호, 2019.

_____, 「〈朝鮮的なもの〉の特殊化と普遍化ー崔南善の不咸文化論・神山巡り・時調創作」, 『年報朝鮮学』 제23호, 2020.

魯恵卿, 「一人称による語りの可能性ー泉鏡花「黒壁」「聾の一心」を中心に」, 『日本語と日本文学』 제47호, 筑波大学日本語日本文学会, 2008.

- 한국어

구인모, 「최남선과 국민문학론의 위상」, 『한국근대문학연구』 제6권 제2호, 2005.

구인서, 「1910년대 미성년 독서물의 한글 글쓰기 양상 연구ー신문관 발행 정기간행물을 중심으로」, 『우리문학연구』 제33집, 2011.

구장률, 「근대 초기 지식편제와 교양으로서의 소설ー최남선과 『소년』을 중심으로」, 『한국문학연구』 제41집, 2011.

권두연, 「신문관 단행본 번역소설 연구」, 『사이間SAI』 제5호, 2008.

_____, 「청년학우회의 활동과 참여인물」, 『현대문학의 연구』 제48호, 2012.

권보드래, 「『소년』과 톨스토이 번역」, 『한국근대문학연구』 제6권 제2호, 2005.

_____, 「'소년'·'청춘'의 힘과 일상의 재편」, 권보드래 외, 『『소년』과 『청춘』의 창ー잡지를 통해 본 근대초기의 일상성』, 이화여대 출판부, 2007.

권용선, 「국토지리의 발견과 철도 여행의 일상성」, 권보드래 외, 『『소년』과 『청춘』의 창ー잡지를 통해 본 근대초기의 일상성』, 이화여대출 판부, 2007.

권정희, 「일본문학의 번안ー메이지 '가정소설'은 왜 번역이 아니라 번안으로 수용되었나」, 『아시아문화연구』 제12집, 2007.

권혁준, 「『아이들보이』의 아동문학사적 의의에 대한 연구」, 『한국아동문학연구』 제22호, 2012.

권희영, 「20세기 초 잡지《소년》에 나타난 소년의 정체성」, 『정신문화연구』 제31권 제3호, 2008.

김남이, 「1910년대 최남선의 '자조론(自助論)' 번역과 그 함의ー『자조론(自助論)』(1918)의 변언(弁言)을 중심으로」, 『민족문학사연구』 제43호, 2010.

김남이·하상복, 「최남선의 신대한(新大韓) 기획과 '로빈슨 크루소'」, 『동아연구』 제57집, 2009.

김민재, 「백암 박은식 사상의 양명학적 특징과 도덕교육적 함의―『왕양명 선생 실기』를 중심으로」, 『퇴계학 논집』 제22호, 2018.

김성연, 「이광수의 아동문학연구」, 『동화와 번역』 제8집, 2004.

김소원, 「소녀잡지의 등장과 순정만화의 장르확립―한국과 일본의 순정만화를 중심으로」, 『대중서지연구』 제22권 제3호, 2016.

김영민, 「한국 근대 초기 여성담론의 생성과 변모―근대 초기 신문을 중심으로」, 『대동문화연구』 제95집, 2016.

_____, 「한국 근대 초기 여성담론의 생성과 변모 (2)―근대 초기 잡지를 중심으로」, 『현대문학의 연구』 제60호, 2016.

김용구, 「白巖 박은식 『王陽明先生實記』의 내용과 특징 분석」, 『양명학』 제50호, 2018.

김용덕, 「1880年代 朝鮮 開化運動의 理念에 대한 檢討―『漢城旬報』·『漢城周報』를 中心으로」, 김용덕·미야지마 히로시 편, 『근대교류사와 상호인식 I』, 고려대 아세아문제연구소, 2001.

김준현, 「『청춘』의 '세계문학개관' 저본에 대한 검토(1) ― 최남선과 마쓰우라 마사야스(松浦政泰)」, 『사이間SAI』 제24호, 2018.

김지영, 「최남선의 『시문독본』 연구―근대적 글쓰기의 형성과정을 중심으로」, 『한국현대문학연구』 제23집, 2007.

김창록, 「일제강점기 언론·출판법제」, 『한국문학연구』 제30집, 2006.

김창현, 「소년, 혹은 아동문학의 기원에 대한 일고찰―이덕무와 최남선의 '아동' 개념을 중심으로」, 『어문논집』 제66집, 2016.

동신, 「양건식의 중국 문학 연구에 대한 비교문학적 고찰―중국 속문학의 연구를 중심으로」, 서강대 석사학위 논문, 2011.

류시현, 「나경석의 '생산증식'론과 물산장려운동」, 『역사문제연구』 제2호, 1997.

_____, 「1920년대 초반 조선 지식인의 '조선 미술' 규정과 서술―잡지 『동명』을 중심으로」, 『역사학연구』 제73집, 호남사학회, 2019.

민희주, 「1920년대 잡지 『동명(東明)』의 성격과 석전(石顚) 박한영(朴漢永)의 「석림한화」(石林閒話)」, 『인문논총』 제70집, 서울대 인문학연구원, 2013.

박상현, 「최남선 편 『시문독본』의 번역 대본 연구―「이상」·「지기난」·「세계의 사성」·「사와 영생」」, 『일본문화연구』 제55집, 2015.

_____, 「육당 최남선의 와카(和歌) 번역 연구」, 『일본문화학보』 제65집, 2015.

박숙경, 「신문관의 소년용 잡지가 한국 근대 아동문학에 끼친 영향」, 『아동청소년문학연구』 제1호, 2007.

박슬기, 「계몽의 빈 틈, 근대적 주체성의 장소－『소년』지에 나타난 문체의 혼종성의 의미」, 『한국문화』 제82호, 서울대 규장각한국학연구원, 2018.

박승희, 「근대 초기 매체의 세계인식과 문학사」, 『한민족어문학』 제53집, 2008.

박영기, 「1910년대 잡지 『새별』 연구」, 『한국아동문학연구』 제22호, 2012.

박용규, 「최남선의 현실인식과 『소년』의 특성변화－청년학우회 참여 전후의 변화를 중심으로」, 『한국언론학보』 제55권 제1호, 2011.

박정선, 「근대 소년잡지 『신소년』의 독자투고 제도 연구」, 『국어교육연구』 제60집, 국어교육학회, 2016.

박천홍, 「근대 출판의 선구자 육당 최남선」, 『문학과 사회』 제20권 제3호, 2007.

선주원, 「잡지 『소년』의 발행을 통한 신대한 소년의 양성과 신문화 형성」, 『한국아동문학연구』 제22호, 2012.

소영현, 「청년과 근대－『少年』을 중심으로」, 『한국근대문학연구』 제6권 제1호, 2005.

손성준, 「번역문학의 재생(再生)과 반(反)검열의 앤솔로지－『태서명작단편집(泰西名作短篇集)』(1924) 연구」, 『현대문학의 연구』 제66호, 2018.

송수진, 「최남선의 『산수격몽요결』 검토－입지(立志)가 아닌 입지전(立志傳)을 위한 공부」, 『한국교육사학』 제38권 제3호, 2016.

양문규, 「최남선 계몽주의의 역사적 한계」, 『역사비평』 제12호, 1990.

오세웅, 「한국 근대 인쇄술에 미친 일본의 영향」, 『아시아민족조형학보』 제6집, 2006.

오현숙, 「개화계몽기 『로빈슨 크루소』의 번안과 아동텍스트로의 이행」, 『비평문학』 제46호, 2012.

오타케 기요미(大竹聖美), 「이와야 사자나미(巖谷小波)와 근대 한국」, 『한국아동문학연구』 제15호, 2008.

윤영실, 「국민국가의 주동력, '청년'과 '소년'의 거리－최남선의 『소년』지를 중심으로」, 『민족문화연구』 제48호, 2008.

이경돈, 「1920년대 초 민족의식의 전환과 미디어의 역할－『개벽』과 『동명』을 중심으로」, 『사림』 제23호, 2005.

이경현, 「『청춘』을 통해 본 최남선의 세계인식과 문학」, 『한국문화』 제43호, 서울대 규장각한국학연구원, 2008.

이재철, 「한일아동문학의 비교연구(1)」, 『한국아동문학연구』 제1호, 1990.

이주영, 「新文館 간행 〈六錢小說〉 연구」, 『고전문학연구』 제11호, 1996.

이지훈, 「1910년대 모험서사의 번역과 일인칭 서술자의 탄생」, 『구보학보』 제20집, 2018.

이진호, 「최남선의 2차 유학기에 관한 재고찰—연보 재정립을 위한 제언」, 『새국어교육』 제42호, 1986.

이태훈, 「1910~20년대 초 제1차 세계대전의 소개양상과 논의지형」, 『사학연구』 제105호, 한국사학회, 2012.

이형식, 「'제국의 브로커' 아베 미쓰이에(阿部充家)와 문화통치」, 『역사문제연구』 제37호, 2017.

임상석, 「『시문독본』의 편찬 과정과 1910년대 최남선의 출판 활동」, 『상허학보』 제25집, 2009.

_____, 「『산수격몽요결』 연구—서구 격언과 일본 근대 행동규범의 번역을 통해 굴절된 한국 고전」, 『코기토』 제69호, 2011.

_____, 「국학의 형성과 고전 질서의 해체—『시문독본』의 번역문을 중심으로」, 『비교문학』 제59집, 2013.

장경준, 「학범 박승빈의 『언문일치 일본국육법전서』(1908)에 대하여」, 『한국어학』 제89권, 2020.

장신, 「1922년 잡지 新天地 筆禍事件 연구」, 『역사문제연구』 제13호, 2004.

장정희, 「조선동화의 근대적 채록 과정 연구—1913~23년 근대 매체의 옛이야기 수집 활동」, 『한국학연구』 제57호, 고려대 한국학연구소, 2016.

전영표, 「六堂 崔南善의 出版行爲와 《소년》誌 硏究」, 『출판잡지연구』 제12권 제1호, 2004.

전용숙, 「세계문학의 탄생과 『靑春』의 문학적 기획」, 『우리말글』 제59집, 2013.

전은경, 「1910년대 지식인 잡지와 '여성'—『학지광』과 『청춘』을 중심으로」, 『어문학』 제93집, 2006.

정경숙, 「대한제국기 여자교육회의 조직과 구성원 연구—조직 형성기를 중심으로」, 『정신문화연구』 제34호, 1988.

정기인 · 채송화, 「『청춘』 소재 한시 연구」, 『한국한시연구』 제25호, 2017.

정진헌 · 박혜숙, 「한국의 그림책 인식과 형성과정」, 『동화와 번역』 제26집, 2013.

정태욱, 「변영만의 삶과 뜻」, 『법철학연구』 제15권 제3호, 2012.

정혜원, 「1910년대 아동매체에 구현된 아동상 연구—번안동화를 중심으로」, 『한국아동문학연구』 제15호, 2008.

조윤정, 「잡지 『소년』과 국민문화의 형성」, 『한국현대문학연구』 제21집, 2007.

조은숙, 「1910년대 아동신문 『붉은 져고리』 연구」, 『한국근대문학연구』 제4권 제2호, 2003.

진은경, 「최남선과 이와야 사자나미의 '소년상' 비교연구」, 『우리어문연구』 제62호, 2018.

최재목, 「최남선 『少年』誌의 '新大韓의 소년' 기획에 대하여」, 『일본문학연구』 제18집, 2006.

최종고, 「춘원 이광수의 동시 세계」, 『아동문학평론』 제39권 제4호, 2014.

최태원, 「어느 식민지 문학 청년의 행방(1)-'몽몽' 시절 진학문의 일본 유학과 문학 수업」, 『상허학보』 제50집, 2017.

최호석, 「신문관 간행 「육전소설」에 대한 연구」, 『한민족어문학』 제57집, 2010.

최희정, 「1910년대 최남선의 『자조론』 번역과 '청년'의 '자조'」, 『한국사상사학』 제39집, 2011.

한기형, 「최남선의 잡지 발간과 초기 근대문학의 재편-『소년』, 『청춘』의 문학사적 역할과 위상」, 한기형 외, 『근대어·근대매체·근대문학-근대 매체와 근대 언어질서의 상관성』, 성균관대 출판부, 2006.

한영주, 「계몽·경이·효용-『소년』과 『청춘』에 나타난 근대 자연과학의 삼면상(三面相)」, 권보드래 외, 『『소년』과 『청춘』의 창-잡지를 통해 본 근대 초기의 일상성』, 이화여대 출판부, 2007.

한지희, 「최남선의 '소년'의 기획과 '소녀'의 잉여」, 『젠더와 문화』 제6권 제2호, 2013.

허수, 「1920년대 초 『개벽』 주도층의 근대사상 소개양상-형태적 분석을 중심으로」, 『역사와 현실』 제67호, 2008.

황미정, 「崔南善 역 『自助論』-中村正直 譯, 畔上賢造 譯과의 關連性에 관해서」, 『언어정보』 제9집, 고려대 언어정보연구소, 2008.

_____, 「최남선 역 『自助論』의 번역한자어 연구-일본어역의 수용과 창출」, 『일본어학연구』 제28집, 2010.

_____, 「1910년대 최남선의 번역물에 나타난 한자번역어에 관한 연구-창출과 수용을 중심으로」, 『일본문화연구』 제42집, 2012.

_____, 「근대초기 번역소설의 번역어 연구-「거인국표류기」, 「로빈손무인절도표류기」의 일본어 번역본과의 비교분석」, 『일본문화연구』 제51집, 2014.

-영어

Kim, Yong-Jick, "Politics of Communication and the Colonial Public Sphere in 1920s Korea," in Hong Yung Lee, Yong Chool Ha and Clark W. Sorensen, eds., *Colonial Rule and Social Change in Korea, 1910~1945*, Seattle : University of Washington Press, 2013.

찾아보기

사항 색인

배열은 가나다순으로 했다. 일본의 사항은 고유명사를 제외하고는 한국어 읽기를 원칙으로 했다. 주, 권말의 부록과 부록 표에서는 항목을 만들지 않았고, 신문관도 이 책에서 자주 나오므로 제외했다.

'동아시아 심포지아'와 '동아시아 메모리아'는 한국연구원과 성균관대학교 비교문화연구소가 공동으로 기획하여 출간하는 총서다. 향연을 뜻하는 라틴어에서 딴 심포지아는 플라톤의 『심포지온』에서 비롯되었으며, 오늘날 학술토론회를 뜻하는 심포지엄의 어원이자 복수형이기도 하다. 메모리아는 과거의 것을 기억하고 기념하기 위해 현재의 기록으로 남겨 미래에 물려주어야 할 값진 자원을 의미한다. 한국연구원과 성균관대학교 비교문화연구소는 지금까지 축적된 한국학의 역량을 바탕으로 새로운 동아시아 인문학의 제창에 뜻을 함께하며, 참신하고 도전적인 문제의식으로 학계를 선도하고 있는 신예 연구자의 저술을 적극적으로 지원하기 위해 학술 총서 '동아시아 심포지아'와 자료 총서 '동아시아 메모리아'를 펴낸다.

한국연구원은 학술의 불모 상태나 다름없는 1950년대에 최초의 한국학 도서관이자 인문사회 연구 기관으로 출범하여 기초 학문의 토대를 닦는 데 기여해 왔다. 급속도로 달라지고 있는 학술 환경 속에서 신진 학자와 미래 세대에 대한 후원에 공을 들이고 있는 한국연구원은 한국학의 질적인 쇄신과 도약을 향한 교두보로 성장했다. 성균관대학교 비교문화연구소는 2000년대 들어 인문학 연구의 일국적 경계와 폐쇄적인 분과 체제를 극복하기 위해 분투해 왔다. 제도화된 시각과 방법론의 틀을 벗어나기 위해서는 서로 다른 영역이 끊임없이 대화하고 소통하면서 실천적인 동력을 찾아내야 한다는 것이 성균관대학교 비교문화연구소가 지닌 문제의식이자 지향점이다. 대학의 안과 밖에서 선구적인 학술 풍토를 개척해 온 두 기관이 힘을 모음으로써 새로운 학문적 지평을 여는 뜻깊은 계기가 마련되리라 믿는다.

최근 들어 한국학을 비롯한 인문학 전반에 심각한 위기의식이 엄습했지만 마땅한 타개책을 찾지 못하고 있다. 한편으로는 낡은 대학 제도가 의욕과 재량이 넘치는 후속 세대를 감당하지 못한 채 활력을 고갈시킨 데에서 비롯되었고, 또 다른 한편으로는 시대의 변화를 선도하는 학문 정신과 기틀을 모색하지 못했기 때문이라는 것이 우리의 진단이자 자기반성이다. 의자 빼앗기나 다름없는 경쟁 체제, 정부 주도의 학술 지원 사업, 계량화된 관리와 통제 시스템이 학문 생태계를 피폐화시킨 주범임이 분명하지만 무엇보다 학계가 투철한 사명감으로 대응하지 못했을 뿐 아니라 오히려 자발적으로 길들여져 온 것이 엄연한 현실이다.

지금 우리에게 절실한 과제는 새로운 학문적 상상력과 성찰을 통해 자유롭고 혁신적인 학술 모델을 창출해 내는 일이다. 이를 위해서는 다음 시대의 학문을 고민하는 젊은 연구자에게 지원을 망설이지 않아야 하며, 한국학의 내포와 외연을 과감하게 넓혀 동아시아 인문학의 네트워크 속으로 뛰어들기를 두려워하지 말아야 한다. 그 첫걸음을 '동아시아 심포지아'와 '동아시아 메모리아'가 기꺼이 떠맡고자 한다. 우리가 함께 내놓는 학문적 실험에 아낌없는 지지와 성원, 그리고 따끔한 비판과 충고를 기다린다.

한국연구원·성균관대학교 비교문화연구소
동아시아 총서 기획위원회